HEYNE
BÜCHER

Pamela Sargent

DAS UFER DER FRAUEN

Roman

Aus dem Amerikanischen übersetzt
von

Irene Bonhorst

Deutsche Erstausgabe

WILHELM HEYNE VERLAG
MÜNCHEN

HEYNE SCIENCE FICTION & FANTASY
Band 06/5060

Titel der amerikanischen Originalausgabe
THE SHORE OF WOMEN

Deutsche Übersetzung von Irene Bonhorst

Das Umschlagbild malte Rallé

Redaktion: Wolfgang Jeschke

Erstveröffentlichung bei Crown Publishers, Inc., New York

Printed in Germany 1993
Umschlaggestaltung: Atelier Ingrid Schütz, München
Technische Betreuung: Manfred Spinola
Satz: Kort Satz GmbH, München
Druck und Bindung: Presse Druck, Augsburg

ISBN 3-453-06632-4

INHALT

Für Shirley Sargent

The glory about us clinging
Of the glorious futures we see,
Our souls with high music ringing,
O men! it must ever be
That we dwell, in our dreaming and our singing,
A litte apart from ye.*

Arthur O'Shaughnessy,
»The Music Makers«

---

* *(Die Herrlichkeit, die uns anhaftet,*
Von der herrlichen Zukunft, die wir erblicken,
Erklingen unsere Seelen in Jubelgesängen.
O Männer, es muß wohl ewig so sein,
Daß wir in unseren Träumen und unserem Singen,
Ein wenig getrennt von euch weilen.)

Erstes Buch

DIE ENKLAVE

Laissa

Ich hatte erwartet, daß Birana weinen würde. Ich hatte gedacht, daß sie, wenn sie schließlich zur Mauer geführt würde, die Stadt angefleht hätte, auch wenn ihr Flehen vergebens gewesen wäre. Statt dessen hielt sie den starren Blick auf die Frauen gerichtet, die ihr Urteil ausgesprochen hatten, als ob sie jene verdammen wollte, die sie verdammt hatten.

Es war Yvara, Biranas Mutter, die das erste Verbrechen begangen hatte und dadurch ihre Tochter dazu verleitet hatte, das zweite zu begehen. Yvara hatte mit einer Frau namens Ciella gestritten; in einem Augenblick äußerster Wut hatte Yvara ein Messer zur Hand genommen und die andere Frau erstochen.

In diesem Moment mußte Yvara klar geworden sein, daß sie eine strenge Strafe erwartete. Sie würde nicht allein wegen dieser Tat bestraft werden, sondern aufgrund dessen, wer und was sie war.

Yvara hätte vielleicht mit ein wenig Mitgefühl rechnen können, oder zumindest mit etwas Verständnis, wenn sie einen Arzt herbeigerufen hätte, damit er Ciella zur Hilfe käme. Auf diese Weise wäre sie womöglich unserer schlimmsten Bestrafung entgangen. Statt dessen hatte sie über die blutende Frau gebeugt dagestanden und auf deren Tod gewartet. Birana hätte sich selbst vielleicht gerettet, wenn sie Hilfe geholt hätte, doch sie hatte gemeinsam mit ihrer Mutter gewartet und nichts unternommen.

Ciellas Tod hätte Yvara die Möglichkeit geboten, ihr Verbrechen zu vertuschen oder sich darauf zu berufen, sie habe in Notwehr gehandelt. Es war kein Geheimnis unter Yvaras Nachbarn, daß die beiden Frauen oft heftig miteinander stritten, daß beide in der Vergangenheit bereits verwarnt worden waren. Wenn Ciella gestorben wäre, hätte Yvara ihren Standpunkt möglicherweise überzeugend vorbringen können; deshalb hatte der Rat unserer Stadt lange debattiert, bevor das Urteil erging. Birana war zu diesem Zeitpunkt die einzige Zeugin und hatte vielleicht gelogen, um ihre Mutter zu schützen; selbst unter Eid mochten die beiden einen Weg gefunden haben, um die Wahrheit zu verschleiern oder Zweifel am Ablauf des Geschehens entstehen lassen.

So behauptete es unser Rat, aber ich sah die Dinge vollkommen anders. Ich stellte mir Yvara vor, erstarrt vor Angst, mit einemmal unfähig zu handeln. Ich sah Birana vor mir, die sich aus Loyalität zu ihrer Mutter weigerte, von ihrer Seite zu weichen und ihre Tat anderen gegenüber preiszugeben.

Doch die beiden wurden entdeckt. Ciella starb nicht, obwohl sie von den Narben ihrer Wunden für den Rest ihres Lebens gezeichnet sein würde. Sie brachte ihre Geschichte völlig ruhig und mit sanfter, gedämpfter Stimme vor dem Rat vor, wobei sie Yvara und Birana mit jedem sanften Wort verdammte. Yvara schwieg, als das Urteil über sie verhängt wurde; sie schrie ihren Zorn hinaus, als das Urteil über ihre Tochter verkündet wurde, obwohl sie zuvor wenig Mitgefühl für Birana gezeigt hatte. Sie beide sollten der Stadt verwiesen werden und nie wieder eine andere betreten durfen. Das war gleichbedeutend mit einem Todesurteil, denn jeder wußte, daß sie außerhalb der Mauer nicht überleben konnten.

Selbst damals vertraten einige die Ansicht, daß die beiden unsere Höchststrafe nicht verdient hatten; schließlich war Ciella nicht zu Tode gekommen. Der Rat allerdings nannte eine solche Denkweise abwegig. Ciella hatte zwar überlebt, aber Yvara war eindeutig bereit gewesen, ihr beim Sterben zuzusehen. Sie war im Herzen eine Mörderin, und ihre Tochter hatte ihr stillschweigend beigestanden, um die Tat zu verbergen. Die Bedrohung des Lebens einer anderen Frau konnte nicht geduldet werden; das Leben jeder Frau war zu wertvoll. Wenn derlei Taten in der Vergangenheit ungesühnt geblieben wären, wären wir niemals in der Lage gewesen, unsere Welt auf den Ruinen der alten aufzubauen; wir wären niemals als Überlebende aus diesem Kampf hervorgegangen.

Yvara hatte versucht, jemanden umzubringen; sie hatte ihre Tochter zu ihrer Komplizin gemacht. Unsere Stadt konnte solchen Frauen nicht gestatten, in unserer Mitte zu leben. Ein Exempel mußte statuiert werden, um das Leben, das unsere Vorfahrinnen unter so großen Schmerzen während der Jahrhunderte für uns geschaffen hatten, nicht zu gefährden. Wenn Yvara irgendeine andere Frau gewesen wäre, nicht mit ihrer speziellen Verantwortlichkeit ausgestattet, hätte sie für ihre Tat vielleicht auf andere Weise gebüßt. Doch sie war eine der Mütter der Stadt und damit eine jener Frauen, die die Mütter der Männer waren oder sein würden. Von ihr wurde mehr verlangt als von anderen.

Ich betrachtete Birana, die innerhalb der Mauer neben der Zellentür stand, durch die sie in den Tod hinübergehen sollte. Ihre blauen Augen schienen uns alle der Grausamkeit anzuklagen; vielleicht fällte sie ihrerseits ein Urteil über uns. Ihr und ihrer Mutter war etwas Nahrung und Wasser mitgegeben worden, doch keine Gerätschaften, die ihnen beim Überleben hätten helfen können. Ihr Vorrat würde ihre Strafe nur ein wenig verlängern und ihnen gestatten, über ihre Tat nachzudenken. Sie würden in der Welt außerhalb der Mauern unserer Stadt sterben, doch wir würden ihnen den Todesstoß nicht eigenhändig versetzen; wir würden es der Welt überlassen, diesen Akt der Gerechtigkeit zu vollführen.

In diesem Augenblick ertappte ich mich bei dem Gedanken, daß Birana, sofern überhaupt irgend jemand draußen überleben könnte, möglicherweise eine größere Chance als die meisten hätte. Sie war schon immer stark gewesen. Während der Zeit, die ich mit ihr verbracht hatte, hatte sie sich beinahe fahrlässig in körperliche Anstrengungen gestürzt. Sie konnte schneller laufen als die meisten Mädchen; sie war zu Pferde kreuz und quer durch unsere Parks galoppiert, während wir anderen uns in gemächlicher Gangart auf den Wegen bewegten. Ich hatte mich manchmal gefragt, ob unsere Stadt ihrem ungestümen Geist gerecht werden konnte.

Dann sprach Yvara. »Ich möchte etwas sagen.« Die Frauen, die in dem langen Korridor innerhalb der Mauer bei ihr standen, schwiegen, vielleicht erwarteten sie irgendeine Darstellung von Reue. »Ich werde mich nicht in den Tod fügen«, fuhr Yvara fort. »Ich werde einen Weg finden zu überleben. Mag sein, daß ich Ciellas Körper verletzt habe, aber sie hat meine Seele getötet. Ich habe in Notwehr gehandelt, ob ihr das einseht oder nicht. Wir werden überleben, und wir werden zurückkehren, um diese Stadt und alle anderen Städte heimzusuchen. Ich glaube, daß dort draußen noch andere Verurteilte am Leben sind, und ich werde sie finden. Viel ist uns verborgen; es gibt weite Landstriche, die unsere Schiffe niemals überquert haben. Es wird eine Zuflucht für uns geben, einen Ort, wo andere Ausgestoßene gelernt haben, unabhängig von den Städten zu leben. Ihr könnt euch keines Sieges über mich rühmen.«

So stark und einfallsreich die beiden auch sein mochten, das konnte ich nicht glauben. Ich war überzeugt davon, daß auch Yvara nicht daran glaubte, daß sie lediglich einen unsinnigen Schlag gegen ihre Richterinnen austeilte und sich weigerte, die Angst an den Tag zu legen, die sie bestimmt empfand.

Birana sagte nichts. Einst hatte ich sie meine Freundin genannt. Sie war zur Zeit ihrer Verurteilung achtzehn, ein knappes Jahr älter als ich. Als junge Mädchen waren wir sehr eng befreundet gewesen, doch als wir älter wurden, begannen ihr draufgängerisches Verhalten und ihr ständiges Befragen unserer Lehrerinnen mich zu stören. Birana stellte über alles Fragen und diskutierte streitsüchtig über die Antworten, die sie bekam. Bald mied ich ihren Umgang, denn ich hatte Angst einzugestehen, daß mich viele der Fragen ebenfalls beschäftigten. Ich hatte gut daran getan, ihr aus dem Weg zu gehen, denn ihre Fragen und ihr Leichtsinn hatten sie in die Verdammnis getrieben. Hätte sie weniger Fragen gestellt hätte, hätte sie die Welt so hingenommen, wie sie nun mal sein mußte, hätte sie vielleicht ihre Pflicht begriffen und wäre nicht verbannt worden.

Vielleicht hätte ich um meine frühere Freundin geweint, als sich die Zellentür hinter ihr und Yvara schloß. Vielleicht hätte ich mehr empfunden als einen kurzen Stich, als ich mir vorstellte, was sie jenseits der Mauer inmitten der schneebedeckten Berge erwarten würde. Ich war zwar betrübt, doch ein Teil von mir war dankbar, daß ich mich von Birana wegentwickelt hatte und ihre Tat mich daher nicht blenden konnte. Ich stattete ihr keinen Besuch mehr ab und verfolgte ihre Verbannung an meinem Bildschirm, wobei ich mir einredete, daß ihr meine Anwesenheit keinen Trost bedeutet hätte, obwohl ich ebensogut wußte, daß es mir zu jenem Zeitpunkt nicht gutgetan hätte, sie aufzusuchen. Ich konnte nichts für sie tun. Ich empfand keine Scham, kein Gefühl, ihr Unrecht getan zu haben.

Statt dessen veranlaßte mich Biranas Schicksal, mich mehr mit meiner eigenen Situation zu beschäftigen. Zu jener Zeit neigte meine Mutter auf gefährliche Weise zu einer anderen Art von Ungehorsam, und ich fürchtete mich vor dem, was mir widerfahren könnte, wenn sie starrsinnig bliebe. Ich sollte bald die Verantwortlichkeit einer Frau übernehmen; ich hatte lange darauf gewartet, und mein Sinn war auf meine bevorstehende feierliche Einführung gerichtet.

Birana und ich waren einst sehr eng befreundet gewesen. Wir hatten uns gegenseitig Geheimnisse anvertraut, während wir unsere kindischen Spiele trieben; danach hatten wir uns auseinandergelebt. Sie war weg, und ich mußte das blauäugige Mädchen vergessen, das in meinem Leben nicht mehr vorkommen würde.

Eilaan erschien zwei Tage später, um mit Mutter zu sprechen. Zunächst dachte ich, sie sei gekommen, um mir Glückwünsche auszusprechen; nun, nachdem ich endlich eine Frau war, sollte an diesem Abend ein Fest mit Freundinnen stattfinden. Doch Eilaans altes Gesicht drückte tiefsten Ernst aus. Sie blickte kaum in meine Richtung.

Ich saß mit Knopf am Boden und versuchte, ihm ein Kartenspiel beizubringen. Als Eilaan über unseren weißen Teppich schritt, stand Mutter auf, jedoch ohne zu lächeln.

»Dorlei«, sagte die andere Frau schnell, »ich muß mit dir sprechen. Ich habe mehrere Nachrichten für dich hinterlassen, doch du hast es nicht für nötig befunden, darauf zu antworten.«

Meine Mutter setzte sich wieder. »Ich weiß, was du mir sagen wirst.« Sie machte eine Handbewegung zu mir hin. »Laissa, geh mit Knopf in dein Zimmer.«

»Laß sie bleiben.« Eilaan ließ sich auf der Couch neben mir nieder. »Sie soll ruhig hören, was ich zu sagen habe. Sie ist alt genug. Sie ist mit dem Erreichen des Frauseins später dran als andere.«

Das stimmte. Ich war siebzehn, älter als meine Freundinnen, als diese ihre erste Menstruation feierten. Die Frauen unseres Clans reiften häufig erst spät heran, jedenfalls behauptete das meine Mutter; sie hatte sich jedoch geweigert, mein Wachstum zu beschleunigen, obwohl sie die Möglichkeit gehabt hätte. Unsere charakteristischen Eigenschaften waren von Nutzen; vielleicht hatten sie unsere Vorfahrinnen davor bewahrt, ihre Körper durch das Gebären von Kindern allzu schnell zu erschöpfen. Eine lange Kindheit, so dachte sie, war eine angemessene Vorbereitung auf das lange Leben als Frau, das ich führen würde.

Eilaan zupfte nervös an ihrer weißen Hose und glättete die grüne Tunika, dann runzelte sie die Stirn. »Knopf.« Ihre Lippen kräuselten sich, während sie den Namen von Mutters Sohn aussprach.

»So nenne ich ihn einfach«, erklärte Mutter. »Wegen seiner Nase; sie sieht aus wie ein Knopf, findest du nicht?« Ihre Stimme klang schrill und angespannt. »Er ist nur ein Junge. Er braucht keinen Namen. Wie alt ist er jetzt?«

»Du weißt, wie alt er ist, Eilaan.«

»Über fünf. Fast sechs Jahre alt, glaube ich. Du hättest ihn längst nach draußen schicken sollen.«

Mutter lehnte sich auf ihrer Couch zurück. »Er war so klein. Und dann war da seine Krankheit – das weißt du doch. Ich konnte ihn damals doch nicht wegschicken. Ich habe versucht, seine Kräfte etwas aufzubauen.«

»Für mich sieht der Junge recht gesund aus.«

»Ja, jetzt geht es ihm gut, und er ist kräftig.« Dann brachte Mutter eine Lüge vor. »Ich habe versucht, Verbindung zu seinem Vater aufzunehmen, aber ich kann ihn nicht erreichen. Er hat schon seit langem kein Heiligtum mehr aufgesucht.«

Ich hielt den Mund, obwohl ich wußte, daß Mutter keinen derartigen Ruf ausgesandt hatte. Knopf nahm eine Karte auf und starrte sie an.

»Dann schicke ihn doch zu irgend jemand anderem«, sagte Eilaan.

»Das möchte ich lieber nicht«, erwiderte Mutter, und diesmal hatte ihre Stimme eine gewisse Schärfe. »Ich bin der Meinung, ein biologischer Vater wird sich wahrscheinlich besser um sein eigenes Kind kümmern.«

»Sei nicht albern, Dorlei. Es mag der Brauch sein, sie zu ihren Vätern zu schicken, aber diese Geschöpfe vermögen doch gar nicht zu sagen, wer ihr Erbgut in sich trägt und wer nicht. Ein Junge gleicht dem anderen.«

»Ich glaube, das können sie sehr wohl.« Mutter reckte das Kinn in die Höhe. »Ich glaube, sie spüren es irgendwie.«

»Vielleicht ist der Vater des Jungen tot, in welchem Fall du den Buben jemand anderem anvertrauen mußt.« Eilaan beugte sich vor. »Und du tust dem Jungen keinen Gefallen damit, wenn du ihn hierbehältst. Er muß möglichst bald hinausgeschickt werden, damit er lernt zu überleben. Je länger er hierbleibt, desto schwieriger wird es für ihn, sich anzupassen.«

»Ich weiß. Aber draußen herrscht immer noch Winter. Hätte er nicht eine wesentlich bessere Chance, wenn ich bis zum Frühjahr warten würde?«

Ich sah Knopf an und fragte mich, wieviel des Gesagten er wohl verstehen mochte. Er bedachte Eilaan mit einem argwöhnischen Blick, schüttelte den blonden Kopf und ging zurück zu seinen Karten, um sie auf dem weißen Teppich mit der Bildseite nach oben auszulegen.

Eilaan seufzte. »Ich sage es nicht gern, aber es ist am besten, wenn du es von mir hörst. Du bist nicht weit entfernt von einem regelrecht rebellischen Verhalten, indem du dich unserer Stadt und unseren Sitten widersetzt. Wenn du dich weiterhin stur stellst, wird der Rat ein Wörtchen mit dir reden müssen. Du bist eine der Mütter der Männer. Du nimmst einen ehrenvollen Platz in der Gesellschaft ein, weil du zu denen gehörst, die mit dieser Pflicht betraut sind. Vielleicht solltest du keine von uns sein. Vielleicht solltest du deinen Platz unter jenen einnehmen, denen wir dienen, wenn du mit deinen Verpflichtungen nicht zurechtkommst, damit eine andere Frau deine Stelle einnehmen kann.«

Ich erstarrte, unfähig, eine der beiden Frauen anzusehen.

»Ich rebelliere nicht«, sagte Mutter sehr langsam. »Ich bin fest entschlossen zu tun, was getan werden muß. Ich möchte nur sichergehen, daß Knopf – daß der Junge eine Chance hat.«

»Daß du in Ungnade fällst, ist nicht das Schlimmste, das dir widerfahren kann, Dorlei. Es gibt auch noch die Verbannung.«

»Du hast keinen Grund, mir zu drohen, und ganz bestimmt gibt es keine Veranlassung, mich zu verbannen.«

Eilaan schüttelte den Kopf. »Ich würde dir gerne trauen, aber ich kann es nicht. Der Rat wird dich im Auge behalten. Wenn du keinen Mann auftreibst, der ihn nimmt, wird jemand anderes ihn dem nächsten Mann übergeben, der zur Mauer berufen wird. Wenn du auf deinem Ungehorsam beharrst, mußt du die Strafe dafür bezahlen. Wenn du dich um dich selbst nicht sorgst, dann denke wenigstens an Laissa und die Schande, die du über sie bringen wirst.«

»Ich verstehe«, sagte Mutter.

Ich sah sie an. Wie konnte so etwas geschehen, am Tag meines Festes? Das war das einzige, an das ich denken konnte – daß die Party zur Feier meiner ersten Menstruation kaputtgemacht würde.

Eilaan streckte die Hände aus. »Ich weiß, ich höre mich sehr streng an«, sagte sie in einem sanfteren Tonfall. »Aber wir haben zur Zeit ziemlich viele Probleme. Ich habe heute mit einer Freundin in Devva gesprochen. Die Stadt ist geteilt, obwohl die Frauen dort wissen, daß sie schnellstens etwas unternehmen müssen. Es gibt Männer innerhalb der Sichtweite von Devva, die eine Stadt gebaut und verschiedene Stämme vereint haben. Sie müssen vernichtet werden, als abschreckendes Beispiel für andere und zu unserem eigenen Schutz, und dennoch gibt es Frauen in Devva, die glauben, daß es diesen Männern gestattet sein sollte zu leben. Anscheinend gibt es noch andere, die ebenso sentimental sind wie du.«

»Diese Männer bedeuten keine Bedrohung für Devva.«

»Zur Zeit bedeuten sie keine Bedrohung, doch ihre Überheblichkeit wird wachsen. Wir müssen das Unheil an der Wurzel ausrotten. Wir haben uns schon viel zu lange selbstzufrieden gebärdet. Wenn Devva nicht handelt, wird es eine andere Stadt tun. Der Mann, der diese Bande anführt, hat sich nicht einmal die Mühe gemacht, seine Gedanken und Hoffnungen zu verbergen, wenn er zu uns betet. Er träumt davon, die Göttin herauszufordern.«

»Die Göttin.« Mutter lachte. »Du sprichst von Ihr, als ob Sie wirklich existierte.«

»Die Männer glauben an Sie. Und wir tun gut daran, dafür zu sorgen, daß das so bleibt, daß sie Sie anbeten und fürchten – nur so können wir sie beherrschen. Doch die Art und Weise, wie wir die Gottheit gegenüber Außenstehenden darstellen, beeinträchtigt meinen eigenen Glauben nicht. Wir müssen den Männern einen Glauben geben, den sie begreifen können – zu mehr sind sie nicht fähig. Mein eigener Glaube ist natürlich etwas Vielschichtigeres.«

Mutter zuckte die Achseln. »Du weißt, daß ich keine Gläubige bin, und doch versuchst du immer wieder, mich zu einer zu machen.«

»Vielleicht wäre es besser für dich, wenn du eine wärst.«

Meine Mutter und Eilaan sahen einander schweigend an, während Knopf seine letzte Karte hinknallte und dann tolpatschig aufstand. Er machte einen Schritt auf Mutter zu und streckte die Ärmchen aus. Ich packte seine Hände, und Mutter warf ihm einen warnenden Blick zu.

Eilaan war die Geste des Jungen nicht entgangen. »Du verwöhnst diesen Burschen mit zuviel Zuneigung, Dorlei.«

»Nein, das stimmt nicht.«

»O doch, das tust du. Das ist nicht gut für ihn.« Eilaan spielte mit ihrem langen silbernen Haar, während sie

Knopf beobachtete; ich sammelte seine Karten ein und reichte sie ihm.

»Du mußt ihn gehen lassen.« Die alte Frau sprach die Worte mit sanfter Stimme aus. »Ich weiß, wie das ist. Ich mußte, als ich jung war, zwei Jungen wegschicken. Ich weiß, welches Gefühl in einem entstehen kann und daß sie einem mehr bedeuten, als sie in Wirklichkeit sind. Aber sie sind nicht wie wir. Ihre Empfindungen sind grober und gewalttätiger; sie können kein Leben geben und müssen sich also mit dem Tod beschäftigen; ihre geistige Basis ist schmal und ihr Gehirn unfähig zu höheren intellektuellen Funktionen. Sie erscheinen uns sehr ähnlich, solange sie Kinder sind, doch ihre wahre Natur enthüllt sich, wenn sie älter werden. Wenn dein Junge längere Zeit unter uns lebte, würde er seine Grenzen spüren, wie dumpf auch immer, und er würde nur um so unglücklicher werden. Das ist nichts Neues für dich. Du hast schon mal einen Jungen weggeschickt.«

»Ich begreife«, sagte Mutter.

»Ich bin sicher, daß du das tust.« Eilaan erhob sich. »Ich vertraue darauf, daß du das Richtige tun wirst.«

Nachdem Eilaan gegangen war, schickte Mutter Knopf in sein Zimmer, während sie mit mir meine Schularbeiten durchsah. Sie war immer der Ansicht gewesen, daß eine Mutter reges Interesse an der Bildung ihrer Tochter nehmen sollte, doch darüber hinaus hatte ich das Gefühl, daß sie mich von dem Gespräch mit Eilaan ablenken wollte.

»Hast du dich entschlossen, was du werden möchtest?« fragte sie mich, als wir fertig waren.

»Ich bin nicht sicher.«

»Nun, du hattest ausreichend Zeit, um darüber nachzudenken. Du feierst heute abend deine Frauwerdung, und deine Tests stehen kurz bevor. Denkst du immer noch an die mathematische Richtung?«

Ich streckte mich auf der Couch aus und bettete den Kopf in ihren Schoß, während ich mir wünschte, bereits eine alte Frau zu sein, und mir gleichzeitig wünschte, nicht so schnell gereift zu sein. »Ich weiß nicht, ob ich eine mathematische Begabung habe – zur Zeit tue ich mich damit ziemlich schwer.« Birana, so fiel mir ein, war mathematisch recht begabt gewesen. Ich schob den Gedanken rasch beiseite; an sie zu denken rief in mir lediglich die Erinnerung an Bedrohungen, an mögliche Strafen herauf.

Ich überdachte meine Wahlmöglichkeiten. Mutter hatte Medizin studiert, aber daran war ich nicht interessiert. Allmählich wurde mir klar, daß ich nicht wußte, was ich machen wollte.

Mein Körper hatte mich verraten. Ich hatte ungeduldig auf diesen Tag gewartet, während mein pubertärer und manchmal verwirrter Geist in meinem schmalhüftigen, flachbrüstigen Körper gefangen war. Ich hatte gedacht, das Einsetzen der Frauwerdung würde alles für mich verändern, wäre das nach außen gerichtete Zeichen all dessen, zu was ich mich innerlich verwandelte. Dann hatte die Blutung eingesetzt, und der Schmerz; mein Körper war noch nicht der einer Frau, sondern eine linkische, tölpelhafte Hülle, die sich weigerte, weiterhin dem Geist zu gehorchen, den sie noch immer gefangenhielt.

»Vielleicht werde ich es mit dem Ingenieurstudium versuchen«, sagte ich schließlich ohne große Begeisterung, obwohl der Gedanke, sich mit einem Fach zu beschäftigen, das so wenig Doppelsinnigkeit enthielt, etwas Reizvolles hatte.

»Dafür brauchst du Mathematik, Laissa.«

»Ich weiß, aber nicht dieselbe Art von Mathematik; es geht dabei nur um praktische Probleme. Übrigens, Knopf ist gut in Arithmetik – er hat mit dem Rechner gespielt. Anscheinend ist er von selbst dahintergekommen, wie das geht.«

Mutter schwieg.

»Aber er hat seine Grenzen.«

»Natürlich.« Sie hatte ihr Gespräch mit Eilaan mit keinem einzigen Wort erwähnt, und das bereitete mir Unbehagen.

»Allerdings fällt es mir schwer, das zu glauben, wenn ich ihn im Umgang mit dem Rechner sehe«, sagte ich.

»Seine Grenzen zeigen sich in seinem Alter noch nicht.« Ihre Stimme war tonlos, doch ihre Hand zitterte, als sie sie mir auf den Kopf legte. »Ach, Laissa – ich habe Gefühle für Knopf entwickelt, die ich nicht haben dürfte. Manchmal glaube ich sogar, wenn er hier aufwachsen dürfte, könnte er so werden wie wir. Im Falle deines Zwillingsbruders war es nicht dasselbe. Als ich ihn wegschickte, hatte ich immer noch dich. Ich glaube, deshalb hatte ich bei ihm nicht dieselben Gefühle. Ich glaube, deshalb hatte ich mich dafür entschieden, euch beide zu bekommen, damit es leichter sein würde.«

Ich hatte seit langem nicht mehr an meinen Zwillingsbruder gedacht. Er war nur eine undeutliche Erinnerung, ein kleiner Junge mit blonden Haaren und grauen Augen. Ich hatte kaum jemals mit ihm gespielt, vielleicht weil Mutter nicht gewollt hatte, daß wir uns so sehr aneinander gewöhnten. Ich konnte mich eigentlich nicht an seinen Abschied erinnern. Mutter hatte mich in eins der Lager für Mädchen meines Alters geschickt, und bei meiner Rückkehr war er nicht mehr da.

Ich dachte an Eilaans Drohung, und meine Kehle zog sich zusammen. »Hat Eilaan es ernst gemeint, als sie sagte, daß du verbannt werden könntest?«

»Nein, mein Liebling. Sie hat das nur gesagt, um den Ernst der Angelegenheit deutlich zu machen. Du weißt, daß Verbannungen nur sehr selten ausgesprochen werden.« Mutters Worte trösteten mich nicht; ich dachte erneut an Birana und ihre Mutter.

Doch Mutters Fall lag anders als der von Yvara; Eilaan hatte lediglich versucht, ihr Angst einzujagen. Andere hatten vorausgesagt, daß Yvara eines Tages bestimmt ein schreckliches Verbrechen begehen würde, während Mutter seit jeher die Bräuche geachtet hatte. Doch ich dachte an Birana, und mir kam der Gedanke, daß ich, wenn ich Mutter bei irgendeinem Ungehorsam zur Seite stünde oder ihn duldete, ebenfalls gleichermaßen bestraft werden könnte.

Wir gehörten zu jenen Frauen, die die ›Mütter der Stadt‹ genannt wurden. Wir sorgten für unsere Stadt und kümmerten uns um ihre Bewohner, und wir trugen die Knaben aus und brachten sie zur Welt, die den Männern draußen übergeben wurden; dafür wurden wir geehrt und geachtet. Es gab Momente, da beneidete ich andere Frauen um ihre leichtfertige Lebensart und darum, daß sie ihr Leben nach ihrem Geschmack gestalten, ihre Arbeit verrichten und ihre Töchter ohne unsere Verantwortung großziehen konnten, doch ich wollte keine von ihnen werden. Vielleicht würde Eilaan Mutter zu ihnen verbannen, wenn sie in ihrer Pflichterfüllung versagte, und vielleicht würde ich mit ihr gehen müssen, wenn ich nicht aufpaßte.

Andere würden unseren Platz einnehmen, und wir wären Geächtete. Es bedeutete mir nichts, daß wir dann der Last schmerzhafter oder schwieriger Entscheidungen enthoben wären, sondern ich dachte nur an die Schande.

»Es war ein Fehler von mir, die Dinge hinauszuschieben«, sagte Mutter. »Ich wußte die ganze Zeit über, daß Knopf nicht bleiben kann. Du gehst jetzt besser, Laissa. Ich muß seinen Vater ausfindig machen, damit er ihn mitnimmt.«

Sie stand auf und ging in ihr Arbeitszimmer. Ich folgte ihr und blieb in der Tür stehen, während sie zu ihrem Gedankenübermittler ging, sich den Reif auf den Kopf setzte, in die Linsen an der Wand starrte und ihre Botschaft laut aussprach, als ob sie befürchtete, der Gedankenübermittler könnte sonst ihre unausgesprochenen Gedanken ebenfalls übermitteln.

Ich hatte den Umgang mit Gedankenübermittlern in den Wohnheimen gelernt. Wir hatten damit angefangen, einander Bilder und Botschaften zu schicken, und dabei gelernt, unser Denken zu konzentrieren und dafür zu sorgen, daß unsere Oberflächengedanken nicht verwischt wurden. Mir war es schwergefallen, abwegige Gedanken am Eindringen in mein Bewußtsein zu hindern. Dann wurde uns – denjenigen, die sowohl Mütter von Männern und als auch von Frauen werden sollten – beigebracht, wie wir aufgezeichnete Bänder an die Heiligtümer draußen übermitteln konnten. Die harmlose Sorte, jene, durch die Frauen die Männer trösten und ihre Ängste lindern sollten, bereitete uns keine Schwierigkeiten, aber der Umgang mit den erotischen war peinlicher.

Ich wußte, daß diese Bänder jahrhundertealt und die Frauen, die sie hergestellt hatten, längst tot waren und daß sie sie nur aufgrund eines starken Pflichtgefühls geschaffen hatten. Bilder von Frauen, nackt und verführerisch, erschienen den Männern in den Heiligtümern, sofern die Männer die Kopfreife der Gedankenübermittler trugen, und die Männer hatten dann das Gefühl, bei diesen Frauen zu liegen. Meine damalige Lehrerin hatte mir nicht viel mehr als das erklärt, doch ich erschauderte bei der Vorstellung, wie die Männer auf diese Bilder reagierten.

Die Bänder waren für uns alle sowohl ein Quell der Erheiterung als auch des Ekels gewesen; einige meiner Freundinnen kreischten oder kicherten nervös, wenn wir derartige Übertragungen vorbereiteten. Ich lehnte es häufig ab, mir die Bänder anzusehen, obwohl ich wußte, daß sie notwendig waren, um die Männer zu stimulieren. Ich hatte sie immer geschmacklos gefunden, obwohl mir gesagt wurde, daß in seltenen Fällen eine Frau perverse Begierden verspürte, wenn sie zuviel über derlei Bänder nachdachte. Das war etwas, das ich einfach nicht glauben konnte; daß eine Frau sich vorstellte, einen Mann an ihrer Seite zu haben. Früher hatten Frauen mit Männern gelebt; der Gedanke war abstoßend.

Mutter nahm den Reif ab, nachdem sie fertig war. »Was hat er gesagt?« fragte ich.

»Ich habe nicht mit ihm gesprochen, sondern ihm eine Nachricht hinterlassen, die er erhalten wird, wenn er in ein Heiligtum geht. Es ist ziemlich gleichgültig, ob ich mich persönlich mit ihm unterhalte, da seine Erwiderungen ohnehin einem bestimmten Ritual unterliegen. Er begibt sich ziemlich häufig in ein Heiligtum.« Sie deutete mit einer ausholenden Handbewegung auf die Konsole, in der frühere Übertragungen gespeichert waren. »Dort sind seine Gebete. Hin und wieder wird ihm ein erotisches Band überspielt, um ihn bei Laune zu halten.«

»Was für ein Typ ist er?« Er war auch mein biologischer Vater, und ich war neugierig.

»Groß, stark, gesund und herzlich. Sein Haar ist wie deines, ebenso seine Augen. Er ist ein Mann – mehr brauchst du nicht zu wissen. Er ist ein Mann, und Knopf wird ebenfalls ein Mann sein. Das darf ich nicht vergessen. Das macht es leichter, ihn gehen zu lassen.«

Arvil

Tal wurde nicht zum ersten Mal in die Enklave berufen. Ich war noch nie berufen worden, hatte jedoch darum gebetet. Ich war hoch gewachsen, und meine Stimme hatte sich verändert, war die eines Mannes geworden. Ich pflegte mir das Gesicht zu reiben und mich nach dem Flaum zu sehnen, der zu Bartstoppeln werden würde. Bald, so hoffte ich, würde ich berufen werden.

Tal hatte mich aus der Enklave mitgebracht, also war ich schon mal dort gewesen, aber ich konnte mich an nichts erinnern. Manchmal hatte ich einen Traum: Ich befand mich in einem Raum mit einem weichen Belag unter den Füßen, einem Belag weicher als Gras, doch weiß anstatt grün. Jemand war bei mir, und ich spürte Arme um mich herum und roch den Duft von Blumen und bettete meine Wange an ein Hemd so weich wie Fell, während eine hohe Stimme mir etwas vorsang. Manchmal befand ich mich an einem anderen Ort, und ich war von Dunkelheit umgeben, doch die Stimme sang immer. Es war eine hohe und helle Stimme, wie die eines Knaben. Die Herrin hatte mir nie etwas vorgesungen, wenn ich in einem Heiligtum gesegnet wurde, also habe ich vielleicht von meiner Zeit innerhalb der Enklave geträumt. Aber ich war mir nicht sicher, deshalb erzählte ich Tal immer wieder, daß ich mich an jene Zeit überhaupt nicht erinnerte.

Tal fand das gut. »Du solltest dich nicht erinnern«, pflegte er zu sagen. »Junge Burschen, die sich an zuviel erinnern, überdauern nicht. Sie lernen nicht schnell genug. Sie hoffen ständig, daß sie zurückberufen werden, aber sie werden niemals zurückberufen, weil sie nicht lange genug leben, um Männer zu werden. Du hast geweint, als du herauskamst, und ich mußte die Tränen aus dir herausprügeln, aber du hast gelernt. Sei froh, daß du vergessen hast.«

Ich nahm das während der ersten elf Winter meines Beisammenseins mit Tal hin, doch im zwölften Winter begann ich ihm Fragen zu stellen.

»Hast du je einen jungen Burschen gesehen, der sich erinnerte«, wollte ich von ihm wissen, als wir Schutz unter einem Felsvorsprung gesucht hatten und darauf warteten, daß es aufhören würde zu schneien, damit wir frischen Wildspuren folgen konnten. Wir waren allein, also konnte ich ihn fragen. Die anderen Mitglieder unserer Gruppe waren in unserem Winterlager geblieben.

»Ja, ich habe mal einen gesehen«, antwortete Tal. Seine Augen waren so grau wie der Winterhimmel, und andere hatten mir gesagt, ich hätte die gleichen Augen. »Das war, bevor ich dich herausgebracht habe, Junge. Dieser Knabe kam mit Hasin heraus. Er mußte das Kind zu unserem Lager zurücktragen, zum Bündel gefesselt und geknebelt, weil der Kleine nicht aufhören wollte zu schreien. Hasin redete mit sanften Worten auf ihn ein, und als das nicht half, schlug er den Jungen. Der Junge weinte nachts, wenn er glaubte, daß wir schliefen, doch Hasin war überzeugt davon, daß das vorübergehen würde.«

»Was geschah danach?« fragte ich.

»Eines Nachts entwischte uns der Junge. Wir wollten ihn nicht verfolgen, doch Hasin sagte, daß wir es müßten. Ich wußte, daß wir ihn tot finden würden, sofern wir ihn überhaupt fänden, und ich hatte recht.«

Ich sagte: »Ein Tier hat ihn erwischt.«

Tal lachte. »Ein Tier – ja. Irgendwie hat sich der Junge bis zur Enklave durchgeschlagen. Er hätte wissen müssen, daß er nicht hineingehen konnte, ohne berufen zu werden – wir hatten es ihm oft genug gesagt.« Er hielt inne. »Er war einer Gruppe von Wegelagerern in die Hände gefallen, und diese hatten ihn umgebracht. Wir stießen zu ihnen, als sie gerade dabei waren, den Leichnam seiner Habseligkeiten zu berauben. Wir schlugen zwei der Männer nieder, doch bevor wir alle vertreiben konnten, hatten sie Arvil umgebracht.«

Er hatte mich nach Arvil benannt, nach dem Mann, der Tal aus der Enklave geholt hatte, als Tal ein Junge war. Er hatte mir bis dahin nicht erzählt gehabt, wie Arvil ums Leben gekommen war. »Ihr wart also quitt. Zwei Leben für zwei andere.«

»Ja, wir waren quitt. Ich wünschte, wir hätten sie alle getötet. Ich sah die Zeichen an diesen Geschöpfen – die Stoffetzen, die Metallstücke, die sie vom Boden in der Nähe der Enklave aufsammelten. Diese Zeichen deuteten darauf hin, daß sich die Gruppe niemals in weitere Entfernung von der Mauer weg gewagt hatte. Sie lebten von dem, was sie fanden und was sie von denen stehlen konnten, die herauskamen oder die zurückberufen wurden. Es waren Tiere, keine Menschen.« Tal rieb die pelzbedeckten Hände aneinander und verschränkte dann die Arme. »Solche Gruppen bestehen nicht lange, und sie fangen wenig Wild. Jene, die in der Nähe der Enklave bleiben, werden niemals berufen, und deshalb kommen auch keine Neuen mit ihnen heraus. Doch es gibt immer wieder andere Gruppen, die ihren Platz einnehmen.«

Ich hatte schon oft von solchen Wegelagerern und Aasgeiern gehört; Tal gehörte zu den Männern, die dieselbe Sache mehrmals wiederholten. »Warum bleiben sie dann dort?«

Tal zuckte die Achseln. »Weil sie Feiglinge sind. Weil sie vielleicht schwach geworden sind und gar nicht mehr weggehen können.«

»Wann werde ich berufen werden?«

Tal musterte mich und verzog mürrisch den Mund unter seinem blonden Bart. »Das kann ich nicht sagen. Wenn du älter bist. Ich war fast sechzehn Sommer mit Arvil zusammen, bevor ich berufen wurde.«

»Vielleicht werde ich früher berufen.«

Tal versetzte mir einen seitlichen Stoß gegen den

Kopf. Das verursachte ein Stechen in den Augen und ein leichtes Pochen in den Schläfen, aber es war ein sanfter Schlag mit der Absicht, mich an meinen Platz zu verweisen, und nicht, mich zu bestrafen. »Früher! Du bildest dir zuviel auf dich ein, Arvil. Glaubst du, du gehst früher, als ich es getan habe? Sechzehn Sommer sind vergangen, bevor ich berufen wurde – du wirst nicht früher berufen werden. Du kannst von Glück sagen, wenn du genauso früh berufen wirst.«

Tal war dreimal berufen worden – einmal, bevor ich ihn kannte, zum zweitenmal, als er mich mit herausbrachte, und noch einmal danach. Nur Geab, unser Häuptling, war so häufig berufen worden, und er war ein alter Mann, dessen schwarzer Bart von Grau durchsetzt war.

Geab war seit langem nicht mehr in einer Enklave gewesen. Eines Tages, davon war ich überzeugt, würde Tal wieder berufen werden, und bei seiner Rückkehr wäre er dann der Häuptling und Geab würde zum Ältesten gemacht. Geab würde seine letzte Mahlzeit erjagen, würde das letzte Fell abziehen und seinen letzten Umhang anfertigen, denjenigen, in dem er sterben und den der nächste Häuptling ihm vom Leibe ziehen würde. Ich glaubte daran, daß Tal noch einmal berufen werden würde, und ich hoffte es. Wenn es nicht so geschähe, müßte er auf Geabs Tod warten.

Es hatte aufgehört zu schneien. Wir nahmen unsere Speere und verließen den Unterschlupf, um frische Spuren zu suchen.

Auf unserem Weg zum Lager fanden wir lediglich zwei Kaninchen. Der Himmel verdunkelte sich bereits, als Tal anhielt, meine Schulter packte und mich nach Osten lenkte.

»Wohin gehen wir?« fragte ich.

»Zum Heiligtum.«

»Aber wenn wir nicht zurück sind, bevor ... «

Tal versetzte mir einen Schlag und stieß mich in den Schnee. »Jetzt hör mal gut zu! Wenn du in der Nähe eines Heiligtums bist, dann zollst du die gebührende Ehrerbietung, auch wenn das bedeutet, daß du von deinem Weg abweichen mußt.« Er zog mich hoch und strich mir den Schnee vom Rücken.

Ich wußte, daß er recht hatte, aber ich wollte zum Lager zurückkehren, zu einem Feuer und einer Mahlzeit. Im Heiligtum würde es warm sein. Bei diesem Gedanken zuckte ich zusammen. Ich durfte einen geheiligten Ort nicht als Plätzchen für meine persönliche Behaglichkeit einschätzen.

»Du fragst dich vielleicht, warum ich dreimal berufen worden bin«, fuhr Tal fort, während wir durch den Schnee stolperten. »Das liegt daran, daß ich niemals eine Gelegenheit zum Beten auslasse, und die Herrin weiß das. Vergiß niemals zu beten.«

»Ich bete jeden Abend.« Fast jeden Abend, berichtigte ich mich im stillen und versprach Ihr gleichzeitig, mich zu bessern.

Wir erreichten den Gipfel eines Hügels. Das Heiligtum lag unter uns. Auf seinen geschwungenen Metallwänden saß eine goldene Kuppel mit einer weißen Kappe. Der Schnee um den Eingang des Heiligtums herum wies keinerlei Spuren auf. Niemand war in der Nähe, und obwohl kein Mann einen anderen auf heiligem Boden angreifen würde, zog ich es vor, allein zu beten.

Wir stapften zu dem Heiligtum, während ich mich bemühte, unfromme Gedanken aus meinem Kopf zu verbannen. Ich hatte schon viele Male in Heiligtümern gebetet. Als ich noch ein Knabe gewesen war, war meine Seele manchmal zur Herrin berufen worden, und eine Erscheinung, die mit Ihrer Gestalt versehen war, pflegte zu mir zu kommen und mich zärtlich in den Armen zu halten. Als ich älter wurde, hatten mir andere Erscheinungen Ihren wahren Segen zuteil werden lassen. Beim Gedanken an diese Segnungen spürte ich ein mächtiges Verlangen nach Ihr. Plötzlich fragte ich mich, ob Sie wohl jemals wieder meine Gebete erhören oder ob Sie mir für immer Ihren Segen versagen, ob Sie sich von mir abwenden würde, und ich zitterte.

Tals große Hand legte sich mir auf die Schulter. »Ganz ruhig, mein Junge.«

Ich schluckte. Ich hegte unfromme Gedanken an der Schwelle zum Heiligtum und betete darum, nicht dafür bestraft zu werden. Die Tür vor uns glitt auf, und wir traten ein.

Das Innere des Heiligtums war warm, und in der Luft hing der Duft von Moschus; die Kuppel über uns glitzerte, und der kleine Raum strahlte in sanfter Helligkeit. Wir knieten nieder, legten die gewölbten Hände an die Leisten und drückten die Stirn an den Boden; dann erhoben wir uns wieder.

Zwanzig Liegen, mit rotem Stoff überzogen, standen in einer Reihe in der Nähe einer Wand. Auf jeder Liege lag ein goldener Reif, und über jeder fing eine runde Glasscheibe das Licht ein und glitzerte. Wir gingen an den Liegen vorbei und knieten uns vor dem Altar erneut nieder.

Ein Bildnis der Herrin lächelte zu uns herab. Ich hob den Blick zu der Statue hinauf und empfand inneren Frieden. Dieses Heiligtum war Maria gewidmet, der Erscheinung der Herrin, die ich immer schon am meisten geliebt hatte. Ich hatte Sie in anderen Aufmachungen gesehen, in anderen Heiligtümern – als Kriegerin mit schwarzen Haaren, geschlitzten Augen und einem Speer; oder als Weise, mit schlanken Glasröhren und allerlei seltsamen Gerätschaften; oder als Venus, die Geliebte der Männer, mit leuchtend roten Haaren und nackten Brüsten – und ich hatte gehört, daß es noch viele andere Erscheinungsformen in weiter entfernten Heiligtümern gab. Doch es war Maria, die Mutter, die mir vertrauteste Gestalt, zu der ich am häufigsten betete.

Wir beteten eine Zeitlang in der heiligen Sprache, jener Sprache, die ich beherrschte, bevor ich die Worte der Männer erlernte. Dann stand Tal auf, ging zu einer der Liegen und streckte sich darauf aus. Ich nahm die Liege neben der seinen, setzte mir den Reif auf den Kopf und wartete. Tal lag mit geschlossenen Augen reglos da, sein blonder Bart und die blonden Haare leuchteten so golden wie der Reif auf seiner Stirn. Seine Lippen bewegten sich, und ich fragte mich, ob wohl die Herrin zu ihm spreche.

Er zuckte und fing an zu stöhnen. Seine Arme schlugen auf die Liege, und sein Körper bäumte sich auf. Er strampelte mit den langen Beinen, stöhnte erneut und erbebte so heftig, daß ich befürchtete, er könnte zu Boden fallen. Zunächst glaubte ich nur, die Herrin hätte beschlossen, ihn zu segnen, und dann lächelte er. Ich hatte Tal erst einmal auf diese Weise lächeln sehen, in einem anderen Heiligtum, als er das letztemal berufen worden war.

Ich schloß die Augen. Vielleicht würde die Herrin auch mich berufen. Keine Lust, die ich jemals erfahren hatte, war größer als Ihr Segen, und ich brannte vor Verlangen, doch Sie sprach nicht, erschien mir nicht.

Tal würde mich also wieder einmal verlassen, um sich in die Enklave zu begeben. Ich versuchte, um seinetwillen dankbar zu sein, doch ich konnte nur an mich selbst denken; ich war nicht berufen worden. Ich verdrängte diesen Gedanken. Tal würde bei seiner Rückkehr unser Häuptling sein. Ich wußte, daß ich auch nicht daran denken durfte, sondern nur an die Herrin.

Tal nahm seinen Reif ab. Ich entfernte meinen ebenfalls und sagte: »Du bist berufen worden.«

Er richtete sich langsam auf und rieb sich die Arme. »Ja.«

»Das ist dein viertes Mal.«

»Ich muß mich in die Enklave begeben.«

»Nimm mich mit.« Die Worte waren mir herausgerutscht, bevor ich sie zurückhalten konnte. Ich warf einen ängstlichen Blick zum Altar.

»Arvil, bist du berufen worden?«

Ich schüttelte den Kopf.

»Das habe ich mir gedacht. Du kannst die Herrin nicht betrügen. Wenn du nicht berufen worden bist, kannst du nicht durch die Mauern treten. Ich muß dich zurücklassen.«

»Wirst du Pirscher wieder zu meinem Hüter machen?«

»Er hat es beim letzten Mal doch ganz gut gemacht.«

»Er wird versuchen, mich zu schlagen.«

»Wenn er das tut, dann hast du es verdient, obwohl ich glaube, es wird ihm jetzt schwerer fallen, dich zu schlagen.«

»Und Cor wird mich schlagen, wenn Pirscher außer Sichtweite ist.«

Tal seufzte. »Hör auf zu jammern. Wenn du mit diesem Knaben nicht zurechtkommst, dann wehre dich gegen ihn. Inzwischen solltest du in der Lage sein, ihn zu besiegen – du bist so sehr gewachsen, daß du größer bist als Cor.«

»Dann wird er Pirscher zur Hilfe holen, und ich kann die Hand nicht gegen meinen Hüter erheben. Gib mich in die Obhut von jemand anderem.«

»Wenn du mit diesem Gerede nicht aufhörst, Arvil, dann werde ich dich eigenhändig schlagen. Du befindest dich in einem Heiligtum. Du bist ein ausgewachsener Mann, aber du benimmst dich immer noch wie ein Kind, und die Herrin ist Kindern, die ihren Hütern nicht gehorchen, nicht wohlgesonnen.« Tal reckte sich. »Jetzt möchte ich, daß du die Kaninchen holst, sie häutest und ausnimmst und unser Essen zubereitest. Was übrigbleibt, werden wir morgen essen.«

»Gehen wir nicht ins Lager zurück?«

»Wir werden morgen früh aufbrechen. Die Herrin hat mir Ihre Gunst erwiesen. Die Mutter hat bestimmt nichts dagegen, wenn wir hier schlafen. Geh jetzt hinaus und sammele etwas Holz, bevor es dunkel wird.«

Während wir uns dem Lager näherten, machte ich mir erneut Sorgen darüber, wie sich Geab wohl verhalten mochte, wenn er von Tals vierter Berufung erfuhr. Vielleicht würde er sich zum Heiligtum begeben in der Hoffnung, daß die Herrin auch ihn berufen möge, doch Männer seines Alters wurden nur sehr selten berufen. Er müßte darauf hoffen, daß Tal nicht heil aus der Enklave zurückkehrte. Vielleicht würde Geab sogar unser Lager an einen anderen Ort verlegen, damit Tal Schwierigkeiten hätte, uns wiederzufinden.

Ich hatte schon mal erlebt, daß ein Häuptling zum Ältesten geworden war, zwei Winter nachdem Tal mich in seine Obhut genommen hatte. Wolf hatte uns damals angeführt. Er hatte sich bei einem Sturz einen schlimmen Beinbruch zugezogen und wußte, daß er nicht mehr gesund werden würde. Er hatte sich selbst zum Ältesten erklärt, da er wußte, daß das der Gruppe zugute käme; die Pflege eines alten und verkrüppelten Mannes hätte für uns alle das Leben beschwerlicher gemacht.

Wolf war zu seiner letzten Jagd ausgezogen, obwohl die anderen ihm dabei helfen mußten, sein letztes Fell abzuziehen. Er hatte sich einen Umhang angefertigt und sein letztes Mahl eingenommen, dann hatte er seine Sachen abgegeben. Geab, der neue Anführer, hatte das wertvolle Messer von Wolf bekommen; es war mit einer scharfen Metallklinge versehen, die man einem Wegelagerer abgenommen hatte.

Gaeb führte den ersten Stoß mit diesem Messer aus, indem er Wolf die Kehle durchschnitt. Als wir anderen Wolf mit unseren Speeren durchbohrten, war er bereits tot.

Wolf hatte sich bereitwillig dem Tod gestellt. Gaeb würde das nicht tun.

Während unserer Nacht in dem Heiligtum hatte ich

von dem weißen Raum geträumt, aber die Herrin sprach nicht zu mir. Tal jedoch war wieder eine Zwiesprache mit ihr vergönnt gewesen, und er murmelte im Schlaf. Wie alle Männer hatte ich einen Makel auf der Seele, doch ich betete um Läuterung und um die Segnung durch die Herrin. Tal war ein guter Mann, und er war viermal berufen worden, doch es war das Schicksal aller Männer, irgendwann in Ungnade zu fallen und gewaltsam aus der Enklave vertrieben zu werden. Wieder fragte ich mich: konnte ein Mann so fromm sein, daß er innerhalb einer Enklavenmauer leben konnte und niemals herauszukommen brauchte?

Als wir den Hügel erreichten, der zu unserem Lager führte, packte mich Tal plötzlich, riß mich aus meinen Tagträumen und deutete zu Boden. Er hatte bereits seinen Speer vom Rücken gelöst. Pferdespuren zeichneten sich im Schnee ab und führten den Hügel hinauf in Richtung unseres Lagers. Ich zerrte an Tals Arm, da ich fliehen wollte.

In diesem Moment kam ein Pferd mit zwei Reitern um den Hügel und trabte auf uns zu. Tal hob den Speer.

»Halt!« schrie eine vertraute Stimme. Ich erkannte Cors Pelze und Felle. Er saß hinter einem Fremden auf dem Rücken des Pferdes; seine Beine baumelten lose, und seine Arme umklammerten die Taille des anderen Mannes. Ich war zu sehr verdutzt über den Anblick Cors auf einem Pferd, als daß ich mich in diesem Augenblick gefürchtet hätte.

Cor ließ den anderen Reiter los, glitt ungelenk von dem Pferd, fiel in den Schnee und erhob sich taumelnd. Tal salutierte vor ihm mit dem Speer. »Wer ist dieser Mann?« fragte er und deutete mit der Waffe auf den Fremden.

Das Pferd wieherte, doch der Fremde schwieg. Cor lächelte und enthüllte dabei weiße Zähne unter seinem dünnen roten Schnauzbart. »Eine andere Gruppe hält sich in unserem Lager auf. Wir führen Verhandlungen.«

Tal runzelte die Stirn und warf mir einen vielsagenden Blick zu.

»Ihr hättet gestern abend zurück sein sollen«, fuhr Cor fort. »Dieser Fremde hier hilft mir bei der Bewachung des Hügels. Die anderen sind oben.«

Tal rückte seine Kapuze zurecht. »Ich werde hinaufgehen.«

»Geab ist mit den Verhandlungen beschäftigt.«

»Das sagtest du bereits.« Tals Stimme klang ärgerlich.

Wir stiegen den Hügel hinauf. Unser Winterlager befand sich in der Nähe des Gipfels, so daß wir das Land ringsum beobachten konnten; doch wenn ein starker Wind wehte, mußten wir oft Schutz in dem Hohlraum suchen, den wir unter der Erde ausgehoben hatten und in dem wir den Vorrat an getrocknetem Fleisch und vegetarischer Nahrung aufbewahrten, den wir vorsorglich für die kalte Zeit angelegt hatten. Im Winter entfernten wir uns nicht weit von dem Gebiet, das uns bekannt war. Wir wußten um die Tücken des Winters, und wir wußten, wie wir uns zu verhalten hatten, um ihn zu überstehen. Wir kannten die Gefahren nicht, die uns erwarten mochten, wenn wir in Gebiete aufbrechen würden, in denen andere Gruppen umherstreiften.

Vor einem Schuppen saß Geab auf dem freigeräumten Platz um unser Feuer. Der Fremde, der ihm am nächsten saß, war ein großer Mann in einem Bärenfell. Er sah wohlgenährt aus, ebenso wie der Mann bei Cor. Er war in Gesellschaft von zehn weiteren Männern, alle hochgewachsen, einige wie er gekleidet. Sie saßen nicht, sondern standen steif da, die Speere bei Fuß. Jeder hielt die Zügel eines Pferdes, nur ein Mann hielt zwei Pferde.

Ich hatte solche Männer bisher erst einmal gesehen, und zwar aus der Ferne, und sie und ihre gezähmten Pferde hatten mir Angst eingeflößt. Der Anblick solcher Männer in unserem Lager jagte mir einen noch größeren Schrecken ein.

Unsere Gruppe war immer klein gewesen. Sie bestand aus Geab, Tal und mir, außerdem aus Cor, Pirscher, Adlerauge, Falke sowie Pfeil. Pfeil hatte unser neuestes Mitglied, den Knaben Stel, im vergangenen Winter aus der Enklave im Norden mitgebracht. Hasin war tot, in einer Schlacht mit einer anderen Gruppe umgekommen. Wir hätten in einem Kampf gegen diese Fremden und ihre Pferde keine Chance gehabt, deshalb verstand ich sehr wohl, warum sich Geab statt dessen auf Verhandlungen eingelassen hatte. Doch was konnten solche Männer von uns wollen? Warum hatten sie uns nicht angegriffen, wenn sie ihres Sieges so sicher hätten sein können?

Tal hockte sich neben eine kleine Schneeverwehung, um das Gespräch zu verfolgen. Ich wandte mich ab und ging zu einem Schuppen unter den Bäumen, einem schützenden Unterstand, den ich selbst aus Holz und fellbedeckten Zweigen gebaut hatte. Falke saß bereits mit Stel darunter.

»Wer sind die?« fragte ich Falke, während ich mich niederließ.

»Eine Gruppe aus dem Süden.«

»Und sie kommen im Winter in den Norden? Was wollen sie hier?«

Stel kicherte. Sein rundliches dunkelbraunes Gesicht erinnerte mich an das seines Hüters; Pfeil war der einzige dunkle Mann, den ich je gesehen hatte. Ich stieß Stel mit den Ellbogen in die Seite und untersagte ihm zu kichern. Er verdrehte die dunklen Augen. Ich versetzte ihm einen zweiten Rippenstoß, und er blinzelte, um seine Tränen zurückzuhalten. Er war klein und hatte Angst, zurückzuschlagen.

Falke rieb sich das spitze Kinn. »Sie verhandeln mit Geab. Sie kamen im Morgengrauen hier an, als ich gerade Wache hatte, senkten die Speere und baten um einen Friedenspakt. Am Anfang hatte ich Mühe, sie zu verstehen, denn sie gebrauchten fremdartige Worte, doch ihr Anführer und ein zweiter Mann beherrschen unsere Sprache, und wir alle kennen die Heiligen Worte, also waren wir in der Lage, uns zu verständigen. Hat Tal uns frisches Fleisch mitgebracht?«

»Wir haben außer zwei Kaninchen nichts gefunden, und die haben wir gegessen.« Ich legte meinen leeren Rucksack ab.

Falke feixte. »Diese Pferde würden gutes Fleisch liefern. Das getrocknete Fleisch ist...«

»Was ist mit den Fremden?« unterbrach ich ihn.

»Sie wollen, daß wir uns ihnen anschließen.«

»Ihnen *anschließen?*«

»Das hat ihr Anführer gesagt. Sie haben eine große Gruppe, Arvil. Die hier sind nur eine kleine Abordnung. Der Anführer hielt zehn Finger hoch, und dann noch mal zehn; insgesamt hielt er neunmal alle Finger hoch. Es sind also neunzig an der Zahl, und sie haben eine Mauer gebaut, und sie haben Hütten und außerdem jede Menge zu essen – deswegen sind sie so dick. Der Anführer hat uns erzählt, daß ihre Männer zu zwei verschiedenen Enklaven berufen worden seien und daß sie den Zugang zu vier Heiligtümern unter ihrer Kontrolle hätten.«

»Das glaube ich nicht.«

Falke zog seine Kapuze hoch und versteckte seine braunen Zöpfe. »Er hat gesagt, daß es so ist. Sie haben uns vorhin von ihrem getrockneten Fleisch zu essen gegeben, und in Blätter eingehüllten Mais. Er hat gesagt, sie bauen ihren Mais selbst an und brauchen nicht oft auf Nahrungssuche zu gehen. Er hat gesagt, sie halten sich Herden von Tieren und haben den ganzen Winter über frisches Fleisch, ohne danach jagen zu müssen.«

»Wenn er einer so großen Gruppe vorsteht, was will er dann mit unserer?«

Falke beugte sich vor. »Einheit. Er sprach von Einheit – zahlenmäßige Stärke, so nannte er es. Er sagte, es sei unnötig, daß Gruppen gegeneinander kämpfen oder sich gegenseitig aus dem Weg gehen. Er sagte, eines

Tages werden sie so stark sein, daß sie jede andere Gruppe zerstören werden, die nicht zu ihnen gehört, und daß alle schwächeren Gruppen aussterben werden und daß sie eines Tages so stark wie eine Enklave sein werden. Und dann...«

Stel hörte mit weit aufgerissenen Augen zu. Falke gab dem Jungen einen Schubs. »Verschwinde, Stel!«

»Warum?«

»Frag nicht, geh! Übe dich im Umgang mit dem Speer oder sammele Holz.«

Stel entfernte sich von dem Schuppen, während Falke näher zu mir heranrutschte. »Und dann«, flüsterte er, »werden sie in eine Enklave gehen, wann immer sie Lust haben, und nicht nur, wenn sie berufen werden.«

Ich verbarg das Gesicht einen Moment lang in den Händen. »Sprich nicht solche Dinge aus. Die Herrin wird dich hören.«

»Der Anführer sagt, er dient der Herrin. Er sagt, er kann Sie hören, auch wenn er sich nicht in einem Heiligtum befindet und nicht Ihre Krone trägt. Er ist von der Heiligkeit berührt, und wenn er in Trance ist, spricht die Herrin durch ihn. Er sagt, Sie habe ihm gesagt, daß für alle Männer eine neue Zeit heraufzieht.«

Das klang in meinen Ohren unfromm. Ich sandte ein stilles Gebet aus, um den Zorn der Herrin abzuwenden. »Was geschieht, wenn wir uns ihnen nicht anschließen?«

»Wir unterliegen zur Zeit noch einem Friedenspakt, aber im Frühling werden sie uns zu ihren Feinden erklären und sich frei fühlen, Jagd auf uns zu machen. Und sie werden es erfolgreich tun. Wir können gegen Männer, die auf Pferden reiten, nichts ausrichten.«

»Wir könnten ihnen davonlaufen.«

»Da müßten wir sehr weit laufen.«

»Tal wird niemals einverstanden sein«, gab ich zu bedenken.

»Er wird sich dem fügen müssen, was die anderen entscheiden.«

Ich schlang die Arme um die Beine. Tal beobachtete den Fremden, aber ich konnte seinem Gesicht nicht ansehen, was er dachte.

Als die Verhandlungen beendet waren, ritten die Fremden den Hügel hinunter, um dort unten ihr Lager aufzuschlagen und Cor zu uns heraufzuschicken. Sie ritten in einer Linie, ein Pferd folgte dem anderen, jeder Mann hielt die Zügel auf dieselbe Weise, als ob die Gedanken eines einzelnen alle beherrschten.

Wir scharten uns um das Feuer, während Geab uns wiedergab, was die Fremden gesagt hatten.

»Was hältst du davon, Häuptling?« fragte Pirscher.

»Ich bin dafür, daß wir uns ihnen anschließen«, antwortete Geab. »Wir können keine neuen Feinde gebrauchen, und ihre Gruppe ist gesegnet worden. Wir müssen uns ihnen anschließen.«

»Ich bin derselben Ansicht«, sagte Pirscher.

Pfeil nickte, ebenso Adlerauge. Falke, Cor und ich besaßen kein Mitbestimmungsrecht, da wir noch nicht berufen worden waren, und Stel war noch ein Kind.

Tal schüttelte den Kopf. »Das dürfen wir nicht tun. Wir leben doch jetzt auch nicht schlecht.«

Geab erwiderte: »Wir könnten besser leben.«

»Wir müßten dann tun, was sie uns befehlen, und unter Fremden leben. Wir beherrschen ihre Sprache nicht. Vielleicht wird uns nicht einmal unser eigener Häuptling zugestanden.«

»Wir alle sind der heiligen Sprache mächtig, und ich werde nach wie vor euer Häuptling sein«, entgegnete Geab. »Sie haben etwas, das sie Rat nennen, und dort werde ich unsere Gruppe vertreten, allerdings müssen wir ihrem Häuptling gehorchen.«

»Du wirst uns vertreten?« Tal runzelte die Stirn. »Wir werden also nicht für uns selbst sprechen?«

»Ihr werdet mit mir sprechen, und ich werde euren Standpunkt ihnen gegenüber vertreten.«

»Aber du wirst dann nicht mehr unser Häuptling sein, Geab.« Tal entblößte die Zähne. »Ich habe die Nacht im Heiligtum der Maria verbracht. Ich bin erneut berufen worden. Wenn ich zurückkehre, werde ich Häuptling und du wirst Ältester sein.« Tal hatte sich diese Neuigkeit bis jetzt aufbewahrt.

Geab verengte die braunen Augen zu schmalen Schlitzen und grinste; er wirkte kein bißchen erregt. »In ihrem Lager gibt es keine Ältesten. Das hat mir der Anführer erzählt. Er hat gesagt, sie nehmen die alten Männer in ihrem Leben auf, hören sich ihre Geschichten an und machen sich ihre Weisheit zunutze. Ich werde weiterhin euer Häuptling sein, bis ich sterbe – und an einem solchen Ort kann es sein, daß ich sehr alt werde.«

»Wir haben uns ihnen noch nicht angeschlossen.«

»Aber wir werden es tun.«

»Aber ihr müßt warten, bis ich aus der Enklave zurückkehre.«

»Das geht nicht. Sie brechen morgen auf und haben uns gebeten, gemeinsam mit ihnen zu reiten. Sie können dir den Weg beschreiben, damit du uns bis zu ihrem Heimatgebiet nachfolgen kannst. Wir werden uns ihnen anschließen, Tal.«

Geab hatte recht. Ich sah es den Augen der anderen an, in denen sich ihre Träume von Essen und Hütten widerspiegelten. Geab hatte Angst vor dem Tod. Er würde seine Funktion als echter Häuptling aufgeben, um am Leben zu bleiben. Und wenn Tal das Land der Fremden niemals erreichen würde, so könnte das auch nur seinen Zwecken dienlich sein, da er dann keinen Rivalen mehr zu fürchten hätte.

»Das ist unfromm!« schrie ich.

»Halt den Mund!« brüllte Geab mich an. »Dein Körper mag annähernd der eines Mannes sein, Arvil, aber du bleibst ein Knabe, solange du noch nicht berufen worden bist.«

»Es ist unfromm. Falke hat mir gesagt, daß sie davon träumen, so stark wie eine Enklave zu werden, um dann in die Enklaven zu gehen, ohne berufen zu sein.«

»Stimmt das?« fragte Tal. Geab nickte.

»Dann ist es unfromm. Ich diene der Herrin, und Sie hat mich wieder einmal mit Ihrer Gunst ausgezeichnet. Ich werde mich ihnen nicht anschließen.«

Pfeil zupfte an seinem albernen schwarzen Bart; Adlerauge runzelte die Stirn. Pirscher vollführte eine ausholende Armbewegung. »Ich halte zu Geab«, sagte Pirscher. »Die Herrin hat auch die Fremden mit Ihrer Gunst ausgezeichnet, oder etwa nicht? Sie sagen, daß sie viel jungen Nachwuchs aus den Enklaven herausgebracht haben. Sie haben ihr Essen mit uns geteilt, weil sie viel mehr davon haben. Ich bin dafür, daß wir mit ihnen ziehen.« Da wußte ich, daß auch Adlerauge und Pfeil sich Geab anschließen würden.

Tal erhob sich. »Ich muß mich in die Enklave begeben. Ich muß beten und mich in einem Heiligtum läutern, um dann zur Herrin zu reisen. Aber ich werde nicht zu euch zurückkehren, wenn ihr mit ihnen zieht.« Geab lachte. »Dann wirst du sterben. Du wirst auf dich allein gestellt sein, ohne Gruppe.«

»Ich stehe in der Gnade der Herrin. Wir werden sehen, was Sie mit mir vorhat. Vielleicht finde ich eine neue Gruppe. Die Herrin wird wissen, daß mich das Böse nicht in Versuchung führen konnte.« Dann sprach Tal die folgenden Worte, die mir einen eisigen Schauder einjagten. »Ich entziehe dir meine Loyalität, Geab. Ich erkenne dich nicht mehr als meinen Häuptling an, und ich gehöre nicht mehr zu dieser Gruppe.«

»Und ich verstoße dich«, erwiderte Geab und sprang auf. »Wenn die Herrin dich nicht berufen hätte, würdest du jetzt sterben. Doch ich glaube, der Tod wird dich früh genug ereilen.«

Tal sah zu mir herunter. Die anderen Männer beobachteten ihn. Ich hatte Angst. Ich unterstand immer noch Tals Hüterschaft, und meine Zukunft lag jetzt in seinen Händen. Ich konnte nicht mit ihm in die Enklave gehen und fragte mich, ob er mich vielleicht allein hier zurücklassen würde und ich sehen müßte, daß ich irgendwie überlebte, während ich auf ihn wartete.

Tal zog mich auf die Beine und führte mich zu Pirscher. »Willst du Arvils Hüter sein?« fragte er. Pirscher nickte. »Also gut – das ist erledigt. Leb wohl, Arvil.«

Ich hätte am liebsten laut losgeheult, aber das wäre unschicklich gewesen. Tal stand neben mir, während ich einen inneren Kampf ausfocht und den Drang verspürte, mich an ihn zu klammern. »Du bist nicht berufen worden«, sagte er, »und ich kann dich nicht mitnehmen.« Er zog mich zur Seite, weg von den Männern und der Wärme des Feuers. »Du mußt mit ihnen an diesen unheiligen Ort gehen, denn wenn du allein zurückbliebest, müßtest du sterben, doch die Herrin wird dich leiten. Bete häufig, und folge Ihrem Weg – hüte dich vor der Unfrömmigkeit. Vielleicht sehen wir uns in einer Zeit wieder, in der ich dich von jenem unheiligen Ort wegholen kann.«

»Lüge mich nicht an, Tal. Wir werden uns niemals mehr wiedersehen.«

Seine Finger gruben sich in meinen Arm. »Widersetze dich dem Bösen. Was immer sie dir erzählen mögen, meide die Pfade des Übels.« Ich sagte: »Ich muß genauso leben wie sie, solange ich bei ihnen bin.«

»Denke an die Herrin. Deine einzige Überlebenschance besteht jetzt darin, daß du mit ihnen gehst, und deshalb mußt du es tun, doch wenn man dich bestraft, weil du der Frömmigkeit nicht entsagst, dann mußt du diese Strafe erdulden.« Er ließ mich los. »Leb wohl, Arvil.« Tal nahm seinen Speer und Bogen auf, schulterte seinen Köcher und schritt allein den Hügel hinab.

Nach und nach trafen meine Freundinnen ein, um mein Fest mit mir zu feiern. Ich begrüßte sie und bemühte mich, meine Sorgen zu vergessen. Nachdem sie das traditionelle Lied der bevorstehenden Reife als Frau sangen und ich ihre Geschenke in Empfang genommen hatte, ließen wir uns auf dem Teppich nieder und knabberten Süßigkeiten und Obst.

Alle meine Freundinnen hatten den Zeitpunkt ihrer ersten Menstruation bereits hinter sich, und sie konnten mir allerlei Ratschläge geben. »Such dir ein Zimmer im nördlichen Quadranten, Laissa, aber nicht in einem der äußeren Türme.«

»Wenn du dich entschließen solltest, dem Beispiel deiner Mutter zu folgen und Medizin zu studieren, verlege dich auf die Forschung. Ärztinnen und Krankenschwestern werden manchmal zur Mauer geschickt und müssen sich mit Männern beschäftigen.«

»Ich denke daran, nach Abschluß meines Studiums für eine Weile bei der Patrouille Dienst zu tun. Das ist keine schwere Arbeit, und es bietet Gelegenheit, viele Frauen kennenzulernen und ihnen zu helfen.«

»Ich konzentriere mich auf Astronomie und Astrophysik. Es ist aufregend, all diese Aufzeichnungen zu betrachten, um zu begreifen, was wir in der Vergangenheit entdeckt haben.«

»Laß dich zur Pilotin ausbilden, wenn du die Voraussetzungen dafür erfüllst. Der Cyber-Pilot übernimmt sowieso während der meisten Zeit die Steuerung, und du lernst viele fremde Städte kennen. Einmal sind wir während eines Übungsfluges sogar bis zum Großen Grat gekommen.«

»Cybernetik ist ein interessantes Gebiet, und es bietet gute Chancen, eines Tages einen Platz im Rat zu erlangen.«

»Cybernetik!« Zoreen mit der tiefen Stimme spuckte dieses Wort beinahe aus. »Ist denn nicht alles in gewisser Weise Cybernetik? Wieviel echte Arbeit haben wir denn? Die Ärzte starren den größten Teil der Zeit auf Bildschirme und Scanner, die Piloten starren auf Bildschirme, und die cybernetischen Intelligenzen geben uns Anweisung, was wir zu tun haben. Die Cyber-Gehirne erledigen den Großteil der Arbeit, und wir tun nichts Neues. Wir wissen nichts, das man nicht schon vor zwei Jahrhunderten oder mehr gewußt hat. Wahrscheinlich wissen wir sogar weniger. Wir halten uns zurück.«

Die anderen Frauen wandten den Blick von Zoreen ab; einige verzogen das Gesicht, während andere so taten, als hätten sie nicht zugehört. Ich hatte Zoreen eigentlich nicht einladen wollen, aber wir waren früher einmal eng befreundet gewesen, und sie hatte mich auch zu ihrer Feier eingeladen.

»Wir müssen begreifen, wie die Cyber-Gehirne arbeiten«, entgegnete Shayl. »Sie ersparen uns lediglich die Mühsal einer Menge langweiliger Aufgaben, die sie schneller erledigen können als wir.«

Zoreens Mund kräuselte sich zu einem dünnen Lächeln. »Und das macht uns die Sache noch leichter. Wir tun, was getan worden ist, wir vollziehen geschehene Abläufe nach. Einst gab es Satelliten, die den Himmel erforschten, und jetzt begnügen wir uns damit, astronomische Platten zu betrachten, die vor Jahrhunderten angefertigt wurden. Einst flogen unsere Schiffe über die Ozeane, und jetzt sind wir zufrieden, wenn sie immerhin bis zum Großen Grat fliegen. Wir bauen keine neuen Städte mehr. Selbst auf unserem eigenen Kontinent gibt es Gebiete, die uns inzwischen fast unbekannt sind.«

Shayl richtete sich kerzengerade auf und reckte das Kinn in Richtung Zoreen. »Möchtest du, daß wir wieder so werden wie die Alten?« fragte sie. »Fast hätten sie die ganze Welt zerstört, weil sie vor nichts haltmachen konnten. Wenn das jemand wissen müßte, dann bist du das.«

»Wir könnten mehr tun«, sagte Zoreen.

»Wir haben Verantwortung«, entgegnete Shayl. »Wir werden die Mütter der Stadt sein. Wir müssen all jenen Frauen hier dienen, die von uns abhängig sind; wir sind verpflichtet, ihr Leben so friedlich und ungestört zu erhalten, wie es ist. Ich möchte in dieser Hinsicht keine Veränderung.«

Shayl, meine beste Freundin, hatte sich für das Studium der Physik entschieden. Ihr Leben war bereits vorgeplant; sie würde ihre Arbeit meistern, vielleicht irgend etwas bereits Bekanntes ein klein wenig weiter ausarbeiten, ihre Kinder zur Welt bringen und dann ihre Zeit aufteilen zwischen ihrer wissenschaftlichen Arbeit und ihrem Amt als Lehrerin in einem Mädchen-Wohnheim. Bei dem Gedanken an Wohnheime wurde mir ganz feierlich zumute; mein Leben dort und in Mutters Räumlichkeiten war nun vorbei. Bald würde ich in meine eigenen Räume ziehen. Shayl und ich hatten bereits den Plan gefaßt, zusammen zu wohnen, bis es Zeit zum Kinderkriegen wäre, und vielleicht auch noch darüber hinaus; doch seit ihrem Fest hatte ich sie nur noch selten zu sehen bekommen, und ich fragte mich, ob sie es sich vielleicht anders überlegt hatte. Jenna und Carlea, die immer noch unzertrennlich waren, saßen händchenhaltend nebeneinander, und ich verspürte einen Stich im Herzen.

»Was hast du vor, Laissa?« fragte Carlea.

Ich sagte: »Ich weiß eigentlich noch nicht so genau.«

»Nach deinen Tests wird eine Beraterin ein Gespräch mit dir führen«, sagte Jenna mit ihrer melodischen Stimme. »Du solltest ihre Vorschläge beherzigen.«

»Schlag eine Laufbahn in den Allgemeinen Naturwissenschaften ein«, riet Carlea, wobei sie die dunklen Locken zurückschüttelte. »Das ist eine gute Wahl für jemanden, der sich unschlüssig ist. Du kannst dabei nichts falsch machen, und es ist eine nützliche Ausgangsbasis.«

»Dann stehen immer noch Geschichte und Menschliche Zivilisation zur Verfügung«, bot Zoreen an.

Ein anderes Mädchen kicherte; ich spürte, wie ich rot wurde. »Das würde dein Studium sicher mit Leben anreichern.« Sie beugte sich vor; ihre grünen Augen funkelten. »Männer und Kriege. Jungen und Mädchen zusammen, ohne Schutz. Keine Besamung – sie mußten mit den Männern richtig in Berührung kommen.« Zoreen war anscheinend mit Absicht aggressiv; offenbar hatte sie gewußt, daß sie bei den anderen nicht willkommen war.

»Das klingt ekelhaft«, bemerkte Shayl naserümpfend. Mit ihren großen braunen Augen und der dunkelbraunen Haut war sie für mich schon immer das schönste Mädchen gewesen, das ich je gesehen hatte. »Ich glaube, eine ganze Menge perverser Männer und gestörter Frauen spielen auch jetzt noch Geschichte.«

Zoreen senkte den Blick. Meine Wangen brannten. Ich hatte mich ein wenig mit Geschichte beschäftigt und mich dabei ertappt, daß mich einige der alten Überlieferungen auf sonderbare Weise angezogen hatten, doch ich hatte niemals erwogen, dieses Fach zu studieren.

Shayl sah mich an. »Du solltest dich für Physik entscheiden«, fuhr sie fort. »Dann könnten wir gemeinsam studieren.« Ich betrachtete sie mit unsicherem Blick. »Nun, wir werden doch zusammen wohnen, oder nicht? Ich dachte, das hätten wir längst beschlossen.«

Sie sprach in einem beiläufigen Ton. Am liebsten wäre ich aufgesprungen und hätte die Arme um sie geschlungen, doch statt dessen lächelte ich nur. »Natürlich.«

»Seht mal!« rief Miri.

Knopf war aus seinem Zimmer gekommen. Er rieb sich verschlafen die Augen, während er uns beobachtete und mit der anderen Hand an seinem braunen Nachthemd zupfte.

»Komm her!« sagte Jenna und streckte ihm die Arme entgegen.

Knopf tapste zu ihr hin. Als er nach ihren langen braunen Haaren griff, schob Jenna ihn mit beiden Händen weg. Er landete mit einem harten Plumps auf dem Teppich. »Was für ein kleines ungeratenes Tier er ist. Er sieht noch häßlicher aus als mein Bruder.«

»Weißt du, was mit dir geschehen wird?« murmelte Carlea, während sie zu ihm hinkrabbelte. »Weißt du das?«

Knopfs Augen weiteten sich; er sprach nicht.

»Du wirst hinausgeschickt«, rief Carlea triumphierend. »Du wirst bei großen, haarigen, wilden Männern leben, und wenn du nicht tust, was sie sagen, werden sie dich treten und schlagen.«

»Seht euch das an!« sagte Shayl und beugte sich vor, um Knopfs Hemd hochzuheben. »Ist das nicht erbärmlich? Es hängt einfach da wie ein Würstchen.«

Alle kicherten. Knopf drehte sich zu mir um, in seinen grauen Augen glitzerte es feucht. Ich wäre am liebsten aufgestanden und hätte ihn in sein Zimmer zurückgebracht, wo ich ihn ein bißchen hätte trösten können, aber ich brachte es nicht über mich, mich zu bewegen.

Carlea stand auf und hob Knopf hoch; dann schleuderte sie ihn im Kreis herum, bevor sie ihn Shayl zuwarf. Zoreen sah schweigend zu; im Gegensatz zu den anderen lachte sie nicht. Shayl schwang Knopf im Bogen herum, und er schrie. Als sie ihn absetzte, trat er ihr mit dem nackten Fuß kräftig gegen das Bein und schlug ihre Hände weg.

»Knopf!« schrie ich auf.

»Er wird schon ungezogen«, sagte Miri. »Er hätte schon längst rausgeschickt werden müssen.«

Knopf sah mich an. Ich brachte kein Wort hervor. Er

rannte in sein Zimmer zurück und warf mir einen wütenden Blick zu, bevor die Tür zuglitt.

»Von allen Dingen, die uns bevorstehen«, hörte ich mich selbst sagen, »ist das Gebären von Jungen bei weitem am schlimmsten.«

Alle murmelten zustimmend, doch ich haßte mich, weil ich es gesagt hatte.

Ich machte mir erneut Sorgen, nachdem meine Freundinnen gegangen waren. Ich hätte glücklich sein sollen, doch ich dachte an Knopf, und plötzlich war ich wütend auf Mutter, weil sie ihn nicht längst weggeschickt hatte. Weil ihr Knopf zu sehr ans Herz gewachsen war, hatte sie bewirkt, daß er auch mir ans Herz gewachsen war, und damit hatte sie uns beide in Gefahr gebracht.

Ich fand Mutter in ihrem Arbeitszimmer. Sie hing lässig in einem Sessel vor der Konsole des Gedankenübermittlers; ihr langes kastanienrotes Haar verbarg ihr Gesicht.

»Ich bin gekommen, um gute Nacht zu sagen.«

Sie blickte zu mir auf. Ihre Augen waren gerötet, ihr Gesicht wirkte geschwollen. »Hattest du ein schönes Fest?« fragte sie.

»Oh, ja. Shayl will nach wie vor, daß wir zusammenleben. Ihre Wohnung befindet sich ebenfalls im südlichen Quadranten, wir sind also ganz nah beieinander.«

Sie hielt den Blick starr zu Boden gesenkt. »Knopfs Vater hat meine Botschaft bereits empfangen. Er müßte in einigen Tagen an der Mauer ankommen, und dann wird Knopf...« Ihre Stimme bebte ein wenig. »Er hat sich auch schon um deinen Zwillingsbruder gekümmert. Es wird zwei Männer geben, die für Knopf sorgen.« Sie starrte an mir vorbei. »Ich habe getan, was ich tun mußte. Es wird keine weiteren Verwarnungen von Eilaan mehr geben. Darüber brauchen wir uns keine Sorgen mehr zu machen. Ich habe es für dich getan,

Laissa. Ich wollte, daß du dein Fest feiern kannst, ohne dich damit belasten zu müssen.«

Ich gab ihr einen Kuß und ging in mein Zimmer; dort fiel mir ein, daß ich ein Jade-Armband, das Geschenk von Shayl, im Vorraum vergessen hatte.

Meine Tür glitt auf. Mutter stand vor Knopfs Zimmer und weinte.

Sowohl Shayls als auch meine Tests waren das beherrschende Thema während der folgenden Tage.

Während dieser Zeit ging ich nach dem Aufstehen durch den Botanischen Garten in der Nähe meines Turms bis zu einem Übungs-Center und setzte mich vor Bildschirme und Scanner, wo Cyber-Gehirne die chemische Zusammensetzung meines Gehirns sowie meine Reaktionen und Reflexe testeten und mir dann Fragen auf dem Bildschirm unterbreiteten, die ich beantworten sollte. Die Linsen und Lichter der künstlichen Intelligenz blinkten mich an, während ihre Fragen und Diagramme über den Bildschirm tanzten und ihre sanften, doch gestelzten Stimmen dahinplapperten. Ich war schon reichlich oft getestet worden und konnte mir nicht vorstellen, was sie noch über mich erfahren wollten, doch diesmal waren die Tests länger und umfassender als die, die ich bisher über mich hatte ergehen lassen.

Am Nachmittag legte ich einen Kopfreif an und befand mich daraufhin in einem Schiff kurz vor einem Zusammenprall, dann in einem Garten bei der Blumenpflege, dann bei einem Kleinkind, dann bei einer Patrouillenfrau, die einem verirrten Kind half. Ich durchlief so viele Szenarios, daß ich ihre Zahl nicht mehr nachhalten konnte.

Am Ende jedes Tages befragten mich verschiedene ältere Frauen, alles Psychologinnen; was sie wissen wollten, erschien mir entweder als allzu durchschaubar oder schlichtweg blöd.

»Was ist ein Junge?«

»Welchen Beruf würdest du lieber ausüben, den einer Architektin oder den einer Veterinärin, und warum?«

»Wenn dich eine Freundin in einer unbedeutenden Angelegenheit anlügen würde und du dahinterkämst, was würdest du tun?«

»Wenn du in jemanden verliebt wärst, und sie wäre nicht in dich verliebt, was würdest du dann tun?«

»Warum müssen die Männer draußen leben?«

Am Abend ging ich nach Hause zum Abendessen und bekam anschließend Besuch von Shayl. Eines Abends nahm sie mich mit in ihre Wohnung, die sich fast ganz oben im Turm befand, und wir standen auf ihrem Balkon und blickten zu den Sternen hinauf. An einem anderen Abend begutachteten wir meine Habseligkeiten, und sie riet mir, was ich mitnehmen und was ich zurücklassen sollte.

Ich hatte keine Zeit, an Mutter zu denken. Sie war während des Abendessens schweigend anwesend, zu anderen Zeiten zog sie sich zurück. Ich vermutete, sofern ich überhaupt an sie dachte, daß sie versuchte, sich mit Knopfs Verlust abzufinden.

Am letzten Tag meiner Tests wurde ich durch die gewundenen Korridore des Zentrums zu einem kleinen Raum geschickt.

Eine alte Frau, der ich bis jetzt noch nicht begegnet war, saß hinter einem Schreibtisch. Ihr Gesicht war runzelig, ihr Kinn schlaff und ihr Haar grau. Sie hatte, ebenso wie Eilaan, die Zeit in ihrem Leben erreicht, da Verjüngungsmaßnahmen versagen und eine Frau anfängt, sich auf den Tod vorzubereiten. Diese Frau, davon war ich überzeugt, hatte bestimmt fast zwei Jahrhunderte erlebt, und ich fragte mich, ob sie es wohl bedauerte, das Leben verlassen zu müssen. Dann überlegte ich, warum wir, wenn wir schon so lange leben konnten, keinen Weg fanden, um unser Leben vollends ganz nach Belieben zu verlängern. Bevor ich über eine Antwort auf diese Frage nachgrübelte, fielen mir die Männer draußen ein und wie kurz deren Leben im Vergleich zu unseren währte.

»Ich heiße Bren«, sagte die alte Frau, während sie aufstand und mich zur Liege führte. Eine Konsole mit einem kleinen Bildschirm stand auf dem Tisch vor uns; Bren tippte einige Tasten an, warf einen Blick auf die Schrift und wandte sich dann mir zu. »Ich bin deine Beraterin, Laissa. Ich bin dafür da, mich mit allen Problemen zu befassen, die du während dieser Zeit des Übergangs, in der du dich auf den weiteren Verlauf deines Lebens vorbereitest, vielleicht haben magst.«

»Ich habe mich bereits entschieden; ich werde Physik studieren.«

»Dann möchte ich dir eine Frage stellen. Hast du vor, Physik zu studieren, weil du es wirklich willst, weil etwas in dir danach schreit, das physikalische Universum bis in die Tiefe zu begreifen, oder weil deine Freundin Shayl dieses Fach gewählt hat?«

Ich zögerte. Schließlich sagte ich: »Ich hätte es so oder so erwogen, aber es fällt mir sicher leichter, wenn ich eine Freundin habe, die mir dabei hilft.«

Brens Lächeln wirkte steif; ihre kleinen schwarzen Augen waren glasig. »Ich empfehle, daß du statt dessen die Allgemeinen Naturwissenschaften in Betracht ziehst. Du erfährst dort auch einiges über Physik, und dann kannst du dich später immer noch eingehender diesem Fach widmen. Außerdem würde ich jedoch vorschlagen, daß du dein Studium durch Geschichte und Menschliche Zivilisation erweiterst.«

Ich erstarrte. Nachdem ich einen Kloß in meiner Kehle hinuntergeschluckt hatte, versuchte ich mich zu fangen. »Das interessiert mich nicht, Bren.«

»Deine Tests haben etwas anderes gezeigt.«

»Außerdem weißt du doch, was man allgemein

davon hält. Alle meinen, es sei abartig, so etwas zu studieren, und eine normale Frau könne sich nicht dafür interessieren.«

»Früher habe ich solche Worte nur von denjenigen zu hören erwartet, denen wir dienen, doch es scheint, als verträten immer mehr Mütter der Stadt diese Ansicht.«

Sie lehnte sich zurück. »Ich habe mich selbst ein wenig mit Menschlicher Zivilisation beschäftigt, und du wärst überrascht über einige der anderen, die in dieses Fach hineingeschnüffelt haben. Oh, ich weiß, daß die meisten Jüngeren es seltsam und unangenehm finden – sie können sich nicht vorstellen, was das alles mit ihrem jetzigen Leben zu tun hat, und sie möchten sich an die Gegebenheiten anpassen. Wenn man jedoch älter wird, dann spürt man manchmal den Wunsch, die Vergangenheit zu begreifen und zu erkennen, wie wir zu dem geworden sind, was wir sind.«

Ich strich mir nervös über den Ärmel. »Nun, ich bin noch nicht alt. Außerdem, wozu würde es mir nützen? Ich möchte weder Archivarin noch Historikerin werden, und ich müßte zumindest einige der alten Sprachen lernen, um die Aufzeichnungen überhaupt lesen zu können.«

»Es gibt Übersetzungen, aber deine Tests zeigen, daß du einen Hang zu Sprachen hast. Und ein Wissen in Geschichte und Menschlicher Zivilisation schadet nie.«

»Aber wozu würde es mir nützen?« wiederholte ich.

Bren legte mir eine Hand auf die Schulter. Die Geste schien einstudiert zu sein. Ich stellte mir vor, wie sie dachte: Jetzt sollte ich ihr die Hand auf die Schulter legen, jetzt sollte ich lächeln und Zuversicht einflößend aussehen. Sie lächelte und neigte den Kopf zur Seite. »All deine Testergebnisse zeigen, daß du eine gute Chronistin abgeben könntest. Durch die Betrachtung der Vergangenheit lernt man zu begreifen, warum wir sind, wie wir sind. Wenn man über die eigenen Gefühle schreibt, die eigenen Lebensperspektiven, mag das eine Erhellung...«

»Aber ich möchte nicht Chronistin werden. Das ist mir noch nie in den Sinn gekommen, niemals.«

Bren wich zurück. »Einige werden offenbar mit dem Wunsch geboren, bei anderen kommt er später. Ich kann dir nur wiedergeben, was deine Tests zeigen. Chronistinnen sind selten, und ihre Überlieferungen sind heutzutage häufig Wiederholungen dessen, was schon oft festgehalten wurde.« Sie hielt inne. »Sei ehrlich, Laissa, drängt es dich wirklich leidenschaftlich danach, die Prinzipien der Materie zu verstehen, die dem Universum zugrundeliegende Struktur, oder befassen sich deine Fragen mit uns und unserem Dasein?«

Ich lehnte mich zurück, möglichst weit weg von ihr.

»Hast du nicht manchmal das Gefühl, eine Beobachterin zu sein, jemand, der außerhalb der Dinge steht?«

»Ich weiß nicht«, antwortete ich.

»Hegst du keine Zweifel hinsichtlich des Lebens, das wir führen?«

»Nein!« entgegnete ich energisch. »Nicht wirklich. Nicht mehr als alle anderen auch.«

»Du kannst mir nichts vormachen, Laissa. Ich kenne deine Zweifel sehr wohl. Deine Antworten auf viele Fragen verraten das.«

Ich fragte mich, wie das sein konnte. Ich hatte meine Antworten sorgfältig abgewägt und war etwas von meiner wirklichen Meinung abgewichen, um angepaßt zu wirken.

»Hör zu«, sagte Bren, »du bist nicht allein. Es gibt noch andere, die Zweifel hegen. Sie fragen, warum wir nicht außerhalb unserer Städte leben können, warum Männer nicht genauso leben können wie wir, warum einige Frauen rebellieren, warum wir so selbstzufrieden und träge geworden sind. Einige derer, die zweifeln, haben ihre Gefühle aufgezeichnet oder sie in Geschichten eingebettet, und diejenigen, die sie lesen, werden erleuchtet. Sie sehen unsere Welt allmählich mit den Augen eines Außenseiters und erhalten auf diese Weise einen Ausblick auf unser Leben. Sie erkennen allmählich, was wir aus der Vergangenheit bewahrt und was wir verworfen haben. Sie fragen, und durch ihr Fragen zeigen sie vielleicht einen Weg auf, wie die Dinge besser gestaltet werden können. Manchmal muß man zweifeln, muß man ein schmerzvolles Hinterfragen all dessen durchmachen, das einem etwas bedeutet, um unser Dasein, wie es ist, hinzunehmen. Verstehst du, wir können uns den Zweifel zunutze machen – ihn sozusagen dem Licht aussetzen, damit er nicht unter der Oberfläche gärt und uns alle vergiftet. Chronistinnen – gute Chronistinnen – sind im allgemeinen Zweiflerinnen. Sie zeigen anderen, die Fragen haben, daß sie nicht allein sind, und helfen ihnen dabei, letztendlich unsere Art des Lebens zu akzeptieren.«

Das Gespräch bereitete mir Unbehagen. Wenn die Zweifel einer Chronistin dazu führen sollten, daß das Dasein in seiner jetzigen Form akzeptiert wurde, was würde dann mit einer Chronistin geschehen, die ihre Zweifel nicht überwinden konnte? Ich schob die Frage beiseite.

Bren erweckte Unsicherheit in mir. Das war ein weiterer Test, es konnte nicht anders sein. Ich hatte einige der Überlieferungen der Chronistinnen gelesen; ihre Geschichten waren nicht viel mehr als die gesammelte Darstellung individueller Leben, vermischt mit fragwürdigen Ideen, oder die Nacherzählung von Erfahrungen, die sie selbst nie gemacht oder die sie überhaupt nur erfunden hatten. Meine Tests konnten doch nichts zutage gefördert haben, das darauf hinwies, daß ich eine solche Person sein könnte; Bren versuchte nur herauszufinden, ob ich mit meinem eigenen Denken vertraut war.

»Ich weiß, daß deine Mutter, Dorlei, ihre eigenen Fragen gehabt hat«, sagte Bren. »Vielleicht hat dich das beeinflußt. Oder vielleicht ist es eine Eigenschaft, die dir in den Genen mitgegeben wurde. Vielfalt ist wichtig fürs Überleben – wir müssen Zweiflerinnen haben, so wie wir Gefolgschaft und Anführerinnen brauchen. Zweifel können uns zeigen, wie wir die Dinge vielleicht besser machen können.«

»Mutter hegt keine Zweifel, jedenfalls nicht wirklich.« Ich hatte das Gefühl, ich mußte das sagen. »Sie tut, was sie tun muß. Und ich möchte keine Chronistin werden.«

»Ich kann dich nicht dazu zwingen. Einer derartigen Arbeit wäre Zwang ohnehin nicht zuträglich. Ich erteile nur einen Rat. Wir führen die Tests durch, damit junge Frauen vor dem schmerzvollen Versuch bewahrt werden, eine Arbeit auszuführen, für die sie nicht geeignet sind. Jetzt glaubst du das vielleicht noch nicht, aber im Laufe der Zeit wirst du wahrscheinlich merken, daß du dich immer mehr für die Geschichte interessierst und daß du deine Gedanken aufzeichnen möchtest, und dann wird es dir um die Zeit leid tun, die du verloren hast. Studiere Physik, wenn du es nicht lassen kannst, aber du wirst feststellen, daß dir dafür die richtige Begabung fehlt.« Sie entließ mich mit einer Handbewegung.

Ich stand am Anfang meines Lebens, und plötzlich hatte ich Angst vor dem, was es für mich bereithalten mochte.

Arvil

Die Heimat der Fremden lag sechs Tagesritte weit im Süden. Wir nahmen die Reste unserer Nahrungsvorräte mit und verließen mit ihnen unser Lager. Die Fremden teilten während der Reise ihr Essen mit uns, und in der Nacht fanden wir in ihren Zelten Unterschlupf und Schutz; dafür teilten wir unser Essen mit ihnen.

Pirscher und Cor versetzten mir oft schmerzhafte Püffe. Ich nahm die Grobheiten hin, wohl wissend, daß Tal mich deshalb Pirscher und nicht Adlerauge oder Pfeil gegeben hatte, weil Pirscher stärker war. Tal hatte das getan, was er für das beste hielt, doch ich war wütend auf ihn. Er behauptete, dem Pfad der Herrin treu zu bleiben, doch er hatte mich im Stich gelassen.

Der Anführer unserer neuen Gruppe hörte auf den Namen Wahrheitssager. In der ersten Nacht, als wir gemeinsam lagerten, versenkte er sich in Trance und leierte etwas in der heiligen Sprache vor sich hin. »Wir sollen reingewaschen werden von unseren Sünden«, sang er mit monotoner Stimme. »Der Tag wird kommen, da leben wir bei der Herrin und all Ihren Verkörperungen, und Männer werden nicht mehr gegen Männer kämpfen.« Das war das einzige, das ich verstehen konnte, denn danach stürzte Wahrheitssager zu Boden und brachte einen Schwall von unverständlichem Geplapper hervor, während zwei seiner Männer ihm Arme und Beine festhielten. Ich machte das Zeichen der Göttin und betete schweigend, doch mein Geist war nicht ausschließlich darauf gerichtet, mich vor Unfrömmigkeit zu bewahren. Meine Schenkel brannten, weil ich den ganzen Tag lang mit einem Fremden auf dem Rücken eines Pferdes geritten war, und mir tat alles weh, wenn ich daran dachte, welche Strecke noch vor uns lag.

Der Fremde, mit dem ich geritten war, kam neben

mich, während Wahrheitssager immer noch vor sich hin brabbelte. »Es wird erzählt, daß Wahrheitssager vor langer Zeit durch einen von einem Feind ausgeführten kräftigen Schlag auf den Kopf niedergestreckt wurde«, raunte mir der Fremde zu. »Er lag wie ein Toter und erhob sich wieder, und es war, als ob er mit Visionen der Wahrheit aus dem Reich des Todes zurückgekehrt wäre.«

Dieser Mann, der sich Bint nannte, schloß mich immer mehr ins Herz. Anfangs war ich ihm gegenüber sehr schüchtern. Geab und Pirscher hatten sich manchmal auf grobe Weise mit jüngeren Mitgliedern meiner Gruppe vergnügt, doch Bint drängte sich mir nicht gewaltsam auf. Er behandelte mich, als ob er mein Hüter und es ihm daher verboten wäre, sich an mir auf diese Weise zu vergehen.

Am dritten Tag unserer Reise ritt ich gern mit Bint und hatte meine Scheu vor dem Tier in ihm überwunden. Er deutete während des Ritts auf markante Stellen in der Landschaft und betete vor dem Einschlafen sogar mit mir. Pirscher war es recht, daß er mich während der meisten Zeit Bint überlassen konnte, obwohl er mich hin und wieder schlug, nur um mich daran zu erinnern, daß er mein Hüter war.

Bint sprach unsere Sprache, fragte mich jedoch nach Worten, die er nicht kannte. Er erzählte mir viel vom Leben in seinem Lager. »Siehst du das?« fragte er einmal und öffnete seine Jacke. »Schafsleder. Wir züchten Schafe. Wir halten sie in unserer Nähe in Pferchen, so daß wir immer Nahrung und Mäntel haben.«

»Hast du schon immer bei dieser Gruppe gelebt?« fragte ich ihn.

»Seit ich ein Junge war. Auch ich stamme aus dem Norden, doch an jenes Leben kann ich mich kaum erinnern. Damals war diese Gruppe noch kleiner, doch seither haben sich zwei andere ihr angeschlossen – die eure ist die dritte. Es wird dir in unserem Lager gefallen. Du wirst lernen, wie man verschiedene Pflanzen und Mais anbaut, was schwere Arbeit ist, aber wenn die weniger weit Entwickelten den Winter hindurch zittern, wirst du in einer warmen Hütte sitzen und ausreichend zu essen haben. Aber du mußt tun, was man dir sagt.«

»Wird Geab uns sagen, was wir zu tun haben?«

»Der Rat wird die Anweisungen erteilen, und er wird sie befolgen. Dir wird eine Arbeit zugeteilt werden. Wenn du nicht gehorchst, wirst du entsprechend der Schwere deiner Verfehlung bestraft. Doch du wirst nicht ohne Anhörung bestraft – und das bedeutet, du bekommst die Möglichkeit, die Sache aus deiner Sicht darzustellen und Zeugen aufzurufen. Sicher, wenn du eine schlimme Tat verübt hast, wirst du dafür vielleicht sterben müssen, aber zuvor wirst du angehört. Wir pflegen die Gerechtigkeit.«

Das alles klang fremdartig und wundersam. Mir kam der Gedanke, daß in einer so großen Gruppe wie der ihren die Dinge nicht leicht waren.

»Versuchen andere Gruppen nicht, euch das wegzunehmen, was ihr habt?« fragte ich.

Bint lachte. »Oh, das können sie ruhig versuchen. Wenn sie klug sind, lassen sie es sein. Wir bilden uns in der Selbstverteidigung aus. Einige sind Bogenschutzen, andere kämpfen mit Speeren, wieder andere kämpfen zu Pferde.«

»Bei uns kann jeder mit Speer, Messer und Pfeil und Bogen umgehen, genauso wie mit der Steinschleuder.« Ich sprach voller Stolz. »Wir beschränken uns nicht auf eine einzige Art des Kampfes.«

»Unsere Methode ist besser«, erwiderte Bint. »Wir bilden jeden an der Waffe aus, mit der er am besten umgehen kann, und wenn wir kämpfen, dann arbeiten wir zusammen, und zwar nach einem Plan. Es ist nicht so, daß jeder Mann nur für sich selbst oder seinen jungen Schutzbefohlenen kämpft. Wenn sich die anderen Gruppen zusammenschließen würden, könnten sie uns vielleicht eine echte Schlacht liefern, aber das tun sie nicht. Sie streiten miteinander, während wir immer stärker werden.«

Während der ersten Tage unserer Reise dachte ich oft an Tal und drückte nachts vor dem Einschlafen die Augen fest zu, um nicht zu weinen. Doch bald dachte ich kaum noch an ihn und kam sogar zu dem Schluß, daß er einen Fehler gemacht hatte, als er nicht versprochen hatte, uns nach seiner Rückkehr aus der Enklave zu folgen. Bint war ein guter Mensch. Er betete jeden Abend und erzählte mir, daß er dreimal in eine Enklave berufen worden sei. Ich kam allmählich zu der Ansicht, daß Tal bestimmt einsehen würde, daß er einen Fehler gemacht hatte, und letzten Endes doch noch zu uns stoßen würde.

Am vierten Tag unserer Reise verließen wir die bewaldeten Hügel und ritten anschließend über eine verschneite Ebene. Am letzten Tag beteten wir in einem Heiligtum zur Hexe der Unterwelt, bevor wir unseren Weg fortsetzten.

Hier, in diesem Heiligtum, befiel mich erneut ein Unbehagen. Hekate funkelte uns an, als meine Gruppe vor Ihr niederkniete, und dann sah ich, daß Wahrheitssagers Männer nicht knieten, sondern beim Beten direkt auf Ihr Abbild blickten. Wir lagen auf den Liegen der Herrin und hatten Ihre Reife aufgesetzt, doch Sie erwies keinem von uns Ihre Gunst, und niemand wurde berufen.

Das Heiligtum befand sich in der Ebene. Darüber erstreckte sich nach Süden hin ein Hochplateau. Bint deutete mit einer Armbewegung in diese Richtung. »Dort oben«, sagte er. »Das ist unsere Ansiedlung, Arvil. Unsere Stadt.« Undeutlich konnte ich eine Abgrenzung am Rand des Plateaus ausmachen.

Wir ritten auf einem Weg, der zu dem Lager hinaufführte. Die Strecke schlängelte sich zwischen den Felsen hindurch die steile Steigung hinauf, als ob eine riesige Hand den Pfad mit einem gewaltigen Stein herausgehauen hätte. Wir kamen an schneebedeckten Gesteinsbrocken vorbei, während die Pferde mit sicherem Tritt bergauf kletterten. Ich wagte nicht, zur Seite oder auf das Land so tief unter uns zu blicken. Wir gelangten zu einer Höhle, die von zwei Männern bewacht wurde; einer von ihnen bestieg sein Pferd und ritt vor uns her. Wir passierten eine weitere Höhle, wo weitere Posten den Weg bewachten, und sie brüllten einen Gruß in der heiligen Sprache.

Während wir immer höher kletterten, sah ich eine lange, flache Barriere aus Holz und Steinen, die auf der Erde aufgeschichtet waren. Das war die Mauer, die meine neue Gruppe errichtet hatte. Dann schienen Hütten aus dem Boden vor uns zu sprießen, und ich hörte viele Stimmen. Die Gruppe sang, und ihr Gesang war erfüllt von einer Freude, wie ich es selten gehört hatte.

Knaben rannten auf uns zu. Sie kletterten über die Mauer und reichten den kleineren die Hände zur Hilfestellung. Sie lächelten, und ihre Gesichter waren rund und voll. Als wir abstiegen, rannte ein Junge auf Bint zu, und er nahm den Kleinen in seine kräftigen Arme. In diesem Moment sehnte ich mich nach Tal.

Das Wohlergehen dieser Gruppe war auf den ersten Blick zu erkennen. Fleisch, ausreichend für mehrere Tage, drehte sich auf Spießen in der Mitte der Siedlung. Holzklötze, ausreichend für viele Feuer, waren vor jeder Hütte aufgestapelt. Bint plauderte in der Sprache der Gruppe mit dem Jungen, der sich an seine Hand klammerte, während Geab leichtfüßig tanzte und in den Ruf ausbrach: »Die Herrin ist gut.«

Ich sagte: »Wir sind gesegnet.«

»Und dein alter Hüter«, antwortete Geab, »ist ein Narr.«

Ich betrachtete meine neue Heimat. Diese Männer hatten ihre Behausungen auf hochgelegenem Gelände errichtet, das verteidigt werden konnte. Jede Hütte schien groß genug zu sein für fünf oder mehr Männer, und in einem Gehege innerhalb der Mauer war eine Herde Schafe untergebracht. Es würde in der Siedlung für mich reichlich zu tun geben, denn ich sah, daß ein solches Lager vieler Hände Arbeit bedurfte. Doch das Lächeln in den Gesichtern der Knaben verriet mir, daß ich auch Zufriedenheit finden würde.

Ich hatte gelernt, vor Fremden Angst zu haben; ich hatte geglaubt, meine Gruppe wüßte alles, was Männer wissen konnten. Doch spürte ich, wie klein und schwach wir waren.

Der Junge bei Bint reichte ihm einen Trinkschlauch. Bint nahm einen ausgiebigen Schluck davon und gab ihn an mich weiter. »Stutenmilch, Arvil.« Bei dem unvertrauten Geschmack verzog ich das Gesicht. Der Junge lachte. Während unserer Reise hatte ich mich immer mehr an die Pferde gewöhnt, das Reiten war mir leichter gefallen, als ich erwartet hatte; ich schätzte, ich würde mich auch an die Milch gewöhnen.

»Seht mal!« rief Adlerauge aus. Er blickte zum Horizont, wo ich mit Mühe und Not die glänzenden Türme und die ausgedehnte Mauer einer fernen Enklave ausmachen konnte. Fünf winzige Kugeln erhoben sich plötzlich von der Mauer, schwebten darüber und flogen dann in unsere Richtung. Wir gafften sie fassungslos an und staunten über die Zauberkraft der Enklave.

Beim Näherkommen wurden die Kugeln immer größer, bis ich erkannte, daß jede größer war als eine Hütte. Sie glitzerten im Licht der Sonne. Sie schwebten auf das Plateau zu und umkreisten uns, während einige Männer laut sangen und das Brummen der silbernen Bälle zu übertönen versuchten.

»Die Herrin erweist uns Ihre Gunst!« rief Bint. »Sie heißt euch in unserer Heimat willkommen.« Die Knaben in der Nähe der Mauer jubelten.

Ich brachte keinen Ton heraus. »Geschieht das jedesmal, wenn sich eine Gruppe euch anschließt?« fragte Geab.

Bint schüttelte den Kopf. »Es war noch nie so. Dies muß eine besondere Bedeutung haben. Welch ein ruhmreicher Tag!« Wir standen da und lächelten zu den Kugeln hinauf, während sie uns mit ihren Glasaugen anblinzelten.

Dann setzte die Herrin Ihr Gericht ein.

Strahlen, die greller waren als die Sonne, schoßen aus den Kugeln. Ich hörte einen Jungen schreien und sah, wie drei Hütten in Flammen aufgingen. Ein Mann neben mir stürzte zu Boden. Sein Kopf war weggerissen, und sein Blut spritzte über den Schnee.

Wahrheitssprecher streckte die Arme aus. Sein Gesicht war verzerrt, und er schien sich im Zustand der Trance zu befinden. »Herrin!« rief er in der heiligen Sprache aus. »Ich habe mich vor Dich gestellt! Jetzt wende ich mich von Dir ab! Lieber möchte ich das Böse umfangen als mich Dir in Deinem Reich zuzugesellen!« Es war schrecklich, seine Worte anzuhören, und während er sprach, stürzten zwei Jungen vor seinen Füßen zu Boden.

Cor wurde getroffen, als er zu mir rannte. Ein Mann hob seinen Speer und zielt auf eine der Kugeln, bevor er unter einem weiteren Strahl zusammenbrach. Strahlen zuckten an der Mauer entlang, während Flammen aus den Dächern der Hütten schlugen.

Ich war erstarrt vor Entsetzen, unfähig mich zu bewegen. Der Junge neben mir ließ den Trinkschlauch mit Milch fallen und schrie auf, als ein Strahl ihn traf. Bint warf mich zu Boden. Ich rollte einen Abhang hinunter und blieb halb unter einem Felsbrocken liegen, wo ich mir die Hände über den Kopf hielt. Ich konnte noch immer die Schreie sowohl der Pferde als auch der Männer hören.

Tal hatte recht gehabt, dachte ich; doch gleich darauf versuchte ich, meinen Geist zu beruhigen, aus Angst, die Herrin könnte meine Gedanken hören und mich bestrafen. Füße rannten an mir vorbei, von Männern, die den Weg hinab flohen. Wenn ich zwischen den Fingern hindurchspähte, sah ich, daß die Fliehenden unter den Strahlen einer der Kugeln zu Boden stürzten. Ich hörte andere Stimmen, die erfüllt waren von Zorn; einige fluchten in der heiligen Sprache. Selbst jetzt, da die Herrin Ihre Macht demonstrierte, weigerten sich einige, um Gnade zu flehen; sie würden sich lediglich die Verdammnis in der nächsten Welt zuziehen.

Wahrheitssprecher hatte sowohl über meine Gruppe als auch über seine eigene ein düsteres Schicksal heraufbeschworen. Die Schreie voller Zorn und Schmerz vereinigten sich zu einem einzigen Schrei, dem Gebrüll rasender Tiere. Strahlen zuckten auf, die Kugeln summten. Ihr Summen erinnerte mich an einen Schwarm von Bienen, diese Geschöpfe, die die Herrin so sehr liebte, diese Geschöpfe, die uns manchmal ihren Honig schenkten, aber andererseits jene stachen, die sich ihrem Stock nicht mit Bedacht näherten. Ich drückte das Gesicht zu Boden und betete um einen raschen Tod, während ich auf den Todeskampf der anderen lauschte.

Ich lag eine lange Zeit so da, bis ich keine Schreie mehr vernahm, nur noch das Summen der Kugeln und das Knistern des Feuers. Das Summen wurde immer schwächer und erstarb schließlich.

Langsam erhob ich mich. Die Kugeln waren verschwunden. Überall lagen Leichen im rotgefärbten Schnee. Ich taumelte zu Bint. Er lag auf dem Rücken, seine Brust wies eine klaffende Brandwunde auf, sein Gesicht war im Entsetzen erstarrt. Geab lag neben ihm. In Wahrheitssprechers Gesicht war der Zorn eingefroren.

Die Hütten brannten weiter. Jedes geschwärzte Bauwerk brach krachend zusammen, bis nur noch verkohlte Haufen übrig waren.

Ich hatte das Gefühl, daß ich etwas für die Verwundeten und Gefallenen tun mußte, bis ich begriff, daß ausnahmslos alle tot waren und ich allein auf einem verfluchten Boden zurückgeblieben war. Die Schafe der Siedlung rannten verstört herum und blökten in der Ferne, nachdem sie durch eine Bresche in der Umgrenzung ihres Pferchs entkommen waren. Zwei Pferde mit wild blickenden Augen wieherten in meiner Nähe und galoppierten davon.

Ich sah auf die Ebene hinunter. Ein paar Männer ritten nach Südosten, und ich vermutete, daß sie von den Höhlen entkommen waren, an denen wir bei unserer Ankunft vorbeigeritten waren. Ich hätte sie niemals einholen können, und vielleicht hätten sie mich auch gar nicht aufgenommen, da sie vielleicht dachten, meine Gruppe hätte irgendwie diese Strafe über sie gebracht. Vielleicht hatten wir das tatsächlich. Ich wußte nicht, was im Geist der Herrin vor sich ging.

Ich bewegte mich wie unter einem Zauberbann. Ich nahm verkohltes Fleisch von einem der Spieße und verstaute es in meinem Beutel. Neben einer Hütte lag ein Rucksack. Ich packte weiteres Fleisch hinein und schnallte ihn mir auf, dann nahm ich meinen Bogen und meinen Speer.

Ich betete für die Toten und hoffte, daß die Herrin, die sie in dieser Welt bestraft hatte, ihnen in der nächsten Gnade erweisen würde. Doch die Worte erschienen sinnlos. Ich fragte mich, ob die wenigen, die davongekommen waren, lediglich ihre Herzen gegen Sie verhärten würden, anstatt sich reuig zu zeigen.

Adlerauge hatte mir das Erkennen von Pilzen und das Sammeln wilder Pflanzen beigebracht. Pfeil hatte mir gezeigt, wie ich meine Waffen zu schärfen hatte und welche Steine am besten dafür waren. Falke hatte mit mir zu den Sternen hinaufgesehen. Stel würde niemals so groß werden, daß er es mit mir aufnehmen könnte, wenn ich ihn im Spaß herausforderte. Ich war mit den Männern meiner Gruppe auf die Jagd gegangen, und sie hatten mich gelehrt, wie man mit Feuersteinen ein Feuer entfacht und aus Fellen Kleidung herstellt. Jetzt waren sie nicht mehr da, und ich hatte keine Gruppe mehr. Nach dem Beten nahm ich Geabs Metallmesser, da niemand anderes da war, der es hätte beanspruchen können, und schob es zu meinem eigenen unter den Gürtel.

Ich konnte nicht auf unheiligem Grund verweilen. Ich verließ das Plateau, schleppte mich den Pfad entlang und wanderte ziellos bis zur Abenddämmerung weiter, bis der grimmige Abendwind mir ins Gesicht biß und mich zu mir selbst zurückbrachte. Ich konnte nicht allein hier draußen bleiben. Ich konnte mich nach Norden auf den Weg machen, vielleicht würde ich Tal nach seiner Rückkehr aus der Enklave finden, doch ich mußte mich von den Wegelagerern in der Nähe der Mauer fernhalten. Dann kam mir der Gedanke, daß Tal womöglich die Mauer verlassen würde, bevor ich bei ihm ankäme, und daß ich ihn niemals finden würde.

Ich war in der Nähe von Hekates Heiligtum. Tal hatte mir beigebracht, stets an einem solchen Ort zu verweilen und meine Ehrerbietung zu erweisen, und kein Mensch konnte mir dort etwas zuleide tun. Doch die Herrin hatte das Urteil über meine neuen Kameraden gefällt und ihr Lager zerstört; vielleicht würde Sie mich niederstrecken, während ich betete.

Bei dieser Vorstellung wich meine dumpfe Gemütsverfassung, und ich wurde mir des Schrecklichen bewußt. Ich klammerte mich an einen Baum und stöhnte, wobei ich versuchte, die Tränen zurückzuhalten. In diesem Zustand klärte sich plötzlich mein Geist. Wenn die Herrin wußte, daß ich am Leben war, dann konnte Sie mich jederzeit holen. Ich konnte mich vor Ihr nicht verbergen, also mußte Sie wissen, wo ich war, und das bedeutete, daß Sie offenbar beschlossen hatte, mich zu verschonen. Wenn ich nicht bei Ihrem Heiligtum haltmachte und Ihr für mein Leben dankte, wäre Sie vielleicht erzürnt.

Ich ging in das Heiligtum.

Ich kniete mich vor der Hexe nieder und betete, bis meine Knie wund waren und meine Stirn schmerzte, weil ich sie so oft vor dem Altar gegen den Boden geschlagen hatte.

Ich erhob mich, ging zu einer Liege und setzte mir eine Krone der Herrin auf; ich wußte genau, was ich zu sagen hatte.

Ich betete still, leiser als flüsternd, und formte die Worte der heiligen Sprache, wie es mir von Tal beigebracht worden war. »Herrin, bitte sprich zu mir. Unser Häuptling hat uns zu dem Plateau geführt, wo Du die Sünder vernichtet hast, die von Deinen Wegen abzuweichen gedachten. Ich wurde von meinem Hüter Tal einem anderen Mann übergeben, und ich mußte diesem Mann folgen, weil ich noch ein Junge bin. Aber ich bin immer noch Dein Diener und habe nicht gegen Dich gesündigt. Leite mich – sag mir, was ich tun soll.«

Sie schwieg.

»Sag mir, was ich tun soll. Ich bin allein, ohne Gruppe. Du hast meinen früheren Hüter Tal zu Dir berufen, aber ich kann ihm nicht zu Dir folgen. Was soll ich denn nur tun? Sprich zu mir, bitte!«

Ich betete auf diese Weise weiter, bis ich so erschöpft war, daß ich mich nicht mehr von der Liege erheben konnte. Ich rollte mich seitlich zusammen und klammerte mich an den weichen roten Stoff, immer noch flehend.

Eine unsichtbare Hand streckte sich nach mir aus und berührte mein Gesicht. Eine undeutliche Gestalt nahm Form an, und ich merkte, daß mir eine Erscheinung bevorstand. Ich befand mich auf der Liege, aber nicht mehr in dem Heiligtum. Die Herrin hatte meine

Seile durch Ihre Zauberkraft in einen kleineren, dunkleren Raum versetzt.

Sie kam näher zu mir heran und berührte erneut mein Gesicht, dann wich sie ein wenig zurück. »Was ist dein Begehr?« Ihr Haar war blond, Ihr Gewand weiß; Ihre Augen hatten das gleiche winterhelle Grau wie Tals. »Warum rufst du Mich?«

Ich brachte erneut meine Geschichte hervor, und Sie schwieg. Dann sagte Sie: »Warte!« und trat zurück. Ich konnte Sie jetzt deutlicher sehen; der Körper unter Ihrer Kleidung war schmächtig und unausgebildet. Sie hob die Hände zu dem Reif auf Ihrem Kopf und verblaßte zur Unsichtbarkeit.

Ich starrte in die Dunkelheit, bis eine andere Stimme sprach, eine tiefe Stimme, aber dennoch sanft und melodisch. Irgendwie hatte ich das Gefühl, daß ich diese Stimme schon einmal gehört hatte.

»Du bittest um Meine Führung«, sprach diese Stimme; eine weitere Manifestation der Herrin erschien; Ihr Haar war kastanienrot, Ihre Stimme freundlich.

»Du sagst, daß du allein bist. Ich kann dir helfen. Dein Hüter Tal ist bei Uns, und Ich habe beschlossen, dich ebenfalls zu Mir zu berufen. Begib dich zur südlichsten Seite der Mauer unserer Enklave, dorthin, wo Tal eingetreten ist, und warte vor dem Tor, das du sehen wirst. Es wird dir gestattet sein einzutreten, und du wirst deinen Hüter wiederfinden. Bevor du dich Meiner Stadt näherst, verbringe den Tag damit, dich in einem Heiligtum zu läutern. Du bist ein kräftiger Junge, und Ich glaube, du wirst die Gefahren deiner Reise überwinden. Wenn Ich dich nicht innerhalb von vierzehn Tagen hier erblicke, werde Ich deinen Hüter von Mir wegschicken.«

Meine Freude brachte mich aus dem Gleichgewicht. Ich hätte mich zu Boden werfen und meinen Dank kundtun müssen. Statt dessen schrie mein Geist auf. »Warum hast Du die Männer auf dem Plateau bestraft?

Sie waren nicht alle schlecht – der Mann namens Bint hat oft gebetet und war Dein getreuer Diener. Die Knaben konnten nicht schlecht sein – sie waren ja noch Kinder. Hättest Du nicht die Bösen bestrafen und die Guten verschonen können?«

Sie wich zurück, und Ihre Augen verengten sich; es hatte fast den Anschein, als würde Sie um die Verdammten trauern. Dann sagte Sie: »Männer sind befleckt. Wenn ihre Sünde größer wird als ihre Tugend und sie bestraft werden müssen, dann kann es keine Gnade geben. Die Herrin, die den Männern das Leben gibt, kann es ihnen auch wieder nehmen. Jene, die mit den Bösen leben, werden ebenso unabwendbar bestraft werden wie die Übeltäter selbst. Es ist so gefügt, daß ihr in Gruppen über die Welt wandeln sollt, doch diese Männer haben danach getrachtet, sich gegen die Verkörperungen der Herrin zu verbünden. Das kann nicht geduldet werden. Vergiß das nicht.«

Sie wandte das Gesicht von mir ab und bedeckte sich die Augen, dann blickte Sie wieder auf. »Ich habe dir eine Prüfung auferlegt, damit du weißt, daß du gesegnet bist. Die Göttin sei mit dir.«

Sie verschwand, und eine andere nahm Ihren Platz ein. Diese Verkörperung war nackt, Ihr Haar war schwarz, und Ihre braunen Augen waren mit Gold umrahmt. Ihre Hände zogen mir die Kleider vom Leib, während mich Ihre Finger liebkosten.

»Komm zu Mir«, sagte Sie, und ich umfing Sie. Sie führte meine Hände an Ihren Körper, und das war ein Teil der Zauberkraft Ihrer Segnung – daß Sie anscheinend Vergnügen an meiner Berührung fand, so wie Sie mir Vergnügen bereitete. Mein Glied schwoll an, und ich spürte Ihren Atem an meinem Ohr, als ich in Sie eindrang, und ich war eins mit Ihr, als ich die Erlösung spürte.

Sie verschwand, und langsam kam ich wieder zu mir. Meine Muskeln schmerzten, und mein Bauch fühlte sich klebrig und feucht an. Ich war berufen worden, und die Herrin hatte mir Ihren Segen erwiesen. Ich öffnete die Augen und befand mich wieder in dem Heiligtum.

Ein Mann und ein Junge knieten vor dem Altar. Beim Aufstehen wandten sie sich um und sahen mich an. Ich bemühte mich, mich aufzurichten. Ihre Pelzkapuzen waren zurückgeworfen und zeigten schwarzes, verfilztes Haar. Ihre breiten Gesichter sahen sich sehr ähnlich, und ihre Haut war so dunkel wie die von Pfeil. Ich empfand erneut Trauer, als mir einfiel, daß Pfeil und Stel tot waren.

Diese Andächtigen konnten mir an diesem Ort kein Leid antun. Ich sagte: »Ich bin berufen worden.«

Der Junge kicherte, der Mann warf ihm einen strafenden Blick zu. »Das habe ich gesehen«, sagte der Mann. »Du hast dich wie besessen hin und her geworfen, während deine Seele in Ihr Reich unterwegs war. Ich dachte, du wärst lediglich von Ihr gesegnet, bis ich das freudige Lächeln auf deinem Gesicht sah. Bist du vielleicht älter, als du aussiehst?«

»Dies ist mein zwölfter Winter außerhalb der Enklave.«

»Ich kann mir nicht vorstellen, warum die Göttin jemand so Junges beruft, aber unerforschlich sind Ihre Wege.«

Er führte den Jungen zu der Liege neben mir, beide legten sich hin, schlossen die Augen und setzten die Reife auf. Es stellte sich bald heraus, daß die Herrin nicht zu ihnen sprechen würde. Schließlich setzte sich der Mann auf.

»Wo ist deine Gruppe?« Er sprach jedes einzelne Wort langsam aus, als ob ihm meine Sprache nicht vertraut wäre. Andererseits war ich überrascht, daß er sie überhaupt beherrschte, denn zuvor hatte er in der heiligen Sprache gesprochen. »Ist das nicht deine Sprache?« fuhr er fort. »Du siehst aus wie die Männer, die sich dieser Worte bedienen.«

»Es ist meine Sprache«, bestätigte ich.

»Wo ist deine Gruppe?« wiederholte er.

Plötzlich hatte ich das Gefühl, daß ich auf der Hut sein mußte. Ich konnte ihn in einem Heiligtum, wo sich die Herrin durch ein unwahres Wort beleidigt fühlen könnte, nicht anlügen. »Sie ist anderswo«, antwortete ich; das konnte die Herrin nicht als Falschaussage werten.

Er warf einen Blick auf den Beutel neben meiner Liege, dann sah er mir in die Augen. »Und du bist berufen worden. Deine Gruppe wird sich freuen, wenn du mit dieser Nachricht zu ihr zurückkehrst.« Er stand auf. »Friede sei mit dir.« Er führte den Jungen aus dem Heiligtum.

Ich schlief an diesem heiligen Ort in der Hoffnung, daß die Herrin mich noch einmal besuchen würde. Sie hatte mir nicht zum erstenmal Ihren Segen erwiesen, doch noch nie hatte ich ein solches Vergnügen dabei empfunden. Ich war dem Tode nahe gewesen, und Sie hatte mich ins Leben zurückgeholt. Sie hatte mich in Ihre Enklave berufen, und das bedeutete, daß Sie mir vergeben hatte, daß ich dem Bann von Wahrheitssprechers Gruppe verfallen gewesen war. Ich hatte erfahren, warum Männer Ihrem Ruf folgten, warum sich manche sogar derlei Freuden mit anderen Männern versagten, wenn ihnen oft genug in den Heiligtümern die Segnung zuteil wurde. Doch Sie kam in dieser Nacht nicht mehr zu mir.

Ich aß etwas von meinem Fleisch und verließ das Heiligtum im Morgengrauen. Es war wärmer geworden. Der Schnee schmolz allmählich, und der Boden war matschig. Ich wärmte Schnee in den Händen auf und trank davon.

Ich war berufen worden. Ich würde ein Mann sein, wenn ich die Enklave verließ. Ich sagte es mir immer wieder und wieder und ergötzte mich an den Worten.

Selbst Tal war nicht in so jungen Jahren berufen worden. Zum erstenmal in meinem Leben wünschte ich, daß Cor bei mir wäre, damit ich mich in meinem Triumph sonnen könnte, und der Gedanke an ihn bereitete mir Schmerz. Ich wollte allen von meinen Begegnungen erzählen, und es gab niemanden mehr, dem ich es hätte erzählen können.

Auf meinem Weg nach Norden erinnerte ich mich der Landmarken, die Bint mir gezeigt hatte. Ich fragte mich, ob ich wohl allein mit einem Pferd fertigwerden könnte; ich bedauerte, daß ich nicht versucht hatte, eins von dem Plateau mitzunehmen. Ich mußte schnell vorankommen, und mein Körper war immer noch steif und wund von dem tagelangen Ritt. Bald erreichte ich einen kleinen Hügel, dessen Gipfel mit einigen dürftigen Bäumen bewachsen war und an dem wir auf unserer Reise in entgegengesetzter Richtung haltgemacht hatten. Während ich hinaufstieg, bekam ich immer mehr das Gefühl, daß ich nicht allein war.

Augen beobachteten mich. Tal hatte mir beigebracht, solchen Gefühlen zu vertrauen. Als ich den Gipfel des Hügels erreicht hatte, kniete ich mich nieder, als wollte ich den Boden untersuchen, dann spähte ich schnell zwischen den Beinen hindurch.

Weiter unten verschwand jemand hinter einem Felsen. Ich erhaschte nur einen flüchtigen Blick auf den braunen Pelzumhang meines Verfolgers, aber ich wußte, wer er war. Der dunkle Mann, dem ich in Hekates Heiligtum begegnet war, war mir auf der Spur, und wenn er entdeckte, daß ich allein war, wäre ich in Gefahr.

Laissa

Im Innern meines Turms spielten ein paar kleine Mädchen in der Nähe des Eingangs. Ich durchquerte die Eingangshalle und bestieg den Lift; die Plattform trug mich durch den durchsichtigen Zylinder hinauf und hielt in meiner Etage. Frauen beugten sich über die Geländer anderer Etagen und riefen etwas zu den Mädchen hinunter. Ich eilte durch den Flur zu meiner Tür.

Knopf saß auf der Couch und spielte mit einem Taschen-Puzzle. Mich durchfuhr ein Stich, als ich sein Schicksal mit dem der Mädchen in der Eingangshalle verglich. »Wo ist Mutter?« fragte ich. »Es ist fast Essenszeit.«

»Sie ist zur Mauer gegangen.« Er hob den Kopf und sah mich an. Ich ging an den Bildschirm in der Ecke; Shayl hatte eine Nachricht hinterlassen, mit der sie mir mitteilte, daß sie heute abend lernen müsse, daß sie mich aber morgen besuchen würde, um alles über meine Tests zu erfahren.

Knopf sagte: »Ihr wollt mich wegschicken, du und Mutter.«

»Du solltest an deinem Muskeltrainer sein, anstatt hier mit einem Puzzle herumzusitzen. Du mußt stark werden.«

»Ihr schickt mich weg. Ihr haßt mich.«

»Ich hasse dich nicht, Knopf.«

»Doch, das tust du, und Mutter auch. Ihr schickt mich weg.«

Ich ging zu ihm und setzte mich neben ihn auf die Couch; er rutschte von mir weg. »Ich werde auch weggehen. Ich ziehe mit meiner Freundin Shayl zusammen, und ich muß mich eingehend auf mein Studium konzentrieren. Jeder von uns muß irgendwann einmal weggehen und anderswo leben.«

»Ich möchte nicht gehen.«

»Du mußt, Knopf. Du bist jetzt ein großer Junge. Ein Mann wird dich abholen, und er wird sich um dich kümmern. Du wirst rauskommen, andere Jungen kennenlernen und viele neue Dinge von ihnen erfahren. Du wirst mit deinesgleichen zusammen sein. Es wird dir viel besser gefallen als hier.«

»Nein, wird es nicht. Ich möchte hierbleiben.«

»Nun, das geht nicht.«

»Warum nicht?«

»Weil du ein Junge bist, und Jungen müssen hinaus.«

»Warum müssen Mädchen nicht hinaus?«

»Weil wir hier zu Hause sind.« Ich schlug mir ungeduldig aufs Knie. »Und manchmal müssen Mädchen auch hinaus, wenn sie böse sind.«

»Muß ich gehen, weil ich böse bin?«

»Nein«, sagte ich. »Du mußt gehen, weil du ein Junge ist, und es würde dir hier später sowieso nicht mehr gefallen – wirklich, glaub mir. Verstehst du, Mädchen, die sehr böse sind, werden hinausgeschickt; bei Jungen ist es anders, die guten werden hinausgeschickt, damit sie mit anderen Jungen zusammensein können, das weißt du doch. Und die Mädchen müssen hierbleiben und sich um die Stadt kümmern. Das ist schwere Arbeit. Du darfst hinausgehen und neue Orte kennenlernen, und du brauchst dich nicht mit den Problemen zu belasten, die wir haben.«

»Du lügst, Laissa.«

Ich hätte ihm am liebsten eine Ohrfeige gegeben. Was wollte er mit seiner Fragerei erreichen? »Ich lüge nicht. Und außerdem wirst du uns sowieso bald vergessen, wart's nur ab. Man bringt an deinem Kopf einen Gehirnwäscher an, bevor du gehst, also wirst du uns vergessen. Alles klar?«

Knopf heulte. Ich hatte das Falsche gesagt.

»Es tut nicht weh«, schrie ich ihn an. Er schob sich mit eingezogenem Kopf an mich heran und trommelte mit den Fäusten auf mich ein; ich versetzte ihm einen Schlag. »Wenn du dich so aufführst, dann verschwinde in deinem Zimmer.«

»Nein!«

»Doch!« Ich stand auf und schob ihn zur Tür. Er schritt steifbeinig, mit erhobenem Kopf davon.

Ich nahm sein Puzzle in die Hand und betrachtete das Labyrinth. In seinem Alter hätte ich ein solches Puzzle nicht lösen können, doch Knopf hatte es geschafft. Ich warf das Puzzle auf die Couch und ging ins Arbeitszimmer; ich hatte keine Lust, mich in meinem unordentlichen Zimmer aufzuhalten, wo ich noch immer sortierte, was ich zu Shayl mitnehmen und was ich hierlassen wollte.

Die Tür glitt auf. Eine Lampe in der Wand hatte aufgeleuchtet; jemand rief von außerhalb der Stadt an. Unser Gedankenübermittler konnte Übertragungen von jedem beliebigen Heiligtum außerhalb der Stadt empfangen, aber Mutter hatte ihn schon vor langer Zeit so eingestellt, daß er nur dann ein Signal abgab, wenn das registrierte Gehirnmuster das meines Erzeugers oder meines Zwillingsbruders war. Da mein Vater sich nach der Aussage meiner Mutter bereits innerhalb der Mauer aufhielt, konnte es nur mein Zwillingsbruder sein, der jetzt anrief.

Ich hatte den Gebrauch des Gedankenübermittlers oft genug geübt und kannte einige der für den Umgang mit Männern vorgegebenen Rituale, allerdings hatte ich noch nie direkt mit einem gesprochen. Ich dachte an den Jungen, an den ich mich kaum erinnerte, und fragte mich, ob er wohl ähnlich wie Knopf gewesen sein mochte. Ich ging zum Tisch, nahm den Reif und setzte ihn mir auf den Kopf.

Eine Stimme schrie mich an; ich erschrak fürchterlich. Irgendwie fand ich den Modulator und drückte darauf. Die Stimme wurde sanfter.

Ich schloß die Augen und sah einen hochgewachsenen jungen Mann, der sich auf einer Liege ausstreckte. Ich versuchte, mich auf das zu konzentrieren, was der Gedankenübermittler mir zeigte, auf das lebensechte Bild, das er mit Hilfe der Linsen und Sensoren in dem Heiligtum geschaffen hatte. Nur die Liege war für mich sichtbar. Das schulterlange blonde Haar des jungen Mannes war zerzaust, und sein ebenmäßiges Gesicht war dreckig; seine Hände steckten in schmutzigen Lederhandschuhen. Er trug enganliegende braune Lederbeinkleider und eine Felljacke; die geöffnete Jacke enthüllte ein abgewetztes Lederhemd.

Ich streckte die Hand aus und spürte sein Gesicht; dann zog ich mich schnell zurück und sagte mir, daß ich dieses Geschöpf nicht wirklich berührte, daß es sich lediglich um eine Sinnestäuschung handelte. Ich erinnerte mich an einen kleinen Jungen, der gemeinsam mit mir zu Mutters Füßen gesessen hatte, der mich geschubst hatte, wenn Mutter nicht hersah, der aber andererseits auch ein kaputtes Spielzeug von mir repariert hatte. Ich berührte erneut seine Wange und stellte mir vor, wie rauh seine Haut sein mußte; dann zog ich die Hand wieder zurück.

»Was willst du?« fragte ich und vergaß das Ritual. »Warum rufst du Mich an?«

»Du mußt mir helfen, Herrin«, sagte der junge Mann. Seine Lippen bewegten sich nur leicht, während ich die lautlose Botschaft von der Oberfläche seines Denkens empfing. Er sagte, daß er allein sei, daß sein Hüter ihn verlassen habe, um in eine Stadt zu reisen, und daß seine Gruppe dann mit anderen Männern nach Süden gezogen sei, nur um dort unter den Strahlen von Schiffen aus der Stadt zu sterben. »Ich bin allein«, endete er. »Bitte hilf mir. Bitte sage mir, wie ich meinen Hüter Tal wiederfinden kann.«

»Warte«, antwortete ich; dann nahm ich den Reif ab, da mir einfiel, was Eilaan über Devva erzählt hatte. Die Stadt, so schien es, hatte einen Angriff unternommen, und dieser junge Mann war offenbar bei den Männern gewesen, die davon betroffen waren. Ich schlug die Hände zusammen. Mutter war des Ungehorsams beschuldigt worden; mir war von Bren eröffnet worden, daß ich Zweifel hegte, und jetzt erzählte mir mein Zwillingsbruder, daß er dem von Devva durchgeführten Angriff soeben entkommen war.

Die Tür hinter mir glitt auf. Ich drehte mich schnell um und zuckte zusammen. Mutter deutete auf die Lampe an der Wand. »Laissa, was machst du da?«

»Mein Zwillingsbruder ruft dich an«, sagte ich. »Devva hat diese Männersiedlung zerstört, über die man sich dort soviel Sorgen gemacht hat.«

»Was hat das mit ihm zu tun?«

»Er war dort. Er ist noch mal davongekommen.«

Mutter schlug sich die Hand vor den Mund. »Aber seine Gruppe streift doch durch das Gebiet direkt hinter unserer südlichen Mauer. Er dürfte gar nicht so weit im Süden sein.«

»Er sagt, sie seien an diesen anderen Ort gezogen. Jetzt ist er allein. Er sagt, er ist auf der Suche nach seinem Hüter.«

»Er meint seinen Vater. Der Junge kann dort draußen nicht lange überleben, wenn er allein bleibt – Männer leben in Gruppen.« Sie ging zur Konsole und ließ das, was der Junge zu mir gesagt hatte, noch einmal abspulen, dann runzelte sie die Stirn. »Das ist nicht gut. Ich muß überlegen, was zu tun ist.«

»Ich weiß, wahrscheinlich hätte ich nicht mit ihm reden dürfen, aber ich war vorsichtig. Ich ...«

»Schon gut, Laissa. Laß mich jetzt allein. Ich werde mit ihm sprechen.«

Ich schritt im Vorraum auf und ab und machte mir Sorgen, was Mutter jetzt wohl tun mochte. Endlich kam sie zu mir heraus, doch sie sprach erst, nachdem sie eine Flasche Wein aus dem Spender in unserer Wand genommen hatte. Ihr Hände zitterten, als sie Wein in ein Glas goß.

»Ich habe den Jungen hierher berufen«, sagte sie mit gedämpfter Stimme. »Wenn er stark genug ist, um die Reise zu überstehen, dann wird er wieder mit seinem Vater vereint sein und Knopf wird zwei männliche Wesen haben, die sich um ihn kümmern. Vielleicht finden sie einen anderen Stamm.«

Ich verschränkte die Arme. »Aber er ist doch erst siebzehn. Das ist sehr jung, um berufen zu werden, und außerdem war er bei den Männern, die von Devva angegriffen wurden. Das hättest du nicht tun würden.«

»Ich hatte keine Wahl!« entgegnete sie schroff. »Der Junge ist allein. Sein Vater hat jetzt keinen Stamm mehr. Selbst in der Obhut von zwei männlichen Wesen stehen Knopfs Chancen nicht gut. Wenn er nur seinen Vater hat, sieht es noch viel schlimmer aus.« Sie kippte den Wein hinunter und goß das Glas wieder voll. »Ich hoffe nur, der Junge schafft es bis hierher. Ich muß auf ihn warten. Das bedeutet, daß ich Knopf noch eine Weile hierbehalten muß.«

»Aber Eilaan hat dir doch gesagt ... «

»Aber ich mußte es tun!« schrie sie. »Wie die Dinge liegen, schicke ich Knopf vielleicht nur zum Sterben hinaus. Wenn ich ihn doch wenigstens noch ein Jahr oder so hierbehalten könnte! Ich weiß, daß man so etwas nicht denken darf, aber ich tue es.« Sie leerte das Glas Wein in einem Zug und stellte es auf den Tisch.

»Du hättest das nicht zu machen brauchen«, sagte ich so ruhig, wie ich konnte. »Du hättest Knopf einem Mann anvertrauen können, der eine Gruppe hat, zu der er zurückkehren kann.« Ich hielt inne. »Wir werden in Ungnade fallen.«

Sie kam zu mir und packte mich an der Schulter; ihre Finger gruben sich mir schmerzhaft ins Fleisch. »Das ist kein Ungehorsam. Es wird ihre Stärke auf die Probe stellen. Ich habe meine Pflicht nicht verletzt.« Sie schien die Worte mehr zu sich selbst zu sagen als zu mir. »Wenn dein Zwillingsbruder eine solche Reise allein schafft, dann zeigt das nur, daß er und alle, die die gleichen Erbanlagen wie er besitzen, stark sind und überleben sollten, um diese Erbanlagen an zukünftige Generationen von Frauen weiterzugeben.«

»Das ist nicht der Grund, weshalb du das tust, Mutter. Du könntest Knopf trotzdem mit jemand anderem hinausschicken.«

»Ich habe seinem Vater den Jungen bereits versprochen.« Sie verzog den Mund. »Eine Herrin darf Ihr Versprechen nicht brechen.«

Sie wandte sich ab. Wieder einmal hatte sie uns beide in Gefahr gebracht.

Arvil

Ich bewegte mich möglichst auf felsigem oder gefrorenem Boden, da ich nicht allzuviel Spuren hinterlassen wollte. Einen Teil der Nacht verbrachte ich auf einem Baum und verzichtete darauf, ein Feuer zu entzünden, an dem ich mich hätte wärmen können. Der Mann und der Junge verfolgten mich am nächsten Morgen immer noch, und sie machten sich jetzt nicht mehr die Mühe, sich zu verbergen. Sie hielten sich in beträchtlichem Abstand hinter mir, fast am Horizont im Süden, aber immer in Sichtweite.

Ich hatte noch etwas Fleisch in meinem Beutel. In der Nähe des Gebiets anderer Gruppen zu jagen, wäre gefährlich gewesen, und ich konnte keine Nahrung suchen, solange mir jemand auf den Fersen war. Warum verfolgten sie mich? Sie mußten doch annehmen, daß ich auf dem Rückweg zu meiner Gruppe war, daß sie angegriffen werden könnten, wenn sie mir nachgingen. Dann fiel mir Geabs Messer ein. Vielleicht hatte der Mann es entdeckt, während meine Seele bei der Herrin war. Ein Mann würde für ein solches Messer ohne weiteres einen anderen umbringen . Vielleicht warteten die beiden eine Gelegenheit ab, um mich zu überfallen, bevor ich mich anderen Männern anschließen konnte.

Als mich mein Weg durch Gebiete führte, wo ich rein gar nichts über möglicherweise in der Nähe ansässige Gruppen wußte, wurde mir klar, wie allein ich war. Wir hatten während unserer Reise nach Süden keine Gruppen gesehen, aber sofern es hier welche gab, hatten sie sich natürlich versteckt, als eine große Anzahl von Männern auf Pferden vorbeizog. Ein einzelner Junge hingegen war ein leichtes Ziel. Ich ließ in meinem Glauben an die Herrin nicht nach, doch ich hatte schon erlebt, daß gute Männer gestorben waren. Ihr Wille war mir unbekannt.

Ein Schwarm Spatzen tauchte im Schnee vor mir auf; sie hüpften weg, erhoben sich in die Luft und flogen himmelwärts. Ich dachte an die Männer meiner Gruppe, die tot auf dem Plateau lagen, und an die Seelen, die jetzt himmelwärts flogen. Würde die Herrin ihnen vergeben und sie annehmen? Würde Sie ihnen in der nächsten Welt den Segen gewähren, den Sie anderen Lebewesen in dieser Welt zuteil werden ließ? Nur der Tod bescherte uns das Glück, das Spatzen und andere Geschöpfe in diesem Leben genossen, denn sie lebten mit ihren Weibchen und ihren Jungen zusammen, während wir von der Herrin nur den männlichen Nachwuchs zum Aufziehen bekamen. Wir gehörten dieser Welt an, und doch waren wir von ihr getrennt, und der Anblick von Tieren, die das taten, was uns verwehrt war, war eine unserer Strafen für uralte Sünden.

Einst hatten wir bei der Herrin gelebt, in Ihrem Reich, doch dann waren wir hinausgeworfen worden. Meine Einsamkeit brachte mich aus dem seelischen Gleichgewicht, denn ich haderte mit dieser Wahrheit, während ich dahinwanderte und in mir eine Stimme hörte, die sie in Frage stellte. Waren wir wirklich einst jene geistigen Wesen gewesen und dann gewaltsam in unsere irdischen Körper zurückgezwängt worden, wie man es mir erzählt hatte? Oder hatte uns die Erde ausgetragen und geboren, wie Sie es mit allen anderen Geschöpfen getan hatte? Woher kamen die Knaben, die die Enklaven verließen?

Ich versuchte, diese Fragen zu verdrängen, da ich wußte, daß sie nur zur Unfrömmigkeit führen würden, doch die Stimme in meinem Geist ließ sich nicht zum Schweigen bringen. Warum gestattete uns die Herrin überhaupt zu leben, wenn Sie wußte, daß Männer Sünder sind? Warum übergab Sie uns die Knaben? Darin lag ein heiliges Mysterium, und alles, was ich von älteren Männern darüber gehört hatte, daß nämlich die Herrin uns die Knaben zugestand, um uns der Abbüßung unserer Schuld näherzubringen, konnte meine Zweifel nicht ausräumen.

Wir brauchten die Herrin, und irgendwie brauchte Sie offenbar auch uns. Bei dieser Erkenntnis mußte ich die Luft anhalten. »Schweig!« befahl ich meinem Geist laut. Ich blickte mich hastig um, aus Angst, jemand anderes könnte es gehört haben, doch ich sah nur die Flecken schmelzenden Schnees auf dem braunen Land, das sich bis zum Horizont erstreckte.

Ich hatte meine Schritte beschleunigt. Ich marschierte zügig, dann rannte ich im Laufschritt, anschließend verfiel ich wieder in schnelles Gehen. Am Nachmittag kam ich an einen Waldrand. Bint hatte mir erzählt, daß es hinter diesem Waldstück im Osten ein Heiligtum gäbe, doch wir waren damals nicht hingegangen, weil es einen Umweg von einem halben Tag bedeutet hätte. Wenn es mir gelänge, bis zu diesem Heiligtum zu kommen, wäre ich zumindest für eine Nacht in Sicherheit.

Ich schlich leise durch den Wald und fragte mich, ob ich wohl noch immer verfolgt würde. Die Männer, die mir auf der Spur waren, wußten vielleicht nichts von dem Heiligtum. Bald erreichte ich einen Pfad, der allem Anschein nach häufig benutzt wurde und der, den frischen Fußspuren nach zu schließen, die sich zwischen den Bäumen hindurchschlängelten, erst vor kurzer Zeit begangen worden war; ich vermutete, daß er zum Heiligtum führte. Meine eigenen Spuren würden sich auf diesem Pfad nicht so deutlich abzeichnen, aber ich müßte aufpassen, daß ich keinen anderen Reisenden begegnete. An einer Stelle vernahm ich in der Ferne Stimmen und versteckte mich hinter einem Baum, bis ich sie nicht mehr hörte. Da es allmählich dunkel wurde und ich nicht mehr gut sehen konnte, war ich gezwungen, mich langsamer voranzubewegen.

Es war Nacht, als ich den Waldrand auf der anderen Seite erreichte. Ich war gerade im Begriff, aus den Bäumen zu treten und zu dem Heiligtum vor mir zu gehen, als sich dessen Tür öffnete und ich eine Gruppe von Schatten gegen das Licht bemerkte. Ich rollte mich unter einen Busch, während die Männer auf mich zukamen; Zweige krachten, als sie an mir vorbeigingen. Ich hielt den Atem an und wurde nicht entdeckt.

Ich sprang eilends auf und rannte zum Heiligtum; als ich dort ankam, keuchte ich heftig. Die Tür öffnete sich, und ich taumelte hinein, wobei ich den Schlamm und Schnee von meinen Stiefeln abschüttelte. Mein Bauch schmerzte. Ich versuchte, nicht an etwas zu essen zu denken. Mein Fleisch mußte noch für einige Zeit reichen.

Ich ging zum Altar. Dieses Heiligtum war der Kriegerin gewidmet. Sie verschanzte sich hinter Ihrem Schild und beobachtete mich, während ich betete; dann ging ich zu einer Liege und setzte die Krone der Herrin auf. Ich rief Sie an, berichtete Ihr von meiner Reise und bat um Ihre Hilfe bei der Nahrungssuche, doch Sie antwortete nicht.

Ich war müde und verfiel in einen Dämmerschlaf. Ich weiß nicht, wie lange ich dort lag. Das Zischen der Tür ließ mich zusammenzucken, und ich schreckte hoch, wohl wissend, daß ich mit dem Reif auf dem Kopf geschlafen hatte. Als ich die Krone abnahm, sahen der dunkle Mann und der Junge mich an, dann gingen sie zum Altar.

Sie hatten mich bis hierher verfolgt; ich zitterte vor Angst und Wut. Sie beendeten ihre Gebete, gingen zu den Liegen und legten sich die Reife an. Am liebsten wäre ich aus dem Heiligtum gerannt, aber draußen wäre ich kein bißchen sicherer gewesen. Ich wartete, bis sich der Mann aufrichtete und mich forschend ansah.

»Wir haben unterwegs zweimal Anzeichen von Gruppen gesehen«, sagte er. »Du hast dich keiner von beiden angeschlossen.«

Ich antwortete nicht.

»Vielleicht ist die deine weiter weg, als du dachtest.

Oder sie versteckt sich vor irgendwelchen Feinden. Oder alle sind tot, oder sie haben aus wer weiß welchem Grund mit dir gebrochen, oder sie waren gezwungen, ihr Lager an einem anderen Ort zu errichten.« Während er sprach, fragte ich mich, wo seine eigene Gruppe wohl sein mochte und warum er und der Junge immer noch allein waren.

Der Mann streckte die Hand mit der Fläche nach oben aus. »Schau doch nicht so zornig. Wir sind in einem Heiligtum – hier können wir einander kein Leid antun. In Ihrer Gegenwart herrscht stets Frieden. Waffenruhe.«

Der Friedenspakt wäre in dem Moment aufgehoben, in dem ich den heiligen Boden verließ. Der Mann musterte mich eine Zeitlang, dann gab er dem Jungen ein Zeichen, woraufhin dieser einen kleinen Rucksack öffnete und mir den verbrannten Flügel eines Vogels zuwarf.

Ich schlug die Zähne in den Flügel und saugte sogar die Knochen aus, nachdem ich das Fleisch verzehrt hatte. Der Mann gab mir einen zweiten Flügel, und ich verschlang auch diesen.

»Waffenruhe?« wiederholte er.

»Waffenruhe«, antwortete ich. »Wo ist deine Gruppe?«

Der Junge verengte die Augen zu Schlitzen. Der Mann zupfte an seinem dichten, lockigen Bart, kratzte sich am Kopf und sagte dann: »Du bist allein, nicht wahr? An diesem Ort mußt du die Wahrheit sagen.«

»Du mußt mir versprechen, daß Frieden zwischen uns herrscht, auch wenn wir hier heraustreten.« Ich drehte mich zu der Statue der Kriegerin um. »Schwört es bei Ihr.«

Beide hoben die Hände und gelobten Frieden, und auch ich gelobte Frieden. Wir waren jetzt durch unser Gelübde einander verbunden, denn wir hatten es vor der Herrin abgelegt.

»Ich bin allein«, gestand ich ein und redete mir dabei ein, daß sie mir nicht etwas zu essen angeboten und dann einen Eid geschworen hätten, wenn sie etwas Böses im Schilde führen würden. »Die anderen aus meiner Gruppe sind tot.« Ich sandte ein stilles Gebet zu der Herrin hinauf. Ich durfte in einem Heiligtum nicht lügen, konnte andererseits aber vor diesen beiden auch nicht zugeben, daß ich Ihrem Zorn nur mit knapper Not entronnen war. »Aber mein Hüter, Tal, war nicht bei meiner Gruppe, als diese der Tod ereilte, denn er war in eine Enklave berufen worden. Ich bin auf dem Weg zu ihm. Ich habe in dem Heiligtum, in dem ihr mich zum ersten Mal gesehen habt, zu der Herrin gebeten, und Sie hat mich zu sich berufen, und jetzt bin ich unterwegs nach Norden, um Tal zu suchen.«

»Wie heißt du?« fragte der Mann.

»Arvil.«

»Was bedeutet das?«

»Das ist ein alter Name – die Bedeutung kennt niemand mehr.«

»Ich bin Wanderer. Einst hatte ich einen anderen Namen, aber so werde ich jetzt genannt. Der Junge heißt Schatten, weil er mir überallhin folgt. Ich habe mir schon gedacht, daß du zu keiner der Gruppen dieser Gegend gehörst, denn hier spricht man eine andere Sprache.«

»Wo ist deine Gruppe?«

»Du siehst sie hier vor dir.« Er machte eine Handbewegung zu Schatten hin. »Wir reisen allein.«

»Aber das geht doch gar nicht.«

»Wir sind hier, oder etwa nicht?« Wanderer stützte sich auf einen Ellbogen. »Ich habe meine Gruppe verloren, als ich noch ein Junge war. Seither bin ich allein, aber ich habe mit vielen Gruppen Frieden geschlossen. Sie finden mich nützlich, denn ich kenne die Sprache und den Lebensstil und die Lehren anderer Gruppen und kann als Bote oder Vermittler dienen, wenn es zwischen den Gruppen Unstimmigkeiten gibt. Ich habe bei vielen Gruppen von Männern gewohnt und mit ihnen gejagt, und ich bin weit herumgekommen und kann sie mit den Geschichten von meinen Abenteuern unterhalten. Ich war einigen Gruppen beim Umgang mit anderen behilflich, so daß sie sich nicht wegen einer Herde oder eines Gebietsanspruchs mit Waffen stritten. Aber ich gehöre keiner eigenen Gruppe an.«

»Das kann nicht im Sinne der Herrin sein.«

»Ich bin hier, spreche es vor Ihr aus. Ich bin dreimal in eine Enklave berufen worden, und Schatten wurde mir anvertraut. Die Göttin hat mich nicht verdammt.«

Ich schüttelte den Kopf und versuchte, mir einen Reim auf diese Geschichte zu machen. »Was wollt ihr von mir? Warum seid ihr mir gefolgt?«

»Weil ich von Anfang an, als ich dich im Heiligtum der Hexe sah, den Verdacht hatte, daß du allein bist. Ich habe dich in der Sprache des Nordens angesprochen, und du hast mich verstanden und auf die gleiche Weise geantwortet. Du bist berufen worden, und das bedeutet, daß du von der Göttin besonders geliebt werden mußt, denn selten wird jemand so Junges berufen. Dann fragte ich mich, wie du in den Süden gekommen sein mochtest, denn ich war sicher, daß du die Reise nicht allein unternommen hattest. Was konnte der Grund sein, daß deine Gruppe im Winter in den Süden gezogen war? Wohl kaum die Jagd, denn während dieser Jahreszeit wäret ihr sicher auf vertrautem Boden bei vorhandenen Nahrungsvorräten geblieben, um Kraft zu sparen, um dann im Frühling auszuziehen.« Er beugte sich vor. »Ich hatte eine Vermutung. Deine Gruppe hatte die Absicht, sich mit jenen hinter der Mauer auf dem Plateau zu verbünden.« Er betrachtete mich ruhig. »Habe ich recht?«

Ich verweigerte eine Antwort.

»Ich sah das Gottesgericht von unten. Die Flammen loderten hell auf. Doch du bist irgendwie entkommen und dann berufen worden, die Göttin hat dir also Pardon gewährt. Du brauchst von Ihr nichts zu befürchten, und Schatten und ich werden dir nichts antun.«

»Aber warum seid ihr mir gefolgt?«

»Ich werde älter«, sagte Wanderer. »Ich brauche eine Gruppe, denn ein alter Reisender ist für Fremde von geringem Nutzen. Und du bist allein, also brauchst du mich. Ich meine, wir sollten gemeinsam unseren Weg fortsetzen.«

»Ich muß zuerst in die Enklave gehen und Tal finden.« Als ich diesen Namen aussprach, fühlte ich erneut, wie sehr er mir fehlte.

»Wir können einen Teil deines Wegs mit dir gemeinsam gehen. Wenn du deinen Hüter gefunden hast und herauskommst, können wir gemeinsam eine Gruppe gründen, wenn er es wünscht. Wenn nicht, gilt immer noch unser Friedenspakt. Aber ich glaube, er wird zustimmen. Schließlich hat er jetzt auch keine Gruppe mehr.«

»Ich muß schlafen«, sagte ich, »und über das Ganze nachdenken.«

»Also gut.« Er murmelte Schatten ein paar Worte zu, dann streckte er sich aus, den Rücken mir zugewandt.

Ich wußte nicht, was ich von seinem Angebot halten sollte. Ein Fremder versprach mir, mir zu helfen, doch meine Gruppe hatte Fremden stets mißtraut, und jene Fremden, denen wir uns angeschlossen hatten, hatten meine Gruppe in den Tod geführt. Die Herrin hatte seit Anbeginn der Zeit verfügt, daß nur die Starken leben und die Schwachen sterben sollten, und doch war hier ein Mann, der einem schwächeren zu helfen bereit war – denn ich war schwächer, welche Segnungen die Herrin mir auch hatte zuteil werden lassen.

Ich würde mit Wanderer und Schatten weiterziehen. Tal konnte später entscheiden, ob wir uns zu einer Gruppe zusammenschließen sollten. Ich wußte, daß ich ohne Wanderers Hilfe meinen Hüter wahrscheinlich nie finden würde.

Am nächsten Morgen nahm ich Wanderers Angebot an, und wir teilten den größten Teil dessen, was von meinem Fleisch noch übrig war. Wir sprachen gemeinsam unsere Gebete und legten noch einmal die Reife an. Die Herrin sagte weder zu mir noch zu Schatten etwas, doch Wanderer hatte eine göttliche Heimsuchung. Während er sich hin und her warf, erinnerte ich mich an meine eigene göttlichen Heimsuchung, und ich sehnte mich nach einer weiteren. Als Wanderer sich von der Liege erhob, warf er Schatten einen Blick zu und schüttelte den Kopf. Diese Geste verriet mir, daß er nicht berufen worden war.

Wir verließen das Heiligtum und wanderten nach Norden, dann drehten wir nach Westen ab und streiften den Waldrand, bis wir wieder der Strecke folgten, die ich mit Bint zurückgelegt hatte. Wir wandten uns wieder nach Norden und kamen bald darauf zu einer Schlingfalle, in der ein Kaninchen zappelte.

Ich holte mein Metallmesser heraus. Wanderer ergriff meine Hand. »Nein! Ich kenne diese Art von Fallen – eine Gruppe hier in der Gegend, mit der ich einmal zu tun hatte, hat sie aufgestellt. Wir müssen ihnen die Beute lassen.«

»Sie werden nicht wissen, wer sie genommen hat«, entgegnete ich.

»Die Göttin wird es wissen, und wir werden dieser Gruppe in Kürze unterwegs begegnen. Mein Frieden mit ihnen würde zunichte gemacht, wenn sie mich mit ihrem Wild sähen, und das Kaninchen hat die Spuren der Falle an den Hinterläufen. Laß es, wo es ist!«

Wir marschierten weiter, löschten unseren Durst mit Schnee, den wir in den Händen und im Mund schmolzen, und trafen bald darauf zwei rothaarige junge Männer. Ich brachte meinen Speer in Bereitschaft, senkte ihn jedoch wieder, als die beiden Männer Wanderer und Schatten grüßten. Während Wanderer sich mit ihnen in ihrer Sprache unterhielt, musterten sie mich mißtrauisch. Ich verspürte einen starken Drang, vor den Fremden wegzulaufen, beherrschte meine Angst jedoch. Ich verstand nur wenige Worte ihres Gesprächs; einige waren Vokabeln des Nordens, während andere der heiligen Sprache ähnelten. Das meiste klang unbekannt.

»Was sagt er?« fragte ich Schatten.

»Wanderer berichtet, daß du sein Schützling bist und daß die Göttin dich ihm zugeführt hat.« Einer der jungen Männer ließ einen Schwall von Worten los. »Er sagt, sein Lager wird uns Fleisch geben, als Gegenleistung für eine von Wanderers Geschichten.«

Ich war erstaunt. »Sie geben uns etwas zu essen im Austausch gegen Worte? Ihr führt ein unbeschwertes Leben.«

»Da täuschst du dich, Arvil«, antwortete er, während wir den jungen Männern folgten. »Vor einiger Zeit wurde uns Essen für eine Erzählung angeboten, doch der Gruppe gefiel die Geschichte nicht, und sie vertrieb uns mit Speerschlägen. Nur unser mit ihnen vereinbarter Friedenspakt bewahrte uns vor dem Tod. Im allgemeinen ist es besser, wenn wir selbst jagen oder einer Gruppe bei der Jagd helfen, um dafür unseren Anteil zu bekommen.«

Die Männer führten uns zu Zelten auf einem Hügel, wo Wildkeulen auf einem Feuer garten. Fünf ältere Männer mit rötlich- braunen Bärten saßen mit vier flachsschöpfigen jungen Männern zusammen. Wie in einer anderen Gruppe, die ich einmal gesehen hatte, waren sie einander ziemlich ähnlich geworden.

Wir kauerten uns am Feuer nieder, um uns zu wärmen, und Wanderer begann mit seiner Geschichte. Er brachte die Worte melodisch hervor, und manchmal sprang er auf die Füße und fuchtelte wild mit den Armen, während seine tiefe Stimme anschwoll.

»Was erzählt er?« murmelte ich Schatten zu.

»Das ist eine neue Geschichte. Er hat sie vor einem Mond einer anderen Gruppe erzählt, und sie gefiel ihnen so gut, daß wir eine Extra-Portion bekommen haben.«

»Wovon handelt sie?« Wanderer kniete jetzt und verneigte sich bis zum Boden, während er sprach.

»Er erzählt ihnen von einer Gruppe, die weit im Süden lebt, wo es niemals schneit und das Wasser niemals hart wird. Einst gab es einen Jungen, der der beste Jäger und der beste Spurensucher und der beste Nahrungssammler war, der je gelebt hat. Die Göttin liebte ihn so sehr, daß er sechsmal in eine Enklave berufen wurde, denn sein Äußeres war hübsch und gefiel allen, und sein Geist war tapfer. Doch als er älter wurde, wurde er unglücklich, und er begab sich in ein Heiligtum, um dort zu leben und der Göttin immer nahe zu sein. Aus dem weiten Umkreis kamen Männer heran und brachten ihm Essen und erfreuten ihn und beteten mit ihm, denn sie hielten ihn für heilig – denn sonst hätte ihn die Göttin aus dem Heiligtum verjagt, wie Sie es mit jemandem zu machen pflegt, der allzu lange bei Ihr verweilt.«

Die rothaarigen Männer starrten Wanderer mit weit aufgerissenen Mündern an. »Eines Tages«, fuhr Schatten mit gedämpfter Stimme fort, »als die Männer seiner eigenen Gruppe zu ihm kamen, bemerkten sie, daß ihm unter dem Hemd Brüste gewachsen waren. Er zog sich vor ihnen aus, und sie sahen, daß sein Glied verschwunden war und daß er statt dessen eine Scheide hatte.«

Wanderer, der immer noch in Form eines Singsangs erzählte, reckte die Arme gen Himmel.

»Dann«, fuhr Schatten fort, »sprach die Göttin und sagte: 'Dies ist Mein Kind, das Mir zu großer Freude gereicht.' Und der Mann, der eine Ihrer Verkörperungen geworden war, wurde hochgehoben und zum Mond getragen, wo er mit Ihr in wonniger Seligkeit lebt. Man sieht ihn dort, wenn der Mond voll ist.«

Ich starrte ihn fassungslos an. »Ist das wahr?«

»Das ist gar nicht alles«, antwortete Schatten. »Wanderer gibt noch viel mehr Einzelheiten zum besten.« Er senkte die Stimme zu einem Flüstern. »Es stimmt eigentlich nicht so richtig, aber Wanderer hat vor langer Zeit herausgefunden, daß den meisten Gruppen eine Geschichte mit ein bißchen Wahrheit und ein bißchen Dichtung besser gefällt als eine, die ganz wahr ist.« Er legte eine kurze Pause ein. »Einmal haben wir von einer Gruppe die Geschichte eines Mannes gehört, der versucht hatte, in einem Heiligtum zu leben, doch die Göttin hat ihn rausgeschmissen. Und einige Legenden behaupten, daß einst Männer mit der Göttin auf dem Mond gelebt hatten, vor dem Göttlichen Gericht. Ein Teil der Geschichte könnte also stimmen.«

Wir alle kannten das Göttliche Gericht. Die Männer hatten danach getrachtet, über die Herrin und Ihre Verkörperungen zu herrschen; darin bestand unser uraltes Verbrechen. Feuer und Eis waren zu unserer Bestrafung geschickt und wir waren hinausgeworfen worden, verdammt zu unserem gegenwärtigen Leben in Körpern aus Fleisch und Knochen. Aber ich hatte noch nie gehört, daß Männer das heilige Gestirn des Mondes betreten hätten.

»Ist es denn nicht schändlich, derart unwahre Dinge zu verbreiten?« fragte ich. »Einige der Männer möchten daraufhin vielleicht in einem Heiligtum leben, in der Annahme, daß die Herrin auch sie emporheben werde.«

Schatten schüttelte den Kopf. »Nur ein Narr würde so etwas tun. Es ist eine Geschichte. Sie werden glauben, daß sich das alles vor langer Zeit ereignet hat, an einem anderen Ort, und daß es nichts mit ihnen zu tun hat. Dennoch gibt es ihnen vielleicht Hoffnung, und einige bemühen sich deshalb vielleicht, der Göttin noch besser zu dienen. Ich kann mir nicht vorstellen, daß Sie etwas gegen eine Geschichte hat, in der Sie geehrt und gepriesen wird.«

Wanderer kam zum Ende seiner Erzählung und sprach die letzten Worte in der heiligen Sprache. Die rothaarigen Männer lächelten und klatschten und gaben uns großzügige Portionen ihres Fleisches und dazu getrocknete Pflanzen.

In der Nacht schliefen wir in ihren Zelten und brachen am nächsten Morgen auf.

Während der folgenden vier Tage setzten wir unsere Reise gemeinsam fort. In meinem Gedächtnis hatten sich die Bilder von Wasserläufen eingeprägt, wo ich auf meinem Weg zum Plateau zum Trinken angehalten hatte, und Wanderer war schon früher mehrmals durch diese Gegend gezogen. Der Schnee war geschmolzen, und wir brauchten nicht mehr das Eis zu zerstoßen, um an Wasser zu gelangen.

Allmählich fühlte ich mich Schatten freundschaftlich verbunden. Ich war einmal berufen worden, während ihm das noch nicht widerfahren war, und er brachte mir deswegen Achtung entgegen, doch er war mit seinem Hüter schon an viele Orte gereist, und ich ehrte ihn wegen seines Muts. Schatten erzählte wenig von seinem Leben, doch ich fühlte mich in seiner Gegenwart wohl, als ob er schon immer Teil meiner Gruppe gewesen wäre. Vielleicht verstand Schatten es, den Argwohn und die Furcht anderer zu beschwichtigen, da er einen so großen Teil seines Lebens unter Fremden verbracht hatte.

Wir teilten keine lustvollen Freuden miteinander, denn mein sehnsüchtiges Verlangen richtete sich jetzt vor allem auf die Herrin, obwohl wir manchmal über die Segnungen der Herrin sprachen; er hatte Ihre Segnungen in weit entfernten Heiligtümern erfahren. Ich war überzeugt davon, daß die Herrin eine derart gute Seele in Kürze zu sich berufen würde.

Am fünften Tag trafen wir Männer einer anderen Gruppe, und einer von ihnen erkannte Wanderer. Sie erneuerten ihren Frieden, und wir wurden zu der ausgebauten Höhle mitgenommen, die ihrer Gruppe als Lager diente. Ich verstand ihre Sprache weitgehend und war in der Lage, einer weiteren von Wanderers Geschichten ohne Schattens Hilfe zu lauschen.

Die Erzählung handelte von einem Mann, der eine Hirschkuh erlegt hatte. Das verwaiste Kitz der Hirschkuh rief die Herrin an, während die Hirschkuh im Sterben lag, und die Herrin, verkleidet als Kriegerin, verfolgte den Mann wegen seines Verbrechens und tötete ihn mit Feuerstrahlen. Das Kitz wuchs unter Ihrem Schutz zu einer Hirschkuh heran und lebte bei der Gruppe des Mannes, die seit jener Zeit keine Hirschkühe mit Jungen mehr jagte.

Der Gruppe gefiel diese Geschichte anscheinend nicht. Ihr Häuptling zog ein finsteres Gesicht, als er uns ein kleines Stück Fleisch zuwarf. Wanderer erzählte schnell eine andere Geschichte von anderen Männern im Süden, die an einem großen, salzigen Gewässer lebten und Fische mit Netzen fingen, die ihnen von der Herrin gegeben worden waren; Sie hatte sie mit einem unbeschwerten Leben gesegnet, sie aber gleichzeitig mit einem Fluch belegt, da Sie nur sehr wenige von ihnen an Ihre Seite berief. Diese Geschichte brachte uns ein weiteres Stück Fleisch ein.

Wir hatten uns noch nicht weit von dem Lager entfernt, als Wanderer innehielt und uns hinzuknien hieß. »Wir müssen beten«, sagte er. »Wir müssen unseren Dank zum Ausdruck bringen, daß diesen Männern die zweite Geschichte gefiel, und wir müssen darum bitten, angeleitet zu werden.« Er legte uns die Hände auf die Schultern und begann zu psalmodieren. »Wie die Hirschkuh den Hirschbock beherrscht, wie die Kuh dem Kalb das Leben schenkt, wie der Hengst um die Stute kämpfen muß, wie die Spinne ihr Netz aus Schönheit und Tod webt, so lenkst Du uns, und so dienen wir Dir. Führe diesen Jungen, Arvil, an Deine Seite, und segne uns alle.«

Wir standen auf. »Ich war seit langem nicht mehr so weit im Norden«, fuhr Wanderer fort, »und wir werden uns bald in größerer Gefahr befinden. Einige von denen, die mich früher einmal kannten, sind wahrscheinlich tot, und der Friedenspakt, den sie mit mir geschlossen haben, ist damit erloschen. Arvil, wir brauchen deinen Beistand auf unserem Weg.«

Seine Worte jagten mir einen Schreck ein. »Ich weiß nicht, ob ich dazu in der Lage bin.«

»Ich denke, wir sollten uns sicherheitshalber zu einem Heiligtum begeben, aber wir müssen anderen Gruppen aus dem Weg gehen.«

Ich überlegte einen Moment lang. »Es gibt ein weiteres der Kriegerin gewidmetes Heiligtum im Westen. Meine Gruppe war vor zwei Frühjahren dort, und die dort ansässigen Männer werden in dieser Jahreszeit an ihrem Fluß bleiben.« Ich machte eine Pause. »Aber das bringt uns wieder weiter von der Enklave weg, und ich muß bald dort sein, sonst ... «

»Ich weiß.« Wanderer hätte sich in diesem Augenblick von mir trennen können; wir hatten zwar einen Friedenspakt, doch ansonsten schuldete er mir nichts. »Wie weit ist es bis zu diesem Heiligtum?«

»Von hier aus dürfte es einen Tagesmarsch weit sein, aber wir können es vor Einbruch der Dunkelheit wohl kaum erreichen.«

»Dann müssen wir uns beeilen.«

Ich warf Wanderer einen dankbaren Blick zu, als wir uns in Richtung der Bäume gen Westen in Marsch setzten.

Der Mondschein der Herrin führte uns durch die immer dichter stehenden Bäume, doch bald war unser Pfad durch die Wolken und die immergrünen Zweige von oben verborgen. Wir waren gezwungen, uns langsamer voranzubewegen, aus Angst, den richtigen Weg zu verfehlen.

Plötzlich knackte ein Zweig. Männer stürzten sich auf uns.

Ich schleuderte einen Angreifer mit einem Schlag zur Seite und hörte einen Grunzton, dann wehrte ich einen Schlag mit meinem Speer ab. Ein weiterer Mann war dicht bei mir; ich umfaßte mein Messer und bewarf ihn damit. Er schrie auf; meine Metallklinge hatte Blut zum Sprudeln gebracht. Tannennadeln rauschten, während Füße davontrampelten; in der Ferne ertönte ein Ruf.

»Komm!« murmelte ich Wanderer zu. Ich staunte, daß wir unsere Angreifer so schnell vertrieben hatten, doch ich wußte, daß wir in ein Heiligtum gelangen mußten, bevor sie erneut auf uns losgehen würden.

Ich vernahm ein Jammern. Wanderer beugte sich über eine dunkle, zusammengekrümmte Gestalt. »Schatten ist verletzt«, sagte Wanderer.

»Wir müssen weg von hier.«

Er hob den Jungen hoch und legte ihn sich über die Schulter. Schatten stöhnte. Ich führte unseren kleinen Trupp an und versuchte, möglichst auf dem Weg zu bleiben. Wanderer ächzte bald unter seiner Last, denn Schatten war trotz seiner Jugend schon ziemlich groß.

»Laßt mich zurück«, hörte ich Schatten sagen.

»Nein«, sagte ich, bevor Wanderer antworten konnte; ich würde meinen Freund nicht einfach im Stich lassen. Als sich in mir gerade der Gedanke breitmachte, daß wir das Heiligtum niemals finden würden, sah ich es vor uns auf einer Lichtung. Die goldene Kuppel schimmerte schwach.

Wir eilten zu dem Heiligtum und befanden uns bald darauf im Innern. Wanderer ließ Schatten zu Boden nieder und öffnete dessen Jacke, um ihn nach Wunden abzutasten. Ich sah viel Blut. Schatten preßte die Lippen aufeinander und versuchte, nicht aufzuschreien.

»Wird er wieder gesund werden?« fragte ich.

»Sei still, Junge!«

»Wir müssen beten. Vielleicht kann die Herrin...«

»Jetzt ist Zeit zum Handeln, nicht zum Beten«, erwiderte Wanderer. »Die Göttin wird Verständnis dafür haben.« Mir fiel auf, daß Wanderer schnell dabei war zu verkünden, was die Herrin denken mochte.

Nachdem wir Schatten das zerrissene und blutgetränkte Lederhemd ausgezogen hatten, entdeckte Wanderer die Verletzung, eine häßliche klaffende Wunde unterhalb der Rippen. Blut quoll daraus hervor, als Wanderer sie untersuchte. »Arvil, du mußt hinausgehen und Reisig und Brennholz sammeln.«

»Aber die Fremden... vielleicht kommen sie...«

»Hol Holz, Junge! Wenn du schnell genug bist, werden sie dich nicht erwischen.«

Ich ging hinaus und sammelte Holz, wobei ich mich fragte, was der Mann wohl damit vorhaben mochte. Schattens Wunde hatte sehr tief ausgesehen, vielleicht würde sie überhaupt nicht heilen. Als ich zurückkam, nahm Wanderer seine Feuersteine aus der Tasche und hatte bald ein kleines Feuer gleich vor dem Eingang des Heiligtums entzündet.

Die Tür blieb offen, und ich setzte mich neben ihn, während er in seinen Rucksack griff, einen kleinen Henkeltopf hervorholte und ihn mit Wasser aus dem Trinkschlauch füllte.

Im Augenblick waren wir in Sicherheit. Selbst wenn das Feuer vor dem geöffneten Eingang andere Männer anlocken mochte, so befanden wir uns doch auf heiligem Boden. »Woher hast du das?« sagte ich und deutete auf den Topf.

»Von einem Mann, den ich töten mußte. Ich nehme an, er hat es seinerseits einem Wegelagerer weggenommen.« Er streifte sich die ledernen Handschuhe ab und wusch sich die Hände. Als das Wasser im Topf brodelte, reichte Wanderer mir den Topf und brachte einen kleinen Lederbeutel zum Vorschein. Er schüttete einige Kräuter in das Wasser.

»Halte diesen Topf!« Er wusch sich erneut gründlich die Hände. »Jetzt sieh mir gut zu, Junge, dann kannst du etwas lernen. Eine Gruppe südlich jenes verfluchten Plateaus gab mir diese Substanz – sie säubert die Wunden und verhindert eine Blutvergiftung. Man kann die dafür nötigen Zutaten sammeln, wenn man weiß, wo man suchen muß.«

Er wühlte in einer Tasche und holte noch etwas heraus. »Stoff«, sagte er und schwenkte ein Tuch vor mir, bevor er es in das Wasser fallen ließ. Stel hatte Kleidung aus solchem Material getragen, als er zu meiner Gruppe gebracht worden war. »Ein anderer Mann hat mir das hier gegeben.« Er nahm das nasse Tuch aus dem Wasser, beugte sich über Schatten und tränkte seine Wunde mit der Flüssigkeit. Der Junge lächelte ein wenig, als ob er uns trösten wollte. Dann holte Wanderer eine beinerne Nadel heraus, die dünnste, die ich je gesehen hatte, fädelte ein langes, dünnes Stück Darm ein und tauchte dieses ebenfalls in den Wassertopf.

»Jetzt«, erklärte er, »werde ich die Wunde zunähen.«

»Zunähen?«

»Wunden können, genau wie Risse in Leder, genäht werden. In einigen Tagen werde ich die Nähte mit der Schneide meines Messers auftrennen, aber das Messer muß sauber sein, und die Wunde muß noch einmal getränkt werden.« Er blickte Schatten an. »Es wird weh tun.«

Der Junge entblößte die Zähne zu einem gequälten Lächeln. Ich sah zu, wie Wanderer nähte. Schatten griff nach meinem Ärmel und krallte sich daran fest. Er stöhnte ein wenig, schrie aber nicht.

»So. Fertig.« Wanderer tränkte die Wunde noch einmal mit dem Tuch, dann goß er die wenigen Tropfen Wasser, die noch übrig waren, darüber, und packte seine Gerätschaften weg. Ich löschte das Feuer und bedeckte das verbrannte Holz mit Erde.

Die Tür glitt hinter mir zu, als ich wieder hereinkam; wir trugen Schatten zur nächsten Liege. Wanderer und ich sprachen unsere Gebete vor dem Altar der Kriegerin und setzten uns dann die Reife auf, doch die Herrin sprach nicht zu uns.

Wanderer sah mich an, als er seinen Reif abgenommen hatte. »Du hast gesagt, daß die Männer hier in der Gegend an ihrem Fluß bleiben würden.«

Ich war beschämt. »Ich dachte, das würden sie tun. Sie haben meine frühere Gruppe, obwohl wir keinen Friedenspakt geschlossen hatten, nie angegriffen, solange wir uns von ihrem Lager fernhielten und nur soviel Wild erlegten, wie wir brauchten.«

»Du hast einen schlechten Rat erteilt, Arvil.« Das hätte mich eigentlich zutiefst treffen müssen, was es jedoch nicht tat. »Hast du Blut vergossen?«

»Ja.«

»Das ist schlecht. Es bedeutet, wenn der betroffene Mann stirbt, werden sie vielleicht zurückkehren und darauf warten, daß wir den heiligen Boden verlassen. Wenn sie herausfinden, daß wir allein sind, und kein Friedenspakt zustande kommt, werden sie uns umbringen.«

»Dann müssen wir jetzt weg von hier.« Wir wären sicherer, wenn wir das Heiligtum verließen, da die Fremden bestimmt damit rechneten, daß wir blieben.

»Wir können nicht weg. Schatten muß Ruhe haben, bis er geheilt ist. Er hat bereits zuviel Blut verloren. Wenn er jetzt bewegt wird, wird er wieder bluten.«

»Wie lange?«

»Zwei Tage, vielleicht drei. Er ist kräftig und müßte dann eigentlich in der Lage sein, die Reise mit behutsamer Gangart fortzusetzen.«

»Aber du sagtest, jene Männer könnten vielleicht hierherkommen.«

»Dann müssen wir beten, daß sie es nicht tun. Ich kann meinen Schutzbefohlenen nicht im Stich lassen.«

Ich mußte zur Enklave gelangen; ich konnte nicht drei Tage lang warten. Ich saß auf der Kante meiner Liege und starrte zu Boden, aus Angst, Wanderer anzusehen.

Er sagte: »Du mußt wissen, was du zu tun hast.«

Ich blickte auf. »Ich kann bleiben. Ich werde euch etwas zu essen jagen.«

»Du kannst nicht bleiben. Deine oberste Pflicht gilt der Herrin. Du mußt uns verlassen.«

Ich wußte, daß er recht hatte. »Ich werde zurückkommen und euch holen«, sagte ich, ohne meinen eigenen Worten Glauben schenken zu können, überzeugt davon, daß sie beide bis dahin tot wären. Tal würde niemals die Reise hierher unternehmen, nur um zweier Männer willen, die er nicht kannte.

Ich stand auf. »Auf Wiedersehen, Wanderer. Schatten, leb wohl.« Ich schluckte kräftig. »Möge die Herrin dich beschützen.«

»Und mögest du sicher zu Ihrer Enklave gelangen«, sagte Wanderer.

Als ich mich von ihnen abwandte, betraten unsere Feinde das Heiligtum.

Diese Gruppe bestand aus sieben jungen Männern. Als sich die Tür hinter ihnen geschlossen hatte, knieten sie sich schnell nieder und machten das Zeichen der Göttin in Richtung des Altars. Einer der Fremden war verletzt; ein blutender Arm in einem zerrissenen Ärmel hing locker an seiner Seite. Ein anderer Mann fing ihn auf, als er zu Boden zu stürzen drohte.

»Waffenruhe, solange wir miteinander sprechen«, sagte Wanderer in der heiligen Sprache und wiederholte die Worte dann in meiner Sprache.

»In Ihrer Gegenwart herrscht immer Frieden«, antwortete ein Mann mit grauem Bart ebenfalls in meiner Sprache.

»Ihr habt diesen Jungen hier verletzt.« Wanderer deutete auf Schatten. »Doch ich habe seine Heilung beschleunigt, und ich kann mich auch der Wunde eures Kameraden annehmen. Ich muß hier die Wahrheit sprechen – ich kenne mich etwas in der Kunst des Heilens aus.« Graubart runzelte die Stirn. »Ich muß ihn versorgen, bevor er noch mehr Blut verliert. Willigt in einen Friedenspakt ein, und ich werde ihn heilen.«

Graubart nickte. »Schließen wir einen Friedenspakt, der solange gilt, bis du ihn geheilt hast. Wir schwören bei der Herrin. Aber wenn Feuermacher stirbt, müssen wir ein Leben von eurer Seite fordern.«

Ich würde derjenige sein, der sterben müßte, denn ich hatte meine Kameraden hierher geführt; Wanderer würde niemals zulassen, daß sie Schatten nähmen.

Die Fremden geleiteten ihren Kameraden zu einer Liege, während Wanderer in seinem Gepäck herumwühlte und mich dann anwies, noch mehr Holz zu sammeln.

Ich errichtete vor der Tür einen zweiten Stapel aus Feuerholz. Wanderer zog dem Mann das Hemd aus, und ich sah die klaffende Wunde, die mein Messer verursacht hatte; es war eine häßliche Verletzung, aber nicht so schlimm, wie sie hätte sein können. Ich schöpfte Hoffnung. Wanderer holte einen Streifen Stoff hervor und band den Arm des Mannes oberhalb der Wunde ab.

»Was machst du da?« fragte Graubart.

»Er darf nicht noch mehr Blut verlieren«, antwortete Wanderer. »Ich werde das nach einer Weile lockern und sehen, ob die Blutung aufgehört hat. Erhitze noch mehr Wasser, Arvil.«

Als das Wasser brodelte, tränkte Wanderer den Arm damit. Feuermachers Kinn straffte sich über dem kurzgeschnittenen braunen Bart; aus seinen großen blauen Augen sprach eher Angst als Schmerz. Es war nicht das erstemal, daß ich zusah, wie Wunden gereinigt wurden, aber noch nie auf die Weise, wie Wanderer es machte, mit Wasser, das über Feuer erhitzt worden war. Die Männer, unter denen ich gelebt hatte, hatten irgendwelches Wasser dazu benutzt, das sie gerade zur Verfügung hatten, und wenn die Wunde eiterte, dann war es der Wille der Herrin.

Wanderer lockerte den Stoff, dann betrachtete er den Arm. »Du hast Glück gehabt«, sagte er. »Deine Muskeln hat es nicht so schlimm erwischt, daß du den Arm nicht wieder bewegen könntest, und das Blut pulsiert nicht aus der Wunde, aber ich muß sie zusammennähen, wenn du geheilt werden willst.« Er nahm wieder seine beinerne Nadel heraus und tauchte sie in das Wasser, das ich zu ihm hingetragen hatte.

»Was für eine unheilige Handlung ist das?« fragte Graubart.

»Meinst du, ich würde eine unheilige Handlung in einem Heiligtum begehen?« Wanderer beugte sich über Feuermacher. »Du hast eins unserer Leben verlangt für den Fall, daß ich ihn nicht heilen kann. Du mußt mich alles tun lassen, was in meiner Macht steht.«

Ich senkte den Blick zu Boden und betete im stillen für Feuermachers Leben wie auch für mein eigenes.

Eilaan kam noch einmal zu uns zu Besuch. Diesmal schickte mich Mutter während ihres Gesprächs aus dem Raum.

Ich ging ins Bett, konnte aber nicht einschlafen. Vielleicht sollte Mutter geächtet, ihrer Stellung als einer der Mütter der Stadt enthoben werden; und wenn ich ihr beigestanden oder mich nicht von ihren Taten distanziert hatte, dann würde mich die gleiche Strafe treffen. Vielleicht sollten wir verbannt werden. Ich konnte den sorgenvollen Gedanken an diese äußerst unwahrscheinliche Möglichkeit nicht loswerden, und ich konnte den Ausdruck in Biranas Augen nicht vergessen, als sie gezwungen war, uns für immer zu verlassen.

Als ich in den Vorderraum ging, lag Mutter auf einer Couch, einen Arm über die Augen geschlagen; das kastanienrote Haar hing ihr lose und zerzaust ums Gesicht. Sie hob den Arm und sah mich mit müden Augen an.

Ich sagte: »Man wird uns bestrafen.«

Ihr Kopf rollte von einer Seite zur anderen. »Nein. Wir werden beobachtet, und unser Gedankenübermittler wird eine Zeitlang überwacht werden. Sobald Knopf weg ist, wird vielleicht eine Gutachterin darüber entscheiden, ob ich mich vor dem Rat verantworten muß – die Diskussion darüber ist noch nicht abgeschlossen. Eilaan hat dem Rat eindringlich empfohlen, mir kein Berufsverbot zu erteilen, weil sie es für besser hält, wenn ich beschäftigt bin, anstatt zu grübeln, aber ich kann mir vorstellen, daß einige meiner Patientinnen nach einer anderen Ärztin verlangen werden.« Sie hielt inne. »Habe ich denn etwas so Falsches getan?« Sie wartete meine Antwort nicht ab. »Natürlich muß man auch kleinere Vergehen mit aller Strenge verfolgen, besonders bei Frauen wie mir, sonst würde alles aus dem

Gleis laufen, nicht wahr?« Sie sprach mit einem verbitterten Klang in der Stimme. »Ich muß ein vorbildliches Beispiel für andere sein.«

»Was ist mit mir?«

»Dir wird nichts passieren, Laissa. Ich habe Eilaan gesagt, daß du meiner Einstellung sehr ablehnend gegenüberstehst. Du wirst sowieso bald mit Shayl zusammenleben, und wenn du erst bei ihr wohnst und dein Studium begonnen hast, kann sich nichts mehr von dem, was ich tue, auf dich auswirken. Schlimmstenfalls könnte es dir peinlich sein.«

Ich hatte den Umzug bis jetzt immer noch hinausgezögert, fürchtete mich etwas vor dem Weggehen. Jetzt wurde mir klar, daß meine eigene Sicherheit verlangte, daß ich so bald wie möglich ausziehen mußte.

Mutter richtete sich auf. »Du solltest längst schlafen. Ich dachte, Shayl wollte morgen früh sehr zeitig hier sein.«

»Ich kann nicht schlafen.« Ich nahm ihr gegenüber Platz. »Du weißt, daß Eilaan recht hat. Wenn du anfängst, die Regeln für Knopf neu auszulegen, dann werden andere Frauen es dir nachmachen, und dann ...«

»Ich weiß. Ich war auch zu dir nicht fair. Ich habe dich nicht einmal nach dem Ergebnis deiner Tests gefragt oder danach, was du studieren wirst.«

Ich bezweifelte, daß sie überhaupt an mich gedacht hatte, so besorgt, wie sie um Knopf war. »Ich werde Physik studieren.«

»Aber die Mathematik ...«

»Das schaffe ich schon irgendwie. Shayl kann mir dabei helfen.«

»Dann haben die Tests also nicht dazu geführt, daß du deine Absicht geändert hast?«

»Nein.« Ich wollte auf dieses Thema nicht näher eingehen. Bren hatte mich dermaßen eingeschüchtert, daß ich erwog, zu den Allgemeinen Naturwissenschaften überzuwechseln, aber ich wollte diesen Schritt nicht tun, ohne vorher mit Shayl gesprochen zu haben. Vermutlich hoffte ich, sie würde mir den Wechsel ausreden.

»Ich erinnere mich an meine eigenen Tests«, sagte Mutter. »Mir wurde geraten, Historikerin zu werden.«

Ich zuckte innerlich zusammen. »Warum bist du es nicht geworden?«

»Das lag nicht nur daran, daß es mir so kleinkariert vorkam. Je mehr ich über die Vergangenheit erfuhr, desto hoffnungsloser erschien mir die Gegenwart, desto mehr wurde mir bewußt, wie gefangen wir inzwischen waren. Ich wollte mich loslösen, wollte die Fragen, die mich beschäftigten, vergessen, wollte wie alle anderen sein. Ich wollte unentwegt arbeiten, damit ich keine Zeit zum Nachdenken hatte, und als Gynäkologin und Geburtshelferin glaubte ich etwas Sinnvolles zu tun.« Sie seufzte. »Es ist merkwürdig. Wenn ein Kind auf die Welt kommt, scheint es keinen Unterschied zu machen, ob das kleine Wesen männlich oder weiblich ist. Da geht es mir nur um sein Wohlergehen.«

»Mutter, schicke Knopf jetzt endlich hinaus. Wenn du das tust, wird man dich in Ruhe lassen. Warte nicht länger.«

»Es ist zu spät. Ich habe bereits Knopfs Bruder herbestellt. Ich kann nur hoffen, daß er den Weg bis hierher schafft und daß Knopf die beste Chance bekommt, die ich ihm geben kann.«

Shayl kam am nächsten Morgen nicht zu uns. Ich wartete und rief sie dann an. Sie war nicht zu Hause, hatte aber eine Nachricht hinterlassen, mit der sie mir mitteilte, daß sie später zurückrufen werde. Sie tat es nicht.

Ich rief sie am nächsten Tag wieder an. Diesmal war ihre Nachricht voller Ausflüchte. Sie sei sehr beschäftigt, sie müsse in ihrem Studium einiges Versäumte nachholen, vielleicht möchte ich den Umzug noch etwas hinausschieben, bis sie mit ihrer Arbeit wieder auf dem laufenden sei. Vorher hatte sie es kaum erwarten können, daß ich endlich zu ihr zöge.

Ich ging zu Shayls Turm. Als sich ihre Tür öffnete, sah ich, daß sie mit einer Gruppe von jungen Frauen zusammensaß; keine von ihnen sah so aus, als ob sie mit Lernen beschäftigt sei. Shayl biß sich auf die Lippe, als sie mich sah, und drängte ihre Freundinnen schweigend hinaus.

Wir waren allein. Ich ging zum Fenster und blickte zwischen den Türmen ringsum hindurch zur fernen Stadtmauer. Sie stellte sich neben mich. Sie küßte mich nicht, wie ich es erwartet hatte; sie nahm nicht einmal meine Hand in die ihre. »Laissa, ich ... «

»Warum hast du solche Nachrichten hinterlassen?«

»Weil ich nicht wollte, daß du dir Sorgen machst. Ich hatte so viel zu tun.«

Ich drehte mich um und blickte ihr ins Gesicht. »Das ist nicht wahr. Wenn du mit deiner Arbeit im Rückstand bist, warum sitzt du dann hier und unterhältst dich mit deinen Freundinnen?«

Shayl neigte den Kopf zur Seite. »Ich wollte gerade anfangen zu arbeiten. Ich war im Begriff, sie wegzuschicken, als du kamst.«

Ich war bereit einzulenken, als mir der letzte Teil ihrer Nachricht wieder einfiel. »Warum hast du gesagt, daß ich das Zusammenziehen vielleicht verschieben möchte?«

Ihre braunen Augen wurden groß. Sie trat einen Schritt zurück. »Weil ich dachte ... nun, ich dachte, daß du vielleicht mehr Zeit brauchst, um die Dinge vorzubereiten. Und ich kann dir besser helfen, wenn ich mit meinem Studium wieder auf dem laufenden bin. Du hast immer noch vor, Physik zu belegen, oder?«

»Ich weiß nicht. Ich wollte mit dir darüber reden.«

Sie seufzte. »Also, dann laß uns reden.« Es schien ihr gleichgültig zu sein, ob wir miteinander sprachen oder nicht; ich hatte sie noch nie so kühl und abweisend erlebt. Ich folgte ihr durch den Raum, und wir setzten uns in zwei sich gegenüberstehende Sessel. »Also?«

»Mir wurde von Physik abgeraten. Mir wurde empfohlen, statt dessen Allgemeine Naturwissenschaften in Betracht zu ziehen.« Ich hielt inne. Shayl war meine beste Freundin, das erste Mädchen, mit der ich die Liebe erfahren hatte, die Frau, die ich von ganzem Herzen liebte; bis dahin war es mir immer möglich gewesen, ihr so ziemlich alles zu sagen. Doch einiges hatte ich ihr verschwiegen – meine Fragen, meine Zweifel -, und das erschien mir jetzt wichtiger als die anderen Gedanken, die ich ihr enthüllt hatte. »Die Beraterin regte an, daß ich vielleicht auch Geschichte und Menschliche Zivilisation studieren sollte, aber ich sagte ihr, daß das überhaupt nicht in Frage käme.«

Shayl kräuselte die Lippen. »Warum solltest du so etwas studieren? Was kannst du damit anfangen?«

»Na ja, natürlich habe ich das gleiche gefragt. Bren – die Beraterin – sagte, ich könnte Chronistin werden, aber das will ich bestimmt nicht, deshalb spiele ich mit dem Gedanken, mich für Allgemeine Naturwissenschaften einzuschreiben und mich später auf Physik zu konzentrieren. Etwas mehr Vorbereitung schadet mir ohnehin nicht.« Ich errichtete mir einen Schutzschild gegen ihre Mißbilligung, wie ich es immer getan hatte.

Sie lehnte sich zurück und trommelte mit den Fingern auf die Armlehnen ihres Sessels. »Dann solltest du vielleicht besser mit jemand anderem zusammenleben. Es ist immer von Vorteil, wenn man mit jemandem eine Wohngemeinschaft hat, der dasselbe Fach studiert.«

Ich war wie vor den Kopf geschlagen. Sie blickte starr an mir vorbei, vermied es, mir in die Augen zu sehen.

»Es ist nur ein Vorschlag«, fuhr Shayl fort. »Vielleicht wäre es besser für dich.«

»Deshalb hast du solche Nachrichten hinterlassen. Du möchtest nicht mehr, daß wir zusammenziehen.«

»Das habe ich nicht gesagt, Laissa.«

Ich beugte mich zu ihr vor. »Sag mir die Wahrheit. Du willst mich hier nicht haben. Wenigstens könntest du mir sagen warum.«

»Es ist nicht mein Wunsch, sondern der meiner Mutter. Sie hat gesagt, ich soll darüber nachdenken.« Shayl wich meinem Blick immer noch aus. »Sie hat gesagt, der Rat überwacht deine Mutter, weil sie ihren Jungen zu lange bei sich behalten hat. Sie hat mir erklärt, daß deine Mutter möglicherweise ... «

»Von wem hat sie das gehört?«

»Ich weiß nicht.« Shayl hatte die Stimme erhoben; ich hatte bei ihr noch nie diesen jammernden Ton gehört. »Vielleicht hat sie es von jemandem im Rat erfahren. Es wird viel geredet. Ich habe immer schon gewußt, daß deine Mutter diesen Jungen zu sehr verhätschelt. Bei den vielen Aufgaben, die der Rat zu erfüllen hat, würde er sich sicher nicht um deine Mutter kümmern, wenn ihm die Angelegenheit nicht wichtig erschiene.«

»Was hat die Handlungsweise meiner Mutter überhaupt mit mir zu tun?«

»Vielleicht wirst du gemeinsam mit ihr geächtet. Ich habe nicht bemerkt, daß du dich besonders angestrengt hättest, sie umzustimmen oder ihr ins Gewissen zu reden. Und dann ist da die Sache mit Yvaras Tochter – jeder weiß, daß ihr beide enge Freundinnen wart.«

Ich konnte mir nicht vorstellen, warum sie dieses Thema ausgerechnet jetzt zur Sprache brachte. »Das ist lange her.«

»Vielleicht ist es lange her, aber es ist noch ein weiterer Punkt, der gegen dich spricht. Dir stehen Probleme bevor. Du lebst immer noch bei deiner Mutter, und wenn du nicht aufpaßt, werdet ihr beide geächtet. Jetzt weiß ich, warum Dorleis Geliebte nie lange bei ihr geblieben sind. Jedenfalls sagt meine Mutter, es könnte meinem Ruf schaden, wenn ich mit dir zusammenlebe.« Shayl jammerte nicht mehr, ihr Stimme hatte einen strengen Ton angenommen. »Und jetzt eröffnest du mir, daß dir geraten worden ist, Geschichte zu studieren. Es ist allgemein bekannt, was für eine dreckige Sache das ist. Ich weiß, daß irgend jemand es machen muß, aber meiner Mutter würde es bestimmt nicht gefallen, wenn ich mit einer Historikerin zusammenlebte. Aus demselben Grund will sie auch nicht, daß ich Zoreen treffe.«

»Aber ich werde es doch nicht tun. Und Bren hat gesagt, ich könnte später Chronistin werden, nicht Historikerin.«

»Eine Chronistin! Das ist in gewisser Weise noch schlimmer – Lügen niederzuschreiben, alles schlimmer darzustellen, als es ist.«

»Aber ich werde doch nicht...«

»Das ist egal.« Sie verzwirbelte eine Locke ihres schwarzen Haars zwischen den Fingern und rutschte unruhig auf dem Sessel hin und her. »Mutter ist der Ansicht, ich sollte jetzt nicht mit dir zusammenwohnen. Versuch doch zu verstehen. Sie kann mir wirklich das Leben schwer machen, mit ihrer ewigen Nörgelei.«

Ich wäre am liebsten über Shayl hergefallen, hätte sie geschlagen. Yvara, dachte ich, muß ungefähr so empfunden haben, als sie das Messer gegen ihre Geliebte erhob; vielleicht hatte Ciella sie mit noch grausameren Worten verletzt. Ich dachte an die Zeit zurück, als Shayl mich berührt und ich ihre Liebkosungen erwidert hatte; ich fühlte mich betrogen.

Ich stand langsam auf. »Shayl, erzähl mir nichts mehr von deiner Mutter. Du wohnst nicht mehr bei ihr, und du brauchst nicht mehr auf sie zu hören. Sei wenigstens ehrlich zu mir.«

Sie schüttelte den Kopf, den Tränen nahe.

»Du bist es, die nicht mit mir zusammenleben möchte, und du hast es nicht einmal fertiggebracht, zu mir zu kommen und es mir zu sagen. Wahrscheinlich hast du gedacht, nach einiger Zeit begreife ich schon, was Sache ist. Du sagst, ich habe Probleme, und du wirst nicht zu mir halten oder mir helfen.« Bei diesen Worten wäre ich fast ins Schwanken gekommen, da mir einfiel, wie ich Birana immer mehr aus dem Weg gegangen war, ohne jede Erklärung. Aber das war nicht dasselbe; ich war mit Birana nie so eng verbunden gewesen wie mit Shayl.

»Also, soll mir recht sein«, fuhr ich fort. »Ich möchte nirgends leben, wo ich nicht willkommen bin. Dazu bin ich zu stolz. Ich würde jetzt nicht mehr zu dir ziehen, selbst wenn du mich darum bitten würdest.«

Ich wandte mich um und ging langsam zur Tür. Ich stand bereits davor, als mir klar wurde, daß ich darauf wartete, daß Shayl mir nachkommen, mich um Vergebung bitten und mir sagen würde, daß sie alles nicht so gemeint habe.

Ich trat über die Schwelle, immer noch wartend. Shayl sagte nichts. Die Tür glitt hinter mir zu.

Als Kind hatte ich oft im Schatten der Mauer gespielt, später jedoch vermied ich die Abgrenzung, die unsere Stadt von draußen trennte.

Jetzt raste ich mit hoher Geschwindigkeit zusammen mit Knopf in ihre Richtung; ich umklammerte seine Hand, während ich mich meiner Wut auf meine Mutter und auf Shayl hingab. Ich hatte Shayl verloren; ich schämte mich, daß ich sie je geliebt hatte, daß ich geglaubt hatte, sie liebte mich. Ich konnte den Bruch mit ihr nicht kitten, doch ich überlegte, auf welche Weise ich mich gegen die schlimmsten Folgen von Mutters Handeln schützen könnte.

Die Stadt außerhalb des durchsichtigen Tunnels rauschte an uns vorbei; die Türme und dann die kleineren Gebäude, die die Türme umgaben, wurden zu einem Strom von verschwommenen senkrechten Bildern, der an uns vorbeifloß. Knopf schnappte bei dem Anblick vor Staunen nach Luft; er war noch nie so weit von unserem Turm weg gewesen. Das letzte Gebäude huschte vorbei; die flache Parklandschaft, die die Stadt umgab, glich einem grünen Meer. Knopf beugte sich auf seinem Sitz nach vorn.

Der Wagen, in dem wir fuhren, schwebte nach links und verlangsamte seine Fahrt, während wir uns unserem Ziel näherten. Ich stand auf, als er hinter einigen leeren Wagen anhielt, öffnete die Tür, nahm Knopfs Hand und führte ihn hinaus.

Fünf kleine Mädchen spielten im Bereich des Tunnelausgangs und des Eingangs zur Mauer; als sie Knopf entdeckten, winkten sie. »Wie heißt du?« fragte ein braunhaariges Mädchen und lief auf uns zu.

»Knopf.«

»Knopf!« Das kleine Mädchen kicherte.

»Laß ihn in Ruhe!« sagte ich.

Das Mädchen trat zurück. »Es ist ein Junge!« Sie winkte ihre Freundinnen herbei. »Er wird rausgeschickt.«

Ihre Kameradinnen quietschten vor Vergnügen. »Tschü-üs!« Gleich wurde ein Chor daraus. »Tschü-üs! Tschü-üs!«

Von unserem Standpunkt sah es so aus, als ob sich die glatte graue Mauer bis fast in den Himmel erstreckte. Knopf sah nach oben, dann zupfte er mich am Arm, als wir zum Eingang kamen. »Laissa«, sagte er.

»Pscht!«

»Schickst du mich weg?«

»Sei ruhig!«

»Du tust es, Laissa!« Er stemmte sich mit den Absätzen gegen den Boden. Ich mußte ihn zum Eingang zerren. »Wo ist Mutter? Ich will zu Mutter!«

Das Tor glitt auf. Der weiträumige Gang mit den weißen Wänden und dem silbern schimmernden Boden dehnte sich nach links und rechts aus und schien bis in die Unendlichkeit zu reichen. Drei Frauen fuhren mit einem Rollwagen herein und musterten mich stirnrunzelnd, während Knopf weinte.

Zwei Patrouillenfrauen näherten sich uns zu Fuß. Knopf klammerte sich an meine Hand und wimmerte kläglich; eine der Frauen zog ihn von mir weg, drohte ihn mit wackelndem Finger und befahl ihm, still zu sein.

»Was soll das Ganze?« fragte die andere.

»Er ist mein Bruder. Er muß hinausgeschickt werden.«

»Zu welchem Mann?«

Ich nannte die Einzelheiten, die ich herausgefunden hatte, indem ich Mutters Aufzeichnungen zu Hause durchstöbert hatte – seine Nummer, den Raum in der Mauer, in dem er logierte. »Er nennt sich Tal«, fügte ich hinzu, obwohl das kaum eine Rolle spielte. »Ich soll den Jungen ihm aushändigen.«

»Du, nicht deine Mutter? Wie heißt du?«

»Laissa, Tochter von Dorlei, Altas Clan.«

Plötzlich stürzte Knopf auf mich zu; sein Schreien hallte durch den langen Gang. Ich löste seine Umklammerung von meinen Beinen. »Sei still!« befahl ich.

»Ich hasse dich! Ich will nicht gehen!« Er schrie noch lauter und fing an zu heulen. Die größere der Patrouillenfrauen gab ihm ein Bonbon; er schleuderte es auf die silbernen Bodenfliesen.

Die kleine, gedrungene Patrouillenfrau murmelte einige Worte in ihren Armband-Kom, dann sah sie mich an. »Ich finde nirgends eine Genehmigung für einen solchen Vorgang. Deine Mutter müßte mit ihm hier sein. Warum ist sie das nicht?«

»Sie war verhindert. Deshalb hat sie mich an ihrer Stelle geschickt.« Ich mußte schreien, um Knopfs lautes Weinen zu übertönen. Ich hatte mit der Reaktion der Patrouillenfrauen gerechnet. Die zwei wechselten Blicke, und dann bedeutete mir die kleinere, ihr zu folgen.

Sie führten uns durch den Gang bis zu einer Tür. Die große Frau hob Knopf hoch und stieß ihn in einen kleinen Raum. »Warte hier«, sagte die untersetzte Frau zu mir.

»Warum?«

»Tu einfach, was wir dir sagen.«

»Er muß raus«, sagte ich. »Er hätte längst rausgeschickt werden sollen.«

Knopf sprang mich an, ich stieß ihn weg. Er rutschte über den glänzenden Boden und prallte gegen eine Wand. Während er taumelnd aufstand, hob ich eine Hand. »Benimm dich gefälligst!«

»Ich hasse dich. Ich wünschte, du wärst tot.«

»Du mußt raus. Und du gehst raus, ob es dir paßt oder nicht.«

Knopf rannte zur Tür und brüllte, während er mit den Fäusten dagegentrommelte. Meine Beine gaben nach, ich sank zu Boden. Als seine Stimme nur noch ein heiseres Krächzen war, verkroch er sich in eine Ecke, krümmte sich zusammen und winselte. Ich versuchte, Mitleid mit ihm zu haben, schaffte es aber nicht. Es war seine Schuld, daß Mutter überwacht wurde, seine Schuld, daß Shayl mich verstoßen hatte.

Der Raum war kahl, nicht einmal ein Bildschirm war vorhanden; ich war sicher, daß man uns nicht lange hier warten lassen würde. Wahrscheinlich riefen die Patrouillenfrauen Mutter herbei, und mein Handeln würde sie davon überzeugen, daß Knopf jetzt gehen mußte.

Er hörte auf zu weinen. »Es tut mir leid«, sagte ich. Er sah mich an. »Ich weiß nicht, warum du ein solches Theater machen mußt. Irgendwann mußt du hinausgehen, und daran wird nichts etwas ändern.« Er antwortete nicht.

Wir warteten schweigend. Endlich öffnete sich die Tür wieder, und Mutter stand davor, zusammen mit den beiden Patrouillenfrauen. Ich zwang mich, hochzublicken.

»Ich wollte ihn zu seinem Vater bringen.« Ich stand auf. Meine Beine zitterten, meine Hände waren kalt.

»Du hast dich geweigert, ihn wegzubringen, also habe ich es getan.«

»Aber du wußtest genau, daß sie ihn ohne meine Genehmigung nicht gehen lassen würden.«

»Das war mir egal. Ich dachte, daß du endlich einsichtig werden würdest. Eilaan würde auf meiner Seite stehen. Du hast mir alles kaputtgemacht. Shayl will nicht mehr mit mir zusammenleben.« Mutter hob eine Hand zu den Lippen. »Laß ihn jetzt gehen, Mutter. Warte nicht noch länger.«

»Ich muß warten. Das weißt du. Ich muß warten, bis ... « Ihre Stimme versagte.

»Er sieht alt genug aus, um zu gehen, älter als die meisten«, sagte die große Patrouillenfrau. »Vielleicht solltest du auf deine Tochter hören.« Trotz ihrer Worte schien sie ein Mitgefühl für Mutter zu empfinden, und ihr Tonfall war sanft; vielleicht hatte die Patrouillenfrau auch einmal zu sehr an einem Sohn gehangen.

»Er wird rechtzeitig weggeschickt«, antwortete Mutter. »Jetzt nehme ich ihn erst mal wieder mit nach Hause.«

Ich folgte Mutter zurück durch den Gang, die Patrouillenfrauen brachten uns bis ans Tor. Draußen war es bereits dunkel; der Tunnel war eine lange Lichtschlange über schwarzem Grund. Knopf drängte sich dicht an Mutter, während wir zum Tunnel gingen, und jedesmal, wenn ich ihm zu nahe kam, zuckte er vor mir zurück.

»Du hättest ihn gehen lassen sollen«, sagte ich. »Später wird es für ihn nur noch schwerer werden.«

Sie blieb kurz vor dem Tunneleingang stehen und wandte sich mir zu. »Haßt du ihn so sehr, daß du ihm nicht einmal das bißchen Zeit gönnst, das ihm noch bleibt?«

Knopf blickte nicht auf. Ich wußte, daß ich ihm einen fürchterlichen Schreck eingejagt hatte, daß er während der wenigen Tage, die ihm noch blieben, ständig Angst haben würde. »Ich hasse ihn nicht«, sagte ich. »Ich hasse, was er dir angetan hat. Ich möchte nicht, daß du in Schwierigkeiten gerätst.«

»Du möchtest nicht, daß du selbst in Schwierigkeiten gerätst. Es wird sich herumsprechen, daß sich meine eigene Tochter gegen mich aufgelehnt hat. Das wolltest du natürlich, um dich abzusichern, aber das wird die Dinge für mich nicht leichter machen, und für Knopf hast du die ganze Angelegenheit ebenfalls schlimmer gemacht.«

»Jawohl, ich möchte, daß sich herumspricht, daß ich ihn hergebracht habe«, brach es aus mir heraus. »Wenigstens wird man wissen, daß ich meine Pflicht kenne. Ich möchte nicht, daß jemand denkt, ich sei so wie du.«

»Natürlich.« Ihre Stimme war ausdruckslos. Sie führte Knopf zum Tunnel und scherte sich offenbar nicht darum, ob ich mitkam oder nicht.

Ich fuhr nicht mit Mutter und Knopf, sondern nahm einen anderen Wagen. Ich vergaß, meine Strecke einzutippen, und mein Wagen hielt an einem Ausgang am südlichen Stadtrand an. Als ich gerade im Begriff war, den Wagen auf die Strecke zu steuern, die mich in die Gegend meines Turmes bringen würde, erstarrte meine Hand über den Tasten. Ich konnte jetzt nicht nach Hause gehen, konnte den Gedanken nicht ertragen, Mutter wieder gegenüberzutreten. Ich könnte eine Zeitlang in einem Wohnheim unterkommen, doch die Zuständigen dort würden mich bedrängen, möglichst bald eine eigene Wohnung zu finden, falls ich nicht mehr nach Hause gehen wollte.

Dann sah ich, wo der Wagen angehalten hatte. Ich stieg aus und verließ den Tunnel. Ich stand auf einer hell erleuchteten Straße direkt südlich der Türme. Einige junge Frauen standen auf der anderen Seite zusammen und unterhielten sich; durch ein Fenster hinter ihnen sah ich mehrere Frauen unterschiedlichen Alters, die um einen Tisch herumsaßen und gemeinsam zu Abend aßen. Entlang der Straße wurden an Tischen vor kleinen, eckigen Gebäuden noch einige Waren feilgeboten. Ich ging an Tischen vorbei, die beladen waren mit Stickereien, Schmuck aus Metall, Emaille oder leuchtenden Halbedelsteinen, glasierter handgetöpferter Keramik und gewebten Stoffen. Ein Mädchen hinter einem Tisch voller Bonbons und anderer Süßigkeiten rief mir etwas zu, aber ich ging weiter, da ich ihr nichts im Austausch für ihre Waren anzubieten hatte.

Ich gehörte zu jenen, die zum Dienen ausersehen waren, über die die Mütter der Stadt wachten. Hier konnte ein Mädchen in einem Haushalt von Frauen zur Reife heranwachsen, konnte ganz nach ihrem Belieben irgendein Handwerk oder eine Kunst betreiben. Wenn die Zeit zum Kinderkriegen gekommen war, ging sie zur Mauer und suchte sich, angeleitet vom Rat der Genetikerinnen, den Samen eines Mannes aus, je nach seinen Eigenschaften und Wesenszügen. Sie brauchte niemals einen Mann zur Mauer zu berufen oder mit ihm über einen Gedankenübermittler zu kommunizieren. Sie brauchte sich keine Gedanken über das Draußen zu machen oder sich mit dem zu befassen, was dort draußen vor sich ging. Jedes Kind, das sie bekäme, würde ein Mädchen sein, sie brauchte niemals einen Sohn zur Welt zu bringen und ihn zur Mauer zu führen. Sie würde in einer Gesellschaft von Frauen alt werden, in einem Haus, in dem nur ihresgleichen lebten.

Sie führten ein sorgloses, geruhsames Leben, und doch wurde das nur ermöglicht durch das, was ich und meinesgleichen taten. Meine Freundinnen und ich hatten in den Wohnheimen mit solchen Mädchen zusammengelebt; wir hatten gelernt, unser Leben mit ihnen zu teilen und gemeinsame Sache zu machen, und sie hatten gelernt, eine Zeitlang außerhalb ihres engen, behüteten Haushalts zu leben. Ich hatte mich mit einigen dieser Mädchen angefreundet, hatte jene, die aufgeschlossen oder schnell im Begreifen waren, ermutigt, an den Kursen teilzunehmen, durch die ein vielversprechendes Mädchen sich einen Platz unter den Müttern der Stadt erringen konnte. Jetzt, da ich in ihre lächelnden Gesichter blickte und ihr fröhliches Geplapper hörte, fragte ich mich, warum auch nur eine von ihnen den Wunsch verspüren sollte, so zu sein wie wir.

Einen Moment lang erschien es mir, als ob die Strafe, hierhergeschickt zu werden und als eine von diesen Frauen leben zu müssen, in Wirklichkeit nicht ein Segen sein könnte. Doch selbst sie würden eine geächtete Frau ablehnen; ich war verdammt dazu, das zu sein, was ich war.

Ich kam zu einem Spielplatz unterhalb der Türme, mit Ausblick auf diesen Teil der Stadt. Ich befand mich in der Nähe von Zoreens Wohnung. Ich eilte über den gewundenen Weg des Spielplatzes und kam zum Eingang ihres Turms. Zoreen war aus eigenem Entschluß hier herausgezogen, so weit vom Zentrum entfernt wie möglich.

Ihre Wohnung befand sich im obersten Stock des Turms. Sie lebte allein, und an diesem Abend hatte sie keinen Besuch. Bei meinem Eintreten schien sie sehr überrascht; sie sah mich ausdruckslos an, als ich durch den Raum auf sie zuging, und sagte: »Was um alles in der Welt führt dich denn hierher?«

»Ich habe mich mit meiner Mutter gestritten.«

Sie schob die Papiere und Bücher auf ihrer Couch zur Seite, um einen Platz zu schaffen, wo ich mich hinsetzen konnte. »Ich kann nicht behaupten, daß mich das überrascht«, sagte sie. »Ich weiß, daß sie in letzter Zeit einige Probleme hatte.«

Ich erzählte ihr in groben Zügen, was sich zugetragen hatte, während sie mich leidenschaftslos betrachtete. »Ich kann jetzt nicht mehr bei Shayl wohnen«, endete ich, »und ich habe eigentlich keine Lust, nach Hause zu gehen.«

»Shayl war schon immer spießig.«

»Ich weiß nicht, was ich tun soll, Zoreen.«

»Es gibt immer ein Wohnheim.«

»Man wird mich dort nicht lange bleiben lassen, nicht in meinem Alter. Ich möchte nicht das ganze Theater mit einer Beraterin durchmachen.«

»Man wird eine geeignete Wohnung für dich finden. Du kannst genausogut allein leben wie ich.« Ihre Mundwinkel zuckten. Ich war nie dahintergekommen, ob Zoreen aus eigenem Entschluß allein lebte, oder ob sie niemanden gefunden hatte, mit dem sie eine Wohngemeinschaft hätte eingehen können.

»Ich dachte, daß ich vielleicht hier bei dir bleiben könnte, zumindest für eine Weile, wenn es dir nichts ausmacht.«

»Kannst du nicht deine anderen Freundinnen fragen?« Ihre grünen Augen zogen sich zusammen. Bestimmt wußte sie, daß meine anderen Freundinnen sich diskret von mir fernhalten würden, bis die Stellung meiner Mutter geklärt war; es war also eine überflüssige Frage. »Ich habe dich immer für meine Freundin gehalten«, sagte ich schließlich.

»Ach so«, murmelte sie. »In letzter Zeit hatten wir ja eigentlich keinen besonders engen Kontakt mehr.«

»Das weiß ich. Aber immerhin habe ich dich zu meinem Fest eingeladen.«

»Ja, das hast du getan. Sehr liebenswürdig. Ich habe es wirklich genossen, mit Leuten zusammenzusein, die mich nicht dabeihaben wollten.«

»Ich wollte dich dabeihaben, Zoreen.«

»Nein, das stimmt nicht. Du hast dich nur einer alten Freundin aus der Kindheit verpflichtet gefühlt.«

»Dann gehe ich also davon aus, daß du nicht willst, daß ich bleibe.« Ich wollte mich erheben.

»Ach, Laissa! Du kannst bleiben.« Sie zupfte an ein paar locker hängenden Strähnen ihres dunkelbraunen Haars. »Das heißt, wenn es dir nichts ausmacht, bei jemandem zu wohnen, der Geschichte und Menschliche Zivilisation studiert.«

»Es macht mir nichts aus.«

»Dann wird es mir vermutlich egal sein, ob jemand hier wohnt, deren Mutter in Schwierigkeiten ist. Ich kann nicht wählerisch sein.«

Ich war im Begriff, etwas zu entgegnen, schluckte die Worte jedoch hinunter. Zoreen hatte das Recht, so etwas zu sagen; sie wußte sehr wohl, daß ich lieber bei Shayl gewesen wäre.

»Zoreen, ich verstehe deine Gefühle«, sagte ich schließlich. »Ich bitte dich um nichts anderes, als einfach eine Freundin zu sein. Ich weiß, daß ich dir in der letzten Zeit keine besonders gute Freundin war. Wenn du mich nicht hier haben willst, dann gehe ich.«

Sie sah mich an. Ich konnte den Ausdruck in ihren Augen nicht deuten. »Du kannst solange bleiben, wie du willst. Ich war bis jetzt recht einsam. Eine Freundin würde mir guttun.« Während sie sprach, verstand ich, was ich in ihrem Gesicht sah; sie machte den Eindruck einer Person, die die Einsamkeit kannte, die es gewöhnt war, Außenseiterin zu sein.

Ich hatte die Einsamkeit stets gefürchtet, hatte alles unterdrückt, was mich ins Abseits gestellt hätte. Zoreen war schon seit längerem Außenseiterin, nämlich seit der Zeit, als sie ihr Studium begonnen hatte; jetzt würde auch ich eine sein.

»Danke«, sagte ich und sah, daß sie lächelte. »Ich sollte Mutter eine Nachricht durchgeben.«

Ich ging zum Bildschirm und zeichnete eine Nachricht auf, damit ich nicht persönlich mit Mutter sprechen mußte. Ich teilte ihr mit, daß ich jetzt bei Zoreen wohnte, daß ihre Wohnung von nun an mein Zuhause sei, daß ich demnächst meine Sachen abholen wollte. Damit brach ich die Brücken hinter mir ab. Ich war in Sicherheit; welche Strafe immer Mutter sich auch aufgeladen haben mochte, ich hatte nichts damit zu tun.

Arvil

Am Morgen war die Farbe in Feuermachers Gesicht zurückgekehrt. Die Mitglieder seiner Gruppe untersuchten seinen Arm und sahen, daß er heilte. Zu diesem Zeitpunkt sprachen die Fremden nicht mit uns, doch später am Morgen, als sie eine Mahlzeit einnahmen, gaben sie uns ein wenig von ihrem kleinen Vorrat an getrocknetem Fleisch. Das Fleisch reichte kaum, um einen einzigen Mund zu stopfen, doch sie hatten selbst nur sehr wenig.

Ich sprach ein Dankgebet, da ich wußte, daß Männer niemals anderen etwas zu essen geben würden, wenn sie vorhätten, sie zu töten, und dann zog ich Wanderer zur Seite. »Wie lange wird es dauern, bis Schatten geheilt ist?«

»Ich habe dir schon mal gesagt, ich möchte nicht, daß er vor Ablauf der nächsten beiden Tage aus diesem Heiligtum bewegt wird.«

»Aber ich muß weg.«

»Das weiß ich, doch bevor du gehst, sollten wir mit diesen Männern einen Friedenspakt schließen.« Wanderer runzelte die Stirn. »Sie sind nicht am Fluß geblieben, wie sie es deiner Aussage nach zu tun pflegen. Ich frage mich, was der Grund dafür sein mag. Sie haben lediglich Beutel und Trinkschläuche dabei, jedoch keine Rucksäcke, und zwei der Männer sind nicht mit Speeren bewaffnet.« Das war mir ebenfalls aufgefallen. Es sah so aus, als wären sie Hals über Kopf zum Heiligtum aufgebrochen, ohne Planung.

Wir wandten uns wieder den Fremden zu, die ihre Gebete gesprochen hatten und sich jetzt zurück auf die Liegen begaben, um die Segnungen der Herrin zu erwarten. Bald darauf richtete sich Feuermacher auf und betrachtete seinen Arm, während Schatten sich zurücklegte.

Wir gingen zu Schatten. »Es tut ein bißchen weh«, sagte der Junge, obwohl er sich sichtlich schämte, es zuzugeben. »Es brennt.«

»Ich gebe dir ein Mittel gegen den Schmerz«, antwortete Wanderer. »Dann gehe ich draußen eine kleine Runde mit dir spazieren ... sonst wirst du zu schwach.«

Schatten nickte. Feuermacher drehte mit einem Finger seines gesunden Arms eine Locke seines welligen Haars auf. »Wie sieht's mit dir aus?« wollte Wanderer von ihm wissen.

»Mir geht's gut.«

»Es könnte sein, daß dein Arm eine Zeitlang steif bleibt. Laß die Wunde in Ruhe.«

Die anderen Männer nahmen die Reife ab. Der graubärtige Hauptmann saß auf der Kante seiner Liege und winkte Wanderer zu sich. »Wir müssen miteinander reden.«

Die beiden gingen zum Altar und ließen sich unter der Statue der Kriegerin nieder. Ich folgte ihnen und setzte mich hinter Wanderer, während sich die anderen Männer um ihren Anführer scharten.

»Bevor wir reden«, leitete Wanderer das Gespräch ein, »müssen wir einen Friedenspakt schließen.«

Der Häuptling beugte sich vor. »Was hast du gemacht – hast du bei Feuermacher einen Zauber bewirkt? Wirst du den Bann aufheben, wenn der Friedenspakt nicht zustande kommt?«

Wanderer schwieg.

»Gewähre ihm den Friedenspakt, Weise Seele.« Feuermacher war uns nachgekommen und ließ sich jetzt auf der nächsten Liege nieder. »Meine Wunde heilt. Ich brauche seinen Zauberbann.«

Graubart kratzte sich am Kopf. »Nun gut. Ich gewähre dir den Friedenspakt. Aber wir brauchen dein Versprechen, daß der Rest deiner Gruppe uns ebenfalls keinen Schaden zufügen wird. Ich hoffe, du hast die Macht, um das zu gewährleisten.«

»Die habe ich«, antwortete Wanderer. »Für wie lange?«

»Solange noch einer von uns am Leben ist. Wir garantieren dir dasselbe.«

Das war eine Überraschung. Weise Seele hätte sich bestimmt nicht auf einen so langfristigen Friedenspakt eingelassen, wenn seine Gruppe nicht irgendwie in Gefahr gewesen wäre. Ihre Feinde würden zu unseren werden, wenn wir ein solches Abkommen mit ihnen abschlossen.

Wanderer stimmte zu, und ich wußte, daß er nichts anderes hätte tun können. Er und Weise Seele legten murmelnd Eide voreinander ab und besiegelten den Friedenspakt. Dann fragte Weise Seele: »Wo ist der Rest eurer Gruppe?«

Wanderer hielt eine Hand hoch. »Beantworte mir zunächst folgende Frage. Warum seid ihr nicht am Fluß, wo eure Heimat ist, wie mir gesagt wurde?«

Der Fremde rutschte unruhig hin und her. »Ich habe meine Frage zuerst gestellt.«

Wanderer vollführte eine ausholende Handbewegung. »Du siehst meine Gruppe vor dir, Weise Seele. Sie besteht aus diesen beiden Knaben. Mehr Mitglieder habe ich nicht.« Feuermacher schüttelte den Kopf. »Schatten ist mir in einer Enklave übergeben worden. Dieser Junge hier, Arvil, hat sich mir südlich von hier angeschlossen, weil der Rest seiner Gruppe tot ist.«

»Dann sind wir betrogen worden«, murmelte Weise Seele. »Wir haben den Friedenspakt nicht mit einer Gruppe geschlossen, sondern mit drei Einzelwesen, von denen zwei Knaben sind.«

»Die Göttin hat Arvil vor dem Schicksal seiner Gruppe bewahrt und ihn gesegnet. Er ist berufen worden.«

»Er sieht ziemlich jung aus für einen, der berufen worden sein soll.«

»Die Göttin hat ihn berufen. Er wird ein Mann sein,

wenn er aus der Enklave zurückkehrt. Meinst du, ich würde vor dem Antlitz der Göttin, in einem Heiligtum lügen?«

Weise Seele senkte den Kopf und musterte mich eine Zeitlang; ich glaubte, Hochachtung in seinen Augen zu sehen.

»Ich werde Wanderer genannt«, fuhr mein Kamerad fort, »weil ich ohne Gruppe von Ort zu Ort gewandert bin. Ich habe viel erfahren. Ich habe einiges von der Kunst des Heilens erlernt und kann dieses Wissen an euch weitergeben.« Er hielt inne. »Beantworte jetzt meine Frage. Warum habt ihr den Fluß verlassen? Geschah es deshalb, weil ihr euch hierherbegeben wolltet, um zu beten? Oder geschah es, weil ihr Reisende überfallen wolltet, die dieses Heiligtum besuchten?«

»Meine Männer haben viel durchgemacht. Sie waren von Blutdurst getrieben. Sie konnten unsere Feinde nicht schlagen, also überfielen sie euch.« Weise Seele hob den Blick hinauf zum Abbild der Kriegerin. »Wir sind vom Fluß vertrieben worden. Diese Männer hier sind die einzigen, die von unserer Gruppe übriggeblieben sind. Unsere Jungen sind tot, unser Lager besteht nicht mehr. Wir sind mit Mühe und Not entkommen.«

»Wer hat euch das alles angetan?«

»Eine Gruppe, die wir noch nie zuvor gesehen hatten. Eine Gruppe von Reitern auf Pferden.«

»Ich bin einer Schar Reitern begegnet«, sagte Wanderer. »Ich wußte nicht, daß sie so weit nach Norden gelangt waren.«

»Diese Männer sprachen unsere Sprache«, berichtete ein anderer Mann. »Ich befand mich am Rande des Lagers, als sie uns angriffen. Ich stürzte und prallte mit dem Kopf gegen einen Stein. Als ich wieder zu Sinnen kam, hörte ich einen Jungen um sein Leben flehen und im Namen der Herrin um Gnade bitten. Ein Reiter antwortete in unserer Sprache und erzählte, daß seine Gruppe vor nicht allzu langer Zeit einem Reisenden begegnet war, der ebenfalls um Gnade gefleht hatte, der berichtete, er habe mit eigenen Augen zwei Verkörperungen der Herrin außerhalb eines Heiligtums gesehen, und der mächtige Eide schwor, daß das Gesagte wahr sei, und daß ihn die Reiter dennoch erschlagen hätten. Das erzählte der Reitersmann, und dann spießte er den Jungen auf. Da wußte ich, daß wir keine Gnade zu erwarten hatten und daß ich fliehen mußte.«

Ich dachte über diese merkwürdige Geschichte nach. Wie konnte ein Mann Verkörperungen der Herrin außerhalb eines Heiligtums sehen? Konnte ein Mann so inbrünstig am Leben hängen, daß er eine Bestrafung in der nächsten Welt riskieren würde, indem er einen falschen Schwur ablegte? Ich konnte mich selbst nicht von einer gehörigen Portion falscher Aussagen lossprechen, doch nie hatte ich sie in Form eines heiligen Eides vorgebracht, und niemals, wenn ich annehmen mußte, daß ich nicht lange genug leben würde, um die Vergebung der Herrin für das Aussprechen einer Lüge zu erlangen. Der Mann mußte durch Angst vor dem Tod um den Verstand gebracht worden sein.

Wanderer sah aus, als ob er tief in Gedanken versunken wäre. Auch für ihn war die Falschaussage nichts Fremdes, allerdings bestand er nicht allzu beharrlich auf dem Wahrheitsgehalt seiner Geschichten; es handelte sich doch lediglich um Begebenheiten, die sich in einer anderen Zeit oder an weit entfernten Orten zugetragen haben mochten. Er hätte niemals durch einen Eid geschworen, daß sie wahr waren, und die meisten Männer erzählten Geschichten, die im Laufe des Weitergebens anwuchsen. Es konnte passieren, daß ein Mann den Blick für die Wahrheit verlor, wenn ein Ereignis weit in der Vergangenheit lag, und deswegen konnte man ihm nicht ernsthaft die Schuld der Lüge anlasten.

Ich dachte an Legenden, die ich stets für wahr gehalten hatte. Auch darin war die Rede von Zeiten, die kein lebender Mann je gesehen hatte. Sollte sich bei ihnen die

Unwahrheit eingeschlichen haben? Ich schob diese Gedanken rasch beiseite; das waren keine Dinge, über die man an einem heiligen Ort nachgrübeln sollte.

Wanderer ergriff das Wort. »Ich wußte gar nicht, daß die Reiter so weit nach Norden gekommen waren. Wenn sie die Sprache des Nordens beherrschen, dann müssen sie offenbar einige Zeit in dieser Gegend gewohnt haben. Es gibt jetzt an anderen Orten bereits einige solcher Gruppen, und eines Tages sind sie vielleicht in der Lage, diejenigen, die sich noch zu Fuß bewegen, zu überwältigen. Wenn sie jagen, brauchen sie nicht ein einziges Tier zu verfolgen oder sich mit einer zappelnden Beute in einer Falle abzugeben – sie können einer Herde hinterherreiten und mehr Tiere erlegen, als sie brauchen. Sie können sich weiter von ihrem Heimatgebiet entfernen, und sie können Männer ohne Pferde in einem Kampf besiegen, auch wenn diejenigen ohne Pferde ihnen zahlenmäßig überlegen sind.«

»Sie kämpfen nicht«, sagte Weise Seele. »Sie schlachten ihre Feinde ab. Sie kämpfen nicht von Mann zu Mann.«

»Ich habe mich mit solchen Männern unterhalten, und ich habe einige Zeit mit ein paar von ihnen verbracht. Ich habe einiges von ihrem Können erlernt und könnte es euch beibringen. Wenn wir Pferde hätten, könnten wir die Stärke von zehn Gruppen erlangen.«

»Aber das ist unfromm«, sagte ein junger Mann.

»Es ist nicht unfromm«, widersprach Wanderer. »Die Göttin hat gesagt, daß wir jagen müssen, daß wir so leben sollen, wie es uns möglich ist. Sie hat nicht gesagt, daß wir uns keine Pferde zunutze machen dürfen. Ich bin des Reitens mächtig, ebenso wie Schatten, und ich weiß, wie man Pferde ausbildet.« Er legte eine Pause ein. »Ich bin weit herumgekommen. Ich habe sogar von unbekannten Gegenden gehört, wo Männer die Kunst der Landwirtschaft beherrschen oder fähig sind, aus weichem Ton harte Gegenstände herzustellen. Ich weiß, daß es Dinge gibt, die die eine Gruppe verachtet und eine andere anwendet.«

Die Augen von Weiser Seele waren weit aufgerissen; er schien von Wanderers Rede gebannt zu sein. »Und du kannst uns einige dieser Dinge beibringen?«

»Ja, und darüber hinaus kann ich euch viele Geschichten von fernen Orten erzählen.«

»Könntest du dich vielleicht unserer Gruppe anschließen und unser Bruder werden?«

Wanderer nickte. »Ich habe schon mal daran gedacht, mich mit einer Gruppe zu verbünden, denn das einsame Wandern wird allmählich mühsam. Aber zunächst müßt ihr etwas für mich tun.«

»Und das wäre?«

»Der Junge Arvil ist in eine Enklave nördlich von hier berufen worden. Er muß dorthin gelangen, und zwar bald. Sein früherer Hüter befindet sich zur Zeit dort, und ich glaube, daß auch er sich euch anschließen wird, denn er hat jetzt keine Gruppe mehr. Ich kann nicht mit Arvil reisen, weil ich mich um Schatten kümmern muß, doch Arvil muß die Enklave möglichst bald erreichen, denn die Göttin hat es befohlen. Ich bitte deine Männer, ihn auf seiner Reise zu begleiten.«

»Wir kennen uns in diesem Gebiet nicht besonders gut aus. Wenn wir auf Wanderschaft gegangen sind, haben wir uns stets nach Westen bewegt, und die Herrin hat uns immer in eine Enklave südlich von hier befohlen.«

»Der Junge kann euch den Weg weisen«, sagte Wanderer. »Und ihr könnt ihm euren Schutz angedeihen lassen.«

Weise Seele strich sich über den Bart. »Wir müssen am Fluß entlang wandern und einen geeigneten Platz für ein neues Lager finden.«

»Glaubt ihr etwa, ihr seid hier sicher, so nahe bei den Berittenen, die euch vom Fluß vertrieben haben? Zu Pferde haben sie eine große Reichweite. Ich kenne die

Methoden solcher Männer. Sie werden das ganze Land entlang des Flusses als ihr Eigentum beanspruchen.«

Weise Seele sagte: »Ich muß mich mit meiner Gruppe beraten.«

Wir ließen sie am Altar zurück und gingen wieder zu Schatten. »Glaubst du, sie werden mich begleiten?« fragte ich.

»Sie schweben hier in Gefahr, und deine Gruppe lebt nicht mehr auf eurem Heimatboden. Sie könnten euer ehemaliges Gebiet für sich beanspruchen, bevor es irgend jemand anderes tut.«

»Aber du und Schatten, ihr müßt hierbleiben, bis er reisefähig ist.«

»Daran läßt sich nichts ändern. Wenn ich mich mit ihnen verbünde, können wir ihnen folgen, sobald es Schatten besser geht.«

Ich betrachtete unsere neue Gruppe, denn das würden die Männer wohl sein. »Ist das die Art von Gruppe, der du dich hattest anschließen wollen?«

Wanderer hob die Schultern. »Es sind Männer, nicht besser und nicht schlechter als andere. Vielleicht kann ich ihnen beibringen, besser zu sein, als sie es sind. Weise Seele machte den Eindruck eines nachdenklichen Mannes, und die anderen sind jung, was bedeutet, daß einige von ihnen von der Göttin berufen werden und Knaben erhalten werden. Ich habe mir diese Männer nicht ausgesucht, aber vielleicht sind sie gar keine so schlechte Wahl.«

Weise Seele besprach sich lange mit seinen Männern, bevor er uns heranwinkte. Wir gingen wieder zum Altar, und kurz darauf leistete Wanderer dieser Gruppe den Schwur. Sein Schwur erstreckte sich auch auf seinen Schutzbefohlenen, Schatten.

»Wanderer war so etwas wie ein Hüter für mich«, sagte ich, als er geendet hatte, »aber ich werde bei meiner Rückkehr aus der Enklave ein Mann sein, und dann kann ich euer Bruder werden. Bis jetzt bin ich noch kein Mann, ihr braucht meinen Worten also keine Beachtung zu schenken, doch Wanderer ist der Meinung, ihr solltet eure Gruppe in das Land führen, wo die meine einst lebte. Ich glaube nicht, daß es bereits von jemand anderem beansprucht worden ist.«

Weise Seele nickte. »Vielleicht ist es das beste, wenn wir weiterziehen. Die Reiter haben dieses Land für uns zu einem verfluchten gemacht. Würdest du uns zu deinem ehemaligen Lager führen?«

Ich sah Schatten an. Er war jetzt mein Freund, und mir gefiel der Gedanke nicht, ihn und Wanderer allein hier zu lassen. »Ich kann euch den Weg zum Lager beschreiben«, sagte ich, »aber ich kann euch nicht selbst dorthin führen. Ich muß möglichst bald die Enklave erreichen. Ich muß nach Norden reisen, während ihr die nordöstliche Richtung einschlagen müßt, um zu unserem Lager zu gelangen. Ich muß auch an Wanderer und Schatten denken, denn sie sind jetzt meine Freunde. Ihr alle solltet diesen Ort verlassen, doch Schatten kann nicht weit gehen. Ihr könntet eine Bahre aus Holz und Fell anfertigen und Schatten darauf tragen. Ihr würdet dann nur langsam vorankommen, während ich meinen Weg so schnell wie möglich zurücklegen muß, aber ihr wäret dann immer noch sicherer, als wenn ihr hier bliebet.«

Wanderer sagte nichts, doch er legte für einen Augenblick seine Hand auf meine.

»Wanderer würde niemals ohne Schatten gehen«, fuhr ich fort, »und ihr bedürft vielleicht irgendwann seines Könnens.«

»Du sprichst weise, mein Junge«, sagte Weise Seele, »aber kannst du denn ganz allein durch die Lande nach Norden ziehen?«

»Ich werde es versuchen.«

»Wenn du dich mit uns verbündest, werden wir dir helfen. Ich würde dir dann Begleiter mitschicken, während der Rest von uns sich auf den Weg zu eurem ehemaligen Lager machen würde.« Ich ahnte, was er darüber hinaus dachte. Er wollte, daß ich eine Chance bekäme, sicher in die Enklave zu gelangen und Tal dazu zu bringen, daß er sich seiner Gruppe anschloß, aber er wollte andererseits auch, daß die meisten seiner Männer überlebten. Wenn ich auf meinem Weg Gefahren begegnete, würde die überwiegende Zahl seiner Männer, die nach Osten reisten, ihnen entgehen.

Weise Seele willigte ein, mir zwei seiner Männer als Begleitung mitzugeben, einen dürren Mann namens Hase und einen bulligen namens Ulred. Ich erklärte ihnen den Weg zu meinem Lager, beschrieb ihnen die Landmarken und die Strecken dazwischen, dann führte ich die Männer nach draußen, wo ich Skizzen in die Erde ritzte, bis ich sicher war, daß sie nicht fehlgehen konnten. Wenn ich die Enklave mit Tal wieder verlassen würde, so sagte ich, würde ich mich zum Heiligtum der Maria begeben, an den Ort, wo mein Hüter berufen worden war. Mir war eingefallen, daß Tal von jeher Fremden mißtraute und daß es das beste wäre, wenn er zuerst an einem heiligen Ort mit ihnen spräche.

Weise Seele versicherte mir, daß mindestens ein Mitglied seiner Gruppe zwei Monde lang von Zeit zu Zeit dieses Heiligtum aufsuchen würde, bevor man mich als tot aufgeben würde. Ich wagte mir nicht auszumalen, was geschehen könnte, wenn es meiner neuen Gruppe nicht gelänge, das Lager zu erreichen.

Ganz in der Nähe der Lichtung, die das Heiligtum umgab, gelang es Ulred und einem anderen der Männer von Weiser Seele, einen kleinen Hirsch zu erlegen. Nachdem wir der Herrin dafür gedankt hatten, daß sie uns mit Fleisch versorgt hatte, waideten wir das Tier aus und garten rasch die Stücke, die meine Begleiter und ich auf unsere Reise mitnehmen würden, indem wir das Fleisch in den Flammen eines Feuers brieten;

für eine aufwendigere Zubereitung blieb keine Zeit. Die anderen würden soviel Fleisch mitnehmen, wie sie konnten, und das übrige würden sie zurücklassen, denn sie wollten baldigst aufbrechen, und die Bahre für Schatten mußte auch noch angefertigt werden.

Ich verabschiedete mich von Wanderer außerhalb des Heiligtums und betete, daß ihm und den anderen kein Leid geschehen mochte. Ich bangte um sie, denn sie mußten die Strecke mit einem verletzten Jungen und einem verwundeten Mann überwinden. Ich wurde von allerlei bösen Ahnungen geplagt, obwohl ich bisher soviel Glück gehabt hatte; ich fürchtete allmählich, daß sich mein Schicksal wieder einmal wenden könnte.

Mein Begleiter Ulred, der einen struppigen schwarzen Bart und dichte Augenbrauen hatte, erwies sich als ein recht freundlicher Kerl, während Hase, dessen Gesicht nur einen Schnauzbart mit abwärts gerichteten Spitzen aufwies, sich sehr wortkarg verhielt. Hase, so fand ich heraus, hatte ungefähr mein Alter und war noch nicht berufen worden.

Wir schritten leichtfüßig durch den Wald und sprachen nur, wenn wir für eine Rast haltmachten. »Ich habe bei diesem verdammten Überfall einen Knaben verloren«, erzählte mir Ulred. Obwohl der Wind wärmer geworden war, versteckte sich die Erde hinter ihrem dichten grauen Schleier vor der Sonne, als ob sie ihre dünne Schicht von schmutzigem, verharschten Schnee nicht preisgeben wollte. »Ein lieber kleiner Kerl – ich habe ihn erst im letzten Frühjahr aus einer Enklave bekommen.«

»Dann bist du also berufen worden«, stellte ich fest.

»Einmal, ja, aber bei dieser Gelegenheit gab mir die Herrin kein Kind. Der Hüter des Jungen hat ihn mir als Schutzbefohlenen anvertraut, bevor er in das nächste Leben der Herrin einging, denn er war mir ein wahrer Freund und wußte, daß ich mich des Jungen ebenso annehmen würde wie er selbst. Seit Herbst hatte ich mich um den Kleinen – Sonnenkind war sein Name – gekümmert.« Ulred wischte sich mit dem Zipfel seiner Jacke die Augen trocken. »Ein niederträchtiger Reiter schlug ihm mit einer seltsamen Waffe das Gehirn aus dem Kopf, mit einem langen Stück glänzenden Metalls, das wie der Schaft eines Speers geformt war. Wenigstens fand der Junge einen schnellen Tod.« Er seufzte. »Sonnenkind war ein lieber Junge, mit goldenen Haaren wie du, immer lächelnd, immer zum Singen aufgelegt... Es war eine Freude, ihn in der Gruppe zu haben. Ich sage mir jetzt, daß die Herrin ihn vielleicht so sehr geliebt hat, daß Sie ihn nicht in dieser Welt leiden lassen wollte.«

Wenn die Herrin ihn wirklich geliebt hätte, dachte ich, hätte Sie ihn gar nicht erst hinausgeschickt, sondern ihn bei sich behalten. Meine Gedanken schweiften wieder einmal ab. Es lag in der Natur des Mannes, zu sündigen und eine Zeitlang Gefangener dieser Welt zu sein.

Ulred seufzte erneut, und ich brachte ein paar tröstende Worte hervor. Tal hatte oft gesagt, daß es sinnlos war, einen Jungen zu lieben, bevor er erwachsen war und sein Hüter wußte, daß er die Mannbarkeit erleben würde. In Anbetracht von Ulreds Kummer wurde mir die Wahrheit dieser Worte deutlich.

Wir verließen den Wald, und ich führte sie nach Norden. Einmal stießen wir auf Spuren von Pferdehufen, und ich bekam es mit der Angst zu tun, bis ich sah, daß sie nach Westen verliefen, weg von uns. Die Nacht verbrachten wir in einem windgeschützten Unterschlupf aus Stöcken und Hases Fellen, und während des Einschlafens hörte ich das Seufzen und Stöhnen der Männer, die versuchten, sich die Segnungen der Herrin mit eigener Hand zu verschaffen. Hase bot an, mir bei der Erlangung dieser Freuden behilflich zu sein, doch ich lehnte ab, da ich wußte, daß er mir nicht jene Lust bereiten konnte, die ich in dem Heiligtum erfahren hatte.

Während unserer Reise sprach Ulred häufig von jenen Mitgliedern seiner Gruppe, die durch die Hände der Reiter ums Leben gekommen waren, während Hase bekümmert nickte und seinen Freund von Zeit zu Zeit mit einem gemurmelten »Der Wille der Herrin geschehe« unterbrach. Ich sagte wenig, da ich spürte, daß Ulred Trost in diesen Erinnerungen fand, da sie das einzige waren, das ihm von seinen Freunden geblieben war, und da sie außerdem dazu dienten ihn daran zu erinnern, daß er noch lebte. Auch ich hatte die eigenartige triumphierende Freude erfahren, die der Trauer folgt, die von dem Wissen herrührt, daß man selbst noch am Leben ist, während andere unter der Erde liegen.

Wir kamen wieder in ein Waldgebiet, obwohl die Bäume nicht dicht standen und wir dazwischen ungehindert freies Land durchqueren konnten. Wir begegneten keinen anderen Gruppen und bemerkten nur wenige Hinweise auf ihre Gegenwart. Nach vier Tagen waren wir in der Nähe des Heiligtums angekommen, wo ich die Absicht hatte zu beten und mich zu läutern, bevor ich mich der Enklave näherte. Ich dachte nicht an die Wegelagerer, denen ich auf meinem Weg zur Herrin ausweichen mußte, denn wenn sie auch eine große Gefahr darstellten, so konnte ich mir nicht vorstellen, daß Sie zulassen würde, daß ich mein Ziel nicht erreichte. Wieder einmal war ich äußerst guter Dinge. Ich hatte eine neue Gruppe, ich würde meinen Hüter wiedersehen, die Herrin würde mir eine Heimsuchung bescheren.

Ich ahnte nicht, wie bald mein Glaube auf die Probe gestellt werden sollte.

Mein Ziel, ein der Weisen gewidmetes Heiligtum, lag am Ufer eines kleinen Sees, wo ich öfter Gänse und Enten gejagt hatte. Die Vögel waren nach Süden geflogen, doch das Eis auf dem See war geschmolzen, und sie würden bald zurückkehren. Beutezüge zum See waren bei warmer Witterung gefährlich, denn auch andere Gruppen jagten hier Vögel und fischten, und wenn es uns auch gelungen war, mit einigen von ihnen für eine Saison Waffenruhe zu schließen, würden andere versuchen, schwächere Gruppe zu töten oder zu vertreiben. Einmal waren wir gezwungen gewesen, in einem Heiligtum Zuflucht zu suchen, auf der Flucht vor zwei Gruppen, und wir waren nur deshalb entkommen, weil die beiden Gruppen miteinander in Streit gerieten.

Während des Winters war dieser Teil des Sees gewöhnlich sowohl von Männern als auch von Vögeln verlassen. Wir schlichen durch das bewaldete Gebiet und streiften vorsichtig um das Heiligtum herum, doch ich erwartete nicht, am See jemanden zu sehen. Ich dachte an die Zeiten zurück, als ich hier mit Tal gewartet hatte, und auch mit Geab, Cor, Adlerauge, Falke und Pfeil – die jetzt alle tot waren.

Ulred packte mich plötzlich am Arm. »Sieh mal!«

Ich hatte bereits bemerkt, wohin er deutete. Wir traten zwischen den Bäumen hervor, um es uns genauer anzusehen. Ein Mann lag seitlich gekrümmt in der Nähe eines blattlosen Gestrüpps, den Rücken uns zugekehrt. Die Füße steckten in einer Art von Stiefeln, die ich nur bei Knaben gesehen hatte, die erst vor kurzem aus einer Enklave gekommen waren; es waren dunkle Lederstiefel mit dicken Sohlen. Die Kleidung bot weiteren Anlaß zum Staunen, denn die Hose war aus grünem Tuch, genau wie die Kapuzenjacke.

»Ein Toter«, flüsterte Ulred.

Hase blickte sich voller Unbehagen in alle Richtungen um, falls die Angreifer sich noch in der Nähe aufhielten. »Warum haben sie die Leiche nicht geplündert?«

»Vielleicht ist er nur verletzt«, gab Ulred zu bedenken.

»Seht euch die Stiefel und die Kleidung an«, murmelte Hase. »Eine solche Aufmachung habe ich bisher nur bei Knaben gesehen. Tragen die Männer hier so etwas, Arvil?«

»Nein.« Ich näherte mich dem Körper. Er zeigte keinerlei Anzeichen von Leben. Fußabdrücke bedeckten den Boden um den Körper herum, und der Boden war etwas hartgetreten. Ich konnte nachvollziehen, was geschehen war. Drei Männer hatten diesen einsamen Reisenden überfallen, und es war zu einem kurzen Kampf gekommen. Doch die Angreifer waren geflohen, ohne die Kleidung mitzunehmen, und das machte mich stutzig; ich würde auf derart feine Sachen niemals verzichten.

Ich beugte mich hinunter und hob eine der in Handschuhen steckenden Hände an. Das Armgelenk war zierlich, die Haut kalt, der Arm steif, und ich fühlte keinen Puls.

Ulred und Hase kamen zu mir heran, als ich den Körper mühsam auf den Rücken drehte. Er hatte auf einem metallenen Gefäß gelegen. Ich hob diesen Gegenstand auf, schüttelte ihn und hörte das Schwappen von Flüssigkeit. Ich ließ ihn fallen und untersuchte den Körper. Die Kehle wies einen tiefen Messerschnitt auf; das Blut darum herum war getrocknet.

»Wir können ihm die Sachen wegnehmen«, sagte Ulred. »Die Jacke ist zu klein für dich oder mich, aber vielleicht kann Hase sie gebrauchen.«

Das bartlose Gesicht des Opfers starrte mit blicklosen blauen Augen zu mir herauf. Das lockige dunkle Haar war blutverkrustet. Dieses Gesicht jagte mir Angst ein, denn es hatte etwas Sonderbares. Das Hemd, das ebenfalls blutgefleckt war, war von einem Messer durchbohrt worden. Ich riß es auf und sah gerundete Brüste, wie kein männlicher Körper sie haben konnte.

Die Gedanken überschlugen sich in meinem Kopf. Ich erinnerte mich an die Geschichte von dem Mann, der geschworen hatte, daß ihm die Herrin außerhalb eines Heiligtums erschienen war.

Hase stieß einen Schrei aus. Ulred fing mich auf, als ich taumelte, denn vor Entsetzen wäre ich beinahe ohnmächtig geworden. »Frevel!« entfuhr es Ulred, und wir beide zitterten so heftig, daß wir am Boden zusammenbrachen.

Hase rannte zum Heiligtum. Er stolperte, stürzte und wälzte sich wie besessen am Boden. Wir standen schwankend auf, rannten zu ihm und zerrten ihn auf die Beine.

Ulred gab ihm eine Ohrfeige. »Herrin!« kreischte Hase. »Herrin!« Ulred versetzte ihm noch einmal einen Schlag.

»Hör auf zu flennen!« schrie ich ihn an, obwohl ich nicht weniger Angst hatte als Hase. »Wir haben Ihr nichts zuleide getan. Das ist die Tat eines anderen.«

Allmählich wurde Hase ruhiger. »Was für eine Welt ist das«, sagte Ulred, »wo eine Verkörperung der Herrin so dicht bei einem Heiligtum tot daliegt? Wie ist das möglich?« Jetzt wußte ich, warum die Mörder die Leiche unberührt gelassen hatten, und ich fragte mich, welches Gottesurteil über sie gefällt worden sein mochte, denn ich war sicher, daß sie bestraft worden waren. Vielleicht hatten sie sich sogar selbst entleibt.

»Hört zu«, sagte ich und versuchte, meine eigene Angst zu beherrschen. »Wir können Sie nicht einfach liegenlassen. Wir müssen Sie ins Heiligtum tragen und beten. Die Herrin ist mächtig. Vielleicht stellt Sie diese Verkörperung von sich selbst wieder her und segnet uns, weil wir Sie dorthin gebracht haben.«

»Vielleicht hält uns die Herrin für die Schuldigen,« erwiderte Hase, »und verdammt uns.«

Ich schüttelte den Kopf. »Die Herrin weiß alles. Sie wird wissen, daß wir unschuldig sind.« Ich wünschte, Wanderer wäre bei uns gewesen; er war so weit herumgekommen und er kannte so viele merkwürdige Geschichten, daß er bestimmt einen Rat gewußt hätte, was zu tun wäre.

Wir gingen zu der Leiche zurück und hoben sie hoch, wobei wir so sanft wie möglich mit ihr umgingen, während wir sie zum Heiligtum trugen. Fast hätte ich erwartet, daß Sie in unseren Armen zum Leben erwachen würde. Gebeugt unter dem Gewicht sah ich eine weitere Spur, die zur Tür führte. Jemand, der dieselbe Art von Stiefeln trug, war in das Heiligtum geflüchtet. Ich erschauderte und hätte fast meinen Anteil an der Last fallenlassen.

Hase stöhnte auf. »Oh, Herrin, erweise uns deine Gnade.« Die Tür glitt auf, und wir stolperten hinein; dann legten wir den Leichnam zu Boden.

Jemand befand sich bereits in dem Heiligtum, auf einer der Liegen ausgestreckt. Dieser Fremde trug Stiefel und eine Hose aus grauem Tuch; eine graue Jacke lag am Boden. Der Fremde bewegte sich und richtete sich auf. Ich brauchte nur das Gesicht zu sehen, das lange wallende dunkelbraune Haar, die Form der Brüste unter dem grauen Hemd und die gerundeten Hüften, da wußte ich Bescheid.

Ulred und Hase warfen sich zu Boden und krochen demütig weiter; ich stand nur da und starrte, bis Ulred mich am Bein zog. »Verneige dich, du Tölpel!« flüsterte er. Ich kniete nieder und schlug die Stirn mehrere Male gegen den Boden.

Sie kam auf uns zu. Ich hatte Angst, den Blick zu heben, und hörte ein Schluchzen, als würde Sie über alle Sünden der Männer weinen. Schließlich hob ich den Kopf.

Sie stand neben der Leiche; sie stieß einen Schrei aus und wandte sich ab. »Was habt ihr getan?« Sie bediente sich der heiligen Sprache. »Warum habt ihr sie hergebracht? Ihr hättet sie nicht umzubringen brauchen.« Sie benutzte nicht die Worte, die ein Mann benutzt hätte, um von einer Verkörperung zu reden, sondern solche, die wir gebrauchen würden, um von den weiblichen Geschöpfen der Erde zu sprechen. »Sie ist tot. Ich könnte ebensogut auch tot sein. Warum bringt ihr mich nicht um und bereitet der Sache ein Ende?«

Ich rang nach Luft, während ich mich aufrichtete und auf den Absätzen kauerte. »Wir sind nicht fähig, eine solche Tat zu begehen«, antwortete ich in der heiligen Sprache. »Wir haben Sie nicht getötet. Wir kamen zufällig vorbei und entdeckten Sie dort draußen. Sie war bereits tot – dieses Verbrechen war die Tat von anderen Männern. Hab Gnade.«

Ihre Mundwinkel zuckten. »Ja, das erkenne ich jetzt.« Ihre Stimme war schwach. »Ihr seht nicht aus wie die anderen, die...« Sie schlug sich die Hände vor die Augen.

»Wir konnten Sie nicht dort draußen liegenlassen«, sagte ich, »und haben Sie hergebracht, damit die Herrin diese Verkörperung Ihrer selbst wieder zum Leben erwecken kann.«

Sie ließ die Hände fallen. Sie wirkte müde und erschöpft. Es war sonderbar, eine Verkörperung der Herrin in diesem Zustand zu sehen, denn in den Abbildern, die ich gesehen, und den Visionen, die mir die Herrin gewährt hatte, war Sie stets stark gewesen. Ihre blauen Augen waren groß und Ihre Wimpern dicht und lang, doch Ihre Augen waren von Schatten umgeben, und Ihre Wangen waren eingefallen. Sie schwankte. Ich sprang auf und fing Sie auf, als Sie im Begriff war umzufallen.

»Vergib mir, daß ich Dich berührt habe«, murmelte ich.

»Bring mich zur Liege.«

Ich führte Sie hin, erschüttert darüber, wie zerbrechlich Sie wirkte, wie klein Sie war – Ihr Kopf reichte mir eben bis zur Schulter. Ich sah keinerlei Anzeichen Ihrer Zauberkraft, Ihrer Macht. Während Sie sich hinlegte, krochen Hase und Ulred zur Liege und ließen sich dort am Boden nieder. Ich kniete mich neben Sie und bedeckte Sie mit der grauen Jacke.

Sie schluchzte mit erstickten Lauten, während wir warteten, unfähig, Trost zu spenden, und nicht wagend zu sprechen. Ich hatte das Gefühl, an einem anderen Ort zu sein, außerhalb der vertrauten Welt, die ich kannte.

Sie setzte sich auf und zog ein Gefäß aus der Jacke, dann ließ Sie es fallen. »Ich brauche mehr Wasser«, sagte Sie, »und etwas zu essen.«

»Nimm beides von uns«, sagte Ulred und zog seinen Trinkschlauch hervor. Hase bot Ihr den Rest unseres kalten Fleischs an. Sie trank etwas Wasser und kaute auf dem kleinen Stück Fleisch herum, wobei Sie das Gesicht verzog, dann stützte Sie sich auf einen Ellbogen und betrachtete uns mit Ihren kalten blauen Augen.

»Bitte laß uns wissen, was wir tun sollen«, sagte ich. »Gib uns Anweisungen, wenn wir Dir dabei behilflich sein können, Deine andere Verkörperung wiederherzustellen.«

»Sie ist tot. Sie kann nicht wiederhergestellt werden.« Sie schwieg eine Zeitlang. »Ihre Seele ist jetzt an einem anderen Ort ... lediglich diese sterbliche Hülle ist dort zurückgeblieben, wo sie eine Weile gelebt hat. Sie hat diesen Körper verlassen, um in das Reich der Herrin zurückzukehren. Sie müßte beerdigt werden.«

In diesem Moment fragte ich mich, warum die Verkörperung so traurig aussah. Wenn Ihre andere Verkörperung wieder bei der Herrin war, wenn ein Körper für die Herrin nichts weiter war als eine Hülle, die man einfach abstreifte, warum ließ diese Verkörperung dann keine Freude erkennen? Männer hatten keinen Einblick ins Jenseits nach dem Tod, sie konnten nur hoffen, daß ihnen in der nächsten Welt Segnungen und keine Bestrafung beschieden sein mochten. Der Tod konnte für die Herrin doch nichts Trauriges sein, da Sie doch unsterblich war. Vielleicht waren es die Sünden der Männer, die Sie zum Weinen gebracht hatten, das Böse jener, die die Hände gegen eine Ihrer Verkörperungen erhoben hatten.

»Ihr Körper wird außerhalb dieses Heiligtums liegen, Heiligkeit«, sagte ich.

»Begrabt sie.«

Wir eilten hinaus, um Ihrem Wunsch nachzukommen. Wir gruben, auf Knien kauernd, mit flachen Steinen, bis das Loch groß genug war. Inzwischen ging die Sonne unter. Wir trugen den Leichnam zu dem Grab und legten ihn in die Erde.

Sie kam zum Grab, als wir gerade dabei waren, es zuzuschütten, und beobachtete uns bei der Arbeit. Als wir fertig waren, legten wir Steine um das Grab herum, und Ulred rollte einen großen Stein darauf.

»Leb wohl«, sagte Sie leise, und Tränen rannen Ihr übers Gesicht.

Nachdem wir uns wieder ins Innere des Heiligtums begeben hatten, blieben wir in Ihrer Nähe, während Sie sich auf Ihrer Liege niederließ. Ihr Antlitz war voller Trauer, und im stillen verfluchte ich meinesgleichen wegen seiner Niedertracht.

Ich kannte kein angemessenes Ritual, also mußte das übliche ausreichen. »Wir müssen beten«, sagte ich schließlich, »und dann die Reife aufsetzen.«

Sie riß die Augen weit auf. Ich glaubte, Angst in Ihrem Gesicht zu erkennen. Doch was sollte eine Verkörperung der Herrin von uns zu befürchten haben? »Hört Mir zu!« Ihre Stimme war leise, doch befehlend. »Betet, wenn ihr wollt, aber legt die Reife nicht an. Ich bin ja jetzt bei euch, also braucht ihr sie nicht aufzusetzen.«

»Keine Reife?« sagte Ulred. Er hatte offensichtlich gehofft, daß die Herrin ihm eine lustvolle Segnung zukommen lassen würde.

Sie warf Ulred einen wütenden Blick zu, und er

zuckte ein wenig zusammen. »Keine Reife«, wiederholte sie. »Die Herrin trauert jetzt. Ihr würdet nur einen Fluch auf euch laden, wenn ihr sie jetzt anlegen würdet.«

Ich nickte, ohne mir Gedanken über Ihre Bemerkung zu machen, nur von Gehorsam durchdrungen.

Wir gingen zum Altar, wo die Weise in einem langen weißen Gewand inmitten Ihrer Becher und Röhren stand. Ich bemühte mich, meinen Geist auf das Gebet zu konzentrieren, obwohl es mir seltsam vorkam, vor einem Abbild der Herrin zu knien, während eine lebende Verkörperung unter uns weilte.

Ich versuchte, Ordnung in meine Gedanken zu bringen, überzeugt davon, daß Hase und Ulred dasselbe taten. Die Verkörperung war heilig, war mächtiger als wir, doch gleichzeitig war Sie schwach und hatte unser Essen und unser Wasser gebraucht. Sie sah gut aus, doch Ihr Gesicht war nicht von jener blendenden Schönheit der Verkörperungen, durch die ich zuvor Segnungen erfahren hatte. Ihre Gestalt war die der Herrin, doch wenn Sie nicht diesen Gürtel getragen hätte, der die Schwellungen Ihrer Brüste und Hüften deutlich hervorhob, hätte man Ihren Körper für den eines Jungen halten können. Ich hatte Ihren Körper kurz berührt und hatte den leblosen einer anderen Verkörperung gesehen, und ich war sicher, daß beide nur aus Fleisch und Knochen und Blut bestanden. Es mußte sich um eine wie auch immer geartete Prüfung handeln. Die Herrin hatte sich unter uns begeben, um zu sehen, wie wir uns verhalten würden. Wenn wir Ihr zum Wohlgefallen gereichten, würden wir gesegnet werden.

Ich sprach weitere Gebete und bat die Herrin, mich sicher zu Ihrer Enklave zu geleiten. Als ich aufstand und mich den Liegen zuwandte, merkte ich, daß die Verkörperung mich ansah. »Du hast mich gesegnet, Herrin«, sagte ich. »Würdest Du mich bitte auf meinem Weg zu Deiner Enklave beschützen?«

Sie sah mich verständnislos an. »Was meinst du damit?«

Ich war überrascht über Ihre Frage; sicher wußte Sie doch Bescheid. Vielleicht aber auch nicht. Sie hatte etwas zu essen gebraucht, Sie wirkte noch immer geschwächt. Sie hatte den Tod Ihrer anderen Verkörperung nicht verhindert. Sie wandelte in einem anfälligen Körper unter uns, hatte vielleicht vergessen, was Sie einst gewußt hatte. Vor langer Zeit hatte Tal einmal eine Geschichte gehört, nach der die Herrin in Fleisch und Blut erscheinen würde, um zu sterben und wiedergeboren zu werden und dabei die Sünden der Männer auf sich zu nehmen, und obwohl Tal die Geschichte für Blasphemie gehalten hatte, kam mir jetzt der Gedanke, daß sie doch wahr sein könnte. »Ich bin berufen worden«, erklärte ich.

»Berufen!« Sie hob die Hand vor den Mund. »Aber du kommst Mir recht jung vor.«

»Ich bin berufen worden. Das ist nicht verwunderlicher, als Sie zwischen Männern zu finden, Herrin. Ich bin hierhergekommen, um mich zu läutern, aber mir bleibt nicht viel Zeit dazu. Die Herrin wünscht mich so schnell wie möglich bei sich zu sehen.« Ich senkte den Kopf, da mir einfiel, daß es sich geziemte, Ehrerbietung an den Tag zu legen. »Ich dachte... vergib, daß ich so anmaßende Gedanken hege... daß Du vielleicht gekommen bist, um mich zu Ihrer Enklave zu geleiten.«

»Nein, Ich bin nicht gekommen, um dich irgendwohin zu geleiten.«

»Ich brauche dringend Deinen Rat. Da Du jetzt hier bist, bedeutet das, daß ich nicht mehr zu gehen brauche?«

Sie stand auf und kam zum Altar, dann drehte Sie sich um und betrachtete uns. Hase zuckte zusammen, als Ihr eindringlicher Blick auf ihn fiel. »Heiligkeit, wir sind Deine Diener«, versicherte Ulred. »Wir werden alles tun, was Du uns befiehlst.«

»Dann hört aufmerksam zu. Ich habe mich zu einem bestimmten Zweck zu euch gesellt, nämlich um zu prüfen, ob ihr dem richtigen Weg folgt. Ihr müßt Mich gegen andere beschützen und Mich ernähren, und als Gegenleistung dafür erhaltet ihr die Gunst der Herrin und einen Platz in Ihrem Herzen. Wenn Mir ein Leid geschieht, werdet ihr mit einem Fluch belegt. Es besteht keine Veranlassung, die Krone der Herrin in Heiligtümern aufzusetzen, solange Ich bei euch bin. Wenn ihr Mir keine Ehre erweist, wird Mich die Herrin euch wegnehmen, und ihr fallt der Verdammung anheim.« Zorn blitzte in Ihren Augen auf. »Dafür könnt ihr von Mir viele Dinge erfahren, Geschichten über die Zauberkraft der Herrin.«

Ulred und Hase waren wieder auf die Knie gefallen und nickten heftig. Ich wußte, daß ich mich ebenfalls hätte hinknien sollen, doch statt dessen wiederholte ich meine Frage. »Heißt das, daß ich jetzt nicht mehr in die Enklave gehen muß?« Sie antwortete nicht. »Ich bin berufen worden, mein Hüter ist dort, und die Herrin hat versprochen, daß wir wieder vereint sein werden, doch nur unter der Voraussetzung, daß ich die Enklave bald erreiche.«

Sie sah mich lange an, bevor Sie antwortete. »Nein, du mußt gehen. Wenn du nicht gehst, entdeckt die Herrin vielleicht, daß du ungehorsam warst, und dann ...« Sie hielt inne. »Du mußt gehen, aber Ich gebe dir eine Warnung mit auf den Weg. Sprich nicht von Mir, und denke auch nicht an Mich. Dein Denken wird angefüllt sein mit Ihren Segnungen, du wirst also gar keine Zeit haben, an Mich zu denken, und Ich kann dir beibringen, wie du die Gedanken an Mich aus deinem Geist verbannen kannst.«

»Aber warum muß ich ...«

»Wagst du es, die Heiligkeit in Frage zu stellen?« platzte Hase heraus.

»Die Herrin stellt deinen Willen auf die Probe«, sagte

Sie. »Sie möchte sehen, ob du Meinen Befehlen gehorchen wirst. Wenn du es tust, wird die Heiligkeit dein sein, und du wirst über alle anderen Männer erhoben werden. Wenn du es nicht tust, wirst du in dieser Welt sterben und die nächste wird dir vorenthalten bleiben.«

Ich kniete nieder und gelobte zu gehorchen.

Sie wandte sich ab. »Ich muß schlafen.« Sie legte sich auf die nächste Liege und schloß die Augen. Ich stellte mich neben Sie und verharrte dort in Anbetung, bis Sie die Augen wieder öffnete.

»Ich bitte um Verzeihung, Heiligkeit«, sagte ich. »Gibt es einen Namen, unter dem diese Verkörperung bekannt ist?«

Ihre Augen schienen vor Müdigkeit verhangen. »Was?«

»Die Verkörperungen in Deinen Heiligtümern haben Namen, unter denen Sie bekannt sind. Gibt es einen Namen für Dich?«

Sie rollte sich auf der Liege zusammen. »Birana«, flüsterte Sie. Sie schloß die Augenlider. Tränen quollen unter Ihren dunklen Wimpern hervor.

Ich schlief nur kurze Zeit und wachte früh auf, um mit meiner Läuterung zu beginnen. Ich sehnte mich nach mehr Zeit, um meinen Geist zu säubern und mich vorzubereiten, dann fielen mir die Ereignisse des vergangenen Tages wieder ein. Die Verkörperung mit dem Namen Birana war bei mir; Ihre Gegenwart würde zu meiner Läuterung beitragen.

Die anderen schliefen alle noch. Ich ging zum Altar, kniete nieder, sagte jedes Gebet auf, das ich kannte, dann stand ich wieder auf. Langsam legte ich meine Kleidung ab, bis ich nackt war, und begann, vor der Weisen zu tanzen. Ich breitete die Arme aus und wiegte mich, hüpfte und wirbelte herum, wobei ich summte. Die Herrin, dachte ich, wird mich segnen. Sie wird mich zum Singen bringen, Sie wird mit Ihrem Segen über mich kommen. Ich tanzte und sprang, und meine Seele entschwebte mir, rief Sie laut an. Ich war stark, ich war rein.

Die Sehnsucht nach der Herrin ergriff von mir Besitz. Ich war entflammt und erfüllt von Frömmigkeit. Ich tanzte und ließ mich in der Bewegung fallen, und dann stellte ich fest, daß ich über dem immer noch reglosen Körper von Birana war. Plötzlich war mir Ihre Absicht vollkommen klar. Sie war gekommen, um mir Ihre Gunst zu erweisen, um mich noch mehr für meine Reise zu der Enklave zu läutern. Ich dachte an die Verkörperungen in Heiligtümern, die meine Seele mit Ihrer Zauberkraft gefangengenommen hatten, wie Sie mich umfangen hatten, wie Sie meine Hände zu den Spalten geführt hatten, die Sie anstelle des männlichen Geschlechts hatten.

Ich fiel auf die Liege und umarmte Sie; ich zerrte an Ihrem Hemd und spürte Ihr warmes Fleisch.

Sie bewegte sich unter mir, schrie und schob mich weg. Ich fiel zu Boden und duckte mich, während Sie mit der Faust auf mich einschlug. »Was soll das?«

Ich war erschreckt, überzeugt davon, daß ich eine wie auch immer geartete Prüfung nicht bestanden hatte. »Ich bin dabei, mich zu läutern«, schrie ich, wobei ich mein Glied bedeckte und die Stirn an den Boden drückte. »Ich sehnte mich nach Deinem Segen, das ist alles. Vergib mir. Ich wollte Dich nicht beleidigen.«

»Du Narr!« hörte ich Ulred in unserer Sprache sagen.

»Ich sehnte mich doch nur nach ... «

»Ich weiß«, sagte er. »Es ist schwer, nicht so zu empfinden. Aber wir müssen uns Ihrem Willen beugen. Wir können uns nicht Ihren Segen einfach holen, Sie muß ihn uns geben.«

Ich blickte auf. Ulred stand neben Biranas Liege und senkte den Kopf. »Vergib ihm«, sagte er in der heiligen Sprache. »Seine Läuterung hat in ihm den Drang nach einer göttlichen Heimsuchung geweckt. Sein Geist war erfüllt von Frömmigkeit, und Dein Bann lag auf ihm. Es wird nicht wieder vorkommen.«

»Das möchte ich ihm geraten haben.« Ihr Gesicht war blaß. »Er wird bestraft werden, wenn er es noch einmal tut.«

Ich tanzte noch eine Weile vor der Weisen, doch die Angst, erneut die Selbstbeherrschung zu verlieren, machte es mir unmöglich, meinen Geist zu reinigen. Ich fürchtete mich jetzt vor der Enklave, befürchtete, die Herrin könnte von mir enttäuscht sein, wenn ich letztendlich in Ihr Reich gelangte.

Birana bedeckte sich die Augen. Der Anblick meines nackten Körpers schien ihr widerwärtig zu sein. Ich hörte auf zu tanzen und zog mich linkisch wieder an.

Sie sagte: »Vergiß nicht, was ich dir gesagt habe.«

Ich verneigte mich.

»Ich muß dich jetzt darin unterweisen, wie du der Herrin zu begegnen hast. Unterdessen werden deine Kameraden etwas zu essen für uns auftreiben.« Sie deutete auf Ulred und Hase, und die beiden sprangen sofort tolpatschig auf. »Paßt gut auf euch auf da draußen«, empfahl Sie den beiden Männern.

»Wir haben Dich, die uns beschützt«, entgegnete Hase.

»Die Unvorsichtigen schützt die Herrin nicht.«

Sie verließen eilig das Heiligtum. Ich folgte Birana zum Altar, und wir ließen uns am Boden nieder, die Gesichter einander zugewandt. Mir war unbehaglich zumute, so nah bei Ihrem irdischen Körper. Ich wartete andauernd darauf, daß Sie entschwinden, zur Unsichtbarkeit verblassen würde, wie es andere Verkörperungen getan hatten, nachdem ich in den Genuß ihres Segens gekommen war.

Sie wich von mir zurück, als ob Sie verschwinden wollte.

»Ich werde dir beibringen, wie du deinen Geist ruhighalten kannst«, sagte Sie. »Du mußt dich entsprechend verhalten, wenn du die Enklave betrittst, und dort mußt du einen Reif tragen. Wenn du einen solchen auf dem Kopf hast, hört die Herrin nur, was sich an der Oberfläche deines Denkens abspielt.«

»Aber Sie weiß doch alles.«

»Deshalb braucht Sie in jenem Moment deine tieferen Gedanken nicht zu vernehmen. Vergiß nicht, du machst eine Prüfung durch – deshalb mußt du alle Gedanken an Mich aus deinem Gehirn verbannen, wenn du vor Ihr stehst. Du würdest einen mächtigen Zauberbann durchbrechen, wenn du Ihr gegenüber Meinen Namen erwähnen würdest, und du würdest dafür leiden müssen und Ich würde dir weggenommen.«

»Ich verstehe.« Es schien sich um eine sehr seltsame Prüfung zu handeln. Wenn ich einen Zauberbann durchbräche, indem ich Ihren Namen ausspräche, warum hatte Sie ihn mir dann gesagt? Doch ich durfte Ihren Willen nicht in Frage stellen.

»Wie heißt du?«

»Arvil.« Ich wunderte mich, daß Sie das nicht wußte. »Meine Freunde heißen Ulred und Hase – Ulred ist der Bärtige. Aber kennst Du denn nicht die Namen aller Männer?«

»Ich wollte lediglich deinen Namen aus deinem Mund hören«, sagte sie schnell. »Also, Arvil, jetzt müssen wir anfangen.« Der Klang meines Namens, wie Sie ihn aussprach, ließ mich erbeben.

Sie streifte sich eine goldene Kette vom Hals über den Kopf und ließ sie vor meinen Augen baumeln. An dieser Kette hing ein seltsamer Gegenstand mit Markierungen und etwas, das wie eine Metallnadel aussah. Sie wies mich an, diesen Gegenstand zu beobachten, während Sie sprach. Wir saßen lange zusammen, während Sie mir erklärte, wie ich meinen Geist ruhighalten und wie ich alle Gedanken an Sie mit einem frommen Wort verbannen konnte, und während Sie sprach, erfüllte Ihre Stimme meine Seele.

Ulred brachte ein Kaninchen mit, während Hase drei Fische gefangen hatte. Wir brieten unser Essen über einem Feuer vor dem Heiligtum. Nachdem Birana Ihren Anteil genommen hatte, aß ich soviel, wie ich konnte, da ich wußte, daß ich Kraft brauchte. Nachdem wir gegessen hatten, füllten wir Biranas Flasche und unseren Trinkschlauch mit Wasser aus dem See.

Wir marschierten während der meisten Zeit des Vormittags. Als Birana immer mehr zurückfiel, wartete Ulred auf Sie und nahm dann sanft Ihren Arm. Sie entzog sich ihm und schlug zappelnd nach ihm, doch schließlich fügte Sie sich und ließ sich von ihm stützen.

Sie verzögerte unser Vorankommen. Wenn Ulred Sie führte, mußte er seine Schritte verlangsamen. Sie humpelte, als ob die Stiefel Ihr Blasen an den Füßen bereiteten. Sie sagte nichts, doch ich bemerkte die Erschöpfung in Ihren Augen. Der Geist der Herrin, der durch diese Verkörperung in unserer Welt verweilte, schien immer schwächer zu werden.

Schließlich machten wir halt, um eine Rast einzulegen. »Ich kann allein weitergehen«, sagte ich zu Hase und Ulred in meiner Sprache.

»Möchtest du nicht, daß wir dich weiterhin begleiten?« fragte Hase.

Ich schüttelte den Kopf. »Ich komme allein schneller voran, und ich habe nicht viel Zeit. Wir werden bald das Gebiet der Wegelagerer erreichen. Es wäre sicherer für euch, dorthin zu gehen, wo ihr den Rest eurer Gruppe treffen sollt. Es wäre auch für Sie sicherer, da wir Ihr unseren Schutz zugesagt haben.«

Birana verstand unsere Sprache allem Anschein nach nicht, obwohl ich gedacht hatte, daß die Herrin alle Sprachen beherrschte. Auch das war wieder eine Ihrer Einschränkungen in Ihrer gegenwärtigen Erscheinungsform. Und wieder staunte ich. Eine Verkörperung der allmächtigen Göttin mußte geehrt und doch gleichzeitig so behandelt werden, als wäre Sie mit unseren Unzulänglichkeiten behaftet.

»Wünscht mir Glück, und ich werde für eure sichere Reise beten«, sagte ich. Hase und Ulred neigten die Köpfe und murmelten irgendwelche frommen Sprüche. »Ich bitte Dich um Deinen Segen«, sagte ich zu Birana in der heiligen Sprache. »Ich muß Dich jetzt verlassen und mich zur Enklave auf den Weg machen, aber Ulred und Hase werden Dich in Sicherheit und zum Rest unserer Gruppe bringen. Sie alle werden Dich beschützen, so wie wir es getan haben.«

»Ich segne dich.« Sie blickte mich finster an. »Diese Gestalten, die sich in der Gegend der Mauer herumtreiben, bringen dich allerdings vielleicht um.« Ich zuckte zusammen, als ob Sie einen Fluch auf mich herabbeschworen hätte. In diesem Moment kam es mir fast so vor, als ob es Ihr lieb wäre, wenn ich zu Tode käme, bevor ich durch die Mauer treten konnte. Ich sah hinab in Ihr nach oben gerichtetes Gesicht und suchte nach einem Anzeichen von Gnade.

Sie senkte den Blick und seufzte. »Mögest du heil zurückkehren.«

Sie sprach die Worte aus, als ob Sie sie nicht so meinte, doch dann wurde Ihr Gesichtsausdruck etwas weicher. »Diese Männer treiben sich im allgemeinen an der westlichen Seite herum, wo...« Sie schwieg für einen Moment. »Wenn du dich von Süden näherst, triffst du vielleicht auf niemanden. Falls doch, und wenn sie in der Nähe des Eingangs sind, dann warte, bis sie verschwinden, bevor du eintrittst. Sie werden das Warten irgendwann leid sein.«

»Ich werde an Deine Worte denken«, sagte ich dankbar. Ich gab Hase und Ulred Anweisungen, zeichnete Skizzen auf den Boden, um ihnen ihre Strecke zu erklären, und sah ihnen dann nach, als sie sich entfernten.

Ich setzte meinen Weg fort, innerlich sowohl von Vorfreude als auch von Angst erfüllt; die beiden Gefühle schienen sich gar nicht allzusehr voneinander zu unterscheiden. Ich erkannte dunkel, auch wenn ich es mir selbst nicht offen eingestehen wollte, daß sich mein Glaube verändert hatte. Irgendwie hatte mich die Gegenwart der Herrin in Biranas Körper verwandelt, und ich marschierte mit einer gewissen Unfrömmigkeit in Richtung Enklave.

Ich konnte meine Gedanken nicht in Worte fassen. Ich konnte nicht zugeben, daß meine Ehrfurcht vor der Herrin von Zweifeln vergiftet war und – was noch viel schlimmer war – durch eine unterschwellige Wut über das Leben, das ich stets hingenommen hatte.

Ich dachte: Wir sind die Narren der Herrin. Sie hat uns zu geist- und seelenlosen Wesen gemacht, die nicht besser sind als die Tiere, die wir jagen. Sie benutzt uns als Spielzeug, bis Sie uns wegwirft. Meine Gedanken waren zu jenem Zeitpunkt noch nicht in Worte gefaßt, sie äußerten sich lediglich als Gewicht auf meinem Herzen.

Ich hatte meine Unabhängigkeit von meiner Mutter vollzogen, aber mir stand immer noch der unangenehme Schritt bevor, meine persönlichen Dinge abzuholen und in mein Zimmer in Zoreens Behausung zu bringen.
Nachdem ich mich vergewissert hatte, daß meine Mutter nicht zu Hause war, begab ich mich zu meinem früheren Zimmer.

Ich hatte nur einige wenige Habseligkeiten bei Shayl zurückgelassen und ihr eine Nachricht übermittelt, mit der ich ihr sagte, sie könnte sie zu Zoreens Turm schicken. Ich war überzeugt davon, daß sie sie nicht aufbewahren wollte, und mir war es eigentlich ziemlich egal, ob sie sie mir nachschicken oder wegwerfen würde. Ich wollte sie nur wissen lassen, daß ich eine neue Kameradin gefunden hatte, daß sie nicht die einzige war, die für mich in Frage kam. Ich wollte sie eifersüchtig machen und vielleicht dazu bewegen, daß sie ihren Verlust bedauerte.

Ich ging in mein Zimmer und betrachtete die Kisten, überrascht darüber, wie wenig ich mitnehmen wollte. Ich hatte altes Spielzeug, Kissen, Mitteilungen zu besonderen Gelegenheiten, Geschenke von Mutter und meiner Tante und meiner Großmutter eingepackt und vorgehabt, das alles zusammen mit meiner Kleidung zu Shayl mitzunehmen. Jetzt erschien mir mein Besitz lediglich wie ein Andenken an Zeiten, die ich lieber vergessen wollte. Als ich den Blick zu meinem Handgelenk senkte, wurde mir bewußt, daß ich noch immer Shayls Armband trug, ein Geschenk, das sie mir anläßlich meines Festes gemacht hatte. Ich riß es weg und verließ den Raum.

Knopf war in das vordere Zimmer gekommen. Er wich zum Fenster zurück und beobachtete mich lauernd. Als ich auf ihn zuging, hob er eine Hand, um mich abzuwehren.

»Knopf, tut mir leid, was ich dir angetan habe.«

Er wandte sich von mir ab und starrte zum Fenster hinaus.

»Ich hätte nicht tun dürfen, was ich getan habe. Ich wollte dich nicht erschrecken.«

Er schwieg.

»Aber andererseits dachte ich, ich tue das Beste für dich.«

»Nein«, sagte er. Einen Moment lang dachte ich, daß er verstand, was ich zu erklären versuchte, aber wahrscheinlich hätte er in jedem Fall »nein« zu allem gesagt, was ich auch vorgebracht hätte. »Mutter hat gesagt, du wohnst nicht mehr hier. Hau ab!«

Ich ging zur Tür und dachte darüber nach, wie einsam sein bisheriges Leben gewesen war. Er hatte den Turm nie verlassen, außer mit Mutter oder mit mir; seine Spielsachen waren seine einzigen Kameraden. Er hatte selten andere Jungen getroffen, denn man hatte ihm oft genug gesagt, daß Jungen unartig und in Gruppen schwer zu bändigen seien. Wenn Besuch kam, wurde er im allgemeinen nicht beachtet, und häufig wurde er schon vor dessen Eintreffen in sein Zimmer geschickt. Seine einzige Verpflichtung bestand darin, körperlich so kräftig wie möglich zu werden, indem er unter Mutters Anleitung seine sportlichen Übungen machte und an seinen Geräten trainierte. Etwas anderes zu lernen war sinnlos, denn der Gehirnwäscher würde es sowieso löschen, bevor er hinausgeschickt wurde; lediglich die Fähigkeit zu sprechen würde ihm bleiben, das Gefühl, etwas verloren zu haben, und vielleicht ein Bodensatz an Erinnerungen, um seinen Träumen Stoff zu geben.

Der Gegensatz zu meinem eigenen Leben war überwältigend. Ich versuchte mir vorzustellen, ich müßte auf diese Weise aufwachsen und wäre dann gezwungen, draußen zu leben. Würde ich wie ein Mann werden? Würden Männer, wenn sie hier leben könnten, mehr wie wir werden? Alles, was mir beigebracht worden war, widersprach dem; Männer hatten einen natürlich Hang zur Gewalt, der sowohl genetisch als auch hormonell begründet war. Das biologische Wohlbefinden der Menschheit als Ganzes erforderte einige ihrer Eigenschaften, doch das Überleben der Zivilisation bedurfte der Frauen, die weniger triebgesteuert und dafür besser in der Lage waren, ihre Aggressionen in konstruktive Bahnen zu lenken, die Beherrschung nicht zu verlieren. Über diese starren Tatsachen hinaus hatten viele von uns ein Bauwerk von Mutmaßungen errichtet, um uns zu beschwichtigen und uns in dem Glauben zu wiegen, Männer seien glücklicher, als sie in Wirklichkeit waren, und daß sie mehr oder weniger unfähig waren und alles zerstören würden, was wir aufgebaut hatten.

Ich überdachte, was ich bisher aus der Geschichte wußte. Einst hatten Männer und Frauen zusammengelebt und waren Bündnisse eingegangen. Aus den alten Aufzeichnungen ging hervor, daß eine Frau möglicherweise einen Mann auf die gleiche Weise lieben konnte, wie ich Shayl geliebt hatte. Eine derartige Liebe war natürlich eine Falle. Ich konnte mir nicht vorstellen, daß sich eine Frau freiwillig der Macht eines Mannes ausliefern würde; Frauen hatten den Männern Macht über sich zugestanden, und die Männer hätten beinahe alles zerstört. Es konnte nicht zugelassen werden, daß so etwas noch einmal geschehen könnte.

Ich sah Knopf noch einmal an, bevor ich den Raum verließ. Aus der Geschichte, so wurde mir allmählich klar, konnte man vielleicht einiges lernen. Ich hatte einige Überlieferungen darüber gelesen, daß Frauen gekauft und verkauft wurden, daß sie von Männern abhängig waren, um etwas zu essen und einen Unterschlupf zu bekommen, daß sie gezwungen waren, die

Berührung mit männlichen Körpern über sich ergehen zu lassen, daß sie von Männern ermordet wurden. Unser System war sicher das bessere.

Zoreen lag ausgestreckt am Boden, inmitten ihrer Papiere und Bücher, und las. Ich ging auf Zehenspitzen durchs Zimmer, sorgsam darauf bedacht, nicht auf irgend etwas zu treten, und setzte mich auf die Couch.

»Sind die echt?« fragte ich und deutete mit einer ausholenden Handbewegung auf die Stapel von Papieren.

»Echte Dokumente? Natürlich nicht. Das sind Kopien – man würde einer Studentin kaum die Originale in die Hand geben.« Sie hob eins der Bücher auf, einen dicken Packen Papier, und schwenkte ihn vor mir herum. »Die echten Bücher sehen anders aus. Die Seiten sind gebunden, manche verziert.«

»Warum dann all das viele Papier? Warum benutzt du nicht einfach einen Bildschirm oder ein Lesegerät oder Mikrokopien?«

Zoreen setzte sich auf. »Das tue ich meistens, wenn ich lese, aber manchmal möchte ich eine Notiz auf eine Seite machen oder eine Stelle unterstreichen, und das ist einfacher, wenn ich das Papier in der Hand habe. Nach und nach werde ich meine Anmerkungen einspeichern, und dann kann ich einen Teil von diesem Zeug wegschaffen. Warum, stört dich die Unordnung?«

»Eigentlich nicht, aber es wäre doch trotzdem leichter, deine Notizen auf andere Weise zu machen.«

Sie zuckte die Achseln. »Ich weiß, das erscheint seltsam, aber du würdest dich wundern, wie viele Historikerinnen stapelweise Papier in ihren Wohnungen aufbewahren. Eine von ihnen hat mir erklärt, das läge daran, daß sie sich allmählich Gedanken darüber machten, wieviel aus der Vergangenheit bereits verloren ist, wie leicht Dinge verschwinden können, deshalb fertigen sie Mikrokopien an und bewahren gleichzeitig die Papiere auf oder sie geben sie anderen Historikerinnen in Gewahrsam, und darüber hinaus zeichnen sie alles auf Spulen auf. Je mehr Kopien es in unterschiedlicher Form gibt, desto größer ist die Wahrscheinlichkeit, daß die Vergangenheit überlebt.«

»Wenn man dich so hört, könnte man meinen, daß manche sie absichtlich verlieren möchten.«

Zoreen nickte. »Wir wollen es mal so ausdrücken: Es gibt Leute, die es für das Beste halten, wenn möglichst viel vergessen wird.«

»Jedenfalls denke ich, daß es viel schwieriger ist, etwas Bestimmtes zu finden, wenn so viele Kopien herumschwirren«, sagte ich. »Und wenn so vieles verlorengegangen ist, wie kann man dann sicher sein, daß das, was wir über die Vergangenheit erfahren, wirklich wahr ist? Wie weiß man, ob nicht die eigenen Vermutungen die Weise bestimmen, wie man diese Dokumente auslegt und begreift?«

Sie lächelte. »Also, Laissa, du überrascht mich. Du hörst dich so an, als ob dich dieses Thema interessierte. Ich dachte, du machtest dir nichts daraus.«

Ich machte eine wegwerfende Handbewegung. »Ach, eigentlich interessiert es mich ja auch nicht wirklich.«

»Hast du immer noch die Absicht, Physik zu studieren?«

»Ich weiß nicht.«

»Ich nehme an, du wolltest dasselbe machen wie Shayl, weil du dachtest, ihr würdet zusammenleben, aber jetzt ... «

Ich schüttelte den Kopf. »Das ist es nicht. Aber mir ist davon abgeraten worden. Ich habe schon vor meinem Entschluß, nicht mit Shayl zu leben, daran gedacht, etwas anderes zu machen.« Ich hatte die Einzelheiten meiner Auseinandersetzung mit Shayl abgewandelt, als ich Zoreen von dem Vorfall erzählte, und hatte den Anschein erweckt, als hätte ich beschlossen, nicht mit meiner alten Freundin zusammenzuziehen, weil sie Zweifel an mir hegte. »Ich werde wahrscheinlich erst mal

Allgemeine Naturwissenschaften studieren. Später kann ich dann immer noch zu Physik überwechseln.«

»Wie überaus sinnlos!«

Ich beugte mich vor. »Warum sagst du das?«

»Ich meine nicht, daß das Fach an sich sinnlos ist, sondern die Art und Weise, wie wir es angehen. Wir machen nichts anderes, als das Bekannte zu lernen, was vor ewig langer Zeit entdeckt wurde. Schließlich wollen wir nicht zu weit in die Materie vordringen, in Anbetracht der Tatsache, daß in der Vergangenheit die Naturwissenschaften für die Zwecke der Gewalt mißbraucht wurden. Das wirkt verdummend – genau das Richtige für jemanden wie Shayl.«

»Dir steht es kaum zu, jemanden zu kritisieren, weil er sich an das Bekannte hält«, sagte ich. »Außerdem sollten wir vorsichtig sein. Die Anwendung von wissenschaftlichen Kenntnissen, um Waffen zu bauen, pervertiert das ganze Unterfangen.«

Zoreen riß die Augen weit auf. »Welch wahre Äußerung, und doch wurden in der Vergangenheit unsere besten Leistungen, die wichtigsten Errungenschaften in der Wissenschaft zu Zeiten erreicht, in denen die Menschen ihre mächtigsten Waffen gebaut haben. Man könnte fast sagen, daß der Bau von Waffen konstruktive Entdeckungen mit sich brachte, die sonst nicht stattgefunden hätten.« Sie neigte den Kopf, ihr langes braunes Haar wallte. »Weißt du, in den alten Zeiten, vor der Wiedergeburt, waren die meisten Physiker Männer.«

»Das ist kaum zu glauben.«

Sie schmunzelte. »Ach, Laissa. Du redest wie so viele andere. Selbst die Mütter der Stadt reden oft genauso daher wie jene, denen wir dienen, jene, die es nicht besser wissen.«

Ich hakte an einem Punkt ein. »Wenn das, was du sagst, wahr ist, dann haben die Männer deshalb im Bereich der Naturwissenschaften gearbeitet, damit ihre

Bemühungen in Richtung solcher Unternehmungen gesteuert wurden.«

Darüber lachte Zoreen noch mehr. »Und wir machten die größten Fortschritte, als wir nach Wegen suchten, unsere Städte einzugrenzen, unsere Mauern zu sichern, Waffen zu bauen, die sich für den Einsatz auf unseren Schiffen eigneten, Schläge gegen die Männer zu führen. Seither haben wir nicht mehr viel zustande gebracht. Das sind unerfreuliche Tatsachen, Laissa. Ich will damit nicht sagen, daß die Notwendigkeit, die Grenzen des Wissens zu erweitern, mit derart aggressiven Impulsen verbunden sein muß, aber – aus welchem Grund auch immer – es ist uns bis jetzt nicht gelungen, sie durch eine andere Motivation zu ersetzen. Und in der Vergangenheit gab es Männer, die durchaus die Zwecke in Frage stellten, zu denen die Wissenschaft und Technologie benutzt wurden, die die Gefahren sahen. Iree vom Teesas Clan ist Expertin für den Zeitabschnitt kurz vor der Zerstörung. Sie hat darüber geschrieben; sie weiß mehr darüber als irgend jemand sonst. Iree beschäftigt sich mit Primärquellen, Aufzeichnungen aus jener Zeit, nicht mit Nachwiedergeburts-Dokumenten. Es hat viele Männer gegeben, die voraussahen, was kommen mußte, und die versucht haben, es zu verhindern.«

»Männer hätten niemals die moralischen Voraussetzungen dazu.«

Zoreen schob ein paar Papiere zur Seite. »Laß mich dir eine Frage stellen. Was glaubst du, warum so viele Frauen nichts mit der Geschichte oder mit Geschichtskundlerinnen zu tun haben wollen?«

Ich lächelte. »Also, komm jetzt, Zoreen! Du weißt genau, warum.«

»Weil es kleinkariert ist? Das glauben junge Mädchen und auch etliche der Mütter der Stadt, obwohl sie es früher einmal besser wußten. Das ist nicht der wirkliche Grund. Die meisten Frauen wollen einfach nicht zugeben, daß Männer die Fähigkeit hatten, auf eine bestimmte Art zu denken und zu handeln. Sie halten lieber an dem Glauben fest, Männer wären schon immer bestimmten angeborenen Beschränkungen unterlegen, denn eine andere Ansicht würde viele Fragen über die Zustände, wie sie heute sind, aufwerfen.«

Mir fiel keine Erwiderung ein.

»Sieh mal«, fuhr Zoreen fort und streckte dabei die Hände aus, »das ändert in Wirklichkeit nichts an den Dingen. Ob Männer tatsächlich in der Lage sind, moralisch oder friedlich zu handeln, ist nicht der Punkt. Der Punkt ist, daß sie ihre Macht, die ihnen von den Frauen überlassen wurde, dazu benutzt haben, die Welt zu zerstören, und wir können nicht zulassen, daß so etwas jemals wieder geschieht. Daran ist nicht zu rütteln. Einige Historikerinnen sind lediglich der Ansicht, daß es besser wäre, wenn eine größere Zahl von uns zugeben würde, daß die Männer früher nicht ganz so waren, wie es viele Frauen gerne glauben möchten.«

Die Zerstörung und die Wiedergeburt sind zwei Zeitabschnitte in der Geschichte, über die wir alle bis zu einem gewissen Grad Bescheid wußten, da diese Ereignisse überdies Teil der Religionslehre waren. Meine Mutter war, wie so viele, keine Gläubige, und ich war stets Skeptikerin gewesen und hatte den Standpunkt vertreten, daß die Religion nur für jene Frauen von Nutzen war, denen die Mütter der Stadt dienten, doch auch mir war mein Anteil an der Lehre eingetrichtert worden.

Einst hatten die Frauen den Männern die Macht über das Leben übergeben, nachdem die Frauen diese bis dahin seit Anbeginn der Menschheitsgeschichte innegehabt hatten, so hatte man es uns allen beigebracht. Die Männer hatten ihre Macht für das Böse verwendet, und in Urzeiten war die Welt durch die Waffen, über die die Männer herrschten, zerstört und vergiftet worden. Das große Feuer kam, und danach der lange Winter. Nur einzelne verstreute Gemeinschaften an einsamen Orten hatten überlebt und lange Zeit ihr Dasein in unterirdischen Schutzbunkern gefristet, da ein Leben an der Erdoberfläche nicht mehr möglich war. Die Erde brachte keine Ernte mehr hervor, Tiere wurden krank und starben, und die beschädigten menschlichen Gene erzeugten Ungeheuer.

Unter der Erde war das Leben in einem bestimmten Stil weitergegangen. Doch selbst in den Schutzbunkern überlebten viele nicht, und Tunnels, die die Toten beherbergten, wurden gegenüber den Lebenden dicht versiegelt. Diese Schutzbunker, so wurde uns gesagt, waren unser Fegefeuer, Orte, an denen wir für unsere Sünden büßen mußten. Ganz allmählich erholte sich die Erde wieder, und nach einiger Zeit wurde es nötig, daß sich einige an die Oberfläche wagten.

Zunächst wurden nur Männer hinausgeschickt, die nicht mehr zeugungsfähig waren, denn die Gemeinschaften mußten sich vor genetischen Schäden schützen, doch diese Männer, die vom Alter geschwächt und in der Wildnis unerfahren waren, konnten sich oft nicht gegen Gefahren wehren. Jüngere Männer wurden hinausgeschickt, zusammen mit Frauen, die keine Kinder bekommen konnten – und davon gab es in jenen alten Zeiten viele, denn die Erde hatte uns auch damit bestraft, daß sie vielen Frauen der Fähigkeit, Leben zu geben, beraubt hatte.

Die Frauen, die zurückblieben, mußten ihre Kinder unterrichten und nebenher einen Großteil der Arbeit der Gemeinschaft verrichten. Je mehr sie die Wissenschaft der Biologie beherrschten, desto genauer wußten sie darüber Bescheid, welche Männer die am wenigsten in Mitleidenschaft gezogenen Gene aufwiesen und wie man sie aussondern konnte. Einen Mann zu lieben und aufgrund dieser Liebe nur von ihm Kinder zu haben, war ein Luxus, den sich diese Gemeinschaften nicht leisten konnten; es wurde bald deutlich, daß solche Liebe schon immer ein Übel gewesen war, da sie Frauen veranlaßt hatte, Männern zu verzeihen, anstatt gegen ihre Narreteien vorzugehen. Man beurteilte einen Paarungspartner nach seiner Gesundheit und Stärke – alles andere war gleichgültig. Kinder mit Schäden starben aus, die anderen Kinder wurden stärker. Die Frauen erlangten ihre Fähigkeit zurück, gesunden Nachwuchs auf die Welt zu bringen, und jene, denen das gegeben war, waren die Herrschenden.

Vielleicht glaubten jene Männer der Frühzeit, die draußen lebten und nur selten in die Schutzbunker zurückkehrten, um ihren Samen, ihre Jagdbeute und ihre Neuigkeiten über die genesende Erde abzuliefern, immer noch daran, daß sie eines Tages ihre Macht wiedererlangen würden, daß irgendwann das Leben wieder wie früher verlaufen würde. Vielleicht waren sie sich ihrer Schuld an dem, was sie angerichtet hatten, so sehr bewußt, daß sie bereit waren, die Frauen mehr Verantwortung übernehmen zu lassen. Oder vielleicht gefiel ihnen auch das Jagen und Herumstreifen, und sie fügten sich bereitwillig in ihr Leben, denn dafür waren sie am besten geeignet. Doch das Muster war festgelegt.

Aus unseren Schriften geht hervor, daß der Geist der Erde, in Form der Göttin, bald anfing, durch die Münder von Frauen zu sprechen. »Ihr sündigt weiterhin«, sagte Sie. »Ihr erlaubt den Männern immer noch, zu euch zu kommen, obwohl sie Mir tiefe Wunden zugefügt haben. Ihr habt den Männern Macht über Mich gegeben, und sie haben Mich geschändet. Ihr habt ihnen die Macht über euch selbst gegeben, und sie haben euch zu Sklavinnen gemacht. Sie trachteten danach, Mir Meine Geheimnisse zu entreißen, anstatt im Einklang mit Mir zu leben. Ihr habt gesündigt und euch bis jetzt noch nicht vom falschen Handeln abgewandt.«

So sprach die Göttin, und viele Frauen gingen voller Demut in sich und weinten über ihre Dummheit und versprachen, von nun an auf dem rechten Weg zu bleiben. Die Weisesten unter ihnen wurden die Mütter ihrer Gemeinschaft, schenkten der Welt draußen Söhne und führten andere Frauen an, die ihre Töchter gebaren und ihr Leben getrennt von Männern lebten. Aber die Geschichte zeigt auch, daß sich einige Frauen von der Göttin abwandten und häufig verbannt werden mußten, und daß lange Zeit verging, bis die Frauen ihren wahren Platz wieder in Anspruch nahmen.

Die Wiedergeburt kam. Auf diesem wie auch auf anderen Kontinenten verließen wir unsere Schutzbunker und zogen uns in abgelegene Landstriche zurück, weg von der größten Verwüstung, und wir bauten unsere Städte und die Heiligtümer, die die Männer zu uns führen würden. Viel ungenutztes Land außerhalb der Bebauung wurde der Göttin übergeben, damit es sich unberührt von der Menschheit erneuern konnte. Die zehntausend Jahre männlicher Herrschaft, eine Verirrung in der Geschichte der Menschheit, waren vorbei.

So war es überliefert, doch im Lichte von Zoreens Mutmaßungen schien die Geschichte eine neue Bedeutung zu bekommen. Wenn Männer, auch nur ein paar wenige Männer, einst über Mitgefühl und Intellekt verfügten, eigentlich typische Wesensmerkmale der Frauen, dann war unsere Lebensweise nicht gnädig und gerecht, sondern nur eine grausame Notwendigkeit, ein Mittel zum Zweck des Überlebens, nichts anderes. Die Zivilisation war um den Preis erhalten worden, daß alle Männer von ihr ausgestoßen waren. Auch wir zahlten unseren Tribut, denn wir waren an diese Muster gebunden, unfähig, sie zu ändern, denn unser Überleben hing immer noch davon ab. Diejenigen, die die Mütter unserer Städte geworden waren, waren nicht nur die weisesten, sondern auch die unbarmherzigsten. Allen Wissenschaften, die zu neuen und noch mächtigeren Waffen führen könnten, war ein Riegel vorgeschoben worden, und jede Erneuerung wurde im Keim erstickt; aus diesem Grund lernten die meisten von uns nur das, was Frauen seit Hunderten von Jahren wußten, denn mehr zu wissen würde vielleicht den Tod von uns allen bedeuten. Selbst die Übergabe des größten Teils der Landgebiete auf der Erde an die Göttin als Buße für unsere Sünden war vielleicht nichts anderes als ein Akt der Angst und Feigheit. Wir hatten uns eine sehr kleine Welt geschaffen. Unsere Städte bedeckten nur einen geringen Teil des Kontinents, und nur selten reisten unsere Schiffe am Himmel über die Ozeane hinweg zu entfernten Städten; die dort lebenden Frauen blieben für uns lediglich Bilder und Stimmen auf unseren Bildschirmen. Wir schickten selten Schiffe aus, um die Gebiete kartographisch zu erfassen, die wir aufgegeben hatten.

Was Zoreen bei meinem Fest gesagt hatte, stimmte; wir unternahmen kaum etwas Neues.

Wie konnte ich bei solchen Gedanken meine Seelenruhe finden? Sie würden meine Zweifel durch einen kühlen Pragmatismus ersetzen. Damit alle leben konnten, mußten einige leiden, und alle mußten sich an das System halten, das ein Überleben ermöglicht hatte.

Zoreen schob einige Papiere hin und her. »Jedenfalls«, murmelte sie, »ist es nicht auszuschließen, daß einige Männer in der alten Zeit einiges Gute getan haben, aber sie haben auch die meisten schlechten Taten begangen. Sie hatten bewaffnete Armeen, nicht nur unbewaffnete Patrouillen. Sie schlugen und töteten Frauen, schlugen und töteten einander, schändeten und terrorisierten ganze Städte – du solltest einiges von der damaligen Literatur lesen. Solche Dinge waren an der Tagesordnung. In der Zeit vor der Zerstörung hätten wir in einer Stadt wie dieser nicht über die Straße gehen können, ohne um unser Leben bangen zu müssen. Wir sind von Natur aus unterschiedlich, fürchte ich: Männer zerstören, Frauen schaffen und nähren. Das liegt daran, daß wir unsere Kinder in uns tragen, was Männer nicht können. Selbst die rühmlichsten Ausnahmen unter den Männern müssen wahrscheinlich ständig gegen ihren eigenen Drang ankämpfen.«

Ich dachte an Knopf, das einzige männliche Wesen, das ich kannte. Wenn der Junge nun zu viel mehr fähig war, als ich es mir eingebildet hatte? Wenn er nun viel besser hätte ausgebildet werden und ihm ein Verständnis für unser System hätte beigebracht werden können? Vielleicht hätten wir den Männern helfen können, sich auf irgendeine Weise in unsere Städte einzufügen. Ich versuchte, diesen Gedanken zu verdrängen. Wir konnten die Natur der Männer nicht verändern, durften ihnen nie wieder Macht zugestehen.

Plötzlich grinste Zoreen. »Du scheinst dich wirklich für all das zu interessieren.«

»Ach, ich weiß nicht.« Ich sah sie nicht an. »Ich denke, ich sollte es dir sagen. Ich brauche dir nicht zu erklären, daß Shayl nicht sehr erbaut war, als ich ihr es eröffnete. Mir wurde gesagt, ich könnte Allgemeine Naturwissenschaften studieren, die Empfehlung lautete jedoch, ich solle mich vor allem auf Geschichte und Menschliche Zivilisation verlegen.«

»Wirklich?«

»Ich wollte es nicht«, sagte ich. »Ich bin mir immer noch nicht schlüssig, ob ich es will.«

»Du solltest es ernsthaft erwägen. Nicht weil ich dieses Fach studiere, sondern weil sich in dieser Hinsicht zur Zeit recht viel tut, was man von dem anderen Bereich nicht behaupten kann. Wir überarbeiten etliche überlieferte Ansichten, werten Vorwiedergeburts-Dokumente im Vergleich mit Nachwiedergeburts-Dokumenten aus und prüfen, welche am eingreifendsten verändert wurden. Es ist aufregend, Laissa. Vielleicht verändert das unsere Sicht von der Vergangenheit.«

Ich dachte im stillen, daß Historikerinnen lediglich die Betrachtungsweise verändern würden, die die Historikerinnen selbst hinsichtlich der Vergangenheit hatten; niemand sonst würde sich darum scheren, schon gar nicht, wenn dadurch aufwühlende Gedanken ausgelöst würden. »Aber man hat mir nicht vorgeschlagen,

Historikerin oder Archivarin zu werden, sondern angeblich würde ich eine gute Chronistin abgeben, obwohl ich mir nicht vorstellen kann warum.«

»Eine Chronistin.« Zoreen stieß hörbar Luft aus. »Ich wollte gerade sagen, daß ich überrascht bin, aber aus irgendeinem Grund bin ich es nicht. Die Tests und die Beraterinnen täuschen sich meistens nicht. Vielleicht solltest du auf sie hören.«

»Aber ...«

»Oh, ich weiß. Denke bloß nicht, ich hätte nicht gemerkt, wie sich meine alten Freundinnen nach und nach von mir abgewandt haben, als ich mit dem Studium begann. Selbst meine Mutter ist nicht glücklich darüber. Ehrlich gesagt, ich war erstaunt, daß du mich überhaupt zu deinem Fest eingeladen hast.«

»Und dann bist du gekommen und hast dich lustig gemacht über das, was du tust. Es hat sich wirklich so angehört, als ob ...«

»Nun, was hätte ich denn sonst machen sollen? Sie hätten in jedem Fall schlecht von mir gedacht, egal, was ich gesagt hätte.« Zoreen stand auf und reckte sich. »Für heute habe ich genug gearbeitet – ich habe Lust, etwas zu unternehmen. Laß uns ausgehen.«

Wir ließen die Türme hinter uns und wanderten durch die Straßen zwischen den nahegelegenen Häusern. Zoreen prüfte mehrere Tische mit Kunstgewerbe-Artikeln, bevor sie eine kleine Spieluhr gegen ein silbernes Halsband eintauschte. Einige der Frauen hinter den Tischen mit den Handelswaren grüßten Zoreen mit Namen, und offenbar kannte sie auch noch andere.

»Wenigstens«, murmelte Zoreen mir zu, »kümmert sich hier niemand darum, was ich tue. Ich bin einfach eine der Mütter der Stadt, und Geschichte ist für sie lediglich eine Sammlung von Erzählungen, die nichts mit ihnen zu tun haben. Einige von ihnen hören gern Geschichten über die Städte aus der Zeit, als diese neu waren.«

Wir kamen zu einem Hydrokultur-Park, wo Tische um den verglasten Pflanzenkomplex herum aufgestellt waren. Unten versorgten Frauen in grünen Kitteln die Kübel, während andere an den Tischen Essen servierten. Hier konnten wir umsonst essen und brauchten als Tauschware nur unser Lob für das Essen auszusprechen oder einen Rat zu geben, welche neue Gewürzmischung ausprobiert werden könnte. Wir wählten verschiedene Salate und nahmen an einem kleinen Tisch Platz.

Während wir unsere Mahlzeit beendeten, überquerte eine Gruppe junger Frauen die Grasfläche und kicherte, während sie sich an einem langen Tisch bei den Weinreben niederließ. Shayl war eine der Frauen. Ich sah ihr direkt ins Gesicht. Sie grüßte mich nicht.

Ich legte die Gabel aus der Hand und stellte mir vor, wie sich Shayl vor ihren Freundinnen über mich lustig machen würde. »Laß uns gehen«, murmelte ich. Zoreen nickte. Als wir aufstanden, legte ich ihr einen Arm um die Taille.

Als wir den Weg erreichten, der an der Rasenfläche entlangführte, schob Zoreen meinen Arm weg. »Laß das!«

»Ich wollte dich nicht ...«

»Ich weiß, was du wolltest«, sagte Zoreen leise; ich mußte den Kopf ein wenig nach vorn neigen, um sie hören zu können. »Du wolltest, daß Shayl denken sollte, daß zwischen uns mehr besteht als nur eine Wohngemeinschaft. Du wolltest ihr eins auswischen, ihr den Eindruck vermitteln, du seist jetzt mit jemand anderem zusammen. Gut und schön. Aber benutze mich nicht dazu.«

»Es tut mir leid, Zoreen.«

Der Ärger wich aus ihren grünen Augen. »Es ist nicht so, daß mir nicht sehr viel an dir liegt, Laissa, aber auch ich habe einen gewissen Stolz. Ich möchte nicht einfach Ersatz für eine Person sein, die du geliebt hast, die dich nicht geliebt hat. Shayl hat dich abgeschoben, stimmt's? Es war nicht andersherum.«

Ich nickte.

»Das habe ich mir von Anfang an gedacht. Du hättest mir nichts vorzumachen brauchen. Das hätte meine Gefühle nicht beeinflußt.« Sie nahm meinen Arm, während wir in Richtung Straße gingen. »Komm! Ich zeige dir meinen Lieblingsplatz. Es gibt nicht viele, mit denen ich dorthin gehen würde.«

»Welcher Ort ist das?«

»Die Mauer.«

Ich umfaßte ihren Arm mit festem Griff. »Dorthin möchte ich nicht gehen.«

»Ich habe nicht die Absicht, das Innere der Mauer zu betreten. Die Patrouillen würden uns sowieso nicht ohne Grund darin herumspazieren lassen. Ich meine, oben auf der Mauer. Bestimmt bist du schon mindestens einmal dort gewesen.«

»Nur als einige von uns nach Devva gebracht wurden. Es hat mir nicht gefallen. Ich bin vom Lift direkt zum Schiff gegangen.«

»Dann muß du mitkommen, nur das eine Mal.«

Ich seufzte und gab nach.

Wir fuhren durch den Tunnel und betraten die Mauer, wo einer der Lifts uns nach oben trug. Ich dachte daran, was sich hinter den Toren der Mauer befand, und wünschte, ich hätte nicht zugestimmt mitzukommen. Männer logierten in einigen der Räume im ersten Stock, verloren in einer Phantasiewelt von erotischen Bildern, die ihnen ihre Gedankenübermittler lieferten, während von ihrem Körper Sperma genommen wurde, um in den Labors der Mauer analysiert und für eine Befruchtung benutzt zu werden, sofern es für geeignet befunden wurde.

Obwohl ich mich darauf freute, Mutter zu werden, freute ich mich nicht auf den Tag, an dem ich zur Mauer gehen würde, um Sperma zu empfangen, doch ich tröstete mich mit dem Wissen, daß ich, anders als die Frauen in früheren Zeiten, keinen physischen Kontakt mit dem Vater des Kindes zu haben brauchte. Ich beabsichtigte, eine sehr sorgsame Wahl zu treffen, was den Erzeuger anging, im Gegensatz zu manchen Müttern der Stadt, denen jeder recht war, wenn er nur kräftig und ohne Mängel war. Ich würde viele Gebete erhören und viele Männer berufen, und ich würde bei allen auf einer Analyse bestehen, bevor ich mich entscheiden würde. Kraft und Gesundheit würden mir nicht genügen; ich würde mir einen Spender mit Ansätzen von Intelligenz und Einfühlungsgabe aussuchen. Ich würde seine Gedanken mit dem Gedankenübermittler testen, bevor ich meine endgültige Wahl träfe.

Der Lift hielt an. Die Tür öffnete sich, und wir gingen hinaus. Wind blies mir ins Gesicht, Wind von draußen, kalt und beißend. Wir hatten das Kräftefeld verlassen, das unsere Stadt beschützte.

Das Feld lag hinter uns, ein von einem tiefergelegenen Geländer ausgehender Bogen. Zoreen wandte sich dem unsichtbaren Schutzschild zu. »Dort ist unser Turm.« Sie deutete auf eine der fernen Spitzen.

»Woran erkennst du ihn?« fragte ich. Die Türme, von denen einige spitze, andere flache Dächer hatten, sahen für mich aus dieser Perspektive alle sehr ähnlich aus; genauer gesagt, war ich überrascht über ihre Gleichförmigkeit. Die kleinen Unterschiede im Material oder der Gestaltung waren von der Mauer aus kaum zu erkennen, und plötzlich hatte ich das Gefühl, daß die Frauen, die darin lebten, selbst nichts anderes waren als Variationen eines einzigen Themas, daß die Individualität eine Illusion war und unser Leben nur die endlose Reproduktion seiner selbst darstellte, bis es die vollkommene Form gefunden hatte.

»Aber das ist es nicht, was ich dir zeigen wollte.« Sie führte mich von dem Geländer fort, und wir schlenderten zur gegenüberliegenden Seite der Mauer. In einiger Entfernung zur Rechten bestiegen gerade ein paar Frauen ein Schiff. Die goldene Kugel des Schiffes erhob sich bald darauf und flog von der Mauer weg. Ich schlug meinen dünnen Kragen gegen die Kälte hoch und schob die Hände in die Taschen meiner Tunika.

»Sieh mal!« sagte Zoreen, als wir an das Geländer traten. Die Hügel am Horizont waren braun und mit blattlosen Bäumen bedeckt. Schneeflecken sprenkelten den flacheren Boden unter uns. Ein dichter Nadelwald, nicht weit von der Mauer entfernt, und immergrüne Gräser auf den Hügeln waren die einzigen Farbtupfer. Es war unkultiviertes Land, und ich fragte mich, wie irgend jemand dort leben konnte.

»Ist das kein phantastischer Ausblick?« fragte Zoreen. »Es ist erschreckend.« Die Bilder von draußen, die ich bis jetzt gesehen hatte, selbst die kurzen Eindrücke, die ich bei dem einen Mal, als ich die Stadt mit dem Schiff verließ, bekommen hatte, hatten mich auf das hier nicht vorbereitet. Ich hatte erwartet, etwas zu sehen, das mehr einem ungepflegten Park glich, und nicht diese Wildnis.

»Es sieht nicht immer so aus«, sagte Zoreen. »Im Sommer ist alles grün, und man sieht Blumen. Im Herbst, wenn sich die Blätter verfärben, leuchten die Hügel in verschiedenen Farben, Grün und Rot und Orange und Gelb. Dann solltest du sie sehen.«

Ich versuchte, es mir vorzustellen, nachdem ich mein ganzes Leben lang gegen jahreszeitliche Veränderungen abgeschottet gewesen war. »Vom Schiff aus hat es nicht so ausgesehen.«

Zoreen lachte. »Wahrscheinlich hast du einen kurzen Blick hinausgeworfen und dich danach in deinem Sitz vergraben und die Hände über die Augen gelegt. Manchmal denke ich daran, hinauszugehen.«

Ich war entsetzt. »Das kann nicht dein Ernst sein.«

»Natürlich in einem Schiff, mit einem bestimmten Ziel. Es gibt Dinge dort draußen, die noch keine Frau je gesehen hat. Manchmal hasse ich das Eingeschlossensein. Die Stadt erscheint einem nicht besonders groß, wenn man hinausblickt. Manchmal kommt es mir so vor, als hätten die Männer mehr Freiheit.«

»Das nehme ich auch an«, sagte ich. »Sie haben die Freiheit, zu erfrieren oder zu verhungern oder sich mit jemandes Krankheit anzustecken oder von einem Tier oder einem anderen Mann umgebracht zu werden.« Ich legte die Hände auf das Geländer, dann schob ich sie schnell wieder in die Taschen. »Bestimmt haben sie allerlei Geschichten zu erzählen. Es wäre eine lohnende Aufgabe für eine Chronistin, einige ihrer Erzählungen aufzuschreiben.« Ich hielt inne. Das war das erstemal seit meinem Gespräch mit Bren, daß ich eine Vorstellung, wie vage sie auch sein mochte, von einer Arbeit hatte, die ich tun könnte. »Allerdings würden sich natürlich nicht sehr viele Frauen dafür interessieren.«

»Ich denke manchmal an eine Art Expedition«, sagte Zoreen. »Wir haben viel aus den alten Schutzbunkern mitgenommen, aber ich frage mich, was wir wohl zurückgelassen haben mögen, welche Dokumente und Gegenstände noch an den Orten schlummern mögen, die wir verlassen haben. Aber wir werden es nicht tun. Niemand besitzt den Mut, sich dorthin zu begeben.« Sie zog sich den Kragen dichter um den Hals und wandte mir das Gesicht zu. »Birana ist jetzt irgendwo da draußen. Jedenfalls war sie das. Sie kann eigentlich nicht mehr am Leben sein. Selbst jemand mit ihrer Kraft kann dort nicht überleben.«

»Ich wußte gar nicht, daß du sie kanntest.«

»Wir waren nicht direkt befreundet, aber ich habe sie manchmal hier draußen an der Mauer getroffen, und wir haben uns ein bißchen unterhalten. Sie hat mir einiges von den Dingen erzählt, die sie gesehen hat. Sie berichtete, daß einige der Männer nahe der östlichen und westlichen Seite der Mauer, bei den Recyclern, Beutezüge machen und alles mitnehmen, was sie erwischen können. Manchmal graben einige Männer nach allem möglichen alten Zeug, das vielleicht noch irgendwo vergraben ist, obwohl sie kaum etwas finden. Birana sagte, daß einige der Stämme sich während der meisten Zeit in der Nähe der Mauer herumtreiben und manchmal andere Reisende überfallen. Sie konnte sich an einige von ihnen aufgrund ihrer Kleidung erinnern. Die Patrouillen vergewissern sich im allgemeinen, daß diese Stämme nicht in der Nähe sind, bevor sie Männer wieder hinausschicken.« Zoreens Blick schweifte über die Hügel. »Arme Birana. Ich vermute, sie hätte sich niemals träumen lassen, daß sie eines Tages dort hinausgehen müßte.« Ich erschauderte. Wenn sich Birana von ihrer Mutter distanziert oder wenn sie sofort Hilfe für Ciella geholt hätte, wäre ihr nichts passiert; sie hätte womöglich sogar jetzt mit uns hier auf der Mauer stehen können. »Etwas beschäftigt mich«, überlegte ich laut. »Yvara sagte am Schluß, daß sie glaubte, dort draußen könnten noch andere Frauen leben, andere Verbannte – sie hätten möglicherweise einen Weg zum Überleben gefunden. Ich frage mich, ob das stimmt.«

Zoreen schüttelte den Kopf. »Schau doch mal, wie es dort aussieht, Laissa. Eine verstoßene Frau könnte in einer solchen Umgebung niemals allein überleben – sie wüßte gar nicht wie. Die Männer sind daran gewöhnt, und selbst sie haben zu kämpfen. Yvara hat es bestimmt mit allen Mitteln versucht.« Ich war nicht so sicher. Es gab viele Gebiete der Erde, über die Schiffe nur sehr selten flogen, die verlassen waren. Ich gab mich einer Illusion hin und versuchte zu glauben, daß es vielleicht doch irgendeinen sicheren Ort für diese junge Frau gab, die ich vergessen und vernachlässigt hatte. Es wäre für Birana besser gewesen, wenn sie schnell gestorben wäre, anstatt lange leiden zu müssen.

»Ich habe versucht, mit ihr zu sprechen«, sagte Zoreen, »bevor man sie hinausgeschickt hat.«

Diese Enthüllung überraschte mich. »Aber du sagtest doch, du wärst nicht mit ihr befreundet.«

»Ich vermute, ich fühlte mich irgendwie schuldig. Niemand legte ein gutes Wort für Birana ein. Ich ganz bestimmt nicht. Wahrscheinlich hätte es nichts geändert, wenn ich es getan hätte – jedenfalls redete ich mir das ein. Es gibt einige Frauen im Rat, die der Ansicht sind, wir müßten noch viel strenger mit Missetäterinnen verfahren, besonders wenn es sich bei ihnen um Mütter der Stadt handelt, wie es bei Yvara der Fall war. Viele Frauen werden sich daran erinnern, was mit ihr geschehen ist. Man wird nicht vergessen, wie es ihrer Tochter ergangen ist. Wenn sich eine Frau um ihr eigenes Schicksal keine Sorgen macht, dann muß sie wenigstens in Betracht ziehen, was ihrem Kind widerfahren könnte.« »Was hat Birana dir gesagt?« fragte ich.

»Sie hat nichts gesagt. Ich habe keine Erlaubnis bekommen, mit ihr zu sprechen. Ich habe noch ein zweites Mal um die Erlaubnis gebeten, und eine Frau hat mir gesagt, es wäre nicht gut, wenn ich noch einmal fragen würde. Ich habe die Botschaft verstanden. Sie wollten, daß Birana und ihre Mutter glaubten, letztendlich hatte niemand in der Stadt ein Mitgefühl für sie, daß sie alle Hoffnung auf Gnade aufgäben. Sie wollten, daß sie in diesem Glauben die Mauer verließen. Deshalb sind sie wahrscheinlich jetzt tot. Sie haben keinen Grund, am Leben zu hängen, keine Hoffnung, daß ihnen jemals vergeben werden könnte. Stell dir vor, man muß annehmen, daß keine einzige Frau in der Stadt zu dir steht, daß alle den Urteilsspruch für gerecht halten.«

Ich versuchte, mir das vorzustellen, und konnte die Verzweiflung der Verbannung beinahe fühlen. Es wäre fruchtlos gewesen, wenn ich versucht hätte, mit Birana zu sprechen, aber dieses Wissen beruhigte nicht mein Schuldgefühl.

»Einige sagen vielleicht«, murmelte ich, »daß dich deine Ideen auf Abwege bringen könnten.«

»Ich bin vorsichtig. Ich weiß, wieweit ich gehen kann. Ich mache mir nur nichts vor darüber, wie die Dinge wirklich sind.« Zoreen spähte erneut durch die Stangen des Geländers, dann packte sie mich am Arm und deutete hinaus. Weit unten traten einige Männer aus dem immergrünen Gebüsch, rannten auf die Mauer zu und hielten dann inne.

Es waren kleine Gestalten, mit etwas bekleidet, das wie Pelze und Tierfelle aussah. Ich war sicher, daß sie uns nicht sehen konnten, da wir so hoch über ihnen waren. Sie begannen zu tanzen, wobei sie die Arme emporreckten und vor der Mauer herumhüpften.

»Was tun sie?« fragte ich.

»Ich nehme an, sie wollen berufen werden.«

»Warum begeben sie sich nicht in ein Heiligtum?«

»Ich weiß nicht. Vielleicht meinen sie, wir lassen sie auch so herein. Das werden wir natürlich nicht tun. Wenn einer hereinkäme und es würde sich herausstellen, daß er nicht berufen worden ist, dann würde man ihn zur Warnung für die anderen hinausschicken.«

Die Männer tanzten noch eine Weile weiter. Sie stolzierten einher wie Vögel, rissen ihre Mäntel auf und hoben die haarigen Gesichter gen Himmel. Ein Mann machte einen Sprung in die Luft, spreizte die Beine und ließ sich in die Hocke fallen; ein anderer öffnete sein Hemd und zeigte die Brust.

Sie hörten auf zu tanzen und streckten die Arme in Richtung Mauer aus. Arme Geschöpfe, dachte ich in diesem Augenblick, seltsam berührt von ihrem sehnsüchtigen Verlangen.

Als sie merkten, daß sich die Mauer nicht öffnen würde, zogen sie sich zurück und schlichen mit gesenkten Köpfen und zusammengefallenen Schultern zurück zum Wald. Wir sahen ihnen nach. Der Wind peitschte mir ins Gesicht und heulte um die Mauer.

Arvil

Je weiter ich mich der Enklave näherte, desto größer wurde meine Furcht. So sehr ich mich auch nach der Gnade der Herrin sehnte, so sehr verlangte ein Teil von mir danach, mich vor Ihr zu verstecken, aus Angst, Sie könnte meine unausgesprochenen und noch ungeformten Fragen und Zweifel vernehmen.

Von einer Hügelkuppe aus blickte ich über die Baumwipfel an dem Nordhang unter mir. Sogar aus dieser Entfernung war die Enklave zu sehen. Eine gewaltige Mauer grenzte sie ringsum ein, doch ich konnte nur die südliche Seite deutlich sehen. Die östliche und die westliche Seite erstreckten sich bis zum Horizont, hinter dem der nördliche Teil der Mauer verborgen war. Turmspitzen, weit von mir entfernt, fingen das Sonnenlicht ein.

Während ich die glatte, glänzende Oberfläche der Mauer betrachtete, glaubte ich mich zu erinnern, ihr einmal näher gewesen zu sein und gebrüllt zu haben, als man mich von ihr fortzerrte. Mir kam es merkwürdig vor, daß ich mich nicht an mein Leben innerhalb der Mauer erinnern konnte, obwohl es sicher besser war, sich solche Erinnerungen nicht bewahrt zu haben. Die Mauern beherbergten die Heiligkeit, und ein Teil unserer Bestrafung bestand darin, daß wir uns nicht an die Zeit erinnern konnten, in der wir nahe der Herrin geweilt hatten. Selbst Birana, Ihre Verkörperung, war in unserer Welt schwächer. Die Herrin und all Ihre Erscheinungen und Verkörperungen schienen eine Einheit zu bilden, während wir diejenigen waren, die von dieser Einheit ausgeschlossen und nur dann in sie einbezogen waren, wenn wir berufen wurden, und – sofern wir uns im Leben wohlgefällig benahmen – bei unserem Tod. Ich grübelte viel über diese heiligen Dinge nach und auch darüber, welchen Platz Birana, die bei uns erschienen war, darin einnehmen mochte.

Tal hielt sich im Innern auf. Mein Wunsch, meinen Hüter wiederzusehen, war so stark, daß ich den Weg den Hügel hinunter und auf die Mauer zu beinahe im Laufschritt zurücklegte. Tal würde mit mir zufrieden sein; vielleicht bedachte er mich sogar mit einem Lob, wie ich es selten aus seinem Mund gehört hatte. Ich würde ihm nicht nur mich selbst bringen, sondern eine neue Gruppe. Jetzt mußte ich noch vorsichtiger sein. Ich befand mich auf dem Territorium der Wegelagerer, und in der Ferne hatte ich bereits eine Gruppe gesichtet.

Ich dachte an das, was Birana mir gesagt hatte. Ich hatte Mühe, die Einbuchtungen auszumachen, durch die die Zugänge gekennzeichnet waren. Ich würde mich soweit zum südlichen Ende der Mauer begeben, wie ich es wagte; dann würde ich auf den Einbruch der Dunkelheit warten und auf den Eingang zurennen. Während ich mich den Hügel hinunter und zwischen den Bäumen hindurch vorwärtsbewegte, erschien es mir, als käme ich der Enklave kein bißchen näher. Ihre Mauer war so gewaltig und so anders als die üblichen Landmarken, daß ich ihre wirkliche Entfernung nicht abschätzen konnte.

Während ich mit großen Schritten über abgestorbene Zweige stieg und leichtfüßig über abgefallene Blätter und Tannennadeln lief, hörte ich mit einemmal ein Brummen, und ich erkannte den Klang. Ich ließ mich zu Boden fallen und rollte mich zu einem Baumstamm; dann drückte ich mich flach daran, während eine große Kugel über die Baumwipfel auf die Mauer zuflog. Ich zitterte, als sie an mir vorbeischwirrte, da ich einen Augenblick lang dachte, die Herrin würde mit mir verfahren, wie sie mit den Männern auf dem Plateau verfahren war. Doch die Kugel setzte ihre Flugbahn fort und verschwand schließlich hinter der Mauerkrone.

Als ich mich dem Waldrand näherte, stellte ich fest, daß ich eine freie Lichtung überqueren mußte, um die Enklave zu erreichen. Ich konnte den Eingang jetzt deutlich erkennen. Er war mindestens zwanzig Schritt breit und vielleicht dreißig Schritt hoch. Mein Gedächtnis spielte mir erneut einen Streich; ich glaubte mich zu erinnern, daß sich die Tür hinter mir geschlossen hatte. Ich bemerkte außerdem, daß mir der Weg versperrt war. In der Nähe des Eingangs kauerte eine Gruppe von sieben Männern, als ob sie darauf lauerten, jeden anzufallen, der herausträte.

Wegelagerer, dachte ich, und all die Geschichten, die ich über sie gehört hatte, fielen mir wieder ein. Sie jagten Männer, wie andere wilde Tiere jagten. Tal hatte behauptet, sie ernährten sich von Menschenfleisch. Andere Gruppen würden nicht so nahe an einer Enklave auf eins ihrer Mitglieder warten, denn die meisten Männern unternahmen eine solche Reise allein oder in Begleitung eines anderen, der berufen worden war. Mit den Wegelagerern war keine Waffenruhe möglich. Ich erinnerte mich an Biranas Ratschlag. Ich würde warten, bis sie müde wurden und sich entfernten.

In diesem Moment fiel mir ein, daß ich eigentlich gar nicht einzutreten brauchte, sondern daß ich genausogut warten konnte, bis Tal die Mauer verließ. Meine Angst vor der Herrin wuchs im gleichen Maße wie mein Verlangen nach Ihr. Ich konnte meinen Hüter außerhalb der Mauer treffen, brauchte mich nicht der Prüfung zu unterziehen, die Birana mir angekündigt hatte, mußte das Risiko, Sie zu verraten, nicht eingehen. Sofort verdrängte ich diesen Gedanken. Ich konnte mich der Aufforderung der Herrin nicht widersetzen, da ich genau wußte, Sie würde eine Möglichkeit finden, mich zu bestrafen, wenn ich es täte. Ich stand unter Biranas Zauberbann, der mich abschirmte. Ich war wütend auf mich selbst, daß ich so nahe Ihrer Enklave derart unfromme Gedanken hegte, und sprach eilends ein Gebet.

Ich wich zurück, sorgsam darauf bedacht, keinen Laut zu erzeugen, dann kletterte ich auf einen Baum und verbarg mich zwischen den Ästen. Nadeln kitzelten mich an der Nase und stachen mir ins Gesicht. Ich trank einen Schluck Wasser. Ich hatte fast keine Zeitreserve mehr und mußte die Enklave bald betreten.

Die Mauer, obwohl sie noch etliche Schritt entfernt war, beherrschte mein Blickfeld. Sie schien bis in den Himmel zu reichen und war so lang, daß ich nur einen kleinen Teil davon überschauen konnte. Die Wegelagerer erhoben sich, reckten die Glieder und begannen zu tanzen, indem sie vor der Mauer mit ausgestreckten Armen hin und her schaukelten.

Tal hatte mir von solchen Spektakeln erzählt. Die Wegelagerer bemühten sich, die Herrin auf direktem Wege auf sich aufmerksam zu machen, anstatt sich in ein Heiligtum zu begeben, doch sie wurden niemals berufen, da die Herrin all jene mißbilligte, die sich aufgrund ihrer Feigheit in der Nähe der Enklave aufhielten. Ich sah ihnen zu, wie sie hüpften und scharwenzelten, und verachtete sie wegen ihres törichten und unwürdigen Benehmens. Ein Mann wirbelte mit ausgebreiteten Armen um die eigen Achse. Plötzlich hielt er inne und deutete nach Westen. Die anderen erstarrten, einige mit einem ausgestreckten Bein oder einem erhobenen Arm.

Ich vernahm ein Donnergrollen.

Ich klammerte mich an dem Baum fest und blickte hinauf in den wolkenlosen Himmel. Der Donner wurde lauter und rollte aus Westen auf mich zu. Die Wegelagerer huschten wild durcheinander und rannten dann in meine Richtung. Ich brachte meinen Speer in Bereitschaft.

Das Donnergrollen stammte nicht etwa von einem herannahenden Gewitter, sondern von Pferdehufen. Zwanzig Reiter jagten auf die Wegelagerer zu. Ich hörte einen Schrei, der den Donner übertönte, und dann ein schrilles Kreischen.

Als die Männer zu Fuß noch etliche Schritt von dem Wald der immergrünen Bäume entfernt waren, umzingelten die Reiter die Gruppe, beugten sich zu ihnen hinab und schlugen mit den Speeren auf sie ein. Die Wegelagerer versuchten sich zu wehren, indem sie mit Speeren und Messern auf die Pferde einstachen. Hufe trampelten einem Mann auf den Kopf, als ein Pferd nach hinten scheute. Ein Reiter, dessen Beine fest gegen die Flanken seines Pferdes gedrückt waren, schoß Pfeile in die Gruppe der Männer, wobei er einen in den Rücken und einen in die Brust traf. Er sprang vom Pferd, ging zu den zuckenden Körpern und zog sein Messer heraus. Andere stiegen ab und schnitten den verwundeten Wegelagerern geschwind die Kehlen durch. Das Gemetzel war vorbei, bevor ich einige Male Atem holen konnte.

Die Reiter nahmen den Leichen die Habseligkeiten ab und teilten die Beute untereinander auf. Ein Mann schwenkte ein Behältnis wie dasjenige, das Wanderer bei sich zu tragen pflegte. Ein anderer hielt ein glänzendes Stück Metall in der Hand und zog eine Grimasse, als er es sich dicht vors Gesicht hielt. Zum erstenmal in meinem Leben empfand ich Mitleid für die Wegelagerer; die Geschwindigkeit, mit der das Gemetzel abgelaufen war, entsetzte mich. Andererseits konnte ich mich nicht dem Gedanken verschließen, daß die Reiter mir einen guten Dienst erwiesen hatten, indem sie ein Hindernis aus dem Weg geräumt hatten, das mir den Weg zur Mauer versperrt hatte, und gleichzeitig die Gegend von einer räuberischen Bande gesäubert hatten.

Als sie damit fertig waren, den Besitz der Toten auf ihre Pferde zu verladen, stiegen sie auf und trabten gen Westen davon, während ich ein Dankgebet aussprach, weil sie nicht zwischen den Bäumen hindurchgeritten waren.

Ich erkannte jetzt die Weisheit in den Worten, die Wanderer vor den Männern von Weiser Seele im Heiligtum der Kriegerin ausgesprochen hatte. Auch wir müßten das Reiten zu Pferde beherrschen, um es mit solchen Gruppen aufnehmen zu können. Doch schien das auch ein Weg zu weiteren Grausamkeiten zu sein. Wenn das Töten keine Schwierigkeiten bereitete, griffen Männer diese Möglichkeit mit Wonne auf und bemühten sich nicht um irgendwelche Friedenspakte. Die Reiter würden nicht nur Wegelagerer töten, sondern auch andere Gruppen; Weise Seele und seine Männer waren ihnen nur um Haaresbreite entkommen. Es würde die Zeit kommen, da eine Gruppe von Reitern gegen die andere kämpfen würde, und das würde die Männer veranlassen, sich noch andere Tötungsarten auszudenken – schärfere Speere, stärkere Bogen. Vielleicht würde das Ganze nicht aufhören, bevor jeder Mann den Tod gefunden hätte, und die Herrin tat nichts, um diesem Treiben Einhalt zu gebieten, denn das Gemetzel hatte sich vor Ihrer Mauer abgespielt. Meine Gedanken führten mich auf einen gefährlichen Pfad. Männer, die sich mit anderen Gruppen hatten verbünden wollen und eine Vereinigung angestrebt hatten, waren auf dem Plateau gestorben, während jene, die gnadenlos getötet hatten, weiterlebten. Ich sah darin kein gutes Zeichen.

Ich urteilte über die Herrin, deren Wege ich niemals hätte in Frage stellen dürfen. Sie hatte Wahrheitssager und Bint und ihre Kameraden getötet, weil sie eine Herausforderung angestrebt hatten. Ich mußte meinen Geist von aller Häresie säubern, bevor ich mich ins Innere der Mauer begab. Sie hatte mir dieses Töten nicht ohne Grund vor Augen geführt. Wenn meine Gruppe überleben wollte, mußten wir wie diese Reiter werden. Sie war uns in der Verkörperung von Birana erschienen, um uns unser Schicksal aufzuzeigen und uns auf die Probe zu stellen. Ich mußte an meinem Glauben festhalten und meine Zweifel verwerfen.

Nachdem ich ein weiteres Mal die Landschaft um mich herum in Augenschein genommen hatte, stieg ich von dem Baum herab und reckte meine Glieder, um mich für einen schnellen Lauf vorzubereiten. Es wurde allmählich dunkel, und ich hoffte, daß jeder Mann, der vielleicht noch irgendwo zwischen den Bäumen lauern mochte, durch das Auftreten der Reiter in Angst und Schrecken versetzt worden war. Ich lockerte die Muskeln, holte ein paarmal tief Luft und rannte los.

Als ich an den Leichen vorbeikam, sah ich nicht hin. Jemand rief etwas. Ich stieß mit dem Fuß gegen einen Stein, verstauchte mir den Knöchel und stürzte. Während ich mich aufrappelte, traten zwei Männer aus dem Schatten der Bäume zu meiner Rechten.

Das Entsetzen trieb mich weiter. Ein Pfeil bohrte sich neben mir ins Erdreich. Als ich die Mauer erreichte, sprang ich mit einem großen Satz darauf zu und drückte die Hände gegen die Tür. Ein weiterer Pfeil zischte an mir vorbei und prallte an der Tür ab.

Der Eingang öffnete sich nicht. Die beiden Männer kamen immer näher heran. Ich trommelte mit den Fäusten gegen die Tür, dann drehte ich mich um und brachte meinen Speer in Bereitschaft. Plötzlich glitt die Tür zischend hinter mir zur Seite, und ich fiel uns Innere. Einer der Männer schleuderte seinen Speer nach mir, doch die Tür schloß sich, während der Speer noch durch die Luft schoß.

Ich war allein und gerettet, in einer Dunkelheit, die schwarzer war als eine mondlose Nacht. Ich klammerte mich an meinen Speer, befangen in der Vorstellung, daß die Herrin mich neuerlichen Prüfungen unterziehen würde, bevor ich die Enklave betreten dürfte; und weiter, daß ich versagen und Sie mich verbannen würde.

Allmählich wurde es heller im Raum. Zehn Liegestätten, jede mit einem Reif ausgestattet, standen an einer Wand und erinnerten mich an ein Heiligtum, doch hier gab es kein Bildnis der Herrin. Unschlüssig, was ich tun sollte, kniete ich nieder und betete lautlos.

Während meines Gebets ertönte eine tiefe Stimme. »Geh zu einer Liege«, sagte sie in der heiligen Sprache, »und setze einen Reif auf.« Ich blickte auf, doch die Herrin hatte sich in Unsichtbarkeit gewandet. »Geh zu einer Liege und setze einen Reif auf«, wiederholte die Stimme.

Ich mußte mich meines Banns bedienen. Während ich mich zu einer Liege begab, beruhigte ich meinen Geist und sprach die heiligen Worte, die Birana mir beigebracht hatte. Sie sank auf den Grund meines Denkens, verborgen hinter einer dunklen Abgrenzung. Ich hatte Sie vergessen, ich war im Zustand der Trance. Ich würde mein Versprechen halten und mich dem Willen der Herrin fügen.

Als ich den Reif anlegte, wurde ich erneut von Dunkelheit verschluckt, doch ich empfand keine Furcht. Diese Dunkelheit besänftigte mich, wärmte meinen Körper und beruhigte meinen Geist. »Warte«, sagte die Stimme in meinem Innern. »Die Herrin wird in Kürze zu dir sprechen.«

Ich weiß nicht, wie lange ich dalag und durch die Dunkelheit schwebte, doch ich wäre es zufrieden gewesen, für immer in diesem Zustand zu verharren, sowohl von der Angst vor Ihr als auch von der Sehnsucht nach Ihr befreit.

Schließlich sprach Sie. »Ich bin jetzt bei dir.«

Die Dunkelheit teilte sich. Sie stand in einer Verkleidung vor mir, an die ich mich erinnerte, nämlich als die Kastanienrote, die mich angesprochen hatte, nachdem ich dem Massaker auf dem Plateau entronnen war.

»Endlich bist du gekommen.« Sie lächelte. »Dein Hüter, Tal, ist bei Uns. Ich habe sein Denken berührt und mich über dich kundig gemacht, Arvil, und ich habe auf dich gewartet. Ich freue mich, daß du da bist. Du mußt sehr tapfer und stark sein, daß du diesen weiten Weg ganz allein gekommen bist.«

Ich suhlte mich voll Wonne in Ihrem Lob, konnte es jedoch nicht hinnehmen, ohne mir selbst die Wahrheit über meine Reise einzugestehen. Vielleicht, so dachte ich, würde Sie mir grollen, wenn ich mich nicht für meine Kameraden verwendete, denn ich war überzeugt davon, daß Sie über alles Bescheid wußte und mich auf die Probe stellte.

»Ich hätte diese Reise niemals allein geschafft«, erwiderte ich. »Ich habe den Beistand zweier Deiner Diener, Wanderer und Schatten, genossen, und später wurde mir von einer Gruppe geholfen, mit denen wir einen Friedenspakt geschlossen haben. Sie sind jetzt willens, sowohl Tal als auch mich als Mitglieder in ihre Gruppe aufzunehmen.« Ich berichtete Ihr einiges von meinen Abenteuern, doch als meine Gedanken zu meiner Begegnung mit Birana abzuschweifen drohten, erhob sich in meinem Geist eine Mauer und verbarg Biranas Bild vor mir. Biranas Bann war kraftvoll, und ich dachte weder an Sie noch sprach ich von Ihr.

»Ich war ganz allein, hatte keine Gruppe«, endete ich. »Jetzt habe ich Freunde und eine neue Gruppe. Du hast mich gesegnet, Herrin, und ich werde Dir stets dienen.«

Sie lächelte erneut, während Sie in die Hände klatschte. »Danke, daß du Mir das alles gesagt hast – es ist mehr, als Ich zu hoffen gewagt hatte.« Bevor ich über diese Worte nachdenken konnte, fuhr Sie fort: »Du mußt dich jetzt ausruhen, und anschließend wirst du gesegnet und mit Tal wiedervereinigt werden.« Während Sie sprach, senkte sich erneut Dunkelheit über mich herab.

Ich hatte geschlafen. Eine weitere Erscheinung der Herrin, nackt, mit schwarzen Haaren und goldener Haut, kam zu mir. Sie beugte sich über mich und sprach zärtliche Worte in der heiligen Sprache, während Sie mich umfing. Ihre Haut war weich und warm, und Sie roch nach Blumen. Als Sie mich zu sich zog, schwebte ich im heiligen Zustand, unterstützt durch die Berührung Ihrer Hände.

Eine weitere Erscheinung tauchte auf, jünger und rothaarig. Ihre Brüste waren hoch und rund, die Warzen so rosa wie Wildrosen. Als Sie sich mir näherte, streckte ich voller Ungeduld die Hände nach Ihr aus, doch Sie führte behutsam meine Berührungen Ihres Körpers, bevor Sie sich mir öffnete. Vielleicht sollten wir verflucht sein und verdammt zu einem Leben getrennt von der Göttin, und trotzdem verrieten mir die Seufzer der Erscheinung, daß Ihre Lust ebenso groß war wie die meine. Das war Teil Ihrer Segnung – das Wissen, daß Sie mich an Ihrer Seite willkommen hieß. Ich spürte Ihre Finger in meinen Rücken, während Sie sich unter mir bewegte.

Eine weitere Verkörperung lag neben mir und liebkoste mich, während die Rothaarige die Lippen auf meine legte. Diese Verkörperung hatte lange braune Haare, in denen Goldfäden glitzerten, und ein Schauder durchfuhr mich, als ich Sie ansah. Etwas in Ihrem jugendlichen Gesicht erinnerte mich an Birana und die Begierde, die ich nach Ihr verspürt hatte.

»Birana!« Der Name durchflutete mich, strömte aus der Dunkelheit ins Licht. Ich zerschmetterte die Schranke und stieß einen Seufzer aus, bevor ich ihn zurückhalten konnte. »Birana!«

Der Bann war gebrochen. Ich erinnerte mich Ihrer heiligen Worte – zu spät. Ich konnte Sie nicht aus meinem Denken verdrängen. Während die braunhaarige Verkörperung meinen Bauch streichelte, streckte ich die Hand nach Ihr aus und griff plötzlich ins Leere. Sie verblaßte, und ich war allein, umgeben von Dunst.

In diesem Moment machte ich den entsetzlichsten Augenblick meines Lebens durch. Birana hatte mich mit einem machtvollen Bann belegt, um mich auf die Probe zu stellen, und ich hatte ihn gebrochen.

»Arvil.«

Die Stimme klang streng. Der Dunst teilte sich und zeigte mir die kastanienrote Verkörperung, die ich schon zuvor erblickt hatte. Ich verfluchte mich wegen meiner Schwäche und wußte, daß ich bestraft werden würde.

»Arvil! Du hast ›Birana‹ gesagt. Wo hast du diesen Namen gehört?«

Ich antwortete nicht.

»Wo hast du ihn gehört?«

»Es ist lediglich ein Name.«

»Es ist nicht lediglich ein Name.«

Mein Kopf begann zu schmerzen. Meine Kehle zog sich zusammen. »Ich habe gehört, wie irgend jemand ihn erwähnte, Herrin – das ist alles.«

»Wie und wo? Sag es mir!«

In meinem Kopf pochte es. Übelkeit stand mir in der Kehle. »Du brauchst doch nicht zu fragen«, sagte ich. »Weiß du nicht über alles Bescheid?«

»Benimm dich nicht so ehrfurchtslos! Du kannst Mich nicht anlügen. Du bist angewiesen worden, etwas vor Mir zu verbergen. Dummer Junge – du bist zu schwach, um so etwas zu schaffen. Du hast nicht die Kraft dazu – deine geistigen Blockaden können Mich nicht täuschen. Du mußt warten.«

Der Nebel hüllte mich aufs neue ein. Ich ließ mich hineinsinken, gestützt von Kissen aus Nebel. Meine Schmerzen schwanden. Sie war wütend; ich hatte Ihren Ärger zu spüren bekommen. In meinem Zustand der Frömmigkeit hatte ich Birana verraten, doch die Herrin erschien mir am zornigsten, als ich mich weigerte, Sie weiterhin zu verraten. Ich hatte versagt. Ich fragte mich, ob Birana bereits aus meiner neuen Gruppe entfernt worden war.

Vielleicht war ich noch nicht ganz verloren. Ich sollte womöglich dahingehend auf die Probe gestellt werden, ob ich Birana noch weiter verraten würde, und vielleicht war dies ein Teil der Prüfung. Wenn ich noch einmal von Birana spräche, würde ich meine Seele verlieren. Wenn ich es nicht täte, könnte ich einer Bestrafung womöglich entgehen. Diese Hoffnung war das einzige, das mir geblieben war.

Ich schwebte durch den Dunst nach oben. Ich lag auf

einer Couch in einem fahlen, leeren Raum. Die Kastanienrote erschien wieder, und neben Ihr stand eine zweite Frau, eine silberhaarige Erscheinung mit den feurigen Augen einer Hexe.

»Du hast den Namen Birana erwähnt«, murmelte die Kastanienrote. »Ich frage dich noch einmal – wo hast du diesen Namen gehört?«

»Bei einer anderen Gruppe.«

»Du lügst«, antwortete die Hexen-Erscheinung. Mein Kopf fing wieder an zu schmerzen. Meine Folter begann. Ich versuchte, mich von der Liege zu erheben, doch meine Gliedmaßen weigerten sich, mir zu gehorchen. »Weißt du nicht, daß du Mich nicht betrügen kannst? Wo hast du ihren Namen gehört?«

Ich schwieg.

»Wo hast du ihn gehört?«

Mein Schädel drohte zu platzen, und jeder Nerv meines Körpers stand lichterloh in Flammen. Ich drehte mich herum, und die Folter wurde schlimmer. Meine Zähne klapperten vor Schmerz, während Messer durch meine Haut schnitten. Ich blutete, ich würde sterben, und doch weigerte ich mich immer noch zu sprechen.

»Wo hast du diesen Namen gehört?«

Ich schrie auf, als meine Knochen knackten, und schaffte es irgendwie, meinen Kopf mit einer gebrochenen Hand zu umklammern und den Reif unter der Handfläche zu spüren. Die Krone der Herrin bohrte sich in meinen Schädel. Ich riß mir den Reif vom Kopf.

Mit einemmal verschwanden die Erscheinungen. Der Schmerz war verschwunden. Ich befand mich in meinem Körper, der immer noch intakt war. Ich schaute verdutzt an mir hinunter.

Ich war nackt. Eine durchsichtige, schmale Röhre, die über mein Glied gestülpt war, kringelte sich unter der Couch, auf der ich lag. Eine Decke aus Licht spannte sich über mich, und mein Körper glitzerte vor Metallfäden, mit denen ich sowohl an der Liege als auch an verschiedenen metallenen Gegenständen in meiner Nähe festgebunden war. Lichter blinkten an der Oberfläche dieser seltsamen eckigen Gegenstände. Wo war ich?

Zwei Metallarme erschienen plötzlich zu beiden Seiten neben mir und griffen nach mir. Ich zerrte an den glänzenden Fäden, riß ein paar ab und bemerkte dann, daß außer mir noch ein anderer Mann im Raum war.

»Tal!« rief ich, als ich ihn erkannte. Er antwortete nicht. Er war ebenfalls angetan mit Metallschnüren, einem Reif auf dem Kopf und einer Röhre, die sein Glied umschloß. Sein Mund zuckte, und Speichel tropfte in seinen blonden Bart. Sein Penis versteifte sich und verbog die Röhre. »Tal!«

Was konnte das alles bedeuten? Wollte mir die Herrin zeigen, daß Sie auch Tal für meine Untat bestrafte? War dieser Raum ein Ort, an dem sowohl der Körper als auch die Seele gefoltert wurde? Die Metallarme packten mich und zwangen mich auf den Rücken. Ich zappelte hilflos, während ein Arm gegen meine Brust drückte und mich mit einer glänzenden Klaue festnagelte, während die andere den Reif anhob. Ich versuchte, den Kopf wegzuziehen, doch die Klaue drückte die Krone auf mich herab.

Der Schmerz kehrte zurück. Diesmal kämpfte ich in dem Bewußtsein dagegen an, daß meine Seele, nicht mein Körper unter der Pein litt, die mir zugefügt wurde. Doch mein Kampf war sinnlos. Der Schmerz war größer, als ich je einen erfahren hatte, und ich war unfähig, ihn abzuwehren.

»Wo hast du den Namen Birana gehört?« schrie die Hexen-Erscheinung. Das Gesicht der anderen Erscheinung war blaß, und Sie hielt sich eine Hand an die Lippen.

Bestrafung und der Verlust der Seele konnten nicht schlimmer sein als meine gegenwärtige Folter. »Ich werde es Euch sagen«, schrie ich, bereit, mich der Verdammnis preiszugeben, nur um dem Schmerz zu entkommen. Ich war schwach; die Prüfung, die Birana mir auferlegt hatte, war zu schwierig. Ich hatte Ihr gegenüber versagt, und meine Gruppe würde Sie verlieren. Ich würde Sie verlieren, und dieser Gedanke war beinahe so schmerzhaft wie die Folter. Der Schmerz verging allmählich und hinterließ lediglich dumpfes Weh in Gliedern und Kopf.

Ich berichtete Ihnen von meiner Begegnung mit Birana. Nachdem ich einmal angefangen hatte zu sprechen, hatte es keinen Zweck, irgend etwas zu verschweigen, also erzählte ich alles, was sich zugetragen hatte. Als ich zum Ende gekommen war, nickte die Hexen-Erscheinung, während sich Ihre Begleiterin abwandte.

»Du hast recht daran getan, Uns das alles zu erzählen«, sagte die silberhaarige Erscheinung, »und du wirst den bösen Bann, der dich gefesselt hält, durchbrechen.« Der Dunst kam wieder, verschleierte die Erscheinungen, und ich wartete und fragte mich, welcher Art mein weiteres Schicksal sein mochte.

Nach einiger Zeit erschien mir die kastanienrote Verkörperung wieder. Ihr Blick haftete sanft auf mir, doch ich konnte Sie nicht mehr als wahrhaft freundlich empfinden.

»Arvil, ich muß dir jetzt etwas über die Person sagen, die du Birana nennst. Sie behauptet, von der Herrin gesandt zu sein, aber das trifft nicht zu. Sie ist ein Geschöpf des Bösen, das die Verkleidung einer göttlichen Verkörperung angenommen hat, um Männer zu Gemeinheiten zu verführen. Sie trachtet danach, dich auf falsche Pfade zu leiten. Wenn du sie anbetest oder ihr Ehre erweist, wird sie dich auf Abwege führen, wobei sie versucht, dich davon zu überzeugen, daß sie die Heiligkeit und die Wahrheit darstellt. Sie gehört nicht zu Uns, sondern ist vielmehr eine Abtrünnige. Verstehst du?«

»Ja«, sagte ich und versuchte, diese neue Erkenntnis in mich aufzunehmen.

»Männer können leicht auf die schiefe Bahn gebracht werden, und du solltest es dir nicht antun, in Biranas Falle zu gehen. Ich weiß, du bist stark und kannst dem Bösen widerstehen. Du hast eine gute Tat begangen, indem du Mir das alles verraten hast, und du wirst dafür belohnt werden. Ich wollte nicht, daß du leidest, doch Wir mußten das Böse aus deiner Seele verbannen. Du wirst in Kürze vernehmen, wie Wir mit derjenigen, die sich Birana nennt, zu verfahren gedenken, doch jetzt empfange Unseren Segen.«

Sie verblaßte, und drei Verkörperungen erschienen, eine goldhäutig, eine dunkel, die dritte hell. Sie berührten mich und führten mich zurück in den frommen Zustand, doch ein Teil von mir schien sich Ihren Bemühungen zu entziehen, verharrte als ferner Zuschauer bei den Freuden, die die drei mir mit Händen und Lippen zuteil werden ließen. Ich dachte an das, was ich gesehen hatte, nachdem ich den Reif abgenommen hatte, und es reichte aus, um mir eines zu verraten: Die Herrin war nicht das, was Sie zu sein schien. Ich bewahrte diesen Gedanken in meinem tiefsten Innern auf und weigerte mich sogar, ihn auch nur in Worte zu fassen. Die Herrin war nicht das, was Sie zu sein schien, und ich war in einer Sinnestäuschung verloren, im Ungewissen darüber, was die Wahrheit war.

Laissa

Der Anblick der Welt jenseits der Mauer hatte sich in der Weise verändert, in der ich die Stadt betrachtete. Die flüchtige Betrachtung von Landschaften auf einem Bildschirm, ja selbst die simulierten Eindrücke, die von einem Gehirnprojektor erzeugt wurden, hatten mich nicht auf das vorbereitet, was ich mit Zoreen sah.

Durch den Gehirnprojektor hatte ich erfahren, welches Gefühl es sein könnte, über eine Ebene zu wandern, sich in einem Zelt bei einem Feuer zusammenzurollen, zu Fuß durch den Wald zu streifen, doch so lebhaft derartige Empfindungen zu ihrer Zeit auch gewesen sein mochten, ich wußte doch ganz genau, daß ich mich sicher innerhalb der Stadtmauern befand. Ich hatte Landkarten studiert, doch meine Aufmerksamkeit galt stets mehr der Lage von Städten und Heiligtümern als dem Land darum herum.

Die Stadt erschien mir kleiner, wenn ich durch ihre Gassen und Straßen spazierte. Ich hatte mein ganzes bisheriges Leben unter drei Millionen Frauen verbracht. Ich konnte Abgeschiedenheit haben, wenn mir danach zumute war – in meinem Zimmer, bei einem nächtlichen Bummel durch einen Park oder einen Garten -, doch ich befand mich immer innerhalb der Sicht- und Reichweite von anderen.

Wie es für uns alle zutrifft, wurden durch die Art meiner Erziehung die Bande zwischen mir und anderen Frauen verstärkt. Selbst die Historikerinnen und die Chronistinnen, vielleicht die einsamsten und isoliertesten Frauen überhaupt, trachteten danach, ihre Erkenntnisse miteinander und mit all jenen, die sich dafür interessierten, zu teilen. Das, so wußte ich, war richtig und nötig, und doch dachte ich an das Draußen und fragte mich, wie es wohl sein mochte, dort herumzuwandern, getrennt von den anderen, wie es sein mochte, nur die Stimme des eigenen Geistes zu hören. Wir versteckten uns vor der Welt, anstatt sie zu erforschen; allmählich kam mir der Verdacht, daß wir uns auch vor uns selbst versteckten.

Ich suchte keine derart absolute Einsamkeit. Meine Erziehung und die Angst vor wilden, unzivilisierten Gegenden, die mir eingetrichtert worden war, ließ ein solches Bestreben für mich unmöglich erscheinen. Und doch ertappte ich mich bei dem Gedanken: Wenn ich getrennt von den anderen leben würde, wie würde ich dann die Welt sehen? Was würde auch dann noch für mich gelten, und was würde ich verwerfen?

Am nächsten Tag, nachdem Zoreen und ich von der Mauer zurückgekehrt waren, führte ich ein Gespräch mit Bren, in der Absicht, ihr zu sagen, daß ich mich für das Fach Allgemeine Naturwissenschaften entschieden hätte, doch nachdem ich das ausgesprochen hatte, hörte ich mich selbst hinzufügen: »Ich möchte außerdem etwas Geschichte hören.«

Ich bemerkte ihr Stirnrunzeln, bevor ich den Blick vom Bildschirm senkte. »Liegt das nur daran, daß du jetzt mit einer Frau zusammenlebst, die dieses Fach studiert?«

»Nein. Ich sehe die Dinge jetzt anders. Es ist schwer zu erklären.«

»Nun denn. Ich hoffe, es handelt sich nur um einen vorübergehenden Sinneswandel. Wir werden ja sehen.« Bren schaute auf die Konsole vor sich, tippte einige Tasten an und bestimmte zwei Mentorinnen für mich, Lorell für Naturwissenschaften und Fari für Geschichte. »Du bekommst eine Aufstellung über den vorgesehenen Lehrstoff«, fuhr Bren fort. »Danach wirst du dich mit beiden Mentorinnen unterhalten und damit beginnen, an Vorlesungen und Diskussionen teilzunehmen. Während des ersten Jahres wirst du viel Freizeit haben – nutze sie weise.«

Entgegen Brens Versprechen hatte ich nur noch sehr wenig Freizeit, nachdem ich mit meinen beiden Mentorinnen Verbindung aufgenommen hatte. Die Lehrstoff-Aufstellung war so lang, daß ich keine Zeit für irgend etwas anderes hatte, und ich verbrachte die nächsten Tage damit, an meinem Lesegerät zu büffeln, während Zoreen mit ihrer eigenen Arbeit beschäftigt war.

Das Lesen machte mir jedoch nichts aus. Meine Bedenken, was meine früheren Freundinnen wohl von meiner Entscheidung halten mochten, waren verschwunden, zumindest vorübergehend. Ich stillte meinen Wissensdurst, den ich mir so lange Zeit nicht eingestanden hatte, doch ich gab auch meinen Zweifeln neue Nahrung. Jedes Dokument über Geschehnisse der Vergangenheit legte eine Schicht unserer Gesellschaft frei, die mir bis dahin nicht bewußt gewesen war, und unangenehme Fragen tauchten unwillkürlich an der Oberfläche meines Denkens auf.

Ich befand mich in meinem Zimmer, in einer Art hypnotischer Trance versunken, während ich mich bemühte, das zu vertiefen, was ich mit Hilfe des Gehirnprojektors gelernt hatte, als Zoreen meinen Arm berührte, um mich aufzurütteln; sie wartete, bis ich meinen Reif abgenommen hatte.

»Deine Mutter will dich sprechen«, sagte sie.

Ich warf einen Blick auf meinen Raumbildschirm und fragte mich, warum ich keinen Signalton gehört hatte. »Sag ihr, ich rufe zurück.«

»Das geht nicht. Sie ist hier. Sie sagt, sie muß dich unbedingt sprechen.«

Ich ging in den Vorraum. Mutter saß mit überkreuzten Beinen auf einem Kissen und trommelte mit den Fingerspitzen auf den Boden. Der Anblick ihres Gesicht erschreckte mich. Dunkle Schatten rahmten ihre Augen ein, und sie war so blaß wie eine Frau, die von einer schweren Krankheit genas. Sie hatte abgenommen; der innere Kampf verzehrte sie offenbar. Plötzlich schämte ich mich wegen der Art und Weise, wie ich mich ihr gegenüber verhalten hatte.

Zoreen murmelte einen Verabschiedungsgruß und zog sich aus unseren gemeinsamen Räumen zurück, um uns allein zu lassen. Mutter runzelte die Stirn, als ob sie ihre Mißbilligung über die Stapel von Dokumenten und das Fehlen von Möbeln zum Ausdruck bringen wollte. Zoreens Papiere bedeckten unsere einzige Couch, und über einem unserer beiden Stühle hing eine Jacke.

»Ich nehme an, du bist gekommen, um zu sehen, wie es mir geht«, sagte ich. »Zoreen und ich kommen ganz gut zurecht, und ich habe mich entschlossen, Allgemeine Naturwissenschaften und etwas Geschichte zu studieren. Ich vermute, das überrascht dich.«

Sie sagte: »Ich bin nicht gekommen, um darüber zu reden.«

»Sondern warum?«

»Die Zeit ist gekommen.«

Im ersten Moment wußte ich nicht, was sie meinte, dann ahnte ich es. »Die Zeit ist gekommen, um Knopf wegzuschicken; das willst du wohl sagen.«

»Ja.«

»Mutter, ich...« Ich hielt inne, da ich nicht wußte, was ich sagen sollte. »Du hättest nicht herzukommen brauchen, um mir das mitzuteilen.«

»Knopfs Bruder ist hier – er hält sich schon seit ein paar Tagen innerhalb der Mauer auf. Er hat mehr erreicht, als ich zu hoffen gewagt hatte – er hat nicht nur den Weg hierher geschafft, er hat auch eine neue Gruppe von Männern gefunden, mit denen sie zusammenleben können, so daß Knopf eine bessere Überlebenschance hat.« Ihre Stimme war ausdruckslos. »Es ist gut, daß er in die Obhut eines so leistungsfähigen Mannes kommt. Ich habe recht daran getan zu warten, findest du nicht?«

»Du konntest das im voraus nicht wissen«, entgegnete ich. »Na ja, jetzt ist es egal. Alles wird sich zum Guten wenden.«

Sie verzog den Mund bei diesen albernen, sinnentleerten Worten. »Das ist noch nicht alles, Laissa. Ich werde dir jetzt etwas anvertrauen, das du für dich behalten mußt. Setz dich!«

Ich ließ mich am Boden vor ihr nieder, wachsam geworden durch den ausdruckslosen Tonfall ihrer Stimme.

»Dein Zwillingsbruder, der Junge mit dem Namen Arvil – er und seine neuen Freunde haben Birana lebend in einem Heiligtum angetroffen.«

Ich sah verdutzt auf, unfähig, das Gesagte zu glauben.

»Yvara ist tot, aber Birana ist noch am Leben. Er erwähnte ihren Namen, als ich gerade im Begriff war, die Verbindung mit meinem Gedankenübermittler zu trennen. Ich wandte mich an Eilaan, und bald konnten wir die Geschichte aus ihm herausquetschen. Es scheint, daß es Birana gelungen ist, in Arvils Geist eine Eingebung zu implantieren und eine Blockade zu errichten, damit er sie nicht verraten sollte. Es hätte durchaus funktionieren können, in Anbetracht seiner Angst und seines Glaubens, daß das alles Teil einer Prüfung war, doch irgend etwas in der Aufzeichnung, die er empfing, hat die Blockade aufgehoben – vielleicht ein Wort oder ein Bild, das ihn an sie erinnerte.«

Ich fühlte mich wie betäubt, als ich mir vorstellte, daß Birana dort draußen am Leben war, inmitten von Männern.

»Womöglich habe ich einen großen Schaden abgewendet, indem ich das herausfand, und das spricht zu meinen Gunsten. Eilaan rügt mich jedenfalls jetzt nicht mehr.«

»Birana lebt noch«, murmelte ich, fassungslos über diesen Umstand.

»Sie beten sie an. Sie halten sie für eine Verkörperung

der Göttin. Ich mußte ihn darüber aufklären, daß sie das nicht ist, daß sie vielmehr ein Geschöpf des Bösen ist.«

»Aber warum?«

»Denk doch mal nach, Laissa. Von ihr könnten sie mehr erfahren, als sie wissen sollten, und das könnte zu gefährlichen Überlegungen führen.«

»Ach, Mutter! Was sollten Männer schon gegen uns ausrichten können?«

»Wir dürfen das Risiko nicht eingehen. Je länger sie unter ihnen weilt, desto größer ist die Gefahr, daß sie erkennen, daß die Dinge nicht so sind, wie sie glauben. Sie werden merken, daß wir verletzbare Wesen sind wie sie, daß wir nicht allmächtig sind. Vielleicht lernen sie, ihre Gedanken erfolgreich zu verschleiern. Ist dir nicht klar, daß sie, wenn sie genug erfahren haben, eine Möglichkeit finden könnten, die Mauer zu durchdringen und uns anzugreifen? Unser eigentlicher Schutz wird nicht durch die Mauer oder unsere Waffen gewährleistet sondern durch ihren frommen Glauben an uns.« Ich wußte, daß ich Eilaans Worte hörte, auch wenn es meine Mutter war, die sie aussprach. »Birana muß sterben.«

»Nein«, sagte ich.

»Liegt sie dir so sehr am Herzen? Es schien dir nicht allzu nahe zu gehen, als sie in die Verbannung geschickt wurde. Du beschäftigst dich mit Geschichte. Du solltest wissen, was geschehen kann, wie selbst ein vereinzeltes Vorkommnis sehr viel verändern kann. Eilaan behauptet, daß Birana ein Problem darstellt. Sie wurde zum Sterben hinausgeschickt, und sie muß sterben. Ich werde dafür sorgen.«

Ich hatte damals kein gutes Wort für Birana eingelegt; mein Schuldgefühl deswegen zwang mich jetzt zur Fürsprache zu ihren Gunsten. »Sie ist eine von uns«, sagte ich. »Sie wurde für die Tat ihrer Mutter bestraft. Der Rat hätte Gnade vor Recht ergehen lassen können. Man kann sie nicht einfach umbringen.«

»Sie ist jetzt keine von uns mehr. Ein Exempel muß statuiert werden. Es war ihr bestimmt zu sterben. Sie hätte niemals in der Lage sein dürfen, dort draußen zu überleben, und doch lebt sie. Wir können sie nicht draußen lassen, und sie kann nicht wieder hereinkommen. Worin liegt der Unterschied, ob man sie mit dem Wissen hinausschickt, daß sie sterben wird, oder ob man direktere Maßnahmen gegen sie anwendet?«

Ich hatte das Gefühl, daß da sehr wohl ein Unterschied bestand, aber ich konnte ihn nicht in Worte fassen. Wenn Birana es irgendwie geschafft hatte, dort draußen zu überleben, hatte sie sich dann nicht das Recht auf Leben erworben? Wahrscheinlich würde ihre Lebensdauer ohnehin begrenzt sein, bei all den Gefahren, denen sie ausgesetzt war.

»Es besteht noch eine andere Möglichkeit«, sagte ich langsam. »Birana könnte in einem Heiligtum leben, und die Männer könnten sie mit Nahrung und anderen Opfergaben aufsuchen. Sie könnte ihren Glauben vertiefen.«

Mutter lachte verbittert. »Du sprichst so, als ob wir sie kontrollieren könnten, doch das können wir nicht. Sie hat keinerlei Veranlassung, irgend etwas für uns zu tun. Wenn die Männer sehen, wie sie altert oder krank wird, was unausweichlich der Fall sein würde, wird das deren Glauben wohl kaum vertiefen. Wie auch immer, es ist sowieso zu spät. Dem jungen Mann ist erklärt worden, daß sie ein Geschöpf des Bösen in der Verkleidung einer Frau ist und daß sie sterben muß, bevor sie die Männer auf Abwege führen kann. Ich leiste Eilaan und all unseren Städten einen guten Dienst. Diese Gruppe von Männern wird die Geschichte hinterher vermutlich überall verbreiten, und auch das wird sich als sehr nützlich erweisen. Wenn in Zukunft jemand in die Verbannung geschickt wird, werden die Männer eher vermuten, daß es sich um ein Geschöpf des Bösen handelt, das geschickt wurde, um sie in Versuchung zu führen.«

Mir fiel wieder ein, was Yvara über eine Zufluchtsstätte für Verbannte gesagt hatte. Unsere Stadt hatte Birana ausfindig gemacht, aber vielleicht hatten andere Verbannte überlebt und waren nicht entdeckt worden. Bilder von Frauen, die sich in Verstecken in unbekannten Gebieten verbargen, schwirrten mir durch den Kopf, bis mir klar wurde, wie unmöglich das war. Diese Frauen würden keine Besamung bekommen und daher auch keine Töchter gebären, die solch eine Zufluchtsstätte erhalten könnten; die Alternative war zu widerwärtig, um auch nur in Betracht gezogen zu werden. Ich hatte das Draußen gesehen; daß Birana überhaupt überlebt hatte, war ein Wunder. Sie hätte der Entdeckung niemals entkommen können; ein unbedachtes Wort irgendeines Mannes, der sie gesehen hatte, während des Gebets in einem Heiligtum geäußert, hätte genügt, um sie zu verraten.

»Und auf welche Weise habt ihr vor sie umzubringen?« fragte ich.

»Arvil wird das für uns erledigen. Er hat zuviel Angst, um sich zu weigern. Wir werden ihm eine Eingebung einpflanzen. Wenn er durch die Mauer hinausgeht, wird er es kaum erwarten können, sie aus dem Weg zu räumen und seine Gruppe zu retten.«

»Ich verstehe«, sagte ich bissig. »Du willst sichergehen, daß niemand etwas gegen Arvils Gruppe unternimmt, was wir zweifellos könnten. Du willst sichergehen, daß die Stadt kein Schiff gegen sie aussendet, weil dann dein geliebter Knopf keine Gruppe mehr hätte, die ihn beschützt.«

Ich Gesicht wurde noch blasser.

»Ich wette, das war deine Idee und nicht Eilaans.«

»Eilaan hat ihre ganz persönlichen Gründe, die Angelegenheit nicht vor den Rat zu bringen.«

»Du wolltest ebensowenig, daß sich der Rat damit befaßt«, sagte ich. »Lieber bringst du meinen Zwillingsbruder dazu, Birana umzubringen, damit Knopf doch noch eine Überlebenschance hat.« Ich erkannte an dem gequälten Ausdruck in den Augen meiner Mutter, daß ich den Nagel so ziemlich auf den Kopf getroffen hatte. Meine Argumente waren überflüssig und müßig; ich versuchte lediglich, meine Scham darüber, daß ich früher nichts für Birana getan hatte, zu lindern. »Mir erscheint das äußerst ungerecht. Birana hat die Verbannung nicht verdient. Sie verdient nicht, auf diese Weise getötet zu werden. Du willst, daß sie stirbt, damit Knopf lebt.«

Mutters Gesicht verzog sich zu einer Grimasse. Sie hielt sich den Bauch, als ob ich ihr einen Tiefschlag versetzt hätte. Ich hätte den Kampf, den sie innerlich ausfocht, verstehen sollen, hätte begreifen sollen, wie zerrissen sie aufgrund all der Geschehnisse war, statt dessen dachte ich jedoch, daß sie, wenn sie Knopf früher hinausgeschickt und Arvil nicht zur Mauer beordert hätte, sich jetzt nicht diesem Dilemma ausgesetzt sähe.

»Ich dachte, du würdest verstehen«, sagte sie mit heiserer Stimme. »Ich habe meine Pflicht erfüllt, wie du es von mir erhofft hattest. Ich habe auch an dich gedacht. Ich wollte nicht, daß du aufgrund meiner Handlungsweise noch mehr Schande zu ertragen hättest. Ich habe verlauten lassen, daß ich die Absicht hatte, mit dir zu sprechen. Selbst Eilaan findet, es ist Zeit, daß du etwas über schwierige und unangenehme Entscheidungen lernst.« Sie schwieg eine Weile und fuhr dann mit ruhigerer Stimme fort: »Ich werde Knopf heute zur Mauer bringen. Ich möchte, daß du mitkommst.«

»Warum?«

»Damit du erlebst, wie so etwas ist. Damit du vorbereitet bist, wenn für dich die Zeit kommt, selbst einen Sohn hinauszuschicken. Du warst doch schon einmal sehr begierig, ihn hinauszubringen.«

Ich hätte mich gern geweigert. Das waren nicht ihre wahren Motive; sie brauchte mich aus irgendwelchen dunklen, selbstsüchtigen Beweggründen. Sie wollte ihr

Tun mit mir teilen und mich vielleicht in gewisser Weise bestrafen. Doch ihr kalter Blick nahm mir den Mut, und ich war unfähig, mich gegen sie aufzulehnen.

Ich sagte: »Ich komme mit.«

Knopf war still, als wir den Tunnel betraten und in einen Wagen stiegen, doch als er merkte, daß wir in Richtung Mauer rasten, fing er an zu schreien.

Mutter hob eine Hand. Der Schlag rötete seine Wange. Mutter hatte ihn noch nie geschlagen; sie verbarg das Gesicht in den Händen, als ob sie sich schämte. Knopf wich von uns zurück und kauerte sich am Boden zusammen; er warf mir einen Blick zu und wandte sich dann ab. Als wir den Tunnel verließen und nach draußen traten, riß er sich von Mutter los und rannte davon. Ich hastete hinter ihm her und packte ihn an einem Arm, ohne darauf zu achten, wie grob ich mit ihm umging. Mutter holte uns ein und packte seinen anderen Arm; wir zerrten ihn zur Mauer. Er brüllte.

»Es wird alles gut«, sagte Mutter, als sich die Tür öffnete. »Du wirst eine wundervolle Zeit haben. Du wirst andere Jungen als Freunde haben und viele neue Dinge lernen.«

Zwei Patrouillenfrauen eilten auf uns zu und nahmen Knopfs Hände, nachdem Mutter ihnen gesagt hatte, wer wir waren und zu welchem Zweck wir gekommen waren. Knopf kreischte und trat der einen Patrouillenfrau gegen das Bein. »Du hast ihn nicht besonders gut vorbereitet«, tadelte sie Mutter vorwurfsvoll. »Andere brüllen nicht so.«

»Laß ihn brüllen«, sagte Mutter.

»Das Ganze ist schon ohne ein solches Theater unerfreulich genug«, sagte die andere Patrouillenfrau. Wir folgten ihnen durch den Gang; ich fragte mich, wie viele Jungen die beiden schon hinausbefördert hatten. Knopf war zwischen ihnen und wurde an den Armen rückwärts weitergezerrt; sein Gesicht war rot angelaufen, seine Augen ganz groß vor Furcht und Entsetzen. »Mutter! Mutter! Ich werde ganz brav sein, ich verspreche es. Nimm mich wieder mit nach Hause! Mutter!« Er zappelte und wand sich, aber es gelang ihm nicht, sich zu befreien.

»Sieh ihn dir ein letztes Mal an«, sagte Mutter zu mir, als wir vor einer numerierten Tür anhielten. »Das ist das letzte Mal, daß du den Knopf siehst, den du kanntest.« Die Patrouillenfrauen zerrten ihn weg, wobei sein Schreien und Schluchzen in dem langen Gang widerhallten.

Die Tür neben uns öffnete sich. Ich trat rasch hinein, unfähig, Knopfs Anblick länger zu ertragen. Mutter und ich befanden uns in einem großen Raum; die Wände waren mit Bildschirmen bedeckt. Zwei Frauen saßen in einer Ecke, während eine weitere etwa in der Mitte der einen Wand saß; alle drei trugen Reife. Eine Frau nahm den ihren ab, wandte den Blick nicht vom Bildschirm ab, während sie sich die Schläfen rieb, und setzte den Reif dann wieder auf.

Ich folgte Mutter zu einem Bildschirm, und wir ließen uns davor nieder. »Müssen wir unbedingt hierbleiben?« fragte ich. »Können wir nicht in unsere Wohnungen zurückkehren?« Sie streckte die Hand aus und tippte ein paar Zahlen ein. »Da sind sie.«

Der Bildschirm zeigte mir einen blonden, bärtigen Mann und einen jüngeren bartlosen, die bewußtlos auf Liegen ruhten. Als ich sie ohne Flackern betrachten konnte, erkannte ich den jüngeren als meinen Zwillingsbruder. Sie trugen Reife, und ihre nackten Körper waren von dünnem Maschendraht umhüllt, der ihre Muskeln stimulierte und verhinderte, daß sie schwächer wurden. Ihre Münder saugten an den Röhren, die sie mit Nahrung versorgten. Ich betrachtete die regelmäßigen Züge des jüngeren. Seine Wangenknochen waren etwas höher und breiter als meine, sein Kinn etwas ausgeprägter, seine gerade Nase größer, doch er sah mir sehr ähnlich; diese Ähnlichkeit bereitete mir Unbehagen.

»Der Mann ist Tal, dein Vater. Wir haben auch von Arvil Spermaproben genommen. Sie sind beide stark und anscheinend nicht anfällig für Krankheiten – wir brauchten uns bei ihrem Eintritt nur kleinerer Infektionen anzunehmen, deshalb konnten wir sie gleich in diesen Raum weiterbefördern. Einige Frauen werden sich sicher Arvil als Erzeuger aussuchen, trotz seiner Jugend.«

Die Nahrungsröhren zogen sich von ihren Mündern zurück und glitten in die Wand hinter ihnen. Beim Anblick dieser Bilder empfand ich nichts als Abscheu. »Sind sie alle so haarig?« fragte ich, da mir die federigen Härchen an den Armen und Beinen meines Zwillingsbruders und die Locken auf der Brust und der dichte Bart des Mannes auffielen.

»Die meisten schon. Einige nicht. Sie sind groß, größer als du oder ich. Im allgemeinen sind sie größer als die meisten Frauen.«

Sie hatten einst mit grober Kraft und brutaler Gewalt geherrscht; sie hatten keine anderen Werkzeuge gebraucht. Ich stellte mir Birana mitten unter ihnen vor und erschauderte. Ein Leben in ihrer Mitte mußte schlimmer sein als der Tod; vielleicht hätte Birana gar nichts dagegen zu sterben. Die Männer vor mir, mit den flachen Brustkörben und den großen, ausgeprägten Muskeln, erschienen mir mißgestaltet.

Mutter drückte eine Taste, die Bilder verschwanden. Ich sagte: »Warum hast du mich hierhergebracht?«

Sie nahm einen Reif auf. »Ich muß jetzt mit ihnen sprechen.«

Sie legte sich den Reif an. Ich erhob mich und schritt auf und ab; ich sehnte mich danach, die Mauer zu verlassen. Es bestand kein Anlaß für mich zu bleiben, doch ich hatte Angst, meine Mutter allein zu lassen. Warum hatte sie mich hergebracht? Wollte sie mich abhärten für die

Dinge, die mir eines Tages bevorstanden, oder wollte sie ihren Schmerz über den Verlust Knopfs mit mir teilen?

Ich dachte an die Frauen, denen die Mütter der Stadt dienten. Sie brauchten niemals in diesem Raum zu sitzen und das Bild eines Mannes anzusehen. Sie brauchten keine Knaben zu gebären; für sie waren Männer nichts anderes als sagenumwobene, ferne Geschöpfe, die wilden Tiere der Erde. Sie wurden verschont von den schwierigen, schmerzhaften Entscheidungen, die die Mütter der Stadt zu treffen hatten.

Allmählich sah ich in jenen, denen wir dienten, das Mittel zum Zweck unserer Machterhaltung. Indem wir sie von allem abgeschirmt hatten, damit sie unsere Entscheidungen willig hinnahmen, hatten wir auch alle Zweifel von ihnen abgehalten, die vielleicht dazu geführt hätten, daß sie unsere Handlungsweise in Frage gestellt hätten. Indem wir sie beschützten, schwächten wir sie. Das wies eine unbehagliche Parallele dazu auf, was die Männer in der Vergangenheit den Frauen angetan hatten.

Zwei der anderen Frauen hatten den Raum verlassen; eine saß noch allein da. Sie nahm ihren Reif ab und sah mich an; voller Überraschung blickte ich in die braunen Augen von Fari, meiner Mentorin in Geschichte.

Sie winkte mich heran; ich setzte mich neben sie. »Fari«, sagte ich.

Sie hob eine Augenbraue. »Du kommst mir bekannt vor.« Sie tippte sich mit einem Finger gegen die Wange. »Natürlich – du bist Laissa. Wie kommst du mit deinem Studium voran?«

»Gut. Ich habe bereits einiges gelernt.«

»Du bist noch ziemlich jung, um schon hier zu sein, Laissa.«

»Meine Mutter schickt heute ihren Jungen raus. Ich glaube, sie wollte, daß ich mitkomme, damit ich später weiß, wie es ist.«

»Ich verstehe. Ich nehme an, sie weiß, was sie tut, aber ich glaube, man kommt besser damit zurecht, wenn man älter ist. Es ist nicht leicht, sie so unmittelbar vor sich zu sehen, auch wenn es nur auf einem Bildschirm ist. Ich persönlich komme nicht besonders gern hierher, aber ich möchte in Kürze noch eine Tochter haben und muß mir einen Erzeuger aussuchen.«

»Hast du schon mal einen Jungen bekommen?« Ich wurde rot und überlegte, ob ich diese Frage hätte stellen dürfen.

»O ja.« Faris rotgoldene Locken wippten, als sie nickte. »Vor ein paar Jahren. Ich habe geweint, als ich ihn hinausschickte.«

»Ach ja?«

»Das ist nicht so ungewöhnlich. Man spricht nicht offen darüber, aber es geschieht. Man hängt an ihnen. Deshalb werden so oft derart strenge Strafen für Ungehorsam verhängt – wenn wir uns leichten Herzens an die Vorschriften halten würden, ohne zu zögern, bestünde kein Anlaß für strenge Strafen oder überhaupt für eine Bestrafung.«

»Ich möchte mal wissen . . . «, sagte ich und hielt inne.

»Sprich weiter.«

»Ach nein, nichts.«

»Es ist gut, wenn du etwas wissen möchtest, Laissa, und du solltest deine Fragen mit deinen Mentorinnen besprechen – dafür sind wir da. Was wolltest du sagen?«

»Mir scheint«, sagte ich, »daß wir soviel Sperma, wie wir für alle Ewigkeit brauchen, gewinnen können und nie mehr Männer zu berufen brauchen. Ein Mann kann der Erzeuger Tausender von Kindern sein.«

»Das wurde von Zeit zu Zeit erwogen, doch dann mangelt es an der Vielfalt, die ganz wesentlich ist. Biologische Organismen müssen anpassungsfähig sein, und die Vielfalt begünstigt die Anpassungsfähigkeit.«

Natürlich hatte ich diese Antwort erwartet, doch jetzt erschien sie mir unbefriedigend. »Wir könnten genügend Proben nehmen, um eine Vielfalt zu gewährleisten«, entgegnete ich. »Außerdem haben wir es seit Generationen mit denselben Lebensumständen zu tun. Wir brauchen uns an nichts anderes anzupassen.«

»Die Bedingungen könnten sich verändern. Außerdem brauchen die Männer gelegentlich eine Bekräftigung, indem sie ins Innere der Mauern berufen werden – sie hoffen darauf wie auf eine Belohnung und könnten ohne sie anfangen, an dem Glauben zu zweifeln, den wir ihnen eingetrichtert haben. Und den Frauen gefällt es, wenn sie ein gewisses Mitspracherecht bei der Auswahl des Vaters ihres Kindes haben. Dieser uralte Instinkt schlummert auch jetzt noch in uns. Weißt du, was ich glaube?«

Ich schüttelte den Kopf.

»Keine Gesellschaft kann auf die Dauer ohne Veränderung bestehen«, fuhr Fari fort. »Jedenfalls glaube ich das, auch wenn wir schon seit so langer Zeit auf demselben Stand sind. Irgendwann wählen wir vielleicht einmal einen anderen Weg, und vielleicht verschwinden die Männer dann ganz von der Welt. Ihre Zahl hat sich gegenüber früher bereits beträchtlich verringert, und vielleicht wäre es besser, wenn wir ohne sie zurechtkämen – das wäre auch für sie weniger grausam. Wir können unmöglich mit ihnen zusammenleben, nicht so wie wir sind und wie sie sind – wir können kein gemeinsames Leben führen. Deshalb wäre es vielleicht besser, wenn sie vollkommen aussterben würden.«

»Ich weiß nicht, was ich davon halten soll«, sagte ich vorsichtig.

»Wir werden immer unbeweglicher, halten uns immer mehr an althergebrachte Bräuche. Die wesentlichen Dinge unseres Lebens haben sich seit Jahrhunderten nicht geändert. Und wir können uns nicht allzu sehr oder allzu schnell ändern, ohne daß es einen Einfluß auf unser Verhalten gegenüber denen draußen hätte. Deshalb gibt es bei uns keinen Fortschritt, und wir entwickeln uns nicht so, wie wir könnten. Wir sind durch unsere biologischen Voraussetzungen immer noch an die Männer draußen gebunden und haben keine Mittel entwickelt, um diesen Zustand zu ändern. Wir basteln nur mit dem herum, was längst erschaffen wurde.«

Ich drückte mich tief in meinen Sessel. Diese Unterhaltung nahm eine gefährliche Wendung. Sie sprach laut aus, was ich während des Lesens gedacht hatte.

»Vielleicht machen wir bereits einen Rückschritt durch«, fuhr meine Mentorin fort. »Wir haben weniger Kinder. Wir bauen weniger Städte, denn dafür müßten einige von uns hinausgehen. Führt das nicht zu der Schlußfolgerung, daß wir uns entweder befreien müssen, indem wir Mittel und Wege finden, uns ohne Männer fortzupflanzen, oder indem wir die Art und Weise ändern, wie wir mit ihnen umgehen, oder indem wir sogar unsere und auch ihre natürlichen Wesensmerkmale verändern?«

»Nein«, widersprach ich mit Nachdruck, doch mir fiel kein Gegenargument ein. Meine Mentorin, so schien es, hatte ziemlich unorthodoxe Ansichten.

»Einst«, sagte Fari, »träumten wir davon, die Erde zu verlassen, zu den Sternen zu reisen, doch jetzt zieht es uns nicht einmal mehr in den Raum, der unserer Welt am nächsten ist. Weißt du, warum wir den Traum aufgegeben haben?«

Ich sagte nichts.

»Weil wir, um derartige Reisen zu unternehmen, etwas anderes werden müßten, als wir jetzt sind. Vielleicht müßten wir viel länger leben, als es derzeit der Fall ist, aber das wäre möglich. Oder wir müßten neue Generationen an Bord der Raumschiffe heranziehen, aber auch das ist möglich. Wir könnten sogar ein paar Männer so weit ausbilden, daß sie die Reise mit uns unternehmen, wenn wir das als nötig erachteten. Aber wir tun es nicht, denn ein solches Vorhaben würde zu viele Veränderungen mit sich bringen. Jene, die zur Erde zurückkehren würden, könnten ebenfalls verändert sein, könnten uns veranlassen zu fragen, wie wir eigentlich leben. Wir würden uns nach außen orientieren, anstatt zu bewahren und zu schützen, was wir haben, und das könnte letztendlich eine Wiederholung jener Sünden zur Folge haben, die uns vor langer, langer Zeit beinahe vernichtet hätten.«

»Wir könnten eine solche Reise auf keinen Fall unternehmen«, sagte ich. »Allein die Vorstellung, die Erde niemals wiederzusehen, möglicherweise niemals zurückzukehren – niemand könnte das ertragen.« Aber mir kam auch der Gedanke, daß man vielleicht gar nicht mehr so sehr von der Erde angetan sein könnte, wenn man sich einmal so weit von ihr entfernt hatte.

»Die Sünde der Männer bestand in der Vergangenheit darin, daß sie uns ein erfülltes Leben verweigert haben, indem sie über uns herrschten. Sie rechtfertigten das mit der Behauptung, wir wären unfähig, selbst eine solche Herrschaft auszuüben. Jetzt herrschen wir über sie und bezeichnen dieses Vorgehen als rechtens.«

»Das geschah, um das zu retten, was uns noch geblieben war«, sagte ich. »Wenn wir anders gehandelt hätten, würden die Männer heute vielleicht wieder über uns herrschen. Womöglich würden sie erneut unsere Welt bedrohen.«

Fari runzelte die Stirn. »Willst du damit sagen, wir sind so schwach, daß das unvermeidlicherweise eintreten würde? Zeigt alles, was wir erreicht haben, nicht unsere Stärke, sondern verrät es die Notwendigkeit, unsere Schwäche zu verschleiern? Es gab einst Verfechterinnen des Standpunkts, daß ein anderer möglicher Weg existierte, daß es wahre Liebe und Freundschaft zwischen Mann und Frau geben könnte. Ich spreche nicht von einer versklavenden Liebe oder ihren schmutzigen körperlichen Ausdrucksweisen, sondern von einer Liebe, in der jeder Kraft vom anderen bezieht und mehr wird, als er vielleicht allein je sein könnte.«

»Die Männer haben das unmöglich gemacht«, sagte ich. »Nur Frauen sind zu solcher Liebe fähig.«

»Und doch sind Männer aus dem Leib einer Frau geboren und weisen einige verwandte Wesensmerkmale auf. Sind sie so, weil sie nicht anders können, oder hat das Leben, das sie gezwungen sind zu führen, sie so gemacht? Wir hätten vielleicht einigen von ihnen das Verbleiben innerhalb unserer Mauern gestatten sollen, um zu sehen, was dabei herauskäme.«

»Niemals!« sagte ich, empört über ihre Worte.

»Niemals. Natürlich. Nur weil ich eine Möglichkeit anspreche, bedeutet das nicht, daß ich sie gutheiße. Niemand sollte derartige Gedanken hegen, ohne sie sogleich wieder zu verwerfen. Ich ziehe lediglich mögliche Veränderungen in Betracht, wobei ich gleichzeitig hoffe, daß sie nicht allzu bald eintreten mögen.«

Plötzlich war ich überzeugt davon, daß mein Zusammentreffen mit Fari hier kein Zufall war. Vielleicht hatte sie bei mir zu Hause angerufen und erfahren, wohin ich gegangen war; vielleicht hatte sie beschlossen, mich zu beobachten, um sich ein genaueres Bild von mir zu machen. Vielleicht wollte sie herausfinden, was in meinem Kopf vor sich ging; bestimmt hatte sie meine Personaldatei gesehen. Vielleicht wußte sie über die außergewöhnlich starke Zuneigung meiner Mutter zu Knopf Bescheid und fragte sich, wieweit das meine Einstellung beeinflußt hatte.

Ich sagte: »Ich möchte nicht, daß sich unser Leben ändert. Die Dinge sind gut, wie sie sind.«

»Warum?«

»Wir haben überlebt. Wir haben das Wissen und die Errungenschaften unserer Spezies bewahrt. Du weißt, was wir erreicht haben, Fari. Mit Veränderungen herumzuspielen wäre verantwortungslos – wir könnten dabei alles verlieren, was wir geschaffen haben.«

»Vielleicht.« Sie stand auf und sah dabei merkwürdig enttäuscht aus. »Ich muß jetzt gehen, Laissa. Ich freue mich schon auf unsere zukünftigen Unterhaltungen.« Sie entfernte sich und ließ mich über den Sinn ihrer Worte grübelnd zurück.

In der Halle wartete ein Wagen auf uns. Mutter winkte mich mit einer ausholenden Handbewegung heran. Ich sah sie verunsichert an, während wir in den Wagen stiegen. »Wohin fahren wir?« fragte ich.

Sie tippte das Ziel ein und lehnte sich zurück. »Zum südlichen Ausgang, um Knopf hinauszubegleiten.

»Aber warum denn?«

Sie antwortete nicht. Sie preßte die Zähne aufeinander, und ihre Hände zitterten. Sie quälte sich unnötigerweise; ich machte mir Sorgen, wozu sie fähig sein könnte. Wir fuhren durch die Halle und trafen sowohl andere Wagen als auch Frauen zu Fuß. Der Ausgang befand sich zu unserer Linken; mehrere Patrouillenfrauen standen bei einem Wagen. Als wir näher kamen, sah ich, daß drei Körper in dem Wagen lagen – mein Erzeuger, mein Zwillingsbruder und Knopf.

Ich wäre am liebsten weggelaufen. Ich war erwachsenen Männern noch nie so nahe gewesen und verstand jetzt, warum die Angehörigen der Patrouille immer nur für eine kurze Zeit im Innern der Mauer Dienst taten. Die drei männlichen Wesen waren bewußtlos, doch ich hatte das Gefühl, daß sie jederzeit aufwachen, vom Wagen springen und uns angreifen könnten, bevor sie sahen, wer wir waren. Die beiden Männer, die ausgestreckt auf den Wagensitzen lagen, waren mit Leder und Fellen bekleidet, die gereinigt und ausgebessert worden waren; Knopf trug eine Wollhose, einen Pullover und eine braune Jacke. Allen dreien hatte man Reife angelegt.

Unser Wagen rollte allmählich aus und kam zum Stillstand; Mutter und ich stiegen aus. Eine Patrouillenfrau hielt zwei Speere in der Hand, eine andere hatte Bogen, Köcher mit Pfeilen und Schleudern; eine weitere hatte Messer im Gürtel stecken und trug einige kleine Beutel bei sich. Männer hatten diese Waffen angefertigt und sie ohne Skrupel gegeneinander eingesetzt. Birana war von hier aus in die Verbannung geschickt worden, genau an dieser Stelle; jetzt sollte ein Mann ausgesandt werden, um sie zu töten. Ich griff nach Mutters Hand; ihre Finger waren kalt.

Die Tür glitt auf und gab den Zugang zu einem großen Saal frei. Der Wagen mit den Männern rollte hinein, hob sie mit seinen Greifern heraus und legte sie jeweils auf eine Couch. Während die Metallarme noch damit beschäftigt waren, Knopf herauszuheben, eilten die Patrouillenfrauen hinein und legten die Waffen und Beutel am Boden ab.

Die drei schienen friedlich zu schlafen; Knopf hatte ein Lächeln im Gesicht. Der Gehirnwäscher hatte gute Arbeit geleistet; er hatte uns bereits vergessen.

Plötzlich schob sich Mutter an mir vorbei und rannte zu dem Jungen, dem sie eine Hand auf den Kopf legte. Eine Patrouillenfrau zog sie am Ärmel weg. »Du mußt weg da. Es ist nicht gut, so nah an sie heranzugehen.«

Mutter schüttelte den Kopf und setzte sich auf den Boden.

»Komm, weg da!« wiederholte die Patrouillenfrau. »Bevor wir sie losschicken, müssen wir eine Scanner-Überprufung durchführen und sicherstellen, daß sie ungehindert bis zum Wald durchkommen. Wir müssen uns davonmachen, sie wachen bald auf.«

»Nein«, sagte Mutter. »Nein, nein, nein, nein!«

»Was hast du denn, Frau?«

»Ich habe getan, was von mir verlangt wurde«, sagte Mutter. »Ihr könnt nicht behaupten, ich hätte es nicht getan. Ich wollte ihn in Sicherheit wissen; ich wollte, daß er lebt, und er wird leben, sie jedoch wird sterben. Ich habe es euch recht gemacht. Ich habe meine Pflicht der Stadt gegenüber erfüllt, aber ihr verlangt zuviel von mir.«

»Wovon redest du denn?«

»Mutter!« Ich eilte zu ihr und streckte die Hand nach ihr aus, doch sofort zog ich sie wieder zurück, voller Angst, sie zu berühren. Ihre Blick war trübe, ihre Kiefer zusammengepreßt, ihre Mundwinkel zuckten. »Sei doch vernünftig!« Meine Stimme klang strenger, als ich beabsichtigt hatte. »Du mußt weg von hier.«

Eine der Patrouillenfrauen machte eine Handbewegung. »Bringt sie raus!« Zwei Frauen hievten Mutter an den Armen hoch und zerrten sie aus dem Raum. Als wir in die Halle traten, entwand sich Mutter dem Griff der beiden und versetzte der einen Frau einen Faustschlag, der diese beinahe zu Boden geworfen hätte.

»Haltet Sie!« Eine große Frau packte Mutter bei den Armen und hielt sie hinter ihrem Rücken fest. Nicht jetzt, dachte ich: Bitte, Mutter, nicht jetzt. Eine Frau zog einen Taschensprecher heraus und murmelte etwas hinein, während die anderen meine Mutter in einen angrenzenden Raum führten.

Ich sagte: »Sie wird wieder in Ordnung kommen. Sie stand etwas unter Streß. Das ist gar nicht ihre Art. Sie wird wieder in Ordnung kommen.«

»Ich habe ein paarmal gesehen, daß eine geheult hat«, sagte die Patrouillenfrau. »Aber so ein Theater habe ich noch nie erlebt. Diese Frau ist krank.«

»Ihr versteht das nicht. Es ist nicht einfach nur…« Ich schluckte die Worte hinunter. »Ich muß zu ihr.«

Die Patrouillenfrau hob eine Hand hoch. »Das wäre nicht sehr klug. Wir müssen sie ruhigstellen. Dabei wärst du keine große Hilfe.«

»Sie ist meine Mutter!«

»Um so mehr ein Grund für dich, dich aus der Sache herauszuhalten. Eine Tochter dürfte solche Szenen eigentlich gar nicht sehen. Du kannst sie besuchen, wenn es ihr besser geht.«

Ich zog mich hilflos zurück, dann rannte ich fluchtartig durch den Gang.

Der Himmel im Westen war rot und warf einen rosafarbenen Schimmer über die braune Landschaft. Ein paar grüne Sprößlinge hatten sich aus der Erde gebohrt, und ein Schwarm schwarzer Vögel hatte sich am Boden tief unten niedergelassen. Ich blickte zu ihnen hinunter und stellte fest, daß sie in der Nähe der Überreste einiger Leichen gelandet waren, an denen sie herumpickten. Ich erschauderte und wandte mich ab.

Seit ich damals Zoreen zur Mauer begleitet hatte, plagten mich Alpträume von dem, was jenseits davon war; ich stellte mir vor, ich wäre allein dort draußen, weit weg von der Stadt gefangen und nicht in der Lage zurückzukehren. Mein Traum war für Birana Wirklichkeit. Ihr Alptraum würde nicht mit dem Erwachen enden, sondern mit dem Tod durch Arvils Hand.

Der Wind blies mir grimmig ins Gesicht. Ich würde erfrieren, wenn ich noch länger auf der Mauer bliebe. Zoreen machte sich bestimmt bereits Sorgen, wo ich war. Meine Mutter brauchte mich vielleicht bald an ihrer Seite.

Ich ging zurück zum inneren Geländer und blieb beim Eingang zum Lift stehen. Ich wußte, warum Mutter mich zur Mauer mitgenommen hatte. Sie hatte gewollt, daß ich ihr dabei half, nicht den Verstand zu verlieren, und ich hatte versagt. Sie hatte versucht sich einzureden, daß sie recht daran tat, ihre Pflicht zu erfüllen, und letztendlich hatte sie sich selbst überzeugt. Ihr Verstand war bei dieser Anstrengung auf der Strecke geblieben. Vielleicht hätte sie den unvermeidlichen Verlust Knopfs noch verkraftet, aber daß sie ihren anderen Sohn hinausschicken mußte, damit er eine junge Frau tötete, war mehr, als sie ertragen konnte.

Ich hätte Mitleid mit Mutter an den Tag legen, hätte mich als verwandte Seele zeigen können, an die sie sich hätte wenden können. Statt dessen hatte ich mit meinen grausamen Worten ihre Trauer und ihre Einsamkeit nur noch verschlimmert.

Die Tür öffnete sich, indem sie sich hob, und die Silhouette einer Frau erschien in dem Rechteck aus Licht. Ich sagte erst etwas, als sie vor mir stand. Sie trug einen Umhang, eine Kapuze rahmte ihr altes Gesicht ein.

»Was willst du, Eilaan?« fragte ich.

»Du bist beim Betreten dieses Lifts gesehen worden. Du hast in keiner der Etagen angehalten. Ich wußte, daß ich dich hier finden würde.«

»Was willst du?«

»Wir müssen miteinander sprechen. Wir sollten hineingehen, aus der Kälte.«

»Du kannst hier mit mir sprechen«, sagte ich, da ich wollte, daß der Wind ihre alten Knochen frieren ließ. »Was wird mit Mutter geschehen?«

»Dorlei braucht Ruhe. Sie wird in ihre Wohnung zurückgebracht, und wir werden eine Frau auftreiben, die sich um sie kümmert. Es wird ihr bald wieder besser gehen.«

»Ihr werdet sie bestrafen.«

Eilaan schüttelte den Kopf. »Es besteht kein Grund für eine Bestrafung. Dorlei hat nichts Unrechtes getan – ganz im Gegenteil. Etwas gegen das eigene Gefühl zu tun, trotz des inneren Kampfes, das ist doch stets etwas Lobenswertes, oder nicht?«

»Was willst du von mir?«

Sie zog den Umhang fester um sich. »Wir haben jetzt ein kleines Problem. Deine Mutter wird in der nächsten Zeit nicht in der Lage sein, bestimmte Dinge für uns zu erledigen. Ich bin sicher, du weißt, wovon ich spreche. Sie sagte, sie wollte mit dir darüber sprechen, und ich habe zugestimmt, ihr dieses zu genehmigen. Ich dachte, es würde sie ein wenig erleichtern.«

Du wolltest uns beide auf die Probe stellen, dachte ich. Du wolltest sehen, ob ich mich vielleicht als unzuverlässig erweisen würde. »Sie hat mit mir gesprochen«, sagte ich.

»Ich werde mit dieser Angelegenheit nicht allein fertig. Ich brauche deine Hilfe, Laissa.«

Ich wich zurück. »Du hast den Rat, der dir helfen kann. Mutter hat alles getan, was sie tun mußte, als sie dir sagte, daß Birana lebt. Du hättest sie nicht mit deiner Entscheidung zu belasten brauchen. Du hast meine Mutter nicht gebraucht, und du brauchst mich jetzt auch nicht.«

»O doch! Warum sollten andere Ratsmitglieder von der Sache erfahren, wenn es nicht nötig ist? Es wäre besser, wenn ich sie vor vollendete Tatsachen stellen könnte – sonst hat das Ganze womöglich unangenehme Folgen.« Eilaan legte eine kurze Pause ein. »Das männliche Wesen mit dem Namen Arvil wurde angewiesen, zu einem bestimmten Heiligtum zu gehen und uns Bericht zu erstatten, wenn er sich unseres Problems angenommen hat. Es wäre am besten, wenn du die einzige wärst, die die Nachricht empfängt.«

Ich ballte die Hände zu Fäusten. »Warum sagst du nicht unumwunden, um was es dir geht? Du willst, daß ich herausfinde, wenn er Birana getötet hat, und wenn er es nicht tut, dann willst du auch das wissen.«

»Oh, er wird es tun, keine Angst.« Eilaan hörte sich keineswegs so sicher an. »Oder ein anderer aus seiner Gruppe wird sich ihrer annehmen, wenn diese Geschöpfe hören, was ihm erzählt worden ist. Vielleicht ist das Mädchen sowieso längst tot – das Leben dort draußen ist hart. Vielleicht ist die Bande, mit der sie sich herumtreibt, angegriffen worden. Falls es so ist, dann ist uns das Problem abgenommen worden.«

»Ihr habt Yvara in die Verbannung geschickt, weil sie eine andere Frau getötet und damit das schwerste Verbrechen begangen hat, das es gibt.«

»Birana ist schuldig. Sie wurde ausgestoßen.«

»Dann soll die Welt draußen über ihr Schicksal entscheiden.«

»Dafür sind die Dinge bereits zu weit gediehen.« Sie

dämpfte die Stimme. »Ich muß ganz im stillen durch diesen jungen Mann handeln und kann nur beten, daß keine weiteren Maßnahmen nötig werden. Das bringt mich in eine heikle Lage. Ich kann mit Verständnis dafür rechnen, daß ich nicht von Anfang an strenger mit Dorlei ins Gericht gegangen bin, als sie die ersten Anzeichen ihrer Wankelmütigkeit an den Tag legte, denn ihre darauffolgende Handlungsweise brachte mir dieses Problem zur Kenntnis. Aber andere Ratsmitglieder werden sich daran erinnern, daß ich sie dazu überredet habe, Birana zusammen mit ihrer Mutter in die Verbannung zu schicken, während einige für Gnade plädierten.«

»Dann laß Birana zurückkommen. Erweise ihr jetzt Gnade.« Ich hatte nichts zu Biranas Verteidigung vorgebracht; diese Tatsache quälte mich erneut. Ich hatte nicht gewußt, daß einige Ratsmitglieder bereit gewesen waren, sie von einer Strafe zu verschonen.

»Es ist zu spät, Laissa.«

»Warum sollte ich dir helfen? Du denkst nur an deine eigenen Interessen. Ich weiß, warum du mich brauchst. Falls irgend etwas schiefläuft, kannst du alles auf mich und meine Mutter schieben und behaupten, du hättest mit der ganzen Sache nichts zu tun gehabt.«

»Du Närrin!« Sie packte mich an den Schultern und schüttelte mich. »Du solltest lieber mal an deine eigenen Interessen denken. Ich könnte dir in der Zukunft einiges erleichtern – vielleicht brauchst du mich irgendwann einmal.«

Sie ließ mich los. »Du bist genau wie deine Mutter«, fuhr sie fort. »Du stellst dich ins Abseits und hegst deine Zweifel. Wenn dir die Erhaltung unserer Werte nichts bedeutet oder wenn dir mein Problem gleichgültig ist, dann bedenke folgendes: Was mit Dorlei geschieht, liegt jetzt in deinen Händen. Sie kann wieder gesund werden und zu einem friedlichen Leben zurückkehren, doch wenn Birana nicht stirbt, haben wir keine andere Wahl, als einen Schlag gegen die ganze Gruppe zu führen, bei der sie sich aufhält, um sie umzubringen. Das würde das Ende des kleinen Jungen bedeuten, der Dorlei so ungeheuer am Herzen liegt, und du kannst dir vorstellen, wie sich das auf sie auswirken wird, wenn man ihren jetzigen Zustand bedenkt. Du brauchst nichts anderes zu tun, als die Nachricht dieses jungen Mannes zu empfangen, wenn er sich in ein Heiligtum begibt und uns von seiner vollbrachten Tat berichtet, und die Botschaft an mich weiterzubefördern.«

Sie benutzte den Zustand meiner Mutter, um mir zu drohen, und Birana würde in jedem Fall sterben. Ihr konnte ich nicht helfen, aber vielleicht konnte ich meiner Mutter helfen. Zoreen hatte mir einmal gesagt, sie wisse, wie die Dinge liegen, wie weit sie gehen konnte, wo die Grenzen waren. Ich fragte mich, ob Zoreen sogar in der Lage wäre, sich in mein derzeitiges Dilemma hineinzuversetzen.

»Du wirst eine Mutter der Stadt sein, Laissa«, sagte Eilaan. »Hast du angenommen, du könntest so gedankenlos durchs Leben gehen wie diejenigen, denen wir dienen? Wir sind es doch, die das Glück der Mehrheit der Frauen bewahren müssen, indem wir die Last jeglicher Sünde, die die Stadt begehen muß, auf uns laden. Es ist die Göttin, die durch uns handelt, und Ihr sind Dinge, die als herzlos erscheinen, keineswegs fremd. Sie wird uns vergeben, wenn wir etwas tun, um Ihre Werte zu bewahren.«

Ich teilte diesen Glauben nicht. Wenn ich Sünden beging, dann wäre keine Göttin da, die sie mir vergeben würde. Es war ein müßiges Unterfangen, wenn ich Widerstand leistete. Arvil würde handeln, egal was ich tat, und ich konnte Birana nicht helfen. Ich konnte nicht noch einmal meine Mutter im Stich lassen.

»Ich werde tun, was du willst, Eilaan.«

Sie begann mich darüber aufzuklären, wie ich Arvil aushorchen sollte, wie die Gedankenübermittler in den

Heiligtümern draußen seine Botschaft und die jedes anderen Mitglieds seiner Gruppe steuern würden, so daß einzig und allein mein Gedankenübermittler sie empfangen konnte. Ich hörte aufmerksam zu und verhärtete mich innerlich; mir kam es vor, als würde ich die Dinge aus weiter Ferne beobachten. Obwohl ich es in diesem Moment nicht erkannte, dachte ich: Ich werde das hinter mich bringen, ich werde unsere dunkelsten Wege dem Licht öffnen. Ich werde nichts verändern, doch meine Worte werden die Wahrheit erhellen.

Wenn Eilaan gewußt hätte, was ihre Forderung bei mir auslöste, hätte sie mich vielleicht nicht in ihr Netz mit eingesponnen, sondern sich einen anderen Weg gesucht, aber sie war zu alt, um ihre eigene Weisheit in Frage zu stellen. Und ich war zu jung, um zu erkennen, daß ich im Begriff war, einen sehr gefährlichen Pfad zu beschreiten.

Avril

Ich hatte mich danach gesehnt, in die Enklave zu gelangen, und doch erfuhr ich dort wenig echtes Glück. Mein Verlangen nach Ihren Verkörperungen, die mir erschienen, raubten mir die Kraft, Ihnen zu widerstehen, doch ein Teil von mir konnte durch die Freuden, die Sie mir bereiteten, nicht besänftigt werden. Die Aufgabe, die mir übertragen worden war, war keine ehrenvolle, sondern eine beängstigende Mission, denn ich fürchtete Birana beinahe ebenso, wie ich die Herrin fürchtete.

Als ich mich aus dem dunstigen Reich der Herrin entfernte, kehrte meine Seele zu mir zurück. Ich öffnete die Augen. Ich befand mich in dem Raum, den ich anfangs betreten hatte, und lag auf einer Couch neben der Tür, die nach draußen führte. Ich nahm meinen Reif ab und richtete mich auf.

Tal lag auf der Couch neben mir. Neben ihm lag ein blondes Kind. Wir hatten einen Knaben bekommen, und unsere neue Gruppe würde das sehr begrüßen, doch ich konnte wenig Freude empfinden. Mir gingen die beunruhigenden Bilder nicht aus dem Sinn, wie Tal von Metalldrähten umhüllt war, wie glänzende Klauen meinen Körper niederdrückten, und ich fragte mich, ob ich das alles geträumt hatte.

Unsere Waffen lagen am Boden, zusammen mit unseren Rucksäcken und Beuteln. Ich nahm einen der Beutel auf und spähte hinein; dann nahm ich eine der orangefarbenen Kugeln heraus, die er enthielt. Ich biß hinein und schmeckte eine köstliche, fruchtige Süße; die Herrin hatte uns Obst für die Reise geschenkt.

Tal bewegte sich. Ich schwang die Beine über den Rand der Liege und beugte mich zu ihm hinüber. »Tal!«

Er öffnete die Augen, nahm den Reif ab und setzte sich auf. »Arvil! Sie hat mir gesagt, daß du bei mir sein würdest.« Er hielt mich an den Schultern fest. »Wir sind gesegnet. Ich mußte dich verlassen, und jetzt bist du mir wieder zugeführt worden, jenen unfrommen Reitersmännern sicher entkommen. Die Herrin hat mich dafür belohnt, daß ich getreu auf Ihren Wegen geblieben bin. Sie hat mir gesagt, daß dir eine Aufgabe übertragen worden sei – nämlich ein Geschöpf des Bösen vernichten.« Er dämpfte die Stimme. »Du mußt mir mehr darüber erzählen, aber nicht innerhalb dieses heiligen Ortes.«

Ich erschauderte, als ich daran dachte, was die Herrin von mir verlangt hatte. Bevor ich etwas sagen konnte, fiel Tals Blick auf den Jungen. Er ging zu dem Kleinen und nahm ihm den Reif ab. Das Kind warf einen Arm hoch und schüttelte dann den Kopf, während es sich aufsetzte. Seine blauen Augen starrten uns ausdruckslos an.

»Ich bin dein Hüter«, sagte Tal. Der Junge schüttelte den Kopf. Tal deutete sich auf die Brust. »Tal.«

Ich sagte: »Er versteht dich nicht.«

»Er wird es lernen. Als du mir übergeben wurdest, kanntest du auch nur die Worte der heiligen Sprache.« Tal wandte sich wieder dem Jungen zu. »Ich bin dein Hüter«, sagte er in der heiligen Sprache und wiederholte die Worte dann in unserer Sprache.

»Hüter«, sagte der Junge.

»Arvil.« Ich deutete auf mich.

»Arvil.«

Tal tätschelte ihm sanft den Arm. Der Junge wimmerte ein wenig. Ich reichte Tal seine Habseligkeiten, und er hielt jeden Gegenstand hoch und nannte die entsprechende Bezeichnung sowohl in der heiligen Sprache als auch in der unsrigen. Ich zupfte an meiner Kleidung und stellte fest, daß alles sauber war und nicht mehr juckte.

»Er braucht einen Namen«, sagte Tal und deutete auf den Jungen, der blinzelte, als ob er sich krampfhaft bemühte, die Tränen zurückzuhalten.

»Nenn ihn doch Bint«, sagte ich schnell.

Tal runzelte die Stirn. »Wessen Name war das?«

»Er gehörte zu den Reitern, denen sich unsere Gruppe angeschlossen hat. Er war ein guter Mann, der sich meiner angenommen hätte, wenn die Herrin nicht seine Gruppe vernichtet hätte.«

»Vernichtet?«

Ich erzählte ihm, was sich auf dem Plateau ereignet hatte, und das Entsetzen, das ich damals empfunden hatte, machte sich wieder in mir breit. Die Herrin hatte mir bei dieser Gelegenheit Ihre Macht gezeigt, und Sie würde mich auch diesmal Ihren Zorn spüren lassen, wenn ich bei der Erfüllung meiner Aufgabe versagte. Während ich sprach, kniff Tal die Augen zusammen. »Du siehst also«, endete ich, »du hattest recht, als du sagtest, wir sollten uns ihnen nicht anschließen. Aber Bint war gut zu mir; er rettete mir das Leben und bemühte sich, der Herrin zu dienen.«

»Wenn er ein guter Mann gewesen wäre, hätte Sie ihn nicht bestraft. Du sagtest, daß alle ums Leben gekommen sind und nur du verschont wurdest – Sie hätte auch ihn verschonen können, wenn er es wert gewesen wäre.«

»Er war ein guter Mann, glaub mir. Ich lernte ihn während unserer Reise näher kennen, er betete vor dem Einschlafen mit mir.«

Tal verzog verächtlich die Lippen. »Und vielleicht hat er sich auch mit dir vergnügt, und deshalb möchtest du ihn in Ehren halten.«

Ich schüttelte den Kopf. »Er behandelte mich wie seinen Schützling.«

»Ich kann den Jungen nicht nach einem solchen Mann nennen. Der Name würde einen Fluch heraufbeschwören. Er soll Hasins Namen tragen, denn Hasin war ein Mensch, dem jede Niedertracht fernlag.«

Ich zuckte die Achseln und versuchte, nicht an Bint zu denken. Tal schwieg eine Zeitlang, bevor er wieder sprach. »Es ist ein Segen, wenn man einen Knaben bekommt, Arvil, aber ohne die Unterstützung einer Gruppe wird er vielleicht nicht lange leben. Auch unsere Tage könnten gezählt sein.«

»Ich muß dir noch viel berichten, Tal. Ich habe neue Freunde gefunden, eine Gruppe, die bereit ist, uns aufzunehmen. Ohne deren Hilfe hätte ich niemals den Weg hierher geschafft. Laß mich...«

»Was für eine Gruppe? Welche Art von Gruppe nimmt so schnell Fremde bei sich auf oder hilft einem einsamen Jungen? Ist das wieder so etwas wie die Gruppe der Reitersmänner?«

»Sie stammen von dem Fluß im Südwesten, wo wir gejagt haben. Es sind gute Männer, Tal, und wir brauchen eine neue Gruppe.«

Er versetzte mir einen Kinnhaken. Ich sprang auf und durchmaß den Raum zur gegenüberliegenden Seite. »Ich bin dein Hüter«, schrie er. »Ich entscheide, welche Art Männer das sind. Es wäre besser für uns, wir fänden eine Gruppe aus unserer Gegend, die uns in ihren Auffassungen ähnlich ist, anstelle von Fremden, über die wir nichts wissen.«

»Die Gruppen aus unserer Gegend würden uns wahrscheinlich eher umbringen, wenn sie annehmen, daß wir allein sind und keine Gruppe uns rächen würde.«

»Ich kann mich mit ihnen einigen. Ich bin dein Hüter, und du hörst auf das, was ich sage!«

»Ich brauche keinen Hüter mehr«, schrie ich zurück. »Ich bin berufen worden, ich bin jetzt ein Mann. Ich werde bei Gruppenversammlungen genausoviel zu sagen haben wie du, und ich werde mich ihnen anschließen, auch wenn du es nicht tust.«

»Sprich nicht so mit mir!«

»Du kannst tun, was dir beliebt«, entgegnete ich. »Du kannst mit mir zum Heiligtum der Maria kommen, wo uns diese Männer abholen werden, oder du kannst allein deiner Wege gehen – das bleibt dir überlassen.« Ich deutete auf Hasin. »Die Herrin hat ihn deiner Obhut anvertraut, und er wäre bei einer Gruppe sicherer aufgehoben.«

Der Junge begann zu weinen. Tal schüttelte ihn und schlug ihn ins Gesicht. »Geweint wird nicht!« Er ließ den Jungen los. »Weine nicht«, sagte er in der heiligen Sprache. »Wenn du weinst, schlage ich dich.«

Die Freude über mein Wiedersehen mit Tal schwand immer rascher. Ich hatte ihn für stark gehalten, und jetzt stellte ich fest, daß er vielmehr starrköpfig war. Alles, was mir widerfahren war, hatte mich verändert, und ich sah Tal jetzt mit anderen Augen. »Wir sollten uns darüber nicht streiten«, sagte ich schließlich. »Wir befinden uns an einem heiligen Ort und haben der Herrin noch nicht einmal gedankt.«

Ich kniete mich zum Gebet nieder, doch meine Gedanken waren nicht bei den heiligen Worten; ich kämpfte gegen meine Wut auf Tal an. Ich hatte mich großen Gefahren ausgesetzt, um zu ihm zu gelangen, und jetzt mißachtete er die Botschaften, die ich ihm überbrachte. Ich versuchte, mir ein Gebet einfallen zu lassen, doch die Worte erschienen mir nichtssagend und sinnentleert.

Ich kenne Dich nicht, Herrin. Endlich war ich soweit gekommen. Meine göttlichen Heimsuchungen, die Schmerzen und die Freuden, die mir die Herrin beschert hatte, waren nicht das, was sie zu sein schienen. Ich hatte das irgendwie gespürt, als ich einen Blick auf mich selbst erhascht hatte, wie ich auf der Couch lag und mein Körper von Metalldrähten umhüllt war. Ich dachte an die Hände und Münder der Erscheinungen, die sich mit mir beschäftigten. Ich hatte Ihre Körper berührt und die geschmeidige Feuchtigkeit Ihrer weiblichen Teile gefühlt, und doch waren Sie in meiner Erinnerung Geister und keine Wesen aus Fleisch und Blut. *Ich weiß nicht, ob ich glaube, ich weiß nicht, ob Du Wirklichkeit oder eine Sinnes-*

täuschung bist. Ich sagte das lautlos zu mir selbst, während ich im Innern der Mauer kniete, und doch sandte die Herrin nicht Ihren Zorn auf mich herab.

Ich stand auf. Tal hatte Hasin gezwungen, sich hinzuknien, und jetzt unterwies er ihn im Beten.

»Ihr müßt Mich jetzt verlassen«, sagte eine Stimme. Tal stand taumelnd auf und zog den Jungen an der Hand zur Tür. »Mein Segen sei mit euch. Lebt wohl.«

Die Tür glitt auf, und wir eilten in die Nacht hinaus.

Wir hörten erst auf zu rennen, als wir zwischen den Bäumen verborgen waren. Ich trug Tals Gepäck zusätzlich zu meinem, und außerdem meine Waffen, während Tal den Jungen trug. Hasins Schluchzen wurde immer stärker, bis er laut heulte.

Tal setzte ihn ab und versetzte ihm einen Schlag seitlich gegen den Kopf. »Sei ruhig!«

Das Heulen wurde zu einem Wimmern. Ich beugte mich über den Kleinen. »Sei ruhig, Hasin«, flüsterte ich in der heiligen Sprache. »Andere werden sonst auf uns aufmerksam und töten uns, wenn sie dich hören.«

Das brachte ihn zum Verstummen. Ohne einen Laut kletterte er wieder auf Tals Rücken.

Wir verbrachten die Nacht in einem Baum, wo Tal und ich abwechselnd Wache hielten. Am Morgen durchwanderten wir mit schnellen Schritten Wegelagerergebiet und knabberten unterm Gehen von dem Proviant aus unseren Beuteln. Tal murmelte während des Essens Gebete, um der Herrin für Ihre Nahrung zu danken, denn Sie hatte uns kleine Früchte, flache Kuchen, die beim Hineinbeißen krümelten, und salzige braune Riegel, die nach Fleisch und Pilzen schmeckten, mitgegeben. Ich glaubte mich zu erinnern, derartige Nahrung schon einmal geschmeckt zu haben, hatte aber keine Zeit, sie zu genießen. Meine Gedanken beschäftigten sich mit den Wegelagerern, die uns womöglich wegen unseres Proviants umbringen würden.

Als wir dem Wegelagerergebiet unbeschadet entkommen waren, setzten wir Hasin ab und wandten uns ostwärts zum Heiligtum der Maria. Tal hatte während unseres Marsches wenig gesprochen, denn er lauerte angespannt auf Laute und Anzeichen, die Gefahr verkündeten, aber ich spürte, daß er außerdem über das nachgrübelte, was ich ihm im Innern der Mauer gesagt hatte.

Wir lagerten in der nächsten Nacht unter einem Felssims an einem Bachufer. »Jetzt werden wir reden«, sagte Tal, während wir wieder etwas von den Nahrungsmitteln der Herrin verzehrten. »Erzähle mir etwas über die Männer, die ich im Heiligtum treffen soll.«

Das erleichterte mich, denn damit willigte Tal ein, sie kennenzulernen. Ich berichtete ihm alles, was sich seit meiner Flucht von dem Plateau zugetragen hatte. Er verzog das Gesicht, als ich ihm von Birana erzählte, doch er unterbrach mich nicht.

Als ich meinen Bericht beendete, war Hasin bereits eingeschlafen, eingekuschelt in seine Jacke. Tal schwieg eine Weile, dann sagte er: »Du hast dich mit zwei Männern abgegeben, die freiwillig ohne Gruppe herumwandern und Fremden unsinnige Geschichten erzählen. Jetzt willst du dich anderen anschließen, die du mit deiner Beschreibung zu unserem ehemaligen Lager geführt und denen du vermacht hast, was uns gehörte. Und du hast dich mit einem Geschöpf des Bösen zusammengetan, das von sich behauptet, von der Herrin gesandt zu sein, und ihm gestattet, dich in einem Heiligtum mit einem Zauberbann zu belegen. Du hast schwer gefehlt, Arvil.«

»Ich habe meine Sache ganz gut gemacht. Ich möchte mal wissen, ob du es besser gemacht hättest.«

»Ich hätte mich niemals mit jemandem eingelassen, der es vorzieht, allein herumzuziehen.«

»Dann wärst du gestorben. Du selbst wärst ein solcher Einzelgänger gewesen, wenn ich nicht Freunde gefunden hätte.«

»Ich hätte mich nicht von einem bösen Geist blenden lassen.«

»Sie hat die Gestalt der Herrin. Du hättest dich genauso vor ihr verneigt und dich nach ihrem Segen gesehnt. Doch die Herrin hat mir befohlen, sie zu vernichten, und das werde ich tun.« Trotz meiner Zweifel hielt ich an dieser Absicht fest. Die Herrin war mächtiger als ich und fand stets Mittel und Wege, die Ungehorsamen zu bestrafen, und meine Erinnerung daran, wie ich durch Ihre Hände gelitten hatte, war noch frisch. Und bei dieser Erinnerung spürte ich die Macht Ihres Befehls. Wenn Birana mir in diesem Moment vor die Augen gekommen wäre, hätte ich ihr auf der Stelle das Leben genommen.

»Ich werde dafür sorgen, daß du gehorchst«, sagte Tal.

Ich lehnte mich mit dem Rücken gegen den Fels. »Du darfst aber nicht über Birana und die Dinge, die ich dir erzählt habe, sprechen, wenn du die Gruppe kennenlernst. Sie halten sie für eine göttliche Erscheinung, und ich möchte nicht, daß sie ihre Macht anwendet, um sie gegen uns aufzubringen. Vielleicht hat sie sie mit einem Bann belegt.« Mir kam der Gedanke, daß die anderen versuchen könnten, sie gegen mich zu beschützen. Die Männer von Weiser Seele kannten mich noch nicht besonders gut und glaubten ihrer Aussage vielleicht mehr als meiner.

»Endlich benutzt du deinen Verstand«, sagte Tal mürrisch. »Aber wenn sie über soviel Macht verfügt, wie beabsichtigst du dann sie zu vernichten?«

»Ich werde einen Weg finden. Die Herrin hätte mich nicht mit einer solchen Aufgabe betraut, wenn sie nicht durchführbar wäre. Sonst hätte Sie Ihre eigenen Zauberkräfte gegen Birana eingesetzt. Ich habe auf dem Plateau erlebt, zu welcher Magie Sie fähig ist.« Noch während ich sprach, fiel mir wieder ein, daß Birana mich in einem Heiligtum mit ihrem Bann belegt hatte und daß die Herrin nicht eingeschritten war. Birana hatte also auch eine gewisse Macht. Ich verdrängte derartige Überlegungen, da sie nur weitere Zweifel heraufbeschwören würden.

»Wir müssen vorsichtig sein, Tal«, fuhr ich fort. »Ich muß versuchen zu verhindern, daß dem Rest der Gruppe Schaden zugefügt wird.«

»Dir scheint sehr viel an diesen Männern zu liegen, die du kaum kennst.«

»Ich denke vor allem an Wanderer und Schatten, aber ich habe auch mit den anderen einen Friedenspakt geschlossen.«

Er gab einen Grunzlaut von sich. »Erzähl mir mehr von dieser Gruppe. Wer wird ihr Häuptling sein?«

»Ich denke, Weise Seele wird es weiterhin bleiben. Alle anderen sind jüngere Männer. Wanderer könnte der nächste sein, wenn er sich ihr Vertrauen erwirbt.«

»Wer wäre danach der nächste?«

»Ich weiß nicht. Wenn du dich ihnen anschließt, bist du vielleicht der nächste, aber das kann ich nicht mit Sicherheit sagen. Ich kenne ihre Bräuche nicht.« Ich schaute in seine Richtung, konnte sein Gesicht in der Dunkelheit aber nicht sehen. »Ist es das, worauf es dir ankommt? Die Zusage, daß du eines Tages Häuptling sein wirst? Zuerst mußt du dir ihr Vertrauen erwerben.«

»Wenn diese verfluchten Reiter nicht aufgetaucht wären, wäre ich nach Geab Häuptling geworden.«

Ich stieß heftig die Luft aus. »Deshalb warst du also so wütend. Deshalb wolltest du dich nicht den Reitern anschließen, und deshalb hast du mich bei ihnen zurückgelassen, obwohl du gleichzeitig behauptetest, sie seien schlecht. Der Grund war nicht, daß sie unfromm waren, sondern daß du nicht unser Häuptling geworden wärst.«

Er versetzte mir eine Ohrfeige. Hasin wachte auf und fing an zu weinen, während ich aufsprang. »Tu das nie wieder, Tal!« Ich sprach leise. »Ich bin jetzt ein Mann, und es wird nicht mehr lange dauern, dann werde ich mich gegen dich wehren.«

In dieser Nacht sagte er nichts mehr.

Wir brauchten vier Tage, um das Heiligtum zu erreichen, denn Hasin verzögerte unser Vorankommen. Wir hatten bald die Nahrungsvorräte der Herrin aufgezehrt, und ich seufzte, als ich in die letzte der süßen Früchte biß. Im Laufe dieser Zeit erlernte Hasin einige weitere Worte unserer Sprache sowie das Säubern der Fische, die wir an einem Fluß fingen. Er begriff offenbar sehr schnell, und ich hoffte, daß er auch stark werden würde.

Tal hatte aufgehört, sich mit mir zu streiten, und ich merkte bald, daß er beschlossen hatte, sich in die neue Gruppe einzufügen, auch wenn er es nicht ausdrücklich sagte. Er fragte mich über die Männer aus, und ich erzählte ihm das wenige, das ich wußte, ohne ihm eingestehen zu wollen, daß ich ihm nicht viel darüber sagen konnte.

Vor allem sprach ich über Wanderer und Schatten. »Wanderer ist verschiedener Künste kundig und besitzt ein umfangreiches Wissen«, sagte ich eines Abends, während wir uns gegen den Vorfrühlingsregen einen Unterschlupf aus Zweigen bauten. »Er sagt, daß wir vielleicht lernen müßten, uns die Pferde zunutze zu machen, um überleben zu können.«

»Pferde!« murmelte Tal. »Zaubertränke zum Heilen von Wunden! Der Mann ist ein Narr.«

»Es wird Veränderungen geben. Wir müssen neue Dinge lernen und uns ebenfalls verändern.«

»Es wird keine Veränderungen geben. Die Herrin wird es nicht zulassen.«

»Die Herrin wird es sehr wohl zulassen. Wenn wir

Ihr dienen wollen, müssen wir in der Lage sein, uns gegen jene zu wehren, die uns nach dem Leben trachten, und das bedeutete, wir müssen uns deren Wissen und Können aneignen.«

»Hör mal zu, Arvil. Du hast gesagt, die beiden Männer standen unter dem Bann der Bösen, als du von ihnen weggingst. Es könnte doch sein, daß sie sie inzwischen vollkommen verhext hat. Ich gebe nicht viel auf die Worte von Männern, die sich so leicht auf Abwege führen lassen.«

Ich hatte meinen neuen Freunden angekündigt, daß ich ihnen einen guten Mann bringen würde – jetzt war ich mir nicht mehr so sicher.

Das Heiligtum war leer, als wir dort ankamen. Wir würden also warten müssen, bis jemand käme, um uns abzuholen. Ich hätte am liebsten unser altes Gebiet nach der Gruppe abgesucht, aber ich wußte, daß es klüger wäre, wenn Tal sie zunächst auf heiligem Boden träfe, wo ein Friedenspakt abgeschlossen werden konnte und er sich nicht zu einer überstürzten Handlung hinreißen lassen würde.

Erst jetzt kam mir der Gedanke, daß die Gruppe oder einige ihrer Mitglieder den Marsch in diese Gegend nicht überlebt haben könnten. Vielleicht hatten sie sich zu lange in der Nähe des Heiligtums, wo ich Weise Seele getroffen hatte, aufgehalten und waren von ihren Feinden entdeckt worden, oder sie waren sonst irgendwo einer Gefahr begegnet. Wenn sie nicht bald einen Mann zu diesem Heiligtum schickten, müßte ich mich auf die Suche machen und vielleicht feststellen, daß wir nun doch keine Gruppe hatten. Ein Teil von mir hoffte das, dann brauchte ich Birana nicht mehr gegenüberzutreten, doch andererseits wünschte ich, daß der Gruppe nichts passiert war.

Wir vollführten die Rituale, wobei Tal Hasin beibrachte, wie man betet. Ich setzte einen Reif auf und versprach der Herrin, daß ich mich bald zu meiner Gruppe gesellen und sie von Birana befreien würde; dann nahm ich die Krone ab, ohne mich darum zu scheren, ob mich die Herrin mit einer göttlichen Heimsuchung zu segnen gedachte oder nicht. Obwohl ich mich nach wie vor nach diesem Lustgefühl sehnte, lehnte ein Teil von mir es ab.

Ich sah zu Tal und Hasin hinüber. Sie lagen mit geschlossenen Augen auf ihren Bettstätten. Ich fühlte mich einsam und verlassen, außer von der Herrin und der Gemeinschaft der Männer. Ich dachte: Die Herrin braucht mich, um etwas Böses niederzuschlagen, anstatt Ihre eigene Macht gegen dieses Böse einzusetzen. Ich dachte: Eine Seele konnte die Gestalt der Herrin annehmen und doch keine Ihrer Verkörperungen sein. Ich dachte: Wenn die Männer, die von der Herrin in diese Welt geworfen werden, durch Gebete wieder in Ihr Reich aufgenommen und sich mit Ihr im Tod vereinigen können, warum kann Birana dann nicht dasselbe tun, indem sie dem Bösen abschwört? Warum mußte sie jetzt sterben?

Meine Zweifel waren gewachsen. Ich wußte nicht, ob ich den Weg zurück in den Schutz des Glaubens finden würde. Ich ging zum Altar, doch ich kniete nicht vor Maria nieder. Ich würde tun, wie die Herrin mich geheißen hatte, in der Hoffnung, daß Biranas Tod meinen Seelenfrieden wiederherstellen würde.

Wir hausten zwei Tage lang im Heiligtum. Wir unternahmen Ausflüge zu einem Fluß, um Wasser zu holen, und bereiteten ein Festmahl aus einem kleinen Schwein, das Tal und ich mit den Speeren erlegt hatten. Ich brachte Hasin bei, wie man Wasserkresse am Fluß sammelte, und deutete auf die kleinen rötlichen Büschel von frischem Löwenzahn. Ich erzählte ihm von den Beeren, die wir später im Jahr von Büschen pflücken könnten, und von Bäumen, die Früchte trugen. Ich hielt ihn zurück, als er die Hand nach einem Pilz ausstreckte. »Die darfst du nicht sammeln«, sagte ich. »Man braucht viel Zeit, bis man sich mit Pilzen auskennt. Einige sind genießbar, andere giftig. Pflücke nichts, wenn du nicht sicher bist, was es ist.«

Der Junge hatte weitere Worte in unserer Sprache gelernt. »Fisch. Erde. Wasser. Schwein.« Er grinste jedesmal, wenn er eins der Worte aussprach. Er weinte nun nicht mehr, obwohl ich manchmal merkte, daß ein trauriger Ausdruck über sein Gesicht zog. Am unglücklichsten schien er zu sein, wenn wir mit Tal zusammen waren, denn dieser war oft ungehalten mit ihm. Er schnauzte ihn an und schlug ihn aus nichtigen Anlässen. Ich versuchte mir ins Gedächtnis zu rufen, ob Tal mich anfangs ebenso behandelt hatte, als ich ihm übergeben worden war, doch meine Erinnerung an jene ersten Tage war schwach. Vielleicht war er zu mir freundlicher gewesen, doch damals hatte er einer vertrauten Gruppe angehört und nicht vor dem Problem gestanden, sich mit Fremden auseinandersetzen zu müssen.

Am dritten Tag sagte ich zu Tal: »Vielleicht sollte ich zu unserem ehemaligen Lager gehen.« Tal machte ein finsteres Gesicht und schüttelte den Kopf.

»Du könntest hier warten«, fuhr ich fort, »und ich könnte mal nachsehen ...«

»Nein«, entgegnete er. »Du solltest dich nicht zu ihnen begeben. Vielleicht sind sie inzwischen gegen dich eingestellt, und auf nichtheiligem Boden könnten sie dich angreifen.«

»Wir sind durch einen Schwur ...«

»Erzähle mir nichts von Schwüren, Arvil. Wer weiß, was in den Herzen von Fremden vor sich geht? Ich werde sie hier empfangen, wo sie die Wahrheit sprechen müssen.«

Ich wollte ihm gerade etwas Wütendes wegen seiner Sturheit erwidern, als Schatten und Ulred das Heiligtum betraten.

Ich rannte auf Schatten zu und gab ihm einen Klaps auf den Rücken. »Du bist geheilt!« schrie ich, und meine Freude darüber, ihn gesund und kräftig vor mir zu sehen, ließ mich alle Angst vergessen. Schatten öffnete die Jacke und hob das Hemd hoch, um mir seine Narbe zu zeigen. Ulred legte mir einen Arm um den Hals und stieß mich mit dem anderen in den Bauch; ich umklammerte sein Bein und zog daran, so daß er ausgestreckt am Boden landete. Wir lachten gemeinsam, bis ich merkte, daß uns Tal mit zusammengekniffenen Augen beobachtete.

»Ein Junge«, sagte Schatten und deutete auf Hasin.

»Wir sind gesegnet worden.« Meine Freude bekam einen Dämpfer, da ich wieder an Birana dachte. In diesem Heiligtum könnte ich über ihr wahres Wesen sprechen. Sicher würden Schatten und Ulred mir glauben, denn ein Mann konnte hier nicht lügen.

»Uns war ebenfalls Gutes beschieden«, antwortete Schatten. »Birana hat uns Glück gebracht.« Ich zuckte zusammen, als ich ihren Namen hörte, und die Wärme und die Ehrfurcht, die aus Schattens Augen sprach, hielten mich davon ab zu sagen, was ich wußte. Er würde nicht auf mich hören. Er würde einer falschen Erscheinung mehr Glauben schenken als mir und würde annehmen, ich stünde unter dem Bann des Bösen. Er würde zu bedenken geben, daß wir Birana an einem heiligen Ort gefunden hatten, und die Frage stellen, warum die Herrin sie nicht gleich dort vernichtet hatte, anstatt ihr das Leben zu gewähren.

Ich hätte in diesem Augenblick sprechen sollen, doch ich tat es nicht, und dann erinnerte ich mich an Biranas Gesicht und ihre Gestalt und an mein Verlangen nach ihr. Ich könnte sie jetzt noch nicht sterben lassen.

Ich führte meine Freunde zu Tal und Hasin. Sie nannten Tal ihre Namen, doch mein Hüter zögerte, bevor er ihnen den seinen nannte. Als wir vor dem Altar kauerten, sagte Tal: »Sprecht jetzt eure Gebete und setzt die göttlichen Kronen auf. Wir können uns später unterhalten, nachdem ihr Ihr das gegeben habt, was Sie von uns verlangt, wenn wir uns in einem Ihrer Heiligtümer befinden.«

»Wir brauchen nicht hier zu beten und auch nicht Ihre Krone zu tragen«, sagte Ulred, »solange Ihre Verkörperung unter uns weilt. Das hat Birana befohlen, denn ist Sie nicht bei uns, um unsere Gebete zu erhören? Erst wenn Sie uns verläßt, müssen wir uns wieder in ein Heiligtum begeben.«

Tal machte eine wütende Bewegung und wollte aufspringen. Ich bedeutete ihm mit einem Wink, ruhig zu bleiben. »Das erscheint mir unfromm«, warf ich vorsichtig ein.

»Wie kann es unfromm sein«, sagte Schatten, »wenn es Ihr Wille ist?«

Ich konnte nicht preisgeben, was ich wußte. Schatten redete weiterhin auf Tal ein, wie herzlich gern sie ihn bei sich aufnehmen würden, während Ulred ihn ein wenig über die Gruppe aufklärte. Tal runzelte die Stirn und zupfte sich am Bart.

»Werdet ihr euch uns anschließen?« fragte Ulred ohne Umschweife.

»Ich werde es tun«, sagte ich, wohl wissend, daß sie, wenn ich mich ihnen nicht anschließen würden, sich nach dem Grund fragen und mißtrauisch werden würden. »Tal muß für sich selbst und für Hasin sprechen.«

»Ich werde den Schwur für einen zeitlich begrenzten Friedenspakt ablegen«, antwortete Tal steif, als ob er den anderen damit eine große Gunst erwiese. »Über das Weitere werde ich entscheiden, wenn ich die anderen kennengelernt habe.«

Wir wanderten auf einer vertrauten Strecke zurück zum Lager. Ich erinnerte mich an das letztemal, als ich diesen Weg zurückgelegt hatte; damals war ich mit Tal zurückgekehrt, um unserer Gruppe zu verkünden, daß er erneut berufen worden sei. Ich hatte damals nicht gewußt, wie schnell sich die Welt, die ich kannte, verändern würde. Jetzt wurde die Landschaft allmählich grün und verhieß eine neue Jahreszeit, doch ich spürte immer noch die Kälte des Winters in mir.

»Es ist inzwischen viel geschehen«, sagte Ulred.

»Erzähl mir davon.«

»Du wirst es mit eigenen Augen sehen. Du wirst staunen. Birana gibt uns Mut.« Er warf mir einen hintergründigen Blick zu. »Wir haben Glück gehabt.« Mehr sagte er nicht.

Als wir den Hügel erreichten, der zum Lager hinaufführte, hörte ich das Klappern von Pferdehufen. Ich wurde zurückversetzt in jene andere Zeit, als die Reiter gekommen waren, um mit uns zu verhandeln, und meine alte Gruppe in den Tod geführt hatten. Ich wollte gerade den Speer von meinem Rücken nehmen, als Wanderer, auf einem weißen Pferd reitend, um die Biegung des Hügels kam.

»Halt!« schrie ich Tal zu, als dieser sich bereit machte, einen Pfeil abzuschießen. Hasin brüllte und klammerte sich an Tals Bein. »Das ist ein Freund.« Tal senkte den Bogen.

Eine zweite berittene Gestalt folgte Wanderer. Birana war die Reiterin, und einen Moment lang konnte ich den Blick nicht zu ihr heben.

Ulred johlte vor Vergnügen und stieß mir den Ellbogen in die Seite. »Da staunst du, Arvil, was? Ich wollte unbedingt dein Gesicht sehen, wenn du das hier erblickst.«

Ich ärgerte mich über ihn wegen seines leichtsinnigen Scherzes; es hätte nicht viel gefehlt, und Tals Pfeil hätte sich womöglich in Wanderers Brust gebohrt. »Es war töricht von dir, uns nicht zu warnen«, raunte ich wütend. »Sie wird euch nicht vor eurem eigenen Leichtsinn schützen.« Ich wollte noch mehr sagen, aber Birana musterte mich mit kaltem Blick. Ich schrumpfte vor ihr zusammen. Tals Hand umklammerte den Bogen fester.

Birana und Wanderer ritten vor uns hügelaufwärts. Tals Gesicht zeigte einen grimmigen Ausdruck, und seine Lippen bewegten sich, als ob er ein Gebet nach dem anderen flüsterte. Als wir uns dem Lager näherten, trat Weise Seele aus einer Hütte, um uns zu begrüßen. Er lachte, als er Hasin hochhob, während dieser sich aus seinen Armen wand. »Ein Junge! Das ist ein gutes Zeichen.«

Wanderer stieg ab und band sein Pferd an einem Baum fest. Birana blieb auf ihrem Reittier sitzen, und ihr Blick ruhte weiterhin starr auf mir. Sie ist immer noch bei ihnen, dachte ich. Sie ist ihnen nicht weggenommen worden, wie es ihren Worten nach hätte geschehen sollen, wenn ich sie in der Enklave verraten hätte. Das bewies, daß sie nicht das war, was sie behauptete zu sein. Ich fragte mich, ob sie wußte oder ahnte, mit welchem Auftrag ich geschickt worden war.

»Was soll all das bedeuten?« fragte ich Wanderer, der zu mir kam. »Woher habt ihr die Pferde?«

»Wir haben sie einige Tage, nachdem wir dieses Lager erreicht hatten, gefangen. Zwei einsame Reiter hatten nicht weit von hier angehalten, um zu rasten, und wir haben sie angegriffen. Sie waren unvorsichtig. Das war uns eine Lektion. Wir dürfen uns durch mehr Stärke nicht zum Leichtsinn verleiten lassen.«

»Habt ihr keine Angst, daß die übrige Gruppe sich an euch rächen wird?« fragte ich. Wanderer schüttelte den Kopf. »Ich wollte versuchen, einen Friedenspakt mit ihnen zu schließen, aber ihre Gruppe weilt weit von hier, und einige Männer unter uns erinnern sich noch, wie die Reiter mit dem Rest ihrer alten Gruppe umgegangen sind. Weise Seele ist noch nicht bereit, mit solchen Männern Frieden zu schließen. Seine Männer vergewisserten sich, daß die anderen Reiter diese beiden nicht rächen würden, dann brachten sie sie um.« Er erklärte mir nicht, wie die beiden toten Reitersmänner dazu gebracht worden waren, das zu verraten.

Biranas Pferd wieherte. Tal schüttelte den Kopf und wich zu einer Hütte zurück. »Das ist Tal, mein Hüter«, sagte ich, als die anderen Männer mich begrüßten. »Er hat Angst vor Pferden.«

»Ich auch«, sagte Hase lachend. »Aber ich werde immer tapferer.«

Ich hob den Blick zu Birana, sah ihr jedoch nicht in die Augen. »Du kannst reiten?« bemerkte ich in der heiligen Sprache.

»Ich habe es vor langer Zeit gelernt. Ohne Sattel ist es nicht ganz leicht, aber Ich kann es.«

»Ein Sattel?«

»Ich weiß viele Dinge. Zweifelst du an Mir?«

»Nein«, beeilte ich mich zu versichern.

»Einmal ist Sie heruntergefallen«, erzählte Wanderer. »Wir hatten Angst, Sie hätte sich verletzt. Sie ist wieder aufgestiegen. Jetzt reitet Sie wie der Wind.« Birana glitt vom Pferd und führte es weg, während sich Wanderer näher zu mir neigte. »Diese Verkörperung hat einiges vom Wissen der Herrin vergessen«, flüsterte er. »Aber mit jedem Tag, der vergeht, erwirbt sie neue Kräfte. Sie kann reiten, und sie beherrscht inzwischen einige Worte in unserer Sprache. Unsere Gruppe lernt an diesen Pferden, und demnächst werden wir weitere erbeuten.«

Die Schatten der Bäume waren lang geworden. Wir ließen uns um das Feuer herum nieder, um die Abendmahlzeit einzunehmen. Tal kauerte sich zusammen mit Hasin abseits von der Gruppe und nagte sein Fleisch vom Knochen, während er den Blick von einem Gesicht zum anderen schweifen ließ. Der Kleine wollte offenbar gern näher zu mir herankriechen, doch Tal zog ihn zurück.

»Es gibt eine Geschichte, die ich am ersten Abend, als wir allesamt an diesem Ort wieder vereint waren, erzählt habe«, sagte Wanderer. »Die drei, die heute zu uns gestoßen sind, haben sie noch nicht gehört.« Er wandte sich an mich. »Ich habe sie an einem Ort weit von hier gehört, von einer Gruppe, deren Ältester sie wiederum lange Zeit zuvor gehört hatte.«

Wanderer begann zu erzählen, und er bediente sich der heiligen Sprache. Er erzählte von einer Erscheinung der Herrin, die gekommen war, um eine Zeitlang inmitten der Männer zu leben. Als Sie einmal an einem Fluß spazierenging, traf Sie ein Pfeil ins Herz, denn ein Mann hatte nicht genau gesehen, welche Gestalt Sie angenommen hatte, und Sie aus der Ferne erschossen. Der Mann wurde bald darauf krank und starb, und über den Rest seiner Gruppe wurde ein böser Zauberbann verhängt. Sie erlegten kein Wild mehr, und kein Regen fiel auf ihr Land. Der Fluß, an dem die göttliche Verkörperung gefallen war, trocknete aus, und keine Pflanzen gediehen mehr in der Gegend. Die Mitglieder der Gruppe wurden nicht mehr in die Enklaven der Herrin berufen. Sie bekamen keine Knaben. Alle Männer dieser mit einem Fluch belegten Gruppe starben, bis nur noch ein einziger übrig war, und als auch dieser im Sterben lag, erschien ihm die Herrin. Doch niemand weiß, was Sie sagte oder ob Sie zu guter Letzt der Gruppe vergab.

»Das kann nicht stimmen«, murmelte Tal, nachdem Wanderer seine Erzählung beendet hatte.

»Wie kannst du das sagen, jetzt, nachdem du dieses Wesens namens Birana ansichtig geworden bist?« erwiderte Wanderer. »Eine zweite Verkörperung starb in der Nähe des Heiligtums, wo Arvil Sie gefunden hat. Jene, die die Hände gegen Sie erhoben haben, werden für immer verflucht sein, doch wir sind gesegnet. Ich will dir noch etwas sagen. Der Mann, der mir diese Geschichte erzählt hat, hat mit einem anderen gesprochen, der die leblose Gestalt der Herrin und den Pfeil in Ihrer Brust gesehen hat, und der Anblick ließ seine Haare innerhalb eines Tages weiß werden.«

Das war keine Geschichte nach meinem Geschmack. Ich erinnerte mich an den Leichnam, den ich vor dem Heiligtum am See gefunden hatte. War diese Gestalt von einem weiteren Geschöpf des Bösen eingenommen gewesen? Birana hatte um die andere getrauert, als ob sie den Verlust einer Kameradin beklagte. Oder war die andere eine echte göttliche Erscheinung gewesen, die Birana in Gefahr gebracht hatte? Vielleicht war ihr Kummer nur vorgetäuscht gewesen. Vielleicht verfügte Birana über Kräfte, die mir unbekannt waren. Es drängte mich danach, mit Wanderer darüber zu sprechen, der so vieles gehört und gesehen hatte; doch auch er stand, wie alle anderen, unter Biranas Zauberbann.

»Als ich diese Geschichte zum erstenmal hörte«, fuhr Wanderer fort, »begriff ich seine Bedeutung nicht ganz, doch sie hat sich mir während der Tage hier offenbart. Ich glaube, ich weiß jetzt, was die Herrin dem sterbenden Mann gesagt hat. Sie hat ihm gesagt, daß nicht jeder Fremde ein Feind ist und daß ein einsamer Wanderer ein verkleidetes heiliges Wesen sein könnte. Sie hat ihm gesagt, daß es nicht gut ist, voreilig gegen etwas loszuschlagen, das man nicht kennt.«

Tal verzog das Gesicht. »Das kann nicht die wahre Bedeutung sein«, widersprach er. »Fremde sind Feinde. Ein Mann schließt nur dann einen Friedenspakt, wenn er schwach ist. Wenn er und seine Gruppe stark sind, besteht kein Anlaß zur Waffenruhe.«

»Ich bin auf meinen Reisen vielen Fremden begegnet«, sagte Wanderer. »Ich war nicht ihr Feind. Wir müssen unterscheiden, wer unsere echten Feinde sind und wer ein Freund sein könnte.«

»Unfrömmigkeit!« murrte Tal.

Einige der Männer warteten in Biranas Nähe darauf, ihr Speisen anbieten zu können. Feuermacher, der sich zu ihren Füßen ausgestreckt hatte, hielt ihr ein Stück Fleisch hin. Sie schenkte ihm keine Beachtung, sondern nahm etwas Wasser von Hase entgegen. Er gaffte sie voller Anbetung an, während sie seinen Trinkschlauch ergriff. Ich würde sie niemals von ihrer Schlechtigkeit überzeugen können; das wurde mir deutlich klar. Sie reichte Hase den Trinkschlauch zurück, der ihn sich ergriffen an die Brust drückte.

Sie sah mich über das Feuer hinweg an, als ob etwas in meiner Seele sie anzöge, als ob ich jemand sein könnte, den sie sehr gut kannte, und doch ängstigte mich ihr Blick nicht.

In diesem Moment, als der Schein des Feuers ihre Haut wie Gold erscheinen ließ und ihre blauen Augen leuchteten und ihr dunkles Haar im Licht der Flammen röter wirkte, konnte nicht einmal ich an ihre Schlechtigkeit glauben. Ich dachte daran, der Herrin ungehorsam zu sein und Birana zu gestatten, bei uns zu leben, aber ich wußte, daß die Herrin dahinterkommen würde, wenn ich Ihr nicht gehorchte. Vielleicht würde dann die ganze Gruppe bestraft, wobei ich am meisten zu leiden hätte. Bevor ich in die Enklave beordert wurde, hatte ich einen Vorgeschmack auf die Folterqualen bekommen, die mir bevorstünden, wenn ich nicht handelte. Ich wollte keinesfalls absichtlich meine neue Gruppe diesen Folterqualen aussetzen. Was immer meine Zweifel und Fragen sein mochten, ich mußte eigenverantwortlich handeln, um sowohl sie als auch mich selbst zu schützen.

»Birana hat uns gesegnet«, sagte Schatten während des Essens. »Wir haben uns zusammengerissen, um Ihr zu dienen. Ich glaube, wir hätten niemals den Mut gehabt, die beiden Reiter anzugreifen, wenn wir nicht gewußt hätten, daß wir es deshalb tun, um dadurch bessere Wachen für Sie abzugeben. Sie ist unsere Seele.«

Ich zwang mich zu schlucken. »Hat sie zu euch über die Herrin gesprochen?«

»Sie hat uns gesagt, daß Sie uns einiges über die Zauberkraft der Göttin erzählen wird. Sie hat uns gesagt, daß wir größer sind, als wir glauben, und daß uns noch viele Segnungen zuteil werden. Wir haben uns Ihr durch einen Schwur verpflichtet, solange es Ihr beliebt, bei uns zu bleiben.«

Ich wußte, daß die anderen mich töten würden, wenn ich sie über den Befehl der Herrin in Kenntnis setzen würde.

Ich handelte nicht. Ich umschwirrte Birana auch nicht so wie die anderen, denn ich fürchtete ihren Zauberbann, und ich sah, daß sie bemerkte, wie ich ihr auswich. Sie musterte mich mit einem durchbohrenden Blick, wann immer ich an ihr vorüberging, als ob sie sehen könnte, was in meinem Kopf vor sich ging. Ich starrte ausdruckslos zurück, nicht bereit, sie meine Angst sehen zu lassen. Oftmals hatte ich den Eindruck, daß sie mich ansprechen wollte, bevor sie zurückwich. Ich redete mir ein, daß sie nichts von meiner Absicht wissen konnte, sonst hätte sie bestimmt den anderen Männern befohlen, mich umzubringen.

Schließlich nahm Tal mich beiseite. »Die Herrin hat dir einen Befehl erteilt«, brummte er, während wir am Hang Holz sammelten. »Aber du zögerst immer noch.«

»Ich muß den richtigen Zeitpunkt abwarten.«

»Sie wird dich umgarnen, wie sie es mit den anderen getan hat. Hasin sucht jedesmal ihre Nähe, wenn ich nicht da bin, um es zu verhindern.«

»Laß dem Jungen doch seinen Willen. Sie geht sehr liebevoll mit ihm um.«

»Sie ist ein Geschöpf des Bösen. Wie kannst du es wagen, den Willen der Herrin in Frage zu stellen?«

»Ich stelle allmählich immer mehr in Frage«, sagte ich voreilig.

Er warf sein Holz ab und holte mit einem Zweig aus, um mich zu schlagen. Ich wich ihm mit einem Satz aus. Er rang mich zu Boden, bohrte mir ein Knie in den Rücken und schlug auf mich ein, während ich versuchte, ihn abzuwerfen. Ich schwang den freien Arm und schlug ihm ins Gesicht. Sein Zweig pfiff durch die Luft und zerbrach an meiner Stirn, wobei er um Haaresbreite mein Auge verfehlte. Ich sprang auf und drosch mit beiden Fäusten auf ihn ein, bis er am Boden lag.

»Schlage mich nie wieder, Tal! Das nächstemal mache ich dich fertig!«

Er keuchte heftig, während er aufstand. »Du zögerst zu lange. Wenn du nicht bald handelst, werde ich es tun, dann wird die Herrin mich segnen und dich verfluchen.«

»Wenn du handelst, werden dich die anderen umbringen.« Ich wußte auch, daß Birana, falls Tals Unternehmen mißlingen würde, in Zukunft noch besser bewacht würde. Die anderen würden vielleicht sogar mich bestrafen, weil ich ihnen Tal zugeführt hatte. »Hör zu, Tal! Ich muß sehr behutsam vorgehen. Ich muß sicher sein können, daß nichts schiefgeht, wenn ich zuschlage.«

Tal wandte sich ab und nahm sein Holz wieder auf. Ich ließ ihn allein und stieg hügelabwärts. Unter mir führte Wanderer das weiße Pferd an den Zügeln, während Hase darauf in verkrampfter Haltung einen Reitversuch unternahm. Die Zügel waren aus Lederstreifen angefertigt worden, und wir hatten sie genauestens untersucht, damit wir lernten, wie wir selbst welche herstellen konnten. Birana saß auf dem braunen Pferd und sah zu. Ich nahm all meinen Mut zusammen und ging zu ihr.

»Du hast Mich nicht verraten«, sagte sie, doch ihre Stimme hob sich ein wenig am Ende des Satzes, als ob sie eine Frage gestellt hätte.

»Du bist nach wie vor bei uns«, antwortete ich. »Die Herrin hat Dich nicht von uns genommen, und ich bin unbeschadet zurückgekommen, während mein Hüter mit einem Jungen gesegnet wurde. Zeigt Dir das nicht, daß ich Dir gehorsam war?« Ihre Mundwinkel zuckten ein wenig. »Bring mir das Reiten bei«, fuhr ich fort.

Sie hob die Augenbrauen. »Wanderer wird es dir beibringen.«

»Aber Du hast umfassendere Kenntnisse als Wanderer. Schließlich bist Du eine göttliche Erscheinung.« Sie sah mich scharf an, während ich sprach, und ich senkte den Blick; ich benahm mich zu kühn und verriet mich vielleicht. »Ich bitte Dich in aller Bescheidenheit, meine Lehrmeisterin zu sein. Ich bin schon mal auf einem Pferd geritten und kenne mich ein bißchen aus. Ich wäre Dir für Deine Hilfe dankbar.«

»Nun gut, aber wenn du nicht sehr schnell lernst, werde ich dich nicht weiter unterweisen.«

»Ich werde lernen, wenn es Dein Wille ist.«

Sie stieg ab. »Laß mich sehen, wie du dich anstellst.«

Bint hatte mir gezeigt, wie man aufsteigt. Ich schwang mich auf den Rücken des Tieres. Es tänzelte ein wenig, scheute und warf mich zu Boden. Hase lachte, während Birana das Pferd beruhigte.

»Ich sehe, daß du schon einiges kannst«, sagte Birana. »Aber du bist nicht lange oben geblieben.«

»Ich hätte erwähnen sollen«, antwortete ich, »daß ich bisher noch nie allein geritten bin.«

»Also los, versuch es noch einmal!«

Diesmal gelang es mir, auf dem Pferd zu bleiben, indem ich es mit den Beinen fest umklammerte und mich an seiner Mähne festhielt, während Birana es um den Hügel führte.

Ich verbrachte den Rest des Morgens auf dem Pferd, während Birana mir beibrachte, wie ich zu sitzen, die Zügel zu halten und das Tier zu führen hatte, während Hase zusah. Seine Augen waren zusammengekniffen vor Neid, denn Birana hatte sich ihm nicht als Lehrmeisterin zur Verfügung gestellt. Sie ritt nicht gemeinsam mit mir, sondern ging neben dem Pferd her und sagte mir, was ich zu tun hatte. Ich dachte in diesem Moment nicht an meinen Auftrag, sondern nur daran, was sich in mir rührte, wenn ich in ihrer Nähe war.

Als ich absaß, war ich wundgescheuert, und die Innenseiten meiner Schenkel brannten. »Danke«, sagte ich zu Birana.

»Du brauchst Übung.«

»Ich wäre Dir dankbar, wenn Du mir morgen noch mehr beibringen würdest.«

Sie zuckte die Achseln. »Du kommst schneller voran, als ich dachte. Vielleicht lernst du es.«

»Also morgen?«

Sie schüttelte den Kopf und warf einen Blick auf Hase und Wanderer. »Ich kann nicht meine ganze Zeit mit dir verbringen.« Sie saß auf. »Vielleicht übermorgen, wir werden sehen.«

Ulred und ich gingen am nächsten Tag zum Fischefangen. Während wir unsere Trinkschläuche am Fluß füllten, sprach er nur von Birana. Hase hatte ihm erzählt, daß Birana mir das Reiten beibrachte. Jetzt bat Wolkengucker, ein weiteres Mitglied unserer Gruppe, darum, ebenfalls von ihr unterrichtet zu werden, anstatt sich mit Wanderer begnügen zu müssen.

»Wie glücklich Hase und ich waren«, sagte er, »als wir mit Ihr unterwegs waren. Eines Nachts, als wir schliefen, hörte ich Birana im Schlaf flüstern, und ich sah, daß Sie vor Kälte zitterte. Ich sehnte mich danach, mich an Sie zu schmiegen, um Ihr meine Wärme zu geben, doch während der Reise hatte ich immer festgestellt, daß Sie vor unserer Berührung zurückwich. Daraufhin zog ich mir die Jacke aus und legte sie über Sie.«

»Dann hast du bestimmt gefroren«, sagte ich.

»In jener Nacht froren meine Knochen in der eiskalten Luft, aber es machte mich glücklich zu wissen, daß Sie es warm hatte.«

»Es hätte Ihr nicht geholfen«, erwiderte ich, »wenn du krank geworden wärst und Sie nicht hättest beschützen können.«

Nachdem wir genügend Fisch gefangen hatten, wuschen wir uns in dem kalten Wasser, so gut es ging, und Ulred erzählte mir, wie er Wasser zu Birana geschleppt hatte, damit sie im Innern einer Hütte hatte baden können, durch Vorhänge aus Fellen abgeschirmt gegen die Blicke der Männer. Wie ich bemerkt hatte, verwendeten Ulred und die anderen jetzt mehr Sorgfalt auf die Pflege ihrer Bärte und Haare. Er sah mich forschend an, als ich mir das Haar mit meinem Messer schnitt. »Du siehst recht gut aus«, sagte er, »aber jetzt willst du noch besser aussehen, stimmt's?«

Ich schüttelte den Kopf, obwohl er meine Gedanken erraten hatte. Ich mußte gegen sie vorgehen, und doch wollte ich, daß sie mich für gutaussehend hielt.

»Dein Hüter Tal spricht nicht mit Ihr«, fuhr Ulred fort.

»Er möchte Sie nicht beleidigen.«

»Das erscheint mir nicht so. Ich sehe keine Hochachtung in seinen Augen, wenn er Sie anschaut.«

»Tal hat Angst«, beeilte ich mich zu sagen. »Das alles ist sehr fremd für ihn. Er hat eine Erscheinung erblickt und muß gleichzeitig unter Fremden leben. Ihm ist beigebracht worden, daß alle Fremden Feinde sind.«

»Bei den meisten Fremden trifft das zu.«

»Aber unsere alte Gruppe hat sie vielleicht mehr gefürchtet als andere. Er muß sich erst an euch gewöhnen, und er bringt Birana mehr Hochachtung entgegen, als er sich anmerken läßt.« Ich fürchtete langsam, Tal könnte den anderen verraten, was er wußte.

Birana widmete mir noch mehr Zeit, um mir das Reiten beizubringen. Während die Tage vergingen, ließen meine Steifheit und mein Wundsein nach, und allmählich sah ich in dem Pferd immer mehr eine Art Kameraden.

Das Pferd war eine Stute, wie ich von Birana erfahren hatte. Sie hatte sie wegen ihrer rötlichen Farbe Flamme genannt. Ich lehnte es ab, auf dem weißen Hengst zu reiten, den Wanderer Sturm getauft hatte, aber die Stute war sanftmütig, und ich mochte ihr stilles Temperament mehr und mehr.

Ich hatte vorgehabt, in Birana Vertrauen zu mir erwecken, indem ich viel Zeit mit ihr verbrachte, aber statt dessen wurde mein eigener Wille immer schwächer. Ich brannte vor Verlangen, zu einem Schlag gegen sie auszuholen und ihren Zauberbann aufzuheben; doch dann sah sie mich einen Moment lang freundlich an und sagte ein paar Worte zu mir, und eine Sehnsucht nach etwas, das ich nicht benennen konnte, erfüllte mich. Allmählich dämmerte mir, daß unser Kampf bereits begonnen hatte und daß Birana auf irgendeine unterschwellige Art mich von meiner Absicht abbrachte.

Sie hatte angefangen, auch den anderen bei ihren Reitübungen zu helfen, doch allem Anschein nach gab sie mir den Vorzug, und das erweckte Mißgunst. Hase musterte mich immer häufiger feindselig, Ulred benahm sich mürrisch, und Wolkenguckers verträumtes blasses Gesicht wies oft ein düsteres Stirnrunzeln auf. Selbst Schatten verhielt sich mir gegenüber ablehnend. Mir kam der Gedanke, daß Birana diese Männer als Waffen gegen mich benutzen mochte.

Tal wurde immer ungeduldiger, doch ich konnte die Tat nicht durchführen, da Birana nie allein war. Ich redete mir ein, daß ich lediglich auf eine günstige Gelegenheit wartete, aber in Wirklichkeit hoffte ich längst, daß sich diese Gelegenheit niemals ergeben würde.

Ich mußte das Lager für eine Zeitlang verlassen und ging mit Tal auf die Jagd. Ein Schwarm heimkehrender Wildenten hatte den Kurs geändert und war in die Nähe der Stelle geraten, wo sich unser Bach zu einem kleinen Fluß verbreiterte, und es gelang uns, einige der Tiere mit unseren Pfeilen zu erlegen. Die frühe Rückkehr dieser Vögel war, so hoffte ich, ein Zeichen für einen langen Frühling.

Tals Seele war von einer tiefen Düsternis durchdrungen. Er verfluchte mich jedesmal, wenn mein Pfeil sein Ziel verfehlte, obwohl ihm selbst das beinahe ebenso oft widerfuhr wie mir. Er erwähnte unsere neue Gruppe mit keinem Wort, während wir am Ufer des Flusses lagerten, sondern erzählte nur Geschichten von der alten – Geschichten, die ich schon viele Male gehört hatte. Erst auf dem Heimweg zum Lager sprach er über den Auftrag, den ich zu erfüllen hatte.

»Wie lange willst du noch warten?« fragte er.

»Worauf warten?« fragte ich töricht.

Er versetzte mir einen solchen Schlag gegen den Kopf, daß ich meine Enten fallenließ und zu verdutzt war, um mich zu wehren. Ich jammerte vor mich hin, während ich meine Beute wieder aufhob. »Du weißt genau, was ich dich gefragt habe, Arvil. Wie lange willst du noch warten?«

»Bis ich soviel über sie erfahren habe, wie ich nur kann. Ich muß mich vergewissern, daß sie nicht ihre Kräfte gegen mich einsetzt.«

»Sie verfügt über keinerlei Kräfte. Sie ist genau wie wir, auch wenn die anderen Dummköpfe das nicht sehen. Sie muß essen und schlafen und sich hinter einem Busch verstecken, um ihre Notdurft zu verrichten. In ihr ist nicht die geringste Magie, nur Unfrömmigkeit. Nur ein unfrommes Wesen kann von uns verlangen, daß wir uns von den Heiligtümern fernhalten. Was glaubt sie denn, wie wir berufen werden? Sie hat keine Macht und betrügt uns.«

»Vielleicht verbirgt sie ihre Macht.«

»Du verbringst zuviel Zeit mit ihr. Sie bringt dich von deinem Vorhaben ab.« Tal war nicht weit von der Wahrheit entfernt, denn es fiel mir immer schwerer, in ihr etwas Böses zu sehen. Ich hatte meine Ehrfurcht vor Birana verloren, auch wenn ein Teil von mir sie immer noch anbetete; ich war schon seit so langer Zeit ein gläubiger Anhänger der Herrin, daß in meinem tiefsten Innern alles, das Ihre Gestalt trug, heilig war. Ich kämpfte dagegen an, stellte mir ihren Tod vor, und war dennoch unfähig, ihr ein Leid zuzufügen.

»Ich muß erreichen, daß sie mir traut«, sagte ich. »Ich glaube nicht, daß sie es tut. Ich kann sie nur vernichten, wenn wir allein sind, ohne das Beisein der anderen.«

Tal gab einen Grunzlaut von sich. In diesem Moment tat er mir leid. Er hatte sich und Hasin durch einen Schwur mit der Gruppe von Weiser Seele verbündet, genau wie ich, doch er war darüber unglücklich. Weise Seele traf gemeinsam mit seinen Männern Entscheidungen oder beriet sich mit Wanderer, während Tal nur das tat, was man ihm sagte, und er ergriff nur sehr selten das Wort. Hasin war sein Schützling, und trotzdem zog es den Jungen viel stärker zu den anderen Männern hin. Im Gegensatz zu Tal brachten sie Hasin bei, was er wissen mußte.

Tal wurde älter. Es war unwahrscheinlich, daß er noch einmal in eine Enklave berufen würde, und er hatte sich einst darauf gefreut, Häuptling zu werden. Jetzt hatte er lediglich die Aufgaben eines gewöhnlichen Gruppenmitglieds. Er hätte viel von Wanderer lernen können, doch er verachtete Wanderers Erzählungen und weigerte sich zu lernen, wie man Wunden behandelte. Wenn er nicht ein so guter Jäger gewesen wäre, hätten die anderen vielleicht längst ungehalten auf seine Sturheit reagiert.

Ich wollte Tal irgendwie trösten. »Die Bären erwachen aus dem Winterschlaf«, sagte ich. »Unsere Gruppe sollte bald einen erjagen, denn ohne ihr Fett werden wir immer magerer. Du könntest die Jagd anführen und den anderen einiges von deinem Können beibringen.«

Er versetzte mir wieder einen Fausthieb, der mich hart traf. Mir wurde schwindelig davon, und ich hätte am liebsten zurückgeschlagen. »Jetzt hör mir mal zu, Arvil. Erledige sie innerhalb des Lagers, wenn es nicht anders geht. Was macht es schon, wenn du dein Leben dabei läßt, solang der Wille der Herrin geschieht? Sollen die anderen doch über dich herfallen – die Herrin wird deine Seele mit Freuden in Ihrem Reich aufnehmen.«

»Ich werde Ihren Willen erfüllen«, brachte ich mit Mühe heraus, »aber ich bin noch nicht bereit zu sterben.«

»Das ist nicht entscheidend. Die Herrin hätte mich mit der Aufgabe betrauen sollen, doch das tat Sie nicht, und ich muß die Sache dir überlassen, bis ich sicher sein kann, daß du versagt hast. Sobald ich das erkenne, werde ich sie eigenhändig umbringen und anschließend dich töten, weil du dich der Herrin widersetzt hast. Von jetzt an tätest du also gut daran, dich zu fürchten.«

Feuermacher hielt am Hang Wache, und Wolkengucker kam herunter, um ihn abzulösen. Als sie uns erspähten, beugte sich Wolkengucker zu Feuermacher und flüsterte ihm etwas ins Ohr.

»Da kommt er«, rief Feuermacher, als wir uns näherten. »Der Liebling der Herrin.«

»Paß auf, daß er dich nicht hört«, sagte Wolkengucker, wobei er die blassen Brauen wölbte. »Er ist begünstigt, und vielleicht wird er wütend.«

»Vielleicht fehlst du Ihr bereits«, sagte Feuermacher. »Gehst du gleich zu Ihr?«

Ich schwieg.

»Glaubst du, Sie wird dich segnen?« fuhr er fort. »Glaubst du, Sie wird dich über uns erheben? Glaubst du, die Herrin ist von dir ganz hingerissen?«

Ich ging an ihnen vorbei und umklammerte meinen Bogen mit festem Griff.

»Er träumt von Segnungen«, schrie Wolkengucker. »Er bildet sich ein, Sie wird über ihn kommen und ihn in den heiligen Zustand versetzen.«

Bei diesen Worten drehte ich mich blitzartig um. »Halt den Mund!« fuhr ich ihn an. »Du weißt nicht, was du sagst.«

Feuermacher zog seinen Speer und holte ein Steinmesser aus dem Gürtel. »Du hast mich schon einmal verletzt. Ich trage noch deine Narbe am Arm.«

»Damals habe ich nicht zu deiner Gruppe gehört. Jetzt sind wir durch einen Schwur miteinander verbunden und müssen die alte Geschichte vergessen.«

»Vielleicht braucht dein Gesicht ein paar Narben, Arvil. Vielleicht findet Sie dich dann nicht mehr so gutaussehend.«

Ich ließ meine Enten fallen, stürzte mich auf Feuermacher und rang ihn zu Boden. Er versuchte, mit dem Messer auf mich einzustechen. Ich drückte seinen Arm gegen den Boden. Tal stand untätig dabei, ohne die geringsten Anstalten zu machen, mir zu helfen, während ein Lächeln seinen Mund umspielte.

Mein Kopf war wie vernebelt und schmerzte immer noch von den Schlägen, die mir Tal zuvor versetzt hatte. Wolkengucker zog mich an den Haaren hoch und hielt dann meine Arme fest, während Feuermacher mich in den Bauch boxte. Ein bitterer Geschmack füllte meinen Mund. Ich trat Feuermacher gegen das Bein. Wolkengucker hielt mich noch fester umklammert, während Feuermacher sein Messer vor mein Gesicht schob.

»Aufhören!«

Feuermacher taumelte zurück. Wolkengucker ließ mich frei. Birana kam auf Flamme den Hang herunter geritten; ihr Gesicht war blaß.

»Ihr dürft nicht gegeneinander kämpfen.« Ihre Stimme zitterte bei diesen Worten. »Spart euch eure Kampfkraft für eure Feinde.«

Feuermacher und Wolkengucker wichen zurück. Tal setzte seinen Weg den Hang hinauf fort, ohne mir weitere Beachtung zu schenken. Ich hob meine Waffen und mein erlegtes Wild auf. Als ich an Birana vorbeiging, murmelte ich: »Wir haben uns deinetwegen gestritten.«

Sie riß die Augen weit auf. »Dazu besteht kein Anlaß.«

»Vielleicht wäre es besser, wenn du nicht bei uns

wärst, Birana. Ich befürchte, wir überleben deine Segnungen nicht.«

Sie bohrte die Absätze in Flammes Seiten und galoppierte davon.

Blätter zeigten sich an den Bäumen, und es war wärmer geworden. Wanderer ritt auf Sturm in die Umgebung hinaus, um die Landschaft zu erforschen, während Tal zu einer anderen Expedition allein aufbrach. Ich hatte den Verdacht, daß er zum Heiligtum der Maria gehen würde, um zu beten. Vielleicht würde ihm die Herrin eine flammende Eingebung bescheren und ihn dazu bringen, bei seiner Rückkehr etwas gegen Birana zu unternehmen.

Die anderen Männer beschäftigten sich mit Hasin und brachten ihm den Umgang mit dem Bogen bei, den Tal für ihn angefertigt hatte. Ich mußte bald handeln. Birana war mir seit meinem Streit mit Feuermacher und Wolkengucker aus dem Weg gegangen. Das hatte mir einen unbehaglichen Frieden mit dem Rest der Gruppe eingebracht, aber ich wußte nicht, wie lange dieser Zustand dauern würde.

Ich säuberte mein Metallmesser und schärfte anschließend meinen Speer, indem ich an seiner Steinspitze herumschliff, während ich zusah, wie sich Hasin mit seinem Bogen abmühte. Ich redete mir ein, daß nur ein Geschöpf des Bösen eine Gruppe in zwei verfeindete Teile spalten würde, aber ich wußte zuviel über unsere Natur, um es zu glauben.

Ich schaute an Hasin vorbei zu den Bäumen, die unsere Lichtung umgaben. Birana stand neben Flamme; sie hatte die Arme um den Hals des Pferdes gelegt und flüsterte ihm etwas zu. In meinem Innern kämpften wieder einmal die verschiedensten Gefühle gegeneinander. Ich dachte an den Schmerz, den die Herrin mir auferlegt hatte; ich dachte daran, wie meine Mordlust in Biranas Nähe vergangen war.

Plötzlich hatte ich eine so übermächtige Vision, daß ich mir fast in die Hand geschnitten hätte. Ich glaubte Biranas Hände auf meinem Körper zu spüren, während sie mir etwas ins Ohr flüsterte, und ich hätte fast laut aufgeschrien, bevor ich merkte, daß Schatten neben mir war. »Arvil«, sagte er, »wir müssen Holz sammeln.« Die Vision verblaßte, nicht jedoch mein Verlangen.

Schatten machte eine Bewegung mit dem Kopf, und ich verstand, daß er mit mir unter vier Augen reden wollte. Wir standen auf und gingen den Hang hinunter, bis wir außerhalb der Sichtweite der anderen waren. »Wanderer hat Spuren von Pferden nicht weit von hier ausgekundschaftet«, sagte Schatten. »Er hat sie vor ein paar Tagen entdeckt.«

Ich straffte mich. »Reiter.«

Schatten schüttelte den Kopf. »Es waren keine Spuren von Pferden, die von Männern geritten wurden. Wenn Reiter auf den Pferden sitzen, hinterlassen sie tiefere Spuren. Es handelt sich hier um Pferde ohne Reiter, und Wanderer erwägt, noch ein oder zwei Pferde zu fangen, aber andererseits meint er, daß so eine kleine Herde womöglich andere Reitersmänner in diese Gegend locken könnte.«

»Dann müssen wir vielleicht kämpfen«, sagte ich.

»Genau das will Wanderer vermeiden. Er glaubt, wir könnten es schaffen, mit einer solchen Gruppe einen Friedenspakt zu schließen.«

»Ich habe diese Art von Männern gesehen«, sagte ich. »Ich habe gesehen, wie sie jemanden umgebracht haben, direkt vor der Enklave der Herrin. Du weißt, was Weise Seele bei unserer ersten Begegnung gesagt hat. Mit solchen Männern ist keine Waffenruhe möglich – sie töten gnadenlos. Wir haben nur eine Chance, nämlich stärker zu sein als sie.«

»Ich habe mit solchen Männern zusammengelebt. Vielleicht sind sie gar nicht so begierig, uns anzugreifen, wenn sie wissen, daß auch wir Pferde haben. Wir wären kein so leichter Gegner wie eine Gruppe ohne Pferde. Und wir haben eine Verkörperung der Herrin in unserer Mitte. Vielleicht sind sie daran interessiert, einen Friedenspakt mit uns zu schließen, damit auch sie unter Ihren Schutz fallen. Das Leben wäre viel leichter für uns, wenn wir keine Feinde in der Nähe hätten.«

»Es war eine Gruppe von Reitern, die einen Friedenspakt mit anderen anstrebten. Die Herrin hat sie bestraft.«

»Das weiß ich, aber jetzt ist Birana bei uns.« Schattens Stimme hatte einen seltsamen Ton angenommen, als er sie erwähnte. »Darüber wollte ich mit dir sprechen, Arvil. Birana sät allmählich Zwietracht zwischen uns. Wenn Sie Wolkengucker anlächelt, zieht Feuermacher ein finsteres Gesicht. Wenn Sie mit mir ein paar freundliche Worte wechselt, runzelt Ulred die Stirn. Und du bist derjenige, den Sie am meisten bevorzugt.«

»Das stimmt nicht. Sie geht mir jetzt aus dem Weg.«

»Widersprich mir nicht. Ich merke doch, wie Sie dich ansieht, auch wenn Sie nichts sagt. Irgendwie hat man den Eindruck, daß sie deine Seele von früher kennt.«

»Dafür kann ich nichts.«

»Ich rede mit dir als Freund«, sagte Schatten und legte mir einen Arm um die Schultern. »Wir können nicht leben, wenn sich derartige Gefühle zwischen uns aufbauen. Wenn wir Friedenspakte mit anderen schließen, kommen sie vielleicht in unser Lager. Auch sie werden nach Biranas Gunst streben, und dieselben Gefühle könnten in ihnen entstehen. Das kann nicht gutgehen.«

Ich überlegte, ob ich Schatten jetzt sagen sollte, was ich wußte. »Ich muß dich etwas fragen«, fing ich an. »Was ist, wenn Birana nun... gar nicht ist, was Sie zu sein scheint?«

»Aber das ist mir doch längst klar.«

Ich zog mich fassungslos von ihm zurück.

»Glaubst du, ich bin ein Narr?« sagte er. »Ich habe die

Wahrheit erkannt, und auch Weiser Seele blieb sie nicht verborgen, ebensowenig wie Wanderer, denn Wanderer hat viele Dinge gesehen und viele Geschichten gehört. Wir sprechen in Gegenwart der anderen nicht darüber, aber sie werden irgendwann auch dahinterkommen.«

»Was habt ihr erkannt?« fragte ich.

Schatten sagte darauf nicht das, was ich erwartet hatte. »Birana lebt unter uns in einem Körper aus Fleisch und Blut«, murmelte er. »Sie ist eine Verkörperung der Göttin, und dennoch ist Sie in gewisser Weise schwächer als wir. Sie hat uns gebeten, nicht in den Heiligtümern zu beten oder die Kronen der Göttin zu tragen, und das bedeutet, das wir um die besonderen Segnungen der Göttin im Zustand der Frömmigkeit gebracht werden. Doch das Verlangen danach ist in uns nicht erloschen. Ich weiß, was das heißt, und die anderen werden es ebenfalls bald erkennen.« Er legte eine Pause ein. »Wir müssen diese Segnungen bei Birana selbst suchen. Deshalb ist Sie mit diesem Körper ausgestattet. Wir müssen uns nacheinander mit Ihr in den Zustand der Frömmigkeit versetzen lassen, dann werden wir die Begierde in uns befriedigen und uns wahrhaft an Sie binden. Auch all jene, die sich mit uns in einem Friedenspakt verbünden, können Biranas Segnungen empfangen, und wir werden dafür sorgen, daß keiner gegenüber einem anderen bevorzugt wird.«

Ich sah ihn eindringlich an. »Du irrst dich. Vielleicht lächelt Sie uns dann und wann an, aber Sie verweigert uns sogar die kleinste Berührung.«

»Es ist eine Prüfung, Arvil. Die Göttin stellt uns auf die Probe. Sie wartet darauf, daß wir erkennen, was wir zu tun haben. Birana hat gesagt, wir dürfen nicht zu den Heiligtümern gehen, solange Sie bei uns ist, also müssen wir zu Ihr gehen. Wie sollten wir deiner Meinung nach sonst berufen werden und Knaben empfangen? Birana wird uns segnen, und durch Sie wird uns die

Herrin in Ihre Enklave beordern. Sie möchte, daß wir selbst diesen heiligen Pfad finden. Sie legt uns Hindernisse in den Weg, um zu sehen, ob wir tapfer genug sind, sie zu überwinden.«

Wie hätte ich Schatten jetzt von meinem Auftrag erzählen können? Er zupfte an meiner Jacke. »Deshalb wollte ich mit dir reden«, fuhr er fort. »Sie begünstigt dich, und ich habe gesehen, daß du Mut hast. Du bist es, der sich als erster um Ihre Segnung bemühen sollte, dann können wir anderen es dir gleichtun.«

»Sie wird mich umbringen, wenn ich es versuche.«

»Sie wird dich nicht umbringen. Ich würde ja selbst zu Ihr gehen, aber ich bin noch ein Knabe, und es müßte ein Mann sein, der Ihre Segnung als erster empfängt.«

Wenn ich das tun würde, wenn ich zu Birana gehen würde, würde ich womöglich niemals ihren Bann durchbrechen. »Ich muß darüber nachdenken«, sagte ich.

Wir gingen zurück zum Lager. Birana saß auf Flamme und sah Hasin zu, der seinen kleinen Bogen spannte und mit seinem Pfeil auf einen Baum zielte. Er schoß ihn ab, und er bohrte sich neben der Wurzel in den Boden. Birana lächelte. »Versuch's noch mal«, sagte sie in unserer Sprache, dann wiederholte sie die Worte in der heiligen Sprache.

Ich schulterte meinen Köcher und nahm Speer und Bogen auf. Das Messer und die Schleuder steckten in meinem Gürtel, ebenso wie ein Trinkschlauch. Die Zeit war gekommen, und ich wußte nicht, wann ich würde zurückkehren können, nachdem ich meine Tat vollbracht hatte.

Ich holte tief Luft und ging zu ihr. »Ich muß mit Dir sprechen, Herrin.«

»Dann sprich!«

»Nicht hier«, sagte ich mit gedämpfter Stimme. »Es gibt einige Dinge zu sagen, die Deiner Meinung nach vielleicht nicht für andere Ohren bestimmt sein sollten.«

Ich versuchte mein Glück. Sie musterte mich eine Zeitlang, dann sagte sie: »Ich werde den Hügel hinabreiten. Folge Mir!«

Flamme trug sie langsam zu Tal. Feuermacher schaute mir wütend hinterher, als ich ihr folgte. Als wir uns außerhalb der Sichtweite des Lagers befanden, hielt Birana an. »Sitz hinter Mir auf.«

Ich schob den Speer unter den Riemen, der mir quer über den Rücken verlief, und schwang mich aufs Pferd. Ich saß mit durchgedrücktem Rücken und gespannten Armen da und war mir Biranas Taille unter meinen Händen sehr wohl bewußt, während Flamme gemächlich den Hang hinuntertrabte. Ich war ihr noch nie so nah gewesen. Ich spürte lediglich den Stoff ihres Umhangs, doch meine Gedanken beschäftigten sich mit dem, was unter der Kleidung sein mochte. Sie benötigte keine Waffe gegen mich, denn mein Verlangen hatte mich bereits geschwächt.

Ulred hielt am Fuß des Hügels Wache. Er grüßte, als wir vorbeikamen, schien jedoch überrascht, mich mit ihr reiten zu sehen.

Wir ritten nach Osten. Ich spürte Kälte in der Luft, den Abschied des Winters und eine Mahnung, daß die Kälte eines Tages wiederkehren würde. Ich hätte sie vom Pferd zerren und töten können, bevor sie überhaupt wußte, was geschah.

»Ich nehme an«, sagte sie, »du glaubst, Ich freue mich nicht, daß du es bis zur Enklave geschafft hast und heil zurückgekommen bist. Ich konnte es dir bisher nicht sagen, aber Ich freue mich wirklich.«

Ich sagte: »Du sprichst jetzt kaum noch mit mir.«

»Ich muß vorsichtig sein. Ich möchte nicht, daß die anderen denken, Ich mag dich mehr als sie, besonders nach dem Streit.«

»Tust du das?«

»Nein.« Sie brachte Flamme mit den Zügeln zum Stehen. »Steig ab, du kannst zu Fuß gehen. Ich reite.«

Ich glitt von dem Tier und ging neben ihr her. Sie schwieg, bis Flamme haltmachte, um an ein paar grünen Sprößlingen zu knabbern. »Ich dachte, Ich könnte es niemals ertragen, daß einer von euch mich anrührt, ohne daß Mir schlecht wird. Aber allmählich gewöhne Ich Mich an euch, glaube ich.«

»Bestimmt kann die Herrin doch verhindern, daß einer Verkörperung von Ihr schlecht wird.«

Sie warf den Kopf zurück, und ihre Kapuze fiel herunter. Sie hatte das braune Haar mit einem Lederriemen zurückgebunden, aber ein paar Strähnen lockten sich um ihr Gesicht. »Du bist klüger als die anderen, Arvil. Wanderer und Weise Seele wissen sicher auch einiges, und Schatten ist ebenfalls kein Dummkopf, aber Ich glaube, du begreifst schneller. Vielleicht bist du zu schlau.«

»Nicht zu schlau. Nur schlau genug.«

»Was wolltest du Mir sagen?«

»Daß ich weiß, daß du nicht das bist, was du zu sein scheinst.«

»Sei vorsichtig, Arvil.«

Ich trat zurück. »Laß uns offen miteinander reden. Ich würde das niemals vor den Männern sagen, sondern ich sage es nur dir allein.«

»Du hast es nicht vor den anderen gesagt, weil sie dich in Stücke gerissen hätten, wenn du so mit Mir gesprochen hättest.«

»Bist du dir da so sicher?«

Sie schlug mir die Zügel ins Gesicht. Ich warf die Arme hoch. »Mach Mich nicht wütend.«

»Ich habe nur den einen Wunsch, der Herrin zu dienen.«

Sie wirkte unsicher, während sie mich von oben musterte, als ob sie überlegte, wieviel ich wissen mochte. »Ich dachte ...«, begann sie. »Ich dachte, du wärst vielleicht jemand, mit dem ich offener reden könnte.«

Sie hörte sich nicht wie ein feindliches Wesen an,

nicht wie jemand, der danach trachtete, mich für seine Zwecke zu ködern. Ich kniff die Augen zusammen. Ich hatte meine Waffen dabei, und unser Lager war in sicherer Entfernung, und dennoch zögerte ich.

Ulred hatte gesehen, wie ich mit Birana weggeritten war. Die anderen hatten beobachtet, wie ich ihr den Hügel hinunter gefolgt war. Wenn ich ohne sie zurückkehrte, würde man eine Erklärung von mir fordern. Ich legte mir im stillen ein paar Geschichten zurecht. Eine andere Gruppe hatte uns angegriffen. Ich verwarf diese Version, denn es würde keinerlei Anzeichen einer solchen Gruppe geben, und ich müßte erklären, wie ich entkommen war. Die anderen würden mir vielleicht meinen Leichtsinn nicht verzeihen.

Das Pferd hatte sie abgeworfen. Aber sie war eine zu gute Reiterin, und Flamme war von sanftmütiger Natur. Die Männer würden Verdacht schöpfen, wenn ich nicht mit ihrem Leichnam zurückkäme.

Sie war von der Herrin zu sich berufen worden und mit Ihr gen Himmel aufgestiegen. Das war einigermaßen vielversprechend, aber ich zweifelte, daß ich eine solche Geschichte überzeugend vortragen konnte. Ich dachte an das, was Schatten mir gesagt hatte, und konnte mir nicht vorstellen, daß er ein solches Märchen glauben würde.

»Was denkst du?« fragte Birana, als wir wieder anhielten.

»Nichts.«

»Wanderer und Schatten haben mir einiges über dich erzählt. Du hast in einer Siedlung gelebt, die zerstört wurde. Ich vermute, jene Männer hielten sich für schlauer, als sie in Wirklichkeit waren. Du tätest gut daran, das nicht zu vergessen.«

»Ich weiß nur das, was ich wissen muß.«

»Und was ist das?«

Ich brachte meinen Speer in Bereitschaft. Ich würde die Sache offen austragen und sehen, über welche Waffen sie verfügte; ich war sicher, daß sie keine hatte. »Wenn du dich vor mich hinstellst«, sagte ich, »werde ich dir sagen, was ich weiß.« Sie rührte sich nicht. »Hast du soviel Angst vor mir, daß du das nicht kannst?«

Ich war bereit, sie vom Pferd zu zerren, bevor sie wegreiten konnte. Doch sie stieg ab. »Ich habe keine Angst vor dir. Was kannst du schon wissen?«

»Daß du nicht von der Herrin geschickt bist«, antwortete ich. »Daß du keine wahrhaftige Verkörperung bist und nicht der Einigkeit angehörst.«

»Du hast einiges in der Stadt gelernt!«

Ich zwang mich, ihr direkt in die Augen zu sehen, und bemerkte ihre Angst. »Glaubst du, ich habe keinen Verstand, um mir die Dinge zusammenzureimen?«

»Du hast mich betrogen! Ich hätte wissen müssen, daß du das tun würdest! Du warst nicht stark genug, du... ich hätte...« Ihre Kehle bewegte sich auf und ab, so heftig schluckte sie. »Ich könnte zurückreiten und den anderen sagen, sie sollen dich töten.«

»Vielleicht hören sie nicht auf dich. Vielleicht fangen sie an, Fragen zu stellen, warum du eigentlich bei uns bist. Schatten hat mich deswegen heute angesprochen. Kannst du dir so sicher sein, daß sie nicht auf das hören werden, was ich ihnen zu sagen habe?«

»Warum erzählst du mir das? Glaubst du, du kannst Macht über mich gewinnen?« Ihr Gesicht war blaß, und ihre Hand, die sich an Flammes Zügeln festklammerte, zitterte. »Ich will nicht hier sein. Ich sollte nicht hier sein – ich sollte tot sein. Ich weiß nicht, wie lange ich das ertrage. Manchmal wünsche ich mir, nie mehr aufzuwachen, und manchmal wünsche ich mir, daß ich aufwache und feststelle, es ist alles nur ein Traum.«

Ich erschauderte. Sie sprach so, als ob sie wüßte, was die Herrin befohlen hatte. Sie ließ mich wissen, daß sie meine Absicht durchschaute. Sie wollte sterben. Ich umfaßte meinen Speer.

Sie wich zurück, dann schwang sie sich auf Flamme.

Ich bewegte mich nicht, war unfähig, mich zu bewegen, um sie aufzuhalten. Sie trat dem Pferd mit den Absätzen in die Flanken und galoppierte in südliche Richtung davon. Ich ließ den Speer sinken und machte den Bogen bereit, aber ich konnte nicht schießen. Birana verschwand hinter einer Erhebung in der Landschaft.

Ich nahm meinen Speer zur Hand und rannte hinter ihr her. Herrin, flehte ich, laß mich diese Tat nicht ausführen. Sage mir, daß es sich nur um eine Prüfung handelt und daß Birana nicht sterblich ist. Ich wußte plötzlich, daß der Anblick der sterbenden Birana einen Schmerz in mir hervorrufen würde, bei dem mein Herz zerspringen würde, und gleich darauf kam mir der Gedanke, daß dies eine von Biranas Waffen war. Sie hatte mir jegliche Mannhaftigkeit genommen.

Ich folgte ihrer Spur bis zum Fluß. Sie hatte Flamme an einen Busch gebunden und saß am Ufer.

Ich stellte mich neben sie. »Ich kann nicht weglaufen«, sagte sie. »Wohin sollte ich gehen?« Sie drehte sich zu mir um. Ihre Augen waren rotgerändert, Tränen flossen ihr übers Gesicht. Der Anblick dieser Tränen ließ mich erzittern – erweckte Selbstverachtung in mir, weil ich sie verursacht hatte.

In diesem Moment begriff ich endlich, daß sie ein Wesen war wie ich. Dies wäre eine günstige Gelegenheit gewesen, sie zu töten, doch ich tat es nicht, denn ich blickte in das Antlitz einer gleichgearteten gefangenen Seele, die mich um Hilfe anflehte. Wenn die Herrin die Gedanken vernommen hätte, die mir in diesem Augenblick durch den Kopf jagten, dann hätte Sie mich vernichtet, doch ich stand da und lebte.

»Arvil«, sagte Birana, »sage mir, für was du mich hältst.«

»Die Herrin hat deinen Bann gebrochen«, sagte ich. »Dein Name wurde mir von den Lippen gerissen. Man erklärte mir, daß du ein Geschöpf des Bösen bist, das uns geschickt wurde, um uns vom rechten Pfad abzubringen.«

»Und glaubst du das?«

Ich sprach die unfrommen Gedanken, die ich hegte, aus. »Ich glaube, wenn die Herrin allmächtig wäre, würde Sie nicht zulassen, daß du für einen solchen Zweck zu uns geschickt wirst, denn es gibt genügend Gemeinheit in der Welt, um uns zu prüfen, und genügend Möglichkeiten, daß wir dem Bösen verfallen. Als ich in Ihrem Reich war, hatte ich eine Vision von einem Raum mit seltsamen Gegenständen, und mein Hüter lag dort gefesselt in einem silbernen Netz auf einer Couch. Es war kein Ort, an dem Seelen wohnen, sondern ein anderer Ort, und an ihm erkannte ich, daß die Herrin nicht das ist, was Sie zu sein scheint. Ich sehe dich in unserer Mitte, und obwohl du von Ihrer Gestalt bist, haften deinem Körper dieselben Schwächen an wie unseren. Birana, ich habe den Auftrag erhalten, dich zu töten.« Sie riß die Augen weit auf und legte sich eine Hand an die Kehle. »Und wirst du es tun?«

»Wie kann ich dich töten? Du bist ein Wesen wie ich, das erkenne ich jetzt. Du lebst in unserer Welt, und etwas in dir spricht zu mir.« Ich hob den Blick gen Himmel. »Was hat uns die Herrin angetan? Ist Sie es, die die Welt mit einem bösen Bann belegt hat? Hat Sie uns auf den falschen Weg geführt und uns glauben gemacht, es sei der wahrhaftige?« Ich wurde nicht zu Boden geschmettert. Die Herrin erschien nicht mit Ihren Feuerwaffen, um mich zu zerstören. Die Mordlust, die Sie mir eingegeben hatte, war verflogen, doch das Aussprechen dieser furchtbaren Worte rüttelte an meiner Seele. Die Welt, die ich gekannt hatte, war vergangen. Es war nichts übriggeblieben, um mich zu leiten.

Ich sank neben Birana nieder und weinte. Schreie wie von einem wilden Tier entrangen sich meiner Kehle. Ich weinte um meinen verlorenen Glauben und wegen meiner Erbärmlichkeit, dann spürte ich eine Hand auf der Stirn. »Arvil«, sagte sie. »Du hast einen Blick auf die Wahrheit erhascht.«

Ich richtete mich auf. »Die Herrin ist vielleicht nicht das, was Sie zu sein scheint«, fuhr Birana fort, »dennoch ist die Herrin mächtig. Sie kann durchaus vernichten.« Sie schloß für einen Moment die Augen. »Sie will mich vernichten, möchte sichergehen, daß ich den Tod finde. Ich wünschte, ich würde nicht so sehr am Leben hängen. Selbst hier draußen möchte ich weiterleben.«

»Du bist hier nicht sicher«, sagte ich. Ich dachte an die Ereignisse, deren Zeuge ich auf dem Plateau geworden war, und daran, was die Herrin hier auf uns herabschicken könnte, ich dachte auch an das, was Schatten gesagt hatte. »Andere Mitglieder der Gruppe fangen ebenfalls an, deine Natur in Frage zu stellen. Schatten glaubt, daß du zu uns gekommen bist, um uns jene Segnungen zuteil werden zu lassen, die die Herrin jenen beschert, die in den Heiligtümern Ihre Krone tragen.«

Bei diesen Worten zuckte Birana zusammen und wich von mir zurück. »Was soll ich tun?« flüsterte sie. »Ich könnte vor euch fliehen. Ich könnte auf Flamme davonreiten und euch niemals mehr unter die Augen kommen, aber wie könnte ich in dieser Wildnis überleben? Vielleicht würde ich von einer anderen Gruppe umgebracht. Selbst wenn sie es nicht tun, werden die Männer allmählich erkennen, was ich bin, so wie es deine Gruppe allmählich erkennt. Wenn in der Stadt bekannt wird, daß ich am Leben bin ... « Sie blickte hinaus auf den Fluß. »Es wäre vielleicht besser für dich, wenn du mich jetzt töten würdest und dir für deine Gruppe eine glaubhafte Geschichte einfallen ließest.«

»Das kann ich nicht. Du bist jetzt das einzige, was mir noch geblieben ist. Ich habe nichts mehr, was mich leiten könnte, ich habe das verloren, was ich für die Wahrheit hielt. Ich kann dich nicht töten, Birana.«

»Du kannst meinen Tod nicht verhindern.« »Dann werde ich für dich tun, was ich kann, und soviel wie möglich lernen, bevor ich ebenfalls sterbe. Deine Seele hat mich gerufen, und ich ... «

Das Pferd hob den Kopf und wieherte, dann stampfte es auf den Boden. Ich hörte an dem Hang hinter uns ein Rascheln und sprang im selben Moment auf die Beine, voller Wut auf mich selbst wegen meines Leichtsinns; dann drehte ich mich blitzschnell um und sah mich auch schon dem Unheil gegenüber, das sich anbahnte.

Tal kam auf uns zu. »Du bist unvorsichtig geworden, Arvil«, sagte er in unserer Sprache. »Ich kann mich immer noch an dich anschleichen, wie ich merke.« Birana zog den Umhang enger um sich, während ich den Speer ein wenig senkte. »Du wirst keine günstigere Gelegenheit mehr bekommen«, murmelte er.

»Die Zeit ist noch nicht reif«, sagte ich.

»O doch, sie ist reif.«

Mit einem Satz war er bei Birana. Er riß sie an den Haaren hoch. Ihre Augen waren vor Entsetzen weit aufgerissen. »Stoß zu!« rief er und hob den Speer.

»Arvil!« schrie Birana.

»Du mußt sterben« sagte Tal in der heiligen Sprache. »Die Herrin hat es befohlen, und Arvil muß den Todesstoß ausführen. Du wirst mich nicht in deiner Falle des Bösen fangen. Stoß zu!«

Tal warf sie mir entgegen. Sie fiel mir zu Füßen. Meine Hand bewegte sich. Mein Speer traf Tals Herz.

Seine grauen Augen sahen mich nicht voller Zorn, sondern voller Schreck und Fassungslosigkeit an. Er war mein Hüter, und ich wußte, daß mich sein Geist während der Zeit, die mir noch beschieden war, heimsuchen würde, doch ich konnte den tödlichen Stoß nicht ungeschehen machen. Ich schlitzte ihm die Kehle auf, damit er schneller starb, dann zog ich den Speer aus seinem Körper, und er fiel zu Boden. Biranas Schultern bebten. Ein röchelnder Laut drang aus ihrer Kehle. Ich erkannte, daß sie mich letzten Endes doch auf den Pfad des Bösen geführt hatte. Dann überflutete ein schwarzes Meer meine Seele, und ich wußte nichts mehr.

Zweites Buch

DIE ZUFLUCHT

Ich dachte, er wäre tot.

Er lag am Boden und rührte sich nicht. Sein Speer war besudelt von dem Blut des Mannes, den er getötet hatte, um mich zu retten. Ich konnte seinen Anblick nicht ertragen. Meine Hände waren kalt; mein Körper war vor Entsetzen zu Eis erstarrt.

Ich hatte an der Leiche meiner Mutter geweint, doch für diesen Mann hatte ich keine Tränen übrig. Ich war nach draußen geschickt worden, um zu sterben; je mehr ich versuchte, meinem Schicksal zu entrinnen, desto mehr war ich vom Tod umgeben.

Dann warf ich einen Blick auf Arvil und stellte fest, daß er noch atmete.

Ich konnte nicht zu seinem Stamm zurückkehren. Ich hätte von diesem Ort wegreiten und Arvil sich selbst überlassen können, aber andererseits wußte ich, daß ich allein nicht lange überleben würde.

Ich zitterte, bis mein ganzer Körper heftig bebte. Flamme stampfte mit den Füßen, als ob sie den Tod um sich herum spürte. Ich war von wilden Tieren umgeben. Diese Tatsache hatte ich während meines kurzen Aufenthalts im Kreis der Männer ganz vergessen, da in ihren Augen ein schwaches Licht der Vernunft aufflackerte und ihnen vertraute Worte in meiner gewohnten Sprache über die Lippen kamen.

Arvils Messer lag neben seiner Hand. Ich hätte dieses Messer nehmen, mir die Kehle durchschneiden und meinem Kampf ein Ende bereiten können, doch mein Lebenswille war noch immer zu stark. Selbst in diesem Augenblick hielt ich noch an der Hoffnung fest, die meine Mutter in mir erweckt hatte.

Es gibt eine Zufluchtsstätte für uns, hatte sie gesagt. Obwohl alle Anzeichen dagegen sprachen, hatte sie daran geglaubt.

Wir werden verschont werden, dachte ich. Der Rat will uns nur einen Schrecken einjagen, anschließend wird er uns vergeben. Ich hatte an dieser Hoffnung festgehalten, bis sich die Mauer hinter uns schloß.

Ich sah kaum, wohin wir marschierten. Niemand in der Stadt hatte das Wort zu meinen Gunsten ergriffen; niemand hatte mich besucht. Ich dachte an eine frühere Freundin, jenes Mädchen mit den grauen Augen, mit dem ich einst ein enges Verhältnis gehabt hatte, das sich jedoch immer mehr von mir entfernte, je tiefer meine Gefühle für sie wurden. Ich hatte darauf gewartet, daß sie sich wieder auf mich besinnen, daß sie sich darüber hinwegsetzen würde, was ihre Freundinnen von mir dachten, daß sie meine Liebe erwidern würde. Doch sie vergaß mich so vollkommen, als ob ich niemals existiert hätte; dieser Gedanke war die schlimmste Qual überhaupt.

Wir befanden uns im Wald; die Bäume um uns herum standen so dicht, daß wir nicht sehen konnten, was vor uns lag. »Mein Fehler«, hatte meine Mutter plötzlich gesagt, »war der, daß ich nicht dafür gesorgt habe, daß dieses Luder von Ciella wirklich tot war.«

»Man hätte dir trotzdem die Schuld nachgewiesen«, erwiderte ich.

»Stimmt, aber dann hätte ich wenigstens eine gewisse Genugtuung gehabt.«

Ich wollte nichts mehr darüber hören; aufgrund ihrer Tat war ich in die Verdammnis geraten. Ich hatte sie an jenem Tag nur deshalb in ihrer Wohnung besucht, weil ich mir Sorgen um sie machte. Ich hätte weggehen sollen, bevor sie und Ciella aufeinander losgingen, aber ich tat es nicht, und Yvara stach zu, bevor ich sie davon abhalten konnte. Die Liebe meiner Mutter zu Ciella hatte sich irgendwie aus dem Schmerz, den verbalen Grausamkeiten und der Erniedrigung genährt, die Ciella ihr ständig zugefügt hatte. Ciella hatte sich meine Mutter nach ihrem Belieben zurechtgebogen, bevor sie zu dem einen Schlag ausholte, den Yvara nicht aushalten konnte – die Ankündigung, daß Ciella sie verlassen wollte. Ich hatte untätig zugesehen, während Ciellas Leben zu versickern drohte, obwohl ein Teil von mir frohlockte, daß Yvara endlich etwas gegen ihre Peinigerin unternommen hatte.

»Ich sage dir, warum ich bestraft worden bin«, fuhr sie fort. »Ciella hat überlebt, also hätte man mir eine gewisse Gnade angedeihen lassen können, aber der Rat fürchtet, daß er die Dinge nicht mehr im Griff haben könnte, und Ciella klang so überzeugend, als sie gegen mich aussagte. Ich bedaure nur eines – daß ich dich in die Sache mit hineingezogen habe.«

»Es ist zu spät, Mutter. Du brauchst jetzt nicht so zu tun, als ob du etwas für mich empfändest.« Yvara hatte mir nur zögernd das Leben geschenkt; das war eine der Wahrheiten, die Ciella mir in ihrer hinterhältigen Art enthüllt hatte. Meine Mutter hatte keinen Gedanken an mich verschwendet, als sie auf Ciella einstach, aber das hatte sie schließlich sonst auch kaum.

Sie griff sich an den Hals und zog eine goldene Kette aus dem Ausschnitt; ein Kompaß hing daran. »Woher hast du das?« fragte ich.

»Jemand hat es mir vor langer Zeit geschenkt«, antwortete sie. »Natürlich war es in der Stadt nutzlos, deshalb habe ich es nur von Zeit zu Zeit als Schmuck getragen. Zufällig hatte ich die Kette gerade an, als man uns abholte, und niemand kam auf die Idee, sie mir abzunehmen.« Sie hielt inne und zog sich die Kette über den Kopf, dann schob sie meine Kapuze zurück. »Trag du es, Birana.«

»Warum gibst du mir das Ding?«

»Nimm es, und sprich nicht so laut.« Sie hängte es mir um den Hals und verbarg es unter meinem Umhang. »Wenn wir getrennt werden, kannst du es vielleicht brauchen. Du bist jünger und kräftiger als ich, und deine Überlebenschance ist größer.«

»Wir dürfen nicht getrennt werden«, sagte ich. Ich dachte nicht ans Überleben, sondern nur daran, daß ich nicht allein sterben wollte. Ich berührte die Kette und dachte an andere kleine Geschenke, die ich von meiner Mutter bekommen hatte, Geschenke, die als Ersatz für die Gefühle dienten, an denen es ihr mangelte.

Wir marschierten die meiste Zeit des Tages durch Wälder, ohne Spuren von Männern zu sehen. Die Bäume standen dicht, und häufig konnten wir den Himmel nicht sehen, doch der Kompaß wies uns den Weg. Schließlich wurde der Baumbestand lichter, und wir konnten von einem Hügel aus unsere Mauer hinter uns sehen.

Ich warf einen letzten Blick auf die Stadt, die uns in die Verdammnis geschickt hatte. Man hatte uns warme Kleidung, etwas Wasser und wenig Proviant mitgegeben. Das war, wie ich jetzt erkannte, keineswegs aus Barmherzigkeit geschehen oder um sicherzugehen, daß wir weit genug von der Mauer und jeder Zeugin, die Mitleid für uns empfinden könnte, entfernt sterben würden; es war vielmehr Teil der Strafe. Es wäre ein gnädigerer und schnellerer Tod gewesen, wenn man uns alles abgenommen und von der Mauer geworfen hätte.

Die Sonne ging unter; die Lichter der fernen Türme blinkten noch. Ich dachte an die Welt, die ich verloren hatte, und weinte.

Wir suchten uns am Fuße des Hügels einen Unterschlupf. Es war kälter geworden, Schnee bedeckte den Boden.

»Wir können uns nicht lange ausruhen«, murmelte Yvara, als wir uns aneinander kuschelten. »Sonst erfrieren wir.« Sie schluckte eine Handvoll Schnee. »Iß nur ganz wenig – unser Vorrat muß so lange wie möglich reichen.«

»Warum?« entgegnete ich. »Damit wir unseren Tod hinausschieben?«

»Wir werden nicht sterben. Ich werde nicht zulassen, daß wir sterben, hörst du? Es sind schon andere Frauen vor uns ins Exil geschickt worden. Einige von ihnen müssen doch überlebt haben.«

»Es wäre in den Städten bekannt, wenn es so wäre.«

»Vielleicht haben sie sich versteckt. Es gibt viele Möglichkeiten, sich zu verbergen, Landstriche, die wir seit Generationen nicht mehr geographisch erfaßt haben, Orte, zu denen unsere Schiffe nie gelangen. Es gibt Gebiete im Osten und Westen, die wir ganz und gar der Göttin anheim gegeben haben, in denen kein Mann leben kann. Vielleicht finden wir dort eine Zuflucht, wo Frauen darauf warten, andere Verbannte willkommen zu heißen.«

»Du brauchst der Stadt jetzt keinen Trotz mehr zu bieten«, antwortete ich. »Und mir brauchst du solche Sachen nicht zu erzählen.«

»Hast du gemeint, ich hätte es nur so gesagt, ohne daran zu glauben? Bis jetzt haben wir Glück gehabt. Und du vergißt eines, Birana. Diese Männer sind dazu erzogen worden, uns anzubeten; wir können uns das zunutze machen, um zu überleben.«

Sie war verrückt. Ein Stamm von Männern, die zwei einsame Wanderer erspähten, würden nicht erkennen, was wir waren, bevor sie uns umbrachten. Sie beruhigte sich selbst mit ihrem Geschwätz von Zufluchtsstätten und Überlebenden. Ich zitterte und hatte Angst, den Blick zum Himmel zu heben, da mir einfiel, daß uns kein Kräftefeld mehr schützte.

»Es gibt Landschaften, die gute Verstecke bieten«, fuhr Yvara fort. »Wilde Gegenden, die nicht kartographisch aufgezeichnet sind, Küstengebiete von Ozeanen, in denen sich Frauen verbergen könnten. Die Bewohnerinnen der Städte sind faul und selbstgefällig geworden, und sie sind schon lange nicht mehr so wachsam wie früher. Die Erde könnte viele Dinge vor ihnen geheimhalten.«

»Und was haben wir davon, wenn wir am Leben bleiben?«

»Leben, wenn einen alle Städte für tot halten? Das wäre mein persönlicher Triumph über sie. Wenn ich älter und bereit zum Sterben bin, werde ich zur Mauer unserer Stadt zurückkehren und jenen, die mich verurteilt haben, zeigen, daß ich es bin, die sie geschlagen hat.«

Die Verbannung hatte sie völlig aus dem Gleichgewicht gebracht; jegliche Spur von Vernunft, die sie besessen haben mochte, war verschwunden. Als sie vom Altwerden sprach, erinnerte mich das lediglich daran, daß wir, selbst wenn wir dem Verhungern, einem gewaltsamen Tod oder tausend anderen Gefahren entgingen, immer noch von Krankheiten dahingerafft werden konnten. Im Gegensatz zu den Männern, die berufen wurden, konnten wir nicht ins Innere der Mauer gehen, um unsere ansteckenden Krankheiten behandeln zu lassen. Unser Immunsystem, das keinerlei Stärkung erhielt, würde allmählich schwächer werden. Ohne Verjüngungsmittel würden wir schneller altern.

Ich war verzweifelt, und doch keimte der Same einer schwachen Hoffnung, der in mir ausgesät worden war.

Ich fing an, meine eigenen Wahnvorstellungen zu nähren – daß mir die Stadt im Fall meines Überlebens vielleicht vergeben und mich wieder aufnehmen würde, weil sie dann davon ausginge, daß ich genügend bestraft worden war.

»Welches sind deine genauen Pläne für ein solches Überleben?« fragte ich.

»Wir müssen uns zu einem Heiligtum begeben. Dort haben wir es warm und finden einen Platz zum Schlafen.«

»Männer kommen dorthin.«

»Sie dürfen in einem Heiligtum niemanden angreifen, das weißt du doch. Denke immer daran, so widerwärtig es auch sein mag – wir brauchen den Schutz der Männer.«

»Wenn sie die Gedankenübermittler einschalten«, warf ich ein, »könnten sie dahinterkommen, daß wir dort sind, und dann …«

»Überleg doch mal, Birana. Wir könnten ihnen beibringen, wie sie bestimmte Gedanken verhüllen. Wir könnten ihnen sogar einreden, daß sie in unserer Gegenwart gar keine Gedankenübermittler brauchen.«

Yvara fuhr fort mir zu erklären, daß wir, wenn wir erst einmal den Schutz eines Stammes errungen hätten, durchaus eine Überlebenschance hätten. Und irgendwann würde uns dann vielleicht zu Ohren kommen, wo wir andere Überlebende finden könnten. Ich versuchte, ihr zuzuhören, doch meine Gedanken beschäftigten sich nur mit der Kälte und meiner Erschöpfung.

Arvil bewegte sich und öffnete schließlich die Augen, doch es verging noch eine Weile, bis er mich zu sehen schien. Er stöhnte und verbarg das Gesicht in den Händen, während er Worte in seiner Sprache flüsterte.

»Arvil«, sagte ich.

»Mein Hüter«, antwortete er mit Worten, die ich verstand. »Er hat mich aus der Enklave geholt, er hat für mich gesorgt, er hat mir alles beigebracht, was ich weiß. Jetzt liegt er tot da – deinetwegen.«

»Ich kann mich nicht gegen dich wehren, Arvil. Du kannst mich ebenfalls töten.«

»Dann wäre sein Tod umsonst gewesen, und dein Tod kann meine Seele nun auch nicht mehr reinigen.« Er stand auf und ging zu Tals Leichnam. Der Tote, davon war ich überzeugt, war Arvils Vater; die Ähnlichkeit war mir schon länger aufgefallen. Der Mann schien für Arvil wenig Zuneigung zu empfinden, aber vielleicht hatte er ihn nicht immer so behandelt. Arvil stieß einen Schrei aus, dann sank er neben Tal nieder; seine Schultern bebten.

Ich dachte daran, was er mir zuvor über seinen Stamm und dessen sich verändernde Gefühle mir gegenüber erzählt hatte. Sie würden mich genauso benutzen, wie sie die Bilder benutzten, die ihnen die Gedankenübermittler boten, so wie sie sich gegenseitig benutzten. Ich hatte ihr Stöhnen in der Nacht gehört. Ich konnte nicht zurückkehren; ich würde den Tod begrüßen, wenn ich es täte.

Ich wartete, bis Arvil sich von seiner Trauer ein wenig erholt hatte, und fragte mich, was er wohl zu tun gedachte.

Durch den Gedankenprojektor hatte ich etwas über das Leben außerhalb unserer Mauer erfahren. Ich hatte ein simuliertes Feuer entfacht und den Blick über die Nachbildung einer Ebene schweifen lassen. Den meisten Mädchen aus meinem Bekanntenkreis hatte eine einzige derartige Erfahrung genügt, denn ihre Angst saß tief; ich hingegen hatte solche Phantasiereisen mehrmals unternommen.

Diese geistigen Ausflüge hatten mich weder auf die körperlichen Schmerzen, noch auf die Angst vor Verletzungen vorbereitet, auch nicht auf die Anfälle von Hunger, den Dreck, den ich nicht abwaschen konnte, den Umstand, daß ich am Boden kauern mußte, um meine Notdurft zu verrichten. Zum erstenmal in meinem Leben wurde ich mir meiner körperlichen Schwäche bewußt.

Wir ruhten nicht lange am Fuß des Hügels aus. Der Wind frischte auf, und wir zogen uns die Kapuzen ins Gesicht. Noch vor dem Morgengrauen setzte der Schneefall ein; bald war das Gestöber um uns herum so dicht, daß wir einander kaum noch sehen konnten.

Wir standen unter einem Baum und klammerten uns aneinander, während der Sturm uns umpeitschte. Mein Körper wurde allmählich gefühllos; wir stampften mit den Füßen auf und bemühten uns, sie auf diese Weise einigermaßen warm zu halten. »Ich werde nicht zulassen, daß du stirbst«, hörte ich meine Mutter flüstern; der Wind verschluckte den Rest ihrer Worte. Ich weiß nicht, wie lange wir so dastanden, doch endlich ließ der Schneesturm etwas nach, obwohl immer noch dicke Flocken vom Himmel herabtrieben.

Wir taumelten weiter. Plötzlich erhob sich ein Gesims aus Stein vor uns; ein Geschöpf kauerte vor dem Fels.

Ich hätte beinahe laut aufgeschrien, als das Geschöpf nach einem Speer griff. Meine Mutter rief: »Die Göttin sei mit dir!« Sie warf schnell die Kapuze zurück und riß ihren Umhang auf. »Sieh meine Gestalt«, rief sie, »und wisse, daß ich von der Herrin geschickt bin.«

Sie stand vor dem Mann, während Schneeflocken auf ihr Haar und das Hemd, unter dem sich die vollen Brüste abzeichneten, fiel. Der Mann war mit Leder und Fellen bekleidet, und der untere Teil seines Gesichts war von Haar bedeckt; ich erschauderte beim Anblick seiner Häßlichkeit. Seine kleinen dunklen Augen gafften abwechselnd meine Mutter und mich an; er rief fremdartige Worte aus und warf sich dann zu Boden.

»Warum seid Ihr gekommen?« schrie er. Seine Hände, die von Leder umhüllt waren, verkrallten sich im Schnee. »Soll ich gesegnet oder bestraft werden? O Herrin, vergib mir meine Sünden!«

Ich war überrascht, daß ich seine Worte verstand, doch dann fiel mir wieder ein, daß die Männer ja unsere Sprache beherrschten, da sie sie in den Gebeten benutzten. Seine Angst vor uns erstaunte mich. Dann überlegte ich, wie leicht er uns hätte niederstrecken können, bevor er erkannt hätte, was wir waren, und ich wäre beinahe zusammengebrochen.

»Ich bin zu euch gekommen, um euch auf die Probe zu stellen, um zu prüfen, ob ihr wirklich Meine getreuen Diener seid«, antwortete Yvara. »Erhebe dich, und beantworte die Fragen der Herrin. Wohin gehörst du, wo ist dein Stamm?«

Der Mann stand ungeschickt auf. »O Herrin«, winselte er. Ich öffnete ebenfalls schnell meinen Umhang, und seine Augen weiteten sich. »Zwei göttliche Erscheinungen auf einmal! Niemals hätte ich mir träumen lassen – ich bin Dein getreuer Diener, das schwöre ich. Ich bin auf dem Rückweg von Deiner Enklave, um mich wieder zu meiner Gruppe zu gesellen.« Er kniete nieder. »Sie hat ihr Gebiet im Westen, etwa fünf Tagesreisen von hier.«

»Ich werde deine Hingabe an die Göttin prüfen«, sagte meine Mutter. »Sie kennt deine Werte und behält dir einen besonderen Platz in Ihrem Herzen vor, wenn du Mir zu Diensten bist. Als erstes mußt du Uns zu einem heiligen Ort führen, zu einem Heiligtum, wo Mein Geist wohnt.«

Er erhob sich wieder. »Ich hatte die Absicht, bei einem nicht weit von hier entfernten Heiligtum haltzumachen, um zu beten«, sagte er. »Ich werde Euch dorthin führen.«

»Gibt es andere Stämme in der Nähe jenes Heiligtums?«

»Nicht in dieser Jahreszeit. Aber das weißt Du doch sicher, Herrin, denn wir können nichts vor Deinen Augen verbergen.«

»Ich stelle nur deine Ehrlichkeit auf die Probe. Denke stets daran: du kannst Mich nicht anlügen.« Yvara holte tief Luft; ihre Stimme verriet nichts von der Furcht, die sie meiner Meinung nach empfinden mußte. »Du wirst mit Uns zu diesem Heiligtum gehen. Wenn du Uns beweist, daß du ein würdiger Diener bist, werden du und deine Gruppe für alle Zeiten gesegnet sein.«

»Ich werde Euch zu dem Heiligtum am See führen«, antwortete der Mann, »wo die Erscheinung, die als die Weise bekannt ist, wohnt. Ich werde Euch ein würdiger Diener sein, Heiligkeiten.«

Jener Mann war der erste seiner Gattung gewesen, den ich leibhaftig vor mir gesehen hatte, denn die anderen, die ich aus sicherer Entfernung von der Mauer aus betrachtet hatte, zählte ich nicht. Er wurde Bär genannt, und in seinen Fellen und mit seinem dichten braunen Bart glich er wirklich einem solchen Tier; allerdings war er ein Tier, das sprechen konnte.

Unsere Schwäche schien ihn zu verwirren. Er glaubte an die Kraft der Herrin, doch während unserer Reise legten wir häufig Pausen ein, um unter den Zweigen und Fellen, aus denen er uns Unterstände baute, Rast zu machen. Yvara wies ihn an, den Blick abzuwenden, wenn wir uns erleichterten. Er bewachte uns, während wir ruhten, und dann ruhte er, während wir Wache hielten, bereit ihn aufzuwecken, wenn wir irgendeine Bewegung in der Ferne ausmachen würden. Unsere Füße wurden wund und bekamen Blasen, und bald bereitete es uns große Mühe, schneller als in sehr langsamer Gangart voranzukommen.

Yvara erklärte Bär, daß wir in unseren Körpern einige der Schwächen der Männer vereinten und daß dies eine nötige Maßnahme sei, wenn wir unter den Männern leben wollten, um ihnen mit unseren größeren Kräften keinen Schaden zuzufügen – doch ich fragte mich, ob Bär nicht irgendwann durchschauen würde, was wir wirklich waren. Er konnte in seiner Umgebung Zeichen deuten, die für uns unsichtbar waren; er schien in gewissem Maße zu vernünftigem Denken fähig. So ungehobelt er auch war, er blieb stets geduldig, während er uns zu dem Heiligtum führte.

Bär wohnte drei Tage lang mit uns im Heiligtum. Er holte Wasser, damit wir unsere geschundenen Füße baden konnten, und angelte durch das Eis für uns Fische aus dem See; inzwischen hatten wir von unseren eigenen Nahrungsvorräten nichts mehr übrig. Er saß am Boden vor dem Altar und betrachtete uns mit Ehrfurcht; so übertrieben mir sein Verhalten auch vorkam, so gerührt war ich dennoch von seiner inbrünstigen Hingabe.

Er hinterließ uns etwas Trockenfisch und genügend Wasser für einige Tage und ging mit dem Versprechen davon, in Kürze mit seiner Gruppe zurückzukehren. Als er weg war, weihte mich meine Mutter in ihre Pläne ein. Bärs Stamm würde bestimmt etwas über andere Frauen wissen; wir könnten vielleicht einen dafür gewinnen, uns zu einer Zufluchtsstätte zu geleiten.

»Er hat nichts von irgendeiner Zufluchtsstätte erwähnt«, gab ich zu bedenken.

»Wir werden eine finden, und eines Tages werde ich zur Mauer zurückkehren und allen zeigen, daß ich mich nicht habe unterkriegen lassen.«

»Du träumst von Frauen, die es nicht gibt«, schrie ich sie an. »Du hast nichts anderes im Kopf als Rache, Rache gegen Ciella, Rache gegen die Stadt. Du würdest sie am liebsten zerstören, wenn du könntest.«

Sie machte einen Satz auf mich zu und versetzte mir eine Ohrfeige. »Ja, das würde ich, und du solltest genauso empfinden. Bewahre dir den Haß – er wird uns am Leben halten. Niemand hat ein gutes Wort für uns eingelegt, vergiß das nie. Du bist das einzige, das mir geblieben ist, und du wirst leben.«

»Du hast mich in diese Lage gebracht. Dir liegt überhaupt nichts an mir. Du willst lediglich dein Schuldgefühl besänftigen, indem du dir vornimmst, mich an einen sicheren Ort zu bringen.«

»Bleib bei dieser Meinung, wenn es dir gefällt.« Sie wandte sich ab.

Während wir auf Bärs Rückkehr warteten, wuchs meine Verzweiflung. Mein Leben würde nie etwas anderes sein als ein Kampf, und zwar aller Wahrscheinlichkeit nach ein sehr kurzer. Ich hätte nichts davon, wenn ich am Leben bliebe.

Wir verließen das Heiligtum nur, um in der Nähe des

Eingangs unsere Notdurft zu verrichten, und ich sah kein Anzeichen von Bär. Wir brüteten schweigend vor uns hin und wagten nicht, das bißchen Nahrung, das uns geblieben war, zu essen. Schließlich war nur noch ein Stück Trockenfisch übrig; meine Mutter reichte es mir.

»Iß du es«, sagte ich. »Mein Leben ist vorbei.«

»Nimm es.«

»Ich möchte nicht weiterleben«, sagte ich.

»Du mußt.«

»Warum muß ich?«

»Weiß irgend jemand die Antwort auf diese Frage?« sagte sie. »Der einzige Grund, den wir nennen können, ist der, daß unser Leben das einzige ist, das wir haben. Ich hatte schon einmal gedacht, ich wollte sterben, damals in der Stadt. Ich stach auf Ciella ein, anstatt mir selbst etwas anzutun, doch das alles beruhte auf demselben Beweggrund. Erst während ich auf meinen Urteilsspruch wartete, beschloß ich, daß ich leben wollte, was immer auch geschehen mochte.«

»Ich möchte nicht weiterleben.«

Sie nahm meine Hand und streichelte sie zärtlich. Das war eine sehr untypische Geste, denn bisher hatte sie mir kaum jemals Zuneigung gezeigt. »Du bist nicht ehrlich, Birana. Sterben ist leicht. Ich kann dich nicht davon abhalten, wenn du dazu entschlossen bist. Wenn du dich nach draußen begibst, wirst du in wenigen Tagen den Tod finden, aber du gehst nicht. Du willst nicht wirklich sterben, aber du hast dich noch nicht dazu durchgerungen, leben zu wollen. Du tätest gut daran, dich zu entscheiden, was du willst.«

Ich schwieg.

»Wir haben jetzt schon so lange überlebt«, sagte sie. »Wir haben einen Mann gefunden, der uns hilft. Das bedeutet, daß andere sich ebenfalls so verhalten haben könnten. Du muß an dieser Hoffnung festhalten. Die Frauen in der alten Zeit haben Wege zum Leben gefunden, als die Erde in Trümmern lag. Bestimmt haben das auch jetzt einige geschafft. Wenn das der Fall ist, dann werden irgendwann in der Zukunft die Städte davon erfahren, und es könnte sein, daß sie bis dahin auf diejenigen von außen und auf deren Erfahrungen angewiesen sind.«

Ohne es zu wissen, bestärkte sie mich in der Hoffnung, die ich immer noch hegte – daß Verbannten eines Tages vergeben werden könnte, daß mir vergeben werden könnte.

»Entscheide dich, Birana«, sagte sie und ließ meine Hand los. »Entscheide dich zwischen Leben und Tod, dann wird wenigstens die Qual vorüber sein.«

Unser Wasser ging zur Neige, und Bär kehrte immer noch nicht mit seinen Männern zurück. »Er wird kommen«, sagte meine Mutter. »Oder ein anderer. Wir sind hier in einem Heiligtum – Männer müssen hierherkommen.« Doch auch ihre Zuversicht schien zu schwinden. Sie wanderte ruhelos im Heiligtum auf und ab und verschwendete auf diese Weise ihre Kraft; dann wieder blieb sie lange Zeit stehen und starrte zum Eingang.

Ich weiß nicht, wie viele Tage wir so verbrachten – vielleicht waren es nur ein paar. Bald war ich zu schwach, um mich von meiner Liege zu erheben. Ich lag dort, als meine Mutter aufstand und zur Tür ging.

Ich richtete mich mit großer Mühe auf. »Wohin gehst du?«

»Zum See hinunter.«

Ich wollte nicht, daß sie sich auch nur ein so kurzes Stück weit vom Heiligtum entfernte. »Geh nicht.«

»Wir brauchen Wasser. Ich muß gehen, bevor ich zu schwach bin, um welches zu holen.«

»Ich hole Wasser«, sagte ich, aber sie war bereits weg. Von der Angst um sie getrieben, schaffte ich es, den Raum zu durchqueren; die Tür öffnete sich, und ich trat ins Freie.

Der sich verdunkelnde Himmel und das wenige Licht der Abenddämmerung machten es schwer, etwas zu sehen. Ich blinzelte; sie war am Ufer des Sees. Sie bückte sich, dann stand sie wieder auf und bewegte sich auf mich zu.

Sie befand sich in der Nähe eines kleinen Gebüschs, nur als schattenhafte Gestalt zu erkennen, als ich die Bewegung anderer Schatten sah. Ich wollte schreien, während sie auf sie zurannten, doch meine Stimme klemmte in der Kehle. Einen Augenblick später waren die Männer bei ihr; ihre langen Pelzumhänge wallten ihnen um die Beine. Ich sah, wie sie stürzte, sah, wie sich ein Messer ihrem Hals näherte. Sie bekam keine Gelegenheit zu sprechen, keine Gelegenheit zu schreien, zu enthüllen, was sie war.

Einer der Männer beugte sich über sie. Beinahe wäre ich zu ihren Mördern hinausgerannt, da stieß der Mann ein solches Gebrüll voller Schmerz und Entsetzen aus, daß ich zurücktaumelte. Die Tür schloß sich; der Boden kam mir entgegen.

Ich lag auf einer Liege, ohne die geringste Erinnerung daran, wie ich dorthin geraten war. Mein Mund war ausgetrocknet, alle Kraft hatte mich verlassen.

Die Tür öffnete sich. Drei Männer traten ein und trugen den Leichnam meiner Mutter herein.

Ich weiß nicht, woher ich die Kraft nahm, mich zu erheben. Mein Körper wurde von Schluchzen geschüttelt, während ich auf sie zuging; meine Stimme schrie Anschuldigungen hinaus, während die Männer sich zu Boden warfen; dann sah einer von ihnen mich an.

Er war ein blondes wildes Tier mit einem haarlosen Gesicht, aber er starrte mich mit Laissas Augen an, mit den grauen Augen jenes Mädchens, das einst meine Freundin gewesen war. Der Schreck über den Anblick dieser Augen brachte mich wieder zu mir. Ich bemerkte, daß diese Männer keine Pelzumhänge trugen, sie konnten also nicht die Mörder meiner Mutter sein.

Der Blonde fing mich auf und führte mich zur Liege zurück. Trotz der Häßlichkeit seines Gesichts – die gebräunte und vom Wind aufgerauhte Haut, die hohen Wangenknochen und das eckige Kinn, der gerade, harte Mund ohne weibliche Sanftheit – bemerkte ich die Ähnlichkeit mit Laissa. Er war nur ein Mann, und doch war etwas von jener Person an ihm, die ich gekannt und geliebt hatte.

Mir war es damals nicht klar, aber in diesem Moment faßte ich den Entschluß zu leben.

Arvil stolperte neben mich und ließ sich nieder; seine Gesichtszüge waren vor Trauer verzerrt. Ich mußte sprechen, mußte herausfinden, was er nun zu tun gedachte.

»Arvil«, setzte ich an.

Er warf den Kopf mit einem Ruck nach hinten. Ich wich seinem Blick nicht aus. Gelegentlich, wenn er etwas zu mir sagte oder eine Frage stellte, wurde ich durch eine Bewegung oder eine bestimmte Mimik an Laissa erinnert; in solchen Momenten empfand ich so etwas wie Freundlichkeit für ihn.

»Arvil«, fuhr ich fort, »ich muß dir etwas erklären. Die Herrin ist nicht das, was du geglaubt hast, aber Sie ist dennoch mächtig und kann dir schaden. Die Herrin wird sich denken, daß ich noch immer bei deiner Gruppe bin, wenn wir in euer Lager zurückkehren, und wir wären nicht lange in Sicherheit. Meine Stadt, der Ort, den ihr Enklave nennt, wird mühelos das Lager deiner Gruppe ausfindig machen und vernichtet vielleicht sämtliche Mitglieder, um sicherzugehen, daß auch ich den Tod finde.«

»Ich habe die Feuerwaffen der Herrin gesehen und wurde Zeuge Ihres Zorns.« Seine grauen Augen blickten an mir vorbei. »Ich weiß, wozu Sie fähig ist. Bist du also ein Geschöpf des Bösen? Vielleicht hatten Sie recht, als Sie mir sagten, daß es so ist.«

»Ich bin kein Geschöpf des Bösen. Ich habe nichts verbrochen. Ich wurde für das Verbrechen meiner – einer anderen Person bestraft, weil ich dabeistand und nichts unternahm, um es zu verhindern. Meine Stadt hätte mich nicht zu bestrafen brauchen, doch grausame Frauen weigerten sich, mir Gnade zu erweisen. Ich mag schwach und töricht sein, aber böse bin ich nicht.«

»Die andere – die wir bei dem Heiligtum gefunden haben –, war sie diejenige, die das Verbrechen begangen hat?«

Ich nickte. »Und sie hat dafür bezahlt, wie du gesehen hast. Die Enklave will nicht deshalb meinen Tod, weil ich ein Geschöpf des Bösen bin. Ich soll sterben, damit du und deinesgleichen niemals die Wahrheit erfahren.«

Er kniff die Augen zusammen. »Welche Wahrheit könnte die Herrin uns lehren, nachdem Sie uns die ganze Zeit betrogen hat?«

»Du hast bereits einen Teil der Wahrheit durchschaut. Du hast mir gesagt, was ich bin – ein schwaches Geschöpf, genau wie du.«

»Es gibt viele Fragen, auf die ich gerne eine Antwort hätte.«

»Arvil, du kannst dich und deine Gruppe retten. Du kannst den Befehl der Herrin ausführen und zu deinem Lager zurückkehren. Du kannst den anderen erzählen, ich hätte es vorgezogen, zur Herrin zurückzukehren. Du kannst das Pferd nehmen und mich hier zurücklassen. Ich würde bald sterben. Allein kann ich nicht überleben.«

Er senkte den Blick. Wieder einmal wurde ich an Laissa und alles, was ich verloren hatte, erinnert. Ich dachte an meine Mutter; ihr Überlebenskampf war vergebens gewesen. Ich sah hinüber zum Leichnam von Tal, der meinetwegen gestorben war.

Arvil hob den Kopf. »Nachdem ich dich getötet hätte, sollte ich zu einem Heiligtum gehen und der Herrin den Vollzug melden. Die Herrin wollte mich dafür belohnen und meine Gruppe verschonen. Wenn ich nicht gehe...«

Er brauchte den Satz nicht zu Ende zu führen. Entsetzen überwältigte mich beinahe, doch irgendwie gelang es mir, es zu unterdrücken, und ich war in der Lage nachzudenken. Die Stadt hätte Arvils Gruppe unverzüglich angreifen können, doch das war nicht geschehen. Am Leben der Gruppenmitglieder konnte ihnen nichts liegen, es handelte sich doch um nichts anderes als einen von vielen Stämmen von Männern. Warum hatten sie nichts unternommen? Einige mochten vielleicht Skrupel haben, einer Frau so unverhohlen direkt das Leben zu nehmen, anstatt sie einfach tatenlos dem Tod zu überlassen, aber der Rat konnte nun mal nicht zulassen, daß eine Verbannte überlebte.

Es gab eine Möglichkeit. Irgend jemand in der Stadt wollte vielleicht nicht, daß andere von meinem Überleben erfuhren, was der Fall sein würde, wenn man Schiffe aussenden würde, um das Lager anzugreifen. Irgend jemand hatte offenbar Angst vor dem, was passieren könnte, wenn die Stadt erfuhr, daß ich noch am Leben war.

Diese Möglichkeit, wie abwegig sie auch sein mochte, reichte aus, um meinen Entschluß zu bekräftigen. Vielleicht hatte Yvara recht gehabt mit ihrer Behauptung über das Bestehen von Zufluchtsstätten, und vielleicht fürchteten andere Personen, ich könnte eine davon finden. Wenn jemandem in der Stadt daran gelegen war, meine Existenz geheimzuhalten, bedeutete das für mich, daß ich eine Chance hatte zu entkommen, daß die Stadt nicht alle ihre Handhaben gegen mich einsetzte. Selbst jetzt verfügte ich über einen gewissen Einfluß auf das Vorgehen der Stadt.

»Ich will dir gegenüber ehrlich sein«, sagte ich. »Die

Herrin ist mächtig, und vielleicht entkommen wir Ihr nicht, aber es besteht immerhin eine Chance. Ihr Machtbereich erstreckt sich nicht über die ganze Erde.« Ein zweifelnder Ausdruck huschte über sein Gesicht, doch er nahm es offenbar hin, da er bereits wußte, was ich war. »Vielleicht finden wir einen Platz, wo wir sicher sind.«

»Selbst wenn uns das nicht gelingt, kann ich dich nicht töten. Ich würde dann niemals die Wahrheit erfahren, aber es ist nicht nur die Neugier, die mich abhält. Ich weiß nicht genau wie, aber irgend etwas in deinem Geist spricht zu mir.« Die Eindringlichkeit seines Blickes während dieser Worte veranlaßte mich, mich abzuwenden. »Wir können nicht zu unserem Lager zurückkehren.«

»Ich wäre dort nicht sicher«, ergänzte ich.

»Es geht nicht nur darum. Sie träumen von den Segnungen deines Körpers. Ich kann den Gedanken an ihre Hände auf deinem Körper nicht ertragen.«

Ich stand auf, bei der Vorstellung wurde mir übel. »Ich muß Tal begraben«, fuhr er fort, »aber das kann nicht hier geschehen. Die anderen würden das Grab finden, wenn sie zum Wasserholen kommen, und sie würden sich fragen, wer darin liegen mag.« Er starrte eine Zeitlang auf den toten Mann hinab. »Er hat mich geholt; er hat mich großgezogen. Er hatte einen besseren Tod verdient.«

Er griff nach unten und zog die Jacke von Tals Leichnam. »Leg deinen Mantel ab und zieh das hier an«, sagte er.

»Aber ich ...«

»Zieh ihn aus. Wenn ein Mann diesen Mantel sieht, wird er sich fragen, warum du ein solches Kleidungsstück trägst, woher du es hast, wer du bist. Vielleicht hält man dich für einen Wegelagerer, und die werden von allen verachtet.«

Ich zitterte, während ich ihm meinen Mantel reichte

und Tals Jacke anzog. Die Ärmel reichten mir bis zu den Fingerspitzen, der Saum fiel mir bis unter die Knie. Ein Verstorbener hatte diese Jacke einst angefertigt, hatte das Fell bearbeitet, um es geschmeidig zu machen, hatte die Stücke mit scharfen Steinen zurechtgeschnitten und sie mit beinernen Nadeln zusammengenäht. Sein Blut haftete an dieser Jacke; fast hätte ich sie abgeworfen.

»Beruhige dich«, sagte er mit Nachdruck. »Sein Geist wird mich heimsuchen, nicht dich. Bring Flamme her. Wir müssen ihn an einen anderen Ort bringen.«

Er hob Tal mit großer Anstrengung auf das Pferd und band ihn auf dessen Rücken fest. Ich sah keine Tränen, nur kalte und zornige Augen. Arvil kniete nieder und grub mit den Händen im Boden, schaufelte Erde über die Blutspuren, dann warf er meinen Mantel die Uferböschung hinab.

»Das wird meine Gruppe finden«, sagte er. »Ein Mann wird zum Wasserholen kommen, und sie werden uns suchen und unseren Spuren bis hierher folgen. Sie werden deinen Mantel entdecken und annehmen, daß du dich von ihnen abgesetzt hast, und wenn sie es dann noch nicht wahrhaben wollen, werden sie es begreifen, wenn die Tage verstreichen und du nicht zurückkehrst. Wanderer kennt viele Geschichten, und er wird sich anhand dieser Zeichen eine zurechtlegen. Er wird wissen, daß auch ich weggegangen bin, obwohl er nicht wissen wird, ob ich gesegnet oder bestraft wurde. Er wird annehmen, daß du letzten Endes wieder zum Himmel aufgestiegen bist.«

»Wie kannst du so sicher sein, daß sie uns statt dessen nicht verfolgen werden?«

»Wir werden ihnen keine Spuren hinterlassen.« Er nahm Flammes Zügel und führte sie zum Fluß hinunter.

Wir wanderten über die Steine im Flußbett und am Ufer, die Sonne im Rücken. Der beschwerliche Weg über die Steine, wo wir sicher sein konnten, keine Spuren zu hinterlassen, verlangsamte unser Vorankommen, doch am späten Nachmittag hatten wir eine Stelle erreicht, wo der Fluß breiter wurde. Inzwischen waren meine Füße wundgelaufen, aber ich trottete hinter Arvil her, da ich es nicht über mich brachte, auf das Pferd zu steigen, das Tals Leichnam trug.

Wir schleppten uns weiter, bis der Fluß schmal genug war, daß wir zur Südseite hinüberwechseln konnten. Es gelang uns, auf einige halb unter Wasser liegende Steine zu treten, während wir Flamme durchs Wasser führten. Wir hielten nicht an, sondern setzten unseren Weg am Ufer entlang fort. Arvil schwieg während des ganzen Marsches, und ich fragte mich besorgt, was er wohl denken mochte. Hing er Erinnerungen an Tal nach, bedauerte er seine Tat? Er wußte, was ich war, kannte meine Schwäche, wußte, daß ich ihm gegenüber wehrlos war. Ich hatte einiges von ihm zu befürchten.

Als die Sonne tief am Himmel stand, hielten wir an, und Arvil begann, mit seinem Steinmesser in die Erde zu graben. Es war eine zeitraubende, schwere Arbeit; als er fertig war, ging die Sonne gerade unter, und er hatte ein flaches Grab ausgehoben, in dem Tal die letzte Ruhe finden konnte. Ich erinnerte mich daran, wie er meine Mutter begraben hatte, und sammelte am Ufer flache Steine, die ich beim Grab ablegte.

Er hob Tal vom Pferd und bettete ihn sanft in den Boden, dann legte er Köcher und Bogen neben die Leiche. »Ich werde seinen Speer behalten, denn jetzt kann ihn kein Feind mehr bedrohen; seine anderen Waffen muß er jedoch haben, damit er in der nächsten Welt jagen kann.« Er schloß die Augen, und ich hörte, wie er leise stöhnte. »Was für einen Unsinn ich daherrede! Die Herrin erzählt uns etwas von einer anderen Welt, dabei hat Sie uns doch angelogen. Welche Welt kann es jetzt noch für ihn geben? Wo wird sein Geist Ruhe finden?«

»Vielleicht gibt es eine Göttin«, sagte ich ohne Überzeugung. »Viele meinesgleichen glauben daran, daß es eine gibt. Vielleicht sind wir nicht so, wie ihr uns eingeschätzt habt, aber dennoch könnte es eine Göttin geben, die Gebete erhört und über uns wacht.«

»Kann sein, daß Sie meine nicht erhört. Kann sein, daß Sie niemandes Gebete erhört, wenn Sie es zuläßt, daß jene, die Ihre Gestalt haben, uns betrügen. Aber Tal hat versucht, das zu tun, was seiner Meinung nach Ihr Wille war. Er war starrköpfig und stur in seinem Verhalten, aber er hat sich bemüht, sich an das zu halten, was nach seiner Ansicht richtig war. Vielleicht wird er Frieden finden.«

Er schüttete das Grab mit Erde zu und legte die Steine auf den Hügel. Das Abendlicht schwand schnell, doch ich konnte das Schuldbewußtsein und die Wut in seinem Gesicht sehen, während er dastand. Ich fragte mich, ob er letzten Endes doch noch den tödlichen Schlag gegen mich führen würde.

»Arvil, es tut mir leid«, sagte ich. »Auch ich habe einen Menschen verloren, der mir sehr nahestand. Ich wollte nicht, daß Tal sterben sollte.«

»Wenn ich nicht gehandelt hätte, hätte Tal zuerst dir und dann mir das Leben genommen. Das hat er mir selbst gesagt. Er war bereit, dich umzubringen und dann gegen mich vorzugehen. Wenn der Herrin mehr an den Verkörperungen in der Enklave liegt als an dir, dann wird Sie Tals Seele segnen.«

Bei seinen Worten durchfuhr mich ein eisiger Schauder. Ich trat einen Schritt zurück. Er bückte sich, um Tals Speer aufzuheben, nahm einen Lederriemen von seiner Schulter und zerrte dann grob an mir herum, um mir den Speer auf den Rücken zu binden.

Er schwang sich auf Flamme und zog mich hinter sich, ohne zu mir zurückzuschauen, während wir davonritten und das Grab hinter uns ließen.

Arvil

Birana hatte mich in der Falle ihres Zauberbanns gefangen. Mein Hüter hatte ihretwegen sterben müssen, eben wegen dieses Banns, den sie über mich verhängt hatte. Die Welt, wie ich sie bisher gekannt hatte, bestand nicht mehr. Die Herrin, die angeblich über diese Welt wachte, war mir genommen worden, und ich hatte Visionen von anderen Wesen, die wie Birana waren und deren Geist in der Gestalt der Herrin hausten, die jedoch nichts von der Kraft der Herrin an sich hatten. Mit ihrer Zauberkraft hatten sie die Wahrheit vor uns verborgen, und die Herrin hatte sie für ihre Handlungsweise nicht bestraft. Ich hatte mich geweigert, Ihren Willen zu erfüllen, und dennoch lebte ich.

Alles das, was ich für gut gehalten hatte, erschien jetzt in einem anderen Licht, und die Herrin selbst war offenbar ein Teil des Bösen. Mein Geist mit all seinen Fragen und Zweifeln war zu einem Fluch geworden. Er hatte mich gegen die Welt aufgebracht, und ich fragte mich, wohin er mich noch führen würde.

Biranas Arme lagen um meine Taille. Wieder wogte das Verlangen, für das ich keinen Namen hatte, in mir auf. Ihre Seele hatte nach mir gerufen, und welches Unglück sie auch über mich bringen mochte, ich sehnte mich immer noch danach, soviel wie möglich von ihr zu lernen. Es erwarteten uns noch viel mehr schmerzliche Erfahrungen, dessen war ich sicher. Allein hatte ich eine geringe Überlebenschance. Mit Birana, die ich beschützen mußte, standen meine Chancen entschieden schlechter. Lautlos verfluchte ich den Bann, den sie über mich verhängt hatte, während ich gleichzeitig entschlossen war, soviel wie möglich von ihr zu lernen, bevor mich der Tod ereilte. Eine Umkehr zu diesem Zeitpunkt würde mir das nicht wiederbeschaffen, was ich verloren hatte.

Ich hatte mich für einen Weg entschieden; doch während ich dahinritt, hoffte ich, daß ich eine Vision haben, daß mir die Herrin erscheinen und mit ihren Worten meine Welt wiederherstellen würde, selbst wenn das bedeutete, daß Sie mich wegen meiner Taten verdammen würde.

Die Nacht wurde immer kälter, und wir mußten einen Unterschlupf finden. Da wir in südliche Richtung ritten, fiel mir das Heiligtum der Maria ein, aber ich wußte, daß wir dorthin nicht gehen konten. Ich wollte möglichst weit weg sein von dem Gebiet um mein Lager herum.

Ich dachte an meine Gruppe, an meine Freunde, die ich nie mehr wiedersehen würde. Vielleicht suchten sie uns bereits. Vielleicht hatte einer von ihnen Biranas Mantel gefunden. Die Männer würden sich ihre Gedanken darüber machen, und ihre Angst würde viele Hirngespinste hervorrufen. Ich war sicher, daß ihre Verwirrung sie zum Gebet in das Heiligtum der Maria führen würde. Mir wurde klar, daß die Herrin ihre Gebete nur hören konnte, wenn sie die Reife trugen, denn allmählich kannte ich Ihre Grenzen. Wenn die Männer begriffen, daß Birana nicht zurückkehren würde, dann hätten sie keinen Grund mehr, die Kronen der Herrin nicht anzulegen.

»Arvil«, flüsterte Birana hinter mir. »Ich habe Angst vor dem, was du meinetwegen tust. Du hast zuerst Tal und jetzt auch noch deine Gruppe verloren. Vielleicht wäre es besser gewesen, du hättest mir das Leben genommen.«

»Es hat keinen Sinn, jetzt darüber zu sprechen.« Bei ihren Worten loderte in mir heller Zorn auf, weil sie mich verzaubert hatte. »Du wirst mir für dein Leben bezahlen müssen, indem du mir Geschichten darüber erzählst, was du als Wahrheit bezeichnest. Wenn mir nicht gefällt, was ich höre, sehe ich mich vielleicht in der Lage, den Befehl auszuführen, den die Herrin mir erteilt hat.« Ihre Arme schlossen sich fester um mich, während ich das sagte, und ich bedauerte meine Bemerkung. Das gehörte zu ihrem Zauberbann – daß sie meine Wut in Verlangen nach ihr umwandeln konnte.

Bald gelangten wir zu einem kleinen Hügel. Die wenigen Bäume auf der Kuppe würden uns einigermaßen Schutz bieten, und wir konnten jede Bewegung unter uns beobachten. Ich hörte keinen Laut und sah kein Anzeichen von Männern. Wir ritten den Hügel hinauf und stiegen ab; dann setzten wir uns, nachdem wir Flammes Zügel an einem Ast festgebunden hatten.

»Ich muß dir einige Fragen stellen«, sagte ich. »Beantworte sie mit Bedacht, denn unser Leben hängt von diesen Antworten ab. Meine Gruppe wird bald feststellen, daß du verschwunden bist; ich glaube, sie werden zum Heiligtum der Maria gehen, um den Rat der Herrin zu erflehen. Du bist nicht mehr bei ihnen, und mindestens einer wird den Mut aufbringen, sich einen Reif anzulegen. Dann wird die Herrin erfahren, daß du nicht mehr bei ihnen bist. Wird Sie das davon abhalten, nach dir zu suchen?«

Sie schwieg einen Moment lang. »Die Stadt würde erfahren, daß ich mich nicht mehr bei ihnen aufhalte. Vielleicht glauben sie, daß du mich getötet hast und dich nun fürchtest, zu diesen Männern zurückzukehren, aber sie werden keine Gewißheit haben.«

»Wird die Enklave dich suchen? Wird die Herrin glauben, daß du tot bist?«

»Das weiß ich nicht. Deine Gruppe würde von der Stadt nicht bedroht, wenn sie ihr verkündet, daß ich nicht mehr bei ihr bin, aber wie können wir sicher sein, daß sie wirklich zu diesem Heiligtum gehen?«

»Sie werden bestimmt hingehen«, sagte ich. »Wenn sie deinen Mantel finden und feststellen, daß du vom Erdboden verschwunden bist, wird ihr Entsetzen sie zum Heiligtum treiben.«

»Vielleicht begeben sie sich nicht gleich dorthin. Bevor sie hingehen, sind auch sie gefährdet.«

Ich dachte über ihre Worte nach und machte mir Sorgen wegen meiner Gruppe. Ich hatte während unserer Flucht nicht an die Gefahr gedacht, die ihr drohte; es war mir nicht in den Sinn gekommen, sie vor den Folgen meiner Tat zu schützen. Sie waren freundlich zu mir gewesen, als ich niemanden hatte, und ich schämte mich, weil ich sie einfach ihrem Schicksal überlassen hatte.

»Wenn die Stadt ein Schiff gegen sie ausschickt«, fuhr Birana fort, »dann könnte man dort annehmen, daß ich gemeinsam mit ihnen ums Leben gekommen bin, vielleicht aber auch nicht. Vielleicht nimmt das Schiff Bilder der Toten zu Untersuchungszwecken mit zurück, damit ...«

»Machst du dir so wenig aus jenen, für die du soviel bedeutet hast?« brach es aus mir heraus. »Sind wir lediglich Geschöpfe, die man wegwirft?«

Sie wich ein wenig in die Dunkelheit zurück. »Ich wollte damit nicht sagen, daß ich mir ihren Tod wünsche.« Sie hielt kurz inne, bevor sie fortfuhr. »Ich weiß nicht, wieviel ich dir anvertrauen kann. Soweit ich weiß, hatten die Städte dieses Problem nie zuvor. Eine Frau wird in die Verbannung geschickt, und man hört nie mehr etwas von ihr. Viele Dinge können einen hier draußen umbringen, und wir sind unfähig, außerhalb der Mauer zu überleben. Wir können unsererseits niemand anderes umbringen – eine solche Tat stellt unser schwerwiegendstes Verbrechen dar. Deshalb schickt man die Frauen statt dessen nach draußen.«

»Die Herrin bringt Männer um.«

»Ja, aber niemals unseresgleichen. Das wird wohl auch der Grund sein, weshalb du ausgeschickt worden bist, verstehst du – auch wenn ich eine Verdammte bin, beauftragen sie lieber einen Mann damit, mich zu töten, damit sie es nicht selbst zu erledigen brauchen. Aber sie werden handeln, wenn es keine andere Möglichkeit gibt.«

Ich seufzte. »Ich wurde angewiesen, daß ich nach deinem Tod zu einem Heiligtum gehen und erneut mit der Herrin sprechen sollte.«

»Ich weiß. Man wird sich in der Stadt allmählich fragen, warum du das nicht längst getan hast.«

»Sag mir eins, Birana. Wenn ich in ein Heiligtum gehe und tue, wie mir geheißen, werden wir dann vor dem Zorn der Herrin sicher sein?«

Sie atmete tief durch. »Wenn man dir glaubt – ja. Aber sie haben Mittel und Wege, die Wahrheit aus dir herauszuquetschen. Du wirst große Mühe haben, die Tatsachen vor ihnen zu verbergen.«

»Du hast mich schon einmal mit einem Zauberbann belegt, damals in dem Heiligtum am See.«

»Und du hast erlebt, wie leicht er gebrochen wurde. Er war nicht stark genug, um dich davon abzuhalten, mich zu verraten.«

»Die Herrin hat einen Bann über mich verhängt«, sagte ich. »Es war ein sehr mächtiger Bann, der ausreichte, um mich eine gewisse Freude bei der Vorstellung, dich umzubringen, empfinden zu lassen. Und doch, als ich erkannte, was du bist, war dieser Bann durchbrochen, denn dein Bann ist stärker. Ich weiß jetzt etwas mehr über die wahre Natur der Herrin. Sie hat keine große Macht mehr über mich. Du mußt mich lehren, was ich zu tun habe, um meine Gedanken vor ihr zu verbergen, und dann werde ich in ein Heiligtum gehen.«

Sie sprang auf. »Dann kannst du mich genausogut auf der Stelle umbringen! Sie würden ein bewaffnetes Schiff zu diesem Heiligtum schicken – sie würden weit und breit alles zerstören, um ganz sicher zu sein… «

»Setz dich hin«, befahl ich mürrisch, »und verhalte dich ruhig, sonst rufst du den Tod hierher!« Sie ließ sich zu Boden nieder. »Wir selbst haben eine kleine Überlebenschance, besonders wenn wir auf Flamme reiten. Wir haben gar keine, wenn ich die Magie der Herrin befürchten muß, denn dann werde ich den Himmel beobachten und vor Ihren Waffen Angst haben, anstatt die Gefahren zu sehen, die rings um uns herum lauern. Ich muß in ein Heiligtum gehen. Wenn die Herrin deinen Bann bricht und die Wahrheit erfährt, werden wir unserem Tod lediglich früher begegnen. Wenn Sie es nicht tut und mir glaubt, haben wir eine geringe Aussicht, am Leben zu bleiben.«

»Das kannst du nicht tun, Arvil.«

»Ich muß es tun. Es gibt auch noch meine Gruppe, die ich zu beschützen habe. Sie werden immer in Gefahr sein, solange die Herrin annimmt, daß du bei ihr weilst. Ich möchte nicht, daß sie meinetwegen leiden.«

»Du kannst nicht ... «

»Du bist mit dem kleinen Hasin so lieb umgegangen. Könntest du es ertragen, daß er von den Strahlen der Herrin niedergestreckt wird?«

»Nein!« Daß ich Hasin erwähnte, ging ihr zu Herzen. »Ich denke, ich muß tun, was du verlangst.«

Ich ließ sie eine Zeitlang schlafen, dann weckte ich sie, als der Vollmond hoch am Himmel stand. Ich deutete zu den Sternen hinauf und wies sie an, mich aufzuwecken, wenn sie tiefer im Westen stünden. »Die meisten Männer schlafen in der Nacht«, erklärte ich. »Aber du mußt mich sofort aufwecken, wenn du irgendeine Bewegung siehst.«

Sie nickte, während ich mich am Boden ausstreckte. Ich vermutete, daß sie Hunger hatte, aber wir hatten nichts zu essen. Ich schloß die Augen und versank in einen traumlosen Schlaf. Als ich erwachte, wähnte ich mich in meinem Lager, bis ich mich erinnerte, wo ich war.

Es war immer noch Nacht. Die dunkle Gestalt Biranas hob sich schwarz gegen den sternenübersäten

Himmel ab. Sie stand ein paar Schritte von meinen Füßen entfernt und hielt Wache.

Sie stellte die eigentliche Gefahr dar, die mir am nächsten war, die mich mehr bedrohte als alles andere. Ich hätte sie rasch umbringen und dafür sorgen können, daß sie nicht leiden mußte. Ich hätte mich dann zu einem Heiligtum begeben können, ohne mich vor ihrer Enklave zu fürchten. Ich hätte sie begraben und zu meiner alten Gruppe zurückkehren oder auch eine neue Gruppe suchen können, um mich dieser anzuschließen.

Ich hatte die Herrin angebetet sowie auch jene Erscheinungen, die ihre Gestalt hatten. Auch wenn Birana nicht das war, wofür ich sie gehalten hatte, erfüllte mich noch immer Ehrfurcht vor ihr, vermischt mit diesem seltsamen Verlangen, das meine Seele verbrannte. Ich wollte die Wahrheiten erfahren, die sie mir eröffnen konnte, doch ich wollte auch noch etwas anderes. Ich dachte an das, was Schatten über die Segnungen gesagt hatte, die Birana uns durch ihren Körper bescheren könnte. Es gab niemanden, der mich davon abhalten konnte, sie zu empfangen – oder sie mir zu nehmen.

Sie hatte sich abseits von meiner Gruppe gehalten. Sie hatte dem einen oder anderen von uns ein Lächeln oder ein freundliches Wort gewährt, aber sie hatte keinen an ihre Seite berufen. Mir fiel wieder ein, wie verängstigt sie ausgesehen hatte, als ich ihr von den Wünschen der Männer erzählte.

Ich zwang mich, mein Verlangen zu bezähmen, und richtete mich auf. »Der Himmel wird bald heller werden«, sagte ich beim Aufstehen. »Wir müssen aufbrechen. Bis zum Morgengrauen können wir schon eine beträchtliche Strecke zurückgelegt haben.« Ich half ihr beim Aufsteigen auf Flamme, dann schwang ich mich hinter ihr aufs Pferd.

Ich hatte mich dafür entschieden, nach Süden zu reiten und den Weg zu nehmen, den ich von meiner Reise mit Bint her kannte. Wenn wir in freiem Gelände blieben, könnten wir jedem Mann zu Fuß entfliehen, und ich würde ständig nach Reitern Ausschau halten, während wir gleichzeitig von Männern bewohnte Gebiete umgingen.

»Es gibt ein Heiligtum der Hekate im Süden«, sagte ich. »Es ist sehr unwahrscheinlich, daß jetzt irgendwelche Männer dorthin reisen, denn alle in der Umgebung haben miterlebt, wie die Schiffe der Herrin das Plateau angriffen. Sie werden den Zorn der Herrin fürchten und glauben, das Gebiet sei verflucht.«

»War es dort, wo du Männer sterben sahst?«

Ich erzählte ihr davon, wie meine Gruppe sich den Männern von Wahrheitssager angeschlossen hatte und wie wir zu diesem Plateau gezogen waren, nur um den Tod von den Händen der Herrin zu erfahren. Während ich sprach, dachte ich an all das, was ich verloren hatte – meine alte Gruppe, meine Freundschaft mit Wanderer und Schatten, meine neue Gruppe, meinen Hüter Tal. Ich fragte mich, ob Birana und die Dinge, die sie mir womöglich offenbaren würde, jemals den Verlust ersetzen könnten.

»Es tut mir leid«, sagte sie, als ich zum Ende meiner Erzählung gekommen war. »Du hast viel erlitten.« Ich hätte gern mehr von ihr erfahren, doch wir brauchten etwas zu essen, und die Zeit war zu knapp, um Fragen zu stellen.

Während der gesamten Reise hielten wir an, wenn ich eine Stelle ausmachte, wo Birana einigermaßen in Sicherheit war – eine Furche oder eine Höhle, wo sie sich verstecken konnte, solange ich jagte. Ich wagte nicht, mich zu weit von ihr zu entfernen oder sie allzu lange allein zu lassen, aber ich fing einmal mehrere Fische an einem kleinen Fluß, und ein andermal erlegte ich mit meinem Bogen eine Ente. Überall begannen die Pflanzen zu sprießen, und ich konnte grüne Zwiebeln, Pilze und jungen Spargel sammeln. Ich erkannte, daß Birana als Hilfe zum Auftreiben von Nahrung nutzlos war. Sie kannte sich mit Pflanzen überhaupt nicht aus, und es war leichter für mich, wenn ich allein auf die Jagd ging.

Jedesmal, wenn ich zu ihr zurückkehrte, wischte sie sich Tränen aus dem Gesicht, bevor sie mich begrüßte. Oft lächelte sie mich ein bißchen an, und bei dem Anblick durchflutete mich Wärme. Ich freute mich, wenn ich ihr etwas zu essen bringen konnte, und ich schämte mich, wenn ich nur wenig gefunden hatte. In meiner Gegenwart weinte sie nicht. Sie jammerte nicht, obwohl ich in ihren blauen Augen Erschöpfung und Verzweiflung sah. Ich lernte, meine Notdurft nicht vor ihren Augen zu verrichten, und wandte mich ab, wenn sie ihrerseits sich erleichterte.

Am Abend und am Morgen, bevor wir losritten, ließ sie die goldene Kette vor mir baumeln und erklärte mir den Bann, den ich im Heiligtum brauchen würde. Mit ihren sanften Worten versetzte sie mich in eine Art Trance und rief mich anschließend wieder in die Wirklichkeit zurück. Ich konnte mich danach nicht erinnern, was während des Trancezustands geschehen war, doch mein Verlangen nach ihr schien am stärksten, wenn meine Seele zu mir zurückkehrte und ich sie wieder sah.

»Du machst deine Sache gut«, lobte sie mich am vierten Tag unserer Reise während des Reitens. »Du läßt dich immer leichter in Trance versetzen. Du bist viel besser zu beeinflussen, als ich dachte.«

»Es darf auf gar keinen Fall geschehen, daß dein Bann gebrochen wird.«

»Ich tue mein Bestes, um dafür zu sorgen, daß das nicht passiert. Wenn du mit der Herrin sprichst, wirst du nicht mehr wissen, daß ich lebe, ich werde aus deinem Bewußtsein verschwunden sein. Du wirst mich nicht einmal mehr erkennen, bis ich die Worte spreche, die dich zurückrufen. Dann wirst du dich wieder an alles erinnern, was geschehen ist, und ich werde nach dem, was du mir berichtest, abschätzen können, ob wir in Sicherheit sind. Du mußt mir vertrauen, Arvil.«

»Ich möchte dir jetzt noch ein weitere Frage stellen«, sagte ich. »Einst lebten die Männer im Reich der Herrin – daran haben wir stets geglaubt, doch inzwischen bezweifle ich, daß das wahr ist. Dann begingen wir ein verheerendes Unrecht und wurden hinausgeworfen. stimmt das?«

»Es stimmt. Das trug sich vor sehr langer Zeit zu, lange bevor irgendeiner der jetzt lebenden Menschen auf der Welt war. Die Männer hätten beinahe unsere Erde zerstört. Daran brauchst du nicht zu zweifeln.«

»Wie konnten die Männer so etwas tun?«

»Sie beherrschten ein umfangreiches Gebiet dessen, was ihr Magie nennt. Sie benutzten es, um gegeneinander zu kämpfen, und Millionen kamen ums Leben – so viele, daß es sich in Zahlen nicht ausdrücken läßt. Die Überlebenden erkannten, daß so etwas niemals wieder geschehen durfte, deshalb verbannten die Frauen, die Verkörperungen der Herrin, die Männer aus ihrer Mitte und behielten die Magie für sich. Das brachte Frieden in die Welt, denn die Frauen gelobten, daß es nie mehr Kämpfe geben würde.«

»In meiner Welt gibt es wenig Frieden«, sagte ich.

»Zumindest habt ihr eine Welt.«

Ich haderte mit meinen Gedanken. »Du sagst, daß jene, die diese Sünde begangen haben, nicht mehr leben, und trotzdem werden wir für ihre Tat bestraft.«

»Ihr seid von Natur aus gewalttätig. Es muß verhindert werden, daß ihr die Welt ein zweites Mal vernichtet.«

Das entsprach dem, was ich geglaubt hatte, nämlich daß unsere Seelen von dem Bösen der Vergangenheit befleckt sind. Dennoch beschäftigten mich weitere Fragen. »Wir bekommen Knaben in unsere Obhut. Ich wurde Tal in einer Enklave übergeben, obwohl ich mich daran nicht erinnere. Wir fanden Hasin im Innern der

Mauer. Gestattet ihr den Männern zu leben, damit ihnen eines Tages vergeben wird?«

»Ich weiß nicht«, sagte sie, »ob euch jemals vergeben werden kann.«

»Aber kann ein kleiner Junge so schlecht sein, daß die Enklave ihn wegschicken muß? Wenn wir wirklich so schlecht sind, warum erlaubt ihr uns dann überhaupt zu leben?«

»Ich werdet gebraucht«, antwortete sie, erklärte jedoch nicht, was sie damit meinte. »Einige von uns glauben, daß uns die Göttin vor langer Zeit erschienen ist und uns angewiesen hat, von den Männern getrennt zu leben. Andere behaupten, das sei lediglich eine erfundene Geschichte, daß die Göttin sich nicht solcher Mittel bedient oder daß es vielleicht überhaupt keine Göttin gibt, daß unser Weg dennoch der richtige ist, weil dadurch die Erde erhalten wurde.«

Wenn es keine Göttin gab, wer wachte dann über uns? Wodurch wurde das Böse in Schranken gehalten? Der Gedanke, daß Sie sich von der Welt abgewandt haben könnte, war nicht so beängstigend wie die Vorstellung, daß sie womöglich niemals existiert hatte. »Was glaubst du?« fragte ich.

Sie hielt das Gesicht von mir abgewandt. Meine Hände umfaßten ihre Taille fester. Sie sagte: »Ich meine, wir leben nun schon so lange in der jetzigen Weise, daß wir nichts daran ändern können, ungeachtet dessen, was richtig oder was wahr sein mag.«

In meinem Kopf pochte es. Ich glitt von Flammes Rücken und landete auf den Füßen.

»Arvil...«

»Ich muß zu Fuß gehen«, sagte ich. Ich hatte wissen wollen, was Birana als Wahrheit bezeichnete. Ich erfuhr es, und meine Seele bäumte sich auf.

Ich hatte begriffen, daß Birana außerhalb ihrer Enklave kaum etwas von der Magie der Herrin besaß und daß andere Verkörperungen der Göttin nicht so mächtig waren, wie ich gedacht hatte. Zweifel hatten meinen Geist aufgewühlt, auch schon vor meinem Besuch in der Enklave, und das seltsame Bild, das sich mir dort geboten hatte, wie Tal in dünnen Metalldrähten gefangen war, hatten meinen Zweifeln neue Nahrung gegeben. Ich hatte gespürt, welchen Schmerz die Herrin einem auferlegen konnte. Doch irgendwie hatte ich gehofft, daß Biranas Wahrheit einen Sinn offenbaren würde, einen Grund dafür, daß sich unser Leben so gestaltete, wie es der Fall war.

Jetzt erklärte sie, daß wir nur deshalb so lebten, weil ihre Artgleichen nichts daran ändern wollten. Ich dachte an Bint und seine Gruppe, die nach einem besseren Weg getrachtet und die dafür mit dem Leben gebüßt hatte. Ich dachte an die Herrin, die ich angebetet hatte. Nur mein Glaube hatte mich in die Lage versetzt, Entbehrungen zu ertragen, in der Hoffnung, daß mir irgendwann vergeben würde.

Flamme blieb stehen und senkte den Kopf, um zu grasen. Ich legte ihr die Hand auf die Seite und blickte zu Birana hinauf. »Ich muß dich noch etwas fragen«, sagte ich, »obwohl ich glaube, die Antwort bereits zu kennen. Sind alle, die in der Enklave leben, ebenso schwache Geschöpfe wie du? Verfügten sie außerhalb der Mauer ebenfalls über keinerlei Macht? Verbergen sie ihre wahre Natur hinter ihrer Magic?«

Sie nickte.

»Und ist die Herrin auch nur eine von euren Lügen? Hat man uns beigebracht, Sie anzubeten, damit wir niemals die Wahrheit erfahren?«

»Ich weiß nicht, ob die Göttin nur eine Lüge ist. Viele in den Städten glauben an Ihre wirkliche Existenz, obwohl wir in Ihr keine Wesenheit sehen, die so handelt, wie wir es euch glauben gemacht haben. Sie wird als der Geist der Erde angesehen oder als die Intelligenz, die unsere Welt erschaffen und ihr das Leben eingehaucht hat. Andere zweifeln daran. Wir haben die Freiheit zu glauben, was wir wollen, solange wir uns an die Regeln halten. Für viele ist es leichter, an Sie zu glauben, dann brauchen sie keine Fragen zu stellen. Es stimmt, daß der Glaube an Sie unseren Zwecken dient und unsere Macht erhält.«

In diesem Moment hätte ich sie am liebsten vom Pferd gezerrt und meine Wut mit den Fäusten an ihr ausgelassen. Ihre Augen weiteten sich, als ob sie meine zornigen Gedanken gesehen hätte.

»Arvil, es ist besser, daß du das alles jetzt weißt. Wenn du in dem Heiligtum mit jemandem sprechen mußt, wirst du stärker sein, wenn du begreifst, daß jene, die dich hören, in ihrer Macht begrenzter sind, als du dachtest.«

»Da hast du recht«, sagte ich verbittert.

»Bitte, versuche zu verstehen. Vor langer Zeit mußten wir eine Welt wiederaufbauen. War taten das auf die einzige Weise, die uns möglich war, so grausam sie dir auch erscheinen mag. Viele fürchten, daß wir, wenn wir einen anderen Weg gewählt, wenn wir euch in unseren Städten aufgenommen hätten, Gefahr gelaufen wären, das Geschaffene zu zerstören.«

»Hör auf!« sagte ich, während ich wieder aufstieg. »Ich glaube, ich kann nicht noch mehr von deiner Wahrheit ertragen.«

Ich kam mit ihr langsamer voran als damals mit Bints Gruppe, doch bald hatten wir die Ebene nördlich des Plateaus und des Heiligtums der Hekate erreicht. Als ich das letztemal dieses Heiligtum betreten hatte, hatte ich geglaubt, die Welt hätte mich so sehr bestraft, wie sie nur konnte.

Biranas Wahrheit war schwerer zu ertragen als meine früheren Qualen, aber sie war das einzige, das mir geblieben war. Wenn ich überlebte, würde ich noch weitere Wahrheiten von ihr erfragen und soviel wie möglich über die Magie ihrer Enklave erfahren wollen.

Wenn ich einen Weg fände, diese Magie gegen die Enklave zu wenden, würde ich es tun. Wenn es mir nicht gelänge, dann würde ich anderen Männern die Wahrheit erzählen. Birana konnte so lange am Leben bleiben, bis ich alles von ihr erfahren hatte, was ich wissen wollte. Ich redete mir ein, daß es mir inzwischen gleichgültig war, was mit ihr danach geschah.

Aus Biranas Augen sprach jetzt Furcht, wann immer sie mich ansah, als ob sie meine Überlegungen spürte. Ich verließ sie eines Abends, nicht nur um zu jagen, sondern auch, weil ich sie in meiner Wut womöglich verprügelt hätte. Ich brauchte ihren Zauberbann.

Ich kehrte mit einem Kaninchen zurück. Sie bot an, es für mich zu häuten, doch ich lehnte ab.

»Bitte«, sagte sie. »Ich komme mir so nutzlos vor. Ich habe dir und den anderen beim Vorbereiten von Wild zugesehen. Wenigstens das kann ich doch tun. Du mußt mir beibringen, wie ich es machen soll.«

Ich hob den Blick und sah ihr ins Gesicht. Mein Zorn verflog. Das braune Haar fiel ihr lose ums Gesicht, und ihre glatte Haut war vom Wind und der Sonne dunkler geworden. Die Nacht war warm, und sie hatte die Jacke geöffnet; ich sah, wie dünn sie geworden war. Die graue Kleidung hing locker an ihrem Körper; ihre Gestalt glich jetzt eher der eines Knaben als der einer göttlichen Erscheinung. Sie hatte wenig von der Schönheit der Verkörperungen, durch die ich in der Vergangenheit gesegnet worden war, trotzdem wurde meine Seele bei ihrem Anblick aufgewühlt.

Sie wich meinen Augen rasch aus. »Du bist wütend auf mich«, sagte sie, »und ich weiß warum. Du empfindest Zorn gegen alle meinesgleichen, die dich betrogen haben, aber du kannst ihnen nichts antun, nur mir. Bestimmt wünscht du, du wärst mir niemals begegnet.«

»Du bist jetzt nun mal bei mir. Ich kann es nicht rückgängig machen.«

»Du kannst mich immer noch töten.«

»Der Gedanke ist mir gekommen«, gab ich zu, »aber dein Zauberbann lähmt mir die Hand.«

»Wenn ich also am Leben bleiben soll«, sagte sie leidenschaftlich, »dann mußt du mir alles beibringen, was ich wissen und können muß. Du mußt mich lehren zu jagen, sogar zu kämpfen, falls es nötig sein sollte. Ich habe hier keinerlei Macht außer der, die ich von dir bekomme.« Ihr Blick war entschlossen, und sie strahlte Kraft aus.

Die Frauen der Enklave hatten die Zufluchtsstätte zerstört, die ich mit Bints Gruppe zu finden gehofft hatte.

Sie hatten mich in die Enklave berufen, nicht um mich zu segnen oder mich für meinen Mut zu belohnen oder um mich wieder mit Tal zusammenzuführen, sondern zu irgendeinem unbekannten Zweck. Es ging ihnen nicht nur darum, den Willen der Herrin zu erfüllen, sondern ihre Macht über die Männer zu erhalten. Dennoch hatten sie auch Birana aus ihrem Kreis verjagt. Ihre Grausamkeit gegenüber ihresgleichen war so groß wie ihre Grausamkeit gegenüber Männern.

Ich dachte daran, wie sehr ich gelitten hatte, als Tal mich zu Pirscher abgeschoben hatte. Tal war jedoch von der Überzeugung ausgegangen, daß ich leben würde. Biranas Leute hatten sie zum Sterben weggeschickt. In diesem Moment empfand ich Mitleid für sie, und nicht nur Mitleid.

Ich griff nach ihrer Hand und umfaßte sie mit meiner. Ich hatte sie zuvor schon öfter berührt, aber stets nur zu einem bestimmten Zweck – um ihr aufs Pferd zu helfen, um sie zu führen, um mich an ihr festzuhalten, wenn ich hinter ihr ritt. Dies war das erste Mal, daß ich sie nur aus dem einen Grund berührte, weil ich mich nach ihrer Seele sehnte.

Ihre Hand war kalt. Ich merkte an der Anspannung ihres Körpers, daß sie am liebsten zurückgewichen wäre, doch sie ließ ihre Handfläche auf meiner liegen.

Freude erfüllte meinen Geist, eine Freude, die ich bisher nur im heiligen Zustand empfunden hatte.

Ich ließ sie schnell los, aus Angst, ihr Zauber könnte mich überwältigen, wenn ich ihre Hand zu lange festhielt; dann stand ich auf. »Ich werde dir beibringen, was ich kann«, sagte ich. »Zuerst einmal zeige ich dir, wie man ein Feuer macht.«

Die Sonne verbarg sich im Osten, obwohl der Himmel allmählich heller wurde, als wir uns dem Heiligtum der Hekate näherten. Ich spähte nach Süden, zu dem Plateau in der Ferne, und sah ein schwaches Licht in der Dunkelheit flackern.

Birana saß hinter mir. Ich zog an den Zügeln, und Flamme verlangsamte ihre Gangart. Das Licht stammte offenbar von einem Feuer, das direkt unter der flachen Kuppe brannte.

»Irgend etwas brennt in der Nähe des Plateaus«, bemerkte ich.

»Was könnte das sein?«

»Vielleicht haben Männer Schutz in einer der Höhlen unterhalb des Lagers gefunden, obwohl ich mir nicht vorstellen kann, warum sie in einer solchen Gegend bleiben.

Ihre Hände griffen nach meiner Jacke. »Dann kommen sie vielleicht zum Heiligtum.«

»Wir können weg sein, bevor sie es erreichen, und vielleicht kommen sie auch gar nicht, aber in einem Heiligtum kann uns ohnehin kein Leid angetan werden. Ich habe schon einmal einen Friedenspakt mit Fremden geschlossen, und ich kann ihnen erzählen, daß der Rest meiner Gruppe nach Rache trachten wird, wenn sie uns draußen etwas antun. Mich hält jetzt nichts mehr davon ab, in einem Heiligtum eine falsche Aussage zu machen, und sie werden glauben, daß es die Wahrheit ist.«

Ich drängte Flamme weiter, und wir ritten schnell auf

das Heiligtum zu. Nachdem wir ihre Zügel an einem Baum vor dem Eingang festgebunden hatten, traten wir ein. Ich holte meinen Trinkschlauch hervor, nahm ein paar Schluck Wasser und bewegte mich dann aus alter Gewohnheit in Richtung Altar, bis mir einfiel, daß ich nicht mehr zu beten brauchte.

Ich setzte mich und legte meine Waffen neben der Liege ab. »Es ist Zeit«, sagte ich. »Ich muß die Sache hinter mich bringen, und, vorausgesetzt ich verrate dich nicht, dann müssen wir diesen Ort verlassen und uns etwas einfallen lassen, wohin wir gehen können.«

»Du wirst mich nicht verraten. Ich hatte genügend Zeit, dich vorzubereiten, und die Herrin wird nicht wissen, daß du unter meinem Bann stehst.«

»Dann lasse deinen Zauber jetzt auf mich einwirken.«

Ihr Gesicht wurde blaß, als ich mich auf der Liege ausstreckte. »Hör mir zu!« flüsterte sie. »Es kann sein, daß du im Zustand der Trance Schmerzen erleidest, denn du wirst dich an Dinge erinnern, die nicht geschehen sind, und du wirst sie für wahr halten. Du wirst dich nicht daran erinnern, daß du mit mir hierhergekommen bist, sondern du wirst der Meinung sein, daß du allein gereist bist. Wenn du dich in Trance befindest, werde ich dir eingeben, was du sagen sollst, und du wirst erst wieder zu dir selbst zurückkehren, wenn du den Reif abnimmst und mich wieder siehst; zu diesem Zeitpunkt werde ich einige Worte zu dir sagen. Dann wirst du dich an alles erinnern, was sich abgespielt hat, während du den Reif trugst, und wir werden wissen, ob wir in Sicherheit sind.«

Sie hatte mir all das zuvor bereits erklärt, aber ich merkte, daß sie diesen Augenblick, der der letzte unseres Leben sein könnte, falls wir versagten, hinauszögern wollte. »Ich habe verstanden«, antwortete ich.

»Ich werde an der Tür sitzen und warten. Arvil, du darfst keine Angst haben. Vergiß nicht, daß jede Person, die mit dir spricht, wenn sie ihrer Magie entblößt ist, lediglich ein Wesen wie ich ist.«

Sie ließ die Kette vor meinen Augen baumeln; ihre Worte erfüllten meine Seele. Das Heiligtum verschwand, und mein Geist schwebte in Dunkelheit, während sie sprach. Dann verschluckte mich Stille. Meine Hände griffen nach dem Reif und legten ihn um meinen Kopf.

»Herrin, erhöre mich«, betete ich, und Angst und Verzweiflung erfüllten mich. Ich stand wieder an dem Fluß, Birana war neben mir, streckte die Hände aus um ihr Leben und flehte. Ich riß ihr den Mantel vom Leib, woraufhin sie sich wehrte, doch sie konnte mich mit ihren kraftlosen Schlägen nicht von meinem Tun abhalten. Ich zerrte ihren Kopf nach hinten, und mein Messer fand ihre Kehle.

Die Vision ging vorüber. Ich hatte den Befehl der Herrin ausgeführt, und doch trauerte ich.

Eine Erscheinung tauchte vor mir auf, und ich sah, daß es sich um die Goldhaarige handelte, die ich schon einmal in diesem Heiligtum gesehen hatte, als ich von dem Plateau geflohen war. »Arvil«, sagte sie, »du hast Mich gerufen. Hast du den Auftrag ausgeführt, den die Herrin dir erteilt hat?«

»Das habe ich.«

Sie schwieg eine Weile. Sie neigte den Kopf, und ich glaubte zu hören, daß ihr ein Schrei über die Lippen kam. »Du mußt Mir von deiner Tat berichten«, sagte sie und hob den Kopf.

Ich konnte den Gedanken daran kaum ertragen. Ich hörte wieder Biranas Stimme, wie sie um ihr Leben flehte. »Herrin, diejenige, die Du Birana nennst, hat mich mit einem Zauberbann belegt, und ich hatte Mühe, sie als ein Geschöpf des Bösen zu sehen, selbst in dem Moment, als ich sie tötete. Ich hätte beinahe geweint, als ich ihr Blut an meinem Messer sah. Ich werde niemals ihre Augen vergessen, als sie vor mir niedersank, als ich sah, daß ich ihr den Tod gebracht hatte.«

Ich fuhr mit meiner Erzählung über meine Tat fort. Ich konnte den Männern, die sie angebetet hatten, nicht wieder gegenübertreten, und ich konnte ihren Leichnam nicht liegenlassen, denn sonst hätten sie ihn gefunden und gewußt, daß ich sie umgebracht hatte, und sie würden nicht ruhen, bevor sie mich gefunden hätten. Ich ließ nur ihren Mantel zurück, damit sie ihn fänden und glaubten, daß sie sie wahrhaftig verlassen hatte, und ich hinterließ keine Spuren, als ich Biranas Leichnam auf meinem Pferd nach Osten beförderte.

Hin und wieder stellte die göttliche Erscheinung Fragen, und obwohl mir die Antworten leichtfielen, entzogen sich mir gewisse Erinnerungen. Ich entsann mich, daß ich Biranas Körper von dem Pferd gehoben, nicht aber daß ich sie auf den Boden gelegt hatte. Ich sah vor mir, wie ich ein Grab für sie aushob, konnte mich aber nicht erinnern, sie mit Erde bedeckt zu haben. Das Entsetzen darüber, daß ich ein Wesen in der Gestalt der Göttin getötet hatte, raubte mir die Erinnerung an meine einsame Reise nach Süden, doch irgendwie hatte ich es geschafft, lebend in das Heiligtum der Hekate zu gelangen.

»Meine Ehrfurcht vor Dir«, sagte ich zu der Erscheinung, »und mein Verlangen, Dein treuer Diener zu sein, durchbrach Biranas Bann, und trotzdem muß ich Dir sagen, daß ich trauere. Ich habe meine Gruppe vor dem Bösen bewahrt, aber ich werde sie niemals wiedersehen.«

»Deine Gruppe hat bereits zu Mir gebetet«, sagte sie. »Da war ich sicher – wußte ich, was du Mir berichten würdest. Sei beruhigt wegen jener Männer, sie haben nichts von Mir zu befürchten.« Es erschien mir fast glaubhaft, daß sie sich über meinen Erfolg nicht freute, daß sie mit mir trauerte und mich trösten wollte. Ich bildete mir sogar ein, daß ich sie weinen hörte.

»Wenn es der Wille der Herrin ist«, sagte ich, »dann werde ich allein weiterleben, als einsamer Wanderer. Wenn Sie mich letztendlich zu sich ruft, werde ich in dem Bewußtsein sterben, daß ich Ihren Willen erfüllt habe. Ich lege mein Schicksal in Deine Hände.«

»Es tut mir leid, daß du diese Last tragen mußt. Es ist auch meine Last.« Ich hörte den Kummer in ihren Worten. »Aber du wirst gesegnet werden, Arvil, und die Herrin wird dich in der nächsten Welt an Ihre Seite berufen.«

Sie verschwand, und eine andere Erscheinung tauchte auf. Ich nahm ihre Segnung hin, doch während sie bei mir lag, waren meine Gedanken bei Birana; ich dachte daran, wie mein Geist sich für eine kurze Zeit mit dem ihren verbunden gefühlt und ich in ihr eine weitere gefangene Seele gesehen hatte. Ich würde mein Leben behalten, und doch hätte ich es am liebsten verloren.

Meine Seele war allein in der Dunkelheit. Meine Arme fühlten sich schwer an, als ich den Reif abnahm. Ich zwang mich aufzustehen und wurde von Entsetzen gepackt, als ich zum Eingang blickte. Biranas Geist stand vor mir und wartete darauf, mich heimzusuchen. Ich schrie laut auf.

»Arvil, ich lebe – wach auf und erkenne, daß ich bei dir bin.«

Jetzt erinnerte ich mich. Sie lebte; sie hatte mich in Trance versetzt. Meine Seele sang. Ich hatte sie nicht getötet, ich war jetzt enger mir ihr verbunden denn je. Ich hatte sie tot geglaubt, und meine Freude darüber, sie zu sehen, brachte mich völlig aus der Fassung.

Ich taumelte auf sie zu. »Du bist in Sicherheit«, sagte ich. »Die Verkörperungen der Göttin glauben, daß du in jenem Grab liegst, das ich für Tal ausgehoben habe.« Ich ging dicht an sie heran, schlang die Arme um sie und drückte ihren Körper an meinen. Die Welt, in der sie gelebt hatte, und die Welt, an die ich geglaubt hatte, existierte nicht mehr – es gab nur noch die eine, unsere gemeinsame Welt. Wir würden uns gegenseitig soviel wir konnten beibringen, und sie würde den Schmerz in mir lindern.

Sie schob mich weg. »Arvil!« Ich hatte vergessen, daß sie sich vor meiner Berührung fürchtete, und gab sie frei.

»Ich wollte nicht... es ist nur ...« Ich trat einen Schritt zurück. »Diesmal habe ich dich nicht verraten. Die goldhaarige Erscheinung, mit der ich gesprochen habe, hat mir geglaubt und mich gesegnet.«

Sie riß die Augen weit auf. »Eine junge?«

»Ich weiß nicht, aber ihr Haar war goldfarben und ihre Gestalt eher die eines Knaben als die einer göttlichen Erscheinung.«

»Du hast keine mit silbernen Haaren gesehen, eine mit ...« Sie schüttelte den Kopf. »Ich kann nicht glauben, daß der Rat ...«

»Willst du damit sagen, daß wir nicht in Sicherheit sind?«

»Nein, Arvil. Wir sind bestimmt in Sicherheit, sonst hätte sie dich dort auf der Liege festgehalten, bis die Stadt ein Schiff hierher geschickt hätte. Ich bin dir dankbar. Jetzt gibt es eine Sache weniger, vor der wir uns fürchten müssen.«

»Wir sollten dieses Heiligtum verlassen«, sagte ich. »Falls sich Männer in der Nähe des Plateaus aufhalten, möchte ich nicht, daß sie uns hier finden.«

Ich nahm meine Waffen an mich und folgte ihr hinaus. Die Sonne stand höher am Himmel, und ich stellte fest, daß es inzwischen beinahe Mittag geworden war, obwohl es mir im Zustand der Trance so vorgekommen war, als sei nur wenig Zeit vergangen. Als ich mich Flamme zuwandte, hörte ich Biranas Schrei und ein dumpfes Poltern.

Ich drehte mich um. Zwei Männer kamen von Süden her in unsere Richtung geritten, und sie waren bereits zu nahe, als daß wir ihnen hätten entfliehen können. Ich packte Birana und zog sie in das Heiligtum.

»Was können wir tun?« fragte sie.

Ich schob sie zum Altar. »Sie können uns hier nichts zuleide tun.«

»Aber sie werden sehen …«

»Halte die Jacke fest um deinen Körper. Sie werden dich für einen Jungen halten. Ich werde für uns beide sprechen und versuchen, den Abschluß eines Friedenspakts mit ihnen zu erreichen, der uns beschützen wird, wenn wir hinausgehen. Sprich nicht mit ihnen.«

»Sie würden uns nichts antun, wenn sie sähen, was ich bin.«

»Es ist besser, wenn sie es nicht sehen, bis wir mehr über sie erfahren haben.«

Wir saßen vor dem Altar, meine Waffen lagen vor mir. »Vergiß nicht, du darfst nicht sprechen, denn du wüßtest nicht, was du ihnen sagen sollst«, ermahnte ich sie erneut. »Sie werden sich darüber nicht wundern. Es ist ganz normal an diesem Ort, daß ein Mann für einen Jungen spricht.«

»Ich habe Angst.«

»Beruhige dich, Birana. Es sind doch nur zwei.«

Die Tür öffnete sich, und die beiden Männer traten in das Heiligtum. Als sie auf uns zukamen, erwartete ich, daß sie sich vor Hekate verneigen und die Rituale der Anbetung durchführen würden, doch statt dessen schritten sie auf das Abbild zu und sahen ihm ins Gesicht. Sie benahmen sich nicht so, wie es sich für Männer in einem Heiligtum geziemte, und der überhebliche Ausdruck in ihren Augen machte mir angst.

»Seid gegrüßt«, sagte ich in der Heiligen Sprache. Einer der Männer hatte einen mit Grau durchsetzten schwarzen Bart; als er die Kapuze zurückwarf, sah ich, daß er eine angehende Glatze hatte. Der andere war jünger und hatte einen braunen Bart. Seine Augen musterten mich kalt. »Frieden für die Dauer unseres Gesprächs.«

»In Ihrer Gegenwart herrscht stets Frieden«, entgegnete der Mann mit der angehenden Glatze, doch er kräuselte die Lippen bei dieser Äußerung, und die Art, wie er die Worte aussprach, jagten mir einen eisigen Schauder durch die Glieder. »Ich sehe, ihr reitet zu Pferde, genau wie wir.«

»So ist es.«

»Eure Gruppe muß jedoch weit von hier entfernt sein, denn ihr seid allein, und wir haben in dieser Gegend keine anderen Reiter gesehen.«

»Im Moment bin ich noch mit diesem Knaben allein, aber weitere Mitglieder unserer Gruppe werden bald eintreffen.«

Die beiden trugen Kleidung aus Lammfell im gleichen Stil, wie Bint sie getragen hatte. Mir kam der Gedanke, daß diese beiden Männer zu jenen wenigen Wachen unterhalb des Plateaus gehört haben könnten, die den Waffen der Herrin entkommen waren. Ich fragte mich, warum sie wohl zurückgekehrt sein mochten. Ich war drauf und dran, ihnen zu sagen, daß sich ihre Gruppe zu einem Friedenspakt mit mir bereit gefunden hatte, doch der harte Ausdruck ihrer Augen hielt mich davon ab.

»Ich habe Geschichten über das Plateau im Süden gehört«, bemerkte ich vorsichtig. »Es wird erzählt, daß Feuerstrahlen das dortige Lager zerstört hätten.«

Der Mann mit der Halbglatze nickte. »Die Herrin hat Ihre Waffen geschickt, das stimmt, aber trotzdem wohnen wir unterhalb des Gebiets, das Sie gezeichnet hat.« Er zeigte keinerlei Furcht, während er das sagte. »Wie heißt du, mein Junge?«

»Ich heiße Arvil, und ich bin ein Mann, denn ich bin vor kurzem in eine Enklave berufen worden. Der Knabe hier heißt Bannweber, denn er kennt sich ein wenig mit der Magie des Geistes aus.« Dieser Name erschien mir passend für Birana. Außerdem hoffte ich, daß sie es vielleicht aufgrund ihrer Magiekenntnisse mit der Angst zu tun bekämen.

Der Braunhaarige zupfte plötzlich an Biranas Ärmel. Sie zuckte zusammen. Ich hielt eine Hand hoch. »Laßt ihn in Ruhe.«

»Er hat ein zartes Gesicht für einen Jungen«, sagte der braunhaarige Fremde. »Zweifellos wärmt er dich des Nachts.«

Ich war überrascht über die mächtige Wut, die ich empfand, als er Birana ansah. »Ich habe die Rolle seines Hüters übernommen. Ich trachte nicht nach derartigen Vergnügungen mit ihm.«

»Aber ich bin nicht sein Hüter. Für mich besteht kein Anlaß, es nicht zu tun.«

»Du solltest an einem Ort, an dem man nach den Segnungen der Herrin streben sollte, nicht über so etwas mit Fremden reden.«

»Die Herrin beschert mir keine Freuden mehr, also vergnüge ich mich mit diesem Jungen.«

Selbst an diesem Ort fühlte ich mich nicht mehr sicher. »Wir befinden uns in einem Heiligtum«, sagte ich. »Es ist Zeit, daß wir von anderen Dingen reden.«

Der Mann mit dem schwarzen Bart sah zu mir herab. »Alle Männer sprechen in Heiligtümern die Wahrheit«, sagte er. »Ich werde dir unsere Wahrheit verraten. Die Herrin hat uns verflucht. Sie hat Feuerwaffen zu uns geschickt, aber einige sind ihrem Zorn entkommen. Damals hatte ich eine Vision, und ich sah, daß meine Seele bereits tot war, daß sich die Herrin von den wenigen, die von meiner Gruppe noch lebten, abgewandt hatte und daß wir nichts zu erhoffen hatten, auch wenn wir Ihrem Pfad folgten. Aber ich sage dir, daß einem das auch eine bestimmte Freiheit beschert. Es ist völlig gleichgültig, was wir tun, denn die Herrin legt uns keine Fesseln mehr an.«

Meine Hand bewegte sich zu dem Messer unter meiner Jacke. Fast im selben Moment warf sich der Mann mit dem schwarzen Bart auf mich und drückte mich zu Boden. Birana sprang auf; der andere Mann packte sie am Arm.

»Welcher Frevel geht hier vor?« schrie ich. »Wir sind an einem heiligen Ort. Ihr müßt verrückt sein.«

»Ich bin nicht verrückt!« Er bohrte mir das Knie in die Brust, während er meine Arme mit den Händen festhielt. »Ich weiß, warum die Herrin uns angegriffen hat – weil Sie uns fürchtete, weil wir fett und stark geworden waren und davon träumten, Sie herauszufordern. Wenn die Herrin persönlich mir jetzt erscheinen würde, würde ich mich daran erinnern, was Sie meiner Gruppe angetan hat, und ich würde mich von Ihr abwenden. Ich will dir sagen, was ich in meiner Vision noch erblickt habe – nämlich daß sich ein Mann aus Ihrer Umklammerung befreien kann. Ich behaupte das in Ihrem Heiligtum, und wie du siehst, unternimmt sie nichts.«

Birana wehrte sich, während der andere Mann sie zu einer Liege zerrte. Sie biß ihm in die Hand, und er heulte auf, während sie sich losriß; er schlug sie mit der Faust gegen die Schläfe, und sie stürzte bewußtlos zu Boden. Es gab keine Hoffnung für uns, selbst wenn sie Biranas wahre Natur entdecken würden, denn sie empfanden nichts als Haß der Herrin gegenüber. Ich erinnerte mich, wie einige Mitglieder von Wahrheitssagers Gruppe die Herrin verflucht hatten, bevor sie starben.

Ich rang nach Luft. »Wenn ihr die Herrin nicht fürchtet, so fürchtet meine Gruppe. Sie werden herkommen und ...«

»Sie können dich nicht retten. Nachdem wir uns von euch genommen haben, was wir wollen, werden wir warten, bis wir Anzeichen von ihnen sehen. Sie werden nicht damit rechnen, daß wir sie in einem Heiligtum angreifen, und wir werden auch ihnen nehmen, was sie zu bieten haben. Soll die Herrin euch retten, wenn Sie kann.«

Birana rührte sich nicht, und ich befürchtete, daß sie schlimm verletzt war. Ihr Körper war schlaff, als der andere Mann sie mit dem Fuß beiseite stieß. »Töte ihn!« rief der braunhaarige Mann und trat vor sie hin. »Dann werden wir uns den Jungen teilen, bevor er stirbt.« Ich sah, wie sich ihre Hände zu Fäusten ballten, obwohl der Fremde es nicht sah, und ich wußte, daß sie ihn gehört hatte.

Der Mann, der mich festgehalten hatte, ließ meinen Arm frei und griff nach dem Steinmesser in seinem Gürtel. In diesem winzigen Augenblick erkannte ich meine Chance. Ich bohrte ihm die Finger in die Augen. Er schrie auf und ließ das Messer fallen. Ich griff nach meinem eigenen Messer und stach zu, während ein weiteres Messer an meinem Kopf vorbeipfiff. Der braunhaarige Mann näherte sich mir, doch dann stürzte er und prallte mit dem Kopf auf den Boden. Biranas kleine Hand umklammerte seinen Knöchel.

Mein Messer fand die Kehle des Mannes mit der Halbglatze. Seine Miene drückte Überraschung aus, als ich zustieß. Ich weiß nicht, wie oft ich auf ihn einstach, denn das Sterben eines Mannes kann recht lange dauern.

Ich hatte seinen Kameraden beinahe vergessen. Birana kroch zu mir her. Sie hob Tals Speer auf, erhob sich schwankend und hieb auf den Rücken des Mannes am Boden ein. Es war eine törichte Art zu kämpfen. Ich sah, wie er sich herumrollte und ihr den Speer so mühelos aus der Hand nahm, wie man ihn vielleicht einem Kind abgenommen hätte.

Ich packte meinen Speer und schleuderte ihn in seine Richtung, während er gerade auf die Beine gekommen war. Er taumelte nach hinten, und seine Hände krampften sich um den Speer, der in seiner Brust steckte.

Arvil war voller Blut, als er zu mir kam. Ich konnte nicht zusehen, wie er den Speer aus dem Toten zog; ich hatte mir die Ohren zugehalten, um das Stöhnen des Mannes nicht mehr hören zu müssen, während Arvil darauf wartete, daß er sein Leben aushauchte.

Ich schrie, als er die Hand nach mir ausstreckte. Ich schrie erneut, unfähig aufzuhören, und er gab mir eine Ohrfeige; dann zog er mich auf die Füße. Meine Beine gaben nach; er fing mich auf und trug mich zu einer Liege.

»Es ist vorbei«, sagte Arvil. »Dir droht keine Gefahr mehr. Ich wollte dich nicht schlagen, aber du darfst nicht schreien.«

Ich begann heftig zu zittern. »Laß das!« kreischte ich, als er die Arme ausstreckte. »Laß das!«

»Du bist jetzt in Sicherheit. Bitte! Du hast geholfen, mein Leben zu retten.«

Ein Schluchzen entrang sich mir.

»Weine, wenn dir danach zumute ist«, sagte er.

Ich hustete, doch es kamen keine Tränen, und ich begann heftig zu zittern. »Das hast du gut gemacht, als du den Mann zu Fall gebracht hast«, fuhr er fort. »Du bist tapfer. Allerdings war es nicht klug, ihn mit dem Speer zu schlagen, denn damit hast du ihm die Gelegenheit gegeben, ihn dir abzunehmen. Du hättest ihn ihm in den Rücken stoßen sollen, bevor er aufstehen konnte.«

»Wenn wir so etwas tun müssen, um zu leben, dann kann ich es nicht ertragen.«

»Du mußt lernen, es zu ertragen. Wenn ein Mann beabsichtigt, dir das Messer wegzunehmen, dann mußt du seins wegnehmen oder dich damit abfinden, daß du ewig wegläufst.«

Ich sah ihn an, dann wandte ich den Blick von seiner

blutbefleckten Kleidung ab. »Du sagtest, wir seien hier sicher.«

»Kein Mann erwartet einen Angriff in einem Heiligtum. Das waren böse Männer, und als sie uns sahen, glaubten sie offenbar, daß wir leicht zu überwältigen wären. Es ist besser, daß diese beiden keine Reisenden mehr überfallen.«

Er stand auf und machte sich daran, seine Waffen und die ihren einzusammeln; er legte sie auf eine Liege und ging zu den Leichen. »Das sind gute Jacken«, sagte er mit bemerkenswert ruhiger Stimme. »Wir könnten sie gebrauchen.«

»Rühr sie nicht an!« schrie ich.

»Wir müssen nehmen, was wir bekommen können. Unsere Reise wird ohnehin beschwerlich genug sein. «

Er fing an, den Toten die Jacken und Hosen auszuziehen. Ich verbarg das Gesicht in den Händen.

Er legte die Kleidungsstücke zu den Waffen auf die Couch, bevor er eine der Jacken um mich legte. Ich sank auf eine Liege, konnte nicht aufhören zu zittern.

Arvil beugte sich über mich. »Birana, du mußt dich beruhigen. Wir können nicht in diesem Heiligtum bleiben. Vielleicht gibt es noch weitere Männer dort, wo diese beiden gelebt haben. Womöglich suchen sie sie, wenn sie nicht zurückkehren.«

»Noch mehr!« Ich klammerte mich an die Jacke.

»Ich glaube nicht, daß es viele sein können – vielleicht fünf oder sechs, mehr nicht. Ich war dabei, als ihre Gruppe auf dem Plateau vernichtet wurde, ich sah, wie ein paar entkamen. Aber sie können so gefährlich sein wie eine große Anzahl von Männern, wenn sie von der gleichen Sorte sind wie die, die uns angegriffen haben.« Er ging zum Eingang und spähte hinaus, dann kam er wieder zu mir. »Ich sehe nichts von anderen Männern, aber wenn sie dort oben irgendwo hausen, beobachten sie vielleicht dieses Heiligtum.«

Ich zwang mich, mich aufzurichten. »Wohin können wir jetzt gehen?«

»Ich bin derjenige, der dich fragen muß. Eine Enklave liegt im Westen, und wir müßten einen Bogen um ein Wegelagerergebiet machen. Wir können nicht nach Norden gehen, und angeblich treiben viele Gruppen im Süden ihr Unwesen. Vom Osten weiß ich wenig – selbst Wanderer hat kaum Geschichten über jenen Landstrich gehört. Kannst du mir sagen, was dort liegt?«

Ich wußte noch weniger als er. »Wir wissen kaum etwas über jene Gebiete«, antwortete ich. »Als wir unsere Städte im Inland errichteten, haben wir viel von dem Land im Osten und Westen der Göttin anheim gegeben. Das bedeutet, daß wir dort keine Heiligtümer und keine Städte haben – selbst unsere Schiffe fliegen äußerst selten über diese Gebiete. Wir haben dieses Land seiner Genesung überlassen, damit wieder Leben dorthin zurückkehren möge. Einmal haben einige meinesgleichen davon geträumt, dorthin zurückzukehren und neue Städte zu errichten, aber wir bauen keine neuen Städte. Wir halten an denen fest, die wir haben, und verstecken uns darin.«

»Wenn die Enklaven über dieses Land nichts wissen, wärst du dort sicher.«

Es mochte eine Zuflucht für mich im Osten geben. Ein solcher Ort konnte nur dort sein oder weit im Westen, in sicherer Entfernung von Männern, die ihr Wissen davon in Heiligtümern preisgeben könnten. Doch ich hatte keine Ahnung, welche Gefahren auf dem Weg dorthin auf uns laueren mochten, und Arvil wußte ebensowenig.

»Ich meine, wir sollten uns nach Osten aufmachen«, sagte ich schließlich.

Er half mir auf die Beine. »Leg Tals Jacke ab und zieh diese hier an. Sorge dafür, daß du die Kapuze aufhast.«

»Aber warum denn?«

»Wenn Freunde dieser beiden Männer das Heiligtum

beobachten, dann werden sie lediglich zwei kleine Gestalten weit unten sehen. Es wäre am besten, wenn sie uns für ihre Kameraden hielten.« Er nahm die andere Jacke an sich.

Ich bedauerte nicht, daß die beiden Fremden tot waren, wenn es mich auch mit Entsetzen erfüllte, wenn ich daran dachte, wie sie gestorben waren. Sie waren niederträchtige Geschöpfe gewesen, die andere überfielen, die skrupellos jenen Leid zufügten, die schwächer waren als sie, und die die Gesetze verletzten, die andere ihresgleichen befolgten. Doch es war die Zerstörung ihrer Siedlung, die sie so hatte werden lassen, und das wiederum hatten ihnen Frauen angetan. Die Städte hatten eindeutig die Absicht gehabt, ihnen Angst einzujagen, doch statt dessen hatten sie lediglich ihrem Haß und den gewalttätigen Trieben, die allen Männern innewohnen, Nahrung gegeben.

Die Fremden hatte ihre Pferde an den Bäumen angebunden, unter denen auch Flamme stand. Eins davon war eine gescheckte Stute; das andere war schwarz mit einem weißen Fleck auf dem Kopf. Wir näherten uns ihnen behutsam; die Gescheckte wieherte und schlug aus, als Arvil zu ihr kam.

»Wir sollten diese Pferde mitnehmen«, sagte er. »Ich hoffe, sie gestatten uns, daß wir auf ihnen reiten.«

Ich ging zu dem schwarzen Pferd und streckte die Hand aus; es neigte den Hals, um sie zu lecken. »Dieses hier scheint mir ziemlich gutmütig zu sein.«

Jedes Pferd war mit einer verschnürten Packtasche versehen. Arvil öffnete beide und spähte hinein. »Es gibt Wasser und Trockenfleisch«, sagte er. »Wir haben also ein bißchen zu essen.« Er verstaute den gesamten Proviant und das Wasser in einer der Packtaschen und warf die Hosen und Stiefel der Fremden in die andere.

»Nimm das hier.« Er übergab mir ein Steinmesser; ich schob es unter meinen Gürtel. »Nimm auch diese

Stücke – das sind gute Feuersteine.« Ich ließ sie in meine Tasche gleiten, während er mir Tals Speer reichte. »Ich werde die anderen Waffen nehmen. Das Glück ist uns hold, Birana. Diese Fremden haben uns beträchtlich bereichert.«

Im Westen, am Horizont, konnte ich mit Mühe etwas ausmachen, das eine Mauer hätte sein können, und mir fiel wieder ein, daß die Stadt Devva in diesem Gebiet lag. Ich hatte diese Stadt einmal besucht, ohne mir Gedanken darüber zu machen, was außerhalb von ihr sein mochte. Tränen traten mir in die Augen; ich wischte sie schnell weg.

Arvil stopfte unsere alten Jacken unter die Packtasche des schwarzen Pferdes. Als ich nach Flammes Zügeln griff, lenkte er meine Aufmerksamkeit mit einer Handbewegung auf sich und wandte sich dann zu dem Plateau um. Er deutete auf eine Stelle knapp unterhalb der Felsenplatte, und ich konnte eine dünne, dunkle Rauchsäule erkennen.

»Wir müssen von hier verschwinden.«

»Birana, ich habe Angst um uns. Der Wahnsinn hat die beiden vergiftet, die da drin liegen, und ich weiß nicht, wozu ihre Kameraden fähig sein mögen. Andere Männer würden es nicht wagen, zwei Reisende zu verfolgen und damit zu riskieren, sich dem Rest ihrer Gruppe in einem Kampf stellen zu müssen, aber davor schrecken solche Männer, die ein Heiligtum mit Blut besudeln, womöglich nicht zurück. Wenn wir diesen Ort verlassen, folgen sie uns vielleicht.«

»Was sollen wir tun?«

»Hast du den Mut zu warten? Wenn ihre Kameraden jetzt zu uns herunterschauen, glauben sie vielleicht, daß ihre Freunde hier nur herumtrödeln, wenn sie aber sehen, daß wir nach Osten davonreiten, könnten sie neugierig werden. Ich schlage vor, wir warten bis zur Nacht, und reiten dann erst, im Schutz der Dunkelheit. Sie werden nicht wissen, welche Richtung wir eingeschlagen haben, und wir könnten bereits ein ganzes Stück weit weg sein, bevor sie unsere Fährte aufnehmen.«

Er hatte sich geirrt, was die Sicherheit in einem Heiligtum betraf; vielleicht drohte uns noch mehr Gefahr, wenn wir warteten. Ich wäre am liebsten geflohen und fragte mich, ob ich seiner Beurteilung der Lage trauen konnte. Er sah zu mir herunter, offensichtlich erwartete er eine Antwort.

Ich mußte ihm trauen, immerhin hatte er mich bis hierher gebracht. »Wir werden warten«, antwortete ich.

Wir setzten uns direkt vor den Eingang des Heiligtums. »Wenigstens wird die Enklave dich jetzt nicht suchen«, sagte er.

In der Aufregung über den Angriff, den wir so knapp überstanden hatten, hatte ich die fernere Gefahr fast vergessen. »Bist du dessen sicher?«

Da erzählte er mir, wie er befragt worden war und wie er geantwortet hatte. Seine Augen drückten Schmerz aus, als er mir von seiner falschen Erinnerung an meinen Tod, die ich ihm eingegeben hatte, berichtete. »Du hast deine Sache gut gemacht«, sagte ich, als er geendet hatte. »Nach dem, was du gesagt hast, bin ich sicher, daß deine Geschichte nicht angezweifelt wird.«

»Es war schwer, es auszusprechen, schwer zu glauben, daß du nicht mehr da warst.« Ich hörte die Betroffenheit in seiner Stimme. Seine Gefühle für mich waren sehr stark, und sie ängstigten mich; ich hatte erlebt, wie schnell sie in Wut umschlagen konnten.

»Eine Sache finde ich etwas verwirrend«, sagte ich. »Es scheint, daß du nur von einer ganz jungen Person befragt worden bist. Ich hätte angenommen, daß eine ältere Frau, jemand, der in unserer Stadt etwas zu sagen hat, diese Aufgabe übernommen hätte.« Ich runzelte die Stirn und überlegte, was das zu bedeuten haben könnte.

»Vielleicht liegt es daran, daß ich mit dieser jungen Frau zuvor schon mal gesprochen hatte.«

Ich hob den Kopf. »Zuvor schon mal? Bist du sicher?«

»Ich kann mich gut daran erinnern, weil sie die gleichen grauen Augen wie mein Hüter hat. Sie sprach mich an, als ich zum erstenmal in dieses Heiligtum kam, nachdem ich von dem Plateau geflohen war. Sie sprach mit mir und verschwand, und danach kam eine andere Erscheinung und berief mich in die Enklave, zu Tal.« Er seufzte. »Es wäre für Tal besser gewesen, wenn ich ihn niemals wiedergetroffen hätte.«

Ich schloß die Augen und hatte das Gefühl, als wolle mein Herz durch die Rippen herausbrechen. Bestimmt gab es in der Stadt mehrere junge Frauen mit dem blonden Haar und den grauen Augen, die Arvil erwähnt hatte, aber ich glaubte zu wissen, wer die Befragung durchgeführt hatte. Laissa hatte mit ihm gesprochen. Ich hatte geglaubt, daß sie mir gegenüber gleichgültig war, und das war bereits schmerzhaft genug. Jetzt gehörte sie offenbar zu denen, die aktiv meinen Tod herbeiführen wollten. Mein Kummer darüber war noch größer als damals, als ich erfahren hatte, daß die Stadt mir keine Gnade angedeihen lassen würde.

In diesem Moment kehrte eine Erinnerung zu mir zurück, die ich längst vergessen hatte. Ich befand mich in Laissas Wohnung. Ich konnte nicht älter als vier oder fünf gewesen sein; irgend jemand mußte mich dorthin gebracht haben, denn meine Mutter überließ derlei Aufgaben meistens anderen. Laissa war in ihr Zimmer gegangen, um irgendein Spielzeug zu holen, und dann hörte ich eine Bewegung hinter mir und drehte mich um.

Ein Kind stand da, mit Laissas grauen Augen und dem welligen goldenen Haar. Ich wußte, daß es ein Junge war, und obwohl ich noch nie einem Geschöpf seiner Sorte so nahe gewesen war, hatte ich keine Angst. Er sagte nichts, sondern sah mich nur lange Zeit an, bevor er mit der Hand leicht mein Gesicht berührte. Ich erinnerte mich, daß ich gelächelt hatte, da ich wußte, daß er mir nichts zuleide tun würde, und dann zog jemand – vielleicht Laissa, vielleicht ihre Mutter oder irgendeine andere Frau – den Jungen weg und befahl ihm, wieder in sein Zimmer zu gehen.

Laissa hatte einen Zwillingsbruder. Dieser Umstand war ohne Bedeutung und schnell vergessen, nachdem der Junge aus ihrem Leben verschwunden war. Jetzt hatte sie versucht, ihren eigenen Zwillingsbruder gegen mich zu verwenden. Ich wußte nicht, welches ihre Beweggründe sein könnten oder wie es dazu gekommen war, daß sie mit dieser Aufgabe betraut wurde. Als sie anfing, mir aus dem Weg zu gehen, hatte sie sich immer mehr Freundinnen ausgesucht, deren Mütter eine führende Rolle im Leben unserer Stadt spielten, aber ich hatte sie niemals im üblichen Sinne für ehrgeizig gehalten; sie wollte einfach nur akzeptiert werden, das redete ich mir jedenfalls ein. Sie würde sich ändern, wenn sie älter würde; sie würde sich an ihre alte Freundin erinnern und zu mir zurückkehren; sie würde begreifen, daß ich diejenige war, der sie wirklich etwas bedeutete.

Sie wollte sichergehen, daß ich tot war. Bestimmt handelte sie nicht allein, sondern wurde von jemandem aus dem Rat angeleitet, aber sie war bereit, den Wünschen der Stadt zu entsprechen. Sie wollte meinen Tod, um eine wie auch immer geartete Gunst oder Belohnung zu bekommen, die man ihr versprochen hatte.

Ich dachte an Hasin. Der Junge hatte mir leid getan, es hatte mir nichts ausgemacht, daß er seine kleine Hand in meine schob, als wir durch das Lager spazierten. Ich hatte so etwas wie Wärme für ihn empfunden. Vielleicht hatte er die Erinnerung an den Jungen in Laissas Wohnung in mir wachgerufen.

Einen Moment lang war es mir gleichgültig, ob die Männer, vor denen Arvil sich fürchtete, uns finden würden; dann hob ich den Blick und sah Arvil ins Gesicht. Er blickte wachsam zum Plateau und lauerte auf irgendwelche Anzeichen, daß sich dort etwas tat. Ich hatte denselben ängstlichen Ausdruck in Laissas Gesicht gesehen. Die Ähnlichkeit schmerzte mich, und gleichzeitig bewegte sie mich.

Seine Augen trafen meine; plötzlich griff er nach meiner Hand. »Deine Seele spricht mich an«, sagte er. »Kannst du die meine erreichen?«

Er hatte meinen Blick falsch gedeutet. Ich entzog meine Hand seinem Griff. »Es ist nur so, daß du aussiehst wie jemand, den ich einmal kannte.«

»Ein Mann? Aber du hast erst wenige gesehen, und nur Tal sah mir ähnlich – das hat mir meine frühere Gruppe gesagt.«

»Kein Mann... jemand in der Stadt.«

»Kennst du die Person, die mit mir gesprochen hat?«

Ich senkte den Blick und schluckte heftig. »Ich bin nicht sicher«, sagte ich schließlich.

»Es ist seltsam, daß ihre Augen so sehr denen Tals glichen. Sag mal, Birana – wie war es für dich innerhalb der Mauer?«

Ich schüttelte den Kopf. »Ich weiß nicht, was du meinst.«

»Ich hatte dort eine Vision von einem Raum, wo ich auf einer Couch lag und Tal neben mir auf einer anderen, und wir waren in silbernen Fäden gefesselt. Dann setzten mir leuchtende Klauen einen Reif auf den Kopf, und ich sah meine Umgebung nicht mehr. Das war, nachdem ich dich verraten und deinen Namen ausgesprochen hatte, als die Herrin mich mit Ihren Folterqualen peinigte. Das war der Augenblick, da ich anfing zu begreifen, daß die Herrin nicht das ist, was sie zu sein scheint.«

Ich wußte, von welchem Ort er sprach. Meine Wangen glühten.

»Ich habe nur diesen Ort gesehen und den Raum, durch den ich eingetreten bin; danach verließ ich die Mauer. Wie ist es im Innern der Enklave?«

»Die Mauer umgibt unsere Stadt, wie du weißt, aber wir wohnen nicht in ihr. Wir leben in den Türmen und den Wohnungen im Innern, und es gibt einen breiten Streifen Land dazwischen. Das Land ist nicht wie hier draußen – es sind gepflegte Rasenflächen, und wir haben Blumenbeete und Bäume in unseren Parks. Ein unsichtbarer Schutzschild schirmt uns gegen das Wetter ab, so daß es im Innern stets Frühling oder Sommer ist. Wir leben in Räumen in unseren Türmen oder Häusern und können uns über unsere Bildschirme mit Frauen in anderen Räumen oder sogar in anderen Städten unterhalten; diese Bildschirme sind wie Öffnungen, durch die man weit entfernte Personen sehen und sprechen hören kann.« Mir versagte die Stimme bei diesen Worten; all das war für mich verloren.

»Manchmal«, sagte Arvil, »träume ich von einem Raum mit einem weichen weißen Boden, wo mich jemand in den Armen hält und mir etwas vorsingt. Tal hat mir erklärt, das sei ein Traum aus meiner Zeit im Reich der Herrin, bevor ich ihm übergeben wurde. Früher habe ich mich gefragt, ob ich diesen Raum vielleicht einmal wiedersehen würde, bei meinem Tod, wenn ich in das Reich der Herrin heimgeholt würde, aber jetzt ... « Er rückte seine Kapuze zurecht. »Ich weiß nicht, was ich glauben soll. Ich sehe Wesen deiner Art, die über eine starke Zauberkraft verfügen und denen daran gelegen ist, daß wir nichts darüber erfahren. Ich sehe Jungen wie Hasin, die um etwas weinen, das sie verloren haben, und nicht wissen, was es ist. Ich weiß nicht, warum uns die Knaben übergeben werden. Wenn deine Sorte uns so sehr zürnt, dann könntet ihr mit eurer Zauberkraft doch sicher die Welt von den Männern befreien.«

»Wir können euch nicht alle vernichten. Die Städte brauchen euch.«

»Wofür braucht ihr uns? Warum werden wir berufen?« Er schwieg einen Moment lang, dann kniff er die

Augen zusammen, während er mein Handgelenk umklammerte und sein Gesicht dicht vor meines schob. »Jetzt dämmert es mir. Geht es nur darum, daß ihr euren Spaß mit uns haben wollt?«

»Nein!« Ich versuchte, mich ihm zu entziehen, aber sein Griff war zu fest.

»Ist es so, daß wir euch Segnungen zuteil werden lassen, wie wir sie von euch erfahren? Ich habe die Körper von göttlichen Erscheinungen innerhalb der Mauer berührt, und sie haben die Macht, uns in den Heiligtümern aufzusuchen, wenn ich auch nicht weiß, wie sie es anstellen, daß sie unsere Seelen ansprechen. Aber innerhalb der Mauer dürfte es einfach sein, zu uns zu kommen.«

»Arvil, ich möchte darüber nicht sprechen.«

»Bist du jemals zur Mauer gegangen, um dich mit einem Mann zu vergnügen? Wenn du es getan hast, warum weichst du dann vor mir zurück?«

Er war wieder einmal wütend auf mich. Ich drückte mich an die Wand des Heiligtums. »Ich habe noch nie so etwas getan. Wir konnten nicht ... «

»Und doch gibt es welche, die es tun. Irgendwie kommen sie zu uns und schenken uns ihre Segnung, und dann verschwinden sie.«

Ich wußte nicht, wie ich ihm das alles erklären sollte; meine Wangen waren heiß vor Scham bei dem Gedanken an das, was er eine Segnung nannte. »Das sind andere Frauen als ich, die zu euch kommen«, brachte ich mit Mühe hervor. »Das sind die Geister von Frauen, die nicht mehr am Leben sind.« Es schien mir leichter, es so auszudrücken, als zu sagen, daß es sich um Trugbilder handelte, die niemals wirklich existiert hatten. »Mit Hilfe unserer Zauberkraft können wir diese Geister herbeirufen und sie euch zeigen. Keine Frau würde jemals derartige Vergnügungen suchen.«

»Ihr laßt uns zur Mauer kommen und weckt in uns das Verlangen nach Geistern? Leben wir nur, damit

Geister Spaß an uns haben?« Er schob meinen Arm weg. »Nein, das kann nicht der einzige Grund sein, warum uns die Segnungen zuteil werden. Ihr schickt uns Geist-Frauen, damit wir euch sowohl lieben als auch fürchten, damit uns die Begierde euch gegenüber hilflos macht.«

Nach dem wenigen, das ich ihm erzählt hatte, kam er der tieferen Wahrheit ziemlich schnell auf die Spur. Ich fragte mich, was er noch alles durchschaute und wie es seine Gefühle zu mir beeinflussen mochte; je mehr er wußte, desto mehr würde sein Zorn über das, was wir der Welt angetan hatten, zunehmen.

»Der Häuptling meiner früheren Gruppe hieß Geab«, fuhr er fort. »Er dachte nicht nur an seine Pflicht uns gegenüber, sondern auch an das Vergnügen, das ihm diese Stellung bereitete. Das muß die Art von Vergnügen sein, die deinesgleichen sucht – das Wissen, daß andere Lebewesen einem gehorchen müssen. Ihr laßt uns leben, damit wir dieses Verlangen befriedigen, und ihr habt Wahrheitssagers Gruppe auf dem Plateau vernichtet, weil sie es nicht mehr befriedigt hat. Selbst du strebst solche Macht über mich an.«

»Ich habe diese Welt nicht gemacht«, erwiderte ich. »Ich bin genau wie du in sie hineingeraten, ohne die Macht, sie zu ändern. Meine Leute waren zu mir ebenso grausam wie zu dir. Es war nicht nur das Streben nach Macht, das meinesgleichen zu ihren Taten trieb. Wir leben in unseren Städten in Frieden, und die anderen Geschöpfe dieser Welt werden von uns nicht behelligt, sondern können ungestört gedeihen. Das war in der alten Zeit nicht so; damals lebten die Männer in dem, was ihr das Reich der Herrin nennt, und sie benutzten unsere Zauberkraft. Wir würden niemals ohne Grund einem Menschen etwas zuleide tun, und wir verabscheuen Mord mehr als alles andere, denn wir hätten die Große Zerstörung nicht überlebt, wenn wir dem Leben nicht eine so hohe Wertschätzung entgegengebracht hätten.«

»Deine Artgleichen haben dem Leben von Wahrheitssagers Gruppe keine hohe Wertschätzung entgegengebracht. Und sie bringen offenbar keine Wertschätzung für das deine mehr auf.«

»Selbst das ist nichts verglichen mit der Gewalt, die ihr euch gegenseitig antut. Ihr könntet Frieden mit allen Männern schließen, Freunden und Fremden gleichermaßen, und in Ruhe leben. Wenn ihr das in der Vergangenheit getan hättet, wären die Frauen vielleicht auf den Gedanken gekommen, daß euch etwas von unserer Zauberkraft zur Verfügung gestellt werden könnte und daß ihr euch ändern könntet. So, wie ihr euch verhaltet, zeigt ihr nur, daß die Alten recht hatten. Frag dich selbst doch einmal folgendes, Arvil: Wenn Männer wie jene, die jetzt tot in dem Heiligtum liegen, über unsere Zauberkraft verfügt hätten, was wäre dann aus der Welt geworden?«

»Wäre sie grausamer für uns als die eure?«

Ich konnte ihm nicht antworten. Er hatte die Eigenschaften eines Mannes, und dennoch hatte er andere seinesgleichen besänftigt. Ich hatte gesehen, wie er tötete, doch es geschah in Notwehr. Während meines kurzen Zusammenseins mit seiner Gruppe hatte ich nicht oft erlebt, daß er die Beherrschung verlor, es sei denn, er wurde provoziert. Ich hatte in seinen Augen eine gewisse Intelligenz und sogar so etwas wie Sanftmut erspäht. So hart seine Welt auch war, er kämpfte gegen die schlimmsten Grausamkeiten an. So unwissend er auch sein mochte, er dachte nach und stellte Fragen und fand dank seines Verstands den Weg zur Wahrheit, wie schmerzhaft diese Wahrheit auch sein mochte. Er hatte zu mir gehalten, wohl wissend, daß er dafür vielleicht sterben mußte.

»Du wolltest die Wahrheit wissen«, sagte ich. »Ich erzähle dir, was mir beigebracht worden ist und warum die Menschen meiner Art so gehandelt haben, wie sie es taten. Du kannst sie hassen, wenn du nicht anders kannst – mir steht nicht der Sinn danach, alle Handlungsweisen jener zu verteidigen, die meinen Tod wünschen. Aber richte deinen Zorn nicht gegen mich.«

»Es scheint, ich kann nicht lange wütend auf dich sein.«

»Ich kann dir verraten, daß es Frauen gibt, die sich durch unsere Lebensweise eingesperrt fühlen und die der Ansicht sind, es sei allmählich an der Zeit, daß wir diesen Stil irgendwie ändern, daß es uns schwächen wird, wenn wir es nicht tun. Wir schaffen wenig Neues und halten nur an dem Althergebrachten fest.«

Er lehnte sich zurück. »Ich könnte mich mit dieser Erkenntnis abfinden«, sagte er, »wenn eure Verhaltensweisen noch einen anderen Sinn hätten und unser Leben einem bestimmten Zweck diente.«

Ich wußte, daß ich ihm irgendwann würde erklären müssen, warum Männer berufen wurden, wieso ihnen die Jungen übergeben wurden, doch alles in mir schreckte vor dieser Aufgabe zurück.

Die Sonne stand tief im Westen. Wir schauten schweigend zu dem fernen Plateau hinüber. Arvil stand auf und legte sich die gewölbte Hand über die Augen. Etwas bewegte sich am Felshang. Ich blinzelte und konnte das, was möglicherweise ein Reiter zu Pferde beim Abstieg war, kaum ausmachen. Eine zweite Gestalt folgt ihm.

»Wir müssen aufbrechen, sagte Arvil. «Wir könnten jetzt nicht mehr auf den Einbruch der Nacht warten.»

Ich rannte zu Flamme und stieg auf, wobei ich meinen Speer unter die Packtasche schob. Arvil schwang sich auf den Rücken der schwarzen Stute, löste ihre Zügel und ergriff die Zügel der gescheckten Stute. Das schwarze Pferd warf ihn nicht ab, aber die Gescheckte wieherte aus Protest, als er sie wegführte.

»Wir müssen schnell reiten«, sagte er. »Bis sie am Fuß des Hangs angekommen sind, müssen wir weit weg sein. Ich nehme an, sie werden sich zunächst in das Heiligtum begeben, um nach ihren Kameraden zu sehen, und sie werden Mühe haben, in der Dunkelheit unsere Spuren zu erkennen.«

Er entfernte sich vom Heiligtum, wobei er die Gescheckte neben sich mitführte, und wandte sich dann nach Osten. Ich bohrte die Absätze in Flammes Flanken und folgte ihm.

Eine grasbewachsene Ebene erstreckte sich vor uns, und ich war froh, daß das flache Land wenig Möglichkeiten bot, wo sich andere hätten verstecken können. Der Mond war lediglich eine schmale Sichel am Himmel. Wir galoppierten durch das hohe Gras weiter, bis die Pferde vor Anstrengung keuchten, dann verlangsamten wir die Gangart zum Trab.

Arvil blickte andauernd zurück, doch es war kein Anzeichen von den Reitern zu sehen. Wir gelangten zu einer kleinen Baumgruppe, ritten darum herum und setzten unseren Weg Richtung Osten fort. Eine kühle nächtliche Brise streifte mein heißes, gerötetes Gesicht; die Angst machte mich wachsam. Ich dachte daran, wie der Mann in dem Heiligtum mich begrapscht, wie sein Atem gestunken hatte, und an seine vom Wahnsinn befallenen roten Augen. Mein Ekel wuchs, mir war fast nach Erbrechen zumute.

Es war immer noch Nacht, als wir die Zügel der Pferde strafften und sie in langsamen Schritt übergehen ließen. Arvil hob den Kopf und ließ den Blick über das Land schweifen; dann wandte er sich nach Süden, auf eine Bodensenke zu.

Ein kleiner Fluß schlängelte sich zwischen sanft ansteigenden Ufern hindurch. Wir glitten von den Pferden und rieben sie mit Arvils alter Jacke ab, bevor wir ihnen gestatteten zu trinken. Arvil nahm einen kräftigen Schluck aus einem Trinkschlauch, dann füllte er die anderen Schläuche mit frischem Wasser. Ich kniete mich auf dem steinigen Ufer nieder und trank aus gewölbten Händen; dann wusch ich mir das Gesicht und wünschte, ich hätte ein Stück Seife gehabt.

»Wir werden heute abend nichts essen«, sagte er, »sondern wir werden unsere Vorräte aufheben, bis wir sie brauchen.« Mein Magen tat weh; ich versuchte, sein Knurren zu überhören. »Wenigstens sollen unsere Pferde ihre Portion bekommen.«

Wir führten die Stuten durch den Fluß und ließen sie grasen. Die Gescheckte machte jedesmal Anstalten zu bocken und wieherte, wenn wir ihr zu nahe kamen. Ich bezweifelte, daß sie sich von einem von uns reiten lassen würde, doch sie ließ sich einigermaßen bereitwillig führen.

Nachdem die Pferde gefressen hatten, saßen wir wieder auf. Arvil nahm die Zügel der Gescheckten. »Die Reiter müssen ebenfalls eine Rast einlegen«, sagte er. »Wir wollen hoffen, daß sie unsere Spur hier verlieren und nicht wissen werden, ob wir uns nach Norden oder Süden gewandt haben.«

Ich folgte ihm am Ufer entlang und sorgte dafür, daß Flammes Hufe nur auf Stein oder im Wasser auftraten, und nicht auf dem Erdboden, wo sie eine Spur hinterlassen hätten. Zweimal hielten wir und beseitigten Pferdeapfel, die die Tiere fallengelassen hatten. Ich redete mir ein, daß unsere Verfolger nicht bis in alle Ewigkeit hinter uns herreiten konnten und daß sie vielleicht Angst davor hatten, uns zu verfolgen, nachdem sie ihre toten Kameraden gefunden hatten.

Bald machte der Fluß, der etwas breiter geworden war, eine Biegung nach Osten. Arvil drehte sich um. »Paß gut auf«, ermahnte er mich. »Wo Wasser ist, könnten auch Männer sein, obwohl wir sie in dieser Landschaft von weitem sehen können.«

Trotz seiner Warnung hatten wir bis zur Morgendämmerung keine Männer gesehen. Der Fluß drehte nach Norden ab; wir verließen ihn und ritten in scharfem Galopp nach Osten. Hin und wieder sah ich mich um, doch von unseren Verfolgern war nichts zu sehen.

Die Ebene war ein Meer aus Gras unter einem weiten Himmel; ich hatte noch nie derart flaches Land gesehen. Die Ebene erschien endlos. Obwohl jegliche Gefahr, die in dieser Landschaft lauerte, von weitem zu sehen gewesen wäre, machte sie mir mehr angst als der Wald und die Berge, durch die ich mit meiner Mutter gewandert war. Kein Schutzschild schirmte uns gegen den Himmel ab, und ein grimmiger Wind biß mir ins Gesicht. Es gab keine Stelle, wo ich mich vor der offenen Weite hätte verstecken können, und die Furcht vor der Welt hier draußen hätte mich beinahe überwältigt. Ich straffte Flammes Zügel und drückte die Wange an ihre Mähne.

Arvil machte kehrt und kam neben mich. »Was ist los?« fragte er. Ich schüttelte den Kopf, zu einer Erklärung nicht in der Lage. »Hab Mut, Birana.«

Ich nickte stumm.

»Wenn es uns möglich ist, einen längeren Halt einzulegen, werde ich dir einige Mittel der Selbstverteidigung beibringen. Dann hast du nicht mehr so viel Angst.«

»Ich schaffe es niemals, zu kämpfen.«

»Ich habe gesehen, wie es schwächeren Männern gelungen ist, stärkere zu Fall zu bringen, denn es ist nicht nur die Kraft, die in einem Kampf ausschlaggebend ist. Und du hast bereits einigen Mut gezeigt.«

Irgendwie stärkten mich seine Worte, und ich war fähig weiterzureiten.

Ich war schon immer aktiver gewesen als die meisten Mädchen. Meine Mutter hatte körperliche Kraft mehr bewundert als die meisten Frauen. Sie hatte Spaß daran gehabt, auf den Pferden und Ponys aus den Ställen bei unseren Parks zu reiten, und ich lernte ebenfalls zu reiten, damit sie einen Teil dieser Zeit mit mir zusammen verbrachte. Ich wurde im Laufen trainiert, und meistens gewann ich die Wettrennen gegen andere Mädchen. Ich erlernte Methoden, meinen Oberkörper auszubilden, und war kräftiger als die meisten meiner Bekannten. Ich hoffte, ich könnte Yvaras Zuneigung gewinnen, wenn ich ein sportliches Mädchen wäre, das sie bewundern konnte; später übte ich körperliche Aktivitäten um ihrer selbst willen aus, als Ausflucht vor meinem Studium. Doch in Arvils Welt war ich nicht kräftiger als ein Junge, der noch nicht lange außerhalb einer Stadt war.

Arvils Rücken straffte sich. Im Norden, gegen den Horizont kaum sichtbar, entdeckte ich etwas, das aussah wie einige Zelte. »Ein Lager«, sagte Arvil, »aber ich sehe keine Pferde. Diese Männer werden uns nicht verfolgen.«

Nach kurzer Zeit war das Lager außer unserer Sichtweite. Gegen Mittag erspähte ich den Glanz der Kuppel eines Heiligtums im Süden; Arvil merkte, daß ich dorthin sah. »Wir können dort nicht haltmachen«, sagte er.

»Ich weiß.« Ich hatte kein Verlangen danach, noch einmal ein Heiligtum zu betreten.

»Die Schurken, die uns verfolgen, könnten uns dort überraschen.«

»Bis jetzt haben wir noch keine Anzeichen von ihnen gesehen.«

»Ich habe ein ungutes Gefühl in bezug auf sie«, sagte er. »Sie werden unsere Spur am Fluß verlieren, aber wenn sie entschlossen sind, können sie sie wiederfinden. Ich glaube nicht, daß sie die Verfolgung bereits aufgegeben haben. Wenn sie lange genug hinter uns her sind, werden sie feststellen, daß wir uns zu keiner Gruppe gesellen, und sie werden wissen, daß wir keiner angehören. Das wird sie glauben machen, wir seien leichte Beute.« Er beugte sich nach vorn, und wir begannen zu galoppieren.

»Wir können nicht bis in alle Ewigkeit vor ihnen weglaufen«, rief ich laut genug, um das Getrappel der Hufe zu übertönen.

»Wir haben keine Chance, wenn wir es hier draußen mit ihnen aufnehmen. Wir müssen auf eine geeignete Gelegenheit warten.«

Ich preßte die Lippen aufeinander. Welche Chance würden wir überhaupt haben? Dann hob ich den Blick zu einem Glitzern am südlichen Himmel und vergaß all meine Angst vor unseren Verfolgern.

Eine goldene Kugel kam von Süden her in unsere Richtung geflogen. Ich war nahe daran aufzuschreien, dann trieb ich Flamme mit den Zügeln an.

»Halt!« schrie Arvil mir zu.

»Ein Schiff!«

»Du mußt anhalten! Wir können uns jetzt nicht mehr vor ihm verbergen.«

Ich zog an Flammes Zügeln. Die Gescheckte wieherte, als das Summen des Schiffes immer lauter wurde. Es bewegte sich auf uns zu; obwohl es hoch oben war, pochte mir sein Summen in den Ohren.

»Steig vom Pferd«, sagte Arvil. Ich glitt zu Boden, wobei ich die Zügel weiterhin festhielt, und zog mir die Kapuze tiefer ins Gesicht. Meine Beine zitterten. Arvil bedeckte sich den Kopf. »Knie nieder und ehre die Herrin. Wenn es dich erwischt, können wir nichts dagegen tun, aber wenn sie dich nach wie vor für tot halten, werden sie lediglich zwei Männer sehen.«

Ich kniete nieder und neigte den Kopf in der Erwartung, daß die Waffen des Schiffes uns jeden Augenblick treffen würden. Ich betrachtete das Schiff nicht und konnte nicht sagen, ob es Passagiere beförderte oder ob es nur ein zur Aufnahme von Bildern ausgesandtes Schiff war.

Als ich damals gemeinsam mit anderen in einem solchen Schiff nach Devva gereist war, hatte ich Angst gehabt, das Schiff könnte zu einer Notlandung gezwungen sein, obwohl wir wußten, daß ein Angriff von Seiten der Männer unwahrscheinlich sein und das Schiff uns schützen würde. Wir hatten vor Erleichterung gelacht, als wir in Devva ankamen; wir hatten uns vor der Rückreise gefürchtet. Ich dachte an die Passagiere, die über uns sein mochten, und fragte mich, was sie wohl dachten, wenn sie zu uns herabsahen.

Das Summen des Schiffs wurde leiser. Ich sah nach oben und stellte fest, daß es nach Nordwesten flog, vielleicht zu meiner ehemaligen Stadt.

»Wir können jetzt weiterreiten«, sagte Arvil.

Ich schlug mir die Hände vor die Augen und weinte. »Birana, wir sind in Sicherheit.« Er berührte meine Schulter; ich wich heftig zurück. »Was ist denn los?«

»Ich erinnere mich«, gelang es mir zu sagen. Ich wischte mir das Gesicht ab und stand auf. »Ich kann nicht weiter mitkommen. Du wirst besser ohne mich zurechtkommen, und ich werde hier draußen ohnehin nicht lange überleben.«

»Wir haben bis jetzt überlebt. Es wäre für mich nicht besser gewesen, wenn ich ohne dich in Hekates Heiligtum gewesen wäre.«

»Ich kann nicht ... «

»Beruhige dich.« Er berührte leicht meinen Handrücken. »Ich kann dich nicht sterben lassen.«

»Natürlich kannst du das nicht«, sagte ich verbittert. »Es gibt noch zu viele Fragen, auf die du eine Antwort von mir bekommen möchtest.«

»Es geht mir nicht nur um die Fragen.«

Ich entzog mich seiner Berührung und stieg auf Flamme, während ich mir einredete, daß ich die Hoffnung nicht verlieren durfte, irgendwo eine Zuflucht zu finden. Aber meine Hoffnung wurde immer geringer.

Am Nachmittag erspähten wir im Nordosten eine Herde von zottigen Tieren. Arvil starrte sie gierig an, während wir die Herde umkreisten; ich wußte, daß er an Fleisch dachte.

Unsere Pferde waren zu einer langsamen Gangart

übergegangen. »Könntest du eins davon erjagen?« fragte ich.

»Auf diesem Pferd, mit meinem Speer – vielleicht, aber ich habe noch nie zuvor auf diese Weise gejagt. Ich müßte eins der Tiere von der Herde trennen, es abschlachten und häuten, und inzwischen würden uns unsere Verfolger ein erhebliches Stück näher kommen.«

»Aber wir haben kein Anzeichen von ihnen gesehen. Vielleicht haben sie längst aufgegeben.«

»Wir können uns dessen nicht sicher sein.«

Mit Ausnahme der einen Gruppe, die wir aus der Ferne erspäht hatten, hatten wir keine anderen Männer gesehen. Je weiter wir uns von Gebieten entfernten, in denen Städte lagen, desto unwahrscheinlicher war es, daß wir auf Männer treffen würden. Die Männer bekamen keine Knaben als Nachwuchs für ihre Gruppen, wenn sie zu weit entfernt von den Heiligtümern und Städten, die die Männer beriefen, wohnten. Ich wäre um so sicherer vor Männern, je weiter nach Osten wir gingen, aber dort gäbe es auch weniger Möglichkeiten zu erfahren, ob es vielleicht irgendwo eine Zufluchtsstätte gab.

»Es scheint, hier wohnen nur wenige Männer«, bemerkte Arvil, der offensichtlich sehr ähnlichen Gedanken nachhing. »Ich frage mich, ob sich noch mehr hierher verzogen haben. Vor langer Zeit hat mir mal jemand erzählt, daß die früheren Mitglieder meiner ehemaligen Gruppe nicht im Norden gelebt haben, sondern anderswo. Die Zahl der Gruppen in jener Gegend wurde immer größer, deshalb suchte sich meine Gruppe ein neues Territorium. Wanderer hat gesagt, daß im Süden, wo das Klima das Leben leichter macht, mehr Gruppen leben, als die Erde ernähren kann, und daß dort mehr gekämpft wird.«

»Wanderer ist herumgekommen«, sagte ich.

»Ja, und zwar weiter als irgend jemand sonst, den ich kennengelernt habe.«

»Hat er jemals eine Geschichte von einem Ort gehört, einem Ort außerhalb der Städte, weit von ihnen entfernt, wo vielleicht andere meinesgleichen gesichtet worden sind, ein Ort, wo sie vielleicht leben?«

Arvil runzelte die Stirn, als er sich zu mir umdrehte. »Könnte es einen solchen Ort geben?«

»Es waren vor mir schon andere aus den Städten verbannt worden. Ich kann nicht glauben, daß sie alle gestorben sind. Vielleicht haben einige eine Möglichkeit gefunden zu überleben.«

»Wanderer hat nie etwas von einem solchen Ort erzählt«, sagte er. »Er hat mal etwas erzählt, damals, als ich ihm und Schatten zum erstenmal begegnet bin, und zwar von einem Mann, der in einem Heiligtum wohnte und dessen Körper in die Gestalt einer Frau verwandelt wurde.« Er verzog den Mund. »Wanderers Geschichten entsprachen allerdings nicht immer ganz der Wahrheit.«

Ich versuchte, nicht enttäuscht zu sein. Wanderer hatte sich schließlich nur in Gegenden herumgetrieben, wo Männer lebten.

»Ich kann mich nicht erinnern, daß Wanderer etwas über den Osten erzählt hat«, fuhr Arvil fort. »Er wußte nicht, wie es hier aussah. Ist es das, was du suchst, Birana – ein Ort, an dem Menschen deiner Art leben?«

»Sofern es einen solchen Ort gibt.«

»Wenn es das ist, was du suchst, dann möchte ich, daß du es findest. Aber du wärst dann unter deinesgleichen und hättest keine Verwendung mehr für mich.«

»Vielleicht sind auch Männer bei ihnen«, sagte ich. »Vielleicht haben sie einen Weg zum Zusammenleben gefunden.« Vielleicht hatten solche Frauen eine Methode gefunden, sich selbst zu befruchten, wie sie es tun mußten, um ihre Zufluchtsstätte am Leben zu erhalten, um Töchter zu haben, die für sie sorgten, wenn sie alt waren, und Söhne, die von den Männern, die ihnen zur Seite standen, deren Fähigkeiten erlernten. Ich weigerte mich darüber zu grübeln, wie diese Frauen ohne Gedankenübermittler und ohne die Bilder, mit denen die Männer erregt wurden, an den Samen der Männer gekommen sein mochten.

»Wenn sie zusammenleben«, sagte Arvil, »dann werden sie sich von den Männern anbeten lassen, wie es die in der Enklave tun. Ich würde mich sehr freuen zu wissen, daß du in Sicherheit bist, aber unter deinesgleichen würde ich dir nichts bedeuten.«

»Das stimmt nicht«, erwiderte ich. »Du bist jetzt mein Freund. Du bist wahrscheinlich der einzige wahre Freund, den ich habe.«

Ich sprach diese Worte lediglich aus Mitleid für ihn aus und weil ich seine düstere Stimmung fürchtete, doch seine Augen glänzten, als er mich ansah. »Wirklich, Birana? Nennst du mich jetzt deinen Freund?«

Ich dachte an Laissa, die nicht mehr meine Freundin war. »Ja, Arvil. Du bist mein Freund.«

Die Brust schwoll ihm unter der Jacke an; seine Kapuze fiel zurück und gab den Blick auf sein blondes Haar frei, während er zum Himmel hinaufsah. »Ich bin dein Freund«, sagte er, als ob diese Worte von einer sehr weitreichenden Bedeutung erfüllt wären.

Gegen Abend erreichten wir eine kleine Erhebung in der Landschaft, wo ein paar schlanke Bäume wuchsen, und wir hielten an. Die Pferde grasten, und wir gaben ihnen Wasser aus unseren Trinkschläuchen, wobei wir die Flüssigkeit in den gewölbten Händen hielten und sie sie daraus aufschlabberten. »Stern«, sagte Arvil, während das schwarze Pferd ihm aus der Hand trank.

»Was hast du gesagt?«

»Stern. Sie sollte einen Namen haben, und ihre weiße Zeichnung läßt mich an einen Stern denken.«

»Und wie sollen wir die Gescheckte nennen?«

»Vielleicht fällt dir ein Name für sie ein.«

Die Gescheckte schaute mich haßerfüllt an, während

sie trank. Sie duldete uns allmählich, aber keiner von uns beiden war bis jetzt auf ihr geritten. Ihre Haut war von vielen feinen Narben bedeckt. Ich nahm an, daß der Mann, der zuvor auf ihr geritten war, sie oft gepeitscht hatte, doch er hatte ihren Geist offenbar nicht zähmen können. »Wildfang«, sagte ich. »So würde ich sie nennen.«

»Das paßt zu ihr.«

Nachdem die Pferde gegrast hatten, banden wir ihre Zügel an den Bäumen fest. Ich war gerade im Begriff, etwas Proviant aus unseren Packtaschen zu nehmen, als Arvil den Kopf schüttelte. Wir hatten Vogelgezwitscher in den Wipfeln über uns gehört; Arvil erkletterte einen Baum, verschwand zwischen den Ästen und sprang dann herab, mit fünf kleinen Vogeleiern in der Hand. Ich zwang mich, zwei rohe Eier hinunterzuwürgen, während er mit Genuß aß; auf diese Weise würde das Trockenfleisch noch einen Tag länger reichen.

Arvil hielt Wache, während ich mich ausruhte. Dann weckte er mich. Ich richtete mich auf, überrascht, wie tief ich geschlafen hatte; inzwischen hatte ich mich daran gewöhnt, am Boden zu schlafen, aber von dem langen Ritt taten mir die Glieder weh. Ein Heulen durchbrach plötzlich die Stille, und ich zuckte zusammen.

»Wölfe«, sagte er. »Wenn sie zu nahe kommen, werden uns die Pferde warnen.« Er führte mich aus dem Schatten der Bäume und deutete auf eine Gruppe von Sternen im Osten. »Wenn jene Sterne über den Bäumen sind, mußt du mich wecken. Wecke mich außerdem, wenn du irgendeine Bewegung in der Landschaft entdeckst.«

»Und was ist, wenn ...«

Er wußte, was ich fragen wollte. »Sie sind immer noch weit hinter uns, und sie müssen ebenfalls hin und wieder rasten. Ich werde nicht lange schlafen.« Er betrachtete die Sterne. »Ich habe gehört, daß die Sterne so weit entfernte Feuer sind, daß es, wenn wir hinreisen könnten, die Lebensspanne mehrerer Männer dauern würde, bis wir sie erreichen.«

»Das stimmt. Vor langer Zeit haben wir einmal davon geträumt, zu ihnen zu reisen.«

»Aber wie kann man sie erreichen, wenn sie so weit weg sind?«

»Wir hätten Schiffe bauen können, die eine so große Entfernung zurücklegen können. Ein solches Schiff müßte mit einer Geschwindigkeit reisen, die ungefähr der Geschwindigkeit entspricht, mit der sich das Licht bewegt, und deshalb würde für die Passagiere an Bord des Schiffes die Zeit nicht auf dieselbe Weise vergehen wie für die Menschen auf der Erde. Hier unten vergeht vielleicht eine Jahreszeit, während auf dem Schiff nur ein Tag verstrichen ist – eine Lebensspanne läuft hier vielleicht ab, während die Reisenden jung geblieben sind.«

»Das Schiff müßte einem gewaltigen Zauberbann unterliegen.«

»So könnte man es sagen. Ein solcher Zauberbann ist möglich.« Ich wußte nicht, wie ich ihm jemals mein Wissen über die physikalischen Umstände einer Sternenreise hätte nahebringen können.

»Es wird behauptet, die Sterne seien Lagerfeuer, die die Herrin für die Geister der Herrin in der nächsten Welt angezündet hat. Wenn die Seelen jener Mitreisenden auf dem Schiff in diese Welt eintreten, können sie niemals zu dieser zurückkehren.«

»Das sind keine Feuer, Arvil. Das sind Sonnen, wie diejenige, die du am Himmel siehst.«

»Das sind Sonnen?« fragte er.

»Ja. Sie erscheinen so klein, weil sie so weit weg sind. Einige sind viel größer als unsere Sonne, und die Sonne selbst ist so groß, daß man viele Erden in sie hineinpacken könnte, Hunderte und Aberhunderte von Erden.«

Er drehte sich zu mir um und rieb sich das Kinn, während er über das Gesagte nachdachte. »Ich verstehe. Etwas, das man in der Ferne sieht, erscheint klein und wird dann größer, wenn sich ein Mensch ihm nähert. Wenn das mit den Sternen stimmt, daß jeder eine Sonne ist, dann müssen sie noch viel weiter weg sein, als ich begreifen kann.« Er packte mich am Ärmel. »Und wenn das Sonnen sind, scheinen sie dann auch auf andere Erden?«

Der Sprung, den seine Phantasie vollführte, ließ mich zusammenzucken. »Es sind andere Welten – das wissen wir. Aber wir wissen wenig darüber, wie sie sind. Vielleicht hätten wir versucht, zu ihnen zu gelangen oder mit ihnen in Verbindung zu treten, denn genau wie es für meinesgleichen möglich ist, mit anderen in entfernten Teilen der Erde zu reden, ist es möglich, einen Weg zu finden, mit den Sternen zu sprechen. Aber wir haben es nicht getan. In lange vergangenen Zeiten lag das daran, daß wir das retten mußten, was auf dieser Welt überlebt hatte. Jetzt fehlt uns der Wille, vielleicht weil wir vor dem Angst haben, was uns dort erwarten mag und wie es uns möglicherweise verändern könnte.«

»Andere Sonnen.« Er hob den Kopf wieder. »Andere Erden. Ich weiß nicht, wie das sein kann, aber ich denke mit Freude darüber nach. Vielleicht leben die Menschen dort in Frieden. Wenn ich die Zauberkraft eines solchen Schiffes hätte, wie du es beschrieben hast, dann würde ich mir wünschen, diese anderen Erden zu besuchen.«

»Arvil, du mußt dich jetzt ausruhen.«

»Das ist eine wundersame Wahrheit, die du mir da enthüllt hast.« Er ließ sich zögernd unter den Bäumen nieder, während ich entlang der Erhebung auf und ab schritt und mühsam versuchte, wach zu bleiben, denn trotz meiner Ruhepause war ich immer noch müde.

Arvils Gedanken hatten mich überrascht. Ich hatte festgestellt, daß Männer mehr Verstand besaßen, als ich einst geglaubt hatte. Wanderer und Schatten hatten Anzeichen von Intelligenz erkennen lassen, und Weise Seele war ein besonnener Mensch gewesen, doch Arvil konnte mir zuhören und zu Schlußfolgerungen kommen, die ich ihm nicht vorgegeben hatte. Ich fragte mich, wie viele Männer wohl so sein mochten wie er. Ich rang mit meinen Gedanken, da ich mir immer mehr über das gewaltige Ausmaß des Unrechts bewußt wurde, das wir begangen hatten, um die Wiedergeburt zu erreichen.

Ich hatte mir besorgt überlegt, wieviel ich Arvil in Beantwortung seiner Fragen verraten sollte. Jetzt fürchtete ich, daß er selbst auf die Antworten kommen würde, auch wenn ich ihm nur ein paar Hinweise gäbe, und ich hatte erlebt, wie wütend er auf mich werden konnte. Welche guten Eigenschaften er auch immer besitzen mochte, er war eben doch ein Mann und in einer Welt der Gewalt aufgewachsen. Wenn ich ihn wütend machte, könnte es passieren, daß er mir etwas Schlimmes antat, ohne es zu wollen.

Die Wölfe heulten erneut; sie schienen jetzt weiter weg zu sein. Ich spürte, wie allein ich war. Ich war mir während der letzten Jahre in der Stadt einsam vorgekommen, als eine alte Freundin nach der anderen einen Vorwand fand, um keine Zeit mit mir verbringen zu müssen. Ich hatte vor meiner Verbannung allein gelebt, ganz allein in einem Raum eingesperrt, während der Rat über mein Schicksal entschied, doch diese Einsamkeit war nichts verglichen mit dem Gefühl, das ich in dieser Nacht unter den Sternen empfand.

Ich hielt in meinem Auf- und Abschreiten inne und sah zu Arvil hinab, meinem einzigen Freund. Sein Gesicht war in der Dunkelheit verborgen. Er seufzte einmal, und ich fragte mich, was er wohl im Traum sehen mochte.

Arvil

Die Herrin schwebte auf mich zu, doch ich konnte Ihr Gesicht nicht sehen. Meine Arme umfaßten Ihre Taille, da ich beabsichtigte, mich mit Ihr zu vereinigen. Biranas Gesicht sah zu mir auf. Plötzlich wurde mir bewußt, daß die Segnungen der Herrin noch einen anderen Zweck hatten als die Notwendigkeit, mich fester an Sie zu binden, doch ich kam nicht dahinter, worin er bestehen mochte.

»Arvil«, sagte Sie. Ich griff nach Ihr, doch Ihr Körper wurde so flüchtig wie Rauch. »Arvil.« Sie schmolz vor mir dahin, bevor ich meine Begierde stillen konnte.

Ich öffnete die Augen. »Arvil«, sagte die dunkle Gestalt über mir, »du mußt jetzt aufwachen.«

Ich richtete mich auf, rieb mir die Augen, dann erhob ich mich. Der Bann meines Traums hielt mich noch immer gefangen. Ohne nachzudenken, zog ich Birana an mich und drückte meine Wange gegen die ihre.

Sie wich nicht zurück, doch ihr Körper war steif, und ich spürte, wie sie meiner Berührung Widerstand entgegensetzte. Voller Abscheu ließ ich sie los. »Ich wollte dich nur in den Armen halten«, sagte ich, »wie man einen geliebten Freund umarmt. Wenn du meine Berührung nicht willst, dann sage es mir lieber, als sie widerwillig zu ertragen.«

»Ich habe Angst, dich zu erzürnen.«

»Auf diese Weise erzürnst du mich mehr.«

»Dich macht alles wütend, was ich auch sage oder tue.«

»Im Traum«, sagte ich, »war eine Geist-Frau bei mir, aber sie hatte dein Gesicht. Sie freute sich über meine Berührung, doch dann ...«

»Du darfst nicht an so etwas denken. Ich kann deine Umarmung nicht ertragen. Du weißt nicht, wozu das führen, welche Folgen es haben könnte.« Sie legte sich die Hand auf den Mund, als ob sie Angst hätte, noch mehr zu sagen.

»Dann werde ich versuchen, dich nie mehr zu berühren«, sagte ich ärgerlich, »aber der Bann, den du mir auferlegt hast, ist sehr stark.«

Ich ging zwischen die Bäume, um mir Befriedigung zu verschaffen, doch ich empfand immer noch einen inneren Schmerz, selbst nachdem ich mich erleichtert hatte. Wenn meine Umarmung ihr Freude bereitet hätte, konnte das nur zu Segnungen führen, und ihresgleichen hatte den Männern das Verlangen danach eingegeben.

»Ich habe dich mit keinem Bann belegt«, sagte sie, als ich auf sie zuging. Sie hielt den Kopf gesenkt und hatte die Arme vor der Brust verschränkt, als ob sie sich schützen wollte. »Ich verstehe deine Gefühle. Ich weiß, daß sich die Männer deiner Gruppe manchmal des Nachts vereinigt haben. Du würdest nicht so empfinden, wenn du einen Mann hättest, mit dem du dich abgeben könntest – es mangelt dir nur an Kameraden.«

Sie täuschte sich. Ihr Bann war stärker, als der eines Mannes je hätte sein können, denn sie erweckte Gedanken an Segnungen.

»Ich bin kein Mann, der seine Begierden nicht beherrschen kann«, sagte ich mit fester Stimme. »Es gibt Männer, die zu Knaben gehen und diese anderen Männern vorziehen, selbst wenn der Knabe nicht willens ist, und es gibt Knaben, die sich für ein Extrastück Fleisch oder irgendein Geschenk anbieten.« Ich dachte an Cor, der sich Wolf hingegeben hatte, als Wolf Häuptling war, und der anschließend Geab seine Gunst geschenkt hatte. Ich hatte ihn deswegen verachtet, denn ich wußte, daß er nicht aus Liebe oder Hochachtung zu diesen Männern ging.

»Wie groß mein Verlangen auch gewesen sein mochte«, fuhr ich fort. »Ich ziehe es vor, es allein zu befriedigen, anstatt zu einem Knaben zu gehen, den ich vielleicht gewaltsam zwingen müßte, oder zu einem Mann, den ich nicht mag, denn darin finde ich kein Vergnügen. Ich bin froh, daß ich so stark geworden bin, um mich jenen zu widersetzen, mit denen ich nichts zu tun haben wollte, und als die Herrin anfing, mir ihre Segnungen zuteil werden zu lassen, dann waren es diese, nach denen ich mich am allermeisten sehnte. Ich werde dich niemals wieder berühren.« Trotz meiner Worte wußte ich, wie schwierig es sein würde, dieses Versprechen zu halten.

»War Tal...« Sie räusperte sich, und ich spürte, wie schwer es ihr fiel, seinen Namen auszusprechen. »Gehörte er zu denjenigen, die du auf diese Weise geliebt hast?«

Ich war entsetzt. »Kein Hüter würde jemals bei seinem Schützling Vergnügen suchen. Ich glaube, nicht einmal die Männer, die uns überfallen haben, würden diese Regel brechen, es sei denn, daß sie in ihrem Wahn vor nichts zurückschrecken.«

»Gab es früher jemanden, den du geliebt hast?«

»Es gab einige, die ich nicht abgewiesen habe, aber geliebt...« Ich hielt inne. »Vielleicht wäre zwischen Schatten und mir Liebe erwachsen, doch ich wollte nicht an ihn herantreten, bevor er ein Mann war.« Es kostete mich Mühe, über meine Gefühle für Schatten zu sprechen, jetzt, da er für mich verloren war, und doch hatte mich seine Seele nicht so sehr angezogen wie Biranas. »Gab es jemanden, den du geliebt hast?«

»Einige haben mich begehrt. Es gab keine, die mich liebten.«

Es fiel mir schwer, das zu glauben. Wie konnte es sein, daß andere sich nicht nach ihr sehnten? »Was ist mit der, die bei dir war, diejenige, die wir begraben haben? Empfand sie etwas für dich?«

»Sie war meine Mutter«, antwortete sie. »Meine Hüterin. Eine Mutter ist für mich das, was für dich ein Hüter ist.«

»Ich weiß, was eine Mutter ist. In unseren Legenden wird Maria als Mutter bezeichnet, denn Sie ist die Erscheinung, die uns allen Hüterin ist. Die Erde ist unsere Mutter, denn wir sind aus dem Staub der Erde geschaffen.« Etwas an meinen Worten erinnerte mich an meinen Traum, in dem mir meine Gedanken immer wieder entglitten, nicht faßbar erschienen waren. »Die Mutter bringt das Leben in die Welt.«

»Arvil, wir müssen aufbrechen, bevor es hell wird.«

Mit einemmal erkannte ich eine große Wahrheit. Männer wurden in die Enklaven berufen, und manchmal bekamen sie Knaben. Die Geschöpfe der Erde, männliche und weibliche, vereinigten sich, und dadurch entstanden die Jungen. Ich hatte das schon immer gewußt, aber ich wäre niemals auf die Idee gekommen, daß die göttlichen Erscheinungen, die Abbilder der Herrin, Geschöpfe wie alle anderen sein könnten. Von Birana hatte ich erfahren, daß ihresgleichen Körper aus Fleisch und Blut hatten, genau wie wir. Jetzt erkannte ich, daß sich die Geist-Frauen wahrscheinlich mit Männern vereinigten, um Knaben zu schaffen. Ich wußte nicht, wie das möglich war, aber ihre Zauberkraft vermochte viel.

Dann kam mir noch ein anderer Gedanke. Es waren nicht nur Knaben, die sie schufen, sondern auch ihresgleichen, denn die Tiere brachten ja auch weiblichen und männlichen Nachwuchs auf die Welt. Brauchte Biranas Sorte uns auch für diesen Zweck? Hatte sie das damit gemeint, als sie sagte, Männer würden gebraucht?

All das dämmerte mir in einem einzigen Augenblick. Ich stöhnte auf, und meine Beine drohten nachzugeben.

»Was ist los?« rief Birana und trat zu mir.

»Ich erkenne eine Wahrheit, die du mir nicht verraten hast. Ich weiß jetzt, warum Männer berufen werden. Aus unserer Vereinigung mit den Geist-Frauen entstehen Knaben, und vielleicht auch Kinder deiner Sorte, sofern ihr dafür nicht eine andere Magie besitzt. Stimmt das?«

Sie sackte zu Boden. »Es stimmt.«

Ich ballte die Hände zu Fäusten und sah zu ihr hinab. »Das ist also der Zweck, für den Männer leben.« Ich hatte gedacht, wenn ich erst einmal wüßte, daß unser Leben einem bestimmten Zweck diente, würde das meinen Geist beruhigen, aber dieses Wissen erfüllte mich mit Eiseskälte.

»Ich wußte nicht, wie ich dir diese Wahrheit mitteilen sollte«, sagte sie. »Aus eurem Samen, den wir euch abnehmen, werden neue Wesen, männliche und weibliche, geschaffen. Ihr habt nicht die Macht, selbständig Nachwuchs von eurer Sorte zu zeugen.«

»Ich braucht uns, damit ihr uns das Verlangen nach euch eingeben könnt. Was für Narren die Männer doch sind! Wenn wir nicht mehr in die Enklaven gingen, würden wir keine Knaben mehr bekommen, aber vielleicht gäbe es dann auch keine Kinder von eurer Sorte. Wenn die Männer euch für das, was ihr getan habt, bestrafen wollten, dann brauchten sie sich nur nicht mehr in die Enklaven zu begeben.«

»Damit würdet ihr lediglich das Ende euresgleichen heraufbeschwören. Wir haben genügend von eurem Samen, um zu überleben, oder könnten uns andere Methoden ausdenken.« Ich begriff nicht, was sie sagte, aber irgendwie erkannte ich, daß der Samen von vielen Männern begehrter war als der Samen von nur wenigen. »Wir wären dann vielleicht nicht mehr so anpassungsfähig, weniger vielfältig«, sagte sie, »aber wir könnten leben.«

Ich hätte sie am liebsten geschlagen und mit diesen Schlägen alle ihresgleichen ausgelöscht. Wir wurden nicht berufen, um Segnungen zu empfangen, sondern damit uns ein Teil von uns gestohlen wurde.

»Du hast die Wahrheit durchschaut«, fuhr Birana fort. »Ich habe mich vor der Erkenntnis gefürchtete, daß ich es dir irgendwann würde sagen müssen, aber du bist selbst dahintergekommen. Womöglich durchschauen es auch andere Männer; vielleicht nicht so schnell, aber irgendwann, wenn wir uns nicht ganz große Mühe geben, es zu verheimlichen.«

Ich zog sie grob an der Jacke hoch. Sie hob abwehrend die Hände, und ich konnte mich nicht überwinden zuzuschlagen. »Die kleinsten Geschöpfe dieser Erde werden freundlicher behandelt als wir«, sagte ich, »denn obwohl deren Weibchen die Männchen beherrschen, gestatten sie den Männchen wenigstens, mit ihnen zusammenzuleben.«

»Arvil, ich...«

»Ich will jetzt nichts mehr von dir hören.«

Im Osten wurde der Himmel allmählich grau. Ich ging zu Stern, löste ihre Zügel und stieg auf.

Meine Gedanken klärten sich schließlich während des Reitens, obwohl meine Welt mit jeder Wahrheit, die ich erfuhr, mehr erschüttert wurde.

Die Ebene wurde von einer leicht hügeligen Landschaft abgelöst, und während uns unsere Pferde über eine kleine Erhebung trugen, sah ich im Südosten die Kuppel eines Heiligtums. Sonnenstrahlen tanzten auf einem Fluß, der an dem Heiligtum vorbei verlief, und ein Mann stand in der Nähe des Wassers.

»Laß uns zu diesem Heiligtum gehen«, sagte ich, während ich die Zügel meines Pferdes straffte. »Vielleicht erfahren wir von jenem Mann etwas über diesen Landstrich.« Ich schaute zurück nach Westen. Ich erwartete nicht, unsere Verfolger zu erspähen, und ich sah sie auch nicht. Aber ein Mann weiß, wenn er gejagt wird, und ich spürte irgendwie, daß sie uns auf der Spur waren.

»Ich habe Angst, diesen Ort zu betreten«, sagte sie.

»Wir brauchen hier keinen Angriff zu befürchten. Was uns widerfahren ist, ist noch nie zuvor geschehen und wird wahrscheinlich auch nie wieder geschehen. Wenn dieser Mann in der Gesellschaft von anderen ist, dann werden wir wegreiten und einen gehörigen Vorsprung haben, den sie zu Fuß niemals aufholen können; aber ich nehme an, er ist allein.«

Wir ritten schnell auf das Heiligtum zu. Auch wenn ich es Birana gegenüber nicht zugeben wollte, bedeutete ein Heiligtum keine sichere Zuflucht mehr. Der Angriff, dem wir uns ausgesetzt gesehen hatten, hatte seine Spuren bei mir hinterlassen und mir neue Angst eingejagt.

Der Mann blickte auf, sah uns und rannte ins Innere. Während wir zum Eingang des Heiligtums ritten, betrachtete ich eingehend den Boden, bemerkte jedoch keine Anzeichen von weiteren Männern.

Wir stiegen ab und rieben schnell die Pferde trocken, dann banden wir sie an eine Weide in der Nähe des Flusses. »Sag nichts«, ermahnte ich sie, bevor wir eintraten. »Ich werde diesen Mann ausfragen, und dann reiten wir weiter.«

Wir gingen hinein. Der Mann saß vor dem Altar, allein, unter dem Bildnis der Maria. Er war mit einem Lederhemd und einer Fellweste bekleidet. Seine Beinkleider waren ebenfalls aus Leder, und Federn hingen an einem Lederband um seinen Hals. Seine Haare waren schwarz und fielen bis über die Schultern, aber er hatte keinen Bart.

Er blickte auf. »Frieden für die Dauer unseres Gesprächs«, sagte der junge Mann in der heiligen Sprache.

»In Ihrer Gegenwart herrscht stets Frieden«, antwortete ich. Wir gingen zum Altar und ließen uns davor nieder. »Und ich bete, daß zwischen uns Frieden herrschen wird, wenn wir diesen Ort verlassen, was wir bald tun müssen, denn wir werden nicht in diesem Gebiet verweilen.«

Er kniff die braunen Augen zusammen. »Gelobt ihr vor Ihr, daß ihr mir nichts zuleide tun werdet, wenn ich mich entferne?«

»Das verspreche ich.«

»Dann gelobe ich dasselbe, denn ich möchte nicht gegen zwei Männer kämpfen, die auf diesen wilden Tieren reiten, die ihr draußen gelassen habt. Ich kann nicht für meine Gruppe sprechen, denn ich bin noch ein Junge, aber wir haben uns stets frei in diesem Land bewegt, ohne gezwungen zu sein, gegen andere zu kämpfen.«

»Wir wünschen keinen Kampf«, sagte ich.

»Eure Anwesenheit hier könnte jedoch bedeuten, daß andere folgen. Ich habe in dieser Gegend noch nie Reiter gesehen, obwohl uns ein Reisender einmal darüber berichtet hat, daß manche Männer mit Pferden leben.«

»Wir sind allein«, sagte ich. »Unserer Gruppe ist ein Unglück widerfahren, und wir müssen jetzt an einen anderen Ort reisen.«

»Das Lager meiner Gruppe liegt südlich von hier«, sagte er. »Ich heiße Ilf, aber wenn ich berufen worden bin, werde ich zu meiner Gruppe zurückkehren und den Namen eines Mannes annehmen. Ich hatte gehofft, die Herrin würde mich jetzt berufen, doch obwohl Sie mir Ihre Segnungen hat zuteil werden lassen, hat Sie mich nicht zu sich berufen.«

»Ich heiße Arvil, und ich bin vor gar nicht langer Zeit berufen worden. Der Junge hier heißt Bannweber.« Der Name kam mir jetzt leicht über die Lippen, denn er bezeichnete das, was Birana für mich geworden war.

Ilf musterte sie, und sie senkte den Blick. Er wandte sich wieder mir zu. »Möchtest du beten und dir die Krone der Herrin anlegen, bevor wir weiterreden?«

»Wir werden beten, wie es sich geziemt«, sagte ich schnell. Ich hatte vergessen, mich vor der Maria zu verneigen und hinzuknien. Mein Glaube war erschüttert, doch ich mußte seine Form vor anderen Männern wahren. »Die Herrin hat uns jedoch bereits unterwegs in einem anderen Heiligtum Ihre Segnung zuteil werden lassen. Ich denke, Sie wird uns vergeben, wenn wir für diese Segnung dankbar sind und Sie nicht noch einmal anrufen.«

Nun betrachtete er mich argwöhnisch. Meine Worte hatten offensichtlich Verdacht in Ilf geweckt, aber wir hatten uns gegenseitig Frieden gelobt, und er schwieg. Birana und ich knieten nieder und vollführten die Bewegungen des stillen Gebets, wobei mir bewußt wurde, wieviel ich zusammen mit meinem Glauben verloren hatte. Meine Gebete waren zu leeren Worten geworden. Das Abbild der Herrin war nichts als eine leblose Statue, aufgestellt, um uns zu betrügen.

»Ich möchte dir einige Fragen stellen«, sagte ich, während wir uns wieder setzten. »Als Gegenleistung werde ich dir etwas mitteilen, das zu wissen dir bestimmt nützlich sein wird.«

Er nickte. »Ich werde antworten, so gut ich kann.«

»Wir sind unterwegs nach Osten. Kannst du mir sagen, was vor uns liegt und welche Gefahren uns möglicherweise erwarten?«

Ilf schwieg einen Moment lang. »Ich kann euch nur wiedergeben, was ich von anderen gehört habe, von den wenigen, die durch unser Land gekommen sind. In drei, vielleicht vier Tagen werdet ihr zu einer Hügelkette kommen, und über diesen Hügeln werdet ihr im Osten das sehen, was wir die Barriere nennen.«

Birana beugte sich vor und machte Anstalten, etwas zu sagen. Ich legte ihr jedoch kurz die Hand auf den Ärmel und sagte: »Und was ist diese Barriere?«

»Es ist keine Bergkette, aber es ist auch keine Mauer wie jene um die Enklave der Herrin. Manche behaupten, die Herrin hätte sie dort vor langer Zeit errichtet, damit wir uns nicht zu weit von Ihrer Seite wegbewegen. Ich habe die Barriere einmal von weitem gesehen, und der Anblick erfüllte mich mit Entsetzen. Doch es gibt Männer, die tapfer genug waren, sie zu überqueren, und einige Männer wohnen auf der anderen Seite; es scheint also, daß die Herrin gestattet, daß einige dort leben.«

»Und was befindet sich jenseits davon?« fragte ich.

»Es wird erzählt, daß im Osten der Hügel ein großer See liegt und daß viele Gruppen ihre Lager dort aufgeschlagen haben.«

Bei dieser Mitteilung runzelte ich die Stirn.

»Von diesen Gruppen ist wenig zu befürchten, so hat man mir berichtet«, fuhr Ilf fort. »Ich habe gehört, daß jede Gruppe mit ihren Nachbargruppen in Frieden lebt und daß ein Reisender, der ihnen wohlgesinnt ist, nichts von ihnen zu befürchten hat. Ich habe gehört, daß vor langer Zeit einmal eine Gruppe an diesen See gezogen ist und ein Lager überfallen hat, doch von anderen Lagern kamen Männer und vertrieben die Angreifer. In der Gegend des Sees, so scheint es, wird ein Angriff auf ein Lager als Angriff auf alle Lager angesehen.«

»Das ist etwas Bemerkenswertes«, sagte ich.

»Für die Seegegend ist das gar nicht so absonderlich. Es wird außerdem berichtet, daß vor nicht allzu langer Zeit eine dieser Gruppen von der Herrin ganz besonders geehrt worden und daß Sie den Männern in einer Vision erschienen sei.«

Birana zuckte bei diesen Worten zusammen. Die dunklen Augen des jungen Mannes trafen die ihren, und ich sah in Ilfs Blick Lust nach demjenigen, den er für einen Knaben hielt. Es war natürlich, daß er ein derartiges Verlangen spürte, und er würde keine Anstalten machen, es in einem Heiligtum zu befriedigen, doch sein Blick machte mich wütend. Ich hatte das Gefühl, als hätte er sie bereits mit den Händen berührt.

Ich schluckte meine Wut hinunter. »Kannst du mir Genaueres über diese Vision erzählen?«

»Ich weiß wenig darüber. Von den wenigen, die die Barriere überquert haben, sind noch weniger zurückgekehrt. Ich hörte die Sache mit der Herrin von einem, der zurückgekehrt ist, aber er hatte den See nicht mit eigenen Augen gesehen. Er hatte die Geschichte von einem anderen gehört.«

»Und diese Gruppen am See tun Reisenden nichts zuleide?«

»Nicht, wenn sie mit friedlichen Absichten kommen. Es wird sogar erzählt, daß Fremde bei ihnen aufgenommen werden.«

»Und wie weit ist dieser See von hier entfernt?« fragte ich.

»Das kann ich nicht sagen.«

»Ich weiß noch nicht«, sagte ich, »ob wir diese Gruppen besuchen werden, aber ich danke dir, daß du uns von ihnen erzählt hast.« Ilf sprach in einem Heiligtum sicher die Wahrheit, doch was er berichtet hatte, hatte er von anderen gehört und nicht selbst gesehen.

»Was liegt jenseits des Sees?« fragte ich.

»Unbekanntes Land.« Er warf einen furchtsamen Blick zur Maria hinauf. »Ich weiß nicht, wie so etwas sein kann, aber es wird behauptet, daß die Herrin dort unbekannt ist. Es wäre nicht klug, östlich des Sees weiterzuwandern. Ein Mann könnte sich verirren, und nicht einmal die Herrin könnte ihn leiten. Vielleicht gibt es Dämonen dort, die ihm die Seele rauben.«

»Ich danke dir noch einmal für alles, was du mir erzählt hast«, sagte ich. »Jetzt muß ich dir etwas sagen, das du wissen solltest. Es ist keine drei Tage her, da hielten wir an einem Heiligtum an, um zu beten. Zwei Männer kamen herein und verunglimpften den Ort mit Gewalttätigkeit und unfrommen Handlungen – wir wurden vor dem Altar angegriffen.«

Ilfs Mund klaffte auf. »In einem Heiligtum?«

»Ich sage dir die Wahrheit, wie ich es an diesem heiligen Ort gar nicht anders kann. Diese Männer hatten sich von der Herrin abgewandt und versuchten, das Böse in Ihr Heiligtum zu tragen, doch die Herrin konnte solche Unfrömmigkeit nicht durchgehen lassen. Sie gab uns Kraft, und es gelang uns, ihnen das Leben zu nehmen. Diese Männer haben für ihre Blasphemie bezahlt, aber andere Mitglieder ihrer Gruppe verfolgen uns womöglich und trachten nach Rache. Es kann sein, daß sie in dieses Heiligtum kommen und über jeden Anwesenden herfallen.«

Ilf griff nach seinem Speer und umklammerte ihn fest. »Ich hatte gehofft, berufen zu werden. Ich hatte die Absicht, den Tag hier im Gebet zu verbringen und den Reif der Herrin zu tragen.«

»Es wäre besser für dich, wenn du zu deiner Gruppe zurückkehren würdest. Ich glaube nicht, daß sie Umwege machen werden, aber wenn sie zu eurem Lager kommen, dürft ihr ihnen nicht trauen. Jeder Eid, den sie eurer Gruppe schwören mögen, wird falsch sein.«

»Ich hätte nie geglaubt, daß es soviel Böses geben kann, aber vor Ihr kannst du ja nicht lügen.« Ilf nahm seinen Rucksack und seine Waffen auf und folgte uns hinaus.

»Das hier ist ihre Kleidung.« Ich deutete auf die Jacke aus Schafsleder, die ich trug. »Diese Männer reiten zu Pferde, wie wir. Es werden nicht mehr als vier oder fünf sein. Wenn ihr sie seht, müßt ihr euch auf einen Kampf gefaßt machen. Verhandelt nicht mit ihnen, sie warten nur auf eine Gelegenheit, euch anzugreifen. Laßt sie nicht nahe herankommen – beschießt sie von weitem mit Pfeilen und verletzt die Pferde, wenn ihr könnt. Ich kann dir nicht mehr sagen und bete, daß diese Männer deine Gruppe nicht heimsuchen werden, aber wenn sie es tun, solltet ihr vorbereitet sein.«

Er trat zurück, furchtsam unsere Pferde belauernd, und nahm ein Stück Trockenfleisch aus seinem Rucksack. »Nimm dies als Gegenleistung für deine Warnung, Arvil. Ich habe genügend zu essen, und ihr könnt nicht haltmachen, um zu jagen, wenn ihr auf der Flucht seid.«

Ich schenkte ihm dafür eins der Messer, die wir den Toten abgenommen hatten. »Lebt wohl«, sagte er, während er es sich unter den Gürtel schob. »Ich hoffe, ihr findet Sicherheit.«

»Leb wohl, Ilf.«

Der junge Mann rannte durch das hohe Gras davon, während wir unsere Trinkschläuche neu füllten und die Pferde zur Tränke an den Fluß führten. Ilf, dachte ich, war ein Mann, mit dem ich hätte Freundschaft schließen können. Wenn ich allein gewesen wäre, hätte ich bei seiner Gruppe vielleicht ein Unterkommen gefunden. Ich warf einen Blick zu Birana hinüber, die am Fluß kniete und aus gewölbten Händen trank.

»Was kannst du mir über diese sogenannte Barriere sagen?« wollte ich wissen.

Sie stand auf. »Wir nennen es den Wall. Vor langer Zeit, noch bevor die meisten unserer Städte erbaut waren, sollte eine große Mauer das Land umgeben, das wir der Göttin überlassen hatten, doch sie wurde niemals fertiggestellt. Vielleicht lag das daran, daß irgend jemand beschlossen hatte, es bestünde keine Notwendigkeit dafür, oder vielleicht wurde die Mühe einfach zu groß. Zwei Städte liegen weit vom Wall entfernt im Süden, und alle Männer, die weit im Norden leben, müssen eine große Entfernung zurücklegen, um sie zu erreichen. Die Schiffe meiner Stadt fliegen nur äußerst selten über diesen Wall hinaus.«

»Dann wären wir also auf der anderen Seite sicherer.«

»Sofern wir den Wall überqueren können«, entgegnete sie.

»Wenn andere ihn überquert haben, dann werden wir einen Weg finden.« Ilf hatte von Gruppen an einem See gesprochen, aber ich konnte mir nicht vorstellen, wie wir über längere Zeit mitten unter diesen Männern hätten leben können, ohne Biranas wahre Natur zu enthüllen. Doch er hatte auch erzählt, daß eine dieser Gruppen eine leibhaftige Erscheinung der Herrin gesehen hätte. Handelte es sich dabei nur um einen Traum oder um jene Art von Vision, von der Wahrheitssager heimgesucht worden war, als er der Raserei verfiel?

Oder sollte es etwa bedeuten, daß eine wie Birana zu ihnen gekommen war?

»Vielleicht befindet sich diese Zufluchtsstätte, die ich suche, an dem See oder nicht weit davon entfernt«, sagte sie.

»Steck deine Hoffnungen nicht zu hoch«, erwiderte ich. »Ilf hat uns nur berichtet, was er von anderen gehört hat.«

»Es besteht immerhin eine Chance.«

Ich widersprach nicht. Wir würden besser vorankommen, wenn wir von etwas Hoffnung angetrieben würden, wie irrig sie auch sein mochte.

An diesem Abend legten wir eine Rast ein, hielten uns jedoch nicht lange auf. Wir aßen etwas von unserem getrockneten Fleisch und ritten weiter, solange es noch Nacht war. Am Morgen hielten wir erneut bei einigen Bäumen an. Ich stieg ab und band Stern fest.

»Meinetwegen brauchen wir jetzt keine Rast einzulegen«, sagte Birana.

»Wir können hier eine kurze Weile bleiben«, antwortete ich. »Ich werde dir den Umgang mit einer Steinschleuder beibringen.« Mir war eingefallen, daß ihr die Beherrschung dieser Waffe vielleicht leichter fallen würde als die des Speers oder des Bogens. »Falls uns unsere Feinde folgen, sind sie noch ein ganzes Stück hinter uns.« Das flache Land erstreckte sich weit nach Westen, und ich sah noch keine Anzeichen unserer Verfolger. Einen Moment lang hoffte ich, sie hätten die Jagd aufgegeben, dann wandte ich mich Birana zu. Ich wollte nicht, daß sie völlig hilflos war, falls uns die Männer einholten, doch diesen Gedanken sprach ich nicht laut aus.

Wir suchten Steine, und ich erklärte ihr dabei, welche sich zum Schleudern am besten eigneten; dann zeigte ich ihr, wie man einen Stein in die Schleuder legte. »Du mußt die beiden Enden zusammenhalten«, sagte ich,

»und die Schleuder so drehen, damit der Stein festsitzt, bis du ihn freigibst.« Ich drehte die Schlinge der Schleuder und ließ den Stein gegen einen Baumstamm knallen. »Jetzt mußt du es versuchen.«

Zunächst fiel ihr Stein aus der Schlinge, bevor sie sie drehen konnte. »Du mußt es mit mehr Schwung machen.« Ich führte ihr es noch einmal vor, dann reichte ich ihr die Schleuder. Sie biß sich auf die Lippe und versuchte es erneut. Diesmal schaffte sie es, den Stein ein paar Schrittweit von ihren Füßen landen zu lassen.

Ich trat zurück und sah zu, wie sie weitere Steine abschoß. Sie trafen nicht das Ziel, das sie angepeilt hatte, und einige fielen immer noch aus der Schleuder, bevor sie sie losschicken konnte, aber allmählich beherrschte sie die Sache immer mehr.

»Das reicht«, sagte ich.

»Aber ich treffe immer noch nichts.«

»Das kommt schon noch. Du kannst später üben. Für den Anfang hast du deine Sache sehr gut gemacht.«

Mein Lob entlockte ihr ein Lächeln. Wir sammelten noch ein paar Steine auf und setzten unseren Weg fort.

Ilf hatte gesagt, wir würden zu Hügeln gelangen, und bereits jetzt war die Landschaft im Osten nicht mehr so flach. In der Ebene konnten wir eine Gefahr aus der Ferne sehen, während wir in hügeligem Gelände überrascht werden konnten. Wir mäßigten unsere Geschwindigkeit, damit ich den Boden nach menschlichen Spuren absuchen konnte.

Am Abend machten wir wieder halt, damit Birana mit der Schleuder üben konnte. Ihre Steine flogen jetzt weiter, obwohl sie noch immer kein Ziel trafen. Ich saß auf ihrer Schafslederjacke, während sie übte, und beobachtete, wie sich ihr Körper bewegte. Ihre kleinen Brüste hoben sich unter dem Hemd, wenn sie mit dem Arm ausholte, und ich stellte mir vor, daß meine Hände darauf liegen würden.

In dieser Nacht erhellte ein Halbmond den Himmel.

Wir ritten weiter, bis ich merkte, daß Birana müde wurde. Wir kamen zu einem kleinen Hang, an dem ein paar Büsche wuchsen und von wo aus ich einen großen Teil des Landes unter uns überblicken konnte. »Du kannst dich eine Weile ausruhen«, sagte ich zu ihr, »aber dann müssen wir weiterreiten.«

Sie schlief schnell ein, den Kopf auf meine alte Jacke gebettet. Ich lauschte, bis ihr Atem gleichmäßig ging, dann berührte ich sehr sanft ihr Haar, um sie nicht aufzuwecken. Ich hätte mich gern neben sie gelegt und ihre Wärme gespürt. Statt dessen stand ich auf und schritt hin und her, bis die Spannung in meinen Lenden nachließ.

Es war eine Qual, mit ihr zusammenzusein und sie nicht berühren zu dürfen, und ich fragte mich besorgt, wie lange ich es wohl aushalten würde. Während des Tages konnte ich mein Verlangen zügeln, doch in der Nacht, wenn sie schlief, hatte ich Visionen, wie ihre Arme mich umfingen und ihre Lippen die meinen berührten, wie es die der Geist-Frauen getan hatten. Ich hätte meine Bedürfnisse allein stillen können, doch ich fürchtete, daß das meine Sehnsucht nach ihr nur noch verstärken würde. Alles, was sie mir erzählt hatte, hatte mich nicht meines Verlangens nach ihr beraubt.

»Birana«, flüsterte ich. Sie bewegte sich im Schlaf, als ob sie mich gehört hätte, doch ihre Augen blieben geschlossen.

Wir befanden uns bald mitten zwischen Hügeln und kamen nur langsam voran, denn ich mußte ständig nach Anzeichen von Gefahr Ausschau halten. Als der Himmel heller wurde, führte ich uns auf eine Hügelkuppe, um mir einen Rundumblick zu verschaffen.

Die Hügel waren grün, und wilde Blumen standen soeben am Anfang der Blüte. Ein Schwarm Vögel stob plötzlich unter uns auf und erhob sich als schwarze Wolke zum Himmel. Ich folgte ihnen mit den Augen und sah dann am Horizont das, was Birana den Wall genannt hatte; in diesem Moment hätte mich beinahe jeglicher Mut verlassen. Es war eine Mauer von so gewaltigen Ausmaßen, daß diejenige um Biranas Enklave dagegen zwergenhaft wirken mußte. Ich fragte mich, wie wir sie jemals würden überqueren können.

Birana hob eine Hand an die Lippen, während sie zu dem Wall hinblickte. »Er scheint kein Ende zu nehmen«, sagte ich.

»Die Mauer ist niemals fertiggestellt worden. Um sie zu umgehen, müßten wir sehr weit nach Norden oder Süden reiten, aber ich weiß nicht...« Ihre Stimme erstarb.

»Es ist ein weiteres Zeichen der Macht, über die deine Artgleichen verfügen.«

Sie schüttelte den Kopf. »Es ist lediglich ein Zeichen dafür, wie sehr wir uns gefürchtet haben, als wir uns aus eurer Welt zurückzogen.«

In dieser Nacht schlief ich unruhig und nur eine kurze Zeit. Birana übte sich noch ein wenig im Gebrauch der Schleuder, bevor wir zum Weiterreiten aufsaßen. Ich hatte die Enden der Schlaufe ein Stück gekürzt, damit sie die Schleuder leichter handhaben konnte, und diesmal fielen ihr keine Steine vor dem Abwurf herunter, aber sie flogen nicht sehr weit. Der Anblick des Walls hatte ihr offenbar die Motivation genommen.

Je weiter wir nach Osten ritten, desto höher wurde der Wall, und am Morgen konnte ich seine Beschaffenheit einigermaßen deutlich erkennen. Was aus der Ferne wie eine Mauer ausgesehen hatte, wirkte jetzt eher wie die Wand einer gewaltigen Klippe. Der Wall, so erkannte ich, war aus Stein gebaut worden, und seine Oberfläche war uneben, wie bei den Enklavenmauern. Meine Hoffnung wurde ein kleines bißchen gestärkt. An einer solchen Wand würden wir vielleicht einen Halt zum Klettern finden.

Obwohl wir unseren Pferden immer wieder Ruhepausen gegönnt hatten, bemerkte ich ihre Erschöpfung und fürchtete, wir könnten sie allzusehr belasten. Sie trugen uns langsam auf den Wall zu, während mein Blick auf der Suche nach einem Übergang darüber schweifte.

Die Klippenwand erhob sich vor uns. Ich schätzte sie rasch nach beiden Seiten hin ab, dann deutete ich nach Süden. »Siehst du das?« fragte ich. Birana schüttelte den Kopf. »Jene Stelle dort. Es scheint, daß ein Reisender den Weg gekennzeichnet hat.«

Wir ritten zu der Stelle, auf die ich gedeutet hatte. Ein Pfeil steckte im Boden; ich griff danach und zog ihn heraus. Vielleicht hatte vor einiger Zeit ein Mann dieses Gebiet erkundet und eine Wegmarkierung für seine Gruppe hinterlassen. Ein paar ausgebleichte Knochen, die von einem kleinen Tier – vielleicht einem Hasen – stammen mußten, lagen ebenfalls dort. Ich konnte mir vorstellen, daß sich ein Mann niederknien und beten würde, bevor er den Wall überquerte; er würde den Hasen der Herrin als Opfer darbringen, in der Hoffnung, daß Sie ihm die Überquerung ermöglichen würde. Ich zerstreute die Knochen mit dem Fuß.

Jetzt sah ich einen möglichen Weg über den Wall, doch wir mußten die Pferde an den Zügeln führen. Ich stieg von Stern ab und band Wildfangs Zügel fester an mein Bündel.

Ich führte die Pferde auf die Steine, gefolgt von Birana. Ich mußte häufig innehalten, um zu prüfen, ob meine Füße festen Halt fanden. Boden, der auf den ersten Blick massiv aussah, konnte sich beim Darauftreten als locker erweisen. Ich murmelte den Pferden während des Aufsteigens beruhigende Worte zu, während ich sie sanft antrieb. Einmal waren wir gezwungen, in nördliche Richtung abzuschwenken, und kamen eine Zeitlang nicht höher, bis ich einen weiteren Weg nach oben entdeckte. Ich hätte vielleicht kehrtgemacht, doch wir hatten keinen Platz zum Wenden und waren also zum Weitergehen gezwungen. Ein Stein, der von Sterns Fuß losgetreten worden war, stürzte in die Tiefe und riß eine Ladung Geröll mit sich. Ich drückte mich flach an die Wand aus Stein und holte einige Male tief Luft, bevor ich mich weiterbewegte.

Auf diese Weise kletterten wir nach oben, und als wir den Wall ein ganzes Stück weit erklommen hatten, fanden wir einen breiteren Weg mit festerem Untergrund zwischen den Steinen. Ich fragte mich, wie viele Füße diesen Pfad wohl ausgetreten haben mochten, wie viele Männer hierhergekommen waren, den Wall gesehen und den Mut zur Überquerung gefaßt hatten.

Ich sah nicht nach oben und vermied es, nach unten zu blicken; ich merkte erst, daß wir dem Scheitel sehr nahe waren, als ich feststellte, daß der Weg zwischen zwei Schichten Steinen endete. Der Pfad war schmal und steil, und ich mußte heftig an Sterns Zügel zerren, um sie zum Durchgehen zu bewegen.

Ich stand auf einem flachen Grat, der sich nach Norden und Süden und weit genug nach Osten erstreckte, daß ich sehen konnte, was sich auf der anderen Seite befand. Ich bückte mich und strich mit der Hand über die Oberfläche, die in ihrer Beschaffenheit einer Enklavenmauer glich. Biranas Artgenossinnen hatten diese Abgrenzung hier errichtet und für den Bau offenbar einige ihrer mächtigsten Zauberkräfte eingesetzt, und dann hatten sie sie unvollendet zurückgelassen.

Birana führte Flamme auf den Grat. Ich trat beiseite, um sie vorbeigehen zu lassen, dann betrachtete ich das Land im Westen. Zunächst sah ich nur die Hügel, doch dann wurde ich auf eine Bewegung aufmerksam. Ich blinzelte. Die winzigen Gestalten von Pferden und Reitern tauchten für einen Augenblick auf, dann verschwanden sie in einer Senke zwischen zwei Hügeln.

Da wußte ich, was ich zu tun hatte.

Ich winkte Birana zu mir heran und ergriff ihren Arm. »Bleib ganz ruhig«, murmelte ich.

»Was ist los?«

»Nimm deinen Mut zusammen und schau hinunter.«

Ich hörte ihren Aufschrei, als die Reiter wieder auftauchten. »Arvil!«

»Jetzt werden sie mit Sicherheit wissen, daß wir keiner Gruppe angehören. Sie müssen während der letzten Tage ihre Pferde sehr strapaziert haben, um so weit gekommen zu sein. Ihr Zorn und ihre Besessenheit müssen sehr groß gewesen sein, um sie die ganze Zeit über unsere Spur verfolgen zu lassen.«

Birana kauerte sich nieder und vergrub das Gesicht in den Händen. Wir hatten fast einen ganzen Tag für den Aufstieg gebraucht, und unsere Feinde würden den Wall nicht vor dem Abend erreichen. Sie würden sehen, daß wir einen Weg hinauf gefunden hatten. Sie waren schon so weit gekommen, also würden sie uns weiterverfolgen.

»Komm mit!« sagte ich. Wir führten die Pferde zur östlichen Seite. Unter uns lagen weitere Hügel und das glitzernde Band eines fernen Flusses. Auf dieser Seite des Walls wirkte der Weg nach unten breiter und weniger gefährlich, denn der Abhang war nicht so steil. »Traust du dir zu, die Pferde allein hinunterzuführen?«

Sie riß die Augen weit auf. »Wirst du nicht mit mir kommen?«

»Hör zu. Ich kann weglaufen, oder ich kann mich ihnen hier stellen. Ich zähle nur drei von ihnen, und ich habe den Vorteil des höheren Standpunkts. Wir könnten der Verfolgung hier ein Ende bereiten.«

»Aber weshalb...?«

»Wenn du die Pferde hinunterführst, wirst du unten in Sicherheit sein. Ich werde sie beobachten und sehen, was sie machen. Vielleicht kehren sie um, weil sie sich vor diesem Wall fürchten; dann kann ich dir nachkommen. Wenn sie es nicht tun, könnten sie immer noch annehmen, daß wir weg sind, und ich kann sie während ihres Aufstiegs angreifen.«

»Vielleicht wirst du verletzt, Arvil. Vielleicht ...« Sie wandte das Gesicht ab.

»Wenn ich falle, hast du immer noch eine Chance zu entkommen. Du findest vielleicht eine andere Gruppe, die dich beschützt, wenn sie herausfindet, was du bist.«

»Nein.« Sie hob den Blick zu mir. »Ich möchte lieber bei dir bleiben. Mag sein, daß ich nicht zum Kämpfen tauge, aber ich kann dich nicht allein lassen, wenn du dich ihnen stellst.« Vielleicht dachte sie lediglich, daß sie ohne mich eine geringe Chance hätte, irgendwo Sicherheit zu finden, doch ihre Worte gingen mir dennoch zu Herzen.

Ich deutete nach Süden. »Dann führe die Pferde weg und binde sie ein Stück tiefer am Hang fest. Ich möchte nicht, daß eins von ihnen uns verrät.«

Während sie sich mit den Pferden entfernte, ging ich zur westlichen Seite. Die Felsbrocken oben auf dem Grat würden uns vor den Männern verbergen. Ich spähte durch den Einschnitt zwischen dem Gestein hindurch und entdeckte einen kleineren Felsen ein Stück tiefer, seitlich des Pfads.

Ich stieg hinunter, stemmte die Schulter gegen diesen Felsen und schob ihn höher, bis er einen Teil des Einschnitts blockierte; dann kletterte ich darüber. Ich kauerte mich nieder und machte mich daran, meinen Bogen zu überprüfen; ihn in den Händen zu spüren bereitete mir ein angenehmes Gefühl. Birana kam zurück, und ich bedeutete ihr, ebenfalls in die Hocke zu gehen.

Sie streckte eine Hand aus, während sie sich niederließ. »Ich habe dir etwas zu essen mitgebracht.« Ich verschlang mein Fleisch in großen Bissen, während sie an ihrem herumkaute; dann trank ich etwas Wasser. »Und nun?«

»Wir warten und beten, daß sie umkehren.«

Das Warten fiel ihr schwer. Sie sagte nichts, doch ihre Hände flatterten hin und wieder nervös, und ihre Lippen waren rauh und bluteten, weil sie ständig darauf herumbiß. Einmal nahm ich ihre Hand und strich mit den Fingern über die Hornhaut in ihrer Innenfläche. Ihre Hand war kalt.

Ich lehnte mich mit dem Rücken gegen den Fels, und das Wissen, daß ich später sehr wachsam würde sein müssen, reichte aus, damit ich einschlief. Ich erwachte, als die Sonne im Begriff war unterzugehen. Birana spähte über den Felsen, wobei sie den Kopf tief hielt.

Die Männer waren am Fuß des Walls; sie hatten die Stelle erreicht, wo wir den Aufstieg begonnen hatten. Als sie abstiegen, sah ich, daß bei einem Pferd die Beine einknickten. Sein Reiter schlug auf das Tier ein, bis es wieder aufstand. Sie hatten ihre Pferde zu sehr strapaziert. Vielleicht waren sie gezwungen, eine Rast einzulegen.

Ein Mann fuchtelte mit den Armen, dann deutete er auf den Wall. Ich ahnte, was er sagte. Bestimmt forderte er seine Kameraden zu Eile auf, indem er ihnen erklärte, daß sie uns dicht auf den Fersen seien, daß sie von der höchsten Stelle des Grats aus sehen könnten, welchen Weg wir genommen hatten, daß der Mond ihnen leuchten würde. Ich bewegte mich nicht. Einer der Männer hob den Kopf. Ich war zu weit von ihm entfernt, und das Licht der untergehenden Sonne war zu schwach, als daß ich ihn hätte sehen können, doch vielleicht äußerte er den Verdacht, daß wir irgendwo lauerten und auf seine Gruppe warteten. Die Männer ließen sich nieder, während ihre Pferde weideten. Vielleicht wollten sie uns auf die Folter spannen und uns so lange warten lassen, daß wir durch irgendein Zeichen unsere Anwesenheit verrieten.

Die Sonne war fast untergegangen. Ein Mann stand wieder auf. Auch die anderen erhoben sich und machten sich daran, die Pferde auf den Wall zuzuführen. Sie hätten sich bestimmt nicht an den Aufstieg gemacht, wenn sie angenommen hätten, daß wir hier waren.

Birana hielt die Luft an. »Bleib geduckt«, flüsterte ich. »Ich kann erst etwas tun, wenn sie nah herangekommen sind. Du mußt ganz ruhig sein.«

Eine steife Brise wehte über den Grat. Ich hoffte, daß der Wind meine Pfeile nicht von ihrem Ziel abtreiben würde. Der Mond würde aufgehen, bevor sie uns erreicht hätten. Ich mußte angreifen, bevor sie mich deutlich sehen konnten.

Während des Wartens wurde ich immer ruhiger. Ich hatte den Vorteil sowohl des höheren Standorts als auch des Überraschungseffekts. »Nachdem ich einen Pfeil abgeschossen habe«, flüsterte ich, »werden wir gemeinsam diesen Felsen den Hang hinunterschieben. Kannst du mir dabei helfen?«

Sie nickte. Ich wollte sie außer Gefahr wissen, und doch war ich glücklich, daß sie bei mir war.

Die Sonne war verschwunden, und der Halbmond stieg allmählich auf, bevor ich die Stimmen der Männer hörte; die Worte verstand ich allerdings nicht. Ich schlüpfte aus der Jacke und überprüfte noch einmal meinen Bogen, dann legte ich einen Pfeil auf. Ich hielt den Bogen seitlich von mir und spähte um den Felsen herum, darauf lauernd, einen ersten Blick auf sie zu erhaschen, wenn sie den Pfad unter uns heraufkamen.

Endlich, als es mir schon beinahe so erschien, als würde die ganze Nacht verstreichen, bevor sie bei uns ankamen, sah ich den ersten der Männer. Seine Hände umfaßten die Zügel seines Pferdes, sein Speer war noch auf den Rücken gebunden. Er stieg weiter auf, bis er nur noch ein paar Meter unter uns war. In einer einzigen Bewegung stand ich auf, legte meinen Bogen an und schoß einen Pfeil ab.

Der Pfeil traf ihn in den Hals. Ich sah, wie er neben die Beine seines Pferdes stürzte. Ich kauerte mich nieder, und wir stemmten uns gegen den Fels. Im Rollen riß er andere Steine mit sich, und ich hörte einen Schrei, als ein Mann und ein Pferd vom Wall abstürzten und einen Hagel von Steinen und Geröll auslösten. Das Pferd prallte gegen einen Vorsprung und blieb reglos liegen. Der Mann verschwand. Das Pferd, das mir am nächsten war, tastete mit den Füßen unsicher nach einem Halt, dann bäumte es sich auf. Seine Beine schlugen wild durch die Luft, als ich mit einem weiteren Pfeil seine Brust traf. Das Pferd überschlug sich, als es in die Dunkelheit stürzte.

Jetzt war noch ein Mann übriggeblieben. Ich hörte ihn vor Zorn brüllen, konnte ihn jedoch nicht sehen. Als ich in seine Richtung zielte, schob sich eine Wolke vor den Mond. Ich schickte den Pfeil los und hörte das Krachen zerbröselnden Felsens, während ein Pferd schrill wieherte. Etwas war abgestürzt, aber ich konnte nicht sagen, ob es der Mann oder das Pferd war, das ich getroffen hatte.

Birana war aufgestanden, sie hatte den Rücken flach gegen die Felswand gedrückt. Sie griff sich unter die Jacke. Ich hielt den Atem an, hatte Angst, mich zu bewegen, konnte nichts sehen.

Plötzlich war er vor mir, ein Schatten direkt unterhalb des Einschnitts im Felsen. Bevor ich zielen konnte, hatte er seinen Speer geschleudert. Ich machte einen Satz zur Seite, um seiner Waffe auszuweichen, und spürte, daß mein Kopf gegen Stein prallte.

Ich habe versagt, dachte ich. Dunkelheit verschluckte mich, während der Boden auf mich zusauste.

Arvil war gestürzt. Ich konnte nicht feststellen, ob er noch atmete. Vor Entsetzen war ich fast gelähmt. Irgendwie gelang es mir, einen Stein aus der Tasche zu nehmen und ihn in die Schleuder zu legen; gleichzeitig erschien der Mond wieder.

Der Mann zog bereits einen Gegenstand aus seinem Gürtel, während ich die Schlinge drehte und den Stein abschoß. Zum erstenmal traf ich mein Ziel. Der Stein traf ihn an der Brust, und ich hörte ihn ächzen, während er nach hinten taumelte.

Mein Stein hatte nicht genügend Wucht gehabt, um ihn ernstlich zu verletzen; ich hatte nicht viel mehr erreicht, als ihn vorübergehend aus der Fassung zu bringen. Ich sah, wie er wippte, während ich nach einem weiteren Stein suchte. Doch dann verlor er den Halt und verschwand über die Felskante.

Meine Beine gaben nach. Ich umklammerte meine Schleuder, da ich mir vorstellte, daß er plötzlich wieder vor mir stehen, mich wieder angreifen würde. Ich versuchte aufzustehen, doch meine Beine wollten mich nicht tragen. Endlich schaffte ich es, durch den Einschnitt zu kriechen und über den Rand zu spähen.

Er war auf einen Sims weit unten gefallen. Sein Körper war in der Taille seltsam abgeknickt. Ich wandte den Blick ab und sah einen weiteren Leichnam; ein Pferd lag daneben. Ich mußte mich übergeben, da mir bei dem Anblick schlecht wurde, und ich entleerte mich, bis mein Magen ausgepumpt war, erschüttert von dem Gedanken, wie nahe der Tod gewesen war.

Ich kroch zu Arvil. Bitte sei nicht tot, dachte ich, bitte, nicht jetzt! Als ich mich über ihn beugte, sah ich, daß sich seine Brust hob und senkte; dann befühlte ich seinen Kopf. Sein Schädel war nicht gebrochen, aber ein blutiger Spalt klaffte an der Stelle, mit der er gegen den Fels geprallt war.

Ich riß einen Streifen Stoff von meinem Hemd ab, dann zog ich meinen Trinkschlauch heraus. Arvil stöhnte und öffnete die Augen; er schien verwirrt.

»Du bist jetzt außer Gefahr«, sagte ich. »Alles ist in Ordnung, die Männer sind weg. Ich muß jetzt deine Wunde säubern.«

Er stöhnte erneut auf, als ich ihn wusch, sagte aber nichts.

Ich wischte das Blut weg, dann wrang ich das Tuch aus und band es ihm um den Kopf.

Der Wind hatte etwas abgeflaut, aber die Nacht war dennoch kalt. Ich griff nach seiner Jacke und zog sie über ihn. Als er die Augen schloß, lief ich zu den Pferden, nahm ein Bündel ab und trug es zu ihm zurück; ich kniete nieder und schob es ihm sanft unter den Kopf.

Seine Augenlider flatterten. »Schwindelig«, murmelte er.

»Du darfst dich nicht bewegen. Du mußt dich ausruhen.« Ich untersuchte noch einmal seine Wunde; die Blutung hatte aufgehört. »Ich glaube, du wirst wieder gesund werden.«

»Dieser Mann ... er ...«

»Er ist tot.« Arvil versuchte, den Kopf zu heben. »Bleib still liegen«, sagte ich.

»Was ist geschehen?«

»Ich habe die Steinschleuder benutzt. Irgendwie ist es mir gelungen, ihn zu treffen. Er verlor das Gleichgewicht und stürzte ab.« Meine Hände fingen an zu zittern. »Ich hatte Glück. Mein Stein hat ihn nicht schlimm getroffen. Wenn er nicht gerade da gestanden hätte, wo er stand, ich ...«

»Das hast du gut gemacht.«

Ein neues Gefühl durchflutete mich – eine ungezügelte Freude darüber, daß ich lebte und unsere Feinde tot waren. Das, so dachte ich, ist wohl ein typisches Männergefühl.

Ich legte mich neben ihn und bettete den Kopf auf einen Arm. Ich dachte in diesem Moment nicht daran, was wir durchgemacht hatten oder was uns noch erwarten mochte. Arvil lebte, und er würde wieder gesund werden; er würde in der Lage sein, mich zu einer Zufluchtsstätte zu führen. Ich berührte sanft seinen Arm, während er schlief, und redete mir ein, daß es lediglich die Erleichterung darüber war, daß mein Beschützer noch immer bei mir war, über die ich mich so sehr freute.

Am nächsten Morgen war Arvil bereits fähig, sich zu bewegen, obwohl er sehr unsicher auf den Beinen zu sein schien, als wir über den Grat des Walls marschierten. »Meinst du, du kannst auf der anderen Seite hinuntergehen?« fragte ich ihn.

»Ich muß. Unsere Pferde brauchen etwas zu essen, und hier gibt es nichts für sie.« Arvil hob eine Hand an den Kopf.

»Wie fühlst du dich?«

»In meinem Kopf pocht es, und der Boden unter mir scheint zu schwanken, aber das geht vorüber.«

»Ich kann die Pferde allein hinunterführen, kann sie grasen lassen, sie festbinden und dann zurückkommen, um dich zu holen.«

»Nein.«

»Vorhin wolltest du doch auch, daß ich sie allein hinunterführe«, sagte ich.

»Wir werden zusammen gehen.« Er drehte sich um und ging zur westlichen Seite des Walls, dann lehnte er sich an mich, als sein Blick auf die Toten unter uns fiel. »Vielleicht ist Proviant in diesen Packtaschen«, sagte er. »Und von einem der Pferde könnten wir uns lange ernähren.«

Ich erschauderte. »Nein.«

»Es ist töricht, so viel zurückzulassen, aber vielleicht ist es ebenso töricht hinunterzuklettern. Es könnte passieren, daß wir weitere Steine lostreten, und meine Verletzung hat mich geschwächt.«

So sehr es mich auch danach drängte, den Wall zu verlassen, ich machte mir dennoch Sorgen um ihn. »Du solltest dich ausruhen.«

»Ich werde noch ein paar Augenblicke ruhen, dann machen wir uns an den Abstieg.«

Er setzte sich, während ich die Pferde holte, dann folgte er mir zur östlichen Seite. Hier fanden unsere Füße festeren Halt, und ein breiterer Weg führte über den Fels hinunter, aber wir mußten häufig haltmachen, damit Arvil sich ausruhen konnte.

Wir brauchten bis Mittag, um den Wall hinunterzukommen; erst da sah ich die Anstrengung in Arvils Gesicht und die Mühe, die ihm der Abstieg bereitet hatte.

Er streckte sich am Boden aus, während ich den Pferden etwas von unserem Wasser zu trinken gab und bei ihnen stehenblieb, während sie Halme von wildwachsendem Getreide abzupften. Ich band sie an einem Busch fest, bevor ich Arvils Wunde untersuchte. Er griff nach meiner Hand, als ich gerade aufstehen wollte, und drückte sie an seine Wange; ich straffte mich.

»Du hast mir zum zweiten Mal das Leben gerettet«, sagte er.

Ich entzog ihm meine Hand. »Ich hatte Glück, das ist alles. Ich hätte leicht getötet werden können. Vielleicht habe ich beim nächsten Mal nicht solches Glück.« Bis jetzt hatte ich ihn nur in Gefahren gebracht, denen er sich ohne mich niemals ausgesetzt gesehen hätte.

»Du hast eine Art des Kämpfens erlernt. Du wirst noch weitere erlernen.«

Ich wollte nie wieder kämpfen. Ich erhob mich. »Kannst du reiten?«

Er stand auf. »Ja, ich kann reiten. Wir brauchen jetzt

vor niemandem mehr davonzulaufen und können uns Zeit lassen.«

Wir stiegen auf und ritten nach Osten. Als wir den Wall weit hinter uns gelassen hatten, blickte ich kurz zurück und hätte fast die Zügel fallengelassen. Ein Schiff flog über den Wall, von Süden nach Norden. Ich redete mir ein, daß es nicht auf der Suche nach mir sein konnte. Falls es Passagiere mit sich führte und diese auf die Toten hinunterblickten, die wir zurückgelassen hatten, würden sie darin lediglich einen weiteren Beweis für die Grausamkeit und die barbarische Lebensweise der Männer sehen. Ich sah dem dahingleitenden Schiff nach und empfand Furcht und Trauer, als ich an meine Stadt dachte.

Gegen Abend erreichten wir einen Fluß. Arvil, der in der ganzen Gegend ringsum kein Anzeichen von Männern entdeckt hatte, hielt es für sicher, ein Feuer anzumachen. Ich sammelte Brennholz, aber Arvil weigerte sich, das Feuer für mich zu entzünden; er wollte sehen, was ich gelernt hatte. Ich schlug aus meinen Feuersteinen Funken und entzündete die Späne, dann versuchte ich, die Flämmchen durch Wedeln mit den Händen weiter zu entfachen. Als ich es endlich geschafft hatte, ein richtiges Feuer herzustellen, war es beinahe Nacht.

Arvil fühlte sich stark genug, Kresse und Beeren zu sammeln, die wir mit ein wenig Trockenfleisch aßen. Nach dem Mahl streckten wir uns am Boden aus, das eingedämmte Feuer zwischen uns. »Es wird behauptet«, murmelte er, »daß die Erde rund ist, wie der Mond.«

»Das stimmt.«

»Wenn wir viele, viele Tage lang reiten würden, kämen wir irgendwann wieder an die Stelle, von der wir ausgegangen sind.«

»Wenn wir so weit reiten könnten«, sagte ich. »Aber

das können wir nicht. Wenn wir immer weiter nach Osten gingen, kämen wir schließlich an ein Meer, ein Gewässer von solchen Ausmaßen, daß man nicht sieht, was jenseits davon liegt.«

»Was ist auf der anderen Seite, Birana?«

»Weiteres Land. Einiges ist bewaldet, einiges ist Wüste. In einem Gebiet leben Tiere, die man hier noch nie gesehen hat – Riesen mit Stoßzähnen und langen Rüsseln sowie Geschöpfe mit so langen Hälsen, daß sie an den Baumwipfeln knabbern können. Und in der Mitte dieses Gebiets liegen weitere Städte und wohnen Männer, die dorthin berufen werden.«

»Und sind diese Männer wie wir?«

»Sie führen so ziemlich das gleiche Leben wie ihr.«

»Ich möchte wissen, was für Geschichten sie zu erzählen haben.«

Ich stützte mich auf einen Ellbogen und sah ihn über das Feuer hinweg an. »Du würdest ihre Geschichten nicht verstehen. Sie sprechen andere Sprachen als ihr.«

»Wir könnten uns in der heiligen Sprache unterhalten.«

»Selbst das, was ihr als die heilige Sprache bezeichnet, ist dort anders«, sagte ich. »Doch die Frauen dort verhalten sich genau wie wir. Ihre Sprechweise mag anders sein, und die Herrin mag andere Namen haben, aber wir halten uns an dieselben Bräuche. Die Herrin herrscht genauso, wie Sie hier herrscht. Lange nach der Zerstörung haben wir Mittel und Wege gefunden, mit den Frauen anderer Erdgebiete zu kommunizieren, und allmählich erkannten alle Frauen, was wir tun mußten, um die Wiedergeburt zu erreichen. Damals schworen die Frauen, daß es nur noch Frieden geben würde. Auch damals gab es Männer, als der größte Teil der Welt in Schutt und Asche lag, und sie setzten ihre Kriege gegen andere Männer fort. Es war gut, daß sie nur Speere und Pfeile für ihre Auseinandersetzungen zur Verfügung hatten.«

Er stand auf. »Mein Kopf ist jetzt klarer«, sagte er. »Ich werde Wache halten, während du schläfst.«

Ich schloß die Augen, während er Posten bezog, doch selbst im Traum glaubte ich seinen Blick auf mir zu spüren, während ich schlief.

Die folgenden Tage unserer Reise vergingen, ohne daß wir Männer zu Gesicht bekamen. Arvil fing zwei Kaninchen; aus ihrer Haut fertigte er Fußhüllen, die ich in den Stiefeln tragen sollte. Inzwischen waren meine Socken zerschlissen und durchlöchert; ich war drauf und dran, sie wegzuwerfen, doch statt dessen wusch ich sie und verstaute sie in meinem Bündel. Vielleicht konnte ich das Material noch mal gebrauchen.

Er stellte mir während des Ritts nur wenige Fragen über die Stadt, und das war mir angenehm; vielleicht war seine Neugier bereits befriedigt. Der friedliche Verlauf dieses Teils unserer Reise, das Wissen, daß unsere Feinde uns nichts mehr zuleide tun konnten, und Arvils Stillhalten hätten mich eigentlich beruhigen sollen, trotzdem machte ich mir Sorgen. Ich hatte mich schon zuvor einmal in Sicherheit geglaubt, damals bei Arvils Gruppe, doch ihr Lager hatte mir nicht lange als sichere Zuflucht gedient.

Das kühle, aber sonnige Wetter hielt nicht an. Eines Morgens war der Himmel im Osten bei Sonnenaufgang rot; das Licht war bald von dichten Wolken verdeckt. Am Nachmittag begann es zu regnen. Ich drückte mich an Flamme und fühlte mich unbehaglich in meiner nassen Kleidung.

Das Land war jetzt dichter mit Bäumen bestanden, und vor uns lag ein Wald, so daß wir dem Regen zum größten Teil entkommen konnten, indem wir unter hohen Tannen ritten. Arvil machte jedoch einen ängstlichen Eindruck und spähte ruhelos zwischen den Bäumen hindurch.

Ohne das Licht der Sonne war der Wald fast so

dunkel wie die Nacht; wir konnten nicht wissen, was sich hinter den Bäumen verbarg. Arvil starrte zu Boden, während sich unsere Pferde langsam voranbewegten.

Schließlich zog er Sterns Zügel straff. »Wir haben uns verirrt«, sagte er. »Ich sehe keinen Pfad und kenne dieses Gebiet nicht. Ich weiß nicht einmal, ob wir weiterhin nach Osten reiten.« Er deutete nach unten. »Schau dir das an. Es sieht so aus, als wären wir wieder auf unsere eigene Spur gestoßen.«

Ich hatte meinen Kompaß ganz vergessen. Ich griff mir an den Hals und zog die Kette heraus, wütend über meine Unbedachtheit. Ich machte mich allzu abhängig von Arvil, hatte ihm allzu willig die Führung überlassen. Ich betrachtete die Nadel. »Wir sind nach Süden gegangen«, sagte ich und deutete dann nach Osten. »Wir müssen in diese Richtung reiten.«

Er beugte sich zu mir herüber. »Was ist das?«

»Ein Kompaß. Er zeigt einem, in welche Richtung man sich bewegt.«

»Wird er nicht nur zum Erwirken von Zauberbannen benutzt?«

»Nein. Siehst du, diese Nadel zeigt immer nach Norden. Diese Markierungen sind die verschiedenen Himmelsrichtungen.«

Er starrte auf das Anzeigeblatt des Kompasses. »Du hast also etwas Magie mitgebracht. Wird diese Magie dir auch hier draußen zu Gebote stehen?«

Ich versuchte ihm zu erklären, wie der Kompaß funktionierte, war mir jedoch nicht sicher, wieviel er verstand. Magnetismus war für Arvil Magie oder ein Geist, der die Nadel lenkte. Ich gab weiterhin mit Hilfe des Kompasses unseren Weg an, bis es zu dunkel wurde, um sein Anzeigeblatt zu sehen.

Wir verbrachten diese Nacht unter einem Baum, nachdem wir die Pferde in der Nähe festgebunden hatten. Ich schlief unruhig; das klagende Pfeifen des Windes in den Tannen drängte sich immer wieder in meine Träume.

Gegen Morgen hörte der Regen auf. Der dunkle Wald war von grünem Licht erfüllt, und es war so warm geworden, daß ich mir liebend gern die Jacke ausgezogen hätte. Arvil war sehr wachsam, vermied es zu sprechen und zuckte beim leisesten Geräusch zusammen. Einmal hörten wir einen schrillen Schrei in der Ferne, und Flammes Nüstern blähten sich bei dem Ton auf.

»Eine Katze«, sagte Arvil; ich lauschte angespannt. »Sie wird uns aus dem Weg gehen, es sei denn, sie hat Junge und fühlt ihren Wurf bedroht.« Seine Worte steigerten meine Angst nur noch.

Im Wald verlor man leicht das Gefühl für die Zeit. Nur die zunehmende Dunkelheit verriet mir, daß es Nacht wurde. Wir hatten die letzten Nahrungsmittel aus unseren Bündeln verzehrt, und ich hatte vor dem Einschlafen nichts gegessen. Am Morgen sammelte Arvil einige grüne Sprossen und Pilze, bevor wir uns wieder in Bewegung setzten.

Ich hatte noch immer Hunger und war außerdem müde; meine Kleidung war dreckig, und ich schwitzte in der schweren Jacke. Es juckte mich überall, und ich hätte mich dringend waschen müssen, beklagte mich jedoch in keiner Weise. Ich konnte mir vorstellen, daß Arvil hier, in dieser fremdartigen Gegend, an seine frühere Gruppe und das Land, das er kannte, dachte, an das Leben, das er meinetwegen aufgegeben hatte. Was hatte er als Gegenleistung dafür bekommen? Nichts als den Verlust seines Glaubens, der ihn dieses Leben leichter hatte ertragen lassen.

Wir kamen an das Ufer eines Flusses. Ich wollte gerade absteigen und Wasser schöpfen, als ein goldenes Glitzern meine Aufmerksamkeit auf sich zog. Ein Heiligtum stand auf der anderen Seite des Flusses, fast ganz zwischen den Bäumen verborgen. Ich hob die Hand zum Mund.

»Keine Angst«, sagte Arvil. »Diejenigen, die in Heiligtümern Untaten begangen haben, sind tot. Uns droht keine Gefahr.«

Wir ließen die Pferde trinken, bevor wir den Fluß durchquerten, um zu dem Heiligtum zu gelangen. Arvil untersuchte den Boden gründlich. »Wie es scheint, waren hier schon lange keine Männer mehr«, sagte er, »aber vielleicht kommen um diese Jahreszeit welche her.«

Das Heiligtum war kleiner als alle, die ich bisher gesehen hatte; die Außenmauern bröckelten, die Kuppel war matt.

Ich fragte mich, ob wohl noch irgend jemand hierher kommen mochte. Wir waren weit entfernt von jeder Stadt und näher an dem Land, das seit langem verlassen dalag.

Wir banden die Pferde an Bäumen fest und ließen uns in der kleinsten Lichtung im Umkreis des Heiligtums nieder, wo uns die Sonne wärmte. »Wir brauchen etwas zu essen«, sagte Arvil. »Ich muß auf die Jagd gehen.«

»Aber wenn Männer kommen, während du nicht da bist ...«

»Sie werden dir hier nichts antun. Du hast gehört, wie ich gesprochen habe und was du zu sagen hast. Birana, wir wissen nicht, wie weit wir noch reiten müssen und ob wir dort Fleisch finden. Wir können hier eine Zeitlang Rast machen und für Fleisch sorgen. Wir müssen die Gelegenheit nutzen. Wenn ich nicht jagen kann, dann sollten wir eins der Pferde schlachten.« Sein Blick fiel auf Wildfang.

»Nicht die Pferde«, warf ich schnell ein.

Seine Lippen verzogen sich zu einem kleinen Lächeln. »Würdest du lieber verhungern, als Pferdefleisch zu essen?« Er zuckte die Achseln. »Es stimmt, daß wir das Pferd vielleicht später noch brauchen. Ich lasse es leben – deinetwegen.«

Er erklärte mir, daß das meiste Fleisch, das er auftreiben würde, geräuchert und getrocknet werden müsse, dann schickte er mich los, um lange Holzstücke zu sammeln, die als Pfähle dienen konnten. Während ich die Pfähle in den Boden rammte, nahm Arvil seine Waffen und marschierte am Fluß entlang davon; bald war er zwischen den Bäumen verschwunden. Mit einem breiten, flachen Stein hob ich eine Grube für unser Feuer aus, dann grenzte ich die Stelle mit Steinen ein. Es war eine mühsame Arbeit, aber mir war die Anstrengung gerade recht. So hatte ich wenigstens etwas zu tun, konnte mich für ihn nützlich machen.

Ich schlenderte von dem Heiligtum weg und suchte nach Brennholz. Ich hatte meinen Kompaß dabei, behielt den Fluß aber im Auge. Ich zerbrach mit dem Fuß abgestorbenes Holz, bündelte es und trug es zurück zum Heiligtum; jedesmal wagte ich mich ein wenig weiter in den Wald hinein. Der Gesang eines Vogels entzückte mich; ein vor mir über den Pfad hoppelndes Eichhörnchen entlockte mir ein Lächeln. Arvils Welt hatte eine eigentümliche Schönheit, eine Schönheit, die der Stadt verlorengegangen war, eine Schönheit, mit der es die dortigen gepflegten Parks nicht aufnehmen konnten.

Plötzlich hörte ich ein Schnauben und sah einen Fleck gelblichen Fells. Ich ließ das Holz, das ich in den Händen hielt, fallen, als meine Augen denen einer großen Katze begegneten. Ich hatte sie zuvor nicht gesehen, hatte nicht gehört, wie sie sich genähert hatte. Die Katze war nicht mehr als zehn oder zwölf Schritt von mir entfernt; sie duckte sich mit gekrümmtem Buckel und fauchte mich an. Ich erstarrte, hatte Angst, mich zu bewegen, fürchtete, daß mich die Katze anspringen würde, falls ich nach meiner Schleuder griff.

Sie starrte mich an; offensichtlich spürte sie meine Angst.

Ich starrte lange Zeit mit pochendem Herzen zurück, dann wagte ich einen Schritt rückwärts. Die Katze duckte sich tiefer, bereit zum Sprung. Es hätte keinen Sinn gehabt zu rennen, ein Baum würde mir keine Sicherheit bieten. Zweige krachten hinter der Katze. Sie wandte den Kopf von mir ab. In diesem Moment zischte ein Speer durch die Luft und bohrte sich in die Seite der Katze.

Ich hörte das Kreischen des Tiers, und gleich darauf stürzte sich Arvil darauf und stach mit dem Messer darauf ein. Schließlich ließ er von der Katze ab und stand auf. »Was tust du hier?« fragte er ärgerlich.

»Ich habe Holz gesammelt... ich habe nur...«

»Dafür hättest du nicht so weit zu gehen brauchen. Wenn du dir nicht der Gefahren bewußt bist, dann ist es besser, du bleibst an einem sicheren Ort.« Er kniete sich neben der toten Katze nieder. »Das Fleisch können wir nicht essen, aber ich werde das Fell mitnehmen.« Er deutete mit einer Kopfbewegung nach hinten. »Das Wild, das ich erlegt habe, liegt dort. Du mußt es zum Heiligtum bringen.«

Ein paar Schritte von der Katze entfernt fand ich den Kadaver eines kleinen Hirschs. Ich konnte ihn nicht anheben; schließlich zerrte ich ihn an den Beinen weg. Vor Anstrengung mußte ich bald keuchen. Ich hätte gern eins der Pferde geholt, aber ich konnte den Hirsch nicht allein auf den Pferderücken hieven.

Als ich unseren Lagerplatz erreichte, tat mir der Rücken weh. Ich zog den Kadaver bis zu den Pfählen, dann brach ich daneben erschöpft zusammen.

Arvil kam endlich aus dem Wald zurück und warf das Katzenfell neben mich. »Wenn du im Wald herumläufst, darfst du nicht unvorsichtig sein«, sagte er. »Du hättest auf Geräusche lauschen und deine Schleuder in Bereitschaft haben sollen, sobald du das Tier gesehen hast.«

Ich zog es vor zu schweigen. Die Schönheit des Waldes hatte mich bezaubert, und ich hatte alle Gefahren vergessen, die darin lauern mochten.

»Ich bin froh, daß ich dich gefunden habe«, sagte er etwas sanfter. »Es hätte mich sehr traurig gemacht, wenn dir etwas passiert wäre.« Ich richtete mich auf. »Du mußte das Feuer entzünden und noch mehr Holz sammeln, aber treib dich diesmal nicht so weit von hier entfernt herum.«

Er machte sich daran, den Hirsch abzuhäuten, während ich mich mit meinen Feuersteinen abmühte. Ich hätschelte einen Funken zu einer Flamme hoch und fächerte ihr mit den Händen Luft zu, bis ein loderndes Feuer brannte; dann sammelte ich weiteres Holz, während Arvil sein Wildbret vorbereitete. »Wir brauchen noch viel Holz«, murmelte er während seiner Arbeit. »Das Feuer muß eine ganze Weile lang brennen.«

Er schnitt schmale Ledersteifen zurecht, band sie an den Pfählen in der Nähe des Feuers fest und legte Fleischstücke darauf aus. Es war Abend, als er mit seiner Arbeit fertig war. Er hatte zwei große Fleischstücke für uns abgeschnitten, die auf Spießen aus grünem Holz brieten. Ich hatte gedacht, ich wäre zu mude zum Essen, aber der Geruch des Fleisches erweckte meine Lebensgeister wieder. Früher hätte ich mich voller Ekel davon abgewandt, heute lief mir das Wasser im Mund zusammen.

Wir aßen, bis wir satt waren. Als ich gähnte, sagte Arvil: »Du mußt jetzt schlafen. Ich werde Holz aufs Feuer nachlegen. Wir müssen es am Brennen halten – das Fleisch wird andere Tiere anziehen.«

Ich hätte in das Heiligtum gehen können, streckte mich jedoch im Freien am Boden aus, da ich nicht von seiner Seite weichen wollte. Ich grübelte nicht lange über diesen Umstand nach, sondern schlief sehr bald ein.

Während des letzten Teils der Nacht beaufsichtigte ich das Feuer. Arvil wachte im Morgengrauen auf. Er ging weg, um noch mehr Holz zu sammeln, dann holte er Kresse vom Flußufer. Während wir aßen, fuhr er sich kurz mit der Hand an den Kopf.

»Alles in Ordnung?« fragte ich.

»Mein Kopf tut immer noch ein bißchen weh.«

Besorgt untersuchte ich seine Wunde. Sie war verheilt, aber die Verletzung mußte ernster gewesen sein, als er zuzugeben bereit war. »Wie sehr tut es weh?«

»Immer weniger. Jedenfalls wird es nicht schlimmer.«

Ich seufzte. »Du mußt mit deinen Kräften haushalten, solange wir hier verweilen. Wenn wir wieder unterwegs sind, wirst du sie brauchen.«

»Wir haben ausreichend zu essen. Ich kann mich jetzt ausruhen.« Er warf mir einen schrägen Blick zu. »Geht es dir um mein Wohlbefinden, oder brauchst du einfach nur Hilfe, um zu jenem sicheren Ort zu gelangen, den du zu finden hoffst?«

Ich sah ihm in die Augen. »Ich brauche deine Hilfe, aber selbst wenn es nicht so wäre, würde es mich traurig machen, wenn ich nicht mehr mit dir zusammensein könnte.«

Ich hatte beabsichtigt, das lediglich zu seiner Beruhigung zu sagen, doch zu meiner Überraschung stellte ich fest, daß meine Worte ernst gemeint waren. »Auf dem Wall, als ich dachte, du hättest vielleicht den Tod gefunden, war ich von Trauer erfüllt, und nicht nur, weil ich dachte, einen Beschützer verloren zu haben.«

Er griff nach meiner Hand. Ich ließ ihn gewähren, fürchtete allerdings, zuviel gesagt zu haben. »Meine Seele sehnt sich nach dir«, sagte er. »Sehnt sich deine nicht auch allmählich nach meiner?«

Ich entzog ihm meine Hand. »Ich sehne mich nach einem Freund, das ist alles.«

»Zwei Freunde können in Liebe einander zugetan sein.«

Ich stand schnell auf und ging zum Eingang des Heiligtums. Die Tür öffnete sich, und ich zog mich ins Innere zurück. Das Heiligtum wirkte auf mich vollgestopft und unordentlich; es standen fünf Liegen entlang der Wand, und der Stoff, mit dem sie bezogen waren, war abgewetzt und speckig. Ein Abbild der Hekate stand neben dem Altar; ich ließ mich auf der Liege davor nieder. Zum erstenmal, seit ich Arvil kennengelernt hatte, hatte ich seine Berührung hingenommen, ohne den Wunsch zu haben, mich ihm zu entziehen. Ich hatte gern meine Hand in seine gelegt, und das machte mir angst.

Ich hörte seine Schritte hinter mir, als er sich dem Altar näherte. Er blickte eine Zeitlang zu dem göttlichen Abbild hinauf, dann wandte er das Gesicht mir zu. »Ich habe eine Frage, Birana. Warum haben die Geist-Frauen Tal als Hüter für mich ausgesucht?«

»Es waren nicht die Geist-Frauen, die ihn ausgesucht haben. Eine jetzt lebende Frau hat ihn ausgesucht. Diejenige, die zu dir gesprochen hat, muß ihn wohl ausgesucht haben.«

»Warum wurde ausgerechnet Tal ausgewählt, und kein anderer?«

»Weil man dachte, daß es so für dich am besten wäre.« Er kniff die Augen zusammen; ich würde genauer darauf eingehen müssen, und ich hatte Angst, die Dinge auszusprechen. »Ich muß dir etwas erklären.« Ich sah an ihm vorbei zum Altar. »Es sind nicht die Geist-Frauen, die die Knaben zur Welt bringen. Es sind diejenigen, die in der Stadt leben.«

»Ich habe mir schon gedacht, daß es so sein muß, nachdem ich jetzt weiß, daß ihr Körper aus Fleisch und Blut habt, aber du mußt mir sagen, wie das geht.«

Meine Wangen brannten. »Männer werden zur Mauer geholt, und ihr Samen wird ihnen genommen, während die Geist-Frauen…« Ich senkte den Kopf, da ich mein Gesicht verstecken wollte. »Dann nimmt eine Frau den Samen des Mannes und verbindet ihn mit ihrem eigenen, und sie trägt das Kind, das daraus entsteht, in sich, bis es zur Geburt herangereift ist – um aus ihrem Körper zu kommen. Wenn Kinder geboren werden, sind sie klein und unfähig, für sich selbst zu sorgen, deshalb bleiben alle, Jungen ebenso wie Mädchen, deinesgleichen und meinesgleichen, bei ihren Müttern in der Stadt. Wenn ein Junge alt genug wird, wird er hinausgeschickt und einem Mann, der dann sein Hüter ist, übergeben. All seine Erinnerungen an die Stadt werden ausgelöscht, damit er sich leichter an sein neues Leben anpassen kann.«

Arvil sagte: »Die Erinnerungen werden ihm genommen, damit er die Wahrheit nicht durchschaut.«

»Stimmt. Auch aus diesem Grund.« Ich starrte auf meine gefalteten Hände hinab. »Die Mädchen bleiben, und die Knaben werden hinausgeschickt.«

»Und Mädchen und Jungen kommen auf dieselbe Art zur Welt?«

Ich nickte.

»Dann können ein Junge und ein Mädchen dem Leib ein und derselben Frau entstammen und zusammen aufwachsen, aber das weibliche Kind bleibt in eurer Welt, während das männliche daraus verbannt wird?« Seine Stimme war gemäßigt, doch ich spürte seinen Zorn.

»Tiere stoßen ihre Jungen von sich, wenn ihre Sprößlinge alt genug sind, um selbständig zu überleben. Auch ein Mädchen muß irgendwann den Rockzipfel seiner Mutter verlassen.«

»Es kann jedoch weiterhin in der Welt seiner Mutter leben.« Er hielt inne. »Es gibt also einen Mann, der seinen Samen gegeben hat, damit ich leben kann, wenn das stimmt, was du sagst.«

»So ist es. Ich glaube…« Ich zwang mich, den Kopf

zu heben. Seine Lippen waren fest aufeinandergepreßt, die Kiefermuskeln angespannt. »Du hast einen Vater, jenen Mann, der seinen Samen der Frau gegeben hat, die deine Mutter war, und der vereinte Samen beider hat dir das Leben geschenkt. Es herrscht bei uns der Brauch, wenn es irgendwie möglich ist, einen Knaben dem Mann zu übergeben, der sein Vater ist. Du und Tal, ihr seht einander sehr ähnlich. Ich glaube, er war dein Vater. Ich glaube, daß Hasin, der Junge, den ihr beide mitgebracht habt, ebenfalls Tal als Vater hatte.«

Er machte einen Schritt auf mich zu. »Dann hat Tal mir also das Leben geschenkt, und ich habe ihm den Tod gebracht. Sein Samen ist in mir, sein Geist, und diese Tatsache war mir verborgen. Welche Sünde habe ich begangen? Um so mehr wird er mich bis in alle Ewigkeit heimsuchen!«

Ich streckte die Hand aus. Er kam auf mich zu, als wollte er sie wegschlagen, doch dann senkte er die Faust. »Einst«, sagte er, »lebten Frauen und Männer zusammen, so ist es in unseren Legenden überliefert. Ich habe euch für heilig gehalten, doch an dem, was ihr tut, ist nichts Heiliges. Eure Zauberkraft ist nichts anderes als ein Schild, um eure wahre Natur zu verbergen. Abgesehen von meinem Glied und euren weiblichen Körperteilen sind wir die gleichen Wesen, wie der Hengst und die Stute oder der Hirsch und die Hirschkuh. Ihr könntet uns gestatten, bei euch zu bleiben, wenn ihr es wolltet. Ihr könntet mit uns zusammenleben.« Er sah mich lange an, dann verließ er das Heiligtum.

Ich hatte Angst, zu ihm zu gehen. Ich hatte Schmerzen; meine Brüste spannten, und mein Bauch war ein wenig aufgebläht. Im ersten Moment dachte ich, daß Anspannung und Angst diese Schmerzen verursacht hätten, doch dann wurde mir klar, daß meine Menstruation kurz bevorstand. Ich hatte keine Blutung mehr gehabt, seit ich die Stadt verlassen hatte, und hatte befürchtet, daß die Unbilden meiner neuen Lebensumstände meinen Zyklus gestört hätten, doch jetzt kam mir die Blutung äußerst ungelegen. Ich erinnerte mich, wie glücklich ich war, als ich zum erstenmal dieses Zeichen meines Frauseins erlebt hatte; hier draußen war es nur ein weiteres Zeichen meiner Schwäche.

Endlich erhob ich mich und ging hinaus. Arvil hatte das Fleisch des Hirschs von den Knochen gezupft und in Därme gestopft; jetzt suchte er den restlichen Kadaver noch nach brauchbarem Gebein ab. Er sah nicht zu mir auf. Ich ging bis zum Rand der Lichtung, sammelte weiteres Holz, trug es zurück und legte es neben ihm nieder. Der Tag war warm geworden; ich zog meine dicke Jacke aus und ließ mich darauf nieder.

»Arvil.«

Er sah mich an. »Du mußt dich bedeckt halten. Es könnte jemand kommen und erkennen, was du bist.«

»Arvil, hör mir zu. Du stellst mir Fragen, und ich beantworte sie. Du sagst, du möchtest die Wahrheit wissen, aber wenn du sie hörst, macht sie dich nur wütend. Ich weiß, wie schwer das alles für dich zu ertragen ist, aber du machst mir angst. Wenn ich dich bis zu einem gewissen Grad wütend mache, könnte es passieren, daß du mir in deinem Zorn etwas antust.«

Er sah mich scharf an. »Ich werde dir nichts antun. Ich könnte es nicht, nicht einmal jetzt.«

»Ich habe Angst, daß du es tust, ohne es zu wollen.«

»Niemals!« Er kauerte sich auf die Fersen. »Du mußt dir andere Kleidung anziehen. Nur ein kleiner Junge, der gerade aus einer Enklave kommt, trägt solche Sachen, wie du sie anhast, und sie geben zuviel von deiner Gestalt preis.« Er stand auf und ging zu Wildfang, dann öffnete er eine Packtasche.

Er kehrte mit einem Hemd und einer Hose zurück, die er den Männern in dem Heiligtum unterhalb des Plateaus abgenommen hatte. Er bearbeitete sie mit einem Stück Knochen und schnitt den Saum der Hose mit einem Messer ab. »Du solltest diese Dinge tragen.«

Ich zögerte. »Wenn du deine Formen vor mir verbergen mußt, dann zieh dich im Heiligtum um.«

Ich stand auf. »Ich muß mich erst im Fluß waschen. Er ist warm genug. Werde ich dort sicher sein?«»

»Ich werde Wache halten«, sagte er. »Du mußt darauf vorbereitet sein, dich schnell zu bedecken.«

Ich nahm meine Jacke und meine Kleidung und eilte in das Heiligtum, erleichtert darüber, daß seine Wut verflogen war. Nachdem ich meine Stoffsachen abgelegt hatte, riß ich das Hemd in Streifen, um sie während meiner Blutung zu benutzen und zur Wiederverwendung auszuwaschen. Ich zog mir die Jacke an, hielt sie mir fest um den Körper und ging hinaus.

Arvil nahm seinen Bogen und den Köcher und folgte mir zum Fluß. Er wandte mir den Rücken zu, als ich die Kleider ablegte, mir die Stiefel auszog und mich hinter einen Baum kauerte, um meine Jacke auszuziehen.

Ich prüfte die Temperatur des Wassers mit einem Fuß, bevor ich hineinsprang. Der Fluß war nicht tief und von der Sonne ein wenig erwärmt. Ich tauchte unter und ließ mich vom Wasser umspülen; ich neigte den Kopf nach hinten und löste meine Haare. Als ich mich sauber fühlte, klettert ich heraus. Arvil beobachtete mich; er wandte sich langsam um. Ich versteckte mich hinter dem Baum, um mir aus meinem Gürtel und drei dicken Stoffstreifen eine Binde zu machen; ich befestigte die Stoffstreifen mit Schlaufen am Gürtel und zog sie zwischen die Beine durch.

Als ich nach dem Lederhemd griff, merkte ich, daß Arvil mich wieder betrachtete. Ich hielt mir das Hemd vor die Brust und fühlte mich beschämt und verletzbar. »Bitte, du darfst noch nicht hersehen.« Er wandte den Blick nicht ab. Ich zog das Hemd an und hob die Hose auf.

»Warum trägst du diesen Lendenschurz unter der Hose?«

Ich lief rot an. »Ich muß dir noch etwas erklären.

Etwa alle achtundzwanzig Tage blutet eine Frau an den weiblichen Teilen.« Er sah mich entsetzt an und trat auf mich zu. Mir war heiß, so peinlich war mir die Situation, aber ich wußte, daß ich diesen Umstand nicht lange vor ihm hätte verbergen können. »Es ist keine Krankheit, und das Blut kommt nicht etwa aus einer Wunde. Es ist bei allen Frauen so. Eine Frau hat in ihrem Innern ein Organ, in dem sie ihr Kind austrägt, und von Zeit zu Zeit stößt dieses Organ seine Innenwand ab. Ich trage diese Stoffstreifen, damit...« Ich brachte nichts mehr heraus.

»Tut es weh?« fragte er.

Ich schüttelte den Kopf. »Manchmal. Ich habe keine besonders starken Schmerzen.«

»Ich muß mich waschen«, sagte er plötzlich und reichte mir seine Waffen. Er zog sich schnell aus, ohne sich die Mühe zu machen, seine Blöße zu verbergen, und ging ins Wasser. Er planschte mit den Armen, tauchte unter und kam mit triefenden Haaren wieder hoch.

Er kletterte ans Ufer. Wenn er angezogen war, sah man nicht, wie muskulös er war; mit Kleidern wirkte er magerer. Sein Glied schien ein wenig anzuschwellen, als er mich ansah; er trat aus dem Schatten der Bäume und stellte sich in die Sonne. Ich griff nach meiner Jacke und ging zum Feuer zurück. Immer noch nackt, trug er seine Kleidung zu den Pferden, nahm sich ein anderes Hemd und eine andere Hose aus der Packtasche und ging ins Heiligtum.

Ich stand am Feuer und wartete, daß meine Haare trockneten. Meine Mutter hatte mich einmal nach meiner Frauwerdung zur Mauer mitgenommen, um mir die Bilder von Männern zu zeigen, die sich nach ihrer Berufung im Innern befanden. Die meisten Frauen wären davor zurückgeschreckt, einer Tochter in so jungen Jahren ein solches Schauspiel vorzuführen, doch Yvara hatte sich in dieser Hinsicht – wie in so vielen anderen – nicht an den Brauch gehalten. Ich hatte in dem Heiligtum, wo ich Arvil zum erstenmal gesehen hatte, einen hastigen Blick auf seinen Körper erhascht, während er tanzte; gleich darauf hatte ich mich angewidert abgewandt. Ich wußte, wie ein Mann aussah, und war auf das gefaßt, was Arvils Nacktheit enthüllte.

Ich war jedoch nicht auf die Reaktion gefaßt, die der Anblick seines Körpers bei mir auslöste. Die Männer, die ich auf dem Bildschirm gesehen hatte, waren mir häßlich und mißgestaltet vorgekommen, mit ihrer Körperbehaarung, den flachen Brustkörben und den steifen Gliedern, die in Röhren steckten; sie waren nichts anderes gewesen als die Lieferanten des Samens für neue Generationen. Aber Arvils Körper erschien mir nicht häßlich. Das Wasser auf seiner blassen, glatten Haut hatte im Sonnenlicht geglitzert, und einen Augenblick lang hatte ich Schönheit in seiner Gestalt erblickt, in dem Körper, der durch seine Lebensumstände abgehärtet war.

Er kam heraus und setzte sich neben mich. Ich sah ihn nicht an, während ich mein Haar mit einem Lederriemen zusammenband. »Diese Sachen sitzen lockerer an dir«, sagte er. »Sie verhüllen deine Formen zum größten Teil, obwohl ich wünschte, sie brauchten nicht verhüllt zu sein.« Er zog das Hirschfell zu sich heran und begann die Haut mit einem Stein zu schaben. »Du brauchst ein weiteres Kleidungsstück, um zu verbergen, was du bist, und die Tage werden zu warm sein für die dicke Jacke. Ich mache dir eine Jacke aus Leder.«

Ich setzte mich und beobachtete, wie er das Fell bearbeitete, um es weich und geschmeidig zu bekommen. Er fertigte ein Kleidungsstück für mich an; diese Geste bewegte mich auf seltsame Weise. Hin und wieder sah er mich an und öffnete den Mund, als ob er etwas sagen wollte, und dann legte er die Werkzeuge aus der Hand und hielt sich die Hände vor den Bauch.

»Hier drin«, grübelte er laut, »in diesem Teil von dir

– da ist es, sagst du, wo eine Frau ihr Kind bis zur Geburt trägt, genau wie ein Tier sein Junges trägt?«

Ich nickte.

»Aber sie muß den Samen eines Mannes mit dem ihren vereinen und ihn dort hineinbringen. Wie bekommt sie den Samen, und wie bringt sie ihn hinein?«

Ich hielt den Blick gesenkt. »Wenn ihr euch zu den Geist-Frauen gesellt, wird er eurem männlichen Körperteil entnommen. Eine Frau, die ein Kind möchte ...« Ich schluckte. »Der Samen gelangt durch die weiblichen Teile in ihren Körper. Er wird vom Mann genommen und zu ihr gebracht. Er wird mit einer Spritze eingegeben – ein Gerät, das wir benutzen -, und dann bildet sich das Kind in ihr heran.« Ich brachte die Worte nur mit größter Mühe heraus. »Die Geist-Frauen ermöglichen uns, den Samen von euch zu gewinnen.«

»Es kommt also von der Vereinigung. Ich habe mich gefragt – die Vereinigung war bisher in ein Geheimnis gehüllt, und jetzt ...« Er beugte sich näher zu mir heran; ich spürte seinen Atem auf meinem Gesicht. »Aber warum muß es auf diese Weise geschehen? Wenn der Samen bei einer solchen Vereinigung hervorgebracht wird, warum kommt ihr dann nicht selbst zu uns, anstatt uns Geister zu schicken? Die Geist-Frauen haben Spaß mit den Männern, so wie wir Spaß mit ihnen haben ... warum könnt ihr nicht ...?«

Ich sprang auf, verstört und erschreckt über diese Wendung unseres Gesprächs. »Wir würden keinen Spaß dabei empfinden«, schrie ich. »Wir empfinden nur mit unseresgleichen Lust. Wir sind nicht mehr fähig, solche Gefühle mit einem Mann zu erleben.«

»Und du sagst, es gab mal eine Zeit, da ihr ...«

»Ich möchte nicht darüber sprechen! Ich schritt neben dem Feuer auf und ab, dann drehte ich mich blitzartig um. Er sah mich an und hob das Fell auf.

»Du wolltest von mir, daß ich nicht über die Wahrheit wütend werde«, sagte er. »Jetzt bist du diejenige, die darüber wütend wird.«

Ich ging näher an ihn heran. »Früher, in lange vergangenen Zeiten«, sagte ich so ruhig ich konnte, »gelang es einigen Frauen, Freude an einem Mann zu haben, aber das ist schon lange nicht mehr so. Die Männer konnten diese Freude dazu benutzen, die Frauen zu versklaven, und oft ging es ihnen nur um ihr eigenes Vergnügen, ob die Frau willens war oder nicht. Davon haben wir uns befreit.«

»Vielleicht waren die Männer auch dadurch versklavt. Ihr versklavt uns jetzt durch Geist-Frauen in den Heiligtümern und Enklaven. Selbst für Männer, deren Lüsternheit von willigen Knaben und Männern befriedigt wird, sind die Segnungen der Herrin etwas Großartigeres. Wenn wir nichts von den Wonnen, die uns die Herrin beschert, wüßten, könnten wir vielleicht mehr Spaß und mehr Liebe miteinander empfinden. Mit eurer Zauberkraft könntet ihr doch einen Weg finden, unseren Samen zu gewinnen und die Knaben in unsere Obhut zu geben, ohne uns diese Segnungen zuteil werden zu lassen, aber ihr könnt uns besser nach eurem Belieben zurechtbiegen, wenn ihr uns diese Belohnung in Aussicht stellt.«

Er streckte plötzlich die Arme nach oben aus und griff nach meinen Handgelenken. Ich versuchte, ihm zu entweichen; er sprang auf die Beine. »Ich kann den Reif jetzt nicht mehr tragen«, fuhr er fort, »ohne das Risiko einzugehen, dich noch einmal zu verraten. Für mich wird es keine Geist-Frauen und keine Wonnen mehr geben. Ich habe keine Freunde, um der Liebe zu frönen. Du bist das einzige, was mir geblieben ist. Was soll ich also tun, Birana? Ich kann mich beherrschen, aber ich weiß nicht, ob ich die Kraft habe, es ewig zu tun.«

»Du wirst irgendwann Freunde finden. Vielleicht ...«

Er zog mich an sich. Seine Hand griff nach meinen Haaren, und mein Gesicht war gegen seine Brust gedrückt. »Du bist es, die ich jetzt will«, sagte er. »Du hast mir gesagt, daß Frauen einander lieben können, und ich habe gesehen, was die Geist-Frauen mit einem Mann treiben. Würde es dir so schrecklich schwerfallen, mir zu zeigen, wie ihr es miteinander macht, und dich von mir beschenken zu lassen, damit wir beide Spaß haben?«

»Was du verlangst, ist nicht möglich.«

Er zog meinen Kopf in den Nacken, so daß ich gezwungen war, ihn anzusehen. »Ich habe bemerkt, wie du mich angesehen hast, als ich aus dem Wasser kam. Einen Moment glaubte ich in deinen Augen zu erkennen, daß sich deine Seele ein wenig für mich erwärmte.«

Ich riß mich aus seinem Griff und taumelte auf das Heiligtum zu, wo ich mich an die Wand drückte. Ich konnte nichts vor ihm geheimhalten, nicht einmal meine flüchtigen Gedanken. Sollte er etwas an mir entdeckt haben, das ich mir nicht einmal selbst eingestand? Bei dem Gedanken wurde mir beinahe übel.

In diesem Moment wußte ich, was ich zu sagen hatte, um mich zu schützen. Als er auf mich zukam, hob ich eine Hand. »Hör mir zu«, sagte ich. »Wenn du die Lust mit mir teilst, dann wirst du immer mehr davon wollen. Wenn das geschieht, wenn deine Begierde zu groß und unbeherrschbar wird und dein Samen in mich eindringt, wird ein Kind in mir gezeugt. Ich wäre anfangs krank, und mein Bauch würde anschwellen. Ich wäre dann eine noch viel größere Last für dich, denn mein Körper würde dick und plump. Es gäbe keinen Arzt, der mir bei der Geburt beistehen könnte; meine Schmerzen wären größer als alle, die du jemals erlitten hast, und sehr wahrscheinlich würden sowohl mein Kind als auch ich sterben. Selbst wenn wir überlebten, könnten wir nicht selbst für uns sorgen und würden so oder so umkommen. Ich würde unter Todesqualen ein Kind zur Welt bringen, und dann würde ich sterben, denn ich hätte keinerlei Hilfe, wie sie eine Mutter in der Stadt bekommt. Das wären die Folgen einer Vereinigung für mich. Das Vergnügen, nach dem du dich sehnst, würde meinen Tod bedeuten.«

Sein Gesicht drückte Erschütterung aus, seine Augen waren weit aufgerissen. »Birana …«

»Wenn du daran denkst, wird die Selbstbeherrschung vielleicht leichter für dich sein – das heißt, wenn du willst, daß ich am Leben bleibe.«

»Du weißt, was ich tun werde. Ich versuche, diese Gedanken aus meinem Gehirn zu verbannen.« Seine Stimme klang angespannt, seine Augen blickten unglücklich. Er wandte sich ab und ging zum Feuer zurück.

Ich wartete darauf, daß Arvil die Aufforderung zum Weiterreiten aussprach, doch es schien ihm zu behagen, weiterhin bei dem Heiligtum zu verweilen, dem friedlichsten Ort, den wir bis jetzt gefunden hatten. Mit Hilfe einer Nadel aus Knochen und Fäden aus Darm nähte er mir aus dem Hirschleder eine Jacke. Aus dem Katzenfell fertigte er für sich selbst einen kurzen Umhang. Er führte mich durch den Wald, der das Heiligtum umgab, während er Pflanzen sammelte und mir beibrachte, wie man sie erkannte und wo man am besten welche fand; er fing mit seinem Speer im Fluß Fische und fand einen Strauch mit reifen Beeren.

Er stellte mir keine Fragen mehr, und am Tage machte ich mir immer weniger Sorgen seinetwegen; doch nachts spürte ich, wie seine Augen mich beobachteten, und ich fragte mich, was er wohl denken mochte. Wir waren dazu übergegangen, im Innern des Heiligtums zu schlafen, indem einer von uns ruhte, während der andere an der Tür Wache hielt. Manchmal wachte ich auf und spürte, daß er in meiner Nähe stand, und ich hörte ihn seufzen.

Endlich hörte meine Blutung auf. Ich wusch den letzten Stoffstreifen aus, den ich getragen hatte, und packte ihn zusammen mit den anderen weg; dann führte ich die Pferde zum Trinken an den Fluß.

Arvil bewegte Stern gerade um das Heiligtum herum, da winkte ich ihn zu mir heran. »Dieser Ort war eine Art Zufluchtsstätte für mich«, sagte ich, »aber wir müssen bald eine andere suchen. Die Pferde werden allmählich unruhig.«

»Ich frage mich, ob wir je wieder einen so friedlichen Ort finden werden.«

»Wir müssen es versuchen.«

»Wir werden bald aufbrechen. Jetzt gehe ich noch ein letztes Mal an diesem Ort auf die Jagd. Ich habe ganz in der Nähe Enten gesehen.« Er nahm seinen Bogen und Pfeile und verschwand im Wald.

Ich band die Pferde fest, übte mit meiner Schleuder und ging wieder ins Heiligtum. Seit unserem Gespräch über die Segnungen und ihre Bedeutung hatte Arvil sorgsam darauf geachtet, mir nicht zu nahe zu kommen. Er lächelte mich nicht mehr an und nahm nicht mehr für einen kurzen Augenblick meine Hand, und mir fehlten diese Zeichen der Freundschaft. Warum konnte er nicht mein Freund sein, ohne mehr zu begehren? Ich wußte die Antwort darauf. Es waren meine Artgenossinnen, die dieses Verlangen in ihm geweckt hatten.

Ich hörte, wie die Tür zischend aufglitt; Arvil konnte in so kurzer Zeit nicht zurück sein. Vielleicht hatte er beschlossen, doch nicht zu jagen. Ich drehte mich um, mit der Absicht, ihn anzulächeln und ihm etwas Nettes zu sagen, und blickte in die Augen eines Fremden.

Ich hielt die Luft an und zog meine Hirschlederjacke fester um mich. Die braunen Haare des Mannes waren zu zwei langen Zöpfen geflochten; er verengte die blauen Augen zu Schlitzen, während er mich beobachtete. Er trug einen Lendenschurz und lederne Beinschützer, die ihm bis über die Knie reichten; ein pelziges Fell bedeckte seine Schultern. Er machte nicht den Eindruck, als wäre er begeistert, mich hier anzutreffen.

Ich wäre am liebsten weggelaufen, so sinnlos das auch gewesen wäre. Ich wartete, während er zum Altar ging.

Der Fremde legte sein kleines Bündel und seine Waffen ab, kniete sich vor dem göttlichen Abbild nieder und senkte den Kopf. Ich hätte hinausrennen können, aber er wäre mir bestimmt gefolgt, und dort hätte ihn nichts daran gehindert, mir etwas anzutun.

Er beendete sein Gebet und setzte sich auf die Fersen zurück. Ich ließ mich in der Nähe des Altars nieder und hoffte, daß die Jacke, die Arvil für mich angefertigt hatte, meine Brüste verbergen würde. »Frieden für die Dauer unseres Gesprächs«, sagte ich in meiner Sprache.

»In Ihrer Gegenwart herrscht stets Frieden.« Er gaffte mich an; ich zwang mich, seinem Blick standzuhalten. »Ich vermute, du bist nicht allein hierhergekommen.«

»Du vermutest richtig.«

»Wie heißt du, mein Junge?«

Mir fiel der Name ein, den Arvil mir gegeben hatte. »Bannweber«, antwortete ich.

Er stieß mit dem Fuß gegen den Speer vor sich. »Ich bin Narid, und mehr sollte ich dir vielleicht nicht sagen, denn ich habe von Reitern jenseits des Walls im Westen gehört, die danach trachten, alle Männer, die zu Fuß über die Welt wandern, zu vernichten.«

Er sah nicht aus wie ein Mann, dem an einem Friedenspakt gelegen war; und in einem Kampf hätte ich es niemals mit ihm aufnehmen können. Wenn er hinausging, könnte er Arvil bei dessen Rückkehr angreifen, und wenn ich ihn davon abzuhalten versuchte, würde ich das ebenfalls mit dem Leben bezahlen. Er hatte gesehen, was wir besaßen, und war vielleicht gierig danach. Ich müßte diesen Mann zu einer dauerhafteren Friedensvereinbarung überreden, und wußte nicht, wie ich ihn dazu bewegen konnte.

»Was du über diese Reitersmänner gehört hast, trifft für meine Gruppe nicht zu«, sagte ich schließlich.

»Sprichst du die Wahrheit?«

»Könnte ich in Gegenwart der Herrin lügen?«

Er runzelte die Stirn, während er sich das Gesagte durch den Kopf gehen ließ. »Vielleicht wählst du deine Worte so, daß du keine direkte Lüge äußerst und die Wahrheit dennoch verschleierst.«

»Ich schwöre bei der Herrin!« Ich senkte die Stimme so tief ich konnte. »Wir trachten nicht nach eurem Land. Wir wollen nichts als Frieden mit allen, die hier leben. Ich würde ein Friedensgelübde ablegen, wenn du deinerseits für dich und deine Gruppe ebenfalls eines ablegen würdest, damit wir beide geschützt sind, wenn wir diesen heiligen Ort verlassen.«

Er verzog das Gesicht zu einer finsteren Miene. »Du bist noch ein Junge. Wie kann sich eine Gruppe durch den Friedenspakt eines Jungen gebunden fühlen?«

Darauf wußte ich keine Antwort.

»Vielleicht sind deine Reiter auf der Suche nach neuem Land und haben euch als Kundschafter ausgeschickt. Vielleicht sollte ich eure Leichen draußen liegenlassen, damit eure Gruppe sie findet und weiß, daß sie hier nichts zu suchen hat. Vielleicht seid ihr willig, jetzt einen Friedenspakt zu schließen, um auf die spätere Gelegenheit zu einem Kampf zu warten.«

»Wenn du uns umbringst, werden andere nicht ruhen, bevor deine Gruppe vernichtet ist, bevor jede Gruppe in dieser Gegend vernichtet ist. Könntest du dich überwinden, das Reitern zu glauben, die weder nach eurem Land trachten noch Böses gegen euch im Schilde führen?«

Er strich sich durch den braunen Bart, während er darüber nachdachte.

»Wir haben Pferde«, fuhr ich fort, »und Männer zu Fuß können es mit jenen zu Pferde niemals aufnehmen.« Meine Angst hatte meine Worte schroffer klingen lassen, als ich beabsichtigt hatte. »Du wirst lediglich den Tod über deine Gruppe bringen.«

Narid senkte den Blick auf meine Hände; ich hätte sie gern vor ihm versteckt. »Ich erkenne deine Schwäche, mein Junge. Deine Handgelenke sind zart, deine Hände sind nicht kräftig. Du kannst nicht gegen mich kämpfen.« Er griff nach seinen Habseligkeiten und stand auf. »Ich gehe hinaus und warte auf deine Kameraden. Es können nicht mehr als zwei sein, vielleicht nur einer, den Anzeichen nach zu urteilen, die ich gesehen habe. Er wird nicht mit einem Überfall rechnen. Bilde dir nicht ein, du könntest jemanden warnen, denn wenn du auch nur einen Fuß nach draußen setzt, wirst du mit Sicherheit sterben. Ich mache dir ein Angebot, da wir uns an einem heiligen Ort befinden. Bleibe hier, unter Ihrem Schutz, dann wirst du weiterleben, bis Hunger und Durst dich zwingen, dich von hier zu entfernen. Ich kann warten. Vielleicht werde ich gnädigeren Sinnes werden, wenn deine Freunde tot am Boden liegen und ich deinen Proviant aufgegessen habe. Vielleicht nehme ich euch weg, was ihr habt, und lasse euch das Leben.«

Er entfernte sich rückwärts, wobei er mich nicht aus den Augen ließ, bis er die Tür erreicht hatte; sie öffnete sich und schloß sich wieder hinter ihm.

Ich stemmte mich mit den Füßen vom Boden ab und erhob mich. Ich hätte ihm zu erkennen geben können, was ich bin; dann hätte er uns wahrscheinlich beide verschont. Aber dann gäbe es einen weiteren Mann, der mich in den Heiligtümern verraten könnte oder der seiner Gruppe berichten würde, was er gesehen hatte. Wenn ich nicht mit ihnen zusammenlebte, konnte ich mich nicht gegen sie schützen, doch wenn ich es tat, würde ich wahrscheinlich niemals eine Zufluchtsstätte mit meinesgleichen erreichen.

Ich ging zur Tür; ich wußte, was ich zu tun hatte, und fragte mich gleichzeitig, ob ich den Mut haben würde, die Tat auszuführen. Arvil würde vielleicht den Tod finden, wenn ich nicht handelte. Es war nicht nur die Angst vor meiner Hilflosigkeit, der ich ohne ihn ausgeliefert wäre, die mich antrieb, sondern auch der Gedanke an seinen im Staub liegenden Leichnam, an den Verlust meines einzigen Freundes.

Die Tür glitt auf. Narid bewegte sich auf die Bäume im Süden zu; er suchte sich ein Versteck. Er drehte sich blitzschnell um und hob seinen Speer, zielte und war bereit, ihn zu schleudern. »Du hast gehört, was ich gesagt habe, Junge. Sobald du den heiligen Boden verläßt, wirst du sterben.«

»Könnte sein, daß dein Speer mich verfehlt«, sagte ich, war jedoch unfähig, meine Stimme am Beben zu hindern. »Dann habe ich Gelegenheit zu einem Gegenschlag. Aber ich weiß, daß du mir überlegen bist, und vielleicht wirst du mir das Leben nehmen. Ich werde dafür sorgen, daß ich vor meinem Tod diese Mauer mit meinem Blut beflecke, um meine Kameraden vor der drohenden Gefahr zu warnen. Ich werde mit dem letzten Atemzug einen Schrei ausstoßen, und er wird mich hören, denn er hat sich nicht weit von hier entfernt. Du wirst ihn nicht überraschen, und er wird dich verfolgen, weil du mich umgebracht hast.«

Um Arvil zu überraschen, müßte dieser Mann meinen Leichnam wegschleppen und den Leichnam verstecken. Er würde mir alles vom Leibe ziehen, dessen er mich berauben könnte, und dann würde er wissen, was ich war. Das Entsetzen darüber würde ihn glauben lassen, er sei verflucht. Seine Angst würde jeden Gedanken daran, weiterhin auf Arvil zu lauern, aus seinem Kopf verbannen. In diesem Moment dachte ich an meine Mutter, wie sie außerhalb eines Heiligtums zu Tode gekommen war, wie einer ihrer Mörder voller Verzweiflung geschrien hatte.

»Sei kein Narr«, sagte Narid.

Ich holte tief Luft und trat von der Tür zurück, bereit,

seinem Speer so gut wie möglich auszuweichen. Ich wußte, daß ich keinerlei Chance hatte, nach meiner Schleuder zu greifen, bevor er ihn warf.

Er sah mich lange an, dann senkte er den Speer und kam auf mich zu. Ich zuckte zusammen, als er mich mit solcher Wucht auf den Rücken schlug, daß ich taumelte und fast gestürzt wäre. »Du legst große Tapferkeit an den Tag, Junge. Ich erkenne, welcher Art deine Gruppe sein muß, wenn sie solche Knaben hat. Ich will keinen Streit mit solchen Männern.«

Meine Beine gaben nach vor Erleichterung, aber irgendwie trugen sie mich ins Innere. Vielleicht hatte er mich lediglich auf die Probe gestellt; vielleicht waren seine Worte so leer wie meine. Wir schritten auf den Altar zu. »Wird dein Kamerad einen Friedenspakt mit mir schließen?« fragte er.

»Ich schwöre, daß er das tun wird und daß du nichts von ihm zu befürchten hast«, antwortete ich.

»Dann werde ich dir gegenüber ein Friedensgelübde ablegen, und wenn ich zu meiner Gruppe zurückkehre, werde ich ihnen berichten, daß sie euch nichts antun dürfen, solange ihr durch unser Gebiet reist.« Wir legten die Gelübde vor Hekates Abbild ab, und dann begab sich Narid zu einer Liege. Ich merkte, daß er im Begriff war, sich einen Reif aufzusetzen. Er sah mich an, da ihm meine Besorgnis offensichtlich nicht entging.

»Was ist los, mein Junge?«

»Nichts.« Er kannte mich nur als einen Jungen namens Bannweber; er konnte mich nicht verraten. Ich entfernte mich von ihm und ließ mich neben der Tür nieder, um zu warten.

Narid sprach kaum mit mir, und ich hielt mich von ihm fern, indem ich die Pferde tränkte und Holz sammelte. Er ließ sich vor der Tür nieder und säuberte und schärfte seine Waffen, während er Ausschau hielt. Arvil, das wußte ich, war bestimmt auf der Hut, wenn er sich dem Heiligtum näherte, aber wenn er mich unbewaffnet im Freien sähe, wüßte er, daß ich mit dem Fremden einen Friedenspakt geschlossen hatte.

Er kam am Nachmittag mit zwei Enten zurück; er und Narid gingen ins Innere des Heiligtums, um den Friedenspakt zu schließen. Die beiden redeten bald unbekümmert miteinander, während sie die Enten rupften; ich trug Holz zum Feuer und blies in die Glut, um Flammen zu entfachen.

Die abendliche Luft war kühler; Narid rieb sich die Hände und wärmte sie am Feuer. »Ich kam von einer Enklave hierher«, sagte er. »Es war das zweite Mal, daß ich berufen wurde, aber trotzdem ist mir noch kein Knabe übergeben worden. Ich bete darum, daß ich bald einen bekommen werde.«

Narids Erzählung, die von Abschweifungen und Geschichten über die Heldentaten seiner Gruppe nur so strotzte, enthüllte schließlich, daß er beinahe zwei Monate unterwegs gewesen war, um eine Enklave zu erreichen. »So groß ist die Entfernung?« fragte Arvil.

»Das ist nicht so schlimm, wie es vielleicht scheinen mag. Eine Gruppe, mit der wir einen Friedenspakt haben, hat ihr Lager etwa zwanzig Tagesreisen südlich, und ich ging mit ihnen auf die Jagd, bevor ich meinen Weg fortsetzte. Am schlimmsten ist es während der kalten Jahreszeit, wenn man nicht so leicht Nahrung findet, aber bis dahin hatte ich meine Reise bereits hinter mich gebracht.«

»Es wäre mühsam, auf einer so langen Strecke einen Knaben mitzubringen«, sagte Arvil.

»Ein Knabe muß früh zeigen, aus welchem Holz er geschnitzt ist. Einer, der einen Knaben bei sich hat, könnte eine Weile bei dieser anderen Gruppe bleiben und ihm ermöglichen, einiges zu erlernen, bevor sie weiterwandern. In dieser Jahreszeit pflegt sich meine Gruppe auf den Weg nach Süden zu machen, wobei sie durch dieses Gebiet kommt; es ist also gut, daß ihr einen Friedenspakt mit uns geschlossen habt. Die andere Gruppe wird nach Norden ziehen, um sich mit uns zusammenzutun. Wir werden gemeinsam bis zum Sommer jagen, bis es Zeit ist, zu unseren Lagern zurückzukehren und uns auf die kalte Zeit vorzubereiten. Es reicht für uns alle, hier leben nur wenige Männer. Deshalb haben wir uns dafür entschieden, uns hier niederzulassen, so weit entfernt von der Enklave. Aber jetzt habe ich genug über mich selbst erzählt. Laßt mich hören, was euch an diesen Ort geführt hat, denn es gibt nur wenige, die von der anderen Seite des Walls hierher kommen.«

»Wir haben gehört«, sagte Arvil langsam »daß es Gruppen östlich von hier gibt, in der Nähe eines großen Sees, die eine heilige Vision gehabt haben. Weil unser Häuptling nach Heiligkeit strebt, hat er uns beauftragt, den Wahrheitsgehalt dieser Geschichte zu überprüfen.«

Narid wandte den Kopf zu Arvil um; Zorn flackerte in seinen Augen auf. »Ihr werdet im Osten keine Heiligkeit finden«, murrte er.

»Ich habe gehört, daß die Männer am See von solch einer Erscheinung wissen und daß sie nicht weit von hier leben sollen. Hat der Mann, der mir das berichtet hat, Falsches ausgesagt?«

Narid stand auf. »Jetzt wünschte ich, ich hätte keinen Friedenspakt mit euch geschlossen, Arvil und Bannweber. Es wäre besser für euch gewesen, hier zu sterben, als euch in ein Gebiet zu begeben, wo ihr nur vom Pfad der Göttin abweicht.«

Er stapfte um das Feuer herum, verzog das Gesicht und fuchtelte mit den Armen; für mich bot er einen furchterregenden Anblick. Arvil machte eine Handbewegung in Richtung des Mannes. »Bitte erzähl uns, was du weißt, Narid. Was wir von dir erfahren, schützt uns vielleicht gegen Unfrömmigkeit. Ich habe gehört, daß die Männer, die am See wohnen, keinem Fremden etwas zuleide tun, der sich ihnen in friedlicher Absicht nähert, und daß die heilige Erscheinung der Herrin dort gesehen wurde. Mehr weiß ich nicht. Ich würde gern hören, was du dazu zu sagen hast.«

Narid setzte sich und starrte das bratende Federvieh an, als ob sein Hunger mit dem Wunsch, sich von uns zu entfernen, im Widerstreit läge. »Werdet ihr nicht umkehren?« fragte er.

»Ich kann nicht umkehren«, antwortete Arvil. »Was immer dort sein mag, ich muß es mit eigenen Augen sehen, bevor ich zurückkehre.«

»Vielleicht kehrt ihr niemals zurück. Solltet ihr wirklich diese törichte Reise fortsetzen wollen, müßt ihr euch für einen Sonnenaufgang und einen Sonnenuntergang Richtung Süden halten, dann kommt ihr in eine Gegend, wo die Bäume nicht so dicht stehen. Von dort wendet euch nach Osten, wo die Eichen die Tannen ablösen. Ich weiß nicht, wie weit es von dort aus noch ist, denn weiter bin ich nie gekommen.«

Arvil nickte. »Ich danke dir für diese Auskunft, Narid. Ich würde als Gegenleistung gern unser Mahl mit dir teilen, und wir werden dir etwas von unserem Trockenfleisch mitgeben, damit du schneller zu deinem Lager zurückkehren kannst, ohne unterwegs jagen zu müssen.« Narid musterte ihn mißtrauisch. »Ich schwöre dir, daß ich an deine Worte denken und mich nicht zur Unfrömmigkeit hinreißen lassen werde. Aber ich wüßte gern, warum das Gerede über diesen See dich so sehr wütend macht.«

»Das ist so«, begann Narid seine Geschichte. Vor langer Zeit, bevor Narid aus einer Enklave geholt worden war, war seine Gruppe nach Osten gezogen. Sie war in eine Gegend mit gefällten Bäumen und Baumstümpfen geraten, eine Land, das die Narben des Frevels trug, wo seine Gruppe auf einen großen Nomadenstamm stieß. Viele kamen bei der Auseinandersetzung ums Leben; die übrigen flohen in ihr Heimatland zurück, und ihr Zorn auf die Bewohner des Osten wuchs, denn sie hatten keine Möglichkeit, sich bei den Nomaden für die verlorenen Leben zu rächen. Seine Erzählung war reichlich mit Flüchen durchsetzt, aber wenn ich es richtig verstand, war seine Gruppe von jenen Männern angegriffen worden, von denen Ilf behauptet hatte, sie würden Fremden friedfertig gegenübertreten.

»Meine Gruppe hat von einem Reisenden über diese Erscheinung gehört, nach der ihr auf der Suche seid«, fuhr Narid fort, »doch er konnte wenig darüber sagen, nur daß es am See ein Lager gibt, das nur wenige Männer zu Gesicht bekommen und das keiner, der es jemals betritt, je wieder verläßt. Es wird berichtet, daß dort die Vision erschienen ist, aber er konnte uns nichts Näheres darüber sagen. Ich halte das Ganze für eine Lüge, die sich die Gruppen am See ausgedacht haben, um den anderen Angst einzujagen.«

Was konnte es mit dieser Geschichte auf sich haben? Ich wußte nicht, ob ich Hoffnung oder Angst empfinden sollte. »Hat deine Gruppe sich dem See in friedvoller Absicht genähert?« wollte Arvil wissen.

»Es wird berichtet, daß dieses Land von Unfrömmigkeit gekennzeichnet ist, daß die Männer dort nicht so leben, wie es sich ziemt. Wir könnten solchen Männern niemals friedlich begegnen, und ohne Friedenspakt sollte eine Gruppe jenen, die schwächer sind, so viel wie möglich wegnehmen. Es waren erst nur wenige, aber auf einmal waren es viele, mehr, als meine Gruppe zählen konnte, und der Hüter meines Hüters gehörte zu den Gefallenen.« Narid spuckte auf den Boden. »Jetzt verstehst du, weshalb du meinen Zorn angestachelt hast. Ich habe mit euch einen Friedenspakt geschlossen, und ihr seid unterwegs zu den Männern, die innerhalb meiner Gruppe Leben gefordert haben.« Er lächelte bösartig. »Aber ich werde meinen Zorn mit einem Gedanken kühlen – sie nehmen wahrscheinlich auch euch das Leben.«

»Vielleicht tun sie zwei Reisenden, die lediglich die

Kunde von ihrer Vision hören wollen, nichts an.« Arvil klang nicht sehr überzeugt.

»Ich habe einen Friedenspakt mit euch geschlossen, so sehr ich mich auch dafür verfluche, denn ich hätte euch beide erschlagen können; jetzt aber sind wir durch einen Eid verbunden. Man hört, daß einige Männer nach Osten gehen. Man hört, daß kaum einer zurückkehrt. Man hört, daß selbst die Herrin die Augen von dem abwendet, was jenseits des Sees liegt.« Er vollführte mit einer Hand eine Bewegung und machte das Zeichen der Göttin. »Ihr solltet inbrünstig beten, bevor ihr dieses Heiligtum verlaßt, denn ihr werdet den Schutz der Herrin brauchen.«

Narid schmollte schweigend, bis Arvil ihm etwas zu essen reichte; er musterte es mürrisch, bevor er es annahm. »Kann schon sein«, sagte Arvil, »daß wir gar nicht zum See gehen. Ich werde über deine Warnung nachdenken, und ich erwäge eine Umkehr.« Ich wandte das Gesicht ab, denn ich wußte nicht, ob Arvil Narid lediglich nach dem Mund redete oder ob ihm die Geschichte Angst eingejagt hatte.

Narid entspannte sich ein wenig, und bald erzählte er uns Geschichten von den Geistern im Wald, die sangen, wenn der Wind die Tannenwipfel bewegte, von der Freude, die die Göttin bei ihrem Gesang empfand, und davon, wie der erste Baum zu Anbeginn der Zeit erschienen war. Ich hörte kaum zu, nahm kaum zur Kenntnis, was er sagte, während ich mich im stillen besorgt fragte, was Arvil vorhaben mochte.

In dieser Nacht schliefen wir im Heiligtum; Narid hatte gesagt, es bestünde keine Veranlassung, Wache zu halten. Er war weg, als wir aufwachten, und wir stellten fest, daß er nichts von uns mitgenommen hatte, nicht einmal das Trockenfleisch, das Arvil ihm versprochen hatte.

Arvil

Narids Gerede darüber, daß nur wenige Männer aus dem Osten zurückkehrten, konnte mich nicht erschrecken. Birana und ich konnten sowieso nicht zurückkehren, was auch geschehen mochte. Was mir jedoch Sorgen machte, war die Geschichte darüber, was seiner Gruppe widerfahren war. Ilf hatte gesagt, daß die Männer vom See Fremden nichts zuleide tun würden, aber Narid wußte mehr über sie als Ilf, und er fürchtete sie. Ich redete mir ein, daß Narids Gruppe nicht mit friedlichen Absichten zum See gekommen war, daß sie sich die Schuld an ihren Toten selbst zuzuschreiben hatte. Ich dachte an die Vision und ihre mögliche Bedeutung und an Biranas Hoffnung auf eine Zufluchtsstätte.

»Was sollen wir tun?« fragte Birana, als wir das Heiligtum verlassen hatten.

»Du mußt sagen, was wir tun sollen. Willst du das Risiko eingehen und zu diesem See ziehen? Vielleicht ist eine von deiner Sorte dort aufgetaucht, und vielleicht wissen jene Männer, wo du außer Gefahr bist, das Ganze kann aber auch einfach nur ein Märchen mit einem winzigen Wahrheitsgehalt sein.«

»Ich weiß jedenfalls eines«, sagte sie, während sie ihre Habe zu Flamme trug. »Wenn es eine erreichbare Zufluchtsstätte gibt, dann liegt sie irgendwo im Osten. Wir müssen weiterziehen.«

Ich berührte sanft ihren Arm. Während der letzten Tage war ich ihr nicht mehr so nahe gekommen. Ich ließ die Hand auf ihrem Arm liegen; sie zog ihn nicht zurück. Dann fiel mir ein, was sie gesagt hatte, nämlich daß mein Verlangen nach ihr für sie Leiden und Tod zur Folge hätte. Meine Hand sank herab. »Ich habe nicht gehört, wie du mit Narid den Friedenspakt geschlossen hast, obwohl er sagte, du hättest tapfer gesprochen.«

Ich versuchte, nicht zu lächeln, als sie mir erzählte, wie sie seinen Drohungen entgegengetreten war, wie sie ihn herausgefordert hatte, sie außerhalb des Heiligtums zu töten. »Auf seiner Seite war nur Bluff und Großspurigkeit«, sagte sie.

Daraufhin wurde ich ernst. »Das stimmt nicht, Birana. Er hätte seinen Drohungen Taten folgen lassen können, während du das nicht gekonnt hättest. Es kann gut sein, daß nur seine Erschöpfung dich vor ihm gerettet hat, nicht deine tapferen Worte. So mutig du auch bist, du hast zuviel aufs Spiel gesetzt.«

»Selbst wenn er mich umgebracht hätte, wärest du in Sicherheit gewesen. Er hätte gesehen, was ich bin, und danach wäre er für dich kein schwieriger Gegner mehr gewesen. Er hätte geglaubt, ein Fluch laste auf ihm; vielleicht hätte er den Tod daraufhin begrüßt.«

Ich trat näher zu ihr. »Liegt dir so viel an mir, daß du mich auf diese Weise retten wolltest?«

»Ich könnte niemals… ohne deine Hilfe hätte ich ohnehin nicht lange überlebt.« Sie wandte den Blick ab, bevor sie sich auf Flamme schwang, und ich wußte, daß sie andere Dinge unausgesprochen gelassen hatte. Mein Herz machte einen Freudensprung.

Am Abend kamen wir in hügeliges Gelände, wo hohes Gras wuchs und wo die Wälder im Osten von viel Weideland umgeben waren. Birana holte Brennholz vom Waldrand, während ich Steine suchte, um eine Feuerstelle einzugrenzen. Was Narid auf seine weitschweifige Art über diese Gegend erzählt hatte, sagte mir, daß wir uns nicht vor Menschen zu fürchten brauchten, und das Feuer würde andere Lebewesen fernhalten.

Es war wieder kalt geworden, und wir zogen unsere Schaffelljacken an. Aus Holz und meinem alten Umhang baute ich uns einen Unterschlupf, dann streckte ich mich am Boden aus. Birana kroch hinaus und legte sich einige Schritte entfernt nieder.

»Ich habe diesen Schutz nicht nur für mich gebaut«, sagte ich.

»Ich kann genausogut hier schlafen.«

»Die Nacht wird kalt werden. Es wäre uns beiden wärmer, wenn wir beieinander liegen würden.«

Sie richtete sich auf. »Nein.«

»Meinst du, ich hätte vergessen, was du mir gesagt hast? Ich möchte nur Wärme, sonst nichts.«

Sie kam zurück und legte sich neben mich. Ich schob mich zu ihr hin, bis meine Brust ihren Rücken berührte. Sie straffte sich, wich jedoch nicht zurück. Ich legte ihr einen Arm über der Jacke um die Taille.

Sie protestierte nicht, sondern ließ auch dieses geschehen. Meine Seele jauchzte über diesen Triumph, und dann fiel mir ein, daß es möglicherweise Zärtlichkeiten zwischen uns beiden geben könnte, ohne daß mein Samen in sie eindrang. Mein Glied wurde steif, als ich an die Berührung der Geist-Frauen dachte, daran, wie ihre Hände mich gestreichelt hatten, wie die meinen über ihre Körper gewandert waren. Es war die Vereinigung mit ihr, die ihr Leid bringen würde, nicht meine Berührung.

Ich hatte Mühe, derlei Gedanken aus meinem Kopf zu verbannen. Wahrscheinlich hätte ich noch größere Mühe gehabt, mich zu beherrschen und mich nicht mit ihr zu vereinigen, wenn wir Zärtlichkeiten ausgetauscht hätten. Ich riß mich zusammen, und schließlich brachte mir die Erschöpfung den Schlaf.

Währen des Reitens zeigte ich Birana verschiedene Pflanzen und erklärte ihr, welche eßbar waren. Ich stellte fest, daß Kermesbeeren und Löwenzahn Pflanzen waren, die Birana früher verachtet hatte.

»Wenn wir so etwas in der Stadt finden«, sagte sie, »und das geschieht immer noch manchmal, dann reißen die Personen, die für die Gärten verantwortlich sind, sie heraus und werfen sie weg.« Das erschütterte mich, diese Vorstellung, daß ihresgleichen Pflanzen wegwarfen, von denen sie sich hätten ernähren können. Ihre Magie erschien mir immer größer, je mehr ich über sie erfuhr, während sie selbst mir immer weniger Furcht einflößten. Ihre Kraft beruhte allein auf ihrer Magie – darauf und auf der Macht, die sie über das Leben ausübten.

Biranas Augen wurden traurig, als sie von der Enklave erzählte. Welche Gefühle für mich ich auch in ihrer Seele erweckt haben mochte, sie hätte sie sofort vergessen, wenn sie wieder in ihre Heimat hätte zurückkehren können. Sie suchte nach einer Zuflucht. Ich fragte mich, ob es für mich eine Zuflucht ohne sie geben konnte. Wenn sie eine finden würde, wäre darin womöglich kein Platz für mich.

Wir hätten in diesem Gebiet bleiben können, durch das wir zur Zeit ritten. Ich hätte eine Vereinbarung mit Narids Gruppe treffen können, die uns gestattet hätte, getrennt von ihnen zu leben, damit sie Biranas wahre Natur nicht entdeckten. Ich könnte sie davon überzeugen, daß meine Gruppe, die nur in meiner erlogenen Geschichte existierte, uns nicht nach Osten folgen würde, und er wäre zufrieden, wenn wir die Unfrömmigkeit nicht länger anstrebten. Mit unseren Pferden könnten wir dieser Gruppe und der anderen, mit der sie sich gelegentlich zusammentat, nützlich sein, und ich könnte Birana das Jagen und Spurendeuten beibringen. Wir wären hier so sicher wie nur irgendwo. Vielleicht war das die beste Zufluchtsstätte, die wir finden konnten.

Ich träumte davon, sprach es Birana gegenüber jedoch nicht aus. Ich fürchtete, daß sie, wenn sie zu der Ansicht käme, es gäbe keine andere Zuflucht als diese, den Willen zum Weiterleben verlieren würde. Wir mußten uns zu dem See begeben, was immer uns dort erwarten mochte.

Ich zählte die Tage unserer Reise, und am siebten hatten wir noch immer kein Anzeichen des Sees entdeckt. Wir waren jedoch in eine dichter bewaldete Gegend gekommen, wie Narid es berichtet hatte. Riesige Eichen standen zwischen den hochaufragenden Nadelbäumen. Die Tage waren kälter geworden, wie es im Frühling normal ist, bevor die sommerliche Wärme den Bann des Nordens vertreibt, und von Zeit zu Zeit entließen die Wolken ihren Regen.

Manchmal wehte eine kräftige Brise, und die Bäume verstreuten ihren Samen und wogten im Wind, der ihre Äste schaukelte. Ihre Samen fielen rings um uns herab, blieben am Boden liegen und würden Wurzeln schlagen. Seit ich die Wahrheit von Birana erfahren hatte, betrachtete ich diese Bäume mit anderen Augen. Eine Geschichte, die Narid erzählt hatte, fiel mir wieder ein.

Zu Anbeginn der Erde war der erste Baum gesprossen und hoch gewachsen. Beim Anblick des Bodens unter seinen Wurzeln wurde der Baum steif vor Begierde. Der Geist der Erde und die Herrin liebkosten ihn, und Ihr Boden nahm seine Wurzeln freudig auf und erweckte in ihm ein so starkes Verlangen nach Ihr, daß um ihn herum eine Rinde wuchs und ihn steif hielt. Leidenschaft erfüllte den Baum, und er verstreute seinen Samen, damit er vom Wind weggetragen wurde, doch wie die Männer von der Herrin Knaben bekommen, so wuchsen andere Bäume rund um den ersten herum und bildeten seine Gruppe.

Die Erde nahm den Samen der Bäume auf, wie die Weibchen anderer Lebewesen den Samen ihrer Männchen aufnehmen. Doch die menschlichen Männer, die Böses verbrochen hatten, hatten ihren Samen sorglos vergeudet und ihn in lange zurückliegender Zeit verloren. Kein neues Leben entsprang uns, und das war Teil der Bestrafung, aber in einem weit entfernten Wald, so hatte Narid erzählt, wartet der erste Baum und verstreut noch immer seinen Samen, und wenn die Männer sich der Sühne genähert haben, wird der Samen des ersten Baumes auf sie fallen und auch ihren Samen wiederherstellen.

Narid hatte in der Geschichte nichts weiter gesehen, als daß Bäume, wie die anderen Geschöpfe um uns herum, lediglich ein weiteres Zeichen dafür waren, was wir verloren hatten. Doch jetzt, da die Eichen über Birana und mir wogten, sah ich sie als Zeichen dafür, was ich immer noch war. Die Männer hatten ihren Samen noch, und Biranas Artgenossinnen nahmen ihn uns weg. Die Zweige, die über uns schwankten, erinnerten mich an Bilder, wie Männer vor anderen Männern, die sie liebten, tanzten, von geisterhaften Erscheinungen, die einen Mann lockten. Die Frauen hatten uns nicht unseres Samens beraubt, sondern den ihren vor uns verborgen.

All diese Gedanken erregten mich nur noch mehr, und ich würde von Birana nichts anderes bekommen als die Wärme ihres Körpers während des Schlafs. Ich senkte den Blick zu Boden, weg von den Zweigen oben.

Schließlich entdeckten wir Anzeichen von Bewohnern.

An einem Bach, der durch einen Wald floß, sah ich, daß Männer Wurzeln ausgegraben und Pflanzen gesammelt hatten. Birana warf einen Blick auf ihren Kompaß, und wir ritten weiter. Bald stießen wir auf einen Pfad, der sich zwischen den Bäumen hindurchschlängelte, eine Spur, die von Männern hinterlassen worden war. Wir ritten nicht auf dem ausgetretenen Pfad, sondern behielten ihn lediglich im Auge, während wir uns nach Osten weiterbewegten und uns zwischen den Bäumen verbargen.

Während des Reitens glaubte ich zu spüren, daß mich Augen verfolgten, doch wenn ich mich umsah, entdeckte ich niemanden. Ich war sicher, daß wir beobachtet wurden, doch außer dem Gezwitscher der Vögel hörte ich keinen Laut.

»Ich komme in friedlicher Absicht«, rief ich in der heiligen Sprache. Birana sah mich verdutzt an, denn sie hatte offenbar nichts gespürt. »Wir führen nichts Böses im Schilde. Das schwöre ich im Namen der Herrin.« Wir begaben uns wieder zu dem Pfad und folgten ihm. Wenn uns jemand beobachtete, war es sinnlos, uns weiterhin zu verstecken.

Dann kamen wir zu einer Stelle, wo Baumstümpfe zwischen noch lebenden Bäumen standen und wo die Rinde von anderen abgeschält worden war. Ich schnupperte die Luft und wußte, daß wir uns in der Nähe von Wasser befanden.

»Ich komme in friedlicher Absicht«, rief ich erneut.

Ein Pfeil zischte an uns vorbei und blieb in einem Baumstamm vor uns stecken. Flamme scheute, während sich Birana an ihren Zügeln festklammerte.

»Stehenbleiben!« schrie eine Stimme in der heiligen Sprache, bevor ich handeln konnte. Der Mann war durch die Bäumen verborgen, doch es schien, als wäre er über uns.

»Seid ihr zwei allein?« rief eine Stimme hinter mir.

»Wir sind allein«, antwortete ich, »und wir kommen in friedlicher Absicht. Ich schwöre es.«

»Wenn das so ist«, sagte die erste Stimme, »dann laßt alle Waffen fallen, die ihr bei euch tragt, und steigt von den Tieren, die euch tragen. Wenn ihr es nicht tut, werdet ihr hier sterben.« Die heilige Sprache klang aus dem Mund des Mannes sehr seltsam. Ich erinnerte mich daran, was Birana mir erzählt hatte, nämlich daß die heilige Sprache an verschiedenen Orten unterschiedlich gesprochen wurde. Dieser Mann dehnte die Worte in die Länge und verschluckte die Endungen.

Wir mußten gehorchen. Birana und ich warfen die Speere und Messer, die wir bei uns trugen, zu Boden und stiegen ab. Ich stand angespannt da und wartete darauf, daß die nächsten Pfeile heranzischen würden. Ein kleiner Beutel flog an meinem Gesicht vorbei. Ich hob ihn auf, öffnete ihn und sah ein kleines Stück Trockenfisch. Sie würden uns nichts zu essen anbieten, wenn sie vorhätten, uns umzubringen.

»Führt eure Tiere auf diesem Pfad weiter«, befahl die erste Stimme. »Denkt daran, daß ihr dem Zorn unserer gesamten Gruppe ausgesetzt seid, falls ihr Böses gegen uns im Schilde führt.«

Wir führten die Pferde weiter. Während wir dahinschritten, hörte ich, wie die Männer hinter uns von den Bäumen herabkamen, in denen sie sich versteckt gehabt hatten, wagte jedoch nicht, mich umzudrehen. Vor uns war von weiteren Bäumen die Rinde abgeschält worden, und weitere Baumstümpfe ragten aus dem Boden. Ich hatte noch nie gesehen, daß Männer so deutliche Spuren in einer Landschaft hinterlassen hatten, und fragte mich, wie viele dieser Gruppe wohl angehören mochten. Ich spürte allmählich unsere Hilflosigkeit. Die Männer hatten die Geste des Essenanbietens vollführt, hatten uns jedoch keinen Friedenspakt versprochen.

Bald darauf erreichten wir eine Stelle, wo viele Bäume gefällt worden waren, und ich sah eine lange, aus Steinen und Erde errichtete Mauer. Dahinter lag der See; er war so groß, daß er den gesamten Horizont einzunehmen schien; ich sah im Osten, wo der See an den Himmel stieß, kein Ufer. Zehn Männer standen an der Mauer. Vier hielten Speere in den Händen, währen die anderen, alle mit bartlosen Gesichtern wie Knaben, Bogen bei sich trugen. Zwei von ihnen standen zu beiden Seiten des Durchgangs, der durch die Mauer führte.

Ich drehte mich um. Zwei weitere Männer waren hinter uns und trugen die Waffen, die wir fallengelassen hatten. Sie waren dunkelhaarig, bartlos und beinahe so groß wie ich. Einer von ihnen deutete auf den Durchgang. »Tretet ein in unser Lager!« befahl er.

Wir führten unsere Pferde durch die Mauer, und ich hätte fast laut nach Luft geschnappt, als ich sah, was dahinter lag. Das Land war gesäubert worden, und Männer arbeiteten zwischen geraden Pflanzenreihen, wo grüne Keime soeben zu sprießen begannen. Ein Weg führte an diesen Pflanzen vorbei zu Behausungen, runden Gebäuden, die aus aufrecht im Boden steckenden Baumstämmen errichtet worden waren. Ich betrachtete die Männer an der Mauer sowie diejenigen, die arbeiteten, und diejenigen, die bei den Behausungen standen, und wußte, daß diese Gruppe so groß war wie die von Wahrheitssager, bevor die Herrin sie vernichtet hatte.

Die beiden Männer, die unsere Waffen trugen, gingen vor uns her und führten uns zu einer weitläufigen Lichtung, die von den Behausungen gesäumt war. In der Mitte des Lagers brannte kein Feuer, doch aus Öffnungen in den Dächern der Hütten stieg Rauch auf. Eine der Hütten, die kleiner war als die anderen, stand getrennt von den anderen, näher an der Mauer. Ich fragte mich, wer dort wohl wohnen mochte, dann schweifte mein Blick zum See, wo andere Männer in zwei schwimmenden Fahrzeugen aus Holz und Baumrinde über das Wasser glitten. Ein weiteres Wasserfahrzeug lag am Ufer unter uns.

Dies war das reichste Lager, das ich jemals gesehen hatte. Der Anblick der Männer und ihrer kräftigen Körper verriet mir, daß sie selbst nach den Entbehrungen des kürzlich überstandenen Winters nicht unter Hunger litten. Das, so dachte ich, war vielleicht der Grund, warum so wenige aus dem Osten zurückkehrten; kein Mann verließ gern solchen Wohlstand. Aber vielleicht waren andere Reisende hier auch zu Tode gekommen. Vielleicht wollten diese Männer nicht teilen, was sie besaßen.

Wir wurden über die Lichtung zu einer bestimmten Stelle am Ufer geführt, unterhalb der Hütten. »Ihr könnt euch hier ausruhen«, sagte einer der Männer. Jetzt sah ich, daß er, obwohl er keinen Bart trug, älter war, als es zunächst den Anschein gehabt hatte.

»Schlagt euer Lager hier auf. Ihr könnt Wasser aus dem See schöpfen und eure Pferde an diesen Bäumen hier festbinden. Ich werde meinen Schützling schicken, damit er sich um euch kümmert.«

»Wir danken euch für eure Freundlichkeit«, sagte ich.

Er hielt mein Metallmesser hoch, untersuchte die Klinge und warf es dann zusammen mit unseren anderen Waffen uns vor die Füße. »Das könnt ihr behalten. Ich glaube nicht, daß ihr so töricht seid, damit gegen irgend jemanden hier vorzugehen.«

Er und sein Begleiter verließen uns und gingen den sanften Hang hinauf zu den Hütten. Als ich mich umsah, bemerkte ich, daß die Mauer dieses Lager ringsum eingrenzte und sich zu beiden Seiten bis fast zum Ufer erstreckte. Wir konnten nicht entkommen, ohne von den Männern gesehen zu werden.

Wir ließen die Pferde trinken, dann banden wir sie an den Bäumen fest. Als ich einen Unterschlupf aus Stöcken gebaut und Tals alten Umhang und meinen eigenen darüber ausgebreitet hatte, kam ein Junge mit einem Sack zu uns. Er setzte seine Last ab und verneigte sich leicht.

»Seid gegrüßt«, sagte er. »Ich heiße Tulan.« Er blinzelte mich mit seinen schwarzen Augen an, während er einen aus Schilf geflochtenen Korb aus dem Sack holte. »Habt ihr Fleisch in euren Packtaschen?«

Ich nickte.

»Dann werde ich euch lediglich das hier zum Essen dalassen.« Er nahm den Deckel von dem Korb, dann warf er einen Blick auf die Pferde. »Ich habe einiges über Pferde gehört. Vielleicht schmeckt ihnen das.« Er zog einen großen Tontopf aus dem Sack und reichte ihn mir. Ich hob den Deckel und sah einen wäßrigen Getreidebrei.

»Wir danken dir«, sagte ich.

»Keine Ursache.«

Keine Ursache – wenn man Fremde mit Essen versorgte und sogar auch noch deren Pferde fütterte? Seine Großzügigkeit bereitete mir Unbehagen. Der Junge setzte sich, und nach einem kurzen Augenblick ließen wir uns vor ihm nieder.

»Ihr seid sehr freundlich zu Fremden, Tulan«, sagte ich.

»Wer mächtig und gesegnet ist, kann leicht freundlich sein.« Er grinste, und sein Lächeln hatte etwas Gewinnendes. »Wie heißt ihr?«

»Ich bin Arvil. Mein Begleiter heißt Bannweber, weil er sich ein wenig mit der Kraft des Geistes auskennt. Ich würde dir gern ein paar Fragen stellen.«

»Deshalb bin ich hier, um sie zu beantworten.«

»Es wäre nett, wenn du etwas langsamer sprechen würdest«, sagte ich, »denn selbst die heilige Sprache hört sich aus deinem Mund für mich fremdartig an. Wie viele Männer und Knaben gehören deiner Gruppe an?«

Tulan streckte zweimal die Finger beider Hände aus, dann noch einmal, dann wieder und wieder, bis er mir elfmal die Finger vorgehalten hatte. »Das ist eine sehr große Gruppe«, murmelte ich.

»Stimmt, und wir haben Friedenspakte mit anderen Gruppen am See geschlossen, die aus ebenso vielen Männern bestehen.«

»Ihr besitzt viel, und wie ich sehe, seid ihr in der Lage, es gegen andere zu schützen, die es vielleicht begehren.«

»Das ist richtig«, bestätigte er, »und jede der Gruppen am See hat sich verpflichtet, die anderen zu schützen und an ihrer Seite zu kämpfen, wenn eine von ihnen angegriffen wird.«

Dieser Teil von Ilfs Geschichte entsprach also der Wahrheit. Ich hätte den Jungen liebend gern nach der Vision und ihrer Bedeutung gefragt, doch ich hielt mich zurück.

»Ich soll euch ausrichten«, fuhr Tulan fort, »daß ihr

solange hierbleiben sollt, bis die Zeit gekommen ist, daß andere mit euch sprechen. Wenn ihr euch erleichtern müßt, begebt euch dorthin.« Er deutete auf eine Grube, die durch mehrere Büsche abgeschirmt war. »Ich bringe euch Nahrung. Die anderen werden erst mit euch sprechen, wenn wir mehr über euch erfahren haben.« Er beugte sich vor. »Wenn ihr zu Fuß gekommen wärt, hätten wir euch bereitwilliger empfangen, aber wir haben einige schlimme Geschichten über diejenigen gehört, die Pferde gezähmt haben.«

»Einige dieser Geschichten entsprechen nicht der Wahrheit.«

»Kommen euch andere nach?«

»Niemand kommt uns nach«, gestand ich ein.

Diese Auskunft schien ihn zu erleichtern. »Ich werde euch einiges aus unserem Sagenschatz erzählen.« Ich hatte den Eindruck, daß er sich freute, neue Zuhörer für seine Erzählungen zu haben.

Er gab Geschichten aus lang vergangenen Zeiten zum besten, als Mitglieder dieser Gruppe zum erstenmal an den See gekommen waren. Die Herrin hatte sie in der Gestalt einer Hirschkuh hergeführt, und weil sie eine Gruppe waren, die keine Hirschkühe mit Jungen jagten, sondern nur betagte Böcke und anderes altgewordenes Wild, waren sie mit der Wohltat des Sees belohnt worden. In der Gestalt eines Bären hatte ihnen die Herrin den Fischreichtum des Wassers gezeigt und ihnen beigebracht, Netze und Boote anzufertigen. In der Gestalt einer Gans hatte sie sie zu Schwärmen von Zugvögeln geführt, die auf ihrer Wanderung zum See kamen. In der Gestalt eines Zaunkönigs hatte sie ihnen Pflanzen gezeigt, die dieses Land hervorbrachte, und in einer heiligen Vision war ihnen enthüllt worden, daß man bestimmte Pflanzen anbauen konnte, anstatt sie einfach nur zu sammeln.

Andere Visionen hatten sie mit neuen Künsten bekanntgemacht, und sie hatten alles das gedeihlich betriebən. Sie hatten außerdem erfahren, daß Friedenspakte mit anderen Gruppen, die rings um den See lebten, sie eher stärken als schwächen würden. Obwohl sie sehr weit von der Enklave der Herrin entfernt lebten und tagelange Wanderungen auf sich nehmen mußten, um auch nur zu einem Heiligtum zu gelangen, ehrten sie die Herrin mit allem, was sie taten. Sie unternahmen häufig in kleineren Gruppen Reisen zu weit entfernten Heiligtümern, und Männer aus ihren Reihen wurden oft genug berufen, um neue Knaben zurückzubringen, während sich andere, die aus anderen Gebieten zum See gekommen waren, ihnen anschlossen. Diese letzte Bemerkung erleichterte mich ein wenig.

Ich sah an ihm vorbei und bemerkte, daß einige Männer die Lichtung betreten hatten; sie trugen einen großen Hirsch mit sich, der an Stangen hing, die sie sich über die Schultern gelegt hatten. Tulan wandte den Kopf zu ihnen um. »Die Jäger sind zurückgekehrt«, sagte er.

»Seid ihr nicht alle Jäger?« fragte ich.

Er schüttelte den Kopf. »Solange wir noch Knaben sind, finden die Männer heraus, wer am besten zum Jagen oder Anbauen von Pflanzen oder Fischen oder Herstellen von Werkzeugen geeignet ist.« Er schlug sich auf die Brust. »Ich gehöre zu denen, die jagen werden. Die schwächeren müssen sich um die Pflanzungen kümmern. Wer handwerklich geschickt ist, stellt Werkzeuge her. Aber unser Häuptling wird stets aus den Reihen der Jäger ausgewählt.«

»Ihr alle bildet eine Gruppe«, warf ich ein. »Kann ein Mann denn mehr oder weniger wert sein als ein anderer seiner Gruppe?«

Tulan hob den Kopf. »Habt ihr denn keinen Häuptling, und steht er nicht über den anderen?«

»Sogar ein Häuptling muß seine Männer anhören und ihre Worte erwägen, bevor er handelt.«

Der Junge lächelte. »Unser Häuptling hört nur auf

seine eigene Stimme und erwägt nur die Worte jener um ihn herum, die ihre Stärke unter Beweis gestellt haben; die anderen müssen folgen. Er jagt nicht, fischt nicht, baut keine Pflanzen an und stellt keine Werkzeuge oder Körbe oder Tonwaren her, es sei denn, er verspürt den Wunsch danach, denn seine Aufgabe ist es, andere zu beaufsichtigen und unser aller Anführer zu sein. Wenn er alt wird, muß er einen anderen Häuptling erwählen.«

Ich dachte an Geab. »Und was ist, wenn er keine Lust hat, seinen Platz zu räumen?«

Tulan sah mich erstaunt an. »Er muß. Er weiß, wann die Zeit gekommen ist. Wenn unser Vorbeter stirbt, muß der Häuptling Vorbeter werden und einen neuen Häuptling auswählen. Dann wohnt er in der kleinen Hütte, die abseits von unseren anderen Behausungen steht, und dort betet er den ganzen Tag lang zur Herrin, bis seine Seele uns verläßt. Er verläßt unser Lager nicht mehr, und wir ehren seine Frömmigkeit, denn seine Gebete beschützen uns.«

Ich dachte über alles nach, was er mir erzählt hatte. Die Männer auf dem Plateau hatten einige aus ihrer Gruppe im Kampf mit dem Speer ausgebildet, andere mit dem Bogen, aber in allen anderen Bereichen arbeiteten alle zusammen, soweit ich Bint verstanden hatte. Die Bräuche dieser See-Gruppe waren um einiges sonderbarer und schienen im Widerspruch zu allem zu stehen, das meines Wissens nach für den Verlauf des Lebens eines Mannes maßgebend sein sollte. Wanderer hatte von Orten gehört, wo Männer die Erde beackerten, doch sogar er war niemals einer so eigenartigen Gruppe begegnet.

Die Männer auf der Lichtung weideten den Hirsch aus. Ein anderer Mann trat aus einer der Hütten, und mir klaffte der Mund vor Staunen auf, während ich beobachtete, wie er den anderen mit Gesten etwas mitteilte. Er war der größte Mann, den ich jemals gesehen hatte. Sein Bauch unter der Lederkleidung war fett und kugelrund, und seine Arme erschienen mir dicker als meine Schenkel. Ich deutete mit einer Armbewegung auf ihn. »Ist dieser Riese euer Häuptling?« fragte ich.

Tulan wandte sich um. »So ist es. Du siehst unsere Großartigkeit daran, wie gut wir ihn ernähren.« Er stand auf. »Ihr werdet zur gegebenen Zeit noch mehr erfahren, und wir werden etwas von euch erfahren, wenn die Zeit der Wahrheitssprechung gekommen ist.« Er nahm seinen Sack auf und verließ uns.

Ich schaute in den Korb, den er uns dagelassen hatte, und fand Kermesbeeren, reife Erdbeeren und Spargel. Wir aßen diese Köstlichkeiten zusammen mit dem Trockenfisch und fütterten anschließend die Pferde, die den Getreidebrei genüßlich verzehrten. Nachdem wir getrunken und unsere Trinkschläuche am See neu gefüllt hatten, ließen wir uns unter unserem Schutzdach nieder. Aus dem Lager drangen die Stimmen von Männern herüber, die sich in ihrer Stammessprache unterhielten, während sie sich in ihre Hütten zurückzogen.

Ich schälte die rote Haut von den restlichen Kermesbeeren, zerkaute die Blätter und teilte die Beeren auf, die noch übrig waren. Birana schüttelte den Kopf, als ich ihr eine anbot. »Ich bin satt.«

»Ich kann nicht alle allein essen.«

Sie nahm ein paar an. Ich blickte auf ihren Bauch hinab, der unter der Jacke versteckt war. »Du nimmst vom Essen zu, Birana. Deine Brust wird voller, deine Hüften runden sich.«

Sie senkte den Blick und wich ein wenig zurück. »Ich weiß«, flüsterte sie, obwohl niemand in unserer Nähe war, der sie hätte hören können. »Wenn ich hierbleibe, werden sie bald dahinterkommen, was ich bin.«

Ich legte den Kopf auf die Knie. »Wir haben keine Möglichkeit, uns unbemerkt aus dem Staub zu machen.«

»Wir hätten niemals herkommen sollen.«

In diesem Moment wurde mir bewußt, welche Last sie darstellte. »Wir sind hergekommen, weil du eine Zufluchtsstätte suchst, weil du dachtest, einige deiner Artgenossinnen hätten vielleicht dieses Gebiet entdeckt. Ich sehe hier keine Spur von ihnen, aber dieser Ort könnte trotzdem eine Zuflucht für dich sein. Wenn du diesen Männern deine wahre Natur verrätst, werden sie dir Ehre erweisen und dir dienen; dein Leben würde sich sehr angenehm gestalten, ebenso wie meines.«

»Wenn das nächstemal einer von ihnen in ein Heiligtum geht, könnte er mich verraten. Ich kann sie nicht alle einweihen ...«

»Du hast meiner alten Gruppe erklärt, niemand braucht in ein Heiligtum zu gehen, solange du bei uns bist. Kannst du diesen Männern nicht dasselbe sagen?« Mir wurde heiß vor Wut auf sie. Hier war ein Lager, wo sie in Sicherheit war, wo ich vielleicht neue Freunde fand, und trotzdem träumte sie immer noch von einer Zufluchtsstätte mit ihresgleichen, die es möglicherweise gar nicht gab. Ich hätte sie am liebsten abgeschüttelt, hätte ihr gern eröffnet, daß ich nicht weiterziehen würde.

»Der Junge hat nichts davon erwähnt, daß er jemanden von uns gesehen hat«, sagte sie.

»Vielleicht spricht seine Gruppe über solche Dinge nicht in Gegenwart von Fremden.« Ich konnte immer noch hoffen.

Ich streckte mich unter dem Schutzdach aus. Birana lag neben mir, ihr Arm berührte meinen, und sie suchte meine Nähe, anstatt sie lediglich zu ertragen. Ich umfaßte ihre Hand fest, und spürte ihre Haare an meinen Lippen.

Wir blieben am See, und Tulan brachte uns wieder einen kleinen Korb mit Nahrung. Obwohl Männer auf ihrem Weg zu den Booten bei uns vorbeikamen, erwiderte keiner von ihnen meinen Gruß. Wir sorgten für die Pferde, ritten jedoch nicht, und der Müßiggang ging mir immer mehr auf die Nerven.

Als Tulan am nächsten Tag kam, bedeutete ich ihm, daß er sich hinzusetzen sollte; dann ging ich zu den Pferden und holte das restliche Fleisch, das uns noch geblieben war. Ich brachte es zu dem Jungen und verstaute es in seinem Sack, wobei ich nur eine kleine Menge zurückbehielt, die wir später essen konnten. »Ihr habt mich und Bannweber beschenkt«, sagte ich, während ich mich niederließ. »Also werde ich euch beschenken. Das ist der größte Teil des Fleisches, den wir besitzen, und er sei euch von Herzen gegönnt. Teilt es unter euch auf. Ich bedaure, daß es nicht mehr ist.«

Tulan grinste. »Ich habe den anderen gesagt, daß du ein guter Mensch bist«, platzte er heraus. »Meine Gruppe wird sich sehr über das Verhalten freuen, das du soeben an den Tag gelegt hast.« In diesem Moment wurde mir klar, daß ich damit eine Art Prüfung bestanden hatte.

»Ich möchte dich bitten, uns einen Gefallen zu tun, Tulan. Ich würde gern mit einem eurer Männer sprechen, eurem Häuptling oder einem anderen, der eure Hochachtung genießt.«

Er stand auf. »Ich werde Jerlan holen, meinen Hüter. Er ist einer unserer besten Jäger und ein Mann, auf den selbst der Häuptling manchmal hört.«

Er eilte davon, während Birana mir einen fragenden Blick zuwarf. »Was hast du vor?«

»Du wirst schon sehen«, antwortete ich.

Tulan kehrte schnell mit einem großen, schwarzhaarigen Mann zurück, demjenigen, der uns ins Lager geführt und uns die Waffen zurückgegeben hatte. Wir tauschten Begrüßungen aus, dann sagte ich: »Es ist nicht recht, daß wir von euch nehmen, während wir euch nichts geben. Ich muß die Aufgaben eines Mannes erfüllen, wenn ich bei euch bleiben soll.«

»Und möchtest du bleiben?«

»Wenn deine Gruppe es gestattet. Unsere Gruppe ist tot. Wir haben keine Gruppe. Wir sind weit gereist, um an diesen Ort zu kommen.«

Jerlans dunkle Augen wirkten freundlich, doch ich erkannte auch, daß er ein Mann war, der nicht auf törichtes oder falsches Gerede hören würde. Ich erzählte ihm ein wenig von unserer Reise und der weiten Strecke, die wir zurückgelegt hatten, um an diesen Ort zu gelangen, und während ich sprach, schenkte er meinen Worten immer mehr Aufmerksamkeit. Ich sagte, ich hätte gehört, daß die Männer am See ein frommes Leben führten und Fremde gut behandelten.

Bei dieser Bemerkung nickte er. »Wir sind gut zu jenen, die, wenn die Zeit der Wahrheitssprechung kommt, beweisen, daß sie wertvolle Männer sind. Zu anderen sind wir nicht so gut.« Er schwieg eine Zeitlang, während ich mich fragte, was er wohl mit der ›Zeit der Wahrheitssprechung‹ gemeint haben mochte. »Was habt ihr uns anzubieten außer dem Fleisch, das ihr uns bereits geschenkt habt?«

Ich warf einen Blick auf Birana. »Bannweber ist nicht besonders kräftig«, sagte ich vorsichtig, »aber meine Gruppe schätzte ihn, weil er im Umgang mit Pferden sehr geschickt ist und weil er ein tapferes Herz hat. Er kann einigen von euch das Reiten beibringen, wenn ihr euch nicht zu sehr vor unseren Tieren fürchtet, und vielleicht kann er die Kunst des Pflanzenanbaus von euch erlernen.« Birana hatte den Blick während meiner Rede abgewandt. »Ich kann jagen und wilde Pflanzen sammeln. Ich kann Werkzeuge und Waffen herstellen.« Ich breitete die meinen vor ihm aus.

»Das hier hast du nicht gemacht«, sagte er und nahm mein Messer auf. »Das ist keine Steinklinge.«

»Stimmt, ich habe es nicht hergestellt. Der Mann, dem es gehört hat, ist tot. Ich kann außerdem kämpfen und euch Geschichten aus dem Land im Westen erzählen.«

Bei dieser Bemerkung kräuselten sich seine Lippen. »Wir wissen einiges über den Westen.«

»Kennt ihr das Land jenseits des Walls, jenseits dieser Mauer aus Stein? Kennt ihr die Ebene dahinter? Wißt ihr Bescheid über das Plateau, wo einige Männer sich so weitgehend dem Bösen verschrieben haben, daß sie im Innern von Heiligtümern, auf heiligem Boden, Fremde überfallen?«

Jerlan blickte mich unverwandt an. »Von solchen Dingen haben wir nichts gehört.«

»Ihr werdet zur gegebenen Zeit davon hören, und noch von anderen Dingen.« Ich ließ eine Weile verstreichen, um seine Neugier anzustacheln, dann fuhr ich fort: »Wir können uns auch etwas ausdenken, um unsere Pferde für euch nützlich zu machen. Wie ihr seht, sind sie fähig, Lasten zu tragen, die für einen Mann zu schwer sind. Ich habe gehört, ihr lebt weit weg von Heiligtümern und den Enklaven der Herrin, doch mit diesen Pferden könnt ihr leichter dorthin gelangen.«

»Unsere Art des Reisens stellt unsere Kräfte auf die Probe. Pferde sind nur weitere Mäuler, die gefüttert werden müssen, und sie sind wild und lassen die Menschen ihre Wildheit spüren.«

»Diese Pferde sind nicht wild.«

Er zuckte die Achseln. »Vielleicht ist etwas daran an dem, was du sagst, Arvil. Wir können später über die Pferde sprechen, wenn die Zeit der Wahrheitssprechung vorbei ist.« Er zog die Brauen zusammen. »Wir werden sehen, wie gut du im Jagen bist. Was den Jungen hier betrifft, er kann die Tage sinnvoll ausfüllen, indem er Tulan beibringt, was er über Pferde weiß. Wir werden sehen, welche Art von Männern ihr seid.«

Am nächsten Tag sollte ich mit Jerlan und fünf weiteren Männern auf die Jagd gehen. Es war wieder warm geworden, und Birana hatte ihre Schaffelljacke ausgezogen, um die zu tragen, die ich für sie angefertigt hatte.

»Deine Gestalt ist einigermaßen gut darunter verborgen«, sagte ich.

Sie streckte eine Hand aus. »Arvil, ich habe Angst, allein hier zurückzubleiben.«

»Tulan wird dir nichts antun. Tu, um was sein Hüter dich gebeten hat; zeig ihm, wie man mit Pferden umgeht und was ihre Gewohnheiten sind. Sprich nicht viel mit ihm; laß ihn denken, du bist ein Mann von wenigen Worten.«

Ich folgte Jerlan und den anderen beim Verlassen des Lagers, doch sobald wir außerhalb der Mauer waren, übergaben sie mir die Führung. Sie verrieten mir nichts über das Land oder wo möglicherweise Wild zu finden war, denn sie wollten mein Können auf die Probe stellen. Hirsche würden das verwüstete Land um das Lager herum meiden, und ich hatte die Befürchtung, daß wir, da es hier so viele Menschen gab, uns ziemlich weit weg wagen mußten, um auf Wild zu stoßen.

Während wir uns durch den Wald bewegten, merkte ich mir unsere Position anhand der Stellung der Sonne am Himmel und prägte mir außerdem Zeichen in der Landschaft ein – die schwachen Spuren eines Trampelpfads, eine Schneise im Süden, dichte Büsche mit Beeren in der Nähe eines Dornengestrüpps. Wir waren tief in den Wald vorgedrungen, als ich eine Stelle bemerkte, wo Wild den Weg gekreuzt und unter den Pflanzen geäst hatte. Doch meine Begleiter sagten nichts, als ich diesen Spuren folgte.

Wir kamen zu einem Weiher, der von einem Bach gespeist wurde, und dort wartete ich, überzeugt davon, daß in Kürze Hirsche kommen würden, um zu trinken. Die Männer lauerten schweigend. Als schließlich ein Hirschbock erschien, hob ich den Bogen und zielte, doch ich verwundete das Tier lediglich. Meine Begleiter machten keinerlei Anstalten, mir zu helfen, und ich staunte über den Wohlstand von Männern, die eine solche Gelegenheit, sich Nahrung zu beschaffen, ungenutzt lassen konnten, nur um mich auf die Probe zu stellen.

Ich sprang auf und rannte dem schweißenden Hirsch nach; ich verfolgte seine Spur, bis ich dicht genug an ihn herangekommen war, um meinen Speer zu schleudern. Die Waffe streckte das Tier nieder, und es gelang mir, es vollends zu töten. Jerlan und seine Männer waren mir nachgekommen und ließen sich nieder, um mir zuzusehen, wie ich eine Stelle für ein Feuer säuberte.

Als das Feuer lichterloh brannte, begann ich mit dem Ausweiden. Es war inzwischen dunkel geworden, als ich meine Arbeit beendet hatte und eine Hinterkeule über dem Feuer briet. Ich setzte mich und wartete, daß irgend jemand etwas zu mir sagen würde.

»Du könntest dich vielleicht als Jäger eignen«, sagte Jerlan. »Du kannst jetzt an unserer Mahlzeit teilnehmen. Wir werden hier schlafen und morgen früh zum Lager zurückkehren.«

Das gebratene Fleisch stellte einen Teil meiner Kraft wieder her. Ich war wieder mit einer Gruppe zusammen und spürte mit einemmal, wie sehr ich die Gesellschaft anderer Männer vermißt hatte. »Wir wollen dich nicht nur als Jäger, sondern auch als Erzahler von Geschichten über dein Land«, fuhr Jerlan fort. »Erzähle uns jetzt gleich etwas, während wir essen. Erzähle uns die Geschichten über die vom Bösen Besessenen, die in einem Heiligtum Gewalttaten begingen.«

Die anderen Männer murrten. »Solche Männer würden niemals ungestraft davonkommen«, flüsterte einer und machte ein Zeichen gegen das Böse.

»Arvil hat mir gesagt, daß er etwas über solche Männer weiß.«

»So ist es«, bestätigte ich. Als ich mich bereit machte, mit der Geschichte zu beginnen, fiel mir ein, was Schatten mir gesagt hatte, nämlich daß Männer am liebsten Geschichten mit einem erfundenen Anteil hörten. In meiner Darstellung wurde das Plateau ein Ort, an dem der Geist des Bösen hauste und Männer dazu veranlaßte, sich von der Herrin abzuwenden; ich sprach davon, wie diese Männer gemerkt hatten, daß andere, die ein Heiligtum betraten und innerhalb seiner Mauern Frieden erwarteten, leicht überfallen und ausgeraubt werden konnten. Die Herrin konnte solch übles Treiben nicht dulden und schickte Ihre Waffen gegen jene Männer aus, doch der böse Geist, der über sie herrschte, war stark genug, einige von ihnen gegen Ihren Zorn zu beschützen. Ich sprach von zwei einsamen Fremden, die sich in ein Heiligtum begeben hatten, wo sie von den Bösewichtern überfallen wurden, und wie die Herrin, außer sich über diese Freveltat, den Reisenden ungeahnte Kräfte verliehen hatte.

»Die Speere der Reisenden verwandelten sich in Ihre Strahlen«, berichtete ich, »und die Bösewichter fielen durch sie, und ihre Körper verschwanden, als ob sie niemals auf Erden gewandelt wären. Ich schwöre bei der Herrin, daß meine Worte wahr sind.«

»Das ist keine schlechte Geschichte«, sagte Jerlan. »Ich frage mich jedoch, ob es nicht nur ein schwafelnder Narr war, der sie dir erzählt hat.«

Ich sah ihm in die Augen. »Niemand hat sie mir erzählt, denn ich war einer der beiden Reisenden, und ich selbst war es, dem die Herrin Ihre Kraft verlieh. Ich sah, wie Ihre Waffen jene Männer auf dem Plateau vernichteten; ich wurde verschont, weil ich Ihrem Weg folgte und nicht dem der Männer.«

»Arvil stellt seine Taten größer dar, als sie sind«, sagte ein Mann.

»Ich habe geschworen, daß ich die Wahrheit sage«, erwiderte ich.

»Taten können im Laufe einer Erzählung wachsen«, sagte Jerlan, »und Männer werden großartiger, wenn sie aus der Gegenwart rückblickend in die Vergangenheit betrachtet werden. Aber wir werden den Wahrheitsgehalt dieser Geschichte erfahren, wenn die Zeit für Arvils Wahrheitssprechung gekommen ist.«

Ich hätte ihn gern gefragt, was er damit meinte, doch ich hielt meine Zunge im Zaum. Vielleicht beabsichtigten sie, mich in ein Heiligtum mitzunehmen, da ein Mann dort die Wahrheit sagen mußte; ich jedoch kannte die Wahrheit über die Herrin und konnte sagen, was ich wollte. »Ich habe euch eine Geschichte erzählt«, sagte ich, »jetzt würde ich gern eine von euch hören. Mir ist zu Ohren gekommen, daß hier Heiligkeit herrscht und daß vor gar nicht langer Zeit einer Gruppe am See eine Vision der Herrin erschienen ist.«

Einer von Jerlans Begleitern beugte sich zu ihm hin. »Ich weiß nicht, ob wir jetzt schon mit ihm darüber reden sollten. Es wäre vielleicht besser, wenn wir damit warten würden, bis er die Wahrheitssprechung bestanden hat.«

Jerlan winkte ab. Ich hatte bereits erkannt, daß die anderen Männer sich ihm unterordneten und abwarteten, was seine Meinung war. »Er hat mit uns gejagt. Ich glaube, er könnte in Kürze einer von uns werden, und wenn das nicht geschieht, dann schadet es auch nicht, wenn wir ihm die Geschichte erzählen.« Er nahm einen Schluck aus seinem Trinkschlauch und fing mit seiner Geschichte an.

Einige Jahre zuvor, nicht lange nachdem der gegenwärtige Vorbeter sein Amt angetreten hatte, hatte eine See-Gruppe im Osten angefangen, ihr Lager gegen alle anderen abzuschotten, selbst für jene Männer vom See, mit denen diese Gruppe einen Friedenspakt geschlossen hatte. Obwohl sie selbst ihr abgeschirmtes Lager verließen, um zu anderen Gruppen am See zu reisen, erlaubten sie niemanden, das ihre zu betreten.

Die anderen Gruppen vom See, darunter Jerlans, machte dieses Verhalten mißtrauisch, und sie fragten sich, ob diese Gruppe eventuell Böses im Schilde führte. Stets hatten die Männer am See Angehörige anderer Gruppen bei sich willkommen geheißen, und alle hatten sogar miteinander Handel getrieben, wenn die Gärten der einen Gruppe gediehen, während das bei anderen nicht der Fall war. Die anderen Gruppen am See verbreiteten flüsternd die Kunde von diesem Verhalten untereinander, und sie machten sich Sorgen, welches Unheil sich da anbahnen mochte; das Geheimnis wurde immer größer. Immer wenn ein Mann aus dem verschlossenen Lager gesichtet wurde, erklärte dieser, daß dort eine Heiligkeit beherbergt sei, die vor den Augen anderer Männer verborgen werden müsse, daß die göttliche Erscheinung jedoch Segnungen für alle Männer am See versprochen hatte.

Wut und Zweifel wuchsen in den Herzen der anderen Gruppen, dennoch hatten sie Angst, etwas zu unternehmen; sie hatten der anderen Gruppe für alle Zeiten Frieden gelobt und konnten deren Lager nicht angreifen. Sie wußten außerdem, daß sie, sofern es sich um eine wahrhaftige göttliche Vision handelte, mit einem Fluch belegt würden, wenn sie gesegnete Männer angriffen.

Schließlich beschlossen die Häuptlinge all dieser Gruppen, zu jenem Lager zu ziehen, und dort wurden sie außerhalb der Lagermauer von dem Häuptling und Vorbeter empfangen. Der Vorbeter schwor heilige Eide und wies die anderen an, ihre jeweiligen Vorbeter an diesen Ort zu bringen. Den Vorbetern sollte gestattet sein, die Wahrhaftigkeit der Erscheinung mit eigenen Augen zu sehen, um davon Zeugnis abzulegen, doch der Wille der Herrin lautete, daß niemand sonst dieser Erscheinung ansichtig werden sollte.

Alle Häuptlinge legten ihrerseits Gelübde ab und kehrten in ihre Lager zurück, um ihre Vorbeter zu holen. Dieses Versprechen war nicht leicht zu halten, denn ein Vorbeter war ein Mann, der sein Lager niemals verließ, und viele dieser alten Männer waren recht schwach. Einige wurden auf Bahren zu dem Lager im

Osten getragen, und andere konnten immer nur eine kleine Strecke auf einmal zurücklegen; aber schließlich erreichten sämtliche das Lager, und alle, die sie begleitet hatten, warteten, während die Vorbeter eintreten durften.

Ein Tag verging, dann kamen die Vorbeter wieder heraus, und alle, die sie sahen, wußten, bevor sie ein Wort sagten, daß sie die Heiligkeit erblickt hatten, denn ein neues Licht erstrahlte in den Augen der alten Männer. Sie schworen, daß ihnen eine heilige Vision beschieden gewesen sei, und alle glaubten ihnen, doch die Vorbeter sprachen nie wieder davon, was sie gesehen hatten.

»Die Vorbeter schworen, niemals über ihre Vision zu sprechen«, sagte Jerlan, »und jenes Lager ist immer noch allen verschlossen, die sich nicht der Gruppe anschließen, aber eine gewisse Kunde von der Vision, die sie erblickt haben, hat sich bis zu uns verbreitet. Einige sagen, daß ihnen eine Verkörperung der Herrin erschienen sei, andere behaupten, daß Sie lediglich durch den Mund ihres Vorbeters gesprochen und ihm Ihre Gestalt verliehen habe, aber alle sind sich einig, daß dieses Lager gesegnet ist und seine Segnung uns allen hat zuteil werden lassen. Der Beweis dafür ist, daß es uns allen gut geht und wir hier ein angenehmes Leben führen.«

Jerlans Freunde blickten sich voller Unbehagen um. Seine Schultern zuckten, und Angst kroch ihm in die Augen. »Es ist nicht klug, über dieses heilige Mysterium allzu eingehend nachzugrübeln«, fuhr er fort. »Es ist etwas, das man tief in der Seele aufbewahren sollte. Wir sprechen nicht oft darüber, denn es ist am besten, eine derartige Vision zu verschleiern, damit seine Kraft unsere Seelen nicht verbrennt.«

Ich sagte: »Ich möchte mich gern selbst zu jenem Lager begeben und mich mit eigenen Augen überzeugen.«

»Das geht nicht«, erwiderte Jerlan. »Nur einem Vorbeter oder einem der Knaben, die sich das Recht erworben haben, sich ihrer Gruppe anzuschließen, wird der Eintritt gestattet.«

»Nehmen sie Knaben auf?« fragte ich.

»Von Zeit zu Zeit kommt ein Mann aus jenem Lager zu uns oder einer anderen Gruppe, und die Knaben müssen einen Eignungswettstreit austragen. Der Knabe, der am besten abschneidet, wird mit zu dem Lager genommen, um dort zu leben, und er ist glücklich, in der Nähe der Heiligkeit sein zu dürfen.«

»Aber...« setzte ich an.

»Wir haben genug darüber geredet«, warf einer der Männer ärgerlich ein.

»Ist das auch so eine Geschichte, die im Laufe des Erzählens ausgebaut wurde?« fragte ich.

»Schweig!« knurrte Jerlan wütend. »Ich habe dir gesagt, daß wir nicht oft über diese Dinge sprechen. Selbst in einem Heiligtum pflegen wir die Gedanken an diese Vision zu unterdrücken. Die Herrin hat uns gesegnet, aber Sie könnte sich auch leicht von uns abwenden, wenn wir zu stolz werden. Die Sache ist so, wie ich sie dir geschildert habe, denn ich war ein Knabe, als die Vorbeter die Reise zu jenem Lager unternahmen, und der Vorbeter, der jetzt unter uns lebt, ist einer von denen, die die heilige Vision erblickt haben.«

Ich dachte darüber nach. »Und wird er sich wieder einmal dorthin begeben?«

»Das wird er nicht, denn die Männer in jenem Lager hüten ihre göttliche Erscheinung.«

»Ich muß mit eurem Vorbeter sprechen.«

Jerlan schüttelte den Kopf. »Das mußt du keinesfalls, es sei denn, er ruft dich zu sich. Ein Mann betritt nicht einfach seine Hütte, es sei denn, er wird dorthin bestellt; seine Gebete könnten sonst gestört werden.«

Wir streckten uns aus, um zu schlafen, während einer der Männer Wache hielt. Die Gedanken überschlugen sich in meinem Kopf und hinderten mich am Einschlafen. Ich mußte noch mehr herausfinden, doch der Ansatz eines Plans bildete sich bereits in meinem Gehirn.

Am nächsten Tag kehrten wir mit unserem Wild zum Lager zurück. Der Häuptling stand inmitten der Pflanzen und beaufsichtigte die mit ihrer Pflege Beauftragten, die mit Geweihen und Grabstöcken den Boden bearbeiteten. Er winkte Jerlan zu sich, dann führte er ihn in eine der Hütten.

Ich eilte zu Birana, die neben den Pferden stand, während diese aus dem See tranken. Tulan hielt die Zügel von Wildfang, und ich stellte fest, daß das Pferd bei ihm recht zahm war. Er grinste mich an. »Bannweber muß mir beibringen, auf diesem Geschöpf zu reiten«, sagte er.

»Wir werden sehen. Dein Hüter ist beim Häuptling. Du solltest jetzt zu ihm gehen.« Während der Junge davonrannte, murmelte ich Birana zu: »Ich habe dir viel zu erzählen.«

Wir banden die Pferde an und setzten uns unter unser Schutzdach, wo ich ihr Jerlans Geschichte erzählte. Ihr Gesicht war aschfahl, als ich damit fertig war.

»Es kann sein«, flüsterte sie. »Wenn Frauen bei ihnen leben oder wenn jene Gruppe welche gesehen hat, dann müßten sie sich trotzdem vor den anderen verstecken. Und du sagst, daß die Vorbeter niemals ihre Lager verlassen, sie können also ihr Wissen nicht in einem Heiligtum verraten.« Sie packte mich am Ärmel. »Wir müssen dorthin.«

»Wir können nicht einfach losreiten und sie aufsuchen.« Ich runzelte die Stirn. »Jerlan spricht andauernd von einer Wahrheitssprechung. Hat der Junge dir etwas darüber erzählt?«

Sie schüttelte den Kopf.

»Wir müssen irgendwie mit dem Vorbeter sprechen,

doch das geht nur, wenn er uns zu sich ruft. Ich fürchte, die Männer hier werden über uns herfallen, wenn wir dem Mann zu nahe kommen.«

Jerlan kam auf uns zu. Ich stand auf, als er uns fast erreicht hatte. »Unser Häuptling Irlan hat mit mir gesprochen«, sagte er. »Er meint, es ist Zeit, daß wir mit dir und Bannweber die Wahrheitssprechung durchführen. Morgen wird unsere Gruppe ein Fest vorbereiten, und ihr beide werdet zum Haus des Vorbeters geleitet. Dort, vor seiner Hütte, werden wir erfahren, was ihr in euch bergt.«

Das hörte sich nicht allzu beängstigend an. »Muß ich einen heiligen Eid schwören«, fragte ich, »damit ihr euch vom Wahrheitsgehalt meiner Worte überzeugen könnt?«

»Du kannst einen schwören, aber es geschieht nicht durch einen Eid, daß euch beiden die Wahrheit entlockt wird. Ihr werdet einen von uns zubereiteten Zaubertrank trinken, und das, was eure Worte und Gedanken bewußt formt, wird außer Kraft gesetzt, so daß ihr frei über alles sprecht, das euch innerlich bewegt. Sollte sich etwas Böses in euren Gedanken verbergen, müßt ihr sterben; wenn nicht, dürft ihr bei unserer Gruppe bleiben.«

Ich hatte Angst, etwas darauf zu sagen.

»Bist du nicht froh darüber?« wollte er wissen. »Wir zwingen keinen Mann zum Bleiben, doch ich hoffe, daß ihr euch uns anschließen werdet.«

»Ich freue mich«, brachte ich mühsam heraus. Als er uns verließ, griff ich nach Biranas Hand und spürte deren Eiseskälte.

Das Lager war still, da die Männer schliefen. Ich schob mich näher an Birana heran und spürte das Zittern ihres Körpers, der dicht an meinem lag. Meine Angst hatte jegliches Verlangen nach ihr vertrieben.

»Kannst du mir beibringen, meinen Geist ruhig zu

halten, wenn ich diesen Zaubertrank schlucke?« flüsterte ich. »Wirst du deine eigenen Gedanken beherrschen können?«

»Ich weiß nicht. Wir wissen nicht, was wir zu trinken bekommen oder wie es wirkt.«

Alles in mir, all meine Gedanken, die sie als unfromm und blasphemisch einschätzen würden, könnten mir entschlüpfen. Die ganze Wahrheit, die ich von Birana erfahren hatte, könnte ihnen offenbart werden. Sie würden wissen, was Birana war, und wenn sie erfuhren, daß die Herrin ihren Tod befohlen und ich mich diesem Befehl widersetzt hatte, würden sie uns wahrscheinlich beide umbringen.

An der Mauer aus Erde und Stein bewachten ein paar Männer das Lager. Ich konnte nicht zur Hütte des Vorbeters gehen, ohne gesehen zu werden.

Ich legte die Lippen an Biranas Ohr. »Hör zu«, sagte ich leise und weihte sie leise in meinen Plan ein, wie ich vorzugehen gedachte.

Die Morgendämmerung verhieß schönes Wetter für die Feierlichkeiten, die die Männer vorbereiteten. Einige schwärmten aus, um Holz zu sammeln, andere lösten jene ab, die über Nacht Wache gehalten hatten. Die Pflanzenbetreuer begaben sich mit Körben in ihre Gärten und pflückten allerlei Eßbares.

Ich kroch unter dem Schutzdach hervor und stand auf, während Birana sich ebenfalls erhob. »Bist du bereit?«

Sie nickte.

»Sieh die Männer im Vorbeigehen nicht an, und halte deine Hände bei dir.« Ich hatte meine Messer vom Gürtel gelöst. Sie ließ ihr Messer neben die meinen fallen.

Wir spazierten auf die Lichtung. Einige Männer standen in den Eingängen ihrer Hütten, und ich spürte, wie sie uns mit den Augen verfolgten. Wir überquerten die Lichtung. Die Hütte des Vorbeters lag vor uns; eine

Schilfmatte hing vor dem Eingang. Ich wußte, daß der Mann darinnen war, denn ich hatte ihn niemals beim Verlassen seiner Behausung gesehen, hatte ihn während unseres Aufenthalts im Lager überhaupt kein einziges Mal zu Gesicht bekommen. Wir schritten weiter auf die Hütte zu, bis uns nur noch wenige Schritte vom Eingang trennten.

»Halt!« rief ein Mann in der heiligen Sprache von der Mauer herüber. Sein Speer war erhoben, während ein Mann neben ihm mit einem Pfeil auf Birana zielte. Ich war so nahe an die Hütte herangegangen, wie ich es nur wagte.

Wir ließen uns nieder. »Ich möchte gern mit dem Vorbeter sprechen«, rief ich laut, in der Hoffnung, daß er mich hörte.

Zwei der Männer, die mit mir zusammen auf der Jagd gewesen waren, kamen auf uns zu. »Er hat nicht darum gebeten, mit dir zu sprechen. Verschwindet von hier, bevor ihr wegen eurer Kühnheit bestraft werdet.«

Ich streckte die Hände aus. »Wir tragen keine Waffen.« Ich öffnete die Jacke, um zu zeigen, daß ich kein Messer dabei hatte. »Wir führen nichts Unrechtes im Schilde, es gibt jedoch einige Dinge, über die ich unbedingt mit eurem Vorbeter sprechen muß.«

Jerlan trat aus seiner Hütte und eilte auf uns zu, dicht gefolgt von Tulan. Er blieb vor mir stehen und schwenkte die Faust. »Ich habe euch hergebracht«, sagte er. »Ich war mit dir auf der Jagd. Ich habe mich bei dem Häuptling für euch verwendet. Du mißbrauchst mein Vertrauen. Unser Vorbeter darf bei der Erfüllung seiner heiligen Aufgaben nicht gestört werden.«

»Ich möchte mit ihm über heilige Belange sprechen«, antwortete ich und sprach die Worte deutlich und betont aus. Jerlan war im Begriff, zum Schlag gegen mich auszuholen, doch Tulan griff nach seinem Arm und hielt ihn zurück. »Es gibt eine heilige Wahrheit, die ich ihm offenbaren muß, und niemandem sonst.« Jerlan trat zurück. »Damit du siehst, daß ich es ehrlich meine, wird Bannweber dir die Magie vorführen, über die er verfügt.«

Ich gab Birana einen Wink. Sie zog die Kette heraus, die sie um den Hals trug, streifte sie sich über den Kopf und hielt den Kompaß vor sich. Jerlan beugte sich vor, um ihn zu betrachten. »Siehst du dieses Gerät? Ein mächtiger Zauberbann beeinflußt diesen kleinen Zeiger, der immer nach Norden deutet. Mit Hilfe dieser Magie weiß ein Mann stets, in welche Richtung er wandert, selbst in unbekanntem Gebiet, wo die Sonne vielleicht durch Bäume oder die Sterne durch Wolken verborgen sind. Es war diese Magie, mit deren Hilfe wir hierher gelangt sind, und es ist ein Geschenk der Herrin, denn Bannweber hat es aus einer Enklave mitgebracht.«

Jerlan warf eine Hand hoch, während die anderen das Zeichen der Göttin machten. Tulans dunkle Augen wurden groß. »Es gibt so manchen Zauberbann«, sagte Jerlan, »und nicht alle sind gut.« Er betrachtete den Kompaß, während Birana ihn in der Hand drehte, dann trat er einen Schritt zurück.

»Laßt euren Vorbeter über unser Schicksal entscheiden«, forderte ich und schrie dabei beinahe. »Ich glaube, er wird etwas über diesen Zauberbann erfahren wollen.«

»Ich höre nicht, daß er euch zu sich ruft«, sagte einer der Jäger. »Er möchte euch nicht bei sich sehen.«

Ich starrte eindringlich die Schilfmatte an. Vielleicht war der Vorbeter so tief ins Gebet versunken, daß er unsere Unterhaltung nicht gehört hatte. Vielleicht schlief er noch. Ich kannte mich mit den Bräuchen dieser Gruppe nicht allzu gut aus; vielleicht hatte ich zuviel aufs Spiel gesetzt.

»Ich habe dich für einen guten Mann gehalten«, sagte Jerlan mit feierlichem Ernst. »Doch nach der Jagd hast du derart unfromme Dinge von dir gegeben, daß ich kaum glauben konnte, daß es so etwas gibt; und jetzt führst du uns diese unheilige Magie vor. Es ist unsere Pflicht, unseren Vorbeter gegen böse Absichten abzuschirmen. Ich bedaure zutiefst, aber ich weiß, was ich zu tun habe.«

Er zog mich schnell auf die Füße. Ein anderer Mann zerrte Birana an den Haaren hoch und zog sein Messer.

»Halt!« rief eine Stimme.

Eine Hand hob die Schilfmatte an. Ein grauhaariger Mann trat heraus. Jerlan ließ von seinem Vorhaben ab, als dieser Mann mir zuwinkte.

»Ich werde diese beiden Reisenden zu mir rufen, damit sie mit mir sprechen«, sagte der Vorbeter. »Ich werde entscheiden, ob sie fromm oder unfromm sind. Die Herrin wird mich vor aller Unheiligkeit bewahren, und ich bin nicht so schwach, daß andere mich auch noch beschützen müssen. Laßt sie eintreten, und verlaßt dann diesen Platz, damit wir ungestört reden können.«

Birana hängte sich die Kette wieder um den Hals. Wir betraten die Hütte des Vorbeters.

Der Mann ließ die Matte fallen. Aus der Nähe sah ich, daß er trotz seiner grauen Haare jünger war, als ich erwartet hatte. »Ihr dürft euch setzen«, sagte er. »Die anderen sind weg. Bildet euch jedoch nicht ein, ihr könntet mir etwas antun, sonst werdet ihr umgebracht, sobald ihr diese Hütte verlaßt.«

Ich zeigte ihm meine leeren Hände, indem ich sie ausgestreckt vor mir hielt, während ich mich setzte. Lichtstrahlen fielen durch eine Öffnung zwischen dem Dach und dem oberen Rand der Wand. Durch ein Loch in der Mitte des Daches schien helles Sonnenlicht auf Asche, die von Steinen eingegrenzt war. An der Wand aus senkrecht stehenden Baumstämmen lagen eine Matte und zwei Felle am Boden, doch es war ein anderer Gegenstand, der meine Aufmerksamkeit fesselte. Eine kleine Holzfigur, grob geschnitzt, stand neben der

Matte. Der Kopf dieser Statue zeigte keine Gesichtszüge, und die Arme waren lediglich Stümpfe, doch auf dem Brustkorb waren zwei Erhebung herausgearbeitet, während die Stelle zwischen den Beinen glatt war.

Der Vorbeter setzte sich. »Ich hörte, daß du von Magie und Heiligkeit sprachst«, fuhr er fort. »Wisse, daß ich jemand bin, der wahre Heiligkeit erblickt hat und tagtäglich damit lebt. Du kannst mich nicht täuschen.«

»Mein Name ist Arvil«, entgegnete ich, »und auch ich habe Heiligkeit erblickt. Sieh dir meinen Begleiter an, genannt Bannweber, und sage mir, was du siehst.«

Er beugte sich vor. Birana stand auf; sie wußte, was sie zu tun hatte, doch sie hielt den Blick gesenkt, und ihr Gesicht war dunkelrot angelaufen. Sie zog das Hemd aus und ließ die Hose fallen. Ich wäre am liebsten aufgesprungen und hätte ihren Körper vor diesem Mann – allen Männern – verhüllt.

»Sage mir, was Sie ist«, forderte ich ihn auf.

Er hielt eine Hand hoch. »Sie ist eine göttliche Erscheinung, und du bist Ihr Bote.« Er starrte sie lange an, dann schlug er sich die Hand vor die Augen. Biranas Hände zitterten, als sie ihre Kleidung wieder anzog.

Nachdem sie sich gesetzt hatte, fing sie an die Worte zu sprechen, die ich ihr in der Nacht vorgesagt hatte. »Ich bin zu euch gekommen, um euch einer Prüfung zu unterziehen. Es war Mein Wunsch, Mich vor dir zu enthüllen, vor einem heiligen Mann, jedoch anderen gegenüber diese Verkleidung als Knabe beizubehalten, denn sie sollen nicht wissen, was Ich bin. Arvil ist Mein getreuer Diener, denn Ich habe ihn unter allen Männer auserwählt, mit Mir an diesen Ort zu reisen.« Sie sprach die Worte ruhig aus, doch ihr Gesicht verriet Anspannung und Furcht.

Die Hand des Vorbeters sank herab, doch er hielt den Blick gesenkt. Ich hatte erwartet, daß er sich zu Boden werfen würde, aber vielleicht war er zu sehr von Ehrfurcht ergriffen, um sich zu bewegen, oder vielleicht war er sich seines Platzes im Geist der Herrin sicher. »Euch steht die Wahrheitssprechung bevor. Soll meine Gruppe bei dieser Gelegenheit von Euch erfahren, Heilige Herrin?«

»Es darf keine Wahrheitssprechung für Arvil und Mich geben, Vorbeter«, antwortete sie. »Wenn die uns innewohnende Magie freigesetzt würde, würde sie auf deine Gruppe übergreifen. Sie dürfen nicht erfahren, was ich bin, obwohl ich sie in Meinen Gedanken segnen werde.«

»Ich weiß um Deine wahre Natur, Heiligkeit. Deine Kleidung wird Deine Gestalt nicht mehr vor mir verhüllen, denn ich weiß, was darunter verborgen ist. Andere, die mit einem scharfen Blick ausgestattet sind, werden merken, daß mir eine Vision zuteil geworden ist, sobald ich aus diesem Haus trete. Wenn Du länger bei uns weilst, werden auch andere erkennen, was Du bist.«

»Ich kann nicht hierbleiben«, sagte sie. »Ich muß an einen anderen Ort weiterziehen.«

Da hob er den Blick und sah ihr in die Augen. »Ich glaube, ich weiß, was Du suchst. Du bist nicht die erste heilige Vision, die ich gehabt habe.«

Birana riß die Augen weit auf. »Du wirst uns an den Ort führen, wo du diese Vision hattest.«

Der Vorbeter schlug sich die Hände vors Gesicht. »Vergib mir, aber ich weiß nicht, ob ich das kann. Ich wurde angewiesen, diesen Ort niemals mehr zu betreten.«

Birana sagte: »Du wirst in Meiner Begleitung dorthin gehen.«

»Herrin, vergib mir, aber wenn wir uns ihnen nähern, erkennen sie vielleicht von weitem nicht, was Du bist. Ich sehe, daß Du mit einem Körper aus Fleisch und Blut ausgestattet bist, und wenn Du auch die Macht haben magst, Dich selbst zu beschützen, so bringst Du doch womöglich einen Fluch über die Männer jener anderen

Gruppe, wenn sie die Waffen gegen Dich erheben, bevor sie die Wahrheit erkennen. Vielleicht belegst Du auch mich mit einem Fluch, weil ich Dich in eine solche Gefahr gebracht habe.«

Dieser Mann war weise, und seine Augen sahen viel. Er glaubte daran, daß Birana über versteckte Kräfte verfügte, die sie einsetzen konnte, denn seine Ehrfurcht vor der Herrin erlaubten ihm nicht, etwas anderes anzunehmen. Doch seine Augen hatten ihre Schwäche erblickt, hatten ihm ihre Verletzlichkeit gezeigt.

»Ich kann nicht hierbleiben.« Ihr Stimme klang schwächer, verzweifelter.

»Vergib mir, Herrin, aber vielleicht wäre es am besten, wenn Du eine Zeitlang bliebest. Vielleicht kommt ein Mann von jener anderen Gruppe hierher, um einen Knaben abzuholen, dann kann ich ihm von der Erscheinung erzählen, die Du mir gezeigt hast. Dann könntest Du gefahrlos mit ihm an jenen Ort reisen, wo alle Vorbeter die Heiligkeit erblickt haben.«

Birana schwieg. Ich wußte, daß sie ihn gern gefragt hätte, was genau er dort gesehen hatte, aber das konnte sie nicht tun, ohne preiszugeben, daß sie keineswegs so allwissend war, wie der Vorbeter dachte.

»Wird ein solcher Mann in nächster Zeit hier erwartet?« fragte ich.

»Das kann ich nicht sagen. Irgendwann wird er kommen, aber vielleicht nicht in dieser oder der nächsten Jahreszeit. Vielleicht kommt er im Sommer. Ich weiß es nicht, es sei denn, es liegt in Deiner Macht, ihn hierher zu berufen.«

Biranas Hände ballten sich zu Fäusten. Ich war gespannt, was sie darauf sagen würde. Der Vorbeter musterte sie forschend; vielleicht wunderte er sich darüber, wie gering ihre Macht anscheinend war.

»Ich werde mein bestes tun«, sagte er schließlich, »dafür zu sorgen, daß Dein Geheimnis unter uns bleibt, wenn das Dein Wille ist.«

»Ich kann nicht warten«, sagte sie. »Du muß einen Weg finden, damit ich Ich und Mein Diener Arvil zu jenem Ort gelangen, wo du die Vision erblickt hast. Was immer dieser Gestalt, mit der Ich ausgestattet bin, widerfährt, Ich verspreche dir, daß du aller Schuld enthoben sein wirst und daß deine Gruppe nichts zu leiden haben wird. Du mußt Mich führen. Meine Kräfte lassen in eurer Welt nach, und sie müssen an jenem anderen Ort wiederhergestellt werden. Dies ist eine Prüfung, die Ich dir auferlege, und du sollst Meine Prüfung bestehen.«

Er seufzte; sein bartloses Gesicht hatte den Ausdruck eines Mannes, der sich in sein Schicksal fügte. »Ich fürchte mich vor dieser Prüfung«, sagte er, »aber wenn es Dein Wille ist, dann muß ich mit Dir gehen. Ich werde den besten Mann mitnehmen, damit er Dich dorthin geleitet.«

Sie schüttelte den Kopf. »Niemand anderes. Wir müssen allein gehen. Nur du darfst wissen, was Ich bin, und von dir hängt das Schicksal deiner Gruppe ab. Du darfst deinen Männern niemals verraten, was Ich bin.«

»Ich schwöre, daß ich das nicht tun werde. Ich bewahre schon seit langer Zeit ein heiliges Geheimnis.« Seine dunklen Augen verengten sich. »Meine Männer werden jedoch wissen wollen, was hier drin gesprochen wurde. Wie kann ich in Gegenwart einer göttlichen Erscheinung die Unwahrheit sagen, wenn ich das Wort an sie richte?«

»Du brauchst keine Unwahrheit zu sagen«, warf ich ein, »sondern nur die Wahrheit nicht preiszugeben.«

Er rieb sich das Gesicht, stand auf und verneigte sich vor Birana; dann ging er zu der Stelle, wo seine Habseligkeiten lagen. Er zog einen kleinen runden, mit Fell bespannten Gegenstand unter den Fellen hervor.

Wir folgten ihm nach draußen. Die Lichtung war leer, doch aus den Türen der Hütten starrten uns viele Augen an. Als wir uns gesetzt hatten, schlug der Vorbeter auf das gespannte Fell und erzeugte den Klang eines schlagenden Herzens. »Kommt heraus!« rief er. »Euer Vorbeter hat euch etwas zu sagen.«

Männer und Knaben strömten aus allen Hütten und ließen sich rasch auf dem freien Platz nieder. Die Männer, die das Lager bewachten, sahen von der Mauer zu uns herüber. »Du da«, sagte der Vorbeter zu dem Knaben, der ihm am nächsten saß. »Präge dir meine Worte ein, und dann geh zu den Männern an der Mauer und jenen jenseits des Pfades und berichte ihnen alles, was ich gesagt habe.«

Die Männer warteten. Ihr Häuptling saß mitten unter ihnen; seine massige Gestalt ließ die neben ihm Sitzenden wie Zwerge erscheinen. Das Gesicht hatte er in düstere Falten gelegt. »Ihr werdet die Feierlichkeiten vorbereiten«, sagte der Vorbeter, »und wir werden heute abend ein großes Festmahl veranstalten, aber ich sage euch, daß diese beiden Reisenden sich nicht unserer Gruppe anschließen werden.«

Die Männer raunten und murrten. Der Häuptling stand unvermittelt auf und schritt auf uns zu, dann setzte er sich vor den Vorbeter. »Ich sage, was geschieht.« Der Häuptling schlug sich gegen die Brust. »Du bist hochgeehrt als unser Vorbeter, aber ich bin der Häuptling. Wir haben die Wahrheitssprechung noch nicht vollzogen. Diese beiden können nicht von hier weggehen, ohne daß sie sie hinter sich gebracht haben.«

»Es hat eine andere Art von Wahrheitssprechung in meinem Haus gegeben. Diese beiden sind von Heiligkeit berührt und haben mir eine Vision enthüllt, und zwar eine von solcher Macht, daß ich darüber nicht sprechen kann. Ihr Platz ist bei der Gruppe im Osten, wo ich vor so langer Zeit eine heilige Vision gehabt habe. Wir werden unser Fest feiern und ihnen Ehre erweisen, weil sie mir weitere Heiligkeit enthüllt haben, und dann werde ich sie zu jener anderen Gruppe begleiten.«

»So soll es sein«, rief Jerlan aus. »Ich sehe dem Gesicht des Vorbeters an, daß er die Wahrheit spricht.«

Der Häuptling schlug mit der Faust auf den Boden. »Ich bin hier der Häuptling! Und ich sage, sie müssen den Trank zu sich nehmen, damit wir die Wahrheit über sie erfahren!«

»Stellst du meine Aussage in Zweifel, Irlan?« Der Vorbeter straffte sich. »Ich kenne mich mit heiligen Belangen besser aus als irgend jemand sonst hier. Zweifelst du an jemandem, der der Heiligkeit näher steht als irgendeiner von euch und der eine echte Vision erkennt?«

Irlan kräuselte die Lippen. »Selbst ein heiliger Mann kann getäuscht werden. Wie kannst du wissen, daß sich nicht etwas Böses in der Verkleidung des Guten eingeschlichen hat? Du sagst, daß diese beiden von Heiligkeit berührt sind. Ich sehe lediglich einen fremden Jungen, der mit Tieren umgehen kann und ansonsten keine weiteren Begabungen gezeigt hat, und einen fremden Mann, der selbst kaum mehr als ein Junge ist. Jerlan behauptet, sie gehören keiner Gruppe an, aber vielleicht haben sie gelogen und werden ihre Gruppe später hierherführen.«

»Sie wollen nichts von uns, sie bitten nur darum, zu jener anderen Gruppe geführt zu werden.«

»Wenn du sie hinführst, bringst du womöglich nichts als Unheil über uns alle.«

Die Männer auf der Lichtung flüsterten jetzt in ihrer Stammessprache miteinander. Einige schauten Irlan an, während andere den Vorbeter musterten, als ob sie abschätzten, welchem Mann sie glauben sollten.

Der Vorbeter beugte sich vor, bis sein Gesicht dicht vor dem des Häuptlings war. »Die göttliche Vision, die ich erblickt habe, war echt«, sagte er, »und ich möchte nicht, daß du einen Fluch auf uns herabbeschwörst, indem du sie leugnest.« Er sprach so leise, daß keiner der anderen es hören konnte, und selbst ich, der direkt neben ihm saß, konnte seine Worte kaum verstehen. »Vielleicht sollten wir diese Angelegenheit regeln, wie wir andere Unstimmigkeiten zu regeln pflegen. Ich kann mich für eine gewisse Zeit meiner heiligen Pflichten entledigen, und wir treten wie zwei Männer gegeneinander an. Der Sieger kann entscheiden, was geschehen soll.«

Irlan grinste. »Du bist ein alter Mann, Vorbeter.«

»Und du bist ein fetter Mann, der seit vielen Jahreszeiten nicht mehr gejagt hat. Wenn ich als Girlan, der Mann, der ich einst war, antrete, sind wir gleichwertige Gegner.«

»Ich bin bereit, gegen dich zu kämpfen«, flüsterte Irlan.

»Noch nie hat sich ein Vorbeter mit einem Häuptling gemessen, und ich bin gespannt, was dabei herauskommt. Es geht nicht an, diese Angelegenheit nur mit einer Geschicklichkeitsprüfung zu regeln. Es muß zu einem Kampf auf Leben und Tod kommen.«

Irlan preßte die Lippen aufeinander.

»Wenn ich sterbe, mußt du Vorbeter werden. Dann wirst du erfahren, was diese beiden Reisenden sind, wenn dir ihre Vision zuteil wird, und du wirst unter dem Wissen leiden, daß ich die Wahrheit gesprochen habe. Du wirst den Rest deines Lebens im Gebet verbringen, im Innern meiner Hütte; du wirst für deine Tat büßen und die erforderlichen Gebete sprechen, und ich weiß nicht, ob du zu einem solchen Leben schon bereit bist.«

Die Augen des Häuptlings zuckten ein wenig.

»Aber vielleicht siege ich, denn der Geist der Herrin ist mit mir. Vielleicht entscheide ich mich, gnädig zu sein und dein Leben zu verschonen, aber die anderen werden erkennen, daß du nicht Häuptling bleiben und genausowenig Vorbeter werden kannst. Ich frage mich, ob du dann noch bei uns bleiben kannst. Also gut, Irlan. Sprich jetzt, ob wir unsere Bande als Mitglieder derselben Gruppe brechen müssen, um diese Sache zu erledigen. Ich habe leise gesprochen, und niemand hat meine Worte gehört. Dein Stolz wird nicht verletzt sein, wenn du dich jetzt erhebst und den anderen sagst, daß wir tun werden, was ich vorgeschlagen habe.«

Irlan schwieg; dann hob er den Kopf und sah mich so voller Haß an, daß ich beinahe den Blick abgewandt hätte. Ich war Zeuge seines Gesichtsverlusts geworden. Mir wurde bewußt, daß sich der Häuptling irgendwie an mir rächen würde.

Irlan stand auf und ächzte, während er den schweren Körper hob, dann wandte er sich den anderen zu. »Es ist meine Pflicht, Unheil von dieser Gruppe abzuwenden«, blökte er, »aber ich habe erkannt, daß uns von diesen beiden Reisenden keine Gefahr droht. Ich schließe mich dem Willen des Vorbeters an, und wir werden heute abend unser Fest feiern, es wird jedoch keine Wahrheitssprechung geben.« Er warf sich in die Brust und ging auf seine Männer zu.

Der Vorbeter erhob sich und winkte uns, ihm zu folgen. »Ich werde mit den Reisenden zu ihrer Lagerstatt gehen.«

Die Männer gaben einen Weg frei, damit wir zwischen ihnen hindurchgehen konnten. Jerlan nickte mir zu, und Tulan lächelte. Jerlan hatte seine wütenden Worte offensichtlich vergessen. Irlan stand mit einer kleinen Gruppe von Männern zusammen; sie betrachteten uns mit grimmigen Blicken. Der Häuptling hatte gesprochen, doch er hatte den Zwist in seinen Gedanken noch nicht beigelegt.

»Ich würde euch gern in meinem Haus aufnehmen«, sagte der Vorbeter, als wir unsere Lagerstatt erreicht hatten, »aber ein Vorbeter muß stets allein wohnen. Da ihr euch uns nicht anschließen werdet, solltet ihr hier bleiben, abgeschieden von unseren Hütten.«

»Du hast dich dem Häuptling gegenüber sehr tapfer verhalten«, sagte ich.

»Ich habe Mut aus der Heiligkeit geschöpft.« Er vollführte eine Geste der Ehrbezeugung vor Birana. »In einem Kampf hätte Sie mir Ihre Kraft verliehen.«

Ich runzelte die Stirn. »Er ist aber immer noch wütend.«

»Irlan ist ein Großmaul. Als ich ihn als Häuptling auserwählte, war er stark und mutig, obwohl ich den Eindruck hatte, er sollte besser zu den Gefolgsleuten gehören anstatt die Anführerrolle zu spielen. Doch die anderen wollten ihn als Häuptling und hätten nicht so leicht einen anderen akzeptiert, also erwählte ich ihn.«

»Es war nicht unsere Absicht, Zwietracht in deiner Gruppe zu säen, Vorbeter.«

»Ihr werdet uns bald verlassen, und Irlan wird sich noch einmal aufplustern und die Sache dann vergessen. Mach dir keine Sorgen, Arvil.« Doch ich sah den Zweifel in seinen Augen, bevor er sich abwandte.

Für die Feierlichkeiten wurden wir am Abend zu einer der Hütten geführt. Die Männer hatten Matten um die Feuerstelle herum ausgelegt, und dort saßen sie und sangen und unterhielten sich, während sie Suppe und Fisch an uns weiterreichten. Einer von ihnen fragte mich, was ich dem Vorbeter offenbart hatte, doch der ältere Mann, der sich neben uns gesetzt hatte, schüttelte den Kopf.

»Wisse, daß die Magie, die ich erblickte«, sagte er in der heiligen Sprache, »nur für meine Augen allein bestimmt war, und jemanden, der nicht schon so lange Zeit wie ich für das Gebet und die Besinnlichkeit gelebt hat, würde sie in tiefste Verwirrung stürzen.«

Von dieser Hütte begaben wir uns in eine andere, wo wir Fleisch und Pflanzen aus den Gärten aßen, und dann zu der Behausung, wo Irlan mit den ihm am nächsten stehenden Jägern wohnte. Während die anderen feierten, verfinsterte sich Irlans Gesicht immer mehr, und seine Augen ruhten häufig auf mir.

Als das Festmahl vorbei war, verließen einige der Männer die Hütten, um im Freien zu tanzen. Die Jäger tanzten Figuren mit ihren Speeren, während die Gärtner mit ihren Werkzeugen aus Geweihen und Holz die Bearbeitung des Bodens tänzerisch darstellten.

Jerlan kam zu mir, während Birana und ich diesem Tanzgeschehen zusahen. »Ich bedaure, daß du nicht bei uns bleibst«, sagte er. »Ich bedaure auch, daß du mir nicht den wahren Zweck eures Hierseins verraten hast, als wir zusammen auf der Jagd waren. Ich hätte mich selbst vor die Hütte des Vorbeters gesetzt und gewartet, bis er mich zu sich gerufen hätte, und dann hätte ich ihn gebeten, dich kommen zu lassen.«

»Die Zeit war noch nicht reif zum Sprechen, Jerlan. Meine göttliche Erscheinung bat mich, eine Zeitlang bei euch zu verweilen, bis eure Tugend klar zutage trat.« Die falschen Worte kamen mir mühelos über die Lippen. Ich sah zu Birana hinunter, und Traurigkeit überkam mich. Vielleicht hätte ich einen Platz bei dieser Gruppe gefunden. Ich hätte mit Jerlan jagen und ihm ein echter Freund werden können.

In diesem Moment sah ich mein Leben nicht als ein einziges Leben, sondern als einen Pfad mit vielen Gabelungen, und ein Phantom namens Arvil schien mich nicht loszulassen, eines, das einen anderen Weg eingeschlagen hatte und an einen anderen Ort gelangt war. Ich sah, daß dieser andere Arvil sich diesen Männern anschloß, und er erschien mir so wirklich wie mein eigener Körper.

Ich schüttelte diese Gedanken ab. Wenn Birana nicht bei mir gewesen wäre, hätte ich dieses Lager überhaupt niemals gesehen und hätte nie von seinen Bräuchen erfahren. Ich wäre bei Weiser Seele und Wanderer geblieben, hätte mit ihnen so gelebt, wie sie leben, und meine Fragen wären für alle Zeit unbeantwortet geblieben.

Birana hatte mich hierher geführt, und jede Wendung unseres Pfades hatte zu etwas Neuem und vielleicht Besserem als das Zurückgelassene geführt, so sehr ich auch dem Verlorenen nachtrauerte. Vielleicht war unser endgültiges Ziel sogar noch erstrebenswerter. Sie hätte mich hier verlassen können, da sie jetzt den Vorbeter hatte, der sie begleitete. Sie hätte im Beisein des Vorbeters verlangen können, daß ich hierbleiben sollte, und ich hätte diesem Befehl folgen müssen oder wäre Gefahr gelaufen, den Zorn des Vorbeters auf mich herabzubeschwören. Sie wollte mich weiterhin an ihrer Seite haben, also würde ich dem Pfad folgen, den sie einschlug.

»Wir müssen uns bald schlafen legen«, sagte ich.

Jerlan begleitete uns zu unserer Lagerstatt. Ein Feuer brannte in der Nähe davon. Tulan war zusammen mit den Pferden bei den Bäumen, und ich vermutete, daß er das Feuer entfacht hatte. Als wir uns um die Flammen herum niederließen, kam der Junge herbeigerannt.

»Ich habe die Pferde gefüttert«, sagte Tulan. »Selbst Wildfang läßt sich jetzt von mir füttern. Ich wollte, daß sie auch etwas von dem Fest haben.« Sein Lächeln verging, als er sich neben seinen Hüter setzte. »Werdet ihr auch die Pferde mitnehmen?«

»Ich glaube, uns bleibt nichts anderes übrig«, sagte ich. »Wir werden nicht mehr hier sein, um dir mehr über sie beizubringen.« Ich dachte außerdem daran, daß wir, falls wir nicht in jenes andere Lager hineingelangen konnten, weiterziehen mußten.

Tulans Mundwinkel sackten nach unten. »Sie werden mir fehlen, Arvil.«

»Sie werden dir nicht fehlen«, wies Jerlan ihn zurecht. »Wir sind bisher auch ohne solche Tiere ausgekommen.«

»Du wirst mir fehlen, Arvil«, murmelte der Junge. »Und Bannweber, der mir das Reiten beigebracht hat, wird mir fehlen. Ich wünschte ... «

»Was wünschst du dir?« fragte sein Hüter. Tulan

antwortete nicht. »Ich glaube, ich weiß Bescheid.« Jerlan kratzte sich am Kopf. »Ich habe eine Frage, Arvil und Bannweber. Könnte Tulan gemeinsam mit euch und dem Vorbeter zu jenem anderen Lager ziehen? Vielleicht wird man ihm nicht gestatten, es zu betreten, doch wenn sie ihn einlassen, könnte er nahe bei ihrer göttlichen Erscheinung leben und von Ihr berührt werden. Es würde mich freuen zu wissen, daß Tulan auf diese Weise gesegnet wäre, und das würde den Schmerz darüber, ihn wegzugeben, ein wenig lindern.«

Tulan sah mich erwartungsvoll an. »Darf ich?«

Ich warf Birana einen Blick zu. Ihre Augen drückten Traurigkeit und Sehnsucht aus. Sollte sie den Jungen etwa ins Herz geschlossen haben? Eifersucht loderte in mir auf, doch ich zwang mich zur Ruhe. Tulan war noch ein Knabe, der vor nicht mehr als sechs Sommern aus einer Enklave gekommen sein konnte. Vielleicht wollte Birana auch nur einen Freund haben, der noch nicht so alt war, daß er das gleiche Verlangen nach ihr empfand wie ich.

»Es würde uns freuen, wenn er mit uns käme«, sagte ich. Tulan klatschte in die Hände. »Aber es geht nur, wenn auch euer Vorbeter zustimmt.«

Jerlan legte dem Jungen eine Hand auf die Schulter. »Wenn dich jenes Lager dort aufnimmt«, gab er zu bedenken, »kannst du nie mehr hierher zurückkehren.«

Der Junge schmiegte sich an seinen Hüter. »Du wirst mir sehr fehlen, Jerlan, aber ich möchte trotzdem gehen. Ich möchte bei den beiden sein, ihre Geschichten hören und mehr über ihre Tiere lernen. Ich werde in jenem anderen Lager zum Mann werden, sofern sie mich aufnehmen. Vielleicht komme ich eines Tages hierher, um einen Knaben für sie zu holen.«

Jerlan fuhr sich mit der Hand durchs Haar. »Warten wir ab, was der Vorbeter sagt. Er setzt sich großer Gefahr aus, indem er sich zu jenem Lager begibt, auch wenn er ihnen eine heilige Botschaft überbringt.« Er stand auf und zog Tulan ebenfalls hoch. »Wir müssen jetzt schlafen.«

Das schwere Essen in meinem Bauch ließ mich bald einschlafen. Ich hatte einen Traum, in dem Verkörperungen der Herrin sich am Ufer des Sees versammelten und die Arme nach mir ausstreckten. Birana war unter ihnen und winkte mir zu, und der Teil meiner Seele, der nichts mit dem Traum direkt zu tun hatte, erkannte das als Zeichen dafür, daß ich eine echte Zuflucht finden würde. Die Verkörperungen lockten mich mit eindeutigen Gesten, dann packte mich eine andere Hand. Ich war plötzlich wach.

Ich wurde unter dem Schutzdach hervorgezerrt. Unser Feuer war fast niedergebrannt und zeigte nur die Schatten mehrerer Männer. »Packt sie!« befahl Irlans Stimme, »und tragt sie zum Ort der Prüfung.«

Zwei Männer drückten mir die Arme an den Körper. Zwei andere ergriffen Birana; sie wehrte sich nicht. Wir wurden eilends über die leere Lichtung und über den Pfad bei den Gärten geführt, bis wir uns außerhalb der Mauer befanden. Wachtposten rannten auf dem Kamm der Mauer herum, machten jedoch keinerlei Anstalten, uns zu helfen, als sie Irlan sahen. Ein Mann machte eine Handbewegung zu einem der Wachtposten hin, und bald waren drei Fackeln um uns herum in den Boden gesteckt.

»Innerhalb unseres Lagers wird es kein Blutvergießen geben«, sagte der Häuptling, »doch wir werden diese Angelegenheit erledigen, während die anderen schlafen. Ihr entgeht der Wahrheitssprechung, deshalb weiß ich nicht, ob ihr unseren Vorbeter getäuscht habt. Selbst ein so heiliger Mann läßt sich irreführen. Ihr müßt euch deshalb mit mir messen. Wenn euch wahre Heiligkeit innewohnt, dann soll sie euch jetzt beschützen.«

»Du tätest besser daran, eurem Vorbeter zu glauben«, sagte ich. »Du hast seinen Worten Glauben geschenkt, als er zuvor von seiner heiligen Vision sprach. Warum zweifelst du jetzt an ihm?«

»Er war dort mit allen anderen Vorbetern zusammen, und alle wurden der Vision ansichtig. Hier gibt es keinen anderen Zeugen für die Vision, von der er behauptet, ihr hättet sie ihm gezeigt. Er mag in euch Heiligkeit entdecken, doch ich sehe lediglich zwei Reisende, die auf Pferden reitend hier aufgetaucht sind und bereits begonnen haben, unsere Lebensweise zu verändern. Wir werden gegen dich kämpfen, du, der behauptet, ein Mann zu sein, und wenn es sich herausstellt, daß du eben doch nicht heilig bist, dann wird der Junge bald neben dir liegen.«

»Ihr wißt nicht, welches Unheil ihr auf euch herabbeschwört«, rief ich mit aller mir zur Verfügung stehenden Kraft. Ein Mann wich zurück, während die anderen einander ansahen. Zwei Wachtposten kletterten von der Mauer herunter und rannten zu den Hütten.

»Ich bin bereit, mein Wissen mit meinem eigenen Körper zu prüfen und zu beweisen, daß es der Wahrheit entspricht.« Irlans Brust schwoll an. Er war nackt bis zur Taille.

Ich erkannte in diesem Moment, daß er ein Mann war, der mit seiner Macht nicht umzugehen wußte. Vielleicht hielt ihn nicht nur der Vorbeter für großspurig. Ich hatte miterlebt, wie er von dem Vorbeter auf die Knie gezwungen worden war; jetzt wollte er beweisen, daß er eben doch ein Mann war.

Seine Männer bildeten einen weiten Kreis um uns herum. Ich bog die Arme durch und holte tief Luft, um mein Hemd auszuziehen. Irlan griff an seinen Gürtel und zog sein Messer heraus, und ich begriff, auf welche Weise wir kämpfen sollten. Meine Hand fuhr zum Griff meiner Metallklinge, doch schenkte mir mein Messer wenig Zuversicht. Irlans Steinklinge war scharf, und unter seinem Fett zeichneten sich starke Muskelstränge ab.

Inzwischen hatten sich weitere Männer an der Mauer versammelt, und noch mehr liefen aus dem Lager herbei. »Er hat mit uns gemeinsam ein Fest gefeiert«, schrie Jerlan von der Mauer herunter. »Ihr habt gehört, was der Vorbeter gesagt hat. Er wird sie morgen von hier fortführen.«

»Wenn ihnen wirklich Heiligkeit innewohnt, dann werde ich das gestatten!« blökte Irlan. »Genau das will ich jetzt auf die Probe stellen. Ihr werdet sehen, daß ich recht habe. Geht es uns nicht prächtig, seit ich Häuptling bin? Wollt ihr, daß Unheil über uns hereinbricht, wenn diese beiden nach Osten ziehen? Wollt ihr, daß jene andere Gruppe entdeckt, daß ihnen keinerlei Heiligkeit innewohnt und daß wir das Böse in unserer Mitte genährt haben?«

»Häuptling«, entgegnete Jerlan, »wenn du gegen diesen Mann antrittst, mußt du dich für diese Zeit von den Banden lösen, die dich mit uns verbinden.«

»Ich werde diese Bande wiederherstellen, sobald er tot zu meinen Füßen liegt. Ihr werdet sehen, daß ich recht habe, und das Gerede wird endlich aufhören, daß mich meine Anführerschaft angeblich geschwächt hat.«

Er stellte sich mit gespreizten Beinen mir gegenüber auf. Der Vorbeter stand jetzt über mir auf der Mauer, aber diese Angelegenheit war inzwischen so weit gediehen, daß es selbst seine Kräfte überstieg, einen Kampf zu verhindern. Ich schaute zu Birana hinüber. Die Männer, die sie festgehalten hatten, hatten sie losgelassen. Sie hatte die Hände an die Jacke gelegt, als ob sie das Kleidungsstück jeden Moment von sich wegreißen wollte. Durch die Enthüllung ihrer wahren Natur hätte sie mich retten können.

Zorn flammte in mir auf. »Ich werde kämpfen, Bannweber«, schrie ich. »Und du wirst zusehen.« Sie ließ die Hände sinken. Dies war eine Sache zwischen Irlan und mir, und ich würde mich unwürdig fühlen, wenn sie sich enthüllen würde, um mich zu retten. Dann vergaß ich alles bis auf den Mann, der meinen Tod wollte.

Ich tänzelte auf Irlan zu und murmelte Flüche in meiner alten Heimatsprache. Seine kräftigen Arme holten zum Schlag gegen mich aus. Ich wich mit einem Satz aus, ohne Schaden davongetragen zu haben. Sein Körper schwankte auf seinen dicken Beinen. Ich konnte seinen Hieben ausweichen, doch diese Anstrengung würde mich lediglich ermüden. Er bewegte sich und schwang den Arm, wobei er sich dicht an dem Kreis der Männer hielt, damit ich nicht hinter ihn gelangen konnte. Sein Messer sauste auf mein Gesicht zu, und ich duckte mich. Wenn er zu nahe an mich herankam, konnte er mich mit einem einzigen Schlag zu Boden schicken. Er holte wieder aus, und sein Hieb ging daneben.

So machten wir weiter, mit Ausfällen nach vorn, Sprüngen zur Seite und Schlägen in die Luft, um jeweils die Schwächen des anderen auszuloten. Sein Körper glänzte vor Schweiß, so sehr verausgabte er sich mit seinen Schlägen. Ich überlegte, wie ich ihm beikommen konnte. Der Schweiß rann ihm in Bächen über die Brust und glänzte in seinem bartlosen Gesicht. Er war zwar stark, doch seine Fettleibigkeit machte das Kämpfen für ihn mühsam. Allmählich schöpfte ich Hoffnung, daß er als erster ermüden würde.

Wir fuhren auf diese Weise fort, bis es mir vorkam, als wäre die halbe Nacht bereits vergangen. Ich japste nach Luft. Irlans Faust streifte mein Gesicht und hätte mich fast zu Boden gefegt, es gelang mir jedoch, auf den Beinen zu bleiben.

»Komm nur, Irlan«, sagte ich in der heiligen Sprache und schwenkte dabei mein Messer vor mir. »Du bist Häuptling einer großen Gruppe, du bildest dir allerhand auf den Wohlstand deines Lagers ein, und dennoch kannst du mich nicht schlagen.« Ich hielt inne, um

Luft zu holen, und hörte sein lautes Ächzen. »Ich bin gegen dich abgeschirmt, Irlan. Dein Messer kann mich nicht berühren. Wenn du vor mir liegst, werde ich dir einen Fuß in den Nacken stellen und dein Gesicht in den Dreck treten.«

Sein Gesicht lief rot an. Ich fuhr fort, ihn mit den gemeinsten Worten zu reizen, die mir einfielen, bis sein Gesicht feuerrot war und er stoßweise nach Luft schnappte.

Er machte einen Schritt von dem Kreis weg und stürzte auf mich zu. Ich sprang schnell zur Seite. Jetzt bot sich mir sein Rücken ungeschützt dar. Bevor er sich umdrehen konnte, nahm ich das Messer in die linke Hand und stieß ihn mit aller Kraft in den unteren Teil des Rückens. Er taumelte. Ich stieß noch einmal zu und spürte, wie er wegsackte.

Er stürzte, und der Boden schien bei seinem Aufprall zu beben. Ich sprang zu seinem Kopf und ließ mich mit den Knien auf seine Arme fallen, um ihn am Boden festzunageln. Er strampelte hilflos, das Gesicht im Dreck, und sein Körper bäumte sich unter mir auf. Das Blut rauschte mir in den Ohren und pochte wie die Trommel des Vorbeters. Sehr langsam ritzte ich mit meinem Messer einen langen Schnitt in Irlans Hals, und dann noch einen in seinen Rücken.

Ich stand auf. »Ich habe gewonnen«, schrie ich mit dem letzten Rest Atem, den ich noch aufbrachte. »Ihr habt gesehen, daß es in meiner Macht gestanden hätte, ihm das Leben zu nehmen.« Meine Brust hob und senkte sich heftig, während ich um Luft rang. »Aber er ist euer Häuptling, deshalb werde ich ihn verschonen. Ihr selbst müßt über sein Schicksal entscheiden.«

Die Augen aller Männer waren auf den Vorbeter geheftet. Irlan richtete sich auf, hob einen zitternden Arm und ließ ihn wieder fallen. »Ich bin einer von euch«, sagte er schwach.

Der Vorbeter streckte eine Hand mit der Innenfläche

nach oben aus. »Du hast deine Bande für die Dauer des Kampfes gelöst. Du sagtest zu Jerlan, du wolltest sie wiederherstellen, sobald Arvil dir zu Füßen liegt. Er liegt dir nicht zu Füßen. Du bist nicht länger einer von uns. Du hast ein Unrecht begangen, Irlan. Die Herrin hat ihn vor dir beschützt und gezeigt, was er ist. Du kannst nicht mehr unser Häuptling sein, denn du hast in der Prüfung versagt, die du dir selbst auferlegt hast. Deine Herausforderung sollte mit dem Tod enden, und du bist es, der sich den Tod errungen hat.«

Ich ging zu Birana, während sich der Kreis um Irlan schloß. Wir gingen zusammen zu der Öffnung in der Mauer. Keiner der Männer folgte uns. Irlans qualvolle Schreie hallten durch die Nacht, als wir an den Gärten vorbeigingen. Ich schaute nicht zurück. Birana blieb stehen, und ich hörte Laute des Würgens.

Ich legte ihr die Hände auf den Kopf und versuchte, sie zu beruhigen. »Du bist außer Gefahr«, sagte ich, »und ich kann jetzt ruhig schlafen.«

Ich hatte geglaubt, nun wären nur noch die Vorbereitungen für die Reise zu treffen, doch das Lager hatte jetzt keinen Häuptling mehr, und ein neuer mußte gewählt werden. Der Vorbeter verließ seine Hütte, nahm Irlans Messer und Speer an sich und ging von einer Behausung zur anderen, sowohl in seiner Eigenschaft als Vorbeter als auch in der des Häuptlings, um zu erfahren, was in den Herzen der Männer vor sich ging. Am Ende des Tages übergab er die Waffen an Jerlan, und damit war Jerlan der neue Häuptling.

Diese Veränderung erforderte weitere Gebete von jedem einzelnen, und zwar vor dem Haus des Vorbeters, wo jeder Mann vor den Vorbeter und vor Jerlan treten, sich niederknien und heilige Worte vor den beiden sprechen mußte. Birana und ich waren als letzte an der Reihe, um Jerlan unsere Ehre zu erweisen, doch da wir nicht Mitglieder der Gruppe waren, verneigten wir uns nur und knieten nicht nieder. Jerlan lächelte uns an, denn wenn wir nicht bei seiner Gruppe aufgetaucht wären, wäre er jetzt wahrscheinlich nicht Häuptling gewesen.

Selbst nach dieser Zeremonie war die Gruppe noch nicht so weit, daß sie uns gehen ließ. Jetzt war er Häuptling und befürchtete, daß es Neid erwecken könnte, wenn sich herumsprach, welche Gunst seinem Schützling erwiesen wurde. Er rief die Jungen zu einem Wettkampf auf und verkündete, daß der Sieger mit uns gehen dürfte.

Meine Gedanken waren nicht bei diesem Wettkampf, obwohl ich hoffte, daß Tulan ihn gewinnen würde. Wir saßen mit dem Vorbeter zusammen, während die Jungen sich im Ringen, Bogenschießen und Wettlaufen zur Mauer und zurück sowie im Speerwerfen, Zielen mit der Steinschleuder und Messerwerfen auf kahle Stellen an entfernten Bäumen maßen. Jerlan ritzte nach jeder Runde Zeichen in den Boden, während ich zusah und mir wünschte, endlich aufbrechen zu können.

Als die Wettkämpfe vorüber waren, war Tulan als Sieger beim Laufen und Steineschleudern hervorgegangen, und seine Pfeile hatten ihr Ziel häufiger erreicht als die seiner Gegner. Kein anderer Junge hatte so viele Wettkämpfe gewonnen, und vielleicht hatte die Art, wie Birana ihn angelächelt hatte, ihn angespornt. Ich lobte ihn, als er vor seinen Hüter trat, und sein Gesicht strahlte vor Stolz. Seine Reise war nun kein Geschenk mehr, sondern ein Preis, den er sich verdient hatte.

Jerlan erhob sich, lächelte seinen Schützling an und sagte: »Heute nacht werden wir uns ausruhen. Morgen stellen wir Proviant für die Reisenden zusammen, und am Tag darauf werden wir uns von ihnen verabschieden. Möge die Herrin uns alle segnen.«

Bevor wir aufbrachen, wünschte uns Jerlan alles Gute und umarmte seinen Schützling, und obwohl es in Tulans Augen bei diesem Abschied glitzerte, riß er sich zusammen und hielt die Tränen zurück.

Der Vorbeter ging vor uns her, als wir die Pferde durch die Maueröffnung führten. Wir wandten uns zunächst nach Süden und schwenkten dann nach Osten ab, indem wir einem dürftigen Pfad durch den Wald folgten. Als wir aus der Sichtweite des Lagers waren, stieg Birana auf Flamme.

»Ich würde auch gern reiten«, sagte Tulan und blickte zu ihr auf.

»Du mußt zuerst lernen, wie man auf einem Pferd sitzt«, entgegnete sie. »Später, wenn wir eine Rast einlegen, werde ich es dir zeigen.« Tulan grinste bei ihren Worten. Wir hatten beschlossen, Biranas Geheimnis dem Jungen gegenüber zu wahren, bis wir jenes andere Lager erreichten und erfuhren, ob die Männer dort ihn bei sich aufnähmen, aber Tulan sah in ihr bereits einen Freund.

Der Vorbeter schüttelte den Kopf. »Ich bin zu alt, um so etwas zu lernen.« Trotz seines Alters marschierte er mit dem sicheren Schritt eines jungen Mannes. Durch die Bäume glitzerte der See unter uns, als die Sonne daraufschien. Ich führte Stern an den Zügeln und erzählte dem Vorbeter ein wenig darüber, wie mich das Pferd vom Westen her in dieses Gebiet getragen hatte.

»Ich sage dir eins«, murmelte der Vorbeter, als wir ein Stück weit vor Birana und Tulan hergingen. »Du hast Freude in mein Leben gebracht, was immer uns erwarten mag, denn wenn ich euch nicht begleiten müßte, wäre ich bis zu meinem Tod im Lager geblieben. Ich bin dankbar für das Vorrecht, daß ich im Namen meiner Gruppe zur Herrin beten durfte, aber ein derartiges Leben war doch recht schwierig für mich.«

Ich dachte an Wolf und wie er als Ältester gestorben war. »Es ist doch kein schlechtes Leben für einen Mann, wenn er von den jüngeren versorgt wird«, sagte ich.

»Aber ich war noch ein recht junger Häuptling, als

der vorige Vorbeter das Zeitliche segnete, und der Gedanke, daß ich meine Tage nur noch im Haus verbringen durfte, lastete manchmal schwer auf mir.« Er schaute zurück zu Birana und machte das Zeichen der Göttin. »Möge die Herrin mir vergeben.«

»Die Herrin versteht dich bestimmt.«

»Die Herrin ist gut, und wenn ich nicht Vorbeter gewesen wäre, dann hätte ich nicht zweimal Ihre Gestalt erblicken dürfen.«

Diese Worte machten mich wieder begierig, das Geheimnis des Lagers im Osten zu erfahren.

»Oft«, fuhr er fort, »ging ich nachts an die Mauer und maß mich mit einem der Wachtposten in den männlichen Geschicklichkeiten. Manchmal wurde ich von den Männern deswegen zur Rechenschaft gezogen, und ich pflegte dann zu entgegnen, daß ich meine Tage dem Gebet opferte, die Nächte jedoch mir gehörten. Ich empfahl dem Häuptling, der mich rügte, oft genug, daß er sich ebenfalls von Zeit zu Zeit in körperlicher Geschicklichkeit üben sollte.«

»Irlan hätte auf dich hören sollen«, sagte ich höflich, obwohl ich im stillen froh war, daß er es nicht getan hatte.

»Sprich diesen Namen nicht aus. Er war ein unfrommer Narr, und es ist gut, daß er nicht mehr in der Lage ist, einen Fluch auf meine Gruppe herabzubeschwören. Ich bin inzwischen älter und habe diesmal eine gute Wahl getroffen. Jerlan wird ein besserer Häuptling sein, und selbst die Anhänger des anderen Mannes werden das im Laufe der Zeit einsehen.«

Wir sprachen nicht mehr, bis wir anhielten, um die Pferde zu tränken und eine Mahlzeit zu uns zu nehmen. Der Vorbeter bat mich um eine Geschichte, die er später seiner Gruppe zu Hause zum besten geben könnte, und ich erzählte ihm Wanderers Geschichte von dem Mann, der in einem Heiligtum gelebt und die Gestalt der Herrin angenommen hatte. Ich hoffte, das würde ihn dazu veranlassen, mehr über seine erste Vision preiszugeben, aber er erwähnte sie gar nicht.

Während wir sprachen, zeigte Birana Tulan, wie man sich auf ein Pferd schwang und wie man sich darauf hielt, und sie führte Flamme an den Zügeln im Kreis herum, während der Junge auf dem Rücken des Pferdes saß. Als wir uns wieder in Bewegung setzten, erlaubte Birana Tulan, gemeinsam mit ihr auf Flamme zu reiten, und nachdem seine kleineren Schritte unser Vorankommen nicht mehr verlangsamten, konnten wir eine schnellere Gangart einschlagen. Der See kräuselte sich, und die Sonne glitzerte auf seinen kleinen Wellen; die Bäume sangen uns ihr Lied, während ihre Zweige den Himmel zu umarmen suchten.

Wir schlugen unser Lager am See auf. Am Morgen hing Nebel über dem Wasser, und als wir uns wieder auf den Weg machten, fing es an zu regnen.

»Wir brauchen dringend Regen«, sagte der Vorbeter, »aber selbst durch mehr Regen wird unsere Erde nicht wiederhergestellt.« Er erzählte mir weiter, wie die wachsenden Pflanzen die Erde ermüdeten, selbst wenn ein Teil eine Zeitlang brachlag, und daß seine Gruppe womöglich in einer der nächsten Jahreszeiten ihr Lager würde verlegen müssen.

»Es ist bestimmt nicht einfach, ein solches Lager zu verlegen«, sagte ich.

»Und doch geschieht das nicht zum erstenmal. Einst lag es weiter vom Seeufer entfernt, und davor nördlich von der Stelle, an der es sich jetzt befindet.«

Später am Tag führte uns der alte Mann von dem Pfad weg. »Ein anderes Lager liegt dort vor uns«, erklärte er mir mit gedämpfter Stimme. »Obwohl wir einen Friedenspakt mit den Männern geschlossen haben, ist es besser, wenn wir uns nicht bei ihnen aufhalten, denn sie könnten sich Gedanken über den Zweck unserer Reise machen.«

An diesem Abend schlugen wir unser Nachtlager hoch über dem See auf, und unter uns im Westen sah ich den fernen Rauch von Feuern. Der Regen hatte sich zu einem Nieseln abgeschwächt, feuchte Tröpfchen schienen in der Luft zu hängen. Selbst von dieser Stelle aus war das nördliche Ufer des Sees nicht zu sehen, und ich konnte sein östliches Ende ebensowenig ausmachen.

Der Regen hörte während der Nacht auf; er hatte den Boden nicht abgekühlt. Am nächsten Morgen verbreitete die Sonne wieder große Hitze, und die Luft war still und drückend. Tulan hatte sein Hemd ausgezogen, und der Vorbeter und ich trugen nur Hosen, um die Beine zu schützen; Birana wagte jedoch nicht, ihre Hirschfelljacke abzulegen. Als wir wieder zum Pfad gelangten, merkte ich, wie unbehaglich ihr zumute war.

Bei Einbruch des Abends stand die Hitze immer noch über dem Land. Während wir unser Lager aufschlugen, kam Birana zu mir und flüsterte: »Ich muß unbedingt ein Bad nehmen.«

»Wir werden sehen«, antwortete ich, dann nahm ich den Vorbeter beiseite, während Tulan die Pferde abrieb. »Meine Begleiterin möchte gern baden«, sagte ich. »In der jetzigen Gestalt ist Ihr Körper wie der unsere; Sie möchte sich auf keinen Fall den Augen von Männern aussetzen, damit der Anblick ihnen nicht die Seelen raubt.«

Er versicherte mir, daß die Boote anderer Lager niemals diesen Weg auf dem Wasser nahmen und daß es unwahrscheinlich sei, daß andere Wanderer am Abend auf dem Pfad vorbeikämen; er versprach jedoch, mit Tulan am Pfad Wache zu halten.

»Ich gehe mit meiner Begleiterin zum See«, sagte ich, »und nehme ebenfalls ein Bad, wenn Sie fertig ist.«

Die Brauen über den weisen Augen hoben sich. »Du tätest gut daran, Sie deinerseits auch nicht allzu lange zu betrachten, Arvil, wie sehr du auch begünstigt sein magst. Ihr Bann liegt schwer auf dir.«

Birana und ich gingen zum See hinunter und fanden eine geschützte Stelle, wo wir von oben nicht gesehen werden konnten. Ich berichtete ihr, was ich dem Vorbeter gesagt hatte, und sie legte sich die Hand vor den Mund und lachte.

»Damit der Anblick ihnen nicht die Seelen raubt!« Sie schüttelte den Kopf, und ich sagte nicht, daß sie meine bereits geraubt hatte. Sie wandte mir den Rücken zu, als sie ihre Kleidung ablegte; diesmal bat sie mich nicht, mich umzudrehen, und ich drehte nicht einmal den Kopf zur Seite. Bedeutete das, daß sie mir gegenüber entspannter war? Vielleicht bedeutete es nur, daß sie wußte, ich würde es nicht wagen, nach einer Segnung zu trachten, jetzt, da mir bewußt war, welche Folgen das für sie haben könnte.

Sie kletterte zum Wasser hinunter, und mein Herz jagte wie wild, als ich sie vor mir sah. Ihr Gesicht, der Hals und die Hände waren brauner geworden, doch ansonsten war ihre Haut blaß wie das Mondlicht, und ich verspürte ein starkes Verlangen, sie zu berühren. Leise Schreie entfuhren ihr, als das kalte Wasser des Sees winzige Erhebungen auf ihrer Haut verursachte. Ihre Arme bogen sich, wenn sie sich vorwärts bewegte, und ihre Hinterbacken hoben sich aus dem Wasser, wenn sie sich mit den Beinen weiterstieß.

Plötzlich verschwand sie unter der Oberfläche. Ihre Füße zappelten über dem Wasser, dann war sie nicht mehr zu sehen. Ich sprang hinunter an den Rand des Sees, hilflos, voller Angst um sie, bis ihr Kopf wieder auftauchte. Ich stieß die angehaltene Luft aus.

»Du bist zu weit draußen!« rief ich.

Sie lachte und tauchte wieder unter die Oberfläche, um näher am Ufer wieder aufzutauchen. »Du solltest baden«, sagte ich, »anstatt mir Angst um deine Sicherheit einzujagen.«

»Ich schwimme doch nur. Kannst du nicht schwimmen?«

Ich schüttelte den Kopf.

»Ich zeige dir, wie es geht.« Sie ruderte mit den Armen und kam näher heran. Ich sah mich um. Tulan und der Vorbeter würden uns mit lauten Rufen warnen, wenn sich jemand näherte. Ich schlüpfte rasch aus den Kleidern und stakste in den See.

Birana sah mich erst an, als mir das Wasser bis zur Taille stand, dann bewegte sie die Arme und brachte mir bei, was ich mit den meinen zu tun hatte. Ich strampelte und platschte herum, unfähig, meine Arme und Beine in Einklang zu bringen, denn das Wasser zog mich andauernd nach unten. Birana schwamm hinaus, ich folgte ihr jedoch nur bis zu einer Stelle, wo ich noch mit dem Kopf über Wasser stehen konnte.

»Seid ihr in eurer Gruppe nicht geschwommen?« fragte sie, nachdem sie näher zu mir gekommen war.

»Es bestand keine Notwendigkeit dafür, aber wenn ich an einem See leben soll, dann werde ich es wohl lernen müssen.«

Ihre Füße ragten aus dem Wasser, während sie sich rücklings treiben ließ. Ihre Brustwarzen waren hart. Ich hob ebenfalls die Füße hoch und schluckte erneut Wasser, während ich mit den Armen fuchtelte. Sie sah mir zu und lachte. Ich machte mich zum Narren vor ihr, und doch empfand ich Freude darüber, sie lachen zu hören und die kühle Umschmeichelung der Strömungen zu spüren. Ich brachte sie zum Lachen und erwiderte ihr Lachen.

Als wir aus dem Wasser stiegen, streckte ich die Hand nach ihr aus, lediglich mit der Absicht, ihre Hand zu ergreifen, obwohl ich am liebsten ihren Körper an meinen gedrückt hätte. Das braune Haar hing ihr in nassen Locken ums Gesicht und die Schultern. Ihr Bauch war straff zwischen den Rundungen ihrer Hüften, und auf ihren Brüsten glitzerten Wassertröpfchen. Als meine Hand die ihre berührte, zuckte sie zusammen, wich zurück und beugte sich nach vorn, um mit einer Hand ihre Brüste und mit der anderen die behaarte Stelle zwischen ihren Beinen zu bedecken.

Wir sahen einander nicht an, während wir uns ankleideten. Als ich fertig angezogen war, saß sie auf einem Stein am Wasser und wischte sich Gras und feine Tannennadeln von den Füßen. Die Fußhüllen, die sie in den Stiefeln trug, waren durchgewetzt. Ich setzte mich neben sie auf den Boden und betrachtete ihre schwieligen, schorfigen Füße.

»Ich muß dir neue Fußhüllen anfertigen«, sagte ich, »und weichere Stiefel, die du darüber tragen kannst.«

»Tulan hat mich wegen meiner Stiefel angesprochen«, sagte sie. »Er erzählte, daß sie einigen Mitgliedern seiner Gruppe aufgefallen seien. Ich habe ihm weisgemacht, wir hätten sie einem Wegelagerer abgenommen.« Ihre Stimme klang aufgeregt, und sie wich meinem Blick aus.

Ich sagte: »Ich wollte nur deine Hand berühren, Birana.«

»O nein. Ich habe das Verlangen in deinen Augen gesehen.«

»Du warst mir gegenüber so entspannt. Keine Schranke trennte uns. Ich wollte dich nur auf die Weise berühren, wie man einen Freund berührt.« Dann sprudelten mehr Worte aus mir heraus, als ich hatte aussprechen wollen. »Nein, das stimmt nicht. Ich wollte deine Hand berühren, und danach andere Teile von dir, und ich wollte gern deine Hände auf mir spüren.«

Sie stand auf. »Du darfst so etwas nicht sagen.«

Ich sprang ebenfalls auf und zog sie an mich. Erinnerungen an göttliche Erscheinungen überkamen mich, das Gefühl, wie die Geist-Frauen den Mund auf meinen gedrückt und ihre Hände meine Lenden liebkost hatten. Ich hielt sie an mich gedrückt, während meine Hand ihr Gesicht zu mir anhob; dann preßte ich die Lippen auf die ihren.

Ihre Mund war hart. Dann wurden ihre Lippen unter

meinen ein wenig weicher, und sie teilten sich. Mein Mund öffnete sich. Sie drehte schnell den Kopf von mir weg und verdrehte meinen Arm, bis ich sie freiließ. Sie setzte sich und vergrub das Gesicht in den Händen.

»Birana … «

»Ich habe nur nachgedacht – du erinnerst mich an eine Person, die ich einst kannte.« Sie kauerte sich auf dem Stein zusammen, ihr Körper war nach vorn gebeugt. »Ich habe mich vergessen. Es wird nicht wieder vorkommen. Ich sollte mich nicht vor deinen Augen ausziehen. Ich hätte dich bitten sollen, dich umzudrehen.«

»Sprich nicht so zu mir. Du gewährst mir sonst kaum etwas. Laß wenigstens meine Augen dich kennenlernen.«

Sie zog die Stiefel an. Wir stiegen zu unserem Lagerplatz hinauf. Als wir ihm ziemlich nahe waren und sie nicht protestieren konnte, ohne die Aufmerksamkeit des Vorbeters zu erwecken, beugte ich mich zu ihr und nahm für einen kurzen Moment ihren Arm. »Ich werde diese Zeit wie einen Schatz bewahren«, flüsterte ich, »diese Augenblicke, als ich dich zum Lachen brachte und unsere Seelen sich für eine Weile in diesem Lachen verständigten.«

Sie wandte das Gesicht von mir ab, aber zuvor hatte ich gesehen, wie ihre Augen sanft geworden waren, und ich wußte, daß ich etwas in ihr bewegt hatte.

Der Vorbeter und Tulan badeten im Morgengrauen, bevor wir aufbrachen. Später am Tag verließen wir wieder einmal den Pfad und umgingen eine kleine Bucht, wohin nach des Vorbeters Worten häufig Männer in Booten kamen, um zu fischen.

Am nächsten Tag machten wir wieder einen Bogen um ein Lager von Männern. Inzwischen hatte sich Tulan immer mehr an die Pferde gewöhnt und war sogar schon imstande, eine Zeitlang auf Wildfang zu reiten, vor dem ich mich immer noch fürchtete. »Du wirst einmal ein sehr guter Reiter«, lobte ich ihn.

Er lächelte stolz. »Die Gruppe wird mich nehmen müssen«, sagte er. »Ich kann alles, was sie können, und außerdem kann ich reiten.«

»Halte deine Zunge im Zaum, Junge«, brummte der Vorbeter. »Die Gruppe wird diese Angelegenheit entscheiden, nicht deine eigene Begeisterung über dich selbst.«

Tulan warf den Kopf herum, als Birana neben ihn geritten kam. Er schien glücklich zu sein, wenn er mit ihr zusammen sein konnte. Obwohl er sie immer noch für einen älteren Jungen hielt, war sie anders als diejenigen, die er bisher gekannt hatte; sie kommandierte ihn nicht herum und hörte geduldig zu, wenn er Geschichten aus seinem Leben erzählte. Fast hätte ich mich selbst an die Stelle des Jungen gewünscht, denn Tulan konnte ihr Freund sein, ohne schmerzliches Verlangen nach ihr zu empfinden.

Als wir näher an den See herankamen, erkannte ich einen Landstrich, den ich für das nördliche Ufer hielt, doch dann begriff ich, daß es sich um eine Insel handelte.

Der See erstreckte sich immer weiter, endlos. Der Vorbeter war ernster geworden, und die Gebete, die er während unseres Marsches murmelte, wurden immer häufiger. Ich nahm an, daß wir uns unserem Ziel allmählich näherten.

An diesem Abend, als wir unser Lager aufgeschlagen und Holz für ein Feuer gesammelt hatten, winkte uns der alte Mann zu sich heran.

»Ich muß mit euch sprechen«, sagte er. »Wir kommen dem Lager, wo ich die Vision gehabt habe, immer näher, und wir müssen von nun an vorsichtiger sein. Ich glaube zwar, daß sie der Friedenspakt davon abhalten wird, uns etwas anzutun, andererseits bedeutet meine Rückkehr hierher einen Bruch meines Versprechens. Es kann sein, daß sie uns nicht in ihrem Lager aufnehmen.«

Der Vorbeter bedeutete Tulan mit einem Wink, sich zu entfernen, und wies ihn an, Wasser vom See zu holen. Nachdem der Junge gegangen war, fuhr der alte Mann fort: »Wenn sie herausfinden, was Sie ist, werden sie Sie bei sich aufnehmen. Dich schicken sie vielleicht fort, Arvil, auch wenn du ein heiliger Bote bist. Tulan und ich, wir können in unser früheres Lager zurückkehren, aber deine Anwesenheit bei uns könnte böse Gefühle bei jenen hervorrufen, die unserem früheren Häuptling nahegestanden haben. Es wäre besser, wenn Jerlan seinen Pflichten nachkommen könnte, ohne daß sie zusätzlich durch dieses Problem belastet werden.«

»Ich verstehe«, sagte ich.

»Vielleicht findest du einen Platz bei einer anderen Gruppe am See, aber du müßtest dich auch bei ihnen einer Wahrheitssprechung unterziehen. Du würdest die Visionen preisgeben, die du gehabt hast.«

»Dann gehe ich nach Osten.« Die Worte taten mir weh. Mir war es gleichgültig, wohin ich ohne Birana ging.

Der Vorbeter schüttelte den Kopf und machte das Zeichen der Göttin.

»Weißt du, wie es im Osten aussieht?« fragte ich.

»Es gibt zwei Lager am östlichen Ufer und eine Flußmündung, durch die der See mit Wasser gespeist wird. Es ist überliefert, daß in lang vergangenen Zeiten Wesen des Bösen die Gruppen am See überfallen haben und daß diese im Osten lebten. Ich weiß nicht, was jetzt dort ist, und ich will es auch nicht wissen. Selbst die Herrin wendet den Blick von diesem Land ab.« Er machte erneut das Zeichen der Göttin.

»Ich möchte, daß Arvil bei mir bleibt«, sagte Birana. Trotz meiner Besorgnis taten mir ihre Worte wohl. Sie hatte den Vorfall, der sich zwischen uns am See abgespielt hatte, nicht mehr erwähnt, und ich hatte befürchtet, daß sie mich los haben wollte.

Der Vorbeter schwieg eine Zeitlang, dann sagte er: »Möge mir die Herrin vergeben, daß ich das folgende ausspreche, aber ich kann meine Gedanken nicht vor Ihr verbergen und möchte sie laut vor Dir aussprechen, Heiligkeit. Du hast mir eine heilige Vision gezeigt. Der Häuptling, der mein Nachfolger war, zweifelte an der Echtheit dieser Vision, und jetzt ist er tot, was vielleicht die Echtheit beweist. Aber mir ist der Gedanke gekommen, daß auch ein Wesen des Bösen Macht über Männer haben und danach trachten könnte, sie zu betrügen. Deine Anwesenheit in unserem Lager hat dazu geführt, daß wir unseren Häuptling verloren, und so töricht dieser Mann auch gewesen ist, so ist das doch kein gutes Zeichen. Wenn solche Dinge in der Vergangenheit geschahen, wurden sie als schlechte Omen gewertet. Ich glaube an Deine Heiligkeit, aber ich möchte Dir sagen, daß die Gruppe, zu der Du Dich jetzt begibst, die Wahrheit über Dich herausfinden wird.«

»Sie werden Ihr nichts zuleide tun«, sagte ich und wollte selbst gern daran glauben.

Als der Junge zurückkehrte, winkte ihn der Vorbeter zu sich heran. »Tulan, dein Hüter hat mich gebeten, dich über etwas aufzuklären, sobald wir in die Nähe jenes Lagers gekommen sind. Wenn sie dir gestatten, es zu betreten, wirst du es niemals mehr verlassen können.«

»Das weiß ich.«

»Aber du hast noch nicht eingehend über das nachgedacht, was ich dir jetzt sagen will. Es wird berichtet, daß jene Männer sich nicht zu Heiligtümern begeben müssen, um berufen zu werden, weil eine göttliche Erscheinung mitten unter ihnen weilt. Aus diesem Grund kommen sie zu den Gruppen am See, um sich Knaben zu holen. Du bist noch zu jung, um viel über die besonderen Segnungen zu wissen, die die Herrin Männern und älteren Jungen in Heiligtümern und Ihrer Enklave zuteil werden läßt. Solche Segnungen sind die größte Freude und höchste Wonne, die einem Mann widerfahren können, und ich weiß nicht, welche Segnungen diese andere Gruppe dir statt dessen bieten kann.«

Tulan hob den Kopf. »In der Nähe eines heiligen Ortes zu leben wird mir ausreichend Freude sein.«

»Das denkst du jetzt, Junge, aber wenn du älter bist, wird sich dein Körper verzehren nach solchen Segnungen.«

»Es wird Männer geben«, erwiderte Tulan, »und andere Jungen.«

»So angenehm diese Freuden auch sind, sie sind weit weniger, als die Herrin uns bescheren kann, denn Sie berührt nicht nur den Körper, sondern auch die Seele.« Der Vorbeter seufzte. »Jerlan hat mich gebeten, dir das mitzuteilen, damit du weißt, wofür du dich entscheidest. Wenn du möchtest, brauchen wir der Gruppe nichts davon zu sagen, daß du den Wunsch hattest, dich ihr anzuschließen, und wir können zu unserem Lager zurückkehren. Niemand wird dir daraus einen Vorwurf machen.«

»Nein«, antwortete der Junge. »Ich möchte gehen.«

Der alte Mann rieb sich das Kinn. »Ich fragte mich, ob es die Heiligkeit ist, die du anstrebst, oder einfach die Möglichkeit, die Zeit mit diesen Tieren zu verbringen.«

»Ich möchte auch bei Bannweber und Arvil bleiben.«

Ich lächelte über die Worte des Jungen. Vielleicht lag es an meiner Erkenntnis, daß ich niemals mehr zu einer Enklave gehen und einen Knaben bekommen konnte und daß der kleine Hasin sein Leben ohne mich würde gestalten müssen, daß mir Tulan allmählich ans Herz wuchs.

Doch es mochte der Tag kommen, da er ein Rühren in der Seele verspüren würde, und ich fragte mich, mit welchen Augen er dann wohl Birana ansehen mochte. Dann müßte ich sie vor ihm beschützen, und jede Zuneigung zu Tulan würde vergehen.

»Aha.« Der Vorbeter zuckte die Achseln. »Die Jungen

wollen offenbar oft das Neue und Fremde, bis sie einige Weisheit erlangen.«

»Auch du suchst etwas Neues«, warf ich ein. »Deshalb bist du mit uns hier, ohne zu wissen, was uns erwartet.«

»Was du sagst, ist wahr. Meine Seele ist immer noch in gewisser Weise jung.«

Wir schliefen, und am Morgen sprach der Vorbeter viele Gebete, bevor wir aufbrachen zu dem Ort, von dem ich hoffte, daß er sich als unsere Zuflucht erweisen würde.

Gegen Mittag hatte ich das Gefühl, daß Blicke uns verfolgten, und ich wußte, daß wir beobachtet wurden. Ich entdeckte niemanden. Diese Männer waren ebenso geschickt im Anschleichen wie Jerlan und seine Gruppe, und sie verrieten sich durch kein einziges Geräusch. Während wir weiterzogen, hallten die Schreie der Vögel in den Bäumen wider, aber irgend etwas an ihrem Gesang ließ mich zweifeln, ob er tatsächlich von Vögeln stammte.

Als wir eine Lichtung erreichen, von der man einen Ausblick auf den See hatte, sagte eine Stimme hinter uns: »Laßt die Waffen fallen.«

Wir gehorchten. Vier Männer sprangen aus den Bäumen, die die Lichtung säumten, hoben die Bogen und zielten mit ihren Pfeilen auf uns. »Wir kommen in friedlicher Absicht«, sagte der Vorbeter.

Einer der Männer senkte den Bogen. »Ihr tragt die Kleidung der Gruppen am See«, fuhr er in der heiligen Sprache fort, »genau wie dieser Junge, aber ihr bringt zwei Fremde mit, und außerdem Tiere. Ihr wißt, daß ihr unser Lager nicht betreten dürft.«

»Ich bin der Vorbeter meiner Gruppe. Ich war schon ein einmal hier und habe eure göttliche Erscheinung erblickt.«

Der Mann machte eine wütende Handbewegung.

»Dann weißt du, daß du nicht hättest zurückkommen dürfen.«

Der Vorbeter streckte die Hand aus. »Wenn es mir verwehrt ist einzutreten, dann bringt euren Vorbeter zu mir heraus, damit ich ihm von einer weiteren Vision berichten kann, die mir gewährt worden ist.«

»Eine weitere Vision?« Der Mann verzog das Gesicht.

»Ich möchte mit eurem Vorbeter über heilige Angelegenheiten sprechen.«

»Er ist zu alt und schwach, um das Lager zu verlassen«, sagte ein anderer Mann.

»Dann holt euren Häuptling heraus, damit ich mit ihm sprechen kann. Ich sage euch, Gesegnete, die ihr seid, eure Segnungen werden vervielfacht, wenn ihr mich anhört und diese Reisenden willkommen heißt. Wenn ihr euch weigert, werdet ihr mit einem Fluch belegt.«

Der Mann, der als erster gesprochen hatte, lachte. »Glaubst du, daß wir, die wir von der Herrin geliebt werden, von dir verflucht werden können?«

»So wird es geschehen, wenn ihr diese beiden Reisenden nicht willkommen heißt.«

»Wir nehmen keine Fremden mehr in unserem Lager auf und sprechen mit ihnen nur außerhalb davon. Ich erkläre diesen beiden hiermit, daß sie sterben müssen, wenn uns nicht gefällt, was wir hören. Wir haben mit euch einen Friedenspakt geschlossen, Vorbeter, mit ihnen jedoch nicht.«

»Ich muß mit eurem Häuptling sprechen«, wiederholte der Vorbeter entschlossen.

»Es muß euch doch klar sein, daß ich nicht die weite Reise hierher unternommen und meine Gruppe ohne meine Gebete zurückgelassen hätte, wenn es nicht um eine Angelegenheit von großer Tragweite ginge.«

Die Männer besprachen sich, dann trat ein anderer vor. »Ihr könnt jetzt umkehren, und wir werden euch unbeschadet ziehen lassen.«

Der Vorbeter schüttelte den Kopf. »Ich bleibe, bis ich mit eurem Häuptling sprechen kann.«

»Du setzt eine Aufhebung unseres Friedenspaktes aufs Spiel, alter Mann.«

»Dann setze ich sie eben aufs Spiel.«

Die Männer sagten noch etwas in der See-Sprache zu dem Vorbeter, und er antwortete in derselben Sprache. Schließlich drehte sich ein Mann um und rannte in den Wald hinein, während die anderen blieben.

»Er wird den Häuptling holen«, sagte der Vorbeter. »Es ist an ihm, über uns zu entscheiden. Vielleicht sollten wir unser Lager hier aufschlagen, während wir warten.«

Bis zum Einbruch der Nacht war noch niemand zu uns gekommen. Wir würden unter den Augen der Männer, die uns bewachten, schlafen müssen.

Die Pferde waren angebunden, doch unsere Bewacher hielten sich in gehörigem Abstand von ihnen. Ich errichtete für Birana ein Schutzdach und legte mich dann neben sie. »Wenn der Häuptling nicht kommt«, flüsterte ich ihr zu, »dann mußt du ihnen zeigen, was du bist.«

Sie zitterte. »Aber der Vorbeter ist offenbar der Ansicht, daß das Gespräch mit dem Häuptling wichtig ist.«

»Das ändert nichts daran. Oder würdest du lieber einen Pfeil in der Brust spüren?«

Sie sagte in dieser Nacht nichts mehr, doch einmal schrie sie im Schlaf auf. Ich legte ihr die Hand auf die Schulter, um sie zu beruhigen, und fragte mich, ob es klug gewesen war, hierher zu kommen.

Am Morgen nahm der Vorbeter einiges zu essen aus unserem Gepäck, aber ich hatte keinen Appetit. Ich starrte das Stück Trockenfisch in meiner Hand eine Weile an, dann erhob ich mich und ging auf die Wachtposten zu. »Für euch«, sagte ich, »damit ihr wißt, daß wir nichts Böses gegen euch im Schilde führen.«

Der eine Mann streckte die Hand aus, doch der andere schlug den Arm nieder. »Nimm es nicht. Wir wollen kein Essen von jemandem annehmen, der vielleicht durch unsere Hände sterben muß.« Der harte Blick seiner braunen Augen traf mich.

Ich ging zu Birana zurück und ließ mich nieder. »Kann das Lager denn so weit entfernt sein?« fragte ich den Vorbeter.

»Es ist nicht weit entfernt, aber vielleicht braucht der Häuptling Zeit für die Entscheidung, ob er herkommen soll oder nicht.«

»Und wenn er es nicht tut?«

Der alte Mann warf einen Blick auf Tulan, dann sagte er leise: »Wenn er nicht kommt, dann kannst du nur hoffen, daß die anderen die Wahrheit erkennen, bevor du stirbst. Ich unterliege einem Friedenspakt mit ihnen. Ich kann dich nur mit Worten verteidigen.«

Ich erwog einen Fluchtversuch mit Birana auf unseren Pferden, bevor sie uns aufhalten konnten. Aber es wäre sinnlos zu fliehen. Wir kannten diesen Wald nicht, und die Pferde, die in dem Gehölz nur langsam vorankamen, wurden vielleicht von den Männern eingeholt.

Plötzlich traten drei Männer aus dem Wald. Ein vierter Mann folgte ihnen auf die Lichtung, und ich wußte, bevor es uns jemand sagte, daß er der hiesige Häuptling sein mußte. Er war groß, noch größer als ich, und sein Speer war mit Federn geschmückt, wie es Irlans gewesen war. Sein bartloses Gesicht mit einem starken Kinn und ebenmäßigen Zügen, von keinerlei Narben entstellt, war von auffallender Schönheit. Das hellbraune Haar fiel ihm bis auf die Schultern, und obwohl seine nackte, breite Brust fast so gewaltig wie Irlans war, verunstaltete kein Gramm Fett seinen Körper. Ich wollte mich auf keinen Fall auf einen Wettstreit mit diesem Mann einlassen.

Der Vorbeter erhob sich und verneigte sich; Birana und ich folgten seinem Beispiel. Der Hauptmann sagte ein paar Worte in der See-Sprache. »Sei gegrüßt«, antwortete der Vorbeter in der heiligen Sprache. »Ich richte das Wort in dieser Sprache an euch, denn es geht um Heiligkeit, die ich euch überbringe.«

»Besudele deine Seele nicht mit einer falschen Aussage, Vorbeter«, entgegnete der Häuptling in derselben Sprache. »Dir war untersagt, noch einmal hierher zu kommen, doch jetzt höre ich, daß du eine Vision gehabt hast. Welche Heiligkeit könntest du uns überbringen, die wir nicht bereits besitzen?«

»Ich bringe Heiligkeit, und du wirst sie erblicken und deine Worte bereuen. Ich schwöre bei der Herrin, daß ich mein Leben freiwillig hingebe, wenn ihr keine Heiligkeit bei uns findet, denn ich möchte nicht mehr leben, wenn meine Vision keine wahrhaftige war.«

Die Worte hatten deutlich Eindruck auf den Häuptling gemacht. Er reichte seinen Speer einem der Männer und sagte: »Und wie soll ich die Wahrhaftigkeit dieser Vision beurteilen können?«

»Du wirst mit eigenen Augen sehen.« Der Vorbeter deutete mit einer Hand auf mich. »Unser Häuptling hat die Wahrheit angezweifelt, die dieser Mann mir mitgeteilt hat; er hat ihn herausgefordert und mußte sein törichtes Verhalten mit dem Leben bezahlen. Dieser Junge hat sich in Wettkämpfen bewiesen, bevor wir uns hierher auf den Weg machten, und er wünscht sich einen Platz in euren Reihen. Ich bitte euch, nehmt die beiden bei euch auf.« Der Blick des Häuptlings fiel auf Birana. »Und was ist mit diesem Jungen?«

»Dieser wird euch beweisen, daß meine Vision wahrhaftig war.«

Der Häuptling kräuselte die Lippen. »Wir werden den kleineren Jungen aufnehmen, wenn ich feststelle, daß du die Wahrheit sprichst. Wenn nicht, wird er die Nachricht von deinem Tod nach Hause tragen, eines Todes, den du dir selbst ausgesucht hast, ebenso wie die Kunde vom Tod dieser beiden Fremden.«

»Das sind meine Freunde!« rief Tulan aus. »Du darfst ihnen nichts tun!«

»Schweig!« befahl der Häuptling. Ich legte Tulan eine Hand auf die Schulter, gerührt durch seine Worte, aber voller Angst, was der Häuptling wohl als nächstes tun würde. Er sah von seiner hohen Warte aus auf Tulan herunter, und der Schatten eines Lächelns umspielte seine Lippen. »Tapfere Worte sind leere Worte, wenn ihnen keine Taten folgen, und du bist zu klein, um deinen Worten Kraft zu verleihen.« Er ließ den Blick über seine Männer schweifen, dann wandte er sich wieder dem Vorbeter zu. »Du sagst, euer Häuptling habe die Wahrhaftigkeit deiner Vision angezweifelt. Wurde die Wahrheit nicht durch eine Wahrheitssprechung herausgefunden?« Der alte Mann antwortete: »Es bestand keine Notwendigkeit für eine Wahrheitssprechung, wie du selbst sehen wirst.« Er trat näher an Birana heran. »Diese Person hier wird es dir beweisen.«

Während der Häuptling Birana starr musterte, huschte ein Ausdruck des Staunens und Verstehens über sein Gesicht. Ohne zu wissen warum, war ich mir plötzlich sicher, daß er erraten hatte, was sie war. »Vorbeter«, sagte er, »du wirst zusammen mit dieser Person mit mir kommen, dann werden wir sehen, welche Wahrheit sich offenbart. Wenn ein Wesen des Bösen dich betrogen hat, dann werde ich nicht zulassen, daß meine Männer vom Bösen befleckt werden.« Er entfernte sich in Richtung Wald. Birana folgte ihm, und der Vorbeter ging neben ihr her. Ich hätte sie gern begleitet, um sie zu schützen, so gut ich konnte. Ich ließ mich mit Tulan nieder, um zu warten. Ich würde es mir nie verzeihen, wenn ihr ein Leid geschähe; ich würde diesen Häuptling herausfordern, auch wenn es meinen Tod bedeutete. Eine lange Zeit schien zu verstreichen, dann erscholl ein Schrei aus dem Wald. Meine Kehle war trocken vor Angst.

Der Häuptling trat mit ausgestrecktem Arm auf die Lichtung, während Birana und der Vorbeter ebenfalls aus dem Wald kamen. »Heiliger Bote!« rief er mir entgegen. »Vergib mir meine Worte!« In diesem Moment wußte ich, daß wir außer Gefahr waren, und doch sah ich keine Ehrfurcht oder Angst im Gesicht des Mannes, sondern nur Triumph und Stolz. »Kniet nieder!« befahl er den anderen. »Wisset, daß wir, die Gesegneten, erneut gesegnet wurden. Die Herrin hat sich in dieser Verkleidung zu uns begeben, und eine göttliche Erscheinung ist unter uns.«

Birana hatte die Jacke ausgezogen und hielt sie neben sich. Sie hatte sich den Gürtel um das Hemd geschnallt, so daß die Rundungen ihrer Brüste und Hüften deutlich sichtbar waren. Das reichte aus, um die Männer zu überzeugen, und sie knieten nieder und schlugen die Köpfe gegen den Boden. Tulan hielt sich einen Augenblick lang an mir fest, dann warf er sich ins Gras.

»Sie und Ihr Bote möchten bei uns leben«, fuhr der Häuptling fort. »Danket der Herrin, daß wir wieder einmal für würdig befunden wurden.« Hoffnung keimte in mir auf. Seine Worte konnten bedeuten, daß sie schon einmal ein Wesen von Biranas Art gesehen hatten. Doch er verneigte sich immer noch nicht, sondern blieb gelassen neben ihr stehen, als ob diese Erscheinung etwas ihm selbstverständlich Zustehendes wäre.

Birana war blaß. Angst zeichnete ihr Gesicht. Sie sah nicht aus wie jemand, der eine Zuflucht gefunden hatte. Sie taumelte, dann fing sie sich wieder, und ich fragte mich, wovor sie sich jetzt fürchtete.

Ich half Birana beim Aufsitzen auf Flamme. Als ich ihre Hände berührte, fand ich sie eiskalt. »Sie ist wahrhaft heilig«, sagte einer der Männer, »denn Ihre Macht hat sogar diese wilden Tiere gezähmt.«

»Tulan soll Ihr Pferd führen«, sagte ich und reichte dem Jungen die Zügel. Er lächelte mich an, und seine Augen waren vor Ehrfurcht geweitet.

Ein finsterer Ausdruck huschte über das Gesicht des Häuptlings, als er zu mir kam, doch gleich darauf verschwand er wieder, und er nickte mir zu. Ich glaubte, Verärgerung in seiner Miene zu erkennen, hatte aber keine Ahnung, wodurch ich ihn verärgert haben könnte. »Ich werde euch in mein Lager führen«, sagte er. Der Häuptling ging neben Tulan her, während ich ihnen mit den anderen Pferden folgte. Der Vorbeter und die anderen Männer bildeten den Abschluß. Bald kamen wir in eine Landschaft, die von Baumstümpfen bedeckt war, und dann zu einer kahlen Fläche, wo nur etwas Gras und Gestrüpp wuchsen. Vor uns erhob sich eine Mauer aus Erde und Stein, ähnlich derjenigen, die das Lager des Vorbeters umgab.

»Eine Verkörperung der Herrin kommt mit uns«, rief der Häuptling den Männern auf der Mauer entgegen. Sie ließen die Waffen fallen und verneigten sich vor uns, während sich der Häuptling dem Vorbeter zuwandte. »Du hast gelobt, unser Lager niemals wieder zu betreten, also mußt du hier dein Lager aufschlagen, aber ich werde Männer zu deinem Schutz herausschicken. Ich lasse dir einen Anteil an unserem Festmahl servieren, und für die Rückreise zu deinem Heimatlager bekommst du Proviant und Wasser und Männer als Begleitung.« Der Vorbeter neigte den Kopf.

»Gesegnet bist du, der Sie zu uns gebracht hat.« Der Häuptling streckte die Hand mit der Innenfläche nach unten aus. »Ich wünsche deiner Gruppe Wohlergehen, aber du darfst ihnen gegenüber niemals über diese heiligen Angelegenheiten sprechen.«

»Ich schwöre, ich werde ihnen nichts anderes berichten, als daß ihr die Reisenden und den Jungen bei euch aufgenommen habt.« Der alte Mann umarmte Tulan, dann umklammerte er für einen Moment meinen Arm.

»Ich danke dir dafür, daß du uns hierher geführt hast«, sagte ich.

»Ich habe dir zu danken, Arvil, und der Herrin.« Dieser Abschied machte mich traurig, aber die Neugier, was mich hier erwarten mochte, vertrieb meine trüben Gedanken. Wir schritten durch die Öffnung in der Mauer und kamen an Gärten vorbei, wo sich Männer verneigten und niederknieten. Diese Gruppe erschien mir sogar noch größer als die Jerlans. Wir wurden zu einer Lichtung geführt, die von Hütten aus Baumstämmen gesäumt war, und dort stieg Birana ab.

»Jetzt muß unser Vorbeter die Erscheinung zu sehen bekommen«, murmelte der Häuptling, wobei er ihren Arm nahm und sie zu einer kleinen Hütte führte, die ein paar Schritte von der Mauer entfernt stand. Sie betraten die Hütte und verweilten eine kurze Zeit darin. Als sie herauskamen, war Birana noch blasser als zuvor.

Ich band unsere Pferde an ein junges Bäumchen neben dem Haus des Vorbeters. Matten wurden vor seiner Tür ausgelegt, und der Häuptling forderte uns mit einer Handbewegung auf, Platz zu nehmen. »Ich muß Dich für eine Weile verlassen, aber bitte warte hier, während meine Männer das Festmahl vorbereiten.« Er verneigte sich vor Birana und ging.

Der Vorbeter kam aus seiner Hütte, auf einen Stock gestützt. Er war dünn, älter und schwächer als der Vorbeter, der uns herbegleitet hatte. Er kniete vor uns nieder, leierte unzählige Gebete herunter, während er mit der knorrigen Hand Bewegungen in der Luft beschrieb und dann Tulan zu sich heranwinkte. »Setz dich neben mich, Junge, und erzähl mir etwas über deine Gruppe und wie es dort jetzt so zugeht, damit die Herrin und Ihr Bote für sich sind, während sie unsere Wohltaten erwarten.« Eine weitere Matte wurde herbeigebracht, und der Vorbeter und Tulan ließen sich einige Schritte entfernt von uns nieder.

Die Männer des Lagers eilten in ihre Behausungen, um das Festmahl vorzubereiten. Knaben und Gärtner mit Körben kamen an uns vorbei, sprachen uns jedoch nicht an. Die meisten Männer dieses Lagers, genau wie die in Jerlans, trugen keine oder ganz kurz geschnittene Bärte; Tulan hatte mir erklärt, daß die Männer auf diese Weise mehr der Herrin gleichen wollten.

Wir sahen von unserem Sitzplatz aus den See unter uns, und ich stellte fest, daß das Lager eine Bucht überblickte. Direkt unterhalb der Lichtung lagen mehrere Boote umgedreht am Ufer. Der Häuptling und zwei andere Männer ließen eins der Boote zu Wasser. Der Häuptling kletterte hinein und setzte sich in die Mitte, während die beiden Männer auf den See hinaus paddelten. Draußen in der Bucht lag eine Insel, und diese schien ihr Ziel zu sein. Ich strengte die Augen an, konnte jedoch nicht erkennen, wie es darauf aussah.

Ich sah Birana an; ihre Hände zitterten. Ich hob den Blick zu ihrem unglücklichen Gesicht. »Du bist jetzt in Sicherheit«, murmelte ich. »Diese Gruppe ist noch reicher als die vorige, und du kannst von diesen Männern nicht verraten werden, wenn sie nicht in Heiligtümer gehen. Warum bist du so traurig?«

Sie sah zum Vorbeter hinüber, doch dieser war tief in das Gespräch mit Tulan versunken und zu weit von uns entfernt, um uns zu hören. Ihr Kinn straffte sich. »Der Häuptling«, preßte sie zwischen geschlossenen Zähnen hervor. »Er hat mich nicht nur angesehen, sondern mich mit den Händen berührt, genauso wie der alte Mann dort, und sie sprachen andauernd ihre heiligen Worte, aber ihre Hände beschäftigten sich mit mir, als sähen sie nichts Unrechtes darin. Ich hätte am liebsten geschrien. Der Häuptling erzählte dauernd, wie heilig ich sei, doch ich sah die Begierde in seinen Augen.«

Mein Gesicht flammte auf. Daß andere sie betrachteten, war schlimm genug; der Gedanke daran, daß sie sie berührten, war mehr, als ich ertragen konnte. Ich kämpfte gegen meinen Zorn an. »Ich bin bei dir. Dir wird kein Leid geschehen.« Das waren leere Worte, wie ich sehr wohl wußte. »Ich dachte, es könnte sich bei diesem Ort um die gesuchte Zufluchtsstätte handeln, aber es gibt nur Männer hier.«

»Du hast seine Worte gehört. Er hat deinesgleichen schon mal gesehen.«

»Vielleicht hat er es geträumt.«

»Der Vorbeter hat es nicht geträumt«, entgegnete ich. »Eine ganze Gruppe kann nicht denselben Traum haben.« Die Sonne stand tief am Himmel. Männer brachten Fackeln aus ihren Hütten und bauten sie rings um die Lichtung auf. Andere folgten ihnen mit Körben und Essen in Tontöpfen, das sie zu uns brachten. Nachdem sie alles abgesetzt hatten, fingen sie an zu tanzen und monotone Lieder in ihrer Sprache zu singen. Ich nahm von dem Essen, aber Birana trank nur Wasser.

Die Männer tanzten weiter, taten sich vor uns wichtig, warfen die Beine in die Höhe und hüpften herum, um sich darzustellen. Bald versank die Sonne hinter den Bäumen im Westen, und sie tanzten und sangen immer noch. Tulan schaukelte beim Zusehen von einer Seite zur anderen. Birana rührte sich nicht und sprach nicht und lehnte es ab, etwas zu essen.

Ein dunkelhaariger junger Mann mit einem kühnen Gesicht bahnte sich einen Weg zwischen den Tänzern hindurch, kniete sich vor uns nieder und bot uns Fleisch dar. »Nimm mein Essen, Heiligkeit«, sagte er. »Nimm das meine, wenn Dir das der anderen nicht zusagt.« Die anderen traten neben ihn, ebenfalls mit Nahrung. »Laß uns Deine Segnung zuteil werden, wenn das Dein Wille ist.« Birana sagte nichts.

»Du mußt etwas essen«, flüsterte ich ihr zu. Sie ließ nicht erkennen, daß sie mich gehört hatte.

Die Menge der Männer auf der Lichtung versperrten mir die Sicht auf das Ufer, doch ich glaubte das Licht einer Fackel draußen auf dem See zu sehen. Die Tänzer wurden immer inbrünstiger und setzten zu einem feierlicheren Gesang an. Plötzlich wichen sie zur Seite und säumten die Lichtung in zwei Reihen.

Zwei Boote waren am Ufer gelandet. Ein Mann mit einer Fackel kletterte über die Uferböschung herauf. Der Häuptling schritt hinter ihm her. Sechs Männer folgten ihm; sie trugen eine offene Sänfte auf den Schultern. Als das Licht der Fackeln um uns herum diese Sänfte und die darin sitzende Person beleuchtete, hätte ich beinahe einen lauten Schrei ausgestoßen.

Eine Frau thronte in der Sänfte. Das schwarze Haar wallte ihr bis über die Schultern, konnte jedoch die vollen Brüste nicht verbergen, die nur zum Teil von einem Lederhemd bedeckt waren. Mit diesen Formen hätte sie nicht in der Verkleidung eines jungen Mannes bei ihnen erscheinen können, so wie Birana es getan hatte. Sie blickte in meine Richtung, während die Männer die Sänfte zu uns trugen, und selbst ich, der die Wahrheit über Biranas Artgenossinnen kannte, erbebte unter dem feurigen Blick dieser Frau.

Die Sänfte wurde vor uns abgestellt. Die Frau schob den Pelz beiseite, der ihre Füße bedeckte, und stand langsam auf. Sie und Birana starrten einander lange an. Als ich die Freude auf Biranas Gesicht sah, freute sich ein Teil von mir mit ihr, ein anderer Teil von mir war traurig darüber, daß sie niemals solche Freude zum Ausdruck gebracht hatte, wenn sie mich angesehen hatte.

»Ich heiße dich willkommen, Schwester und Heiligkeit«, sagte die schwarzhaarige Frau mit heiserer Stimme. Birana sprang auf die Beine und umarmte die Frau. Ihre Schultern bebten, während die Frau sie in den Armen hielt. »Bitte, etwas mehr Haltung«, murmelte die Frau so leise, daß ich es kaum hören konnte. »Unsere Gläubigen erwarten das von uns.«

Birana trat einen Schritt zurück und wischte sich mit einem Ärmel das Gesicht ab. »Ich bin beglückt, dich zu sehen, Heiligkeit«, sagte sie mit ihrer höheren, helleren Stimme. So begann unser Leben bei dieser Gruppe.

Also lebte eine Frau bei dieser Gruppe. Ich hätte gern mit ihr gesprochen, ihr Fragen gestellt; das würde ich jedoch erst tun können, wenn wir allein wären. Meine Beine waren schwach. Ich setzte mich schnell hin, und sie nahm neben mir Platz.

»Wir sind nur für kurze Zeit hier«, sagte sie mit gedämpfter Stimme. »Du mußt etwas essen.« Sie schob einen Topf vor mich hin, aber ich war zu aufgeregt, um zu essen.

Wir schwiegen, während die Männer wieder tanzten. Einige ihrer Gesten störten mich. Die jungen streckten die Arme aus, als ob sie eine Umarmung suchten, während andere so dicht zu mir herankamen, wie sie es wagten, und dabei auf ihre Lenden deuteten. Ich schluckte heftig und senkte den Blick.

Endlich hörte das Tanzen auf, und die Männer ließen sich am Boden nieder, während Knaben Speisen herantrugen. Die Frau sprach nicht mit mir, während sie aßen; dann hielt sie die Hand hoch.

Der Häuptling erhob sich und schritt auf uns zu. »Ich werde ihm sagen, daß wir jetzt aufbrechen müssen«, flüsterte die Frau mir zu. »Du wirst mit mir in der Sänfte getragen werden.«

»Und meine Begleiter?« flüsterte ich zurück.

»Begleiter?«

»Der Mann, der bei mir ist, und der Junge bei dem Vorbeter.«

»Sie können nicht mit uns kommen.«

Der Häuptling stand vor mir, und ich unterdrückte ein Schaudern, als ich einen Blick auf sein Gesicht warf. »Ich würde gern an eurer Festlichkeit teilnehmen«, sagte die Frau mit ihrer heiseren Stimme, »doch Ich möchte mich Meiner schwesterlichen Erscheinung widmen und deshalb jetzt zu Meinem Zuhause zurückkehren.«

Der Häuptling verneigte sich. »Dein Wille geschehe, Heiligkeit.«

Ich sah Arvil an. Er erwiderte meinen Blick. Ich mußte jetzt alles in meiner Macht Stehende für ihn tun.

Ich kannte die Bräuche dieser Gruppe nicht und fragte mich, ob Arvil oder Tulan womöglich gezwungen würden, das über sich ergehen zu lassen, was diese Männer Wahrheitssprechung nannten.

Ich stand auf. Die Frau zupfte an meinem Hemd, was offenbar eine Aufforderung sein sollte zu schweigen. Ich mißachtete sie. »Ich richte hiermit das Wort an euch alle.« Ich legte soviel Nachdruck in meine Stimme, wie ich aufbrachte. »Dieser Mann, Arvil, der hier neben Mir sitzt, ist der heilige Bote, dem Ich Mich als erstem offenbart habe. Der Junge, Tulan, ist Mein getreuer Freund. Ich habe in ihre Seelen geblickt, deshalb besteht keine Veranlassung, daß sie einer Wahrheitssprechung durch euch unterzogen werden. Ich bitte euch, sie in euren Reihen in Frieden leben zu lassen.«

Die dunklen Augen des Häuptlings glitzerten, als er mich ansah. Ich dachte daran, wie er mich im Wald berührt hatte, wie er meine Brüste betastet und mir die Hände um die Taille gelegt hatte; mir wäre dabei fast übel geworden. Meine Kehle war einen Augenblick lang wie zugeschnürt.

Er verneigte sich erneut. »Weil sie in Deiner Begleitung gekommen sind, Heiligkeit, werden wir gehorchen und sie als Mitglieder unserer Gruppe aufnehmen.«

Ich fand meine Stimme wieder. »Arvil und Tulan werden sich um meine Pferde kümmern.«

Der Häuptling nickte. »So soll es geschehen, Heiligkeit.«

Ich drehte mich kurz zu Arvil um. Er lächelte ein wenig. Ich hatte alles für ihn getan, was ich konnte, doch plötzlich hatte ich Angst, von seiner Seite zu weichen, da ich davor zurückschreckte herauszufinden, auf welche Weise diese Frau überlebt hatte.

Wir wurden in der Sänfte, die leicht schaukelte, zum See hinuntergetragen. Ich hielte mich an den Streben fest und hoffte, daß die Männer nicht stolperten. Nachdem die Sänfte zu Boden gesetzt worden war, half uns der Häuptling ins Boot, verabschiedete sich von uns und schritt in Richtung seines Lagers davon.

Ein Mann kletterte in den Bug, die anderen schoben das Boot an und sprangen dann ins Heck. Drei Männer fuhren in einem zweiten Boot voraus; einer hielt eine Fackel, während die anderen paddelten.

Meine Begleiterin schwieg in Anwesenheit der Männer. Die Luft war warm und reglos; im Lager hinter uns sang jemand ein Lied. Der Gesang verstummte, und ich hörte nur noch das sanfte Plätschern des Wassers gegen das Boot und die Paddel.

Unser Ziel, so schien es, war eine Insel, die ich zuvor vom Lager aus gesehen hatte. Ich war neugierig, wie es dort aussehen mochte und ob noch andere Frauen auf der Insel lebten. Aus irgendeinem Grund zweifelte ich daran; sonst wären sie doch bestimmt auch ins Lager gebracht worden. Ich versuchte, nicht allzu enttäuscht zu sein. Zumindest hatte ich eine Freundin gefunden, und von ihr konnte ich mehr über diese Gegend und das Land jenseits davon erfahren.

Das Boot rauschte zwischen einigen Schilfhalmen hindurch, als wir uns der Insel näherten. Über dem schlammigen Ufer ragten einige flache Felsen aus der Erde. Die Männer in dem anderen Boot stiegen aus, zogen ihr Gefährt an Land und hoben Körbe aus dem Stauraum.

Nachdem unser Boot ebenfalls am Ufer war, folgte ich der Frau und den Männern auf einem Pfad, der hangaufwärts führte. In der Nähe der höchsten Stelle der Erhebung war eine Fläche eingeebnet worden, und ein viereckiges Holzgebäude, vor dessen Eingang ein Fell hing, stand unter den Bäumen. Die Männer setzten ihre Körbe vor der Türöffnung ab, steckten daneben eine lange Fackel in die Erde und traten zurück.

»Welche Wünsche können wir Euch erfüllen?« fragte ein Mann.

»Kehrt zu euren Booten zurück«, antwortete die Frau. »Ich möchte mit meiner Freundin allein sein.«

»Wir sind gesegnet, Heiligkeit«, erwiderte der Mann.

Nachdem die Männer gegangen waren, umarmte ich die Frau erneut; jetzt konnte ich meine Tränen nicht mehr zurückhalten. »Ich hätte nie gedacht...«

»Ich weiß, Mädchen, ich weiß. Ich hätte auch nicht geglaubt, daß ich jemals wieder eine Frau sehen würde.« Sie löste die Umarmung. »Ich glaube, ich sollte dir jetzt zuerst einmal mein Zuhause zeigen.«

Sie führte mich zu einer abgeschirmten Grube im hinteren Teil der Hütte, wo ich mich erleichtern konnte, dann trugen wir die Körbe ins Innere. Während ich mich in der Dunkelheit niederließ, ging sie hinaus und holte die Fackel herein. In der Mitte des Bodens war Holz in einer von Steinen eingegrenzten Feuerstelle aufgeschichtet; sie hielt die Fackel an die Scheite, bis ein Feuer brannte.

Jetzt war das Innere der Behausung sichtbar. Erde und Lehm füllten die Ritzen zwischen den Baumstämmen, aus denen die Hütte gebaut war; in einer Ecke lagen auf einer breiten Matte Stapel von Fellen und Pelzen. Auf einem Holzpodest standen mehrere Töpfe und Körbe und lagen ordentlich zusammengefaltete Kleidungsstücke aus Leder und Pelz.

Meine Freundin stellte die Fackel vor der Tür auf, dann setzte sie sich neben mich und griff nach meiner Hand. Meine Gedanken waren mit zahllosen Fragen beschäftigt, aber ich vermochte nicht zu sprechen.

»Wir können jetzt frei reden.« Ihre Stimme bebte ein

wenig, als ob sie ebenso überwältigt wäre wie ich. »Zwei der Männer werden unten beim Boot bleiben, um uns als Wachen zu dienen, die anderen kehren zu ihrem Lager zurück.

Ich entzog ihr meine Hand. »Hast du bis jetzt allein hier gelebt?«

Sie nickte. »Ich muß dich etwas fragen – hast du ihnen deinen Namen genannt?«

Mir wurde bewußt, daß ich das nicht getan hatte, und ich schüttelte den Kopf.

»Gut. Meinen kennen sie auch nicht. Es ist besser so. Für sie sind wir einfach die Heiligkeiten. Ich heiße Nallei, sprich meinen Namen aber bitte nur aus, wenn wir allein sind.«

»Ich heiße Birana.«

Sie beugte sich zu mir herüber. »Du ahnst nicht, wie sehr ich mir gewünscht habe, wieder mal die Stimme einer anderen Frau zu hören. Als Yerlan, der Häuptling, hierherkam und mir berichtete, daß du ihm Lager seist, konnte ich es nicht glauben, bis ich es mit eigenen Augen sah.« Ihre haselnußbraunen Augen verengten sich, als sie den Häuptling erwähnte. »Aber du hast mir auch einige Sorgen bereitet. Diese Männer sollten mein Geheimnis wahren. Wie hast du den Weg hierher gefunden?«

»Mein Begleiter und ich sind zu einem anderen Lager am See gelangt. Dort erfuhren wir, daß hier eine heilige Vision erschienen sei, doch man sagte uns nicht, um was es sich handelte.« Ich fuhr fort und berichtete ihr, wie uns der Vorbeter hergeführt hatte, nachdem ich mich ihm offenbart hatte; von meiner ersten Begegnung mit Yerlan erzählte ich jedoch nicht viel. Vielleicht würde mich diese Frau verachten, weil ich seine Berührung zugelassen hatte, anstatt eine respektvolle Behandlung von ihm zu verlangen.

»Wie lange lebst du schon hier?« fragte ich, als ich zum Ende meines Berichts gekommen war.

»Beinahe sechzehn Jahre.«

Ich schnappte entsetzt nach Luft.

»Ich habe die Jahre hier aufgezeichnet.« Sie deutete auf eine Stelle an der Wand, wo lange Striche in einen der Baumstämme eingeritzt waren. »Ich war Anfang Zwanzig, als ich herkam.«

Ich musterte ihr Gesicht. Sechzehn Jahre, und doch hatte sie sich auf gewisse Weise ihre Schönheit bewahrt. »Warum bist du in die Verbannung geschickt worden?«

Ihre Miene verfinsterte sich, und ich merkte, daß ich das nicht hätte fragen sollen. »Das ist jetzt unwichtig. Habe ich dich vielleicht gefragt, warum jemand in so jungen Jahren wie du ausgestoßen wurde? Es wäre gut, wenn du dein früheres Leben vergessen würdest.«

Ich starrte ins Feuer. Ich würde hier mit Nallei zusammenleben; das wäre leichter, wenn ich nichts über ihr Verbrechen wüßte. Vielleicht war sie jemand wie meine Mutter, aufbrausend und temperamentvoll, vielleicht war ihr Verbrechen aber auch geplant und vorsätzlich ausgeführt. Ich war ihrer Gnade ausgeliefert, aber immerhin war sie eine Frau. Ich versuchte, einen gewissen Trost aus dieser Tatsache zu ziehen.

»Ich bin wegen der Tat meiner Mutter ausgestoßen worden, nicht wegen meiner eigenen«, sagte ich.

»Dann mußt du irgendeine Rolle dabei gespielt haben, aber nun genug davon.« Ihre Stimme klang hart; ich nahm an, daß das Leben hier draußen sie hart gemacht hatte.

»Meine Mutter ist tot. Männer haben sie umgebracht, bevor sie erkannten, was sie war.« Ich senkte den Kopf.

»Es tut mir leid, Birana.« Sie berührte leicht meine Schulter. »Aber hier bist du sicher, jedenfalls so sicher, wie du sein kannst. Diese Männer beten mich an, und sie werden dich ebenfalls anbeten. Sie versorgen dich mit allem, was du brauchst. Lediglich in Yerlans Nähe solltest du vorsichtig sein. Er betet mich an, aber ...« Sie hielt inne. »Er ist inzwischen an die Gegenwart einer

Frau gewöhnt. Er könnte sich manchmal vergessen.« Nallei versank wieder für eine Weile in Schweigen, dann fuhr sie fort: »Warum war dir soviel daran gelegen, daß die beiden mit dir kommen? Ihr Schicksal sollte dir doch gleichgültig sein.«

Plötzlich wurde mir klar, daß ich auf der Hut sein mußte. Ich hatte Arvil viele Dinge erzählt und war vertrauter mit ihm geworden, als es meine Absicht gewesen war. Ich erinnerte mich, wie er mich in den Armen gehalten, wie er seinen Mund auf meinen gedrückt hatte. Ich hatte in jenem Augenblick an Laissa gedacht, aber auch an ihn, und es lag an meiner Verwirrung, daß ich ihm nicht gleich Widerstand geleistet hatte. Ich wußte nicht, was Nallei von Arvil halten würde, und obwohl es mich drängte, meine Geschichte heraussprudeln zu lassen, hielt ich mich zurück.

»Sie sind seit einiger Zeit meine Freunde«, sagte ich vorsichtig, »wie eben ein Mann und ein Junge die Freunde einer Frau sein können. Arvil hat mich beschützt und Schaden von mir abgewendet. Ich wollte ihm meine Dankbarkeit erweisen, das ist alles.«

»Ich verstehe.«

»Aber ich möchte etwas über dich erfahren, wie du hierher geraten bist.«

Nallei stand auf, ging zu einem der Körbe und nahm einen Krug und zwei irdene Becher heraus. Während sie sich wieder setzte, reichte sie mir einen Becher und goß ein. Ich hob den Becher und schmeckte die Süße von Beeren. Das Getränk wärmte mich; ich stellte fest, daß es eine Art Wein war.

Während ich trank, erzählte mir Nallei einiges aus ihrem Leben.

Sie war im Sommer in die Verbannung geschickt worden. Sie verriet mir nicht, wo ihre Stadt lag. Sie war also nicht den Winterstürmen ausgesetzt gewesen, und nachdem sie drei Tage lang durch Ödland gewandert war, war sie zu einem Heiligtum gekommen. Inzwischen waren ihre Nahrung und ihr Wasser zur Neige gegangen. Sie hatte sich bereits beinahe mit dem Gedanken abgefunden, daß sie dort in der Einsamkeit sterben würde, da betraten zwei Männer das Heiligtum.

Sie erkannten sofort, was sie war. Sie trug ein Gewand aus leichtem Stoff, und ihre Formen waren auch damals schon zu sehr gerundet, als daß sie durch Kleidung hätten verborgen werden können. Die beiden Männer erjagten etwas zu essen für sie, und als sie kräftig genug war, um zu reisen, nahmen sie sie mit zu ihrer Gruppe.

»Ihr Lager«, fuhr sie fort, »war sogar noch primitiver als das hier. Sie ernährten sich, indem sie Tierherden nachzogen, und ich machte mir Sorgen, daß andere Stämme meine Anwesenheit herausfinden würden, obwohl jene Gruppe gelobt hatte, mich zu beschützen. Doch ich lauschte ihren Geschichten und erfuhr dadurch, daß andere Gruppen unterschiedliche Lebensweisen hatten. Ich erklärte ihnen, daß ich nur für eine kurze Zeit bei ihnen bleiben konnte, und sie schickten Kundschafter aus, um andere Gruppen oder Orte ausfindig zu machen, wo ich einer Heiligkeit gemäß leben könnte.

Gegen Ende des Sommers hatte einer der Kundschafter von einem Reisenden die Geschichte von den Gruppen am See gehört und erfahren, daß die Männer am See weit weg von jedem Heiligtum lebten und Mauern um ihre Lager errichteten. Nallei, die daran dachte, welche Unbilden der Winter mit sich bringen würde, beschloß, das Risiko der Reise einzugehen und zu erforschen, was die Gruppen am See zu bieten haben mochten. Sie unterrichtete die Gruppe, die für sie gesorgt hatte, von ihrer Absicht, nahm ihnen das Versprechen ab, daß sie, nachdem sie nun in ihrer Mitte gelebt hatte, sich nie mehr in Heiligtümer begeben würden, und dann brachen sie und drei der kräftigsten Männer zum See auf.

Nallei schwieg eine Zeitlang. Ich nippte an meinem Wein; schließlich sagte ich: »Diese Gruppe wird aussterben. Wenn sie sich nicht mehr in Heiligtümer begeben, um berufen zu werden, dann werden sie auch keine Knaben mehr bekommen, und dann...«

»Das war mir klar. Das ist nicht mein Problem. Sie glauben, daß sie im nächsten Leben geehrt werden. Wenn sie aussterben und mich nicht verraten können, nun – um so besser.« Sie musterte mich argwöhnisch. »Du zeigst mehr Gefühl für sie, als du solltest.«

Ich widersprach so nachdrücklich, wie ich konnte. In diesem Augenblick erkannte ich, wie sehr sie die Männer immer noch verachtete, obwohl sie schon so lange mit ihnen lebte.

Sie goß mir Beerenwein nach und fuhr mit ihrer Geschichte fort. Nach einer langen Reise und vielen Schwierigkeiten, auf die sie nicht im einzelnen einging, erreichten sie und ihre Begleiter schließlich das Gebiet am See. Einige Tage zuvor hatte einer der Männer durch die Hände eines anderen den Tod gefunden; Nallei verriet mir nicht den Grund, doch ich ahnte, daß es inzwischen unter ihnen zu Meinungsverschiedenheiten ihretwegen gekommen war. Vielleicht hatte einer von ihnen sie begehrt, wie Arvil mich begehrt hatte.

Die beiden verbliebenen Männer waren durch die Wanderung geschwächt; doch so schwach sie auch waren, sie gaben Nallei immer noch den größten Anteil der wenigen Nahrung, die sie auftreiben konnten. Während sie mühsam weiterzogen, legte sich schließlich einer dieser Männer auf den gefrorenen Boden nieder, um zu sterben; er bat Nallei, für ihn zu beten. Nicht lange danach, als Nallei selbst so verzweifelt war, daß sie beinahe aufgegeben hätte, erreichten sie und der überlebende Mann Yerlans Lager. Die Reise hatte dem Mann den letzten Rest seiner Kraft geraubt, und er starb drei Tage später.

»Du siehst, es verlief alles zu meinen Gunsten«, sagte

Nallei. »Es lebte niemand mehr, der hätte verraten können, daß ich hierher gekommen war.« In ihrer Stimme klang Verachtung mit, und ihre Kälte mißfiel mir. Ich hatte die Schändlichkeit und Häßlichkeit der Männer gesehen, doch ich hatte auch andere Eigenschaften an ihnen beobachtet. Selbst mein kurzer Aufenthalt bei Arvils früherer Gruppe hatte in mir ein wenig Mitgefühl für sie erweckt, so abstoßend ich auch einige ihrer Verhaltensweisen fand. Nallei hatte eine Jahreszeit lang bei einer Gruppe gelebt, und drei ihrer Mitglieder hatten mit dem Leben bezahlt, um sie an einen sichereren Ort zu bringen. Sie lebte seit Jahren mitten unter Männern und hatte offenbar noch immer für keinen von ihnen irgendein Gefühl entwickelt. Ich verdrängte diese Gedanken. Ich lebte noch nicht so lange in der Wildnis wie sie; ich durfte kein Urteil über sie fällen. Was immer sie auch empfinden mochte, sie war jedenfalls von meiner Sorte.

Man hatte ein Fest gefeiert, und sie hatte im Haus des Vorbeters gewohnt, bis ihr auf der Insel eine Hütte gebaut worden war. Auf Nalleis Befehl hin fing die Gruppe außerdem an, ihr Lager gegen andere abzuschotten, und die Männer bekamen die Anweisungen, keine Heiligtümer der Herrin mehr aufzusuchen.

Nallei erfuhr bald genügend über die Gruppe, um zu erkennen, daß eine Auseinandersetzung mit den anderen Männern vom See unausweichlich war, deshalb war diese Gruppe vorbereitet, als die Häuptlinge der anderen Stämme an ihrer Mauer auftauchten. Da sie wußte, daß die Vorbeter ihre Lager niemals wieder verlassen würden und sie deshalb nicht verraten konnten, befahl sie der Gruppe, diese alten Männer herzubestellen. Die Vorbeter wurden zur Insel gebracht, und dort enthüllte Nallei sich, während die Vorbeter gelobten, niemals über das Gesehene zu sprechen, sondern lediglich verlauten zu lassen, daß ihnen eine heilige Vision beschieden gewesen sei.

Sogar danach fürchtete Nallei noch, daß sie nicht

ganz außer Gefahr war, daß die Kunde von ihrer Existenz bis in die Städte dringen könnte. Doch im Laufe der Jahre schwand ihre Angst. Ihre Gruppe, die sich jetzt ihre Knaben von benachbarten Gruppen besorgte, war ihr weiterhin zu treuen Diensten ergeben.

»Eine Sache hält mich am Leben«, sagte sie, »nämlich das Bewußtsein, daß ich trotz der Strafe, zu der mich meine Stadt verurteilt hat, immer noch lebe.« In diesem Augenblick hörte sie sich wie meine Mutter an.

Sie hatte mir ihre Geschichte erzählt, aber einige meiner Fragen waren noch immer unbeantwortet. Wie hatte sie so lange bei den Männern leben können, ohne deren Begierde zu erwecken, wie ich sie nach Arvils Worten bei seiner früheren Gruppe erweckt hatte? Ich dachte daran, wie Yerlan mit mir umgegangen war. Ich hatte seinen Gesichtsausdruck bestimmt nicht falsch gedeutet, und Nalleis volle Brüste und ihr hübsches Gesicht mußten ihn doch noch viel mehr anziehen. Wie hielt sie ihn sich fern? Wie gestaltete sich ihr Leben hier Tag für Tag, und wie verbrachte sie die Zeit? Wieviel hatte sie den Männern preisgegeben, und was hatte sie vor ihnen geheimgehalten? Es hatte keinen Sinn, sie das alles zu fragen; ich würde es früh genug selbst herausfinden.

Ich leerte einen weiteren Becher Wein; das Getränk machte mich leicht schwindelig. »Ich mußte mich vor dem Vorbeter, der mich hergebracht hat, ausziehen«, sagte ich. »Ich mußte mich auch hier wieder ausziehen.« Ein freudloses Kichern entrang sich mir. »Wer hätte gedacht, daß das Ablegen der Kleidung derartige Reaktionen auslöst?«

Sie schmunzelte. »Du hättest die Vorbeter sehen sollen, als sie in dieser Hütte meiner ansichtig wurden!« Sie warf den Kopf zurück und lachte. »O Heiligkeit! O Gebenedeite! O welche Segnung wird uns zuteil!«

Sie schlug vor Belustigung mit der flachen Hand auf den Boden. Ich lachte, dann kamen mir die Tränen, und dann kuschelte ich mich an sie und schluchzte an ihrer Brust.

»Birana«, murmelte sie. »Es ist vorbei. Ich werde dafür sorgen, daß du das nie wieder durchzumachen brauchst.« Sie trocknete mir mit dem Ärmel sanft das Gesicht. »Ich bin neugierig auf deine Geschichte, aber jetzt brauchen wir beide etwas Ruhe.«

Sie führte mich zu der Liegematte. Ich ließ mich auf ihre Felle nieder, und sie streckte sich neben mir aus. Einen Augenblick lang dachte ich, sie würde vielleicht Liebe von mir wollen, da sie sie so lange Zeit entbehrt hatte, doch statt dessen hielt sie mich in den Armen wie eine Mutter ihr Kind.

Am Morgen, als Nallei noch schlief, sammelte ich die Becher und den Krug ein, aus denen wir am Abend zuvor getrunken hatte, mit der Absicht, sie am See abzuwaschen. Ich hob das Fell, das vor dem Eingang hing, und trat hinaus.

Ein Mann kam den Pfad herauf auf mich zu. »Heiligkeit!« rief er und verneigte sich. »Darf ich Dir irgendeinen Wunsch erfüllen?«

Ich schüttelte den Kopf. »Ich brauche nichts. Ich wollte nur eben diese Sachen abwaschen.«

Er verneigte sich wieder, warf das dunkle Haar zurück und streckte die Hände aus. »Laß mich das für Dich tun, Heiligkeit.« Ich reichte ihm die Becher und den Krug und machte mich daran, mein neues Zuhause allein zu erforschen.

Die Insel lag in einer Bucht; nördlich der Bucht erstreckte sich der See weiter, ohne daß ein Ufer zu sehen war. Am nördlichen Ende der Insel kam ich zu einer kleinen Bucht; hier könnte ich vielleicht baden, denn die Stelle war vom Lager aus nicht zu sehen. Ich setzte meinen Spaziergang fort, kletterte über Felsen und streifte durch den Schilf am Rand des Wassers, bis ich die Insel beinahe umrundet hatte.

Ein Boot lag unterhalb des Lagers am Ufer. In der Ferne versammelten sich bereits Männer auf der Lichtung. Darunter, in der Nähe des Boots, saß ein Mann auf einem flachen Felsen und ließ die Beine ins Wasser baumeln. Ein Zweig knackte unter meinen Füßen; er sprang auf.

»Heiligkeit!« sagte er und verneigte sich. »Wünschst Du irgend etwas?«

»Nein.«

Er gaffte mich an. Er hatte ein Jungengesicht und dichtes, kurzes, aber lockiges rotes Haar. »Mit Freuden würde ich Dich um die Insel führen.«

»Ich habe das meiste davon bereits gesehen. Sie ist nicht allzu groß.«

»Ich werde Dir Essen besorgen und es für Dich zubereiten, wenn Du es wünschst. Ich werde ein Feuer für Dich entfachen. Ich werde ... «

»Bleib, wo du bist«, sagte ich, plötzlich verwirrt.

Er wandte sich niedergeschmettert ab. Ich kehrte zur Hütte zurück und ging hinein.

Nallei war wach, schien jedoch vom Wein noch etwas benebelt. Sie richtete sich langsam auf und schob ein Fell beiseite. »Das Feuer ist ausgegangen«, sagte sie. »Ruf einen der Männer, damit er es wieder anzündet, und bitte ihn, uns Tee zu machen.«

»Ich werde es selbst anzünden.« Ich ging hinaus und sammelte etwas Holz, dann trat ich wieder in die Hütte. Ich kniete mich nieder und holte meine Feuersteine heraus.

»Woher hast du die denn?« fragte Nallei.

»Von einem Toten.«

»Das hört sich an, als hättest du eine Geschichte zu erzählen, Mädchen.«

»Das habe ich auch.« Ich hielt die Späne in der Hand und blies sanft in die Funken, bis eine Flamme aufloderte, dann steckte ich das Holz in Brand. Als das Feuer brannte, holte Nallei einen Trinkschlauch, einen Beutel mit Kräutern und zwei weitere Becher. Tulans Gruppe hatte während ihrer Festlichkeit Tee für mich bereitet, und ich hatte dabei zugesehen. Ich wartete, bis die Steine um das Feuer herum heiß waren, verhüllte meine Hände mit einem Stück meines ledernen Ärmels, zupfte zwei kleine Steine heraus und legte sie in die Becher, um das Wasser zu erhitzen. Ich streute Kräuter in die Becher, wartete, bis sie durchtränkt waren, dann reichte ich Nallei einen Becher.

Sie nippte daran. Im Schein des Feuers und bei dem Licht, das durch die Öffnung im Dach in die Hütte fiel, wirkte Nallei älter als am Abend zuvor. Zwei winzige Falten säumten ihren breiten, vollen Mund zu beiden Seiten, und ihre dichten schwarzen Wimpern konnten die Fältchen um ihre großen haselnußbraunen Augen nicht verbergen. Ihr langes schwarzes Haar war von grauen Strähnen durchzogen, und an Hals und Kinn war ihre Haut ein ganz klein wenig schlaff. Sie war immer noch schön, begann jedoch zu altern. Ich griff nach meinem Becher. Sie hätte nicht so früh altern dürfen, sondern hätte noch viele Jahre der Jugend vor sich haben müssen. Aber ihre Jugend würde hier schnell vergehen, da es keine Mittel gab, sie zu erneuern. Auch ich würde anfangen zu altern.

»Du brauchst solche Arbeiten nicht selbst zu verrichten«, sagte sie. »Die Männer stehen dir zu Diensten.«

»Ich will mich nicht von ihnen bedienen lassen. Ich möchte etwas zu tun haben.«

»Du solltest nicht so unbesonnen sein, Birana. Es ist eine Ehre für sie, wenn sie uns dienen dürfen, und es unterstreicht unsere Stellung. Du mußt aufpassen, daß sie die Hochachtung vor dir nicht verlieren.«

»Ich sehe nicht ein, warum sie die Hochachtung vor uns verlieren sollten, wenn sie sehen, daß wir einige ihrer Fertigkeiten beherrschen.« Ich ließ mich auf die Fersen zurücksinken. »Du mußt doch nach dieser langen Zeit bestimmt auch einige davon beherrschen.«

Sie schüttelte den Kopf. »Ich brauchte nicht viel zu tun. Nun ja, ich weiß über ihre Lebensweise Bescheid, aber ich brauchte kaum jemals selbst zu jagen oder zu fischen oder Pflanzen zu sammeln. Sie sind glücklich, wenn sie es tun dürfen.«

Ich warf ihr einen ärgerlichen Blick zu; ich hatte gehofft, von ihr einige Fertigkeiten zu erlernen. »Du mußt mir alles erzählen, was du über sie weißt«, sagte ich schließlich.

»Das werde ich, aber ich dachte, ich würde heute morgen deine Geschichte hören.«

Natürlich wollte sie sie hören; wahrscheinlich hatte sie seit langem keine neuen Erzählungen mehr gehört. Ich trank meinen Tee aus. Während ich sprach, spürte ich, daß es vielleicht nicht klug wäre, sie wissen zu lassen, wieviel ich Arvil erklärt hatte. Der Art nach zu urteilen, wie die Männer Nallei behandelten, hatte sie ihnen vermutlich wenig über uns erzählt. Vielleicht würde sie in Arvil eine Gefahr sehen, wenn sie wüßte, was ich ihm alles verraten hatte; vielleicht würde sie andere Mitglieder der Gruppe gegen ihn aufhetzen oder sich einen anderen Weg ausdenken, um ihn unschädlich zu machen. Ich berichtete ihr, was uns widerfahren war, verschwieg aber, was sich zwischen Arvil und mir abgespielt hatte, und in meiner Geschichte spielte er lediglich die Rolle eines jungen Mannes, der mich anbetete und der geschworen hatte, mich an einen sicheren Ort zu bringen. Ich erzählte ihr wenig über Arvils frühere Gruppe und gar nichts davon, daß er den Befehl erhalten hatte, mich umzubringen.

Ich hatte mit Nallei vollkommen offen sein wollen. Das Gefühl, daß ich einige Ereignisse vor ihr verheimlichen mußte, daß es nötig war, die Wahrheit zu verschleiern, schmerzte mich. Und noch mehr schmerzte es mich, den Tod meiner Mutter noch einmal zu durchleben.

»Das ist eine bemerkenswerte Geschichte«, sagte

Nallei, als ich zum Ende gekommen war. »Es ist erstaunlich, daß du überhaupt überlebt hast.«

»Ohne Arvil wäre mir das nie gelungen«, erwiderte ich. »Jetzt verstehst du sicher, warum ich soviel wie möglich von ihm lernen wollte. Wenn er mir nicht beigebracht hätte, mit der Steinschleuder umzugehen...« Ich winkte ab.

»Die Sache mit deiner Mutter tut mir leid. Es wäre schön, wenn sie hier bei uns beiden sein könnte.« Sie senkte den Blick. »Aber wenigstens sind ihr einige bestimmte Leiden erspart geblieben.«

Ich wischte mir über die Augen. »Sie war so sehr davon überzeugt, daß es irgendwo eine Zuflucht für uns geben würde. Es war allein diese Hoffnung, die sie am Leben hielt, wenn auch nur für ein paar Tage.«

»Du hast hier eine Zuflucht gefunden, aber vergiß nie, daß dein Leben an einem dünnen Faden hängt. Ich mache mir immer noch Sorgen, daß wir auf irgendeine Weise verraten werden könnten.«

Ich erschauderte. »Es war eine andere Art von Zuflucht, die meine Mutter suchte. Sie stellte sich einen Ort vor, an dem mehrere Frauen lebten, vielleicht eine Gemeinschaft, nicht nur eine oder zwei Überlebende.«

»Nach allem, was ich gehört habe, gibt es keinen solchen Ort.«

»Östlich des Sees gibt es verödete Gebiete. Vielleicht könnten dort...«

Sie schüttelte den Kopf. »Auch dort gibt es keine solche Zufluchtsstätte.«

»Wie kannst du dessen so sicher sein?«

»Ich habe es von den Männern gehört. Vor langer Zeit, anscheinend als die ersten Männer an diesen See kamen und sich hier niederließen, griff eine Gruppe, die in jene östlichen Gebiete gezogen war, eins der Lager an. Sie brachten die meisten Männer um und nahmen die jüngsten Knaben mit. Sie besuchten keine Heiligtümer, verstehst du, und hatten somit keine andere Möglichkeit, an Nachwuchs zu kommen, als Knaben gewaltsam zu stehlen und großzuziehen. Danach verbündeten sich die Gruppen am See in einem Friedenspakt; sie zogen nach Osten und töteten jeden Mann dieser Gruppe, dessen sie habhaft werden konnten. Es erfolgte kein weiterer Angriff aus dem Osten mehr, aber es wird behauptet, daß die östlichste Gruppe am See den Osten immer noch beherrscht.«

Ich schwieg.

»Dort kann niemand leben, Birana. Es gibt keine Heiligtümer, die Männer können also nicht berufen werden. Wenn eine Frau tatsächlich bis dorthin gelangen würde, könnte sie nicht allein überleben. Du würdest dort niemanden finden.«

Sie tätschelte meine Hand. »Mach kein so ernstes Gesicht, Kind. Dein Leben hier wird gar nicht so unangenehm sein. Wir sind so sicher, wie wir nur irgendwo sein können.«

Die folgenden Tage verbrachte ich mit so einfachen Arbeiten wie der Zubereitung der Nahrung, die die Männer uns brachten, dem Sauberhalten der Hütte sowie mit Zuhören, wenn Nallei mir so allerlei über die Bräuche dieser Gruppe erzählte, die, abgesehen von ihrer Anwesenheit und der Veränderungen, die sie ihnen gebracht hatte, so ziemlich die gleichen wie die von Tulans alter Gruppe zu sein schienen.

Yerlan, der Häuptling, war der Anführer der Männer. Er beriet sich von Zeit zu Zeit mit Nallei, aber sie hatte gelernt, die meisten Entscheidungen ihm zu überlassen, mit Ausnahme der Belange, die sie direkt betrafen. Sie hatte eingesehen, daß der Gruppe hin und wieder neue Mitglieder zugeführt werden mußten, und hatte angeordnet, daß Knaben von anderen Gruppen am See geholt wurden. Sie konnte den Tod von älteren oder schwächeren Gruppenmitgliedern nicht verhindern; die Männer hatten das bemerkt, glaubten jedoch, daß ihre Seelen, denen sie in dieser Welt erschienen war, in der nächsten gesegnet würden.

Jeden Monat, sofern das Wetter es erlaubte, wurde Nallei in der ersten Nacht des Vollmondes hinüber zum Lager gebracht, um eine feierliche Zeremonie abzuhalten und die Gebete des Vorbeters in seiner Hütte anzuhören. Vor meiner Ankunft waren erst zweimal Fremde aus anderen Gebieten in dieses Lager gekommen. Die erste, aus drei Männern bestehende Gruppe war der Wahrheitssprechung unterworfen worden, und sie hatten sich dann Yerlans Männern angeschlossen; erst danach war Nallei ins Lager gebracht worden, damit sie sie sehen konnten. Ein paar Jahre später waren zwei weitere Männer erschienen, sie hatte sie jedoch nie zu Gesicht bekommen. Später erfuhr sie, daß sie im Laufe ihrer Wahrheitssprechung Zweifel an ihrer Tugend und Tapferkeit erweckt hatten und getötet worden waren. Sie hatte die Gruppe nach diesem Vorfall angewiesen, keine Fremden mehr ins Lager einzulassen, sondern nur jenseits der Mauer mit ihnen zu verhandeln.

Sie erzählte mir viel über die Gruppe, aber das meiste davon waren Dinge, die die Männer ihr berichtet oder während ihren verschiedenen Feiern und Festlichkeiten enthüllt hatten. Abgesehen von ihrer Funktion bei den Zeremonien gehörte Nallei eigentlich nicht richtig zum Alltag der Gruppe, sondern lebte getrennt für sich. In den ersten Jahren hatte sie, um der Langeweile zu entgehen, die Männer häufig gebeten, sie ins Lager zu bringen, wo sie den Gärtnern bei der Arbeit zusah, den Wettkämpfen zwischen den Jungen beiwohnte oder die Jäger bei der Heimkehr mit dem erlegten Wild begrüßte. Manchmal nahmen die Männer sie in ihren Booten mit auf den See hinaus, obwohl sie es nie wagten, sich weit von der Bucht zu entfernen. Der Reiz des Neuen an diesen Ausflügen verflog irgendwann, und nach einer gewissen Zeit blieb Nallei lieber auf ihrer

Insel. Jetzt vertrieb sie sich die Langeweile mit den Krügen und Schläuchen voller Wein, den die Männer aus Beeren und anderen Früchten und Pflanzen herstellten, und sie sorgte stets dafür, daß die Männer ihr reichlich davon lieferten.

Ich lernte, jede Arbeit, die ich verrichtete, mit Hingabe zu erledigen, damit sie solange wie möglich dauerte und die untätigen Stunden sich nicht allzusehr in die Länge dehnten. Ich ermunterte Nallei zu ausgiebigen Gesprächen; wir konnten uns stundenlang unterhalten, ohne viel zu sagen. Ich erforschte jeden Winkel der Insel zu Fuß, bis ich glaubte, jeden einzelnen Stein und jeden Busch zu kennen, doch die Insel war klein, und bald säumte ich den Weg mit großen Steinen, einfach um etwas zu tun zu haben.

Anfangs versuchten die Männer, mir beim Anordnen der Steine zu helfen, bis ich ihnen klarmachen konnte, daß ich ihre Hilfe nicht wünschte. Zwei, manchmal drei Männer hielten sich ständig auf der Insel auf. Sie blieben für zwei oder drei Tage, dann kam ein Boot mit zwei oder drei anderen, um sie abzulösen. Jedesmal, wenn ein Boot ankam, ging ich zum Ufer hinunter, in der Hoffnung, daß Arvil unter den Männern sein möge, und ich war überrascht über meine Enttäuschung, wenn er nicht dabei war. Ich vermutete, daß es eine Ehre war, unsere Wächter zu sein, und daß ein solches Vorrecht einem Neuankömmling noch nicht zugestanden wurde, auch wenn man ihn für meinen Boten hielt. Ich wagte nicht darum zu bitten, daß Arvil kommen sollte, da ich nicht wußte, ob die anderen das übelnehmen würden; außerdem fragte ich mich, wie Nallei darauf reagieren würde. Ich hatte eines Abends beobachtet, wie die Männer sich auf der Lichtung versammelten, und hatte einen Blick auf Arvils blondes Haar erhascht, als er vor Yerlan geführt wurde; meine beiden Wächter hatten mir erklärt, daß Arvil sein Gelübde ablegte. Er gehörte jetzt zur Gruppe; ihm drohte keine Gefahr mehr.

Trotz Nalleis ausführlicher Darstellung der seltenen Höhepunkte in ihrem eingeschränkten Leben hatte ich allmählich das Gefühl, daß sie womöglich ebensoviel vor mir verheimlichte, wie ich vor ihr. Manchmal, wenn sie von irgendeiner Zeremonie erzählte, unterbrach sie sich unvermittelt und wechselte das Thema, anstatt sich in Einzelheiten zu ergehen, wie es sonst ihre Art war. Ab und zu fragte ich mich, was sie wohl verbergen mochte.

Eines Morgens, nachdem ich mich bereits seit fast zwei Wochen auf der Insel aufhielt, dachte ich an den endlosen Tag, der vor mir lag, und ich konnte mich kaum aufraffen, mich von der Liegematte zu erheben. Der Sommer war mit warmem Wetter gekommen, und wir hatten die Felle weggeräumt. Ich mußte an diesem Tag etwas Besonderes unternehmen, etwas anderes, als nur die Zeit totzuschlagen.

Ich weckte Nallei, bereitete für uns beide Frühstück und verkündete dann, daß wir einen gemeinsamen Spaziergang machen würden. Sie murrte, als ich sie hinausführte. »Es ist zu heiß, um spazierenzugehen.«

»Du brauchst etwas körperliche Betätigung. Du bewegst dich überhaupt nicht. Wir gehen zum Wasser hinunter, und dann baden wir. Ich bin das Waschen in der Hütte leid.«

Sie murmelte irgendwelche mißlaunigen Worte. »Kannst du vielleicht nicht schwimmen?« fragte ich.

»Ich kann schwimmen. Aber ich habe es seit Jahren nicht mehr getan. Wir könnten uns erkälten, weißt du. Man muß hier gut auf sich aufpassen.«

»Um so mehr ein Grund, die eigenen Kräfte aufzubauen.«

Wir gingen den Hang hinunter, bis wir zu der kleinen Bucht im Norden kamen. Einer der Männer marschierte am Ufer entlang; er kam zu uns gerannt. »Heiligkeiten!« rief er. »Habt Ihr irgendeinen Wunsch?«

Ich schüttelte den Kopf. »Wir möchten allein sein. Geh zu deinem Boot zurück, bis ich dich rufe.«

Nachdem er davongeeilt war, zog ich mich schnell aus. »Komm, Nallei, nach einem Bad wirst du dich besser fühlen.«

»Du bist meine einzige Freundin, und du bestehst darauf, mich zu quälen.«

»Sei nicht albern.«

Sie seufzte, während sie die Kleidung ablegte. Ihre Taille war noch immer schmal, aber ihre großen Brüste wurden allmählich schlaff, und ihre langen, schlanken Beine waren leicht schwabbelig. Wir schritten gemeinsam ins Wasser. Zuerst erschien der See kalt, doch die Sonne erwärmte bereits das flache Wasser in der Bucht. Sie plantschte ungelenk darin herum, doch bald wurden ihre Schwimmzüge anmutiger, während sie mich umkreiste. Ich schwamm ein Stück hinaus und wieder zurück und wagte mich dann ins tiefe Wasser vor, bevor ich japsend umkehrte.

Plötzlich erschienen unsere beiden Wächter auf dem Hügel über uns. »Herrin! Herrin!« schrie einer von ihnen, während sie herunterstürmten. »Ihr müßt vorsichtig sein!«

»Glaubt ihr, Wir können uns nicht ungefährdet im Wasser bewegen?« rief ich zurück. »Geht zu eurem Boot zurück und befolgt in Zukunft gefälligst Meine Anweisungen!« Ich wartete und trat im Wasser auf der Stelle, bis ich sicher sein konnte, daß sie sich entfernt hatten. Dann stieg ich aus dem Wasser, um mich auf einem der flachen Steine auszustrecken.

Nallei lag auf einer Felsenplatte unter der meinen. »Die Männer sollen ja wegbleiben«, murmelte sie. »Als ich früher hierherkam, versuchten die kühneren manchmal, sich anzuschleichen, um mich zu beobachten.«

Ich hob den Kopf, hörte jedoch nichts und hoffte, daß die beiden zu sehr eingeschüchtert waren, um so etwas zu versuchen. »Wir werden jetzt jeden Tag hierherkommen, wenn es irgendwie geht«, sagte ich, während die Sonne mich wärmte. Diesmal widersprach Nallei nicht.

Meine monatliche Periode kam und ging vorüber. Nallei zeigte mir, wie man weiche Fellstreifen, die sie für diesen Zweck aufbewahrte, benutzte und wie man sie säuberte. Die Nacht des Vollmonds kam. Ich erwartete, daß ich zusammen mit Nallei zur Hütte des Vorbeters gebracht würde, und freute mich auf diese Abwechslung in unserem täglichen Einerlei, doch in dieser Nacht tobte ein heftiger Sturm über dem See. Wir blieben in unserer Hütte, während die Männer ihre Riten ohne uns zelebrierten.

Jetzt war es Nallei, die mich zur Bucht hinunter drängte, um zu schwimmen. Ihr Körper wurde brauner und fester. Ich wollte, daß sie gesünder und kräftiger wurde, nicht nur um ihrer selbst willen, sondern auch meinetwegen; ich hatte Angst, alleingelassen zu werden.

Schließlich rief ich einen der Wächter zu mir heran. Außerhalb Nalleis Hörweite stellte ich ihm einige Fragen über Arvil und Tulan. Tulan hatte sich in einigen Wettkämpfen mit anderen Jungen bewiesen und gewann neue Freunde; er hatte bereits einige der Männer auf die Jagd begleitet. Arvil erlernte verschiedene neue Geschicklichkeiten, wie das Fischen von einem Boot aus und das Töpfern von Tongefäßen, die die Gruppe in einer Feuergrube brannte, aber es stand fest, daß das Jagen als nützlichste Fertigkeit angesehen wurde. Beide kümmerten sich immer noch um die Pferde, die die meisten der Männer mieden, obwohl Tulan zwei Jungen das Reiten beibrachte. Arvil, so kam mir zu Ohren, versuchte außerdem, von einem der älteren Männer die Heilkunde zu erlernen.

Viel mehr erfuhr ich von dem jungen Wächter nicht, und in dieser Nacht erwachte ich aus einem Traum. Mir war nicht viel davon in Erinnerung geblieben; er schwand bereits aus meinem Gedächtnis, als ich mich noch bemühte, zu klarem Bewußtsein zu kommen, aber jedenfalls hatte Arvil darin eine Rolle gespielt. Ich spürte plötzlich eine so starke Sehnsucht nach seiner Gegenwart, daß ich zusammenzuckte und beinah Nallei aufgeweckt hätte.

Ich verhielt mich still, bis sie wieder gleichmäßig atmete. Jetzt, da sie weniger Wein trank, warf sie sich im Schlaf nicht mehr unruhig hin und her und schrie nicht mehr auf. Irgendwie hatte ich im Traum das Gefühl gehabt, Arvil läge neben mir und hätte mir beschützend die Hand auf den Arm gelegt. In diesem Augenblick wurde mir bewußt, wie sehr er mir fehlte, trotz Nalleis Gesellschaft, und ich beschloß, mir einen Vorwand einfallen zu lassen, um ins Lager zu gelangen.

Ich wachte später auf als gewöhnlich und stellte fest, daß ich allein war. Ich ging hinaus, aber Nallei war nirgends zu sehen. Sie kehrte erst zur Hütte zurück, als ich den Tee für uns beide bereitet hatte.

»Wo warst du?« fragte ich sie, als sie eintrat. »Gehst du jetzt schon so früh zum Schwimmen?«

Ihr Gesicht hatte einen traurigen Ausdruck, während sie sich setzte; sie schüttelte den Kopf, als ich ihr einen Becher hinhielt. »Ich mußte den Männern etwas sagen. Ich möchte, daß sie denen, die sie ablösen, eine Nachricht übermitteln.« Sie hielt inne. »Ich meine, du solltest heute ins Lager gehen. Wir brauchen mehr Kleidung. Du kannst die Männer bitten, dir einige Felle zu zeigen.«

Sie muß meinen Wunsch gespürt haben. »Du wirst doch mitkommen, oder? Ich glaube nicht, daß ich allein mit ihnen sprechen kann.«

»Dann mußt du es lernen. Ich kann nicht mitkommen, Birana. Bleib den Tag über dort, und kehre am Abend zurück. Vergiß nicht, Yerlan ist der Anführer, und er ist stolz, also sorge dafür, daß du mit ihm sprichst, wenn er da ist.« Ihre Stimme war ausdruckslos; sie vermied es, mich anzusehen.

»Nallei, was ist los?«

Ihr Lächeln wirkte gezwungen. »Es gibt einiges hier für mich zu erledigen.« Sie erklärte nicht näher, worum es ging, und ich hatte das Gefühl, daß ich nicht fragen sollte.

Ich zog eins ihrer Hemden an; es war mir zu groß, und ich schnallte den Gürtel darum und raffte es in der Taille zusammen. Nachdem ich mir mit den Fingern die Haare durchgekämmt hatte, legte ich ein Halsband aus bunten Steinen an, das einer der Männer für mich angefertigt hatte.

Als ich im Begriff war hinauszugehen, drehte ich mich noch einmal um. »Ich könnte warten, bis du erledigt hast, was immer du zu tun hast, und dann könnten wir gemeinsam gehen.«

Sie schüttelte heftig den Kopf. »Geh jetzt endlich!«

Ich eilte hinaus und ging den Pfad hinunter. Ein weiteres Boot näherte sich der Insel. Die beiden Männer an Land begrüßten die Angekommenen in ihrer Sprache, dann halfen sie mir beim Einsteigen ins Boot. Drei Männer waren auf die Insel gekommen; während mein Boot vom Ufer ablegte, machte sich einer der Männer auf den Weg zu Nalleis Hütte hinauf.

»Ihm wird die Ehre zuteil«, sagte der Mann hinter mir in der heiligen Sprache.

»Mögen wir ebenso geehrt werden«, erwiderte der zweite Mann.

Ich schenkte ihnen wenig Beachtung. Ich würde vielleicht bald Arvil sehen, und dieser Gedanke erfüllte mich mit mehr Glück, als ich erwartet hatte. Ich hoffte, daß er nicht mit einer Jagdgesellschaft unterwegs war und daß er mit mir sprechen wollte. Die Vorstellung, daß er das vielleicht nicht wollte, daß er jetzt mit Männern zusammen war und neue Freundschaften eingehen konnte, dämpfte meine gute Laune plötzlich.

Nachdem das Boot unterhalb des Lagers an Land gezogen worden war, brachten andere Männer die Sänfte zu mir. Ich nahm Platz, und sie trugen mich zur Lichtung. Mehrere Männer saßen vor den Behausungen und waren damit beschäftigt, Speere zu bearbeiten und Pfeile zu schärfen. Arvil war nicht unter ihnen.

»Heiligkeit!« rief der Häuptling aus, der gerade aus seiner Hütte trat. Er verneigte sich im Näherkommen; selbst aus der Höhe meiner Sänfte betrachtet, war er eine eindrucksvolle Erscheinung. »Ich bete, daß sich Dein Lächeln auf uns herabsenkt«, fuhr er fort. »Solltest Du irgendeinen Wunsch haben, brauchst Du es uns nur zu sagen.«

Ich lächelte ihn so freundlich an, wie ich nur konnte, und er strahlte, als ob ich ihm ein großartiges Geschenk gemacht hätte. Ich stellte fest, daß er jünger war, als ich anfangs angenommen hatte; er konnte also kaum das Knabenalter hinter sich gehabt haben, als er Anführer wurde. Nallei hatte mich vor seinem Stolz gewarnt, und bei jemandem, der in so jungen Jahren bereits Häuptling geworden war, bedeutete das, daß ich im Umgang mit ihm äußerst behutsam sein mußte. Er war von älteren, erfahreneren Männern ausgewählt worden.

»Ich möchte mit dir sprechen, Yerlan«, sagte ich, da ich das Gefühl hatte, er könnte beleidigt sein, wenn ich sofort nach Arvil fragte. Meine Sänfte wurde vor dem Haus des Vorbeters abgesetzt; der alte Mann humpelte heraus, um mich zu begrüßen; er verneigte sich, murmelte einige Worte und ließ uns dann allein.

Yerlan ließ sich vor mir nieder. »Er wird seine Gebete fortsetzen«, sagte er. »Du siehst, daß wir begierig nach Deinen Segnungen sind, Herrin, und darum beten, mehr davon zu bekommen.« Er hob die Hand in einer achtungsvollen Geste zur Stirn. Ketten aus Perlen und Steinen hingen ihm um den Hals, doch seine Brust war nackt; sein hellbraunes Haupthaar war dicht, doch seine Brust war glatt, und die hellen Härchen auf seinen Armen waren von der Sonne gebleicht. Mir war in seiner Gegenwart unbehaglich zumute; zum Glück hielt er den Blick gesenkt. »Welchen Wunsch hast du, Heiligkeit?«

»Meine Freundin und Ich, Wir brauchen mehr Kleidung. Ich möchte sehen, welche Felle ihr für Uns habt.«

Er rief den anderen in der See-Sprache etwas zu, und kurz darauf brachten mehrere Männer Felle heran. Ein älterer Mann begleitete sie; er betrachtete mich abschätzend und rief einen Jungen heran, der annähernd meine Größe und Gestalt hatte.

»Es wäre mir eine Ehre, Kleidung für Dich anzufertigen«, sagte der ältere Mann und nahm mit den Augen an mir Maß.

»Dann macht euch ans Werk«, erwiderte ich und deutete auf zwei der Felle. Der Mann nahm rasch den Jungen beiseite und maß die Felle an ihm ab.

»Erzähle mir etwas über die Unternehmungen deiner Gruppe während der vergangenen Tage, Häuptling«, sagte ich. Yerlan sprach von ihren Nahrungsvorräten und von den Vorbereitungen auf die unwirtlicheren Jahreszeiten Herbst und Winter; anders als Irlan ging er immer noch mit seinen Männern auf die Jagd. Ich wartete vergebens darauf, daß er Arvil erwähnte, und suchte bald darauf die Lichtung mit den Augen ab, während Yerlan weiter großspurig dröhnte und seine eigenen Verdienste als Jäger und Anführer besonders hervorhob.

Als er einmal innehielt, um Luft zu holen, warf ich schnell ein: »Ihr habt eure Sache gut gemacht, Ich bin zufrieden.«

Er sah mir ins Gesicht und ließ den Blick dann zu meiner Brust hinunter wandern. Ich verspürte plötzlich den Drang, mich mit einem der Felle zu bedecken, auf denen ich saß. Ich durfte mir meine Furcht vor ihm nicht anmerken lassen. »Ich habe gehört, daß Mein Bote Arvil jetzt einer von euch ist«, fuhr ich fort.

Seine Miene verfinsterte sich für einen Augenblick, bevor er sich wieder faßte. »So ist es. Er heißt nicht mehr Arvil, sondern Vilan, und er gehört zu den Männern am See.«

Ich hätte gern mit Arvil gesprochen, aber ich wagte nicht, direkt nach ihm zu fragen; statt dessen bat ich, Tulan herbeizurufen.

Der Junge kam kurz darauf auf mich zugerannt, gefolgt von einigen anderen Burschen. Er kniete mir zu Füßen nieder, und sein Gesicht glühte, während ihn die anderen neidvoll beobachteten. Ich erkundigte mich bei ihm nach den Pferden, und er versicherte mir, daß es ihnen gutging, daß er ihnen jeden Tag Bewegung verschaffte und daß er und Arvil sich etwas ausgedacht hatten, um sie als Lasttiere zu benutzen. »Aber manche«, schloß er, »beschweren sich über den Gestank des Kots.«

»Das sollten sie nicht. Nimm den Kot, wenn er trocken ist, und mische ihn unter die Erde der brachliegenden Äcker. Das trägt dazu bei, daß die Erde sich erholt.« Ich nickte Tulan zu. »Du hast deine Sache gut gemacht. Jetzt würde Ich gern mit meinem Boten sprechen.«

Yerlan preßte die Lippen zusammen. Tulan eilte zu einer der Hütten und winkte vom Eingang aus hinein. Arvil trat heraus und schritt mit gesenktem Kopf auf mich zu; ich konnte nicht beurteilen, ob er sich freute, mich zu sehen, oder nicht. Er verneigte sich vor Yerlan und dann vor mir.

»Ich möchte mit meinem Boten einen kleinen Ritt unternehmen«, verkündete ich. Yerlan lächelte immer noch, doch seine Miene wurde noch etwas finsterer. »Und danach werde ich ein Mahl mit dir einnehmen, Yerlan, in deiner Hütte, zusammen mit denen, die dir am nächsten stehen.«

Der Häuptling stand auf, als ich mich erhob. »Ich werde Dich zu den Pferden tragen lassen, Herrin.«

Ich schüttelte den Kopf. »Ich gehe zu Fuß.«

Ich spürte Yerlans Augen auf mir, während ich Arvil folgte. Die Pferde waren direkt unter dem Kreis der Behausungen an einen Baum angebungen. Flamme beschnupperte mich mit geblähten Nüstern, während ich ihr über den Kopf strich. Als ich aufstieg, murmelte Arvil mir zu: »Ich dachte, du hättest mich ganz aus deinem Gedächtnis gestrichen.«

»Ich habe dich nicht vergessen. Ich will dich schon seit langem sehen.« Ich klopfte Flamme sanft auf den Hals und murmelte ihr beruhigende Worte zu, während Arvil sich auf Stern schwang. »Ich befürchtete, Yerlan irgendwie zu beleidigen, wenn ich darum gebeten hätte, daß du einer meiner Wächter sein sollst. Meine Freundin sagte, daß er ein sehr stolzer Mann ist.«

»Das stimmt, und Yerlan ist derjenige, der die Männer auswählt, die zur Insel geschickt werden, aber deiner Freundin steht es ebenfalls frei, jemand Bestimmtes zu verlangen.«

»Dann werde ich dich verlangen«, sagte ich.

Er warf mir einen Blick aus den Augenwinkeln zu. »Es wäre besser, es Yerlan zu überlassen, mich auszuwählen. Er ist ein Mann, der danach trachtet, im Ansehen der Herrin höher zu stehen als andere.«

Die Pferde trabten langsam über den Pfad zwischen den Gärten. »Wir müssen in der Nähe der Mauer bleiben, wo die Männer dich sehen können«, sagte er. Ich seufzte. Ich mochte zwar hochgeehrt sein, aber gleichzeitig war ich eine Gefangene; ich fragte mich, ob mir diese Männer jemals gestatten würden, sie zu verlassen.

Wir ritten auf den Durchgang in der Mauer zu; die Männer beobachteten uns, während die Pferde in eine langsamere Gangart verfielen. Wir waren weit genug von ihnen entfernt, um reden zu können, ohne daß sie mithörten. »Birana«, sagte Arvil, »bist du hier glücklich?«

»Ich habe eine neue Freundin. Die Männer versorgen uns mit allem, was wir brauchen.« Ich warf das Haar zurück. »Aber die Tage werden mir lang, da es so wenig zu tun gibt.«

»Ist die andere freundlich zu dir?«

»Sie war bis jetzt freundlich, aber sie weiß nicht, wieviel ich dir erzählt habe. Ich möchte nicht, daß dir etwas geschieht, und ich befürchte, sie könnte dich für eine Gefahr halten, wenn sie erfährt, was du alles weißt. Mir scheint, sie hat diesen Männern nicht viel von der Wahrheit offenbart.«

»Deine Einschätzung ist vielleicht sehr klug«, antwortete er. »Ein Geheimnis umgibt sie, aber niemand spricht mit mir darüber. Manchmal werden Männer zu ihr gerufen, und alle sehnen sich danach mehr als nach irgend etwas sonst. Während des Vollmond-Rituals, so habe ich gehört, wird Yerlan zur Insel gebracht. Ich habe seine Wut miterlebt, als sie diesmal nicht ins Lager kommen konnte, obwohl er versuchte, sich nichts anmerken zu lassen. Niemand ist bereit, mich über das Ritual aufzuklären – man sagt mir nur, daß ich es rechtzeitig erfahren werde.« Ich dachte daran, wie ausweichend Nallei sich mir gegenüber verhalten hatte.

Wir hatten das Ende der Mauer erreicht und machten kehrt, um denselben Weg zurückzureiten. »Vielleicht«, fuhr er fort, »liegt es an ihrer Schönheit, daß ihr Zauberbann, dem sie unterliegen, so stark ist. Sie ist wie die Geist-Frauen, an die ich mich erinnere.«

Ich verspürte einen Stich im Innern. Vielleicht fand er mich nicht mehr so schön, da er jetzt einen Vergleich hatte. Ich war erstaunt, wie sehr mich das störte; ich wollte nicht mehr über Nallei sprechen. »Erzähl mir, wie du die Zeit verbracht hast«, sagte ich.

Er war mit den Männern auf die Jagd gegangen; zur Zeit erlernte er von einem Mann namens Wirlan einiges aus der Heilkunde, eine Fertigkeit, deren Erlangung die meisten Gruppenmitglieder nicht geschafft hatten. »Es gibt eine Pflanze«, erklärte er, »die die Seele in Ekstase versetzt, aber Wirlan hat mich gewarnt, daß ich den Zaubertrank nicht trinken darf, den die Männer daraus brauen. Früher hat diese Gruppe ihn im Zusammenhang mit bestimmten Gebetsritualen verwendet, doch jetzt trinken ihn nur diejenigen, die zur Herrin bestellt werden.«

»Ich vermute, darauf beruht ein Teil ihres Zauberbanns«, murmelte ich, während ich an Flammes Zügeln zog. »Arvil, ich muß eine Beschäftigung finden. Es ist ermüdend, ohne Anstrengung alles zu bekommen, was man braucht.«

»Ich verstehe. Jeder Mann braucht seine Aufgaben.«

»Frauen genauso. Ich würde gern die Sprache dieser Männer erlernen.«

»Ich könnte sie dir beibringen. Ich werde sie jetzt bald vollends beherrschen.«

»Und ich würde gern auch noch andere Dinge können«, sagte ich. »Ich wüßte gern mehr übers Jagen und Pflanzensammeln, über den Umgang mit Speer und Bogen. Ich bin hilflos ohne dieses Wissen.«

»Die Männer können dich beschützen, Birana. Du brauchst solche Dinge nicht zu wissen, es sei denn, du hast vor, das Lager zu verlassen. Mir scheint, es reicht dir nicht; es reicht dir nicht, daß du eine neue Freundin gefunden hast. Du träumst immer noch von einer anderen Zufluchtsstätte.« Er sprach leise, doch an seiner Schläfe war eine Ader hervorgetreten. »Ich habe hier neue Freunde, ich erwerbe neue Fertigkeiten, und ich weiß, daß du in Sicherheit bist, und trotzdem möchtest du das alles aufgeben. Und ich müßte dir folgen.«

»Ich würde niemals verlangen ...«

»Wie könnte ich nicht folgen? Meine Seele brennt immer noch.«

Ich senkte den Kopf. »Meine Freundin sagt, daß sie

von keiner anderen Zuflucht als dieser hier weiß, und ich muß noch viel lernen, bevor ich das Risiko eingehen kann, dieses Lager zu verlassen.« Ich hielt kurz inne. »Gibt es hier jemanden, den du lieben kannst?« fragte ich. Gibt es jemanden, dachte ich, der dir das geben kann, was du von mir niemals bekommen wirst?

»Wirlan ist freundlich, aber er behandelt mich wie einen Schützling. Es gibt ein paar Männer mit einem gewissen Maß an Schönheit, die das Vergnügen mit mir gesucht haben. Ich wünschte, ich könnte ihnen entgegenkommen, aber statt dessen denke ich an dich.« Seine Stimme klang hart. »Und hast du dich mit deiner neuen Freundin der Liebe hingegeben?«

Ich schüttelte den Kopf. »Anscheinend will sie keine Liebe. Sie behandelt mich ebenfalls wie einen Schützling.« Er sah mich eindringlich an. »Ich muß einen Weg finden, der ermöglicht, daß du mir bestimmte Fertigkeiten beibringst«, sagte ich schnell. »Vielleicht brauche ich sie niemals, aber ich muß mir irgendwie die Zeit vertreiben.«

»Ich hoffe, daß es dir gelingt, damit ich mit dir zusammensein kann.«

Wir ritten auf den freien Platz zurück. Yerlan saß vor seiner Behausung, in deutlicher Ungeduld darauf wartend, daß ich mich zu ihm und seinen Männern gesellte. Er sprang auf die Beine, als Arvil und ich abstiegen. »Das Mahl ist angerichtet«, sagte der Häuptling. »Ich möchte, daß Vilan dabei ist, denn wie ich sehe, erfreut Dich seine Gesellschaft.« Sein Mundwinkel zuckten ein wenig.

Bevor ich antworten konnte, ergriff Arvil das Wort. »Wenn du es befiehlst«, erwiderte er, »werde ich deinem Wunsch nachkommen. Doch die Herrin hat mir bereits während unseres Ritts die Gnade Ihrer Worte erwiesen, und es ist nicht passend, daß ich mich so hochlöblichen Männern anschließe, während sie mit Ihr speisen.«

»Mein Diener spricht wahr«, sagte ich.

Yerlan lächelte. Arvil schien erleichtert zu sein und führte die Pferde weg, während der Häuptling mich in seine Hütte führte.

Yerlans Männer hatten Wildbret, Eier, Fisch und Gemüse vorbereitet. Da ich seine Gastfreundschaft gebührend würdigen wollte, aß ich, soviel ich konnte. Wir saßen auf Matten um die Feuerstelle herum, wobei die Männer mich mit Legenden über ihre Gruppe unterhielten – Geschichten von einem Jäger, dessen Geschicklichkeit so groß war, daß die Herrin kam und mit ihm jagte; von einem Gärtner, der einen Zauber erlernt hatte, durch den ein Samen innerhalb eines Tages zu einer Pflanze heranwuchs, die bis in den Himmel reichte und an der er zum Mond hinaufkletterte; und von einem kleinen Jungen, der einen verletzten Adler heilte und von diesem Vogel ins Reich der Herrin getragen wurde. Während all dieser Erzählungen fühlte ich, daß Yerlan mich beobachtete, und ich konnte seinem Blick nicht standhalten.

Später wurde ich zu den Gärten getragen, um zu begutachten, was dort wuchs; anschließend führten einige der Jungen einen Wettstreit im Speerwerfen durch, bei dem Tulan siegte.

Yerlan und der Vorbeter saßen während dieses Wettstreits neben mir. Als er vorüber war, beugte sich der Häuptling zu mir herüber. »Es wird wieder Vollmond sein«, murmelte er; ich fragte mich, warum er diese schlichte Tatsache betonte. »Ich werde am Tag nach dem Erscheinen des Vollmonds auf die Insel kommen, wie ich es immer tue. Seit Du unter uns weilst, Heiligkeit, habe ich gebetet, daß Du mir Deine Ehre erweisen wirst.«

Der Blick seiner dunklen Augen war leidenschaftlich. Mir blieb die Stimme im Halse stecken. Er starrte mich weiter unverwandt an, bis ich schließlich hervorbrachte: »Ich danke euch für alles, was ihr Mir heute gezeigt habt, aber jetzt möchte Ich gern zu meiner Freundin zurückkehren.« Seine Lippen kräuselten sich ein wenig. Einen Augenblick lang war ich überzeugt, daß er erkannt hatte, wie groß meine Angst vor ihm war.

In der Nähe der Insel suchte ein Schwarm Enten zwischen dem Schilf nach Nahrung. Die Männer, so hatte Nallei mir erzählt, jagten die Enten nicht, solange sie hier waren, denn sie wurden als unter ihrem Schutz stehend betrachtet. Die drei Männer, die am Morgen gekommen waren, saßen auf den Felsen bei ihren Booten. Einer hob den Kopf und starrte mich an, während ich an Land ging.

Ich eilte zur Hütte hinauf, in der Gewißheit, daß Nallei begierig war zu erfahren, was ich im Lager erlebt hatte. Im Innern der Hütte war es dunkel; das Feuer war erloschen. Ich hob das Fell, das vor dem Eingang hing, und schwang es über die Leiste, an der es angebracht war, damit die untergehende Sonne ein wenig Licht spendete.

Nallei bewegte sich. Sie lag ausgebreitet auf der Matte; ein Lederhemd bedeckte ihren Körper. Zwei leere Becher lagen neben ihr. Sie hatte wieder einmal getrunken, wahrscheinlich während der meisten Zeit des Tages.

Ich beugte mich über sie. »Nallei!«

Sie richtete sich mit einem Ruck auf, warf sich die Hand vor die Augen und umklammerte das Hemd. »Nein!«

Ich kniete nieder. »Nallei, was ist los?«

Sie schüttelte den Kopf, dann vergrub sie das Gesicht in den Armen. Ihre Schultern bebten; ich glaubte, ein Schluchzen zu vernehmen. Ich streckte die Hände nach ihren Schultern aus, doch sie wich zurück. »Du hast getrunken«, sagte ich. »Kein Wunder, daß es dir nicht gutgeht. Die Männer haben uns wilde Erdbeeren gebracht. Ich lasse sie heraufbringen. Wir können ... «

»Hau ab, laß mich in Ruhe!«

Ich entfachte unser Feuer neu, dann setzte ich mich neben sie, während sie schlief. Schließlich legte ich mir ein Fell neben das Feuer

In dieser Nacht schlief ich unruhig und stand immer wieder auf, um nachzusehen, ob Nallei zugedeckt war, und um ihre Stirn zu befühlen. Ich machte mir Sorgen, daß sie vielleicht krank sein könnte, doch ich spürte kein Fieber.

Am Morgen ging es ihr besser. Sie nahm eine Tasse Tee an und hörte mir zu, während ich ihr erzählte, wie es mir im Lager ergangen war; sie sprach jedoch nicht, bis ich geendet hatte.

»Ich muß mich bei dir entschuldigen«, sagte sie schließlich. »Es war der Wein, der mich so unvernünftig hat werden lassen. Ich möchte nur, daß du weißt ... « Sie streckte eine Hand aus. »Dir wird nichts geschehen, Birana, dafür werde ich sorgen.«

»Aber was ... «

»Schluß jetzt! Ich habe gesagt, was ich zu sagen hatte.« Ihr Tonfall ließ mich verstummen. »Es ist Zeit, daß wir in unsere kleine Bucht gehen.«

Die Zeit des Vollmonds kam wieder, und Nallei wurde immer ernster, während sie sich auf ihre Reise ins Lager vorbereitete. Sie saß geistesabwesend da, während ich mit den Fingern ihr dunkles Haar kämmte und die Locken, die ihr Gesicht einrahmten, mit einem scharfen Stein zurechtschnitt. Die Sonne hatte einen goldenen Glanz auf ihr Gesicht gezaubert, die Haut spannte sich stramm über ihre Wangenknochen, und ihr Körper war vom Schwimmen straffer geworden.

»Du bist schön, Nallei«, sagte ich.

Sie verzog das Gesicht. »Schönheit ist hier überflüssig.« Sie nahm ein Hemd aus Hirschhaut und zog es sich über den Kopf, dann hängte sie sich eine Kette aus Federn um den Hals.

»Ich werde das hier anziehen.« Ich nahm ein Hemd, das für mich angefertigt worden war.

Nallei schlüpfte in eine Hose aus Leder, dann straffte sie sich. »Du wirst nicht mit mir kommen, Birana.«

»Aber ich dachte ..«

»Du kommst nicht mit. Es geht um etwas, das ich allein tun muß. Ich werde den Männern weismachen, daß es während dieser Zeit deine Pflicht ist, mit unsichtbaren Erscheinungen der Herrin Verbindung zu halten. Sie werden mir glauben.«

»Aber warum . . . ? «

Sie packte meinen Arm und verdrehte ihn so grob, daß es schmerzte. »Du tust, was ich sage. Ich entscheide hier.«

»Schon gut«, murmelte ich geknickt. Ich hatte gehofft, Arvil im Lager zu sehen, obwohl ich wußte, daß während einer Zeremonie nicht viel Zeit sein würde, um mit ihm zu sprechen. Ich versuchte, nicht allzu enttäuscht zu sein.

Nallei hatte bereits einen halben Krug geleert, als die Männer kamen, um sie abzuholen; ich fragte mich, wie sie es wohl schaffen würde wach zu bleiben, während der Vorbeter in seiner Hütte vor ihr betete. Ihre Stimme war etwas verschwommen und sie lallte leicht, als sie den Männern erklärte, warum ich auf der Inseln zu bleiben hatte. Ich sah ihr nach, als sie mit unseren Wächtern zum Boot ging; das Lager am jenseitigen Ufer war bereits von Fackeln hell erleuchtet.

Zum erstenmal war ich jetzt auf der Insel vollkommen allein, denn die Wächter würden bis zum Ende der Zeremonie im Lager bleiben. Ich eilte zur kleinen Bucht, entzückt über die Gelegenheit, zu schwimmen und auf den Felsen zu liegen, ohne fürchten zu müssen, daß ein Mann versuchen würde, mich zu begaffen. Vielleicht hatte Nallei gespürt, daß ich diese Zeit für mich allein haben wollte; nun war ich ihr dankbar und bedauerte, daß ich versucht hatte, mit ihr zu streiten.

Es war dunkel, als ich zur Hütte zurückkehrte. Der Gesang der Männer drang über die Bucht zu mir herüber. Ich legte Holz auf die Feuerstelle, nahm mein Abendessen zu mir und nippte etwas an dem Wein, den Nallei übriggelassen hatte. Nachdem der Wein mich etwas gewärmt hatte, ertappte ich mich dabei, daß ich wünschte, darum gebeten zu haben, daß Arvil hierhergeschickt würde. Wir hätten uns jetzt ungestört unterhalten können, ohne daß uns jemand belauschte. Ich hätte ihm die Badebucht zeigen können.

Ich schüttelte mich. Es wäre verrückt gewesen, ihn von einer derartigen Zeremonie abzuziehen, die den Männern soviel bedeutete. Der Wein stieg mir zu Kopf. Ich schloß die Augen und stellte mir vor, Arvil wäre bei mir, säße mit mir am Feuer. Ich glaubte, seine Hand auf meinem Arm zu spüren. Ich erinnerte mich daran, wie er mich angesehen, wie er die Lippen auf meine gedrückt, wie ich mich einen Augenblick lang gefühlt hatte.

Ruckartig riß ich die Augen auf. Ich preßte mir die Hände krampfhaft auf den Bauch aus Angst, mir könnte übel werden. Ich hatte aus der Ferne ein gewisses Verlangen nach ihm verspürt. Ich hörte seine Stimme, die von den Abbildern in Heiligtümern sprach, von den Freuden, die ich ihm zeigen könnte, und beinahe hätte ich laut aufgeschrien. Ich haßte mich, während ich gegen meine Gedanken ankämpfte; meine Zeit inmitten von Männern brachte meine Natur durcheinander, vielleicht wurde ich sogar wahnsinnig. Ich mußte diese Krankheit mitsamt den Wurzeln ausreißen, mußte sie ausmerzen, bevor Arvil mich wiedersah.

Ich schleppte mich zu der Liegematte und streckte mich darauf aus, bis mich der Schlaf überkam.

Während des nächsten Tages versuchte ich mich zu beschäftigen, doch gegen Nachmittag wurde meine Einsamkeit bedrückend. Ich putzte die Hütte gründlich, ordnete unsere Habseligkeiten neu und lüftete die Felle, die wir auf der Liegematte verwendeten. Ich konnte mich nicht still verhalten, da ich Angst hatte, daß mir sonst weitere unbehagliche Gedanken in den Sinn kommen könnten. Ich räumte die Asche aus dem Ofen; als ich Nachschub an Holz ins Innere trug, hörte ich draußen auf dem See Stimmen.

Es war inzwischen fast Abend geworden. Ich entfachte ein Feuer, reinigte meine Hände und stellte mich vor die Tür, um Nallei zu begrüßen und mir von den Festlichkeiten erzählen zu lassen.

Bald darauf erschien Yerlan unten auf dem Weg; er hatte eine Fackel dabei. Neben ihm war ein gedrungener dunkelhaariger Mann; er war bei dem gemeinsamen Mahl mit den Männern in Yerlans Behausung dabeigewesen, und jetzt trug er einen Korb mit sich. Nallei ging hinter ihm her; als sie zu mir hoch blickte, sah ich die Anspannung in ihrem Gesicht.

Der gedrungene Mann setzte den Korb ab und verneigte sich. »Ich grüße euch alle«, sagte ich, da ich das Gefühl hatte, sie erwarteten einige Worte von mir. »Ich freue mich, meine Freundin wiederzusehen.«

Yerlan kniff den Mund zusammen. Ich konnte ihn nicht ansehen und wandte mich schnell Nallei zu. Sie schluckte; ihre Augen blickten starr an mir vorbei.

»Meine Freundin und Miterscheinung«, sagte sie, »begib dich von hier zu unserer kleinen Bucht, um dort mit den unsichtbaren Geistern Verbindung aufzunehmen. Ich werde dich später zu mir rufen. Jetzt ist es Yerlan, den ich zu mir rufen muß.«

Ich trat zurück, durch den Ausdruck in ihrem Gesicht eingeschüchtert. Sie und Yerlan hatten zweifellos wichtige Dinge zu besprechen.

»Geh!« schrie sie. Ich trat zur Seite, während sie eintrat. Yerlan steckte die Fackel in den Boden, dann folgte er ihr.

Ich setzte mich in Richtung unserer Bucht in Bewegung. Der andere Mann folgte mir. Ich drehte mich energisch um. »Laß Mich allein!«

»Heiligkeit!« Er verneigte sich und drückte sich die Hand gegen die Stirn. »Ich bin hier, um Dir zu dienen.«

»Geh zurück zu deinem Boot!«

Ich gelangte zu der Bucht und ließ mich auf einem Fels nieder. Die Nacht verbreitete sich langsam über die Bucht; die Mondscheibe glitt über das schwarze, stille Wasser. Ich saß lange Zeit so da und wartete darauf, daß jemand mich holen käme, während ich mich fragte, welche Angelegenheiten Nallei wohl mit Yerlan zu erledigen hatte. Schließlich stand ich auf. Vielleicht ging ihr Gespräch mich etwas an, und was in diesem Lager geschah, hatte jetzt auch mit mir zu tun. Ich hatte gelernt, mich lautlos anzuschleichen, und hatte Nallei einige Male überrascht; ich würde jetzt meine Fähigkeit auf die Probe stellen und versuchen, einen Teil ihrer Unterhaltung zu belauschen. Nallei hatte Geheimnisse vor mir; ich dachte nicht an die Dinge, die ich vor ihr geheimhielt.

Ich schlich mich vorsichtig den Hang hinauf bis zu unserer Hütte und umkreiste sie, bis ich mich zwischen den Bäumen befand, von wo aus ich sie im Blick hatte. Ich bewegte mich lautlos am Graben vorbei, dann kauerte ich mich an einer dunklen Stelle unter den Bäumen nieder, die mir die Sicht auf die Tür gewährte. Yerlans Fackel war beinahe zur Gänze niedergebrannt; aus der Hütte drang kein Laut heraus.

Plötzlich wurde das Fell vor der Tür hochgehoben. Ich hielt die Luft an, als Yerlan heraustrat. Er war bis zur Taille nackt; er griff nach unten, um seinen Gürtel zuzuschnallen. Er warf sich das Hemd über die Schultern und taumelte den Weg entlang, als ob er vergiftet wäre.

Nachdem er weg war, eilte ich zur Tür und spähte hinein. Das Feuer brannte nur noch schwach. Nallei lag auf der Matte; mit einem Arm bedeckte sie sich die Augen. Zwei leere Becher lagen neben den Steinen um das Feuer. Nallei war nackt. Ich starrte die zerwühlten Felle um sie herum an, ihre nackte goldene Haut, die Nässe und die blauen Flecken an ihren Schenkeln.

Ich hätte beinahe aufgeschrien. Ich rannte von der Hütte weg, ohne auf die Zweige zu achten, die mir ins Gesicht peitschten, während ich den Hügel hinabtaumelte. Als ich mich oberhalb der kleinen Bucht befand, hob sich mir der Magen; ich übergab mich, bis ich nichts mehr in mir hatte.

Meine Füße trugen mich in Richtung der Felsen. Ich kniete nieder, um mir das Gesicht zu waschen. Ich mußte diesen Ort verlassen; wollte auf Flamme davonreiten und niemals zurückkehren. Ich würde nicht zulassen, daß die Männer mich aufhielten; es war mir gleichgültig, wohin mein Weg mich führte. Ich hätte in die Bucht hinausschwimmen können, bis ich so weit von der Insel entfernt wäre, daß ich nicht mehr zurückschwimmen könnte, und dann sich das Wasser des Sees über meinen Kopf schloß.

»Heiligkeit«, sagte eine Stimme.

Ich zuckte erschrocken herum. Yerlans Kamerad kam den Hang herunter auf mich zu. »Heiligkeit«, wiederholte er, als er die Felsen erreichte. »Der Häuptling hat den heiligen Zustand durchlebt und ist nach den Wonnen dieser Segnung in einen gesunden Schlaf gesunken. Er schickt mich, damit ich Dich zurück zu Deinem Haus geleite.«

Ich erhob mich mühsam und taumelte zu ihm. Ich holte mit den Armen aus und schlug mit den Fäusten heftig auf ihn ein. Er schlug nicht zurück, sondern duckte sich, während ich weiter auf ihn eindrosch. Ich wollte ihm weh tun, wollte allen seinesgleichen weh tun; meine Fingernägel bohrten sich in seine Arme.

»Herrin!« schrie er.

Ich wich zurück und rang um Selbstbeherrschung.

»Das war nötig, damit dir klar wird, welches dein Platz ist«, ächzte ich. »Ich und meinesgleichen könnten dich vom Antlitz der Erde wegfegen.« Tränen brannten mir in den Augen; ich wischte sie weg.

»Ich habe Dich mit meinen schlechten Gedanken erzürnt. Ich kann sie nicht vor Dir verbergen. Ich träumte davon, mit Dir den heiligen Zustand zu erleben, während Yerlan bei der anderen Heiligkeit war; ich sah Dich vor mir, dachte an eine Vereinigung ...«

Ich schlug erneut auf ihn ein. »Vergib mir, Heiligkeit.«

Ich rang mühsam um Luft. »Denke so etwas nie wieder!«

»Yerlan wird erfahren, daß ich Dich erzürnt habe. Er wird mich bestrafen.«

Mein Zorn war verflogen. Ich betrachtete diesen verängstigten Mann voller Verachtung. »Von Mir wird Yerlan nichts davon erfahren«, sagte ich schließlich. »Entferne dich jetzt. Kehre zu deinem Häuptling zurück.«

Er hastete den Hügel hinauf, während ich zu Boden sank.

Ich blieb in der Nähe der Bucht, bis der Himmel im Osten grau vor Licht war, dann stand ich auf und schlenderte die Küste entlang.

Die Männer schliefen neben ihrem Boot. Ich stupste den dunkelhaarigen mit dem Fuß an; er setzte sich schnell auf. Yerlan schlief weiter.

»Heiligkeit«, flüsterte der Mann, während er sich die Hand schützend vors Gesicht hielt.

»Meine Freundin und Ich, Wir müssen etwas erledigen«, sagte ich. »Ich wünsche nicht, daß einer von euch beiden, weder du noch der Häuptling, in die Nähe Unserer Hütte kommt, bevor Wir euch rufen. Hast du verstanden?«

Er nickte. »Ich werde Dich nicht mehr beleidigen.«

Ich schritt den Weg hinauf, holte tief Luft und betrat die Hütte. Nallei wachte auf; sie stützte sich auf einen Ellbogen und starrte mich an. Ich ließ mich nieder und stocherte mit einem Stock im Feuer herum, dann legte ich Holz von unserem Stapel nach.

Sie sagte: »Du weißt Bescheid.«

Ich sprach nicht, während ich mich mit der Zubereitung von Tee beschäftigte. »Hör zu«, fuhr sie fort. »Ich wollte es dir früher sagen. Ich wußte, daß du es irgendwann herausfinden mußtest, aber ich konnte es dir nicht sagen.«

»Was du tust, ist ekelhaft.«

»Sprich nicht so laut. Die Männer könnten dich hören.«

»Ich habe ihnen gesagt, sie sollen bleiben, wo sie sind, bis wir sie rufen.« Ich hob Steine auf und legte sie in die Tassen. »Auf diese Weise fristest du also dein Leben, indem du dich erniedrigst.«

»Auf diese Weise habe ich überlebt.«

»Und soweit bin ich gekommen.«

Sie richtete sich auf und zog sich das Hemd an. Als sie auf mich zukroch, sah ich, daß ihre Augen gerötet waren, und ich roch den säuerlichen Geruch von Wein in ihrem Atem. »Als ich hierherkam«, erklärte sie, »mußte ich ihnen sagen, daß sie keine Heiligtümer mehr aufsuchten durften, um Segnungen zu erlangen, doch sie waren nach wie vor begierig danach. Einige der kühneren sprachen bald den Gedanken aus, daß ich zu ihnen gekommen war, um ihnen derartige Segnungen zu bescheren. Die Gedankenübermittler haben ihnen beigebracht, daß die Herrin nach ihrer Umarmung strebt und Freude daran hat. Sie sind darauf abgerichtet, die Gestalt einer Frau zu begehren und darauf zu reagieren, und das Verlangen danach war noch größer als das Verlangen, das sie füreinander empfanden. Unsere Städte haben ihr Werk nur allzu gründlich verrichtet.«

Mein Tee war fast fertig, aber ich brachte keinen Schluck hinunter.

»Eines Tages kam ein Mann in meine Hütte und versuchte, mich gegen meinen Willen zu nehmen. Ich schrie um Hilfe, und sein Kamerad ging wegen dieser Tat mit so rasenden Schlägen auf ihn los, daß er bald darauf starb, aber ich wußte, daß ein anderer womöglich dasselbe versuchen würde, und mir wurde klar, daß ich nichts dagegen tun konnte. Ich konnte ihren Trieb nicht verändern, ich konnte sie nicht unter Kontrolle halten. Yerlan war einer von denen, die erklärten, ich sei gekommen, um der Gruppe Segnungen zu bescheren. Er wurde zwei Jahre nach meiner Ankunft hier Häuptling. Damals wußte ich, daß ich handeln mußte.«

»Dann hast du also mit dieser Vollmond-Feierlichkeit angefangen«, sagte ich.

»Das war die einzige Möglichkeit, die ich hatte, oder ich hätte mir etwas einfallen lassen müssen, um den Heilkundigen Wirlan dazu zu überreden, mir Gift zu geben. Ich erwog diesen Weg – ich hätte Wirlan erzählen können, daß Gift keine Wirkung auf mich hätte. Aber selbst unter diesen Umständen konnte ich mich noch nicht mit meinem Tod abfinden.«

Sie war für die erste feierliche Zeremonie ins Lager getragen worden, und dort hatte sie die Hütte des Vorbeters betreten und sich mit ihm vereinigt. Sie hatte sich mit Wein betäubt, doch der Vorbeter war zu alt, um viel anderes zu tun, als sich einfach auf sie zu legen. Doch Yerlan in seiner Eigenschaft als Häuptling hatte erwartet, daß auch er berufen würde, und sie hatte ihn mit auf die Insel genommen. Mit ihm war es etwas ganz anderes gewesen als mit dem Vorbeter; er war jung und kräftig und von dem Liebestrank, den er zu sich genommen hatte, befeuert. Selbst der Wein hatte die Qualen, die es ihr bereitete, seine Anforderungen zu befriedigen, nicht dämpfen können.

Nallei hatte bald eingesehen, daß sie von Zeit zu Zeit

auch andere Mitglieder der Gruppe berufen mußte. Was als abscheuliche und schmutzige Notwendigkeit begonnen hatte, verschaffte ihr bald eine größere Macht über die Männer. Jene, die sie zu sich gerufen hatte, beteten sie um so hingebungsvoller an; jene, die noch nicht dran gewesen waren, konnten immer noch hoffen, ihre Gunst zu gewinnen.

»Der Wein betäubt meine Sinne«, erklärte sie. »Der Mann trinkt von dem Liebestrank, den der Heilkundige zubereitet, und ich verkörpere für ihn alle Frauen schlechthin. Der Wein läßt meinen Geist von mir aufsteigen, bis er nur noch einen Körper berührt, während ich aus der Ferne zusehe. So ist es leichter zu ertragen, und manchmal kann ich genügend trinken, um zu vergessen.«

»Das ist entsetzlich«, flüsterte ich.

»Ich sage dir, was mir an ihnen am verhaßtesten ist. Ich werde nie wieder jemanden lieben und Spaß daran haben können. Ich könnte nicht mit dir zusammenliegen, ohne an sie zu denken.«

Ich stellte meinen Becher ab. »Ich muß weg von hier.« Ich blickte mich aufgeregt in der Hütte um. »Sie werden dasselbe von mir erwarten.«

Ihre Hand umklammerte meinen Arm. »Ich habe dir gesagt, daß du in Sicherheit bist. Ich habe bei der Zeremonie verlauten lassen, daß du niemals einen Mann zu dir berufen wirst, da deine Aufgabe darin besteht, mit Geistern Verbindung aufzunehmen und nicht mit ihnen. Ich habe das vor allen verkündet, so daß sich auch Yerlan daran halten muß. Er war wütend, obwohl er versuchte, es sich nicht anmerken zu lassen. Sein Begehren hat sich dir zugewandt, aber jetzt kann er nichts mehr unternehmen. Wenn er dir etwas antut, werden seine Männer dafür sorgen, daß er dafür bestraft wird, und das weiß er.«

Ich hatte sie verachtet, jetzt rührte sie an mein Herz. Sie hatte sich etwas einfallen lassen, um mich vor dem zu bewahren, was sie erlitten hatte, und sie hatte überhaupt nicht an sich selbst gedacht.

»Es kann sein, daß immer weniger Männer nach unseren Segnungen trachten«, sagte sie. »Die jüngeren, die noch Knaben waren, als ich hier ankam, oder die von anderen Lagern gekommen sind, haben diese Dinge nie kennengelernt. Sie wollen lediglich aus dem Grund mit mir zusammensein, weil es eine Ehre bedeutet, ihr Begehren richtet sich jedoch auf andere Männer. Sie waren nicht den Städten und Heiligtümern ausgesetzt, die sie in bestimmter Weise erzogen haben. Sie trinken ihren Zaubertrank, legen sich jedoch nur neben mich und haben später keinerlei Erinnerung an das Geschehene.«

Meine Übelkeit nahm zu. »Wie konntest du das tun?«

»Ich lebe. Man lebt, wie es die Bedürfnisse erfordern, du törichtes Mädchen. Du wärst zu derselben Handlungsweise gezwungen gewesen, wenn du allein gewesen wärst.«

Ich dachte an Arvil und seine ehemalige Gruppe und wie sie wohl mit mir umgegangen wären; dann fiel mir ein, wie ich mir vorgestellt hatte, Arvil säße mit mir zusammen in der dunklen Hütte. Ich hatte kein Recht, Nallei zu verurteilen. Sie erduldete lediglich die Berührung eines Mannes, während ich, wie flüchtig auch immer, mich zu Arvil hingezogen gefühlt hatte.

Ich zog die Beine an und drückte den Kopf auf die Knie, gepeinigt von derlei Gedanken, dann hob ich den Blick. »Aber was erlaubst du ihnen... wie machen sie es...?« Ich brachte die Worte kaum heraus. »Du mußt doch einen Weg gefunden haben, um zu verhindern, daß du ein Kind bekommst?«

Nallei nahm ihre Tasse auf, nahm einen kleinen Schluck und setzte sie wieder ab. »Du weißt doch sicher, wie die Kurve deines Zyklus verläuft, Birana. Frauen müssen wissen, wann ihre fruchtbare Zeit ist und wann sie zur Befruchtung mit Sperma bereit sind. Du hast doch den Umgang mit dem Scanner gelernt, um deinen Eisprung zu bestimmen. Hier muß ich mich ähnlicher Methoden bedienen, um eine Schwangerschaft zu verhindern. Ich trage stets ein Stück Leder mit mir herum und zeichne darauf meinen Zyklus auf. Natürlich habe ich hier keinen Scanner, aber ich weiß, wann meine fruchtbare Zeit ist, und kann mich danach richten.« Sie verzog den Mund. »Es geschieht nicht oft, daß ich während dieser Zeit einen Mann erdulden muß, aber wenn es nötig ist, kenne ich Möglichkeiten, um ihn zu befriedigen.«

Ich drückte mir die Hand vor den Mund, da ich nicht darüber nachdenken wollte, worin diese Möglichkeiten bestehen mochten.

Nallei straffte sich. »Du kannst das übrige ruhig auch noch hören. Du wirst mich dafür nicht mehr verachten, als du es bereits tust. Ich habe so sehr aufgepaßt, wie ich nur konnte, aber trotz all meiner Vorsichtsmaßnahmen wurde ich vor zehn Jahren schwanger.«

»Aber das Kind...«

»Es gibt kein Kind. Ich habe es abgetrieben. Begreifst du? Ich konnte hier kein Kind bekommen, konnte sie nicht sehen lassen... Sobald ich meiner Sache sicher war, habe ich es abgetrieben. Ich mußte einen Stock benutzen. Ich bekam einen Blutsturz; ich dachte, ich müßte sterben. Irgendwie brachte ich die Kraft auf, es zu begraben, und schickte einen Wächter los, um Wirlan zu holen. Er kam und verabreichte mir drei Tage lang etwas von seinen Heilmitteln. Ich erklärte ihm, daß ein böser Geist mit mir gekämpft und daß ich ihn besiegt habe; dann nahm ich ihm das Versprechen ab, das Geheimnis zu wahren. Er hat seither kein Wort mehr darüber verloren.«

Das war schrecklicher als alles, was sie berichtet hatte. Ich wußte, daß in alten Zeiten, als unsere wissenschaftlichen Kenntnisse in der Biologie noch nicht so fortgeschritten waren, gelegentlich Abtreibungen nötig waren, doch seit Jahrhunderten waren keine mehr durchgeführt worden. Die Frauen suchten sich die Zeit aus, zu der sie einem Kind das Leben schenken wollten; Mißbildungen bei Neugeborenen oder Föten waren seit langem ausgemerzt.

Ich dachte an Nallei, die hier ganz allein war. Wie hilflos mußte sie sich gefühlt haben, als sie ihren Zustand bemerkte. Niemand hätte ihr helfen können, nicht einmal der Heilkundige. Sie konnte kein Kind gebären, ohne den Männern die Wahrheit über ihr Dasein zu offenbaren; sie hätte das Kind hier nicht aufziehen können. Sie konnte nicht einmal wissen, was für ein Kind es werden würde, ob es stark genug wäre, um zu überleben. Ich verdammte sie nicht wegen ihrer Tat.

»Danach war ich noch vorsichtiger«, sagte sie, »und es geschah nicht noch einmal. Inzwischen glaube ich, daß ich meine Gebärfähigkeit zerstört habe. Ich hätte hier sowieso kein Kind auf die Welt bringen können, trotzdem haßte ich die Männer auch aus diesem Grund. Ich nehme an, ich sollte dankbar sein, daß meine Monatsblutungen in einigen Jahren aufhören werden.«

Ich hob den Kopf. Sie hatte mich daran erinnert, wie schnell wir altern würden.

»Jetzt weißt du über mich Bescheid«, sagte sie. »Verachte mich, wenn du nicht anders kannst, aber ich habe alles in meiner Macht Stehende getan, damit du in Sicherheit bist. Und bedenke auch noch etwas. Du hast den Weg hierher gefunden – vielleicht wird es noch einer weiteren Frau so ergehen. Du hast von der Suche nach einer anderen Zufluchtsstätte gesprochen, aber vielleicht mußt du statt dessen hier eine schaffen.« Sie machte eine Pause. »Wenn du es nach alledem nicht mehr ertragen kannst, mit mir zusammenzuleben, dann werden dir die Männer bestimmt eine andere Hütte bauen, davon bin ich überzeugt.«

Ich rutschte näher zu ihr hin. »Das möchte ich auf keinen Fall. Wenn du nicht so gehandelt hättest, wie du gehandelt hast, dann gäbe es jetzt vielleicht keinen sicheren Ort für mich.« Ich legte den Arm um sie. »Sei von jetzt an meine Mutter.«

Ich wußte, daß ich irgendwann wieder zum Lager würde gehen müssen, doch der Gedanke daran widerte mich an. Ich wußte, was die Männer Nallei angetan hatten; ich würde ihre Gedanken nur allzu gut durchschauen, wenn sie mich ansahen. Trotzdem mußte ich ins Lager gehen, um die Fähigkeiten zu erlernen, die ich vielleicht brauchen würde.

Ich sprach mit Nallei nicht darüber, doch ich hatte die Hoffnung auf eine Flucht noch nicht aufgegeben. Vielleicht würde eines Tages ein Fremder vor der Mauer des Lagers auftauchen und etwas von einer möglichen Zufluchtsstätte erzählen. Ich könnte auf einem Pferd entkommen, und die Gruppe wäre im Nachteil, wenn mir die Männer zu Fuß folgten. Ich hatte nicht die Absicht, Nallei zurückzulassen; ich würde mir etwas einfallen lassen, damit ich sie mitnehmen konnte. Ich konnte mir nicht vorstellen, daß sie nach allem, was sie erlitten hatte, dieses Lager nicht bereitwillig verlassen würde.

Eines Morgens stand ich auf und verkündete Nallei, daß ich ins Lager gehen würde. Ich wollte eigentlich nicht gehen, aber es wurde allmählich zu eintönig, die Tage mit Schwimmen und Reden zu vertun, begleitet von Kannen voll Wein. Wenn ich mich nicht bald ins Lager begeben würde, hätte ich große Schwierigkeiten, mich überhaupt noch dazu aufzuraffen.

Ich bestieg mit einem der Wächter ein Boot und befahl dem anderen zu bleiben. Der Mann protestierte, als ich im Bug Platz nahm und das Paddel ergriff, doch ich gebot ihm zu schweigen. Ich hatte die Männer in ihren Booten beobachtet und konnte mit dem Paddel umgehen, wenn ich es auch ungeschickt handhabte. Meine Schulter schmerzte, als wir unterhalb des Lagers an Land stießen, doch ich weigerte mich, in der Sänfte

Platz zu nehmen, und ging statt dessen zu Fuß hinauf zur Lichtung. Ein Junge holte eine Matte für mich; ich setzte mich einige Schritte vom Haus des Vorbeters nieder.

»Wo ist euer Häuptling?« fragte ich den Jungen.

»Er ruht sich aus, Heiligkeit, denn er ist gerade erst mit den Jägern zurückgekehrt.«

»Ich möchte mit ihm sprechen.«

Bald darauf eilte Yerlan aus seiner Behausung auf mich zu; er verneigte sich und ließ sich nieder. Ich versuchte nicht daran zu denken, was er Nallei angetan hatte. Einige meiner Wächter auf der Insel hatten sich mehrmals neidvoll über Yerlans gutaussehendes Gesicht und seinen wohlgeformten Körper geäußert, ich konnte jedoch keine Schönheit an ihm entdecken, sondern sah vielmehr nur einen Mann, dessen Kraft ihn brutal gemacht hatte.

»Es ist Mein Wunsch«, sagte ich, »einige Zeit mit Meinem Boten zu verbringen und die Gegend um dieses Lager herum zu besuchen. Wir werden heute ausreiten.«

»Dein Wille soll geschehen, Herrin, aber hier bist Du sicherer.«

»In Begleitung meines Boten bin ich sicher genug.«

Er verzog das Gesicht zu einer finsteren Grimasse. »Wenn Dir irgendein Leid zustößt, muß er dafür bezahlen.«

»Und da du dich beim letzten Mal Mir gegenüber so überaus gastfreundlich gezeigt hast«, sagte ich, »wäre es Mir eine Freude, nach Meiner Rückkehr mit dir und deinen Jägern zu speisen.« Ich bemühte mich, meine Verbitterung und meinen Haß nicht in meiner Stimme mitklingen zu lassen. »Ich bitte euch jedoch, Mir nur das aufzutischen, was ihr selbst essen würdet, und kein Festmahl zu veranstalten, wie es einer besonderen Gelegenheit angemessen wäre. Der Herrin wird kein guter Dienst erwiesen, wenn die Gruppe, die Sie ehrt, Nahrung vergeudet, mit der andere Münder satt werden könnten, denn es ist Ihr Wunsch, daß in eurer Gruppe jeder genügend zu essen bekommt.«

Bei diesen Worten hellte sich seine Miene auf, und er schickte einen seiner Männer, um Arvil zu holen, der anscheinend am anderen Ende des Lagers zusammen mit Wirlan Kräuter und Pflanzen sammelte. Ein anderer Mann wurde ausgeschickt, um sich von den Ausguckposten unterhalb des Lagers Bericht erstatten zu lassen, damit Yerlan sicher sein konnte, daß keine Reisenden in der Nähe waren.

Wir ritten auf Flamme und Stern aus dem Lager hinaus und hielten uns für eine Weile auf dem Weg, bevor wir ihn verließen, um auf einer Schneise anzuhalten. »Hier befinden wir uns außerhalb der Sichtweite der Wachtposten«, sagte Arvil, während wir abstiegen. »Wir können offen reden. Ich muß dir etwas sagen.«

»Was denn?«

Er fuhr mit den Händen nervös über seinen Bogen. »Die Frau, bei der du wohnst... ich weiß jetzt, was es mit der Vollmond-Zeremonie auf sich hat. Sie...«

»Ich weiß, was geschehen ist, Arvil.«

»Sie vereinigt sich mit Yerlan, und manchmal mit anderen. Sie ruft sie zu sich, doch sie sagt, niemand darf sich mit dir vereinigen. Was bedeutet das?«

»Sie schützt mich. Deshalb sagt sie das.«

»Aber du hast mir erklärt, was mit dir geschieht, wenn ich mich mit dir vereinige. Trifft dasselbe für sie nicht zu?«

»Es gibt Methoden...« platzte ich heraus und verstummte. Ich hätte zugeben müssen, daß das, was ich ihm in dieser Hinsicht gesagt hatte, nicht ganz der Wahrheit entsprach. »Sie ist älter«, antwortete ich schließlich. »Sie kann keine Kinder mehr bekommen. Der Samen eines Mannes kann nicht mehr in ihr heranwachsen.«

»Aber...«

»Warum erzählst du mir das? Hoffst du, daß sie auch dich zu sich ruft? Sie empfindet dabei keinen Spaß. Sie erduldet es, weil sie keine andere Wahl hat, doch sie haßt die Männer ebenso sehr deswegen, wie ich es tun würde.«

Er sah mich unverwandt an. »Sie ist hübsch, aber ich hoffe so etwas nicht. Du weißt, nach wem ich mich sehne, aber wenn es nicht sein darf, dann tröstet mich zumindest das Wissen, daß du vor den anderen sicher bist. Manchmal stelle ich mir vor, daß du bei Yerlan oder einem der anderen Männer liegst, und dann befällt mich ein solcher Zorn, daß ich jeden in dieser Gruppe umbringen würde, auch jene, die allmählich meine Freunde werden.«

»Arvil ...« Ich berührte seinen Arm. Er ergriff meine Hand und hielt sie einen Augenblick lang fest. »Du sollst so etwas nicht denken. Ich brauche jetzt deine Hilfe. Ich muß viele Dinge lernen. Du mußt mir die Sprache dieser Männer beibringen und mir zeigen, wie man Speer und Bogen benutzt.«

Endlich lächelte er. »Ich werde es versuchen.«

Es wurde mir zur Gewohnheit, so oft wie möglich zum Üben mit Arvil in den Wald zu reiten. Er hatte festgestellt, daß sein Speer und sein Bogen sich für mich nicht eigneten, deshalb übte ich mit kleineren Waffen, die er für Tulan angefertigt hatte. Es war gut, daß wir unbeobachtet von den anderen übten, denn die Gruppe hätte eine schlechte Meinung von meinen Kräften und meiner Würde bekommen, wenn jemand gesehen hätte, wie ich mich mit dem Bogen abmühte oder wie meine Pfeile ein paar Schrittweit von mir zu Boden fielen. Meine Bemühungen mit dem Speer brachten Arvil oft zum Lachen.

Ich wurde jedoch immer geschickter im Umgang mit der Steinschleuder, da diese Waffe mehr Fingerfertigkeit und Genauigkeit als Kraft erforderte. Es kam der

Tag, da ich auf ein Kaninchen zielte und es traf, doch meine Freude darüber schwand, als ich den Körper des kleinen Geschöpfs hochhob. Ich würde niemals so gekonnt mit dem Bogen umgehen können wie Arvil und würde den Speer niemals so weit schleudern wie er, aber allmählich beherrschte ich diese Waffen immer besser.

Manchmal begleitete uns Tulan auf unserem Ritt, und Arvil nahm ihm das Versprechen ab, über diese Lehrstunden Stillschweigen zu bewahren. Der Junge war glücklich, daß er ein Geheimnis wahren durfte, und daß er aufgefordert war, mit uns zu kommen, hatte sein Ansehen bei den anderen Jungen noch gesteigert. Bei Tulan lernte ich das Abwehren von Schlägen und den Einsatz von Armen und Beinen bei einem Kampf, obwohl es einige Tage dauerte, ihn davon zu überzeugen, daß er sich nicht unehrerbietig benahm, wenn er seine ganze Kraft gegen mich aufbot. Tulan hatte, wie alle Jungen, schon in frühester Kindheit gelernt zu kämpfen, und bald zierten mich die blauen Flecken seiner Bemühungen.

Es war, so wußte ich, außerdem besser, wenn ich diese Fertigkeiten mit Tulan anstatt mit Arvil erlernte. Arvil war so kräftig, daß er mich leicht hätte verletzen können, ohne es zu wollen, aber ich hatte überdies Angst, ihn bei so nahem Körperkontakt zu erregen. Jedesmal, wenn er mir die Hände über den Bogen oder den Speer führte, um mir den richtigen Griff zu zeigen, merkte ich, daß er die Berührung genüßlich hinauszögerte. Tulan war noch zu jung für derartige Empfindungen und konnte die Arme um mich schlingen, ohne dabei einen anderen Gedanken zu haben als den, wie er mich am Durchbrechen seiner Umklammerung hindern könnte.

Da ich nicht wollte, daß andere die Gunst, die ich Arvil und Tulan gewährte, neidisch beäugten, verbrachte ich ebenfalls einige Zeit damit, Yerlan und anderen zuzuhören, wenn sie von ihren Taten erzählten. Ich führte den Vorsitz bei Wettkämpfen, die die Jungen unter sich austrugen, und gesellte mich zu ihnen, wenn sie Beeren sammelten oder Steine suchten, aus denen sie Pfeilspitzen herstellen konnten. Ich ging in den Gärten spazieren und hörte zu, wenn die Pflanzenversorger mir von ihrer Ernte berichteten.

All dieses führte mich beinahe jeden Tag in die Nähe des Lagers, und nach fast einem Monat willigte Nallei ein, mich zu begleiten. Sie lächelte, als ich ihr sagte, was ich lernte, und sie musterte mich stirnrunzelnd, als sie meine blauen Flecken und überstrapazierten Muskeln sah, doch schließlich war sie neugierig oder einsam genug, um mich zu begleiten.

Sie hatte seit ihrer Verbannung nicht mehr auf einem Pferd gesessen, doch es gelang ihr, sich auf Flamme zu halten, als wir zusammen mit Arvil und Tulan in den Wald ritten. Sie lehnte es ab, den Umgang mit Waffen zu erlernen, sah mir jedoch beim Üben zu. Anfangs lachte sie über meine Fehler, doch im Laufe der Tage wurde sie immer ernster. Oft wanderte ihr Blick von Arvil zu mir, und dann huschte ein nachdenklicher Ausdruck über ihr Gesicht.

Einige Tage, nachdem sie zum ersten Mal mit mir ins Lager gegangen war, redete ich auf sie ein, während wir das Abendessen in unserer Hütte zubereiteten. »Mit der Steinschleuder könntest du es auf jeden Fall probieren«, sagte ich, während ich wilde Zwiebeln um unseren gekochten Fisch herum anordnete. »Arvil kann eine für dich anfertigen. Eines Tages kommt dir das Können vielleicht zugute.«

»Hier brauche ich es nicht.«

»Das Leben hier draußen ist unsicher, sogar am See. Vielleicht müssen wir eines Tages weg von hier.«

»Es gibt keinen anderen Ort, an den wir gehen könnten.« Sie sah mich über das Feuer hinweg an. »Und ich frage mich, ob du Arvil verlassen möchtest.«

Ich straffte mich. »Er ist mir ein guter Freund. Ich glaube, er würde mir folgen.«

»Sicher würde er das.«

»Was genau willst du eigentlich sagen, Nallei?« fragte ich wütend.

»Meinst du, ich bin blind? Ich habe beobachtet, wie er dich ansieht, und seine Augen drücken keine Hochachtung aus. Er sieht keine Heiligkeit an, sondern eine junge Frau. Ich glaube, er sieht in dir das, was du wirklich bist. Vielleicht ist ihm das während eurer Reise klargeworden. Vielleicht hast du ihm mehr verraten, als du solltest.«

Ich spürte eine gewisse Drohung in ihrer Stimme. »Er stellt keine Gefahr für dich dar, Nallei. Er ist glücklich bei dieser Gruppe, und er würde alles tun, um mich zu beschützen. Das hat er während unserer Reise viele Male bewiesen.«

»Damit sagst du, daß er dich liebt.«

Ich schob ihr die Steinplatte mit Fisch hin. »Er ist ein guter Freund«, entgegnete ich schließlich.

»Seine Gefühle werden stärker werden. Es könnte eine Zeit kommen, da er keine Beherrschung mehr darüber hat. Vergiß nicht, daß es einen Mann gegeben hat, der mir seinen Willen aufgezwungen hat. Vielleicht ist es nicht deine Absicht, aber du ermutigst ihn, indem du soviel Zeit mit ihm verbringst. Du bist oft mit ihm allein im Wald. Du lächelst ihn an und gestattest, daß er die Hände auf deine legt.« Sie seufzte. »Ich werde nichts gegen ihn unternehmen, Mädchen, aber du solltest wirklich darüber nachdenken, ob es nicht klüger wäre, ihm soweit wie möglich aus dem Weg zu gehen, damit derartige Gefühle in ihm absterben.«

Der Gedanke, keine Zeit mehr mit Arvil zu verbringen, war schmerzhafter, als ich erwartet hatte. »Er ist lediglich ein Freund«, wiederholte ich beharrlich. »Es würde ihn verletzen, wenn ich anfinge, ihm aus dem Weg zu gehen. Er hat zuviel für mich getan – er war freundlicher zu mir als irgend jemand, den ich kenne, abgesehen von dir.«

»Was sollen wir tun, Birana? Er muß irgendwie von der Spannung befreit werden, die in ihm ist. Nach den für Männer geltenden Maßstäben sieht er gut aus. Und was wichtiger ist, er scheint ein gewisses Maß an Intelligenz und Einfühlungsgabe zu besitzen. Vielleicht ist er nicht ganz so brutal wie andere. Ich könnte ihn zu mir berufen. Das würde die Dinge für dich leichter machen.«

»Nein!« rief ich aus, ohne nachzudenken. »Ich möchte nicht, daß du das für mich erduldest«, sagte ich etwas ruhiger, aber ich befürchtete, daß beim Anblick ihrer Schönheit seine Gefühle für mich vergehen könnten. Eifersucht zerrte an mir; ich drückte die Augenlider fest zu, um nicht zu weinen. Ich war eine Närrin. Ich konnte ihm nichts geben, sondern hielt ihn lediglich davon ab, bei ihr die Freuden der Lust zu genießen.

Ich schluckte krampfhaft, dann öffnete ich die Augen. Nallei betrachtete mich lange Zeit forschend, dann sagte sie: »Also gut. Ich werde ihn nicht kommen lassen.« Sie nahm ihr Stück Fisch in die Hand und begann zu essen.

Während des ganzen Sommers herrschte im Lager rege Geschäftigkeit, da die Männer die Vorbereitungen für die bevorstehende unwirtlichere Jahreszeit trafen. Pflanzen mußten gezupft und eingelagert werden, die Gärten mußten von Unkraut befreit und abgeerntet werden, Tiere mußten geschlachtet und das Fleisch geräuchert werden. Arvil und Tulan unterwiesen mich im Erkennen verschiedener Wurzeln und Pflanzen, und wir brachten soviel davon zum Lager zurück, wie wir nur konnten.

Ich konnte Nalleis Warnung nicht vergessen, doch sie hatte nichts anderes erreicht, als daß ich mich in Arvils Gegenwart noch linkischer verhielt. Ich zuckte zusammen, wenn er mir die Hand führen wollte, und mein Geschick in der Handhabung der Waffen ließ nach. Manchmal lächelte ich ihn unabsichtlich an und wandte schnell den Blick ab, wenn er mit einem Grinsen antwortete. Ich versuchte, mich kühl zu geben, konnte diesen Schein aber nicht lange wahren.

Meine wechselhaften Launen bereiteten ihm offensichtlich Kummer, doch die Arbeit in der Gruppe ließ ihm wenig Zeit, darüber zu grübeln. Die Männer entfernten sich oft weit vom Lager, um Wild zu jagen, und manchmal war Arvil drei oder vier aufeinanderfolgende Tage mit den Jägern unterwegs. In dieser Zeit hätte ich eigentlich beruhigter sein müssen, doch meine Launen waren während seiner Abwesenheit nicht anders als sonst.

Die kurzen Zeitspannen des Müßiggangs boten zuviel Gelegenheit für quälende Gedanken. Ich fing an, nach Möglichkeiten zu suchen, mich für die Gruppe nützlich zu machen. Gegen Mittsommer fuhren die Männer in ihren Booten hinaus, um entlang der Küste und in kleinen Becken Wildreis zu suchen. Ich begleitete sie und sah ihnen zu, wie sie die Boote mit den Paddeln mitten zwischen Büschel von Reis trieben, Garben mit den Händen heraushoben und mit den Paddeln auf die Pflanzen schlugen, so daß die Samen auf die Häute fielen, die am Boden der Boote ausgebreitet waren.

Nachdem wir ins Lager zurückgekehrt waren, brachten wir den Reis zur Lichtung und legten ihn in einer der Hütten zum Trocknen aus. Ich bestand darauf, bei diesen Arbeiten zu helfen, und nach einigem Widerspruch ließen es die Männer zu.

Einer der Männer hieß Kirlan; er war ein untersetzter, dunkelhäutiger junger Mann, der schon einige Male auf die Insel geschickt worden war. Ich winkte ihn heran.

»Du wirst Mir erklären«, sagte ich, in der See-Sprache radebrechend, »was jetzt mit diesem Reis geschieht.«

Er riß vor Überraschung die Augen auf. »Herrin, kommt unsere Sprache jetzt über Deine Lippen? Sie ist Deiner nicht wert, es ist eine armselige Sprache, verglichen mit Deiner heiligen Sprache.«

»Es ist keineswegs eine armselige Sprache. Ich werde euch Ehre erweisen, indem ich Mich ihrer von Zeit zu Zeit bediene, doch jetzt werden wir uns in Meiner Sprache unterhalten.« Ich hatte inzwischen ihre Sprache ein wenig erlernt, doch ich konnte nicht behaupten, daß ich sie flüssig beherrschte. »Was macht ihr jetzt mit dem Reis?«

»Er muß zwei oder drei Tage lang trocknen, dann muß er zwischen den Händen enthülst werden – so.« Kirlan rieb die Handflächen gegeneinander. »Dann muß er über einem Feuer geröstet und schließlich gelagert werden, bis wir ihn brauchen.« Er kratzte sich das lockige dunkle Haar. »Aber die Heiligkeit weiß das ja bereits. Hat uns nicht die Herrin in Urzeiten all diese Fertigkeiten beigebracht?«

»So ist es«, antwortete ich etwas kleinlaut, »aber Sie möchte sehen, wie gut ihr gelernt habt und wie die Jungen unterwiesen werden. Ich werde herkommen, wenn die Zeit zum Enthülsen gekommen ist, und mit euch arbeiten.«

Er starrte mich an. »Aber es sind doch wir, die Dir dienen sollen. Die andere Verkörperung der Herrin hat sich niemals an unserer Plackerei beteiligt.«

»Von nun an wird sich die Herrin an einigen eurer Arbeiten beteiligen«, sagte ich mit fester Stimme, »denn sie möchte die Gruppe ehren, die Sie geehrt hat.« Ich durchwühlte meinen Gehirnspeicher nach einem weiteren schwülstigen Satz, denn das war die Redeweise, die erwartet wurde. »Meine Freundin, die andere göttliche Verkörperung, hat euer Tun beobachtet und nichts daran auszusetzen gefunden; jetzt ist die Zeit gekommen, da Wir euch auf jede erdenkliche Art helfen, die unsere derzeitige Erscheinung aus Fleisch und Blut erlaubt.« Ich wußte, daß Nallei von dieser neuen Politik nicht entzückt sein würde. »Es soll nicht behauptet werden, die Herrin zolle Ihrerseits keine Ehre, wenn Ihr Ehre gezollt wird.«

Kirlan verneigte sich und eilte davon, um die Neuigkeit zu verbreiten.

Nallei nörgelte, wie ich erwartet hatte, doch ich trieb sie an, mich zur Arbeit zu begleiten; fast gegen ihren Willen gewann sie recht bald eine gewisse Befriedigung aus den zusätzlichen Aufgaben. Sie lernte, Fisch zu schuppen, und entwickelte eine besondere Geschicklichkeit im Enthülsen von Reis. Ihr ging es nicht darum, daß wir auf unsere bescheidene Weise etwas zur Entlastung der Gruppe beitrugen, doch das Wissen, daß Teil unserer Nahrung das Produkt unserer eigenen Anstrengung war, erfüllte sie mit Freude. Wir spazierten gemeinsam am Waldrand entlang und pflückten Beeren und halfen den Männern beim Einlagern ihres Trockenfleischs.

Nalleis Tage verliefen nun nicht mehr so eintönig, doch sie hatte befürchtet, daß die Gruppe die Hochachtung vor uns verlieren würde, wenn wir an ihrer Seite arbeiteten. Statt dessen schienen wir sie zu beflügeln. Sie verdoppelten ihre Anstrengungen bei der Vorbereitung des Lagers auf die kalte Jahreszeit und arbeiteten vom frühen Morgengrauen bis zur Abenddämmerung. Die Gärtner schworen, daß ihre Beete noch nie so viele Pflanzen hervorgebracht hatten; die Jäger verkündeten begeistert, daß das Wild bereitwillig ihre Pfeile aufnahm und die erlegten Tiere direkt zu ihren Füßen niederfielen, während die Fischer behaupteten, die Fische sprängen von allein in ihr Boot. Selbst die Tatsache, daß ein großer und gefährlicher Wildeber, der sich in der Nähe herumgetrieben hatte, in die Falle gegangen war, wurde unserer Anwesenheit bei den Männern zugeschrieben.

Nallei wurde schlanker und kräftiger und strahlender, als ob sich ihr Körper auch ohne die in unseren Städten angewandten Techniken verjüngte. Wir schwammen immer noch fast jeden Morgen, bevor wir uns ins Lager hinüber begaben, und häufig kehrten wir so müde zu unserer Hütte zurück, daß wir zu nichts anderem mehr in der Lage waren, als auf unsere Matte niederzufallen und zu schlafen. Wann immer ich jetzt Arvil zu Gesicht bekam, waren andere um uns herum, und wir ritten nur noch sehr selten allein in den Wald, um mit Speer und Bogen zu üben. Es war leichter für mich, wenn ich nicht an ihn dachte.

Diese Jahreszeit wurde lediglich durch die Vollmond-Feierlichkeiten überschattet. Nallei trank an solchen Tagen Unmengen; ich blickte ihr traurig nach, während ihr Boot sich von der Insel entfernte. Dann war ich allein und hatte zuviel Zeit, um mich meinen Gedanken an Arvil hinzugeben. Die Krankheit meiner Seele hatte bei diesen Gelegenheiten die meiste Macht über mich. Ich sah seine grauen Augen, hörte seine Stimme, spürte seine Hand auf meiner und verfluchte die Welt, weil sie aus ihm keine Frau gemacht hatte, die ich hätte lieben können.

Im Frühherbst tauchten Farbkleckse zwischen den Bäumen an den Hügeln rings um den See herum auf. Die Eichen veränderten ihr Aussehen. Nallei und ich blieben auf der Insel, da wir noch soviel Zeit wie möglich in unserer Bucht genießen wollten, bevor es zum Baden zu kalt würde.

Wächter kamen auf die Insel und verließen sie wieder. Da sie an meinen Anblick durch meinen Aufenthalt in ihrer Mitte inzwischen gewöhnt waren, unterhielten sie sich jetzt zwangloser mit mir, aber sie benutzten immer noch die ehrerbietigen Redewendungen. Einmal kam Wirlan, obwohl Yerlan ihn nur selten schickte, für den Fall, daß seine Heilkünste im Lager gebraucht würden. Er erzählte mir, was Arvil bei ihm lernte, sprach aber nicht von der Zeit, als er Nallei behandelt hatte. Ein rothaariger Mann namens Resilan sammelte unter den Bäumen der Insel Pilze für mich; ein Jäger namens Aklan erzählte mir von seinen Jagderlebnissen. Nallei ging den Wächtern meistens aus dem Weg, es sei denn, sie gab ihnen den Auftrag für irgendeine Erledigung. Ich hörte mir ihre Geschichten an und versuchte, so etwas wie Freundlichkeit für sie zu empfinden, obwohl es mir schwerfiel, nicht daran zu denken, wie sie Nallei mißbraucht hatten. Ich mußte mit ihnen leben, wie immer sie sein mochten.

Ich folgte Resilan entlang der Inselküste, als er auf ein Boot zeigte, das die Bucht überquerte. »Dein nächster Wächter kommt«, sagte er. »Heilige Herrin, es ist Dein Bote Vilan.«

Ich fuhr mit der Hand an die Kehle; ich hatte Arvils blondes Haar bereits gesehen. Er würde zwei, möglicherweise drei Tage hierbleiben; wir hätten diese ganze Zeit für uns gemeinsam. Ich redete mir ein, daß ich mich lediglich freute, einen Freund zu sehen, doch mir stieg Wärme in die Wangen.

»Ich sehe, daß du zufrieden bist, Heiligkeit«, sagte Resilan. Ich senkte den Blick und bemühte mich um Fassung. »Ich werde dem Häuptling von Deiner Freude berichten, dann wird er Vilan vielleicht häufiger auf Deine Insel schicken.«

»Das darfst du ihm nicht sagen«, erwiderte ich mit einem unguten Gefühl. »Ich freue mich über jeden von euch gleichermaßen. Ich freue mich genauso, wenn ich den Häuptling selbst sehe.« Ich fragte mich, ob Yerlan Arvil gegenüber entspannter geworden war, ob er ihm allmählich mehr vertraute.

Tulan war mit Arvil in dem Boot. Ich stand auf einem Felsen und beobachtete, wie sie das Boot an Land zogen; dann verabschiedete ich mich von Resilan und seinem Kameraden.

»Der Häuptling hat uns ausgewählt«, sagte Tulan, als er zu mir trat. »Er sagte, weil Dir zuvor soviel an unserer Gesellschaft gelegen sei, erschien es ihm richtig, uns als Wächter zu Dir zu schicken.« Er schlug sich mit der Faust gegen die Brust. »Ich bin der jüngste, der jemals hierher geschickt wurde.«

Arvil hob einen Korb aus dem Boot. Er setzte ihn ab und blickte auf, während Tulan wichtigtuerisch herumstolzierte. »Du kannst von mir aus stolz sein«, sagte er zu dem Jungen, »aber gib nicht so an.« Er stand auf und sah mich an. »Seit Du ihm Deine Pferde anvertraut hast, ist er vielleicht ein wenig zu stolz geworden.« Er sprach die Worte in sanftem Ton.

»Ich freue mich, euch zu sehen«, sagte ich so förmlich, wie ich nur konnte, obwohl es mir nicht gelang, mir meine Begeisterung nicht anmerken zu lassen. Meine Gedanken flitzten dahin und dorthin. Ich wünschte, ich hätte ein anderes Hemd angezogen, hätte mir die Locken ums Gesicht in Form gebracht oder Nalleis Kette aus Federn angelegt.

»Ich freue mich ebenfalls, Dich zu sehen«, sagte er leise.

»Den Pferden geht es gut«, warf Tulan ein. »Es gibt jetzt mehrere Jungen, die darauf reiten, und Wildfang ist gar nicht mehr so wild.«

»Sei gegrüßt, Heiligkeit«, sagte Arvil plötzlich.

Ich drehte mich um. Nallei war den Weg heruntergekommen und stand jetzt am Hang über uns. »Jetzt seid ihr also unsere Wächter«, sagte sie. »Seid gegrüßt, Tulan und Vilan – oder vielleicht sollte ich dich weiterhin Arvil nennen, wie es meine Freundin tut.«

Tulan verneigte sich; Arvil sah sie einen Augenblick lang an, bevor der den Kopf senkte. »Nenne mich ganz nach Deinem Belieben.«

Ihr Blick wanderte von Arvil zu mir. Ich machte eine linkische Handbewegung zu dem Korb hin. »Arvil und Tulan werden diese Speisen hinauftragen«, sagte ich.

Nallei antwortete nicht sofort. Sie wird ihn zu sich rufen, dachte ich; sie wird es tun, um mich zu schützen. Schließlich sagte sie: »Der Junge und Ich können das tragen, und dabei kann er Mir erzählen, was er gelernt hat. Vielleicht könntest Du Arvil Unsere Insel zeigen, da er zum ersten Mal hier ist.«

Ich war verwirrt. Bisher hatte sie immer davon gesprochen, daß sie mich beschützen wollte, jetzt ließ sie mich mit Arvil allein. Sie ging zu dem Korb und hob ihn an einer Seite an, während Tulan die andere ergriff.

Als sie sich den Weg hinauf in Bewegung setzten, winkte ich Arvil, mir zu folgen. »Wir werden am Ufer entlanggehen«, sagte ich. »Ich werde dir unsere kleine Bucht zeigen, wo wir baden.« Ich beherrschte die Sprache der Gruppe inzwischen noch besser und bediente mich weiterhin ihrer, während wir um die Insel herumwanderten. Ich erzählte Arvil von unserer Hütte, von einem Platz, an dem Blaubeeren wuchsen, von den Enten, die demnächst aus der Bucht wegfliegen würden, und ich vermied es, ihn dabei anzusehen. Mir fiel fast nichts mehr zu sagen ein, als wir die Bucht erreicht hatten.

»Hier pflegen wir zu schwimmen«, sagte ich und deutete mit einer Handbewegung aufs Wasser.

»Das sagtest du bereits.«

»Das Wasser ist hier flach und von der Sonne erwärmt.«

Er kam ein bißchen näher zu mir heran. »Ich kann jetzt besser schwimmen.«

Ich suchte krampfhaft nach Worten. »Erzähl mir, was du während der letzten Tage gemacht hast.«

Er setzte sich auf einen der Steine; nach einer kurzen Weile ließ ich mich neben ihm nieder, darauf bedacht, reichlich Abstand von ihm zu halten. »Ich muß dir etwas mitteilen«, sagte er in meiner Sprache. »Du mußt im Umgang mit Yerlan vorsichtig sein. Er begehrt dich immer noch. Er gibt es nicht offen zu, aber wenn er von dir spricht, verrät ihn seine Stimme. Er wunderte sich darüber, daß ich in deinem Denken einen so großen Platz einnehme.«

»Trotzdem hat er dich hierhergeschickt«, sagte ich.

»Er hat Tulan irgendwie ins Herz geschlossen, vielleicht weil er keinen persönlichen Schützling hat. Der Junge ist kühn, und als der Häuptling verkündete, daß er Tulan herschicken wolle, bat Tulan darum, daß ich mit ihm komme. Yerlan willigte ein, aber es schien ihm nicht zu gefallen.« Er legte eine kleine Pause ein. »Du hast seit einiger Zeit nicht mit ihm allein gesprochen. Vielleicht solltest du das tun, wenn ich die Insel verlassen habe.«

»Ich möchte ihm so wenig wie möglich nahekommen.«

»Du kannst auf der Lichtung sitzen. Dort kann er nichts machen. Es würde ihn glücklich machen, wenn er dir noch mehr von seinen Taten erzählen könnte, und für mich würde es die Dinge leichter machen. Ich möchte, daß er mich häufiger hierherschickt, und vielleicht tut er das, wenn du ihm jetzt etwas von deiner Gunst erweist.« Er streckte die Hand zu mir aus. »Du hast mir gefehlt, Birana.«

Ich überließ ihm meine Hand, während mich all jene Gefühle durchfluteten, die ich so gern geleugnet hätte. Ich wollte seine Hand auf meiner spüren, ich wollte seine Nähe – weiter gingen meine Gedanken nicht.

Ich sagte: »Du hast mir ebenfalls gefehlt, Arvil.«

Er ließ meine Hand los und legte mir den Arm um die Taille. Ich saß sehr still da, kaum fähig zu atmen. »Mein Verlangen nach dir ist immer noch sehr groß«, sagte er. »Es wird selbst durch deine Abwesenheit nicht verringert.«

»Du darfst nicht davon sprechen.«

»Ich weiß, was du mir erklärt hast, und jetzt erlerne ich Wirlans Heilkunst. Er hat mir viel beigebracht, und er hat mir auch ein wenig davon erzählt, was sich seit der Ankunft deiner Freundin hier zugetragen hat. Welches seine persönlichen Gedanken über die Herrin sind, kann ich nicht beurteilen, aber er kennt sich aus mit kranken oder schwachen Körpern, und er hat erkannt, daß der Körper deiner Freundin sich nicht allzu sehr von dem unseren unterscheidet.«

»Was hat er dir erzählt?« fragte ich, da ich mich erinnerte, was Nallei mir berichtet hatte.

»Nur daß der Geist der Herrin in einem solchen Körper gefangen ist. Er hat sich mit ihr vereinigt, wie viele andere. Glaubst du, ein Mann, der seine Kunst beherrscht, könnte sie so leicht beiseite schieben und in dir oder deiner Freundin etwas anderes sehen als das, was sich seiner Wahrnehmung und seinem Gefühl darbietet? Andere mögen durch die Vergötterung, zu der sie erzogen wurden, mit Blindheit geschlagen sein, aber Wirlan gehört nicht zu dieser Art von Männern.«

Ich dachte an den Heilkundigen. Ich hatte mich in seiner Gegenwart unbehaglich gefühlt, doch hatte ich das auf meine Nervosität geschoben, nachdem ich von Nallei einiges über ihn gehört hatte; er selbst hatte nichts geäußert, was mein Unbehagen begründet hätte. »Du solltest mir gegenüber diese Dinge nicht erwähnen«, sagte ich. »Wenn Nallei ...« Ich brach ab, doch ich hatte ihren Namen bereits ausgesprochen und konnte es nicht mehr rückgängig machen. »Wenn meine Freundin davon erfährt ...«

»Sie wird nichts gegen ihn unternehmen, und ich glaube, auch du nicht. Er spricht mit niemandem über diese Dinge, außer mit mir, und selbst du und deine Freundin könnten eines Tages seine Heilkunst nötig haben.« Sein Arm legte sich fester um meine Taille. »Aber ich wollte dir folgendes sagen: Du hast mir erklärt, was geschieht, wenn sich ein Mann mit einer Frau vereinigt, und doch hat sich deine Freundin mit vielen vereinigt, mit Yerlan sogar sehr oft, und es blieb ohne

Folgen. Du hast gesagt, eine Frau würde danach dick werden und ein Kind würde aus ihrem Körper kommen. Deine Freundin hätte das nicht verbergen können, schon gar nicht vor Wirlan.«

»Du begreifst nicht. Sie ...«

»Du hast gesagt, sie sei älter, und der Samen eines Mannes könne in ihr nicht wachsen. Sie war aber bestimmt nicht alt, als sie hier ankam. Du bist nicht ehrlich zu mir gewesen.«

Ich schob seinen Arm mit einem wütenden Ruck von mir weg.

»Du hast gesagt, die Vereinigung mit dir würde deinen Tod bedeuten, sie aber lebt gesund und munter. Du hast mir nicht die Wahrheit gesagt. Du wolltest mich nur von dir fernhalten, wolltest mir mit deiner Geschichte Angst einjagen, weil du wußtest, daß mir an dir zu viel liegt, als daß ich dir Schaden zugefügt hätte. Bin ich so hassenswert für dich? Ist mein Körper für dich so abstoßend? Warum nennst du mich dann einen Freund und lächelst mich an? Warum setzt du dich zuerst zu mir und ziehst dich dann zurück?«

»Nallei verabscheut das, was sie tun«, flüsterte ich. »Ich würde es ebenso verabscheuen.«

»Aber das stimmt doch gar nicht. Sieh mich an und sage mir, daß deine Seele nicht nach mir verlangt.«

Ich zwang mich, den Kopf zu heben. Er umarmte mich, und seine Lippen fanden die meinen. Er zog mich neben sich auf den Fels herunter. Sein Mund fühlte sich sanft auf meinem an, und er strich mir mit der Hand übers Haar.

Meine Lippen öffneten sich. Ich hatte schon so lange keine Liebe mehr gespürt, redete ich mir ein; sonst hätte ich niemals so auf ihn reagiert. Ich versuchte, meinen Geist aus meinem Körper hinauszudrängen, wie Nallei es tat, doch ich war in mir selbst gefangen. Seine Hände umfaßten meine Taille und glitten unter mein Hemd, um sich auf meine Brüste zu legen.

Ich schob seine Arme energisch weg und richtete mich auf.

»Willst du mir jetzt immer noch weismachen, daß du mich nicht begehrst?« sagte er leise. »Kannst du dir nicht eine Möglichkeit einfallen lassen, daß wir uns vereinigen können? Ich kann dich nicht gewaltsam nehmen – das würde mir keine Freude bereiten. Sag mir, ob es nicht einen Weg gibt, daß ich bei dir sein kann, ohne dir Schaden zuzufügen.«

Ich senkte beschämt den Kopf, unfähig zu antworten.

»Birana, ich kann das nicht länger ertragen. Ich konnte mich zurückhalten, solange ich glaubte, ich würde dir etwas Schlimmes antun, aber jetzt weiß ich, daß das nicht zu geschehen braucht. Ich erleide Qualen. Sag mir, daß ich niemals bei dir sein kann, dann werde ich es hinnehmen und dieses Lager verlassen. Ich kann eine andere Gruppe finden, und du bist hier in Sicherheit. Vielleicht kann ich dann vergessen.«

Ich konnte den Gedanken, ihn ganz zu verlieren, nicht ertragen.

»Ich kann dich nicht gehen lassen«, sagte ich. »Wenn du mich verläßt...« Ich sah ihn an und brachte kein weiteres Wort mehr heraus.

Er erhob sich etwas und stützte sich auf einen Ellbogen. »Du mußt mich anleiten, Birana. Wenn eine Zeit kommt, da wir beieinander sein können, mußt du mir zeigen, was ich zu tun habe. Ich kann warten, wenn ich weiß, daß eine solche Zeit kommen wird.«

Was hätte ich ihm sagen sollen – daß es nur meine Angst war, ihn ganz zu verlieren, die mich zum Kleinbeigeben veranlaßt hatte? Daß ich lediglich Dankbarkeit für alles, was er für mich getan hatte, zeigte? Daß ich immer noch Laissa erblickte, wenn ich ihm in die Augen sah? Das wäre ein Teil der Wahrheit gewesen, aber nicht die ganze.

Ich hörte über uns einen Laut und sah hinauf. Nallei stieg den Hang herab. Sie konnte uns nicht gesehen und unsere Worte nicht gehört haben, und trotzdem hatte ich das Gefühl, daß sie Bescheid wußte.

»Tulan ist bei eurem Boot«, verkündete sie. »Geh zu ihm und bleib dort, bis Wir euch brauchen.«

Arvil stand auf, nickte und ging den Weg zurück, den er gekommen war. Nachdem er weg war, zog Nallei sich aus und plantschte ohne etwas zu sagen ins Wasser. Ich folgte ihr, doch das Wasser war zu kalt geworden, als daß wir lange hätten drin bleiben können. Wir kletterten hinaus und standen zitternd auf den Felsen, wo wir darauf warteten, daß die Sonne uns trocknete. Dann zogen wir uns wieder an.

Nallei setzte sich und kämmte ihre nassen Haare mit den Fingern. »Du hast dich sehr gefreut, Arvil hier zu sehen«, sagte sie.

»Natürlich. Er ist ein guter Freund.«

»Birana, er bedeutet dir mehr als das.«

Meine Hände, mit denen ich ebenfalls mein Haar geordnet hatte, sackten herab. »Für was hältst du mich eigentlich? Meinst du, ich bin abartig? Glaubst du, ich könnte …«

»Bin ich nicht ehrlich zu dir gewesen? Meinst du, ich könnte dich deswegen verachten, nach allem, was ich getan habe? Ich finde, es ist an der Zeit, daß du auch ehrlich zu mir bist. Wir haben niemanden sonst als eine die andere. Ich bin vielleicht in der Lage, dir zu helfen.«

Ich verschluckte mich, und gleich darauf lag mein Kopf an ihrer Schulter und ich weinte. »Ich bin mir über meine Gefühle nicht im klaren«, flüsterte ich unter Schluchzen. »Wenn ich mit ihm zusammen bin, dann geschieht etwas in mir … Nallei, was ist nur mit mir los? Am Anfang sah ich die Ähnlichkeit mit einer anderen Person in ihm, er erinnerte mich an jemanden, aber jetzt …«

»Beruhige dich, Mädchen.« Sie tätschelte mir die Schulter und trocknete meine Tränen mit ihrem Ärmel. »Ich glaube, es ist an der Zeit, daß du mir sagst, was du mir bisher verschwiegen hast. Was hat sich zwischen euch beiden abgespielt?«

»Es gibt etwas, das ich dir bis jetzt noch nicht gesagt habe, was sich während meiner Reise zugetragen hat.« Ich erzählte ihr von meiner ersten Begegnung mit Arvil, wie er zur Enklave gegangen und mit dem Befehl, mich umzubringen, zurückgekommen war. Sie hörte mir zu, ohne mich zu unterbrechen. Ich erzählte ihr alles, was ich Arvil über unsere Städte enthüllt hatte und wie ich dafür gesorgt hatte, daß meine Stadt glaubte, ich sei tot.

Nachdem ich geendet hatte, stand sie auf und schritt am Ufer auf und ab, tief in Gedanken versunken, und dann kletterte sie wieder zu mir herauf. »Er hat sich so viel aus dir gemacht, daß er seine Angst vor deiner Stadt überwunden hat«, sagte sie, während sie sich setzte. »Ihm lag so viel an dir, daß er seinen gesamten Glauben über Bord warf, denn wenn er daran festgehalten hätte, hätte das deinen Tod bedeutet. Selbst als er wußte, daß du dich ihm nicht hättest widersetzen können, nahm er dich nicht mit Gewalt. Ich hätte nie gedacht, daß ein Mann zu solchen Gefühlen fähig ist. Ist es da ein Wunder, wenn er seinerseits Gefühle für ihn in dir erweckt hat?«

»Was ich fühle, ist krankhaft und verachtenswert.«

»So würde man das in der Stadt beurteilen. Doch wir befinden uns jetzt nicht mehr in einer Stadt. Die Städte wollten unseren Tod – was macht es also, was sie von uns halten? Du bist jung, in deinem Alter ist das Verlangen nach Liebe stark. Wenn du in einer Stadt leben würdest, mit anderen jungen Frauen, aus denen du dir Partnerinnen aussuchen könntest, würde dein Verlangen befriedigt, aber jetzt bist du nun mal hier. Ich glaube, daß du bis jetzt erst wenige Partnerinnen gehabt hast und daß du deine Liebesfähigkeit nicht ausleben konntest, aber deine Gefühle sind da, und Arvil hat sie irgendwie geweckt. Vor langer Zeit hatten Frauen den Männern gegenüber derartige Gefühle, und vielleicht liegt die Fähigkeit dazu auch heute noch in einigen Frauen begraben. Vielleicht wurden diese schlafenden Gefühle, die in Ermangelung anderer Frauen nicht befriedigt wurden, in dir geweckt.«

»Das kann nicht wahr sein. Ich könnte nie ...«

Sie beugte sich zu mir herüber. »Birana, ich will dir sagen, was die Männer hier für mich bedeuteten. Sie empfinden Ehrfurcht, und sie gebärden sich untertänig, und sie erfüllen meine Wünsche. Sie beten den Geist an, der ihrem Glauben nach mir innewohnt. Außerdem sehnen sie sich nach einem Körper, wie es ihrer von uns geförderten Veranlagung entspricht. Wenn einer von ihnen meine Hütte betritt, dann tut er das nur, um seine Lust zu befriedigen, und dann bin ich es, die sich erniedrigen muß. Mehr empfinde ich dabei nicht. Sie beten mich an, und dann nehmen sie sich von mir, was sie brauchen. Es gibt keinen einzigen, der auch nur das geringste bißchen Zuneigung oder Mitgefühl für *mich* empfunden hat. Es konnte nicht anders für mich sein. Wenn vielleicht nur einer von ihnen etwas weiter geblickt und mich gesehen hätte, wie ich wirklich bin, wäre womöglich alles anders gewesen, aber nun sind zu viele Jahre vergangen und zu viele Männer haben mich benutzt, als daß mir dieser Weg noch offenstünde. Aber für dich braucht es nicht so zu sein.«

»Was rätst du mir zu tun?«

»Ich kann dir nichts raten. Du muß selbst entscheiden. Ich verachte dich in keinem Fall, was du auch tust, und ich glaube, davor hattest du Angst.«

»Arvil verläßt vielleicht dieses Lager«, sagte ich. »Er verläßt es vielleicht meinetwegen.«

»Dann würdest du wahrscheinlich sehr viel verlieren.« Sie half mir beim Aufstehen. »Du hast Mut bewiesen, als du den Weg hierher gefunden hast. Versuche, auch jetzt etwas von diesem Mut aufzubringen.«

Nallei und ich nahmen eine gemeinsame Mahlzeit in

der Hütte ein, und als wir damit fertig waren, ging sie den Weg zum Boot hinunter. Ich legte Holz aufs Feuer nach und ging hinaus, um unser Geschirr abzuwaschen.

Arvil näherte sich mir auf dem Weg, während ich gerade dabei war, unsere Becher mit etwas Wasser auszuspülen. Ich goß es schnell aus und stand auf, wobei ich die Becher und den Trinkschlauch umklammerte.

»Deine Freundin sagte, du könntest Verwendung für mich haben«, sagte er. »Sie ist mit Tulan im Boot hinausgefahren – sie sagte, sie wolle den Tag auf dem Wasser verbringen.«

Also waren wir allein. Ich wich einen Schritt zurück und hätte beinahe die Becher fallengelassen. Er nahm mir die Sachen aus der Hand und stellte sie am Boden ab.

»Du kannst in der kleinen Bucht schwimmen, wenn du Lust dazu hast«, hörte ich mich selbst sagen. »Das Wasser ist inzwischen sicher wärmer.«

»Tulan und ich haben gerade gebadet, als du mit deiner Freundin zusammen warst.« Er berührte sanft mein Haar und legte die Wange auf meinen Kopf. »Ich habe mir sehnlichst gewünscht, daß wir für einige Zeit allein wären, und die, die du Nallei nennst, hat mir den Wunsch gewährt.«

Ich zitterte.

»Selbst sie hat ein Einsehen mit meinem Verlangen.«

Ich wich schwankend von ihm zurück. Er umfing meine Taille. Ich riß mich von ihm los und rannte in die Hütte.

Auf dem Podest lag ein Stück Leder. Nallei hatte dort die Tage meines Zyklus mit einem Stein eingeritzt, damit ich auf die Zeit meiner Blutung vorbereitet war. Ich hob das Leder auf und zählte die Tage.

Das Fell vor dem Eingang wurde hochgehoben; Arvils Silhouette verdunkelte die Öffnung. Er trat ins Licht des Feuers. »Möchtest du, daß ich bleibe?« fragte er. »Du mußt es mir jetzt sagen. Wir werden nicht viele solche Augenblicke haben.«

Ich legte das Leder aus der Hand. »Jetzt wäre es ungefährlich für mich«, sagte ich und staunte, wie fest meine Stimme klang. »Eine Frau hat ihren Zyklus, genau wie der Mond. Es gibt Tage, an denen der Samen eines Mannes in ihr nicht fruchtet. Heute ist ein solcher Tag für mich, dessen bin ich sicher. Seit meiner Ankunft hier war mein Zyklus immer regelmäßig.«

Nallei hatte sich davon überzeugt, dachte ich. Sie hatte ihn zu mir geschickt; sie hatte mir diese Entscheidung aufgezwungen, aber sie wußte auch, daß keine Gefahr bestand. Ich wäre gern wütend auf sie gewesen, aber sie hatte mir lediglich die Gelegenheit verschafft, das zu regeln, was es zwischen mir und Arvil zu regeln gab. Ich konnte ihn immer noch aus der Hütte schicken und etwas sagen, das so grausam war, daß ich ihn bestimmt nie mehr wiedersehen würde.

»Birana«, murmelte er.

»Ich brauche etwas Wein«, sagte ich. »Das wird meine Gedanken abtöten, und dann kannst du treiben, was dir beliebt. Wenn ich das über mich ergehen lassen muß, um dich als Freund zu behalten, dann soll es geschehen.«

Er kam näher zu mir heran. »Glaubst du, so möchte ich dich; indem du meine Berührung erträgst, anstatt Freude daran zu haben?

»Gib mir den Wein.«

Er nahm einen Krug und goß etwas Wein in einen Becher. Meine Hände zitterten, als ich ihn von ihm entgegennahm; ich schüttete den Wein in einem Zug hinunter, dann leerte ich noch einen zweiten Becher.

Er ging zu der Matte, hob ein Fell auf und legte es auf den Boden aus festgestampfter Erde. Er streckte die Arme nach mir aus und zog mich zu sich hinunter.

Der Wein hatte meine Wahrnehmung geschärft, anstatt sie zu dämpfen. Wenn ich die Augen schloß und nur seine Hände spürte, ohne ihn anzusehen, konnte ich mir einbilden, er sei eine Frau, und vergessen, was er in Wirklichkeit war. Ich konnte mir einreden, die Hände, die mein Hemd hoben und meine Brüste berührten, wären nicht Arvils. Ich legte mich neben ihn, und seine Zärtlichkeit machte es mir leichter, so zu tun, als wäre er kein Mann.

Er nahm meine Hand und drückte sie gegen seine Brust; nun konnte ich nicht mehr so tun als ob. Er hatte sich das Hemd ausgezogen; mit seiner anderen Hand öffnete er den Gürtel seiner Hose. Er führte meine Hand zu seinem Bauch.

»Birana, Birana.« Er wiederholte meinen Namen wie in einer monotonen Beschwörung. Er lag quer auf mir und drückte meinen Rücken gegen das Fell, während ich versuchte, ihn wegzuschieben; doch inzwischen war er so sehr von der Begierde entflammt, daß er mich nicht mehr losließ. Er führte meine Hand zu seiner Lende, die immer noch von Kleidung verhüllt war, und hielt sie dort fest; ich spürte etwas Hartes.

Er keuchte; sein Atem drang mir heiß ins Ohr. Er ließ plötzlich von mir ab und hockte sich auf die Fersen. »Mein Verlangen nach dir ist zu groß«, sagte er, während er meinen Gürtel öffnete und mir die Hose über die Hüften streifte. Ich schloß erneut die Augen und lauschte auf seine Bewegungen, während er den Rest seiner Kleidung ablegte.

Er legte sich neben mich. Seine hohle Hand umfaßte für einen Augenblick meine Wange, während er mich küßte, dann wanderte sie zu meiner Brust hinunter. Ich hatte erwartet, daß er ungeduldig wäre, doch seine Hand verharrte auf mir, fuhr mir um die Taille, glitt unter mich, um meine Pobacken zu liebkosen, und streichelte meine Schenkel.

Vielleicht hatte mich der Wein jeglicher Widerstandskraft beraubt. Ich dachte im stillen: Eine Frau liegt bei mir, doch in meinem Geist erschienen keine anderen Bilder außer dem von Arvil.

Ich öffnete die Augen und sah ihm ins Gesicht. Wie hatte ich ihn jemals häßlich finden können? Ein Freund blickte mich aus diesen Augen an, ein Freund, der mich liebte. »Du mußt mir helfen«, sagte er. »Zeig mir, wie ich dir Vergnügen bereiten kann.«

Ich konnte nicht sprechen. Seine Hand fuhr mir über den Bauch und zwischen die Beine. Ich hatte Grobheit erwartet, doch seine Finger waren zärtlich, während sie mich vorsichtig ertasteten.

»Ich habe einiges von den Geist-Frauen gelernt«, flüsterte er, »aber jetzt mußt du mich anleiten.«

Ich beobachtete mich aus der Ferne und fühlte gleichzeitig, was mein Körper fühlte. Meine Hand sank zu seiner hinab, und ich führte ihn, wobei ich meine Feuchtigkeit an seinen Fingern spürte; ich leitete ihn an meinen Schamlippen entlang zu der kleinen Kuppe. Mein Rücken bog sich durch, als er mich berührte; ich hörte mich selbst stöhnen, während ich die Beine spreizte.

Ich ließ seine Hand los. Jetzt würde er bestimmt in mich eindringen wollen, und ich müßte es über mich ergehen lassen. Seine Fingerspitze glitt in mich hinein, dann erforschte er von neuem meine Scham und bewegte die Hand zärtlich über die kleine Kuppe. Ich konnte mich nicht länger zurückhalten, sondern schrie auf, während der kleine Lustpunkt anschwoll und erblühte. Ich bäumte mich seiner Hand entgegen, während mein Körper vor Erregung bebte.

Sein Glied war in meiner Hand. Er führte meine Finger über den Schaft, dann umklammerte er mit seiner Hand sanft die meine, während er sich an mich drückte. Er stöhnte auf, als sein Samen plötzlich aus ihm spritzte; er hatte sich verströmt, ohne in mich eingedrungen zu sein.

Er streckte sich neben mir aus. »Du hast ein gewisses

Vergnügen mit mir empfunden, Birana. Das kannst du jetzt nicht mehr leugnen.«

»Du bist gar nicht ...« sagte ich.

»Du mußt dazu bereit sein. Ich habe gespürt, daß es noch nicht soweit ist, aber ich habe Lust durch dich empfunden. Das reicht für jetzt; es ist gut, fürs erste diese kleinere Freude zu genießen sowie die größere, die mit dem Wissen verbunden ist, daß du mit meiner Berührung einverstanden bist.«

Meine Gedanken klärten sich allmählich. Ein Mann hatte mich berührt; er hatte mich zum Höhepunkt gebracht, und es hatte mir gefallen. Er hatte gesehen, daß ich erregt reagierte; er wußte, daß ich mich daran erinnern und erneut danach verlangen würde. Er hatte sich zurückgehalten und war nicht in mich eingedrungen, selbst als es ihn schmerzhaft danach verlangt haben mußte. Ich konnte seine Zurückhaltung jedoch nicht freundlich bewerten, sondern dachte lediglich, daß ich ihm damit noch mehr Macht über mich gegeben hatte.

Ich setzte mich auf. Der Anblick seiner Nacktheit hätte mich eigentlich abstoßen müssen. Seine Brust hob und senkte sich, als er seufzte. Seine Augen waren geschlossen, ein muskulöser Arm war von seinem gelockten goldenen Haar bedeckt. Sein Penis, der sich in meiner Hand so groß angefühlt hatte, erschien jetzt kleiner, wie er da so an seinem Schenkel lag. Ich dachte daran, wie er mich berührt hatte, und mein Bauch straffte sich.

Ich sprang auf und griff nach meinen Kleidern. »Birana!« rief er. Ich rannte aus der Hütte und jagte hinunter auf die kleine Bucht zu, ohne auf die Zweige und Dornen zu achten, die mir gegen die Beine schlugen, und auch nicht auf die Steine unter meinen nackten Füßen. Ich ließ meine Sachen auf einen Felsen fallen und sprang ins Wasser, in dem dringenden Bedürfnis, mich zu säubern.

Ich tauchte unter die Oberfläche und schwamm durch die dunkle, stille Tiefe. Ich überlegte, was Yvara wohl gesagt hätte, was jede Frau, die ich kannte, wohl gesagt hätte. Ich war krank, von Sinnen, verabscheuungswürdig und abartig; ich hatte eine schändliche Tat begangen, hatte bewiesen, daß sie recht daran getan hatten, mich in die Verbannung zu schicken, daß sie irgendwie das Böse gespürt hatten, das in mir steckte.

Mein Kopf tauchte aus dem Wasser auf; ich schnappte nach Luft. Arvil stand am Ufer. Er legte seine Kleidung ab und watete ins Wasser, während ich auf ihn zuschwamm.

»Birana ... « sagte er.

»Sprich jetzt nicht mit mir.« Ich kletterte auf die Felsen und spürte, wie er mich mit den Augen verfolgte. Ich wrang mir das Wasser aus den Haaren, dann zog ich mich an.

Arvil tauchte unter Wasser, kam wieder zum Vorschein und schwamm vom Ufer weg. Seine Bewegungen waren geschmeidiger als früher, wenn auch immer noch etwas unbeholfen. Als er aus der Bucht hinausschwamm und sich ins tiefe Wasser begab, rief ich ihm zu: »Arvil! Nicht so weit hinaus!«

Er machte kehrt und schwamm zurück, dann kletterte er aus dem Wasser. »Du brauchst nicht zu schreien«, sagte er.

»Ich habe mir Sorgen gemacht. Du kannst noch nicht so lange schwimmen.«

»Eine Stimme trägt weit über den See. Möchtest du, daß im ganzen Lager bekannt wird, daß wir hier zusammen schwimmen?« Er schüttelte sich das Wasser aus den Haaren und fing an, sich anzuziehen.

Wir saßen nebeneinander und sprachen nicht. Schließlich sagte er: »Du bist wie eine Geist-Frau von meiner Seite verschwunden. Ich hatte gedacht, mit dir wäre es anders.«

Ich wandte den Kopf von ihm ab und fuhr mir mit den Fingern durch die Haare. »Ich möchte nicht darüber sprechen.«

»Du hast Angst vor mir gehabt, als du dachtest, ich könnte dir kein Vergnügen bereiten, und jetzt hast du Angst vor mir, weil ich es kann. Wenn das in Zukunft so sein sollte, dann werde ich nicht mehr zu dir kommen. So groß ist der Spaß dabei nicht, daß ich ihn mir nicht auch selbst auf andere Weise verschaffen könnte.«

Ich war zutiefst getroffen. »Dann habe ich mich also für nichts und wieder nichts erniedrigt und gedemütigt.«

»So siehst du das? Du fühlst dich erniedrigt?«

Ich erhob mich. »Dann suche dir jemand anderes«, fauchte ich. »Es gibt genügend Männer im Lager. Ich könnte Nallei bitten, daß sie dich zu sich ruft. Sie würde es für mich tun.«

»Du hast gesagt, deine Freundin verabscheut, was sie tun. Würdest du von ihr verlangen, etwas zu tun, das sie verabscheut, und sie dazu bringen, daß sie mich haßt? Glaubst du, daran könnte ich Freude haben?« Seine Hände zitterten, sein Gesicht war vor Wut verzerrt. »Denkst du so gering von uns?«

Ich wandte mich um, als er mit einem Satz aufsprang. Er packte meine Arme und zog mich an sich. Ich erwartete, daß er noch mehr wütende Worte ausstoßen würde, doch statt dessen drückte er die Lippen auf meine.

In diesem Augenblick hätte ich gern seine Berührung gespürt. Ich schob ihn weg und stieg schnell zur Hütte hinauf; er folgte nicht. Ich weinte vor Scham und dem Gefühl der Verletztheit, als ich in unsere Behausung trat. Er hatte bei mir gelegen, und ich wünschte mir, daß er noch einmal zu mir käme, doch ich konnte es ihm gegenüber nicht laut aussprechen.

Ich warf mich schluchzend auf die Matte und hoffte, er würde zu mir kommen; gleichzeitig wußte ich, daß er nicht kommen würde.

Nallei sagte nichts, als sie gegen Abend zurückkehrte.

Als ich unser Essen herrichtete, fing sie an, über Tulan zu sprechen. »Der Junge fühlte sich dadurch geehrt, daß ich ihn bat, mich auf den See hinauszufahren«, sagte sie. »Er würde es mit Freuden noch einmal tun.«

Sie wartete zweifellos darauf, daß ich ihr einen Hinweis gab, was sie tun sollte, doch ich schwieg.

»Er hat mir von seinen Freunden erzählt«, fuhr sie fort. »Seit du die Pferde in seine Obhut gegeben und ihn mit ihrer Pflege betraut hast, ist er ziemlich stolz auf sich. Natürlich strebt er auch nach Yerlans Anerkennung. Schade, daß er nicht so bleiben kann, wie er ist, aber früher oder später wird er so werden wie die anderen und sich allen Schwächeren gegenüber als Kraftprotz aufspielen. Schon jetzt erlaubt er nur bestimmten Jungen, mit ihm zu reiten. Vielleicht solltest du einmal mit ihm darüber reden und ihn dazu ermuntern, etwas großzügiger zu sein. Du hast die Pferde hierhergebracht – vielleicht hört er auf dich.«

»Er würde auch auf dich hören.« Ich wollte nicht über Tulan sprechen.

Ich hatte während des Essens getrunken und beinahe einen ganzen Krug Wein allein geleert; Nallei nahm es zur Kenntnis, fragte mich jedoch immer noch nicht, wie der Tag für mich verlaufen war. Sie stand auf, gähnte und ging zur Matte. »Ich muß schlafen.« Sie sah zu mir her. »Birana, willst du mir vielleicht irgend etwas sagen? Kann sein, daß ich nicht in der Lage bin, dir zu helfen, aber ich kann dir zuhören.«

Ich schüttelte den Kopf, dann stand ich auf, um unser Geschirr abzuräumen.

Ich setzte mich neben sie und trank weiter Wein, bis sie tief und gleichmäßig atmete. Ich konnte noch nicht schlafen, und vom Wein hatte ich Kopfschmerzen bekommen. Das Feuer brannte nur noch schwach. Ich erinnerte mich daran, wie ich zum ersten Mal allein in der Hütte gewesen war und mir gewünscht hatte, Arvil wäre bei mir.

Ich hatte das Gefühl, als ob die Wände der Hütte auf mich zukämen. Ich ging hinaus, um die kühle Nachtluft einzuatmen, bis mein Kopf etwas klarer war, dann spazierte ich den Weg entlang, ohne mich darum zu scheren, wohin mich die Füße trugen.

Bald stand ich über der Stelle, wo die Boote an Land gezogen worden waren, und schwankte unsicher auf den Beinen. Ein eingegrenztes Feuer glühte am Boden; Tulan lag daneben und schlief. Arvil starrte zum Lager hinüber; er wandte den Kopf und sah mich.

Ich zuckte zurück und wankte zwischen die Bäume. Zweige peitschten und raschelten hinter mir. Ich rannte, dann stolperte ich; ich ließ eine Hand vorschnellen, als mich Arme auffingen.

Der Wein hatte mich schwach und schwindelig gemacht. Ich sank zu Boden und fiel auf eine weiche, bemooste Stelle zu, wobei mich Arme sanft ablegten. Die Dunkelheit verbarg ihn vor mir. Ich dachte: er ist schon einmal zu mir gekommen, es ist gleichgültig, was er jetzt macht; ich kann mir selbst weismachen, ich sei zu schwach gewesen, um ihn abzuhalten.

Er zog mir die Hose herunter und bedeckte meinen Mund mit seinem. Meine Lippen öffneten sich, während er mit der Zunge meinen Mund ertastete. Seine Hand bewegte sich über meinen Bauch und glitt tiefer, während sich meine Beine öffneten. Wärme durchflutete mich; wieder nahm ich seine Hand und führte seine Finger. Ich wollte mir einreden, es sei nicht Arvil, der mich berührte, sondern die Hand, die einer Frau gehören könnte, aber selbst in der Dunkelheit war es unmöglich, mir etwas vorzumachen. Ich spürte die Muskeln an seinem Rücken, sein Glied drückte sich hart an meinen Schenkel.

Ich keuchte. Er zog seine Hand zurück und ergriff meine; ich umfaßte ihn fest, wie er es mir gezeigt hatte. Er führte meinen Daumen zu seiner feuchten Spitze; ich hätte meine Hand gern zurückgezogen, doch er hielt seine darauf. Er bewegte sich gegen meine Hand und stöhnte leise auf, als der Samen aus ihm herausspritzte.

Für einen Augenblick erfüllte mich eine seltsame Hochstimmung. Ich konnte das für ihn tun; als Gegenleistung für die Macht, die ich ihm über mich gegeben hatte, hatte er mir Macht über sich gegeben. Er war kein Mann mehr, der dazu erzogen war, sich nach einer Frau zu verzehren, ohne zu wissen warum; er war Arvil, mein Freund, der nur meine Berührung wollte.

Sein Penis lag weich in meiner Hand. Ich hielt ihn weiter umfaßt, dann fuhr ich mit den Fingern sanft über die Hoden darunter. Er erbebte und seufzte. »Birana, das ist mehr, als ich mit dir jemals gefühlt habe. Das kommt dem heiligen Zustand, in den einen die Geist-Frauen versetzen, ziemlich nahe, und doch ist es mehr, denn es kommt von dir.«

Er küßte mich erneut und bewegte die Zunge in meinem Mund. Seine Hand erforschte meine Spalte; ich spreizte die Beine weiter und öffnete mich seiner Berührung. »Gibt es keinen anderen Weg?« flüsterte er. »Kann es nur durch meine Hand geschehen? Ein Mann benutzt manchmal den Mund bei einem Partner. Soll ich dich mit dem Mund liebkosen?«

Ein Stöhnen entrang sich mir; ich brauchte die Antwort nicht auszusprechen. Er senkte den Kopf und küßte meinen Bauch, während seine Hände gegen die Innenseite meiner Schenkel drückten.

Plötzlich war sein Mund an der Stelle zwischen meinen Beinen, und er küßte mich, wie er meine Lippen geküßt hatte. Seine Zunge fuhr in mich hinein und strich über meine inneren Schamlippen, während er ungeschickt an mir nuckelte. Ich hörte mich selbst flüstern und ihm sagen, was er tun sollte. Seine Finger spreizten meine Schamlippen auseinander, während seine Zunge leckte und mich erforschte.

Ich warf die Knie hoch, als eine Welle der Lust mich überflutete. Ich drückte mir die Hand auf den Mund, um mein Stöhnen zu unterdrücken, während seine Zunge über mich glitt. Meine Hüften bäumten sich unter ihm auf; ich hatte das Gefühl, daß meine Lust niemals enden würde, daß sie abflauen und wieder hochschlagen und mich erneut überfluten würde.

Schließlich flaute sie ab und kehrte nicht zurück. Er lag neben mir und streichelte zärtlich meine Brüste, als ob er jetzt nichts anderes mehr begehrte als die Berührung meiner Haut. Ich berührte seinen Körper und fühlte die harten Muskeln seiner Brust und dann die daunenweiche Stelle direkt unter seinem Bauch. Sein Körper, der so anders war als meiner, erschien mir jetzt nicht mehr so abstoßend, so fremdartig.

Noch nie hatte mir jemand so viel Lust bereitet. Wenn ich ein Mädchen oder eine Frau gekannt hätte, die mich wirklich geliebt hätte, wäre es mir vielleicht unmöglich gewesen, von Arvil Liebe zu empfangen. Ich hatte mich verzweifelter nach Liebe gesehnt, als mir bewußt gewesen war.

»Deinesgleichen besitzt eine Kraft, die Männer nicht haben«, murmelte er. »Ein Mann brennt, und dann verläßt ihn die Lust schnell, während die eure euch umschlingt als würde sie niemals enden.«

Die Abbilder in den Heiligtümern weckten in den Männern das Verlangen nach dem, was sie darstellten; ich wäre niemals auf die Idee gekommen, daß sie den Männern auch zeigten, wie sie uns Vergnügen bereiten konnten. Diese alten Bilder, geschaffen in der Zeit, bevor sich die Frauen vollkommen von den Männern getrennt hatten, hatten Arvil einige Möglichkeiten aufgezeigt, mich zu lieben; längst verstorbene Menschen wirkten noch immer durch ihn und durch mich.

Arvil zog sein und mein Hemd über uns, um uns gegen die Kälte zu schützen. Wir lagen eine Weile lang so da, und bald liebkosten mich seine Hände eindringlicher. Diesmal brauchte er meine Hand nicht zu sich führen. Sein Körper bewegte sich langsamer, als er sich verströmte und leiste seufzte. Ich spürte keine Welle des Vergnügens, als er mich berührte, sondern nur einen kleinen lustvollen Krampf, wie er mich vielleicht im Traum überkommen mochte.

Er küßte mein Gesicht und meinen Hals, strich mir übers Haar und setzte sich dann auf. »Ich würde gern hier bei dir bleiben«, sagte er, »aber ich muß gehen. Tulan könnte aufwachen und sich fragen, wohin ich gegangen sein mag.«

Ich erhob mich zögernd. Er half mir beim Ankleiden, dann zog er sich selbst an. Seine Hände schoben sich mir um die Taille. »Ich möchte zuviel, ich weiß«, flüsterte er. »Sag mir, daß ich wieder einmal zu dir kommen darf.«

Ich konnte nicht sprechen.

»Gib mir die Hoffnung, daß du dich irgendwann wieder auf mich freuen wirst.«

»Das werde ich.« Endlich hatte ich es herausgebracht. »Ich glaube, jetzt könnte ich dich nie mehr abweisen, Arvil.«

Er ließ mich los und verschwand zwischen den Bäumen.

Am Morgen sprach Nallei wenig, während ich unseren Kräutertee zubereitete, aber als ich in der Nacht in die Hütte zurückgeschlichen war, hatte ich das Gefühl gehabt, daß sie nur so tat, als schliefe sie. Sie mußte wissen, daß sich etwas geändert hatte, mußte geahnt haben, daß Arvil und ich zusammen gewesen waren.

Ich stellte mich bei der Zubereitung des Tees recht tolpatschig an und hätte mir fast die Hand an einem der kleinen Steine verbrannt. Ich konnte mich kaum überwinden, etwas von unserem Obst zu essen. Als wir unser Mahl beendeten, hörte ich draußen Stimmen.

Nallei stand auf und ging hinaus; ich folgte ihr. Arvil und Tulan näherten sich der Hütte. »Habt Ihr irgendeinen Wunsch, Heiligkeiten?« fragte Tulan.

Meine Wangen glühten. Ich betrachtete Arvil aus den Augenwinkeln. Sein Gesicht war gerötet; er blickte in die andere Richtung und trommelte mit einem Fuß auf den Boden.

Nallei räusperte sich. »Tulan hat Mir gestern von dem Wettkampf erzählt, den die Jungen als Höhepunkt dieser Saison in Kürze abhalten wollen. Da Meine Freundin und Ich den Vorsitz dabei innehaben werden, möchte Ich, daß Tulan Mir erzählt, was diesmal auf dem Programm steht. Ich werde heute auch wieder mit ihm auf den See hinausfahren und zu einem gemeinsamen Essen zurück sein.«

Tulan warf das glatte schwarze Haar zurück und klatschte vor offensichtlicher Freude in die Hände. »Wieder einmal erweist Ihr mir wieder eine große Ehre, Heiligkeit.«

Mein Gesicht glühte noch heißer, als Nalleis Blick von Arvil zu mir wanderte; ich hatte ihren Verdacht bestätigt, indem ich keine Einwände erhob, während sie mit dem Jungen sprach. »Vielleicht können heute nachmittag einmal Tulan und Ich im Boot hinausfahren«, sagte ich schnell.

Tulan strahlte noch mehr. »Es wäre mir eine Ehre.«

»Nun muß Ich Mich Meinen Aufgaben widmen«, murmelte ich und zog mich in die Hütte zurück. Nallei unterhielt sich mit Arvil und erklärte ihm, daß sie sich freuen würde, wenn er und Tulan zum Essen in unsere Hütte kämen. Ich fühlte mich fiebrig, als ich mich vor der Feuerstelle hinkniete, und fragte mich, ob ich vielleicht krank wurde. Ich streckte die Hand nach einem Glas Beerenwein aus, dann ließ ich sie wieder sinken.

»Sie sind weg«, sagte Arvil, als er die Hütte betrat und sich neben mir niederließ. Vielleicht wollte er jetzt lediglich mit mir reden; wir hatten uns kaum unterhalten, seit er auf der Insel angekommen war. Ich hielt den Blick gesenkt, während ich im Feuer stocherte.

»Du wärst heute nachmittag lieber mit Tulan zusammen als mit mir«, sagte er. »Ich hatte gedacht...«

»Ich bin vorsichtig. Möchtest du, daß er den anderen erzählt, wir seien oft allein gewesen, während du auf der Insel weiltest? Yerlan könnte sich so seine Gedanken machen.«

»Sie können nicht ahnen, was geschehen ist, und Tulan würde nichts verraten. Ich bin fast so etwas wie ein Hüter für ihn.«

»Yerlan auch. Wir müssen auf der Hut sein.«

Er nickte. »Stimmt. Ich bin zu unersättlich. Ich habe das Gefühl, daß ich jeden nur möglichen Augenblick mit dir verbringen möchte.« Er machte eine kurze Pause. »Ich glaube, Tulan macht sich auch immer mehr aus dir.«

»Er ist ein kleiner Junge.«

»Er wird nicht mehr lange ein kleiner Junge sein.« Er fuhr sich mit der Hand durch das lockige blonde Haar. »Ich sollte das eigentlich nicht sagen, aber jetzt, da du mit mir ein gewisses Maß an Lust geteilt hast, möchtest du es vielleicht auch mit anderen teilen.«

»Niemals!« schrie ich. »Ich schäme mich ohnehin genug.«

»Ist es für dich immer noch etwas, dessen du dich schämen mußt, Birana?«

Ich ließ mich auf die Fersen zurückfallen. »Ich habe es nicht so gemeint. Mir kommt es erst hinterher so vor, nicht, solange ich mit dir zusammen bin. Bitte, versuche doch zu begreifen. Keine Frau sehnt sich nach einem Mann. In meiner Stadt würde man meine Gefühle als krankhaft bezeichnen. Ich kann mir noch so sehr einreden, daß es nicht so ist, aber ich kann es nicht vergessen. Sie würden das, was Nallei getan hat, schlimm genug finden, auch wenn sie überhaupt keinen Spaß daran hat.«

Er griff nach meiner Hand und half mir auf die Beine. »Wir haben nicht viel Zeit.« Er neigte den Kopf und legte den Mund auf meinen. Seine Haare und sein Körper rochen nach dem See, als ob er kurz zuvor gebadet hätte; seine Zunge glitt in meinen Mund, und ich erinnerte mich, welches Gefühl ich hatte, als seine Zunge in mir war.

Seine Hände zerrten an meiner Kleidung. Als wir beide nackt waren, führte er mich zur Matte. Jetzt hüllte uns keine Dunkelheit ein; das Licht der Morgensonne fiel durch den Spalt unter dem Fell vor dem Eingang, und das Feuer leuchtete. Ich sah seinen Körper deutlich, die sonnengebräunte Brust und den blasseren Bauch. Sein Glied war bereits aufgerichtet.

Ich legte mich neben ihn, er berührte meine Brüste, und ich führte seine Hände zu den Spitzen. Er rieb mit dem Daumen darüber, bis sie hart waren, dann strich er mir über die Schenkel und schob meine Beine auseinander.

»Birana«, flüsterte er, und sein Finger liebkoste mich. »Ich möchte ...«

Er lag plötzlich auf mir, sein Penis war zwischen meinen Beinen. Ich drückte die Hände gegen seine Brust und leistete Widerstand, bis er zur Seite rollte.

»Arvil, laß das!«

»Du hast beim letzten Mal gesagt, daß keine Gefahr bestünde. Ist es jetzt gefährlich?«

Ich setzte mich auf und zog einen Teil des Fells über mich. Ich hätte ihm erzählen können, daß es gefährlich sei, aber ich war mir unsicher, ob ich ihn jemals wieder würde anlügen können. »Nein, es besteht keine Gefahr. Ich kenne mich mit meinem Körper aus, ich habe die Tage gewissenhaft gezählt.« Ich wollte nicht, daß mir das gleiche widerfuhr, das Nallei widerfahren war.

»Warum schiebst du mich dann weg?«

»Ich weiß nicht, ob ich es dir erklären kann. Was ich mit dir getan habe ... Ich hätte das auch mit einer Frau tun können. Ich kann mir das einreden, obwohl es mir andererseits nicht so vorkommt wie ...« Ich biß mir auf die Lippe. »Aber diese andere Sache... das kann man nur mit einem Mann machen, und deshalb erscheint es mir schlimmer.« Ich schluckte. »Es tut mir vielleicht auch weh. Ich habe Angst vor dem Schmerz. Ich befürchte, mein Körper kann nicht alles von dir in sich aufnehmen.«

»Ich weiß, daß ich dir Vergnügen bereiten kann. Ich kann dich für mich bereit machen. Wenn es bei dir nicht geht, dann werde ich mir auf andere Weise Erleichterung verschaffen.«

Ich wollte ihm vertrauen; er war bis jetzt immer sanft mit mir umgegangen. Vielleicht brauchte ich es nur ein einziges Mal über mich ergehen zu lassen; wenn er mir weh tat oder merkte, daß ich daran keinen Spaß hatte, würde er es vielleicht nie wieder wollen.

Ich legte mich zurück. Er tastete mit einer Hand an mir herum, aber seine Berührung war diesmal anders. Als ich aufstöhnte, zögerte er, bevor er mich weiter erforschte. Er senkte den Kopf zwischen meine Schenkel und erforschte mich zuerst mit der Hand und dann mit der Zunge, wobei er mich erregte, ohne mich jedoch zu befriedigen. Sein Finger glitt in mich hinein, dann wieder heraus, dann wieder tiefer hinein.

Ich hob mich ein wenig ihm entgegen, da ich dachte, ich müßte ihn anleiten. Ich war vollkommen offen für ihn, verzehrte mich, während er jede Schamlippe sanft rieb und seine Zunge meinen Kitzler streifte. Ich ließ mich zurücksinken, unfähig, noch viel mehr zu ertragen.

Er hob meine Knie an und kniete sich zwischen meine Beine. Ich spürte die Spitze seines Penis an meiner Spalte. »Wenn es dir weh tut, höre ich sofort auf«, flüsterte er, obwohl ich mich fragte, ob er dazu wohl in der Lage wäre, wenn seine Begierde allzu groß geworden war. Er rieb sich noch ein wenig an mir, dann schob sich seine Spitze weiter vor. »Empfindest du jetzt einen Schmerz?«

Ich schüttelte den Kopf. Ich konnte ihm nichts vormachen; alles in mir verzehrte sich inzwischen nach dem Höhepunkt. Er umfaßte mit gewölbten Händen meine Hinterbacken und fuhr fort, sich sanft nach vorn zu schieben, jedesmal ein wenig tiefer in mich hinein, bis er schließlich mit einem letzten Stoß ganz in mich eindrang.

Ich schrie auf, als er auf mich sank; diesmal empfand ich einen Schmerz. Ich schob mich ihm entgegen, während seine Stöße schneller wurden, doch während er sich in mir bewegte, verwandelte sich mein Schmerz, wurde zu einem brennenden Verlangen. Schließlich schrie er auf, und mein Schrei antwortete seinem, als sich meine Lust und der Schmerz vermischten.

Er glitt von mir herunter. Unsere Körper waren schweißgebadet. Er seufzte und hielt mich in den Armen. Er hatte es getan, und er hatte mir damit Vergnügen bereitet; das war etwas, das ich nicht erwartet hatte, etwas, das ich für unmöglich gehalten hatte. Es war nicht dasselbe Maß an Lust, das mir seine Hände und seine Zunge bereiteten, aber ich hatte auch darauf reagiert.

Er beugte sich für einen Augenblick über mich und zuckte dann zurück. »Ich habe dich verletzt«, sagte er. »Da ist ein kleiner Blutfleck auf dem Fell. Habe ich etwas falsch gemacht?«

»Nein, Arvil.«

»Ist deine Zeit der Blutung gekommen?«

»Nein, das ist es nicht; es war nur ein kleines Hindernis in mir, das jetzt zerbrochen ist. Beim nächsten Mal wird es nicht mehr bluten.«

Er bettete den Kopf auf meine Brust, und ich strich ihm übers Haar. »Du bist keine Geist-Frau«, murmelte er. »Bei denen kann ein Mann ohne Angst zustoßen. Mit dir muß ich sanfter umgehen, wie es ein liebevoller Mann mit einem jüngeren machen würde, der die Liebe noch nicht kennengelernt hat. Aber das hier ist anders als das, was ich bei den Geist-Frauen empfunden habe. Sie waren eher wie Geschöpfe in einem Traum, dies hingegen war Wirklichkeit, ich habe es mit dir erlebt, und dadurch wird es viel besser. Und ich werde mich bemühen, daß es noch besser wird.« Er schob mir einen Arm unter die Taille. »Und für dich, Birana – wie war es für dich?«

»Schwer zu sagen. Es war schmerzhaft, und es war auch lustvoll.« Ich wußte nicht, was ich ihm sonst hätte sagen sollen; das alles war noch so neu für mich. Ich hatte Vergnügen mit einem Mann gehabt, und zwar auf eine Weise, die es seit Jahrhunderten nicht mehr gegeben hatte, auf eine Weise, die seit langem abgeschafft war. Ich erkannte jetzt, warum sich die Frauen von diesem Akt losgesagt hatten, wie das Bedürfnis danach eine Frau zur Sklavin machen und sie ihres Verstandes berauben konnte. Der Akt als solcher war töricht und gefährlich. Die Liebe zu einer Frau setzte eine andere Frau keinerlei Gefahren aus, außer der Möglichkeit eines gebrochenen Herzens; die Liebe zu einem Mann bedeutete, sich auf eine Reise mit ungewissem Ziel zu begeben. Es bestand das Risiko, ein Kind zu empfangen, wenn ich nicht vorsichtig war, und Yerlan und seine Männer würden dann etwas über unsere Machenschaften erfahren. Doch selbst der Gedanke an diese Gefahren reichte nicht aus, um mich zu veranlassen, darauf zu verzichten.

Arvils Hand streichelte meinen Bauch und glitt tiefer, und ich vergaß alles mit Ausnahme der Empfindung, die er in mir erneut erweckte.

Gedanken an Arvil lenkten mich während des restlichen Tages von allem anderen ab. Ich bemühte mich, Tulan zuzuhören, während wir im Boot paddelnd die Bucht umrundeten, doch im Geiste war ich anderswo, und ich bekam kaum mit, was er sagte. Als ich an diesem Abend mit Nallei schwamm, fiel mir wieder ein, wie Arvils Körper ausgesehen hatte, als er aus dem Wasser gestiegen war.

In der Nacht, als Nallei schlief, ging ich hinaus zu der Stelle unter den Bäumen, wo ich Arvil finden würde, wie ich wußte. Diesmal zeigte er mir etwas anderes, das er mit den Abbildern des Gedankenübermittlers erlebt hatte. Ich erfuhr, daß ich mich über ihn hinknien und ihn in mich einführen und auf diese Weise noch mehr Lust empfinden konnte.

Während wir unter den Bäumen lagen, erforschten meine Hände seinen Körper, und ich lernte ihn immer besser kennen. Er hatte eine kleine Narbe an der linken Schulter, ein Überbleibsel aus einem Kampf während seiner Knabenzeit; eine weitere Narbe kennzeichnete seinen rechten Schenkel. Ich stellte fest, daß es ihn begeisterte, wenn ich ihm mit dem Daumen über die Brustwarzen fuhr, und daß es ihm gefiel, wenn ich die sanfte, flaumige Gegend zwischen seinem Schenkel und der Leiste berührte.

»Ich habe den ganzen Nachmittag daran gedacht«, sagte er. »Ich habe daran gedacht, während du mit Tulan unterwegs warst.«

»Ich habe auch daran gedacht.«

»Ich weiß nicht, ob ich jemals aufhören kann daran zu denken.«

Ich richtete mich etwas auf und stützte mich auf einen Ellbogen. »Wir müssen jetzt noch vorsichtiger sein. Vielleicht ist es uns nicht möglich ...«

Er legte mir einen Finger auf die Lippen. »Wir müssen einen Weg finden. Ich werde wieder einmal hierhergeschickt. Vielleicht gibt es andere Orte, vom Lager entfernt, wo wir uns treffen können.«

Ich schlich mich widerwillig zu meiner Hütte zurück und fragte mich, wie ich es würde ertragen können, wenn er die Insel verließ. Als ich das Fell vor dem Eingang zur Seite schob, sah ich, daß Nallei wach war und vor dem Feuer saß.

»Du weißt, was geschehen ist«, sagte ich, während ich mich neben sie setzte.

»Ja, ich weiß. Ist das das Ende dessen, was zwischen euch besteht, oder der Anfang?«

»Ich kann mir nicht vorstellen, daß es jetzt zu Ende sein könnte.« Ich legte den Kopf auf die Knie. »Wenn ich mit ihm zusammen bin, gibt es nichts anderes als ihn für mich, und wenn ich von ihm weggehe, dann habe ich das Gefühl, daß es Wahnsinn ist, auf einem kranken Geist beruht. Ich hatte noch nie solche Gefühle für irgend jemanden, mit Ausnahme einer anderen Person.« Ich hielt inne; es fiel mir immer noch schwer, von Laissa zu sprechen, Laissa, die sich von mir zurückgezogen, die meinen Tod gewünscht hatte. »Arvil sieht ihr ähnlich. Ich glaube, sie hatten dieselben Eltern. Diese Ähnlichkeit war anfangs der Grund, warum ich Sympathie für ihn empfand, aber jetzt...« Ich schüttelte den Kopf. »Seine Schwester hat mich nie geliebt. Und ich habe ihr nie gesagt, was ich fühlte.«

»Wir sind anpassungsfähiger, als uns bewußt ist«, sagte Nallei. »Warum sollten wir in den Städten nicht Frauen lieben? Es gibt niemand anderen zum Lieben. In früheren Zeiten gab es Frauen, die nur andere Frauen liebten, und Männer, die Männer liebten, aber damals waren sie es, die man für seelisch gestört hielt. Ich weiß einiges über die Vergangenheit, ich habe darüber gelesen.« Das war das äußerste, was Nallei über ihr früheres Leben preisgab. »Manchmal hat es den Anschein, als ob wir beharrlich Welten schaffen, in denen gewisse Formen der Liebe akzeptabel und ehrenhaft sind, während andere verachtet werden. Wir haben uns vor langer Zeit für unseren Weg entschieden, zum Teil deshalb, weil wir der Ansicht waren, daß die Formen der Liebe, die in der Vergangenheit sanktioniert gewesen waren, dazu beigetragen haben, daß es zu der großen Zerstörung kam, und uns machtlos machten, so daß wir uns nicht gegen die Handlungweise der Männer wehren konnten. Ich hatte in dieser Hinsicht immer schon meine Zweifel. Vielleicht gab es unter jenen Menschen einfach nicht genügend Liebe füreinander. Wenn sie die Freiheit gehabt hätten zu lieben, wen sie wollten, ihre Herzen bereitwillig jedem zu öffnen, der sie vielleicht lieben könnte, und diese Liebe wachsen zu lassen, so daß sie jeden auf dieselbe Weise umfaßte, dann hätten sie möglicherweise einen Weg gefunden, die Zerstörung anderer, die sie liebten, zu verhindern. Vielleicht haben sie durch die Ablehnung bestimmter Formen der Liebe ihre Fähigkeit eingebüßt, einen anderen Menschen wahrhaft zu lieben, oder auch die Erde zu lieben, die sie beinahe zerstört hätten. Zumindest bin ich der Ansicht, daß die Toleranz für alle Formen der Liebe zu jeder Art von Partner, für den man sich entscheidet, zu dem Entsetzlichen, was sie getan haben, bestimmt nicht beigetragen hätte.«

Ich fragte mich, ob Nallei derartige Gedanken vor anderen in der Stadt geäußert hatte und ob diese Äußerungen als Verbrechen angesehen wurden und zu ihrer Verbannung geführt hatten.

»Wenn du und dieser junge Mann die Fähigkeit, die in euch steckt, verleugnet hätten«, fuhr sie fort, »dann hättet ihr euch vielleicht nur selbst vergiftet, eure Liebe in eine andere, verquere Bahn gelenkt. Es tut mir leid, daß ich nicht diejenige sein konnte, die dich liebt, aber diese Fähigkeit ist in mir abgestorben – es wäre für uns beide einfacher gewesen, wenn wir diese Möglichkeit gehabt hätten. Aber du hast jetzt eine andere Art von Liebe gefunden, und du darfst dich nicht mit Zweifeln an ihrer Richtigkeit quälen. Ich fürchte, du wirst noch genügend zu leiden haben, auch ohne solche Schuldgefühle.«

Sie legte ihre Hand auf meine. »Sei vorsichtig, Birana. Diese Liebe ist nicht ohne Risiko, wie du weißt. Du darfst jetzt nicht leichtsinnig werden. Ich möchte dich nicht verlieren und wieder allein hier sein, aber ich meine fast, es wäre besser, wenn du mit Arvil dieses Lager verließest.«

»Ich könnte dich niemals hier allein zurücklassen. Ich werde dich nicht verlassen, Nallei.« Sollten wir jemals von hier weggehen, mußte ich eine Möglichkeit finden, sie mitzunehmen. Doch der Gedanke an eine Flucht lag mir augenblicklich sehr fern; ich würde später darüber nachdenken. Für die nächste Zeit war ich hier noch ziemlich sicher. Ich nahm mir vor, vorsichtig zu sein, kein Risiko einzugehen. Es war einfacher, diesen Vorsatz zu fassen, wenn ich nicht mit Arvil zusammen war, es fiel mir leichter zu vergessen, daß in seiner Gegenwart nur noch die gemeinsamen Augenblicke mit ihm Bedeutung hatten.

Ich hatte mich nach Birana gesehnt, doch selbst nach den Erfahrungen, die ich mit den Geist-Frauen gemacht hatte, hatte ich nicht gewußt, was ich zu erwarten hatte. Diese Erscheinungen in den Heiligtümern und der Enklave hatten sich wie Frauen aus Fleisch und Blut angefühlt, doch sie waren Geister ohne Namen gewesen, nichts als Körper, die mich erregen und dann befriedigen sollten.

Anfangs hatte ich Birana entsprechend eingeschätzt, als eine Person, die mir Segnungen bescheren mochte, aber ansonsten in jeder Hinsicht nichts mit mir zu tun hatte. Statt dessen hatte ihre Seele nach mir gegriffen.

Sie war wie die Geist-Frauen, andererseits aber auch wieder nicht. Bei ihr fand ich die samtweiche Glätte der Haut und die Formen ihres Körpers, aber auch eine unbestimmte Unsicherheit, die Unbeholfenheit einer ängstlichen Seele, ihren Schweiß und ihren Geruch und ihren salzigen Geschmack. Die Geist-Frauen waren Wesen, die verschwanden, sobald ich befriedigt war, während Birana auch danach noch bei mir lag und mich erneut erregte. Ich erinnerte mich an den Anblick ihrer dunklen Haare, die auf der Matte ausgebreitet waren, an den rosigen Glanz in ihrem Gesicht, nachdem ich sie geliebt hatte. Selbst meine Unsicherheit im Umgang mit ihr und die Notwendigkeit, ihr ein ausgedehnteres Vergnügen zu verschaffen, an dem den Geist-Frauen nichts lag, steigerte mein Verlangen.

Nach unserem ersten Zusammensein auf der Insel kam Birana ins Lager und saß allein mit Yerlan auf der Lichtung, um sich seine Erzählungen anzuhören. Obwohl ich ihr geraten hatte, ihm diese Gunst zu erweisen, stieg Wut in mir auf, als ich sie so nebeneinander sitzen sah, doch ich schluckte meinen Groll hinunter. Yerlan war über ihre zunehmende Freundlichkeit ihm gegenüber entzückt. Er begriff bald, daß jedesmal, wenn er Tulan und mich zur Insel schickte, Birana zu ihm kam und seinen Worten lauschte.

Der Höhepunkt des Herbstes war die Ernte der letzten Überbleibsel aus den Gärten und eine große Jagd. Alle im Lager waren emsig beschäftigt mit dem Ausnehmen von Wild, dem Trocknen von Fisch, dem Räuchern von Fleisch, dem Gerben von Häuten und dem Einlagern von Nahrungsvorräten, die wir für den Winter brauchten, sowie dem Abdichten der Fugen zwischen den Balken unserer Behausungen mit Erde und Lehm.

Birana und Nallei taten alles, was sie konnten, um den Männern im Lager behilflich zu sein. Zusammen mit einigen der Jungen sammelten sie Nüsse und Eicheln und lernten, wie man Wurzeln ausgrub. Birana war in der Handhabung ihrer Waffen nicht geschickt genug, um auf die Jagd zu gehen, doch sie begleitete die Jäger zu Pferde und zeigte ihnen, wie aus Holz und Leder für jedes Pferd ein Beförderungsmittel hergestellt werden konnte; mit Hilfe dieser Art Schlitten, die die Tiere hinter sich herzogen, war es ihr möglich, das erlegte Wild zum Lager zurückzuschaffen. Ich hatte mir Sorgen darüber gemacht, wie wir die Pferde den Winter über füttern sollten, doch die Gruppe hatte eingesehen, wie nützlich sie waren. Zusammen mit unserer eigenen Nahrung legten wir einen umfangreichen Vorrat an Heu und wildwachsendem Getreide für die Tiere an. Wir würden sie so gut füttern, wie es uns möglich war; wenn sie zu schwach wurden, könnten sie uns Fleisch liefern.

Birana war noch schöner geworden. Ihre Haut war so rosig wie die Blütenblätter eine Wildrose, ihr dunkelbraunes Haar war von roten und goldenen Strähnen, die die Sonne gebleicht hatte, durchzogen, und sie schritt stolz zwischen den Männern des Lagers einher, als ob das Vergnügen, das sie mit mir genossen hatte, ein Bedürfnis ihrer Seele befriedigt hätte. Sie lächelte häufiger und sprach mit einigen freundlicher als je zuvor, und die Männer werteten das als Zeichen ihrer Gunst.

Ich freute mich über diese neue Schönheit, hatte jedoch Angst um sie. Ich kannte die Gedanken einiger Männer, denn ich hatte die kühneren unter ihnen miteinander flüstern hören. Es würde eine Zeit kommen, da die jüngere der beiden Heiligkeiten in den Nächten des Vollmondes nicht mehr mit den Geistern in Verbindung treten, sondern da auch sie Männer zu sich rufen würde. Sie flüsterten, daß Biranas Lächeln ein Ausdruck ihrer Vorfreude auf den Tag war, an dem sie sich mit jenen, die sie zu sich rief, in den heiligen Zustand versetzen würde. Immer mehr Männer erfanden Vorwände, um sich in ihrer Nähe aufzuhalten, indem sie ihr bei der Arbeit des Nahrungssuchens und Sammelns von Brennholz halfen.

Ich ging ihr bewußt aus dem Weg, wenn andere in der Nähe waren, und ich senkte den Blick, wenn sie an mir vorbeiging, aus Angst, die anderen könnten erkennen, was ich dachte, und an der Art, wie ich sie ansah, merken, daß wir einander nähergekommen waren. Ein Jäger, das wußte ich, konnte viele Dinge an der Körperhaltung und dem Blick eines anderen ablesen.

Ich hatte sie für mich gewonnen, hatte ihren Körper und die Liebe ihrer Seele errungen. Ich hatte die Hindernisse überwunden, die die Welt mir in den Weg gelegt hatte, und meine Angst wie auch die ihre besiegt. Manchmal hätte ich das den anderen am liebsten ins Gesicht geschrien, damit sie alle wußten, daß sie mich erwählt hatte; doch ich verhielt mich ruhig, wohl wissend, daß ich dadurch nur zerstören würde, was ich gewonnen hatte.

Ich saß mit Birana an der kleinen Bucht auf der Insel; Yerlan hatte mich zum sechsten Mal als Wächter ausgeschickt. Inzwischen hatten die Eichen beinahe alle Blätter verloren, und das Lager sah sich beim Erwachen häufig dem Anblick von Rauhreif gegenüber.

An diesem Tag hatten wir uns gegenseitig mit Händen und Lippen Vergnügen bereitet, denn es war die Zeit, da mein Samen in ihr möglicherweise gefruchtet hätte. Ich hatte ihr gezeigt, wie sie mein Glied in den Mund nehmen sollte, so wie es ein Mann mit einem anderen macht, doch das war ihr nicht leicht gefallen. Ich hoffte, daß sie eines Tages an meinem Geschmack Gefallen finden würde, so wie mich der ihre entzückte.

Sie schnitt mir mit einem Metallmesser die Haare, wobei sie sanft jede Strähne bearbeitete, bis sich meine Locken am Halsansatz kringelten. Sie fuhr mir mit den Fingern durch die Haare, während ich den Mund auf ihren drückte. »Jetzt zu deinem Gesicht«, murmelte sie. Mein Bartwuchs war sehr gering, ich ließ sie jedoch gewähren, als sie mir mit dem Messer vorsichtig über die Wangen strich.

Ich sagte: »Vielleicht will ich eines Tages einen Männerbart tragen.«

»Dein Gesicht ist ein zu hübscher Anblick, um durch einen Bart versteckt zu werden.«

»Ich glaube, das ist der Grund, weshalb Yerlan keinen Bart trägt – nicht weil es bei vielen dieser Männern der Brauch ist, sondern weil er es nicht ertragen kann, seine Schönheit zu verbergen.«

»Ach, dieser Yerlan!« Sie schnaubte verächtlich durch die Nase. »Wie langweilig es manchmal ist, diesem Dummschwaller zuzuhören, sein ganzes angeberisches Gerede zu ertragen, wie stark er ist und daß ihn noch nie jemand in einem Wettkampf geschlagen hat. Wenn ich lächele und ihm versichere, wie großartig er ist, komme ich mir wie eine Närrin vor.«

Ich nahm ihr das Messer aus der Hand. »Birana, es ist nicht klug, so über Yerlan zu denken. Er ist der Häuptling; er ist es geworden, als er kaum älter war als ich jetzt. Er besitzt vielleicht nicht die Klugheit oder die

Geistesgaben einiger der anderen, aber er beobachtet und sieht mehr, als du ahnst.«

Sie senkte den Blick. »Jetzt machst du mir angst.«

»Es ist auch meine Absicht, dir angst zu machen. Du mußt vor ihm auf der Hut sein, wie ich auch. Wenn du im Umgang mit ihm weniger zuvorkommend bist oder Verachtung an den Tag legst, wird er sich beschämt fühlen, und ein beschämter Mann ist zu unbesonnenen Taten fähig.«

»Diese schreckliche Angeberei!« platzte sie heraus. »Diese Großsprecherei, das Imponiergehabe und das sich Aufplustern! All diese Wettkämpfe, um zu beweisen, wer besser mit dem Speer umgehen oder einen anderen zu Boden ringen kann!«

»Wir müssen kräftig und geschickt in solchen Dingen sein, wenn wir überleben wollen. Wir müssen wissen, wo ein anderer mögliche Schwächen hat oder wo er vielleicht versagen könnte.«

»Die Männer tragen nicht allein aus diesem Grund ihre Wettkämpfe aus. Sie genießen den Spaß, einen anderen zu besiegen, besser als der Gegner zu sein.«

»Es wäre gut, wenn du diese Gefühle bis zu einem gewissen Grad nachvollziehen könntest«, sagte ich. »Vielleicht würde das deinen Fähigkeiten in einigen dieser Künste zugute kommen.«

»Ich würde größere Fortschritte machen, wenn dir nicht jedesmal, wenn wir versuchen zu üben, der Sinn nach anderen Dinge stünde.«

Ich zog sie auf die Beine. »Ich habe nicht festgestellt, daß du dich diesen anderen Dingen widersetzt hast.«

Ich wäre gern für den Rest des Tages mit ihr allein gewesen, doch ich wußte, daß Tulan, der bei Nallei war, bald nach mir suchen würde. Ich machte mir auch einige Sorgen wegen Nallei. Obwohl sie sich nicht beklagte, bewegte sie sich bei diesem kalten Wetter steifer, als ob ihr die Knochen weh täten. In der Zeit, die ich bei Wirlan verbracht hatte, hatte ich gelernt, solche Dinge zu erkennen und ihre Bedeutung zu beurteilen. Ich machte mir um ihrer selbst willen um Nallei Sorgen, aber auch um Biranas willen. Biranas Freundin beschützte sie, und ich hatte Angst vor dem, was geschehen könnten, wenn Nallie dazu nicht mehr in der Lage wäre.

In diesem Herbst wurde mir gestattet, eine Gruppe von Jägern aus dem Lager anzuführen. Es war nicht das erstemal, daß wir Wild jagten; wir hatten zuvor schon solche Geschöpfe mit unseren Speeren erlegt oder die Kadaver den Wildkatzen und Wölfen abgenommen, nachdem diese sie getötet hatten. Diesmal gingen wir auf Bärenjagd, das heißt, wir waren einem Tier auf der Spur, das uns möglicherweise verletzen oder töten könnte. Ich war überzeugt davon, daß Yerlan mich auf die Probe stellen wollte, indem er mir die Führung bei dieser Jagd übertrug. Ich wollte auf keinen Fall versagen.

Wir verfolgten einen Tag lang die Fährte eines Bären, ruhten uns in der Nacht aus und fanden ihn am nächsten Morgen. Unsere Speere flogen auf ihn zu, und er erhob sich in rasender Wut über diesen Angriff auf die Beine. Mein Speer traf seine Kehle, während er auf uns zu taumelte, und er stürzte nur ein paar Schritte von meinen Füßen entfernt zu Boden.

Wir banden den Bären an einen dicken Ast. Er war fett von dem vielen Essen, das er zu sich genommen hatte, um sich während des Winterschlafs am Leben zu erhalten, und wir mußten unsere ganze Kraft aufwenden, um ihn zum Weg zurückzutragen.

»Du hast deine Sache gut gemacht, Vilan«, lobte mich Aklan und benutzte damit den Namen, der bedeutete, daß ich zu den Männern am See gehörte. »Wir können aus dem Tier Fett gewinnen und haben für viele Tage zu essen, und für dich fällt ein schönes Fell ab.«

»Ich muß zuerst mit dem Häuptling sprechen, bevor ich es an mich nehme«, sagte ich.

»Es war dein Speer, der den Bären zur Strecke gebracht hat. Der Häuptling wird dir das Fell überlassen. Du wirst es vielleicht gebrauchen können, denn die Winter am See können sehr kalt werden.«

Ich hatte meine Schaffelljacke und brauchte nicht noch zusätzlich dieses Fell. Mir kam der Gedanke, daß Yerlan über meinen Erfolg gar nicht allzu begeistert sein könnte. Selbst nach zwei Jahreszeiten hatte sich Yerlan noch immer nicht für mich erwärmen können, und ich grübelte darüber nach, was ich zu ihm sagen sollte.

Wir brauchten den Rest des Tages, um mit unserer Last das Lager zu erreichen. Die Jäger ruhten sich aus, während sich die anderen an dem Kadaver zu schaffen machten. Obwohl ich schrecklich müde war, raffte ich mich auf und begab mich zu Yerlan.

Er saß vor seiner Hütte; ein Pelz schützte ihn gegen die kalte Nachtluft. Hinter ihm brannte Holz in der Feuerstelle seine Hütte. Er hielt den Kopf gesenkt, als wäre er in tiefes Nachdenken versunken.

»Sei gegrüßt, Häuptling«, sagte ich und setzte mich. »Wir haben einen Bären erlegt, und es war mein Speer, der ihm den Tod gebracht hat.«

»Dann gehört dir das Fell, Vilan.«

»Ich besitze diese Jacke, die ich anhabe, und außerdem noch ein Katzenfell. Sie werden mir während der kommenden Jahreszeit ausreichend Dienste tun. Ich habe dein Geschick als Jäger gesehen, und wenn du bei uns gewesen wärst, wäre es dein Speer gewesen, der ihn getroffen hätte. Ich möchte dir dieses Fell überlassen.«

Seine Miene verfinsterte sich. »Ich habe mich als Jäger bewiesen. Ich besitze genügend Felle. Ich brauche keine Geschenke, wie man sie etwa einem alten Mann machen würde.«

Ich hatte ihn mit meinem Angebot also nur beleidigt. »Ich habe mich nicht richtig ausgedrückt«, beeilte ich mich zu sagen. »Es ist mein Wunsch, daß du dieses Fell nimmst, um es den Heiligkeiten zu überbringen.« Ich dachte dabei an Nallei, wie sie in der Kälte zitterte. »Du bist es, der Ihnen Geschenke machen sollte, nicht ich, denn du bist der Anführer und der größte Jäger hier. Die Heiligkeiten werden dir dankbar sein.«

Er schwieg. Seine Augen waren in der Dunkelheit nicht zu sehen, und ich wußte nicht, was er denken mochte. Ein einziger Fehler, das wußte ich, konnte ihn gegen mich aufbringen.

»Ich freue mich«, sagte er schließlich. »Die Heiligkeiten erweisen mir Ihre Ehre, aber du bist es, den die Jüngere häufiger anlächelt.« Ich rang um Selbstbeherrschung. »Jetzt wird Sie mich anlächeln und mir danken.«

Die anderen Jäger rückten näher. Yerlan verscheuchte sie mit einer Handbewegung. »Meine Worte sind nur für Vilan bestimmt«, sagte er. »Laßt uns allein!« Die anderen wichen zurück. »Welche Gunst strebst du an, Vilan? Einen weiteren Aufenthalt bei den Heiligkeiten auf der Insel? Ich habe dich oft genug hingeschickt.«

»Es ist stets eine Ehre, den Heiligkeiten zu dienen«, sagte ich vorsichtig, »aber es ist ebenfalls eine Ehre, ein Mitglied deiner Gruppe zu sein.«

»Ich habe dich hingeschickt, und die Heiligkeiten finden dich nicht unerfreulich, und doch hat dich die schwarzhaarige Herrin noch nicht zu sich gerufen. Sie ruft jetzt immer weniger Männer zu sich, und kaum noch einen der jüngeren. Glaubst du vielleicht, wenn du dich häufiger vor Ihr zur Schau stellst, wird Sie das veranlassen, dich zu sich zu rufen?«

»Ein Mann betet doch immer um die Segnungen der Herrin.«

»Du magst darum beten. Ich bekomme sie zur Zeit des Vollmondes, jedes Mal.« Er fuhr sich mit der Hand über die Lenden. »Ich sage dir jetzt etwas. Ein Teil von mir weiß, daß es in Ordnung ist, wenn sie Ihre Segnungen auch anderen zuteil werden läßt, doch meine Seele tobt, wenn sie bei einem anderen Mann liegt.«

»Sie würde mich niemals dir vorziehen, Häuptling. Ich glaube kaum, daß Sie mich zu sich rufen wird.«

»Vielleicht ist es nicht die schwarzhaarige Herrin, nach der dich am meisten verlangt, so schön Sie auch ist. Vielleicht ist es die Jüngere, die du willst. Vielleicht kommt einmal die Zeit, da ihr der Sinn nach dem heiligen Zustand steht, da die unsichtbaren Geister Sie zu uns führen. Wenn es soweit ist, dann werde ich es sein, bei dem Sie liegen wird, ich werde Ihren Körper unter meinem spüren.«

Ich schluckte mühsam. Mein Gesicht brannte. Ich hätte gern sein gutaussehendes Gesicht verschandelt, ihm mein Messer in die Brust gebohrt.

»Es ist die Braunhaarige, nach der du dich sehnst«, fuhr er fort. »Es entgeht mir nicht, daß du den Blick senkst, um deine Gedanken zu verbergen, wenn Sie an dir vorübergeht. Meinst du etwa, du könntest sie vor Ihr verbergen? Meinst du, du könntest sie vor mir verbergen?«

»Meine Sehnsüchte sind dieselben wie die aller anderen Mitglieder dieser Gruppe«, entgegnete ich.

»Aus deinen Augen spricht mehr als deren Verlangen, mehr als deren Ehrfurcht.«

Nun bekam ich es mit der Angst zu tun. »Ich war derjenige, dem sich die Herrin als erstem offenbart hat«, sagte ich. »Während unserer Reise hierher nährte ich in mir die Hoffnung, daß ich einen besonderen Platz in Ihrem Denken einnehmen könnte, doch das war nicht der Fall, obwohl Sie mich als Ihren Boten schätzt. Sie wird mich nicht zu sich rufen, Yerlan, und Sie wird auch keinen anderen zu sich rufen. Mir gegenüber zeigt Sie lediglich die Freundlichkeit, die Sie jedem Mann gegenüber zeigen würde, der Sie beschützt und Sie hierher geleitet hat, um diese großartige Gruppe zu finden.

Es stimmt, daß ich mir mehr ersehne als nur Ihre Freundlichkeit, aber ich gebe mich damit zufrieden.«

Danach erzählte mir Yerlan murmelnd von den Freuden, die er mit Nallei genossen hatte. Obwohl er heilige Worte benutzte, um sie zu beschreiben, stachelte sein Geschwätz meinen Zorn an.

In seiner Stimme klang keine Hochachtung mit, und er sprach von Nallei, als sei sie nichts anderes als ein Mittel zur Befriedigung seiner Lust und seiner Eitelkeit.

Mir kam der Gedanke, daß Yerlan, der so oft mit Nallei zusammen gewesen war, hinter ihre wahre Natur gekommen war. In seinem ganzen Gerede war auch eine Botschaft für mich enthalten. Ich bin der Häuptling, wollte Yerlan sagen. Dieses Vergnügen gebührt mir allein; dir wird es versagt bleiben, es sei denn, die Herrin erwählt dich, und vielleicht sorge ich dafür, daß Sie dich nicht erwählen wird. Ich fragte mich, was er wohl denken würde, wenn er wüßte, daß Nallei haßte, was er mit ihr tat.

Irgendwie schaffte ich es, während seines ganzen groben Geschwafels bei Vernunft zu bleiben. Birana war zu mir gekommen. Yerlan würde derartige Freuden niemals erfahren; niemals würde Birana sich ihm freiwillig hingeben.

»Ich fühle mich geehrt, daß du mit mir über diese heiligen Belange sprichst«, sagte ich, als er zum Ende gekommen war, »aber ich habe nicht die Stellung inne, um diese Ehre zu rechtfertigen.«

»Vielleicht ist es an der Zeit, daß du eine höhere Stellung einnimmst«, sagte er. »Du hast deine Sache nicht schlecht gemacht für einen, der als Fremder zu uns gekommen ist, für einen, der noch so jung an Jahren ist. Du bist ein ziemlich guter Jäger, und von Wirlan habe ich gehört, daß du einige seiner Heilkünste beherrschst.« Er hielt kurz inne. »Es ist mein Wunsch, daß du mitsamt deinen Habseligkeiten zu meiner Feuerstelle, in meine Behausung umziehst und einer derer wirst, die in meiner nächsten Umgebumg weilen.«

Ich hatte diese Ehre nicht gewollt, und ich hatte auch nicht damit gerechnet. Er tat das nicht in der Hoffnung, daß ich bei ihm liegen würde, denn die anderen hatten mir gesagt, daß er keine Liebe von Männern mehr wollte, seit er regelmäßig bei Nallei lag. Es ging ihm nicht darum, mir Achtung zu zollen; er wollte mich vielmehr in seiner Nähe haben, damit er mich beobachten konnte. Von nun an würde ich mich in größerer Gefahr befinden.

»Ich fühle mich sehr geehrt«, sagte ich und versuchte, soviel Überzeugungskraft in meine Stimme zu legen, wie ich nur konnte.

Mein Platz an Yerlans Feuerstelle und das Wissen, daß er mich beobachten würde, reichten aus, um mich vorsichtig zu machen. Meine Sorgen überschatteten selbst die wenigen Augenblicke, die ich mit Birana allein hatte. Ich hatte Angst, mich zu sehr dem Vergnügen mit ihr hinzugeben, denn ich befürchtete, der Häuptling könnte mir bei meiner Rückkehr ins Lager mein Glück ansehen und sich nach dem Grund fragen.

Wir brachten körbeweise Essen, genug für mehrere Tage, zur Hütte, denn während der Wintermonate gab es Zeiten, in denen die Männer nicht zur Insel gelangen konnten. Der Streifen zwischen Festland und Insel, der flacher war als der Rest des Sees, gefror während der kältesten Zeit zu. Manchmal gingen die Männer zu Fuß über das Eis hinüber, aber an anderen Tagen war die Schicht zu dünn, und oft mußten wir das Eis aufschlagen und eine Fahrrinne für die Boote freibrechen. Zweimal kam die Vollmondnacht, ohne daß eine Zeremonie stattfand, während ein Schneesturm die Insel der Sicht verbarg.

Ich hatte gedacht, daß der Winter den Vorbeter dahinraffen würde, doch der alte Mann, so gebrechlich er auch aussah, wurde nicht schwächer. Anderen war nicht soviel Glück beschieden. Einer von Tulans Freunden lag mit schwerem Fieber darnieder; er verlor die Kraft zum Atmen und starb. Ein Mann, der fast so alt war wie der Vorbeter, starb eines Nachts in aller Stille. Ein anderer Mann, der in einem Loch im Eis fischte, fiel ins Wasser und wurde vom See verschlungen. Es war Nalleis Aufgabe, ebenso wie Biranas, bei den Toten zu stehen und heilige Worte zu sprechen, um der Gruppe zu versichern, daß die Seelen der Verstorbenen in Frieden mit der Herrin dahingegangen waren. Die Gruppe nahm das hin, in dem Glauben, daß die beiden deswegen ihre Macht nicht eingesetzt hatten, um die Männer zu retten, weil deren Seelen in der nächsten Welt glücklicher sein würden.

Diese Todesfälle sowie die fiebrigen Krankheiten und Schmerzen, die viele in dieser Jahreszeit befielen, veranlaßten mich, noch mehr Zeit mit Wirlan zu verbringen. Er vermittelte mir sein Wissen über Kräuter und Heiltränke, die einem Fiebernden Linderung verschaffen oder den Bauch eines Mannes, der das Essen nicht bei sich behalten konnte, beruhigen konnte. Ich lernte, wie man Wunden reinigte, wie man ein gebrochenes Glied schiente, wie man verhinderte, daß eine Verletzung eiterte. Ich erfuhr auch mehr über seine Gedanken.

Wir hatten Dagelan, einen der Jäger, vier Tage lang behandelt und um sein Leben gebangt, bis das Fieber sank und wir wußten, daß er überleben würde. Als ich zusammen mit dem Heilkundigen seine Behausung verließ, sagte ich: »Der Häuptling will mich morgen zur Insel schicken. Ich möchte für die schwarzhaarige Heiligkeit noch mehr Stechapfelsaft mitnehmen.«

Er sah mich an. »Trinkt Sie jetzt so viel davon?«

»Es lindert die Schmerzen des Körpers, in dem Ihr Geist wohnt.«

Er zog die braunen Augen zusammen, und ein nachdenklicher Ausdruck huschte über sein mageres Gesicht. Er zog sich die Kapuze über das grau werdende Haar, dann nahm er mich beiseite. »Die Heiligkeiten haben viele Schwächen mit uns gemeinsam«, murmelte er.

»Es sind Ihre Körper, die Sie mit uns gemeinsam haben, doch Ihr Geist...«

»Ich kenne mich mit den Dingen des Körpers aus. Mit denen des Geistes kenne ich mich nicht aus. Lirilan und Paslan haben von mir einiges über den Körper gelernt, aber sie glauben, daß ihr Singsang und ihre Zaubersprüche die Heilung beschleunigen. Ich widerspreche ihnen nicht, denn wenn ein Kranker ebenfalls daran glaubt, verschafft ihm das möglicherweise Erleichterung; aber du, Vilan, bist zu klug, um das zu glauben.«

Wir gingen zum See. Wirlan blieb am Rand des Eises stehen und starrte hinüber zur Insel. »Dagelan wird kräftiger werden, nicht dank der Zaubersprüche und Gebete, sondern weil er jung ist und gegen die Krankheit ankämpfen kann. Metlan wird in diesem oder im nächsten Winter sterben, nicht weil die Herrin ihn in der nächsten Welt haben will, sondern weil die wenigen Zähne, die ihm noch geblieben sind, es ihm unmöglich machen, die Nahrung zu kauen, die er braucht. Mit dir kann ich über solche Dinge sprechen, und vielleicht wirst du ein besserer Heilkundiger, wenn du das alles siehst. Paslan und Lirilan würden lediglich die Köpfe schütteln und Zeichen gegen das Böse machen.«

Ich hatte nichts dagegen eingewendet, als Wirlan zum ersten Mal auf diese Weise mit mir gesprochen hatte. Obwohl ich meine eigenen Gedanken vor ihm geheimgehalten hatte, hatten mein Schweigen während des Zuhörens und sein Wissen, daß ich seine Worte für mich behalten würde, ihn davon überzeugt, daß er mir gegenüber offen sein konnte.

»Ich bin zur Herrin gerufen worden«, fuhr er fort,

»und das nicht nur, um mit ihr den heiligen Zustand zu erleben, sondern noch aus einem anderen Grund; das ist viele Jahre her. Ich habe geschworen, daß ich mit niemandem darüber sprechen würde, aber ich sage dir eins: Ihr Geist hat wenig Macht über Ihren Körper, und ich fürchte, daß Sie noch schwächer werden wird.«

»Das hast du mir schon einmal gesagt«, erwiderte ich.

»Ich habe dir noch nicht gesagt, worum es mir jetzt geht. Seit sie unter uns weilt, hat sich der Glaube der anderen verstärkt, doch ich mache mir immer mehr Sorgen. Ich sehe ein Wesen, das sich nicht wesentlich von uns unterscheidet, und wenn ich jetzt an die Enklave denke, dann stelle ich mir vor, daß sich weitere Wesen mit solchen Körpern hinter jener Mauer verstecken, damit wir nicht sehen, was sie sind. Ich weiß nicht, wohin die Seele eines Mannes geht, wenn er stirbt, aber ich glaube nicht, daß sie dorthin geht, in das Reich der Herrin. Vielleicht wird sie einfach nur vom Wind fortgetragen und ist nicht mehr. Ich habe viele Männer sterben sehen und weiß, was ihnen den Tod gebracht hat. Ich habe keine Spur von Geistern entdeckt. Ich habe keine Spur von der Macht der Herrin entdeckt, obwohl zwei Ihresgleichen unter uns leben.«

»Man sagt, die Herrin stellt unseren Glauben auf die Probe, wenn wir in Versuchung geraten zu zweifeln«, entgegnete ich.

»Warum sollte uns die Herrin auf diese Weise auf die Probe stellen, indem Sie uns Ihre Schwäche zeigt und uns glauben machen will, sie sei etwas anderes, als das, was wir sehen? Es ist das, was wir sehen und berühren und erfahren können, das uns klüger und zu besseren Dienern der Herrin macht. Nur ein kranker Geist würde danach trachten, uns etwas zu zeigen und von uns zu verlangen, das Gesehene zu leugnen. Aber ich kenne auch keine Geister des Bösen – nur Krankheit und Schmerzen, die das Leben mit sich bringt, und meine Augen sagen mir, daß die beiden Heiligkeiten denselben Übeln unterliegen.«

Ich hätte ihm gern erzählt, was ich von Birana erfahren hatte, hielt mich jedoch zurück. Selbst Wirlan könnte mich vielleicht verraten, wenn er wüßte, was zwischen ihr und mir war, und inzwischen befürchtete ich, wenn er einen Einblick in die Wahrheit bekäme, daß sich das auf andere Männer ausdehnte.

»Ich glaube folgendes«, sagte ich schließlich. »Ihre Körper sind den unseren ziemlich ähnlich. Aber vielleicht steckt eine Macht in Ihnen, die wir nicht erkennen können. Nur weil wir einen Geist oder eine Macht nicht sehen, bedeutet es nicht, daß es sie nicht gibt. Ich werde die meisten Männer auf dieser Erde niemals sehen, und doch weiß ich, daß sie existieren.« Wirlan kniff die Lippen zusammen, sichtlich von mir enttäuscht.

Ob Yerlan noch immer an mir zweifelte, vermochte ich nicht zu sagen. Er hatte sich über meine Ablehnung gewundert, als andere Männer bei mir liegen wollten, doch ich war häufig mit Tulan zusammen, und der Häuptling konnte leicht annehmen, daß ich mich mit dem Jungen vergnügte. Ich fragte Yerlan in verschiedenen Dingen um Rat und hörte mir seine Geschichten an, während ich ihm einige von denen erzählte, die ich von Wanderer übernommen hatte. An wärmeren Tagen ging ich mit ihm auf die Jagd nach frischem Fleisch. Es entstand eine Art Bündnis zwischen uns beiden, und nach außen hin wirkten wir wie zwei Freunde, was immer in seinem und meinem Herzen verborgen sein mochte.

Vielleicht wäre ich vor Yerlan mehr auf der Hut gewesen, wenn ich während dieser Jahreszeit körperliche Freuden mit Birana genossen hätte, doch der Winter hatte das unmöglich gemacht. Birana konnte von Nallei nicht verlangen, die Hütte zu verlassen, ohne den Tod ihrer Freundin zu riskieren, und wir beide konnten uns nicht in den Schnee oder auf den gefrorenen Boden legen. Während wir um die Insel spazierten, mit Pfeil und Bogen übten oder auf den Pferden den Weg entlang ritten, machte ich mit ihr die Erfahrung einer stilleren Freude. Ich hatte gedacht, mein Verlangen würde durch die Entbehrung immer stärker werden, doch im Gegenteil, es wurde gedämpfter und entfernter, als ob es die Befriedigung gewesen wäre, die ihm immer neue Nahrung gegeben hatte. Ich konnte jetzt Yerlan gegenüber entspannter sein, denn ich hatte nichts zu verheimlichen.

So verging der Winter, diese Zeit, in der Männer sich nicht weit von ihren Lagern entfernten, von dem lebten, was sie sich an Vorrat angelegt hatten, und sich ums Feuer versammelten und Geschichten erzählten. Dieser Winter war nicht so grimmig wie andere, die ich erlebt hatte, denn wir hatten ausreichend zu essen, und unsere Behausungen waren warm. Wirlans Heiltränke linderten Nalleis Schmerzen, und obwohl ihr dunkles Haar immer mehr silberne Strähnen aufwies, büßte ihr Gesicht nichts von seiner Schönheit ein. Ich hatte einigermaßen meinen Frieden gefunden, sowohl an Yerlans Feuerstelle als auch im Innern meiner Seele.

Im Laufe des Winters erzählte Birana mir mehr über das Leben in ihrer Enklave. Sie sprach von Müttern und Töchtern und Sippen von Frauen, die miteinander verwandt waren, und ich erfuhr, daß es in der Enklave verschiedene Gruppen von Frauen gab, die allerdings friedlich miteinander lebten. Sie erzählte mir, wie die Männer berufen wurden und warum man den Samen von so vielen Männern wie möglich haben wollte, und dabei sprach sie von Männern und Frauen, wie die Gärtner der Gruppe manchmal über ihre Pflanzen sprachen. Ich wußte, daß mein Samen genommen worden war, und ich fragte mich, ob er nun vielleicht in irgendeiner ihrer Artgenossinnen heranwuchs.

Sie war traurig, wenn sie von der Enklave sprach. Anfangs dachte ich, sie sehnte sich nach der früheren Bequemlichkeit und dem leichteren Leben in der Enklave. Doch sie war auch traurig wegen der Dinge, die sie nun niemals erleben würde und die die Magie der Enklave ihr vielleicht offenbart hätte.

In der Enklave wurden viele seltsame Künste gepflegt, und eine davon war der Gebrauch von Zeichen, durch die die Frauen die Worte, die sie dachten und sprachen, niederschreiben konnten. Sie konnten nicht nur mittels ihrer Zauberfenster miteinander sprechen und die Worte einer weit entfernten Person hören, sondern sie konnten auch diese Zeichen betrachten und erfuhren dadurch die Gedanken längst Verstorbener. Ihre Legenden waren Erzählungen, die Birana als Geschichte bezeichnete, und sie wußten nicht nur aufgrund von Überlieferungen, die von einer älteren Frau einer jüngeren vermittelt wurde, über die Vergangenheit Bescheid, sondern vor allem aufgrund ihrer Schriftzeichen. Als sie mir von dieser sogenannten Schrift erzählte, ritzte sie mit einem Stock Zeichen in den Boden und sagte, daß diese meinen Namen bedeuteten. Dann ritzte sie andere Zeichen hinein und sagte, daß das ihr Name sei. Ich starrte das Geschriebene voller Bewunderung an und hatte Angst, es zu verwischen, als ob ich damit uns von der Welt ausradieren würde.

Andere Zeichen wurden benutzt, um Zahlen niederzuschreiben, und diese waren sogar noch geheimnisvoller. Die Frauen verwendeten diese Zeichen nicht nur, um zu zählen, sondern auch um eine Magie zu verstehen, die nicht in Worte gefaßt werden konnte. Diese Magie nannte Birana Mathematik, und sie erzählte mir, daß sie sie erlernt hatte, bevor sie in meine Welt geschickt worden war.

Das war es, was ich aus ihren Worten erfuhr – daß es in Biranas Geist eine Welt gab, die für mich immer geheimnisvoller wurde, je mehr sie mir davon erzählte, eine Welt, die die Männer einst gekannt und beherrscht und verloren hatten, eine Welt, die ich niemals mit ihr würde teilen können. Ich hatte das nicht gespürt, als mein Körper sich mit ihrem vereinigte, doch jetzt spürte ich es, und der Schmerz dieser Erkenntnis quälte mich. Sie sprach von einer Zeit vor der Zeit, und von Tagen, als die Sterne noch jung waren. Sie sprach von dunklen Sternen, wo das Licht einer gewaltigen Kraft unterlag und nicht entkommen konnte, um auf die Erde herabzuscheinen. Sie erzählte mir vom Ende der Zeit, wenn die Sterne sterben würden, weil sie zueinander hingezogen wurden. Ich lauschte ihr staunend und wagte nicht zu sprechen, um sie nicht merken zu lassen, wie wenig ich verstand.

Es kam der Tag, da sich winzige grüne Sprößlinge aus dem Erdreich schoben, und ich roch den Duft des nahenden Frühlings. Mein Körper war wieder erregt, und Birana kam des Nachts zu mir, während Tulan schlief. Ihr Körper war für mich wieder neu und frisch, doch ich wußte jetzt, wie ich ihm Vergnügen bereiten konnte.

Birana wurde immer geschickter im Umgang mit ihren Waffen. Während des Frühlings und des Sommers verließen wir das Lager oft zu Pferde, um kleineres Wild zu jagen oder das aufzulesen, was Raubtiere zurückgelassen hatten. Auf einem Hügel südlich des Lagers, in der Nähe des Kamms, von wo aus ich einen Überblick über die gesamte Landschaft unter uns hatte, fanden wir eine kleine Lichtung, wo wir ohne Angst zusammenliegen und wo unsere Stimmen unsere Lust laut hinausschreien konnten. Wir verbrachten soviel Zeit zusammen, wie wir wagten, da wir wußten, daß der nächste Winter bestimmt wieder so entbehrungsreich wie der vorige werden würde.

Manchmal ritt ich auch mit Tulan aus. Er erzählte mir so ausgiebig von seinem Tun und Treiben, daß ich nicht den Eindruck hatte, er verheimliche irgendwelche anderen Gedanken vor mir. Zwischen dem Jungen und mir herrschte Einklang. Er hatte niemandem erzählt, daß Birana und ich auf der Insel oft allein miteinander waren. Ich wähnte mich in Sicherheit, bis er mir eines Tages eröffnete, daß er mehr gesehen hatte, als ich wußte.

Wir waren zu einer Stelle hinausgeritten, wo es reichlich Erdbeeren gab. Tulan hatte den Platz zuvor entdeckt, doch er war weit vom Lager entfernt, und ich entschied, daß wir dort schlafen und die Früchte am Morgen vor dem Aufbruch pflücken sollten.

»Die Heiligkeiten werden sich freuen, wenn sie Obst bekommen«, sagte ich, während ich ein Feuer entfachte, »und es ist genügend hier, daß es auch noch für viele der Männer reicht.«

Tulan zog die Beine an. »Du brauchst den Heiligkeiten nicht so viele Geschenke zu bringen. Die braunhaarige Herrin würde dir auch so ihre große Gunst erweisen, selbst wenn du Ihr nichts mitbringen würdest.«

Ich sah ihn an. »Sie erweist mir keine größere Gunst als den anderen.«

»Das glauben die anderen vielleicht, aber ich bin mit dir hier, wenn du Sie bewachst. Sie sucht oft die Einsamkeit mit dir.«

Ich redete mir ein, daß er nichts gesehen haben konnte, daß ich seine Bewegungen gehört hätte, wenn er in der Nähe gewesen wäre. »Die schwarzhaarige Herrin sucht dafür die Einsamkeit mit dir, Tulan. Sie weiß, daß Yerlan dich ins Herz geschlossen hat und daß ihr gemeinsam über ihn reden könnt, aber Sie hört auch mit Freuden, was ihr, du und die anderen Jungen, lernt. Sie hat nicht oft Gelegenheit, sich mit einem Jungen zu unterhalten.«

»Du gehst nachts weg«, sinnierte er weiter. »Du denkst, daß ich schlafe, aber manchmal bin ich wach.« Er wandte sich ab und bedeckte das Gesicht mit seinem dunklen Haar, als ob es ihm plötzlich leid täte, daß er diese Worte ausgesprochen hatte.

Ich saß sehr still da. »Manchmal kann ich nicht schlafen«, sagte ich vorsichtig. »Manchmal ist auch die braunhaarige Herrin wach, und wir unterhalten uns an einem Ort, wo wir dich oder Ihre Freundin nicht stören.«

»Warum unterhaltet ihr euch nur dann, wenn du glaubst, daß ich schlafe? Sagt Sie Dinge zu dir, die Sie mir nicht sagen kann? Warum spüre ich, wie du wartest, wenn ich neben dir liege? Kannst du nicht mit mir reden? Kann Sie nicht kommen und mit dir reden, wenn ich wach bin?«

Ich hätte ihn gern gezwungen, seinen Verdacht auszusprechen, blieb aber ruhig. »Es ist nur ...« Ich suchte nach Worten. »Was ist los, Tulan? Glaubst du, daß Sie etwas gegen deine Anwesenheit hat? Sie mag dich besonders gern – schließlich bist du derjenige, der sich um Ihre Pferde kümmert. Du bist mit uns hierhergekommen, du wirst immer einen besonderen Platz in Ihrem Denken einnehmen.«

Er verzog den Mund. »Ihr Denken ist mir gleichgültig«, sagte er leise. Seine braunen Wangen röteten sich. »Ich stehe dir näher als irgend jemand sonst. Einige der Männer sagen, du würdest bei mir liegen. Du leugnest es nicht, du läßt sie in dem Glauben. Yerlan glaubt es auch.«

»Möchtest du, daß ich es leugne?« fragte ich.

Ich war mit Blindheit geschlagen, so von Gedanken an Birana erfüllt gewesen, daß ich nicht bemerkt hatte, was im Herzen des Jungen vor sich ging. »Tulan«, sagte ich sanft, »ich unternehme gegen solche Gerüchte nichts, weil sich die Männer sonst vielleicht gewaltsam über dich hermachen würden. Auf diese Weise glauben sie, du stündest unter meinem Schutz. Ist das nicht auch der Grund, warum du die Gruppe in dem Glauben läßt?«

Er schüttelte den Kopf. »Ich möchte, daß sie glauben, du begehrtest mich, du kämst zu mir.«

»Es ist so«, sagte ich, während ich im Feuer herumstocherte. »Ich kann nicht bei jemandem liegen, der so jung ist. Du weißt doch bestimmt, daß es solche Männer gibt – Wirlan ist auch so einer –, die nur bei einem Mann Befriedigung finden, der annähernd in ihrem Alter ist, und nicht bei einem jungen, der schwächer und nicht in der Lage ist, Widerstand zu leisten.«

»Ich bin nicht schwach, und ich bin kein kleiner Junge mehr.« Das stimmte. Sein Brustumfang hatte zugenommen, er war während des Winters gewachsen, und seine Stimme hatte einen etwas tieferen Klang bekommen. »Ich warte«, fuhr er fort, »aber du legst dich nicht zu mir. Du legst dich zu keinem anderen. Du ziehst es vor, dich mit Ihr zu unterhalten, anstatt mit mir zusammenzuliegen. Sie übt einen starken Bann auf dich aus.«

»Paß auf, was du sagst!«

»Ich werde es aussprechen!« rief er. »Ich sehne mich nach dem Tag, an dem Sie von uns genommen wird, damit du zu mir kommst. Ich betrachte Sie und träume davon, daß Sie verschwindet, daß Sie den Bann aufhebt, mit dem Sie dich belegt hat.«

Ich umklammerte seine Handgelenk. »Das sind Worte des Bösen!«

»Es sind wahre Worte! Soll Sie mich doch deswegen strafen! Es ist mir gleichgültig, was mit mir passiert, wenn ich nicht mit dir zusammen sein kann!« Er zog mich an sich und drückte mir sein Gesicht an die Brust, während ich überlegte, was ich antworten sollte.

»Sie würde dir niemals etwas zuleide tun«, murmelte ich, »aber sie kann in deine Seele blicken. Wenn du solche Gedanken in bezug auf die Herrin hegst, wird Sie uns nicht mehr gern auf Ihrer Insel sehen, und dann wären wir vor Yerlan und der Gruppe entehrt. Möchtest du das?«

Er klammerte sich an mich, und ich hielt ihn umarmt. Er wußte nichts von den Freuden, die die Geist-Frauen einem Mann bescherten, denn bevor er hierherkam, war er noch zu jung, um diese Erfahrung zu machen. Ich hatte gehofft, er würde einen anderen Jungen finden, in den er sich verlieben konnte. Birana hatte es mir unmöglich gemacht, ihn so zu lieben, wie er es wollte, und diese Erkenntnis versetzte mir einen schmerzlichen Stich.

Nichts davon war von Bedeutung. Das einzige, das jetzt von Bedeutung war, war die Tatsache, daß Tulan zu einer Gefahr für uns geworden war.

»Hör mir zu«, sagte ich. »Mir liegt an dir mehr als an irgend jemandem sonst hier. Du bist für mich ein wahrer Freund, beinahe schon ein Schützling. Kannst du damit nicht zufrieden sein?« Ich schluckte. »Vielleicht kommt einmal der Tag, an dem ich bei dir liegen werde.« Ich hatte erwartet, daß diese Worte falsch klingen würden, und doch enthielten sie eine gewisse Wahrheit, als ob ich bereits die Zeit kommen sähe, da mein Verlangen nach Birana abflauen und ich zügellosere, schärfere Freuden in der Beziehung mit einem Mann suchen würde.

Ich redete eine Weile lang sanft auf ihn ein, wobei ich ihn in den Armen hielt und mit Worten besänftigte, während ich ihn im stillen wegen seiner Liebe verfluchte.

Ich suchte Birana nicht mehr so oft auf, wenn wir auf ihrer Insel waren. Ich sah Fragen und Zweifel in ihren Augen, doch ich erzählte ihr nichts von dem, was Tulan gesagt hatte, da ich wußte, daß ihr das nur Angst einjagen würde. Statt dessen fand ich immer neue Vorwände, um das Lager mit ihr zu verlassen oder sie auf unserer Lichtung zu erwarten. Wir waren sorgsam darauf bedacht, unsere Spuren zu verbergen, und banden die Pferde weiter unten am Hang fest.

Für die anderen waren die Jahreszeiten dadurch gekennzeichnet, welche Pflanzen zum Sammeln oder zur Ernte reif waren, wohin die Fische im See oder die Tiere auf dem Land zogen, sowie durch Jagden und Wettkämpfe und Reisen zu einem der anderen Lager am See. Für mich waren die Jahreszeiten durch mein Zusammensein mit Birana gekennzeichnet. Eines Tages im Mittsommer genoß ich ihren Geschmack, während die Lichtstrahlen, die durch die Bäume über uns fielen, ihre Haut scheckte und immer neue Muster darauf zeichneten, je nach dem, wie sie sich bewegte. An dem Tag, nachdem die Gruppe wilden Reis gesammelt hatte, kniete ich vor ihr und ergötzte mich am Anblick meines in sie stoßenden Glieds. An einem Tag, als sich die Blätter allmählich verfärbten, bewegte ich mich in ihr, wobei sie auf dem Bauch lag, und ich fühlte ihre Hüften und ihre Spalte mit der Hand.

Auf diese Weise maß ich die Zeit; ich maß sie auch anhand der Veränderungen, die unsere Körper durchmachten. Ihre Arme waren kräftiger geworden, wenn sie mich umfangen hielt, ihre Brüste fühlten sich in meinen Händen voller und schwerer an. In meinem Gesicht wuchs das Haar dichter, und ich mußte meine Metallklinge schärfen, um es wegzuschneiden.

Ein weiterer Winter kam, und ein weiterer Frühling folgte. Tulan war durch die Worte von einer Liebe, die später einmal ihm gelten könnte, fürs erste besänftigt, und meine Liebe zu Birana erblühte neu. Doch dieser Sommer sollte nicht wie die anderen sein.

Der soeben vergangene Winter hatte Nallei geschwächt, obwohl die Jahreszeit milder als gewöhnlich gewesen und wenig Schnee gefallen war. Silberne Strähnen durchzogen ihr Haar, und ihre Körperhaltung wurde immer gebeugter. Sie aß nur sehr wenig, und die Heiltränke, die ich ihr brachte, verstärkten ihren Appetit nicht. Sie wurde immer dünner, bis ihr die blasse

Haut schlaff ums Gesicht hing und die blauen Adern an ihren Armen sichtbar waren.

Die Männer unterhielten sich raunend darüber, wie auch übers Wetter. In diesem Frühling regnete es wenig, und im Frühsommer ebenfalls; die Luft war drückend und unbewegt. Manchmal war es in unseren Behausungen so stickig, daß die Männer ihre Matten nahmen und unter freiem Himmel schliefen.

Unsere erste Jagd verlief erfolgreich. Das Wild fand an den ausgetrockneten Wasserläufen nichts mehr zu trinken und kam näher zum See. Raubtiere folgten ihnen und hinterließen Kadaver, die wir an uns nehmen konnten. Ein Rudel Wölfe trieb sich in der Nähe des Lagers herum; wir töteten einige von ihnen und vertrieben den Rest. Danach fanden wir weniger Wild. Wir hatten noch genügend Wasser zum Trinken, verbrachten jedoch viele Tage damit, einen Graben vom See bis zu den Gärten auszuheben. Doch selbst dann gediehen die Pflanzen nicht.

Die Sonne stach aufs Land herab, bis die Blätter an den Bäumen braun und welk wurden. Uferstreifen, die einst vom See bedeckt waren, wurden jetzt zu Schlammtümpeln, dann trockneten sie vollkommen aus, und der Grund bekam Risse. Wir mußten weiter ausschweifen, um Wild zu erlegen, bis wir das Risiko eingingen, uns in das Territorium anderer Gruppen vorzuwagen. Wir hatten Angst, Feuer zu entfachen, wenn wir unser Lager vom See entfernt aufschlugen, da ein fliegender Funke den Wald hätte in Brand setzen können. Schon zu Anfang des Sommers zählten wir unsere Vorräte und dachten an den vor uns liegenden Winter.

Die Zeiten des Vollmonds, wenn Nallei ins Lager getragen wurde, boten keine Freude mehr. Die Männer betrachteten Nalleis alterndes Gesicht und das ergrauende Haar, und sie sahen die Magerkeit und Schwäche ihres Körpers. Sie flüsterten darüber ›daß sie ihre Kräfte verlor, daß ihr Körper bald ihren Geist freigeben würde, daß sie sogar zu schwach war, um Regen herbeizurufen‹.

Etwas hatte die Herrin veranlaßt, die Gruppe und das Land am See mit einem Fluch zu belegen. Die Männer unterhielten sich murmelnd darüber, und Tulan gehörte zu denen, die es am häufigsten erwähnten. Vor mir äußerte er es nicht offen, doch ich hörte, wie seine Freunde über diesen Fluch sprachen und darüber, was Tulan ihnen gesagt hatte. Der Junge beobachtete mich jetzt noch aufmerksamer; ich wagte nicht mehr, zu Birana zu gehen, wenn wir auf der Insel waren. Wir gaben uns nur bei unseren Treffen außerhalb des Lagers der Liebe hin, und es kam selten zu solchen Gelegenheiten, denn wir mußten schwer arbeiten, um Nahrung aufzutreiben. Wir lagen auf dem trockenen, mit braunen Tannennadeln und toten Blättern bedeckten Boden beieinander und wußten, daß wir wenigstens für eine kurze Weile sicher waren; trotzdem hatten wir manchmal das Gefühl, von verborgenen Augen beobachtet zu werden. Ich wurde sehr oft von derartigen Ängsten heimgesucht, und ich traute meinem eigenen Instinkt nicht mehr. Ich konnte Birana nicht mehr lieben, ohne bei jedem Zusammensein zu denken, es könnte unser letztes sein.

Es kam der Tag, da Wirlan und ich zusammen auf die Insel geschickt wurden. Der Heilkundige ging allein zur Hütte hinauf, während Birana und ich beim Boot warteten.

»Es wird alles gut werden«, sagte ich zu ihr. »Ich kenne mich in der Heilkunde zuwenig aus, um von großem Nutzen zu sein, aber Wirlan wird einen Weg finden, um ihr zu helfen.«

Sie setzte sich auf einen der flachen Felsen und ließ die Beine über die Kante baumeln. Einst hätten ihre Füße so beinahe das Wasser berührt, aber der Spiegel des Sees war jetzt weit gefallen. Sie hatte das Folgende noch nie in meiner Gegenwart ausgesprochen, und vielleicht hatte sie es nicht einmal sich selbst eingestanden. »Arvil, sie leidet Schmerzen, und sie kann kaum noch gehen. Sie kann nichts essen, und oftmals kann sie nicht einmal die Heiltränke bei sich behalten, die du ihr bringst. Sie versucht, nicht zu klagen, aber ich merke, wie sehr sie leidet. Und ich kann kaum etwas für sie tun.«

Das alles wußte ich. Ich hatte vor der Hütte gesessen, als Birana Nallei versorgt hatte, und ich hatte Nalleis Stöhnen gehört, als Birana versucht hatte, ihre Pein zu lindern. »Wirlan wird es schaffen, daß sie gesund wird«, sagte ich und versuchte, selbst daran zu glauben.

»Ich vermute, sie will nicht gesund werden. Ich habe den Eindruck, sie möchte sterben.«

»Ich muß dir etwas sagen«, murmelte ich und setzte mich neben sie. »Dieses Land ist im Begriff zu sterben. Wir könnten das Lager verlassen. Wir könnten ausreiten, wie wir es schon so oft gemacht haben, und einfach nicht zurückkehren. Wir könnten auf den Pferden schon weit weg sein, bevor sie merken, daß wir uns für immer abgesetzt haben.«

»Das kann ich nicht.«

»Du hast doch früher von einer Flucht geträumt.«

Sie sah mich an. Sie hatte sich das Haar aus dem Gesicht gestrichen und am Hinterkopf zusammengebunden. Ihre Wangen waren eingefallen, als ob sie in der letzten Zeit wenig gegessen hätte. »Ich kann Nallei jetzt nicht allein lassen. Wenn es für sie eine Chance gibt zu überleben, dann wird sie mich brauchen. Wenn es keine gibt, dann darf ich sie zumindest nicht allein sterben lassen.«

»Wenn du zu lange wartest, wirst du keine Gelegenheit zur Flucht mehr haben. Wir brauchen etwas zu essen, und es gibt drei Pferde im Lager. Sie werden Fleisch liefern, wenn es nötig ist, und das wird das Ende unserer Hoffnung sein, auf ihnen entkommen zu können.«

»Es sind meine Pferde. Ich werde es verbieten.«

Sie schien sich mehr Sorgen um die Pferde zu machen als um sich selbst. »Was meinst du, wie lange die Männer dir nun noch gehorchen werden? Sie halten sich für verflucht, sie sagen, die Herrin kann diesen Fluch nicht von ihnen abwenden. Allmählich wird sich ihr Zorn gegen dich richten. Es wäre bestimmt Nalleis Wunsch, daß du jede Möglichkeit zur Flucht ergreifst.«

»Das stimmt nicht, Arvil. Sie klammert sich jetzt an mich. Außer mir ist ihr nichts geblieben. Meinst du, ich könnte von ihr weggehen, wenn ich weiß, daß ich sie damit in dieser schweren Zeit im Stich lasse?« Sie hielt kurz im Sprechen inne. »Die Männer werden mir nichts antun. Yerlan würde es niemals zulassen. Ich könnte ihn um Hilfe bitten, wenn irgendeine Gefahr bestehen sollte, aber dazu wird es nicht kommen. Ich kann den Männern sagen, daß der Fluch von ihnen genommen wird. Dieses Wetter kann nicht ewig anhalten. Wir werden später noch Gelegenheit zur Flucht haben. Ich kann Nallei jetzt unmöglich allein lassen.«

Ich sah ihrem Gesicht die innere Qual an, ihre Angst um uns und ihre Sorge um Nallei; doch ein böser Zug meiner Seele brach sich in diesem Augenblick Bahn, als ob die Sonne und die Hitze die Bande, die meine niederträchtigen Gedanken in Zaum gehalten hatten, verbrannt hätten. »Ich weiß, was jetzt in dir vorgeht«, hörte ich mich sagen. »Ich habe dir Vergnügen bereitet. Jetzt bist du meiner überdrüssig und trachtest danach, diese Freuden mit anderen zu teilen. Vielleicht sehnst du dich nach Yerlan und wünschst seinen kräftigen Körper neben dir. Du brauchst nicht einmal die Gefahr einzugehen, daß sein Samen in dir wächst, denn du kannst ihm andere Wege zeigen, um den heiligen Zustand zu erreichen.« Meine Wut nahm zu, während ich sprach, doch gleichzeitig war ich auch erregt. Am liebsten hätte ich sie in diesem Augenblick auf den Fels geworfen und an Ort und Stelle genommen, und der Gedanke, daß

Yerlan bei ihr liegen könnte, erfüllte mich gleichermaßen mit Raserei und Begierde. »Vielleicht möchtest du es mit zwei Männern gleichzeitig treiben. Vielleicht sind deine Bedürfnisse zu groß geworden, als daß ich allein sie noch befriedigen könnte.«

Ihre Hand schoß auf mich zu. Sie versetzte mir einen solchen Schlag, daß meine Wange brannte. Als sie sich erhob, sprang ich ebenfalls auf und holte mit dem Arm aus. Meine flache Hand landete in ihrem Gesicht. Sie stürzte, und ihr Kopf wäre beinahe gegen den Fels geprallt.

Ich ließ mich neben sie fallen. Ihre Wange war gerötet, wo ich sie getroffen hatte, doch irgendwie hatte ich die volle Wucht des Schlages abgemildert. »Verzeih mir«, sagte ich. »Birana, was ist nur los mit uns?«

Sie schob mich weg. »Komm mir nicht zu nahe!«

»Birana ... «

»Wenn es das ist, was du denkst, dann verlasse das Lager ohne mich. Es ist mir gleichgültig, ob ich dich jemals wiedersehe. Ich hätte wissen müssen, wie wenig Liebe du für mich empfindest.«

Sie kehrte mir den Rücken zu. Schließlich sagte ich: »Du bist es, die wenig Liebe für mich empfindet, wenn ein paar böse, unbedachte Worte und eine Ohrfeige, die ich bereits bereue, uns trennen können.«

Sie wandte den Kopf um. Als ich im Begriff war, noch mehr zu sagen, hörte ich ein Geräusch hinter uns.

Wirlan kam den Weg herunter. Ich stand auf, voller Furcht, er könnte unsere wütenden Stimmen gehört haben, doch sein längliches Gesicht hatte einen ernsten Ausdruck, und er war mit den Gedanken offenbar anderswo. »Ich muß mit dir reden, Vilan«, sagte er.

»Du kannst vor Mir sagen, was du zu sagen hast«, erklärte Birana und stand ebenfalls auf.

»Herrin, meine Worte betreffen nicht den Geist der Heiligkeit, sondern den Körper, in dem er wohnt. Der Körper stirbt. Ich habe eine derartige Krankheit erst einige wenige Male erlebt, und zwar bei älteren Männern, aber bei Ihr ist es dasselbe. Etwas wächst in Ihrem Bauch und frißt Sie auf – wie eine Klaue, die Ihr das Leben entreißt. Sie ist vom Tod gezeichnet, Heiligkeit. Ich kann nichts mehr für Sie tun, außer Ihre Schmerzen zu lindern.«

»Nein«, flüsterte Birana.

»Die andere Heiligkeit weiß, wie es um Sie steht. Ich habe mit Ihr über Ihren bevorstehenden Tod gesprochen. Meine Worte haben Sie nicht überrascht. Ich werde jetzt ins Lager gehen und soviel wie möglich für sie mitbringen. Sie schläft jetzt, aber Sie wird Dich bald brauchen.«

Birana sagte: »Es muß doch irgend etwas geben, das du tun kannst.«

Wirlan verzog den Mund. »Wenn Du nicht über irgendwelche magischen Kräfte verfügst, die du gegen den Tod einsetzen kannst, gibt es nichts mehr zu tun.

Birana stieß einen Schrei aus, dann taumelte sie den Weg hinauf. Ich starrte den Heilkundigen an, unfähig zu sprechen. »Diese Krankheit ist ein großes Übel«, sagte er. »Es handelt sich nicht um eine Seuche, die der Wind heranträgt, und auch nicht um ein Fieber, das von einem Menschen auf den anderen übertragen wird. Es ist als ob der Körper sich gegen sich selbst richtet und seinen eigenen Tod von innen herbeiführt.«

»Und kannst du wirklich gar nichts tun?«

»Auch das gehört dazu, wenn man Heilkundiger ist, Vilan – die Erkenntnis, daß man einen Tod, der unweigerlich kommen muß, lediglich etwas leichter machen kann. Ich muß gehen und das Nötige für Sie holen. Yerlan muß unterrichtet werden.«

»Wie kannst du ihm das beibringen?«

»Er muß es wissen und die Männer auf Ihr Dahinscheiden vorbereiten. Er kann es nicht länger leugnen oder sich davor verstecken. Ich habe seit langem gespürt, daß Ihr Körper von einer Schwäche befallen ist.«

Seine Hand lag auf meiner Schulter. »Ich muß gehen. Die junge Heiligkeit bedarf vielleicht deiner Hilfe, bis ich zurückkomme.«

Er schob das Boot ins Wasser. Ich konnte mich nicht überwinden, zur Hütte zu gehen und Zeuge von Nalleis Schmerzen zu werden, die Wut in Biranas Augen zu sehen. Ich dachte: Die Liebe, die mich hierhergebracht hat, stirbt mit allem anderen.

Am nächsten Morgen kamen weitere Männer auf die Insel, während Wirlan und ich zum Lager zurückkehrten. Ich hatte erwartet, daß der Häuptling uns wütend beschimpfen würde, weil wir nicht in der Lage waren, Nallei zu heilen. Statt dessen hörte er uns jedoch schweigend zu, dann ließ er sich vor seiner Behausung nieder, weigerte sich zu sprechen und starrte mit leerem Blick auf die Lichtung.

Tulan, der sich einst so hingebungsvoll um die Pferde gekümmert hatte, hatte sie in letzter Zeit vernachlässigt, und es war nun an mir, für sie zu tun, was ich konnte. Flammes Fell glänzte nicht mehr, und ich spürte ihre Rippen unter meiner Hand. Wildfangs Beine schienen fast zu dünn, um sie noch tragen zu können, und Stern war meistens müde und erschöpft.

Ich fütterte sie gerade mit den wenigen Wurzeln, die ich gesammelt hatte, als Aklan durch die Gärten auf die Lichtung zurannte. Er blieb vor Yerlan stehen und begann zu sprechen, wobei er aufgeregt mit den Armen fuchtelte. Der Häuptling bewegte sich nicht. Wirlan kam aus seiner Behausung, um mit Aklan zu sprechen, und dann kamen die beiden Männer zu mir.

»Vilan, du mußt mit uns kommen.« Aklan zog mich am Arm. »Die Jäger einer anderen Gruppe warten vor der Mauer. Sie dürfen das Lager nicht betreten, um sich ein Bild davon zu machen, wie es hier jetzt aussieht, aber wir müssen mit ihnen reden.«

»Das ist Sache des Häuptlings«, sagte ich und fragte

mich, wie lange Yerlan sich wohl noch weigern würde zu handeln.

»Er wird nicht kommen«, erwiderte Aklan. »Er schien meine Worte nicht einmal gehört zu haben, und der Vorbeter ist von der Hitze zu sehr geschwächt, um herausgetragen zu werden. Ich habe statt dessen den Heilkundigen geholt, und es wäre mir recht, wenn auch du mit uns kommen würdest.«

»Ich könnte kaum von Nutzen sein«, sagte ich.

»Bei den Fremden ist der Mann, der dich und die blauäugige Heiligkeit hergebracht hat«, sagte Aklan. »Ich nehme an, sie werden mit dir sprechen.«

Sie geleiteten mich aus dem Lager, während ich mich fragte, was die andere Gruppe wohl von uns wollte. Wir schritten den Weg entlang, bis wir zu einer kleinen Lichtung kamen, wo vier Jäger standen, zusammen mit dem Vorbeter, der mich hierhergeführt hatte.

Ich ging auf ihn zu und ergriff seine Arme. Er war dünner geworden und sein Haar etwas grauer. Er umarmte mich, dann trat er zurück. »Wo ist euer Häuptling?« fragte er.

»Er ist zur Zeit verhindert, das Lager zu verlassen«, antwortete Wirlan. »Ich bin der Heilkundige dieses Lagers. Ich werde stellvertretend für ihn sprechen.«

Der Vorbeter ließ den Blick von ihm zu mir wandern. »Ich kam hierher in der Hoffnung, daß ihr, die ihr so überaus gesegnet seid, vielleicht einen Weg wißt, um den bösen Bann zu brechen, der auf uns liegt. Jetzt sehe ich, daß auch ihr von dem Bann betroffen seid.« Mit einer Handbewegung schickte er seine Männer ein Stück weit weg, dann neigte er sich dicht zu uns. »Sind die Heiligkeiten, die unter euch leben, ebenfalls machtlos?« fragte er mit leiser Stimme.

»Ich weiß nicht«, sagte Wirlan. »Wir warten ebenso wie ihr darauf, daß der Bann gebrochen wird.«

»Das habe ich befürchtet.« Die Falten um den Mund des Vorbeters wurden tiefer. »Eine andere Gruppe, die nicht weit von uns entfernt lebte, hat ihr Lager verlassen und ist nach Westen aufgebrochen. Wir wissen seit einiger Zeit, daß wir uns womöglich irgendwann neues Land suchen müssen. Jerlan, der Häuptling meiner Gruppe, hat mich gebeten, die Reise hierher zu unternehmen, aber ich kann ihm keine guten Nachrichten überbringen. Wir müssen den See verlassen und uns an einem anderen Ort niederlassen. Vielleicht können wir zu einer anderen Jahreszeit wieder hierher zurückkehren.« Er hielt kurz inne, bevor er fortfuhr. »Werdet ihr ebenfalls von hier fortziehen?«

»Wir können nicht weg«, sagte Aklan. »Die Herrin...« Wirlan bedeutete ihm mit einem Wink zu schweigen. »Wir können nicht weg«, wiederholte Aklan.

»Dann begebt euch also wieder in euer Lager«, sagte der Vorbeter. »Übermittelt eurem Häuptling und eurem Vorbeter meine Grüße. Ich sehe, daß ich eure Gruppe in meine Gebete einschließen muß. Und jetzt möchte ich gern mit diesem Mann allein sprechen.«

Der Vorbeter zog mich zur Seite, während Wirlan und Aklan sich von uns entfernten. »Als ich mit dir und der Heiligkeit unterwegs war«, murmelte er, »hatte ich den Eindruck, daß Sie vielleicht nicht das sein könnte, was Sie zu sein scheint, und trotzdem hat diese Gruppe hier Sie bei sich aufgenommen. Meine Zweifel legten sich damals, aber jetzt regen sie sich wieder. Ich frage mich, ob es wirklich Heiligkeit war, die ich hergeführt habe.«

»Es war Heiligkeit«, sagte ich. »Die Herrin kämpft gegen das Böse. Sie wird einen Weg finden, um wieder Leben in diese Gruppe und an den See zu bringen.« Ich versuchte, mich überzeugend anzuhören.

»Wir können nicht warten. Wir werden immer schwächer. Wir müssen in ein anderes Gebiet ziehen, solange wir noch die Kraft dazu haben.«

»Es wird fremdes Land für euch sein, während ihr

mit diesem hier vertraut seid«, sagte ich. »Der See wird euch immer noch Wasser und etwas Fisch liefern. Andere Geschöpfe kommen auf der Suche nach Wasser vielleicht hierher, so daß wir Wild erlegen können, und an den Ufern wachsen immer noch Pflanzen. Ihr kennt die Gefahren, mit denen ihr es hier zu tun habt – was euch an einem anderen Ort erwartet, wißt ihr nicht.«

Der Vorbeter schüttelte den Kopf. »Es ist nicht nur die Dürre, die uns wegtreibt, sondern die Bedeutung, die dahintersteckt. Heiligkeiten leben bei euch, und doch hat die Herrin Ihr Antlitz von diesem Land abgewandt. Ich frage mich, was ich hierhergebracht habe. Doch wir haben einen Friedenspakt mit diesen Männern geschlossen und wären ohnehin nicht stark genug, um die Wahrheit gewaltsam aus ihnen herauszubringen, selbst wenn wir durch keinen Pakt gebunden wären. Ich habe gebetet. Die Herrin sagt uns, daß es Zeit ist, diesen See zu verlassen, bis Sie wieder auf ihn herablächelt, bis das Böse vergangen ist.«

Ich sagte nichts.

»Jerlan will uns nach Süden führen«, fuhr er fort, »denn ein Reisender hat uns vor kurzem berichtet, daß der Süden noch angenehmere Lebensbedingungen bietet. Vielleicht ist die Zeit gekommen, daß ich meine Gebete wieder einmal in einem Heiligtum spreche, um die Herrin auf diese Weise anzurufen.«

Ich packte seinen Arm. »Das kannst du nicht tun. Die Herrin…«

»Meinst du, es könnte noch schlimmeres Übel über uns bringen als jetzt, wenn ich meine Gebete in einem Heiligtum spreche?«

Was hätte ich ihm sagen sollen? Ich konnte ihm nicht sagen, daß die Frauen in der Enklave seine Gedanken erforschen und von Biranas und Nalleis Existenz erfahren könnten. »Ich bin Mitglied dieser Gruppe«, sagte ich schließlich, »und wir haben dieselben Bräuche wie ihr. Es ist die Pflicht eines Vorbeters, seine Gebete in seinem Lager zu sprechen, wo immer dieses Lager sein mag. Es ist jetzt nötiger denn je, daß deine Männer sehen, daß du für sie betest und dich in einem fremden Land an die alten Bräuche hältst. Andere können in Heiligtümern für deine Gruppe beten.«

Er nickte ernst. »Deine Worte leuchten mir ein«, sagte er, aber ich vermochte nicht zu beurteilen, ob er sie beherzigen würde. »Ich werde für dich beten, Arvil. Ich muß jetzt von dir gehen und dich dem überlassen, was immer in deinem Lager geschehen mag. Richte Tulan aus, daß sein Hüter ...« Er verstummte für einen Augenblick. »Jerlan hätte den Jungen gerne bei sich, aber Tulan ist jetzt an diese Gruppe gebunden. Leb wohl.«

Selbst die Botschaft von Jerlans Gruppe und ihre Entscheidung bewirkten nicht, daß Yerlan sich rührte. Er saß weiterhin vor seiner Hütte, grübelte schweigend vor sich hin und schlief vor dem Eingang am Boden. Er aß kaum etwas von den Speisen, die die anderen für ihn übrigließen, und die anderen holten die Reste wieder ab, so unansehnlich und von Fliegen bedeckt, wie sie waren. Stoppeln wuchsen ihm im Gesicht, und seine hellbraunen Haare wurden vor Schmutz immer dunkler. Es war Wirlan und Aklan überlassen, die Gruppe anzuführen, und die anderen folgten ihnen nur widerwillig. Oft saßen die Männer am Seeufer, ebenso schweigend wie ihr Häuptling, den Blick gen Himmel gerichtet, um nach Anzeichen von Regen zu spähen, oder starrten ohne Hoffnung zur Insel hinüber.

Ich wußte, was ich zu tun hatte, obwohl mehrere Tage vergingen, bevor ich mich überwinden konnte, mich an Wirlan zu wenden. Ich fürchtete immer noch, daß Birana nicht mit mir sprechen würde, daß ich sie zu tief verletzt hatte. Schließlich ging ich zu dem Heilkundigen und bat ihn darum, zur Insel hinüberfahren zu dürfen. Er stimmte bereitwillig zu, denn einige der Männer hatten inzwischen Angst vor der Insel, und es gab nur noch wenige, die willens waren, sie zu betreten.

Tulan begleitete mich. Ich hatte mich an sein mürrisches Schweigen und den finsteren Blick, mit dem er mich ansah, gewöhnt. Doch diesmal wirkte er fröhlicher, und er sprach in der früheren freundlichen Art mit mir. Als wir die Insel erreicht hatten, war auch ich ihm gegenüber entspannter und freute mich, daß er bei mir war.

Ich ließ ihn am Boot zurück und stieg zur Hütte hinauf. Nallei lag im Freien auf ihrer Matte, um nicht der stickigen Luft im Inneren ausgesetzt zu sein. Ihr ausgemergelter Körper schien nur noch Haut und Knochen unter dem weiten Hemd zu sein, und ihre Hände lagen wie Klauen gefaltet auf der Brust. Ihre nackten Beine waren so dürr, daß ich einen Schenkel mit einer Hand hätte umspannen können. Birana hob den Blick zu mir, dann bedeckte sie Nallei mit einem Fell.

In der Hütte brannte ein Feuer. Ich kniete davor nieder, bereitete einen Heiltrank und reichte ihn Birana. Ich hatte eine von Wirlans wirkungsvollsten Wurzeln dazu verwendet, eine, die er jahrelang auf seinem Gestell getrocknet hatte und die er nur verabreichte, wenn Schmerzen so schlimm waren, daß selbst ein tapferer Mann sie nicht aushalten konnte. Birana hob Nalleis Kopf an und führte den Becher zu ihren Lippen. Nallei trank, stieß einen Schrei aus und fiel zurück. Ihre klauengleichen Hände krallten sich an Biranas Ärmel fest, während sie erbärmlich stöhnte.

Der Anblick der leidenden Nallei war eine Qual; jetzt begriff ich, wie Wirlan zu seiner Weltanschauung gekommen war. Solche Schmerzen waren ohne Sinn, ohne Zweck; niemand konnte so schlecht sein, daß er solche Pein verdient hätte. Nallei schrie laut auf und biß sich auf die Unterlippe, bis sie blutete; dann wurde sie allmählich ruhiger.

»Ich bin nicht besonders tapfer«, keuchte Nallei.

»Du beweist mehr Tapferkeit als viele Männer«, sagte ich. Sie lächelte ein wenig; ich bewunderte sie dafür, daß sie in ihrem Zustand noch lächeln konnte. »Birana«, fuhr ich fort, »ich muß mit dir reden.« Ihre blauen Augen blickten mich kalt an. Ich hatte seit jenem Tag, an dem ich sie geschlagen hatte, nicht mehr mit ihr gesprochen. »Ich habe dir viel zu sagen.«

»Ich kann Nallei jetzt nicht verlassen.«

»Dann später, wenn sie schläft. Komm heute abend zu der Stelle, wo wir uns früher immer getroffen haben.«

Sie sagte nichts.

Ich stand auf. »Ich werde auf dich warten, und wenn du nicht kommst, dann kann ich nichts mehr für dich tun. Ich kann dich nicht zwingen, dich zu retten.«

Nallei hob eine Hand. »Sie wird kommen, Arvil«, murmelte sie mit schwacher Stimme. »Ich werde dafür sorgen.«

Tulan, der während des Tages versucht hatte, mich aufzuheitern, wurde während unseres Abendessens immer ernster. Als er sich zum Schlafen ausstreckte, griff er nach meiner Hand. »Vilan ... «

»Was ist?«

»Ich warte immer noch. Kannst du bei mir liegen?«

»Tulan, ich kann jetzt nicht an solche Dinge denken, während die Heiligkeit immer schwächer wird.«

»Dann wirst du also niemals zu mir kommen.«

»Jetzt ist nicht die richtige Zeit, um darüber zu sprechen«, wies ich ihn streng zurecht.

Er ließ meine Hand los und wandte mir den Rücken zu. Ich berührte sanft seinen Kopf. Er schob mich weg.

Ich lauschte ungeduldig auf das Geräusch seines Atems, bis ich sicher war, daß er schlief, dann ging ich zu der Stelle unter den Bäumen, wo ich Birana treffen sollte. Ich saß lange dort, in Gedanken verloren. Vielleicht würde sie nicht kommen, vielleicht war ihr Zorn auf mich noch zu groß.

Ich hörte sie nicht herankommen. Plötzlich stand sie vor mir, eine schemenhafte Gestalt in der Dunkelheit. Ich sprang auf.

»Nallei schläft«, sagte sie. »Sie schläft jetzt so wenig. Ich konnte sie nicht früher allein lassen. Sie bestand darauf, daß ich zu dir gehen sollte, aber ...« Sie kam zu mir und legte den Kopf an meine Brust. »Ich möchte nicht mehr böse auf dich sein, Arvil. Ich weiß, daß du es nicht so gemeint hast. Ich dachte, du würdest nie mehr ...«

»Hör mir zu. Wir müssen fliehen – jetzt, so bald wir können. Morgen wirst du mit mir ins Lager gehen, und wir werden zusammen wegreiten.« Sie sagte nichts. »Willst du mir sagen, du mußt immer noch bei Nallei bleiben? Ich kann nicht glauben, daß sie dich darum bitten würde, wenn du anderswo sicherer wärst.«

Sie hob den Kopf. »Sie möchte, daß ich mit dir weggehe. Sie hat mir schon früher dazu geraten. Trotz ihrer Schmerzen war sie in der Lage, mir das zu sagen.« Ihre Schultern erbebten, als sich ihr ein Schluchzen entrang. »Sie versucht auch jetzt noch, mich zu beschützen, und ich kann so wenig für sie tun.«

»Wir werden Wirlan zu ihr schicken, damit er sich um sie kümmert. Ich glaube nicht, daß sie noch allzu lange leiden wird.« Ich strich ihr über das Haar. »Wirst du mit mir kommen?«

»Ja.«

Ich zog sie neben mich zu Boden und spürte, wie sehr sie mir gefehlt hatte. Meine Hände bewegten sich über ihren Körper, bis ihr Atem in kurzen, heftigen Stößen kam, und ich liebte sie auf all die Arten, die ihr am besten gefielen. Wir würden fliehen und einen Ort finden, wo wir uns ohne Angst lieben konnten. Ich fühlte ihre Wärme, als ich in sie eindrang, und meine Seele jubilierte.

Ich war wach. Ich tastete den Boden neben mir ab und wußte, daß Birana verschwunden war. Ich öffnete die Augen und setzte mich auf. Der Himmel färbte sich allmählich grau. Vielleicht war Tulan schon wach und suchte mich. Ich könnte ihm erzählen, ich sei früh aufgewacht und zu Nallei gegangen, um mich um sie zu kümmern.

Ich stand auf und streckte mich. Selbst zu dieser frühen Morgenstunde war die mittsommerliche Hitze brennend. Die Luft war reglos. Nur ein fernes Heulen drang an meine Ohren.

Plötzlich wurde mir klar, was ich hörte. Während das Heulen lauter wurde, warf ich mich zu Boden und kroch unter einen Baumstamm. Ein Schiff war über mir. Ich erhaschte einen Blick auf seinen schimmernden Glanz, während der Himmelskörper die Insel in Richtung des Lagers überflog.

Ich wartete, hörte jedoch keine Schreckensschreie, keine Laute von Männern, die unter den tödlichen Strahlen der Herrin fielen. Schließlich stand ich taumelnd auf und rannte zur Hütte.

Das Feuer neben Nallei brannte immer noch. Birana stand im Eingang der Hütte. »Ich war im Innern«, sagte sie. »Man konnte mich vom Schiff aus nicht sehen, aber Nallei ...« Sie deutete mit einer Handbewegung zur Matte.

Ich neigte mich über Nallei. Ihre Augen waren geschlossen, ihr Gesicht hatte einen Ausdruck, als ob sie friedlich schliefe. »Was mag das zu bedeuten haben?« fragte ich.

Birana schüttelte den Kopf. »Ich weiß nicht. Vielleicht war es ein Passagierschiff auf einer ungewöhnlichen Strecke, vielleicht ist es auch von einer Stadt hergeschickt worden. Möglicherweise hat jemand einen Verdacht ...«

»Wir müssen jetzt aufbrechen«, drängte ich.

Sie ging zu Nalleis Matte. »Leb wohl«, flüsterte sie.

Nur die ganz schwache Bewegung von Nalleis Brust zeigte, daß sie noch lebte. Vielleicht wäre ihr ein Schiff jetzt willkommen, dachte ich. Zumindest wäre ihr dann ein schneller Tod beschieden.

»Leb wohl«, sagte ich.

Wir eilten den Weg hinunter. Stimmen aus dem fernen Lager drangen bereits zu uns herüber. Die Männer fragten sich bestimmt, was das Auftauchen des Schiffes zu bedeuten hatte. Ich beschleunigte meine Schritte, dann wurde ich wieder langsamer, damit Birana mich einholen konnte. Wir kamen ans Ende des Weges und machten bei den Felsen halt.

Das Boot war verschwunden. Birana sank auf den Fels. Ich blickte verwirrt über den See. »Das heißt gar nichts«, zwang ich mich zu sagen. »Vielleicht holt Tulan Nachschub an Nahrung. Er wird bald wieder da sein.« Ich ließ mich neben ihr nieder und versuchte, mir meine Angst nicht anmerken zu lassen.

Ein Boot kam, aber Tulan war nicht an Bord. Während die beiden Männer auf uns zupaddelten, stand ich auf, um sie zu begrüßen.

»Sei gegrüßt, Balan«, sagte ich zu einem der Männer und erwartete, sein rasches Lächeln zu sehen. Er behielt jedoch seine düstere Miene bei und sagte kein Wort zu mir, während er vom Boot stieg. »Ich helfe euch, das Boot an Land zu ziehen.«

Balan schüttelte den Kopf. »Du sollst mit Dagelan zum Lager zurückfahren. Ich bleibe hier als Wächter der Heiligkeiten. Der Häuptling ist wieder bei sich und möchte mit dir reden. Das Omen, das uns heute morgen erschienen ist, hat ihn wieder zu Sinnen gebracht.«

»Ich werde ebenfalls mit zum Lager hinüberfahren«, sagte Birana.

Balans dunkler Haarwust schaukelte, als er den Kopf schüttelte. »Vergib mir, Heilige Herrin, aber der Häuptling wünscht, daß Du hierbleibst.«

»Ich möchte mich ins Lager begeben. Willst du Mir gegenüber etwa ungehorsam sein?«

Balan straffte sich. »Vergib mir, Heiligkeit, aber Yerlan möchte, daß Du hierbleibst, wo Du ungestört mit den unsichtbaren Geistern Verbindung halten kannst, damit sie vielleicht den bösen Fluch von uns nehmen. Wir haben heute ein heiliges Zeichen erblickt; uns wurde ein Anblick gewährt, den die Männer bisher nur gesehen haben, wenn sie zu Eurer heiligen Enklave gereist sind. Wir glauben, daß die Herrin womöglich den Bann aufhebt und uns dafür belohnt, daß wir während dieser schlechten Zeit für Eure Sicherheit gesorgt haben.«

»Die Heiligkeit wird hierbleiben«, murmelte ich, da ich wußte, daß wir keine andere Wahl hatten.

Ich stieg ins Boot. Ich spürte, wie Dagelan mich musterte, während wir übers Wasser glitten, aber er sagte nichts.

Yerlan hatte seine Behausung verlassen. Dagelan führte mich zum Garten. Yerlan schritt auf dem trockenen, staubigen Boden auf und ab; Tulan ging neben ihm her. Er sah mir ins Gesicht, während ich mich näherte. Er hatte die Stoppeln in seinem Gesicht weggeschnitten, und er lächelte mit gefletschten Zähnen.

»Ich habe ein Omen erblickt«, sagte er. »Rieche die Luft, Vilan.« Er kam näher zu mir heran. »Riechst du nicht den Duft des bevorstehenden Regens?«

Ich roch nichts anderes als den Staub und seinen Körperschweiß. Einige der Jäger versammelten sich hinter mir, und mir war plötzlich nicht geheuer dabei, daß ich ihnen den Rücken zukehrte. Die Gärtner in unserer Nähe legten die Werkzeuge aus der Hand und stellten sich neben ihren verwelkten Pflanzen auf.

»Es war Tulans Pflicht, mir bei der Bewachung der Heiligkeiten Hilfe zu leisten«, sagte ich. »Er hätte mir sagen müssen, daß er sich entfernte, um hierherzukommen.«

Yerlan legte dem Jungen den Arm um die Schulter; Tulan kräuselte die Lippen und sah mich an. »Er ist aufgewacht. Du warst nicht neben ihm. Er war überzeugt, du würdest dich um die goldäugige Heilige Herrin kümmern, und dachte, du könntest noch mehr Kräuter vom Heilkundigen brauchen. Er wäre zu dir zurückgekehrt, doch dann erschien das heilige Zeichen der Herrin. In seinem Staunen vergaß der Junge, die Kräuter zu holen.«

»Dann werde ich sie jetzt zu ihr bringen«, sagte ich.

»Ich werde sie hinbringen. Es ist an der Zeit, daß ich wieder einmal die Insel besuche. Wirlan wird mich begleiten, und auch Tulan, da er sowohl mir als auch der Herrin so hervorragende Dienste geleistet hat. Du wirst hierbleiben, Vilan.«

Er wandte sich ab, den Arm immer noch um Tulan gelegt, und schritt auf die Bäume zu, wo die Pferde angebunden waren. Stern hob den Kopf und wieherte leise, während Wildfang die Mähne schüttelte. »Diese Tiere sind zu schwach, um uns noch Arbeit abnehmen zu können, und doch müssen wir sie von dem wenigen, das wir haben, mit durchfüttern.«

»Sie könnten als Nahrung dienen«, sagte einer der Männer hinter mir.

»So ist es«, antwortete Yerlan. »Aber seht nur, wie mager sie geworden sind. Solches Fleisch wäre äußerst zäh und schwer zu kauen.«

»Selbst solches Fleisch wäre uns jetzt recht«, murmelte Dagelan.

»Sicher«, bestätigte der Häuptling. »Aber vielleicht ist es nicht nur der Mangel an Nahrung, der sie so schwach macht. Vielleicht sind sie von einer Krankheit befallen, die sich auf uns übertragen könnte. Und noch eines muß bedacht werden. Eine Heiligkeit hat diese Tiere zu uns gebracht. Wir haben Ihr versprochen, daß ihnen kein Schaden geschieht. Können wir ein solches

Versprechen brechen, nun, da uns die Herrin ein Omen geschickt hat?«

»Das können wir nicht«, sagte ein anderer Mann.

Yerlan strich sich nachdenklich übers Kinn. »Wir können ihnen keinen Schaden zufügen, aber wir müssen sie füttern, solange sie hier sind. Es gibt nur eine Lösung dieses Problems. Wir müssen sie freilassen.«

»Nein!« rief ich.

»Stellst du die Weisheit meiner Entscheidung in Frage?« schrie Yerlan.

»Sie gehören der Herrin, Sie soll sagen, was mit ihnen geschehen soll.«

»Ich sage, was geschehen soll! Die Herrin hat mir ein Zeichen gesandt; Ihre Macht ist jetzt in mir. Sie spricht durch mich zu euch. Sie möchte, daß wir mit unserer Nahrung so sparsam wie möglich umgehen, bis es wieder regnet. Wir können die Pferde nicht füttern, also müssen wir sie freilassen.«

Ich sprang mit einem Satz auf ihn zu. Er schlug mich mit einem einzigen Hieb zu Boden. Zwei Männer packten mich an den Armen und zogen mich auf die Beine. »Nimm dich in acht, Vilan«, knurrte der Häuptling, »sonst müssen wir beide einen Wettkampf austragen.« Er machte eine Handbewegung. Ich sah hilflos zu, wie Tulan zu den Pferden rannte, sie losband und ihnen die Zügel über die Köpfe streifte.

»Lauft!« rief Tulan und schlug ihnen mit den Zügeln auf die Rücken. Die Pferde trabten davon, dann verlangsamten sie ihren Lauf; Flamme hob den Kopf und blickte zu uns zurück. »Lauft!« Tulan rannte hinter ihnen her und peitschte gnadenlos auf sie, bis sie durch die Mauer hindurch waren. Die Wachtposten auf der Mauer pfiffen und bewarfen die Tiere mit Dreckklumpen, bis sie verschwunden waren.

Meine Hoffnung auf ein Entkommen war zunichte gemacht. Ich starrte in Yerlans dunkle, wütende Augen; jetzt war ich überzeugt, daß er alles wußte, daß er sogar von unserem Fluchtplan erfahren hatte. Nur einer konnte ihm das verraten haben, nur einer konnte mein Gespräch mit Birana, als ich sie in meinen Plan einweihte, belauscht haben. Entsetzen erfüllte mich, als ich mir ausmalte, was Tulan sonst noch beobachtet haben könnte. Ich hatte ihn verschmäht, und er hatte es mir heimgezahlt, indem er mich verraten hatte.

»Du hast meine Entscheidung in Frage gestellt«, sagte Yerlan, als Tulan an seine Seite zurückkehrte. »Du hast die Hand gegen mich erhoben, gegen einen Häuptling, der dich mit einem Platz in seinem Herzen geehrt hat. In dir steckt etwas Böses, Vilan.«

Ich nahm an, er würde mich im nächsten Augenblick umbringen. Er streckte die Hand nach meinem Hals aus, doch seine Berührung war sanft, während er mir mit einem Finger über die Brust hinunter bis zum Glied fuhr. »Aber du bist außerdem ein Mann, der uns eine Heiligkeit gebracht hat.« Er trat zurück. »Aklan, du wirst die Bewachung des Lagers übernehmen, während ich mich zu den Heiligkeiten begebe. Vilan soll einen neuen Graben für unseren Abfall ausheben und den alten zuschütten. Es ist Zeit, daß er lernt, etwas demütiger zu sein. Sorge dafür, daß er das Lager nicht verläßt.«

Er stolzierte zusammen mit dem Jungen zu den Booten, während ich abgeführt wurde.

Nallei schlief. Ich saß bei ihr und verspürte den dringenden Wunsch, mit ihr zu reden, wußte jedoch, daß ich ihr nur die Schmerzen zu Bewußtsein bringen würde, wenn ich sie aufweckte.

Ich hatte erwartet, daß sie sich vor dem Tod noch einige Last von der Seele reden würde, doch sie litt schweigend. Während der letzten Tage hatte sie sogar ihr nächtliches Stöhnen unterdrückt, als ob sie fürchtete, mich aufzuwecken. Ich wünschte mir, daß sie noch ein letztes Mal die Augen öffnen und mir zuhören würde, wenn ich ihr sagte, wieviel sie mir bedeutet hatte, doch gleichzeitig hoffte ich, daß sie friedlich entschlafen würde. Ich wollte nicht, daß sie etwas von dem Schiff erfuhr; ich wollte, daß sie leichten Herzens starb, in der Annahme, ich würde weiterleben können.

Balan kauerte neben der Hütte; er stand auf und deutete den Hang hinunter. Zwei Männer kamen auf dem Pfad zu uns herauf. Meine Hoffnung auf eine Flucht war bereits geschwunden; als ich sah, daß Yerlan sich mir näherte, erstarb das letzte bißchen Hoffnung, das mir verblieben war.

Wirlan war bei ihm. Der Heilkundige kniete sich neben dem Feuer nieder und legte seine Beutel mit Wurzeln und Kräutern ab. Yerlan betrachtete mich eine ganze Weile, dann winkte er Balan zu sich. »Begib dich zum Boot!« befahl er. »Tulan wartet dort unten. Bleib dort, während ich mich mit den Heiligkeiten unterhalte.«

Während Balan sich entfernte, ließ sich Yerlan neben Nallei nieder. Seine Hand zitterte, als er ihr das silberne Haar aus dem Gesicht strich. Seine Miene verzerrte sich; er stieß einen Schrei aus und schlang die Arme um sie, um sie hochzuheben. »Du darfst mich nicht verlassen! Du darfst nicht sterben!«

Nallei bewegte sich und stöhnte leise, während ich auf die beiden zuging. »Das darfst du nicht tun«, sagte ich. »Sie leidet schreckliche Schmerzen. Du mußt sie in Ruhe lassen.«

Er ließ sie sanft nieder und legte sich neben sie, wobei seine Hand die ihre bedeckte. Wirlan reichte mir einen Becher; Yerlan nahm ihn mir aus der Hand und führte ihn zu ihren Lippen. Der Heilkundige stand auf und bedeutete mir mit einer Handbewegung, ihm zu folgen. »Wir wollen sie für einen Augenblick allein lassen«, sagte er.

Wir gingen unter die Bäume; er blieb stehen und lehnte sich an einen Baumstamm. »Herrin«, sagte er. »Ich muß Dir etwas sagen, das Dich wahrscheinlich interessieren wird. Yerlan ist wieder bei Vernunft, doch jetzt ist er wütend auf Deinen Boten Vilan. Der Häuptling hat die Hand gegen Vilan erhoben und ihn vor der Gruppe beschämt, aber wenigstens hat er sein Leben verschont.«

Ich schlug die Hände zusammen. »Ist alles in Ordnung mit ihm?«

»Im Moment hat er nichts zu befürchten, doch ich warne Dich dringend, vor dem Häuptling auf der Hut zu sein.« Wirlan verschränkte die Arme. »Der Anblick des göttlichen Schiffs hat ihn verändert. Er spricht davon, daß der Bann von uns genommen ist, daß der Regen bald einsetzen wird. Heute morgen, nachdem wir das Himmelsgefährt der Herrin gesichtet hatten, ging er zu den Pferden und ließ sie frei.« Ich atmete hörbar Luft aus. »Er sagte, er wolle ihnen nichts zuleide tun, doch wir könnten sie nicht länger füttern. Ich weiß, daß sie Deine Geschöpfe sind, aber sie hätten uns mit Fleisch versorgen können. Der Häuptling hat etwas Törichtes getan, Heiligkeit.« Er machte eine Pause. »Vilan sprach mißbilligend über diese Handlung und erhob die Hand gegen Yerlan. Es ist ein Wunder, daß der Häuptling ihn in diesem Augenblick nicht umgebracht hat.«

Ich versuchte, mich zu beruhigen. »Wirlan, Ich will dir sagen, was es mit diesem Schiff auf sich haben könnte. Vielleicht bedeutet sein Erscheinen, daß das Lager von nun an in Gefahr ist. Frage Mich nicht, wieso Ich das weiß, glaube Mir einfach. Es wäre sicherer für die Männer, von hier wegzugehen, möglichst weit. Jemand muß ihnen das sagen. Vielleicht bleibt nicht mehr viel Zeit.«

Er schüttelte den Kopf. »Sie werden nicht auf mich hören.«

»Ich könnte es ihnen sagen. Nimm Mich mit ins Lager – sie werden auf Mich hören.«

»Du bist nicht in der Lage, diesen Bann aufzuheben. Das werden sie Dir entgegnen. Sie setzen Hoffnung in jenes Omen. Sie werden das Land, auf dem sie schon seit so langer Zeit leben, nicht verlassen. Deine Macht schwindet, Herrin. Gib ihnen keine Veranlassung anzunehmen, daß möglicherweise ein böser Geist durch Dich spricht und daß Du das Böse hierhergebracht hast.«

»Ist das deine Meinung?«

Er kräuselte die Lippen. »Ich befasse mich nicht mit Geistern, sondern nur mit dem, was ich sehe. Und ich sehe, daß Du vielleicht einen Grund hast zu lügen, um Deinen Boten vor Yerlan zu schützen.«

»Ich lüge nicht.«

»Das kann ich nicht beurteilen, Herrin.«

Ich streckte ihm die Hände entgegen. »Bitte, hör auf Mich!«

»Ich habe mein ganzes Leben lang dem Häuptling und seinen Vorgängern gedient. Ich werde mich jetzt nicht gegen ihn wenden, zu einem Zeitpunkt, da unsere Gruppe ihn vielleicht am dringendsten braucht. Du wärest besser beraten, wenn Du dem Häuptling keinen Grund gäbest, seinen Zorn auf Vilan abzulassen. Er ist immer noch der beste meiner Schüler, die die Heilkunst von mir erlernt haben, und es täte mir leid, wenn ich ohne sein Können auskommen müßte.«

Ich ging zur Hütte zurück. Yerlan lag ausgestreckt neben Nallei und streichelte ihr die Hand. Er richtete sich ein wenig auf, um sich auf einen Ellbogen zu stützen und zu mir herüberzusehen. »Ich höre Ihr Stöhnen«, sagte er. »Ich fühle Ihren Schmerz.« Nalleis Lippen bewegten sich; er beugte sich über sie.

Als Wirlan sich ihm näherte, setzte er sich auf. »Heilkundiger, ich muß dich jetzt etwas fragen. Was würdest du für einen Mann tun, der solches Leiden durchmacht?«

Wirlans Gesicht wurde verschlossen. »Ich sollte dir das nicht sagen, denn es handelt sich um ein Geheimnis meines Berufsstandes. Es gibt ein Mittel, das ich verabreichen kann, um einen leichten Tod herbeizuführen.«

Yerlan wiegte Nalleis Kopf in seinen Armen. »Wenn du Sie so heilen könntest, daß Sie wieder wird wie früher, könnte ich den Anblick Ihres Leidens ertragen. Wenn du die Krankheit und die Schmerzen von Ihr nehmen könntest und Sie bliebe dabei so, wie Sie jetzt ist, wäre ich glücklich, daß Sie lebt, und die Erinnerung an Ihre Schönheit würde Sie mir wieder schön erscheinen lassen. Aber ich ertrage es nicht, Ihr langes Leiden mitansehen zu müssen, wenn es keine Hoffnung mehr gibt.«

»Es gibt keine Hoffnung mehr, Häuptling.«

»Dann weißt du, was du zu tun hast«, sagte Yerlan. Wirlan nickte. »Bereite dein Mittel zu, und gehe dann zu Balan und dem Jungen. Ich möchte, daß sie ins Lager zurückkehren und jene Männer holen, die mir am nächsten stehen. Wir werden ihnen nichts von deinem Mittel sagen. Sie sollen nicht erfahren, daß wir es sind, die Ihren Geist letztendlich befreien.«

Yerlan blieb für den Rest des Tages bei ihr sitzen. Er war es, der sie reinigte, ihr die geringen Mengen, die sie aufnehmen konnte, zu trinken gab, sie mit einem Fell bedeckte, wenn sie zitterte, und ihr beruhigende Worte zuflüsterte. Ein abgedeckter Krug mit Wirlans Mittel stand neben ihm, doch er scheute sich, es ihr zu verabreichen.

Er ließ nicht zu, daß ich mich um Nallei kümmerte. Tränen glitzerten in seinen dunklen Augen, doch er hielt sie zurück. Ich dachte an die vielen Male, da er die Hütte betreten hatte, und an das grausame Lächeln in seinem Gesicht, wenn Nallei mich weggeschickt hatte, damit er bei ihr liegen konnte. Ich hatte damals keine Zärtlichkeit an ihm bemerkt.

Am späten Nachmittag hörten wir unten Stimmen. Wirlan stand auf. »Häuptling, deine Männer nähern sich«, sagte der Heilkundige. »Die Zeit ist gekommen.«

Yerlan schloß für einen Moment die Augen, dann griff er nach dem Krug und goß die Flüssigkeit in einen Becher. Er stützte Nallei, während sie trank. Ich sah zu, während er ihr einen zweiten Becher gab; er scheuchte mich mit einer Handbewegung weg, als ich mich zu nähern versuchte.

Die Männer standen am Fuße des Hügels zusammen; Arvil war nicht unter ihnen, obwohl ich wußte, daß Nallei sich das gewünscht hätte. Wirlan hob die Arme. »Der Körper der Herrin wird immer schwächer«, sagte er. »Ich glaube, Ihr Geist wird uns bald verlassen.«

Die Männer hatten von ihrem möglicherweise bevorstehenden Tod gewußt, doch einige stießen bei der Nachricht ein Wehgeschrei aus; Aklan schlug sich die Hände vors Gesicht und lehnte sich an Balan. Nur Tulan, der den Kopf gesenkt hielt, war ganz ruhig. Ich sah, daß Nallei Yerlan etwas zuflüsterte, während er ihr die Arme auf der Brust verschränkte.

Ich konnte mich nicht länger beherrschen. Ich huschte neben sie und beugte mich über sie, ohne auf Yerlan zu achten. »Ich bin hier«, flüsterte ich.

»Und du wirst leben, mein Kind«, sagte sie schwach. »Dank deiner Hilfe.«

Sie schloß die Augen. Die Männer sprachen flüsternd

Gebete. Ich wußte, daß sie dahingegangen war, als Yerlan sich über ihren Körper warf und weinte.

Die Männer fielen zu Boden und schlugen die Köpfe auf die Erde, die sie mit den Haaren bedeckten. Wirlan zog den Häuptling an den Schultern hoch und half ihm auf die Beine.

»Wir dürfen nicht weinen«, sagte Yerlan schließlich. »Das Leiden Ihres Körpers hat ein Ende gefunden, und Ihr Geist wird weiterleben. Es ist Zeit, daß wir Ihren Körper begraben und Ihres Geistes gedenken. Heute hat uns die Herrin ein Zeichen gegeben. Ihr Schiff ist gekommen, um den Geist dieser Heiligkeit zur Göttin zu berufen. Jetzt ist Ihre Seele frei, und das Böse, das über dem See liegt, wird hinweggehoben werden.«

Die Männer machten sich daran, auf der Lichtung ein Grab auszuheben. Ich wußte, daß sie einige Worte von mir erwarteten, doch ich konnte nicht sprechen, da ich dabei hätte weinen müssen. Der Abend war hereingebrochen, als Yerlan ihren Körper in das Grab legte. Ich stand neben Wirlan und hielt meine Tränen zurück, während Nallei mit Erde bedeckt wurde.

Yerlans Blick wanderte von dem Grab zu mir; dann hob er die Hand. Seine Tränen waren getrocknet; der harte Ausdruck, mit dem ich so sehr vertraut war, war in sein Gesicht zurückgekehrt. »Die Heiligkeit hat mir Ihre letzten Worte zugeflüstert«, sagte er, »und ich muß sie euch jetzt verkünden. Sie ist dahingegangen, doch eine Heiligkeit lebt noch immer unter uns. Ein Teil Ihres Geistes verbleibt in dieser Verkörperung.« Er machte eine Handbewegung in meine Richtung. »Sie hat mir gesagt, daß es nunmehr Aufgabe dieser Heiligkeit ist, Ihre Pflichten zu übernehmen. In drei Tagen wird wieder Vollmond sein. Die Herrin wird in unser Lager getragen werden, und Sie wird sich mit dem Vorbeter besprechen; anschließend wird Sie, nachdem wir hierher zurückgekehrt sind, mir Ihre Segnung zuteil werden lassen.«

Ich starrte ihn voller Entsetzen an, zu erschüttert, um ihm zu widersprechen. Meine Beine zitterten; ich trat zurück und lehnte mich an die Wand der Hütte. Yerlan sprach noch immer zu den Männern. »Kehrt ins Lager zurück, ihr alle. Berichtet den anderen, daß unsere Sorgen vorüber sind und daß die Herrin wieder auf uns herablächeln wird. Tulan wird bei meinem Boot auf mich warten, während ich hier beten werde.«

Die Männer entfernten sich von dem Grab. Geschwächt von Kummer und Angst sank ich zu Boden. Yerlan stand mit gesenktem Kopf am Grab.

»Du hast gelogen«, sagte ich schließlich. »Ich kann mir denken, welches die letzten Worte meiner Freundin gewesen sind. Niemals hätte sie so etwas gesagt.«

Er hob den Kopf. »Ich habe gewartet. Ich habe mir gewünscht, sie würde sagen, daß sie es bedauerte, dieses Leben verlassen zu müssen, daß sie mein Verlangen verstünde, daß sie mich gern bei sich hatte.« Er sprach nicht mehr in der formellen Ausdrucksweise über Nallei, derer sich die Männer bedienten, wenn sie über uns redeten; ich straffte mich. »Ich wollte sie trösten, und sie erklärte mir nichts anderes, als daß sie mich endlich los sein würde, daß sie sterben wollte, daß sie sich auf den Tod freute. Selbst in diesem Augenblick bedeutete ich ihr gar nichts.« Er schwenkte eine Faust. »Trotz all der vielen Male, die ich zu ihr gegangen bin, trotz all der Lust, die ich bei ihr empfunden habe – nie konnte ich bei ihr das gleiche Gefühl hervorrufen. Sie wehrte sich nicht gegen mich; selbst das hätte meine Leidenschaft ein wenig gesteigert. Sie ertrug mich und trank ihren Wein, damit sie vergessen konnte.«

»Es lag nicht in Ihrer Macht, derartige Gefühle für dich zu empfinden«, sagte ich.

»Ich begehrte sie, und sie erduldete mich lediglich. Es geschah manchmal, daß mich meine Potenz im Stich ließ und mein Glied nicht steif wurde. Sie sagte, daß mir möglicherweise das Mittel die Kraft geraubt habe, doch ich habe kaum davon getrunken. Ich brauchte es nicht, um sie zu begehren, um sie anzubeten. Sie war es, die mir die Kraft raubte.«

»Sie haßte es, von Männern berührt zu werden«, sagte ich. »Du hättest liebevoller sein, mehr auf sie eingehen sollen, als ein Freund, der sich ihr nicht gewaltsam aufdrängte, aber das hast du nicht geschafft. Lieber hast du dir genommen, was du wolltest, selbst von einem Menschen, der deinen Anblick nicht einmal ertragen konnte.« Es war gleichgültig geworden, was ich sagte; er konnte mir kaum noch mehr antun.

»Ich habe mir gewünscht, daß sie sich auf mich gefreut hätte, doch sie wich meiner Berührung aus. Du wirst mir niemals das bedeuten, was sie mir bedeutet hat, doch vielleicht kann ich meinen Kummer mit dir vergessen. Ich weiß jetzt, daß du die Berührung eines Mannes nicht verachtest.«

Ich spürte, wie mir das Blut aus dem Gesicht wich. »Was willst du damit sagen?« flüsterte ich.

Er kam auf mich zu; ich konnte ihm nicht in die Augen sehen. »Ich verfüge über aufmerksame Beobachter. Tulan war mein Kundschafter. Er hat gesehen, was sich zwischen dir und Vilan abgespielt hat. Vilan hat sich töricht verhalten. Er hat zugelassen, daß der Junge ihn begehrte, ohne seine Liebe zu erwidern. Er hat nicht bedacht, daß die Liebe des Jungen in Haß und Rachegelüste umschlagen könnte. Vilan wiegte mich in dem Glauben, er läge bei dem Jungen. Es wäre klug von ihm gewesen, das tatsächlich zu tun, doch er war damals dem Bann der Herrin unterworfen, jenem Bann, der einen Mann daran hindern kann, sich zu anderen Männern zu begeben.«

Meine Brust war so zugeschnürt, daß ich kaum atmen konnte.

»Der Junge merkte, daß Vilan dich begehrte«, fuhr er fort. »Er beobachtete, daß ihr hier oft allein miteinander wart und daß ihr zusammen in den Wald geritten seid.

Er folgte euch in einiger Entfernung und entdeckte die Stelle, zu der ihr gingt. In diesem Frühling fing er an, euch dort aufzulauern; er verbarg sich, damit ihr ihn nicht wahrnahmt. Er hat beobachtet, was du und Vilan unter den Bäumen gemacht habt.«

»Er hat gelogen«, gelang es mir zu sagen. »Er versucht, dich gegen Arvil aufzuhetzen.«

»Er hat nicht gelogen. Eine solche Geschichte konnte nicht erlogen sein. Er wartete, und ihr tauchtet dort auf. Er sah, wie sich dein Körper auf seinem bewegte, und er beschrieb, was ihr gemacht habt. Als er es zum ersten Mal sah, überkam ihn Angst – er befürchtete, du könntest ihn bestrafen, weil er es gesehen hatte, also behielt er sein Wissen für sich, in der Annahme, es könnte sich vielleicht um irgendein heiliges Ritual handeln, das er nicht verstand. Dann trocknete das Land aus, kein Regen fiel, und allmählich wuchs in ihm der Glaube, daß ihr, du und Vilan, diesen Fluch auf uns herabbeschworen habt. Er wußte, daß wir nicht bei dir liegen durften, doch mit ihm lagst du zusammen. Wenn Vilan ihm Liebe gegeben hätte, hätte er sein Geheimnis vielleicht für sich behalten, doch Vilan tat es nicht. Tulan belauschte euch, als ihr eure Flucht plantet. In diesem Moment wußte er, daß er sich mir anvertrauen mußte. An jenem Morgen, bevor das Omen erschien, verriet er mir euer Geheimnis. Er hat mir viel von der Art und Weise enthüllt, in der du dich mit Vilan der Lust hingegeben hast.«

Ich drückte mir die Hände auf den Bauch, aus Angst, mir könnte übel werden. »Es steht dir nicht zu, Mein Verhalten in Frage zu stellen«, sagte ich. »Du weißt, was Ich bin. Möchtest du einen noch größeren Fluch auf euch herabbeschwören?«

»Du kannst keinen Fluch bewirken«, murmelte er. »Du verfügst über keinerlei Macht. Ich habe vor langer Zeit bei deiner Freundin erfahren, daß sie ein Geschöpf wie wir war, denn ich kannte ihren Körper gut. Ich erfuhr, daß sie keinerlei Macht über uns hat, daß ich tun konnte, was ich wollte. Doch es war mir dienlich, diese Erkenntnis für mich zu behalten, um meinen Stand als Häuptling zu festigen. Es war mir dienlich, auch sie selbst in dem Glauben zu lassen, daß ich sie immer noch anbetete, damit sie mich nicht an andere verriet. Mit uns beiden wird es anders sein. Du wirst mich erleben, wie ich wirklich bin, und ich kenne die Wahrheit über dich.«

»Ich werde niemals bei dir liegen«, sagte ich. »Wenn du mich ins Lager bringen läßt, werde ich dich verraten – ich werde dich vor allen der Lüge bezichtigen.«

»Dann wird Vilan der erste sein, der stirbt.« Er zog mich hoch und schob mich gegen die Wand der Hütte. »Bedenke sein Schicksal, bevor du etwas sagst. Tulan wird dein Geheimnis fürs erste bewahren, aber wenn ich nicht von dir bekomme, was ich will, wird er offenbaren, was er weiß. Dann brauche ich Vilans Tod nicht einmal zu befehlen – die Männer werden ihn auch so umbringen, weil er einen Fluch auf uns herabbeschworen hat.«

Er zerrte an meinem Hemd, während ich mich heftig gegen ihn zur Wehr setzte. »Laß mich los!« fauchte ich schwach. Er zog mich von der Wand weg und schob mich durch den Eingang der Hütte; ich fiel auf den Boden aus fester Erde.

Er kam auf mich zu; ich versuchte, ihn mit strampelnden Beinen wegzutreten. Er packte meine Fußknöchel und zwängte gewaltsam meine Beine auseinander; dann ließ er sich auf mich fallen und nagelte mich am Boden fest. Meine Hand schoß auf sein Gesicht zu, bereit, ihm die Augen auszukratzen; er drückte mich mit einem Arm nach unten, während er an meinem Gürtel herumhantierte.

Die Griffe, die Arvil mir beigebracht hatte, waren in dieser Situation nutzlos. Seine nackte Brust war ein so schweres Gewicht, daß mir die Luft wegblieb; ich befürchtete, ohnmächtig zu werden. Er drehte sich gegen mich, während er die Schnalle seines Gürtels öffnete. Ich spannte mich, biß die Zähne zusammen.

»Jetzt verstehe ich, warum sie dich gehaßt hat«, sagte ich mit dem letzten Rest Atemluft, der mir noch geblieben war. »Sie haßte dich, und sie machte sich über dich lustig, und manchmal hatte sie sogar Mitleid mit dir.« Er betastete mich so grob, daß es weh tat. Ich versteifte mich und wandte den Kopf von ihm ab, unfähig, mich weiterhin zur Wehr zu setzen.

Er drückte sein schlaffes Glied an mich, dann ließ er sich auf die Fersen zurücksinken. Seine Hand versetzte mir einen kräftigen Hieb ins Gesicht; ich hielt dem Schlag stand und schmeckte Blut. »Die Kraft hat mich verlassen«, murmelte er. »Verfügst du vielleicht doch über eine böse Macht?« Er hob den Arm, als ob er mich erneut schlagen wollte; dann stand er taumelnd auf. »Wenn ich das nächste Mal zu dir komme, tust du gut daran dafür zu sorgen, daß es besser geht. Wenn ich nicht erregt bin, wirst du dir etwas ausdenken, um mich zu erregen, oder du wirst Vilan sterben sehen.«

Als er im Begriff war, durch die Tür nach draußen zu treten, sagte ich: »Du wirst Arvil mitbringen, wenn du kommst, um mich ins Lager abzuholen. Sonst habe ich lediglich dein Wort, daß er noch am Leben ist.«

»Ich werde mitbringen, wen ich will.«

»Du wirst Arvil mitbringen. Sobald ich weiß, daß er in Sicherheit ist, werde ich alles tun, was du willst.« Ich zwang mich, diese abscheulichen, bitteren Worte auszusprechen. »Du wirst es nicht bereuen, Yerlan. Ich möchte, daß er wieder seine frühere Stellung einnimmt und von dir geehrt wird, ich möchte eine Garantie, daß ihm kein Leid geschieht, dann wirst du erleben, welche Wonnen ich dir bescheren kann; wenn du ihm jedoch etwas zuleide tust, wird sich deine Potenz niemals wieder einstellen.«

Er entfernte sich mit steifen Schritten von der Hütte,

ohne zu antworten. Ich verzog mich in eine Ecke und legte mich nieder, körperlich geschunden und von innerem Schmerz erfüllt. Ich hatte wenig Hoffnung, daß Arvil lange verschont werden würde. Yerlans Eifersucht würde immer stärker werden; oder Tulan würde irgendwann den anderen sein Wissen verraten; und früher oder später, davon war ich überzeugt, würde wieder ein Schiff kommen und einen Schlag gegen dieses Lager führen. Ich hatte lediglich die Hoffnung, daß ich Arvil noch ein einziges Mal sehen würde, bevor er für immer für mich verloren wäre. Ich wollte ihn wissen lassen, daß er es war, den ich liebte, was immer Yerlan ihm jetzt berichten mochte.

Am nächsten Morgen saß ich in meiner Hütte und starrte mein Messer in dem Bewußtsein an, daß ein Stoß in meine Kehle mich von allem befreien würde. Nallei hatte gewollt, daß ich irgendwie überlebte. Arvil würde leiden müssen, wenn Yerlan entdeckte, daß ich mir das Leben genommen hatte; der Häuptling würde ihm keinen leichten Tod bereiten.

Schließlich ging ich nach draußen. Der Himmel war immer noch klar, aber die Luft war schwüler geworden. Ich holte meine Schleuder hervor und zielte mit den Steinen auf die Bäume, wobei ich mir bei jedem Baum vorstellte, es sei Yerlan. Der Häuptling würde zu mir kommen und mit mir in die Hütte gehen. Arvil hatte mir gezeigt, daß ich einen Mann lieben konnte; Yerlan würde mich lehren, alle Männer zu hassen. Ich suchte den Himmel in der Hoffnung ab, daß ein Schiff auftauchen würde; ich wollte sterben, bevor Yerlan das abtötete, was in meiner Seele und meinem Herzen übriggeblieben war.

Ich schob die Schleuder unter meinen Gürtel und stieg den Pfad hinab. Am Fuße des Hangs saßen Aklan und Resilan und bewachten die Insel; Resilan stand auf. »Welches ist Dein Begehr, Heiligkeit?«

Ich schwieg.

»Es wird regnen«, sagte Aklan und wandte den Kopf. »Ich spüre es in den Knochen. Wir werden von nun an von Dir auf vielerlei Weise gesegnet werden.« Ein neuer Ausdruck der freudigen Erwartung lag in ihrem Blick: die Hoffnung auf Regen, der Wunsch, daß ich sie bald an meine Seite berufen würde.

Ich verließ sie und ging an der Küste entlang. Ich würde mich auf keinen Fall ins Lager bringen lassen; ich würde einen Weg finden, das zu verhindern, um jeden Preis.

Der Abend brach herein, als Yerlan kam, um mich abzuholen. Ich hatte mich vorbereitet, hatte den Bogen erprobt, den Arvil für mich angefertigt hatte. Ich band mir die Haare zurück, schulterte den Köcher und ging zum Pfad.

Ich folgte dem Weg bis kurz vors Ufer, dann verließ ich ihn und kroch zwischen die Bäume. Resilan und Aklan saßen auf den Steinen und warteten, während sich ein anderes Boot der Insel näherte. Ich zuckte zusammen, als ich Arvils blondes Haar im Dämmerlicht sah. Er saß im Bug des Kahns, die Hände an die Seiten gelegt, während Yerlan hinter ihm paddelte.

Die Männer dort unten hatten mich nicht gehört. Ich hatte während des Tages geübt, mich lautlos dicht an sie heranzuschleichen, ohne mich bemerkbar zu machen. Ich stand an einen Baum gelehnt da, während das Boot immer näher kam.

Resilan stand auf und zog Yerlans Boot an Land. Als Arvil vom Boot stolperte, stellte ich fest, daß seine Beine gefesselt waren.

Yerlan legte das Paddel aus der Hand, nahm einen Speer und reichte Aklan einen Lederriemen, während er an Land trat.

»Fessele Vilans Hände«, sagte Yerlan.

»Warum ist er gefesselt?« fragte Resilan.

»Vilan hat noch nicht begriffen, welches sein Platz

ist«, antwortete Yerlan. »Ich glaube, wenn er freigelassen würde, würde er selbst jetzt noch versuchen, mich anzugreifen.« Er legte eine Hand an Arvils Hals, während Aklan dessen Arme hinter dem Rücken zusammenband. »Dann müßte ich ihn töten, und ich möchte einen so guten Mann nicht verlieren. Ich muß ihn vor sich selbst schützen. Er hat eine Heiligkeit zu uns gebracht, und die Herrin wäre bestimmt traurig, wenn er unsere Freude heute abend nicht teilen könnte. Sein Zorn wird sich legen, wenn er sieht, wie wir gesegnet werden, und dann kann ich ihm vielleicht die Fesseln abnehmen. Ich werde ihm erlauben, an unserer Festlichkeit teilzunehmen, selbst in seinem gefesselten Zustand.«

Yerlan spielte mit den Federn an seinem Hals, während er zum Himmel hinaufblickte. »Es wird regnen«, sagte er. »Mir sind die fiedrigen Wolken heute aufgefallen. Und jetzt verdunkelt sich der Himmel.«

»Es wird der Herrin nicht gefallen, wenn Sie Ihren Boten in Fesseln sieht«, gab Resilan zu bedenken.

»Sie wird sich freuen, daß ich ihn vor seiner eigenen Torheit beschützt, daß ich sein Leben bewahrt habe.« Yerlan stieß Arvil mit der Spitze seines Speers an. »Wir werden sehen, welche Weisungen Sie für seine weitere Behandlung erteilt. Wartet hier!«

Resilan runzelte die Stirn. Ich rannte den Hügel hinauf, und zwar so schnell, wie ich es nur wagte, bis ich fast an der Kuppe angekommen war. Ich nahm einen Pfeil aus dem Köcher, legte ihn an den Bogen und wartete unter den Bäumen. Mein Herz schlug so wild, daß ich kaum etwas anderes hörte, doch meine Hände waren ganz ruhig.

Yerlans Stimme trug zu mir herüber. »Dies wird eine neuartige Freude für mich sein«, sagte er. »Bete, daß die Herrin mir alles gibt, was ich wünsche, denn für jeden Spaß, den Sie mir versagt, werde ich dich mit Schmerzen strafen.«

»Sie wird niemals zulassen, daß du mich auf diese Weise behandelst.«

»Sie wird es zulassen. Sie verfügt nicht über die Macht, etwas dagegen zu unternehmen.«

»Mein Leben gehört dir ohnehin. Das wird sie begreifen. Tulan wird nicht ewig schweigen – er wird berichten, was er weiß, und dann werden deine Männer meinen Tod verlangen. Du wirst niemals das von Ihr bekommen, was du willst.«

Ich hörte, wie eine Hand auf Fleisch klatschte. »Tulan wird schweigen, solange ich es wünsche. Wenn er sieht, daß du lebst und dafür leidest, daß du ihn verschmäht hast, wird ihm das mehr Genugtuung bereiten als dein Tod, der dir Frieden bringen würde.

Die Herrin wird eine Zeitlang tun, was ich von ihr will, um dich am Leben zu halten, und dann werde ich Sie lehren, mich zu begehren. Erst dann wirst du sterben, Vilan – wenn sie sich nichts mehr aus dir macht.«

Endlich waren sie ganz in meiner Nähe. Arvils Gang war steif, behindert durch den Strick zwischen seinen Knöcheln. Yerlan war hinter ihm, er hielt den Speer auf Arvils Rücken gerichtet. Sie betraten die Lichtung, wobei ihre Rücken mir zugekehrt waren. Arvil taumelte nach vorn und fiel auf die Knie.

»Heiligkeit«, rief der Häuptling.

Ich trat aus den Bäumen und zielte. Der Pfeil zischte durch die Luft und bohrte sich in Yerlans Rücken. Er schwankte, drehte sich um und starrte mich an. Seine Augen waren vor Überraschung weit aufgerissen. Ich sah keine Wut in seinem Gesicht, nur Schmerz und einen seltsamen flehenden Ausdruck.

In diesem Moment hätte mich beinahe der Mut verlassen. Er hielt noch immer den Speer in der Hand und würde ihn vielleicht auf mich schleudern, während ich mit einem zweiten Pfeil zielte, doch er hob die Waffe nicht. Der zweite Pfeil traf ihn am Halsansatz. Er ließ den Speer fallen, griff sich an die Kehle und taumelte nach vorn.

Ich rannte zu Arvil und schnitt mit meinem Messer seine Fesseln auf. Er kroch zu Yerlan, tastete seinen Körper ab und zog ein Messer aus dem Gürtel des Toten. »Meine Waffe«, murmelte er. »Er hat mir auch sie abgenommen.« Er ließ sich auf die Fersen zurücksinken. »Du hast unseren Peiniger getötet, Birana, aber du hast uns jede Möglichkeit zur Flucht genommen.«

Mir wäre beinahe schlecht geworden. Arvil stand auf und fing mich auf, bevor ich zu Boden sackte. »Das ist jetzt gleichgültig; wir sind ohnehin bereits so gut wie tot.« Ich konnte Yerlan nicht ansehen. »Er hätte mich leicht töten können. Etwas hat ihn davon abgehalten.« Ich zitterte am ganzen Körper, als ich mich an ihn lehnte.

»Aklan und Resilan warten. Wenn er nicht zu ihnen zurückkehrt, werden sie heraufkommen. Bist du bereit, auch ihnen das Leben zu nehmen?«

»Ich weiß nicht«, sagte ich schwach. »Ich habe bereits getötet. Vielleicht fällt es einem leichter, je häufiger man es macht.« Ich schob seine Arme weg. »Ich wollte seinen Tod, ohne mir Gedanken darüber zu machen, was danach käme. Jetzt können wir wenigstens gemeinsam sterben.«

»Nein, Birana, sein Tod soll nicht bedeuten, daß wir neben ihm liegen müssen.« Er hob den Kopf. »Yerlan hatte recht, als er sagte, daß es bald regnen würde. Ich spüre, daß ein Gewitter bevorsteht.«

Der Wind wurde stärker, die Bäume über uns wogten. Ich war so sehr auf mein Tun konzentriert gewesen, daß ich nicht auf den Himmel geachtet hatte. »Die Wolken werden sich verdichten«, fuhr er fort, »und den Mond verdecken. Vielleicht gibt uns das eine geringe Chance. Eins der Boote dort unten kann uns von hier wegbringen. Wenn es dunkel genug ist, wird man uns möglicherweise nicht sehen.«

»Es sind aber auch noch die beiden Männer dort unten«, warf ich ein.

»Schick sie weg. Sag ihnen, daß du hier bei Yerlan liegen und ins Lager kommen wirst, wenn das Gewitter vorüber ist. Sie werden auf dich hören. Erkläre ihnen, daß du auf diese Weise den Fluch aufheben wirst.«

Ich legte Köcher und Bogen ab und machte mich auf den Weg. Arvil hob meine Waffe auf und folgte mir. Die Flucht würde uns niemals gelingen, was Arvil auch denken mochte. Vielleicht verdunkelte sich der Himmel ausreichend, damit wir von dieser Insel wegpaddeln konnten, doch selbst wenn wir nicht gesehen würden, würde uns das Unwetter zwingen, an Land anzulegen. Wenn der Regen einsetzte, müßten wir zu Fuß weiterfliehen. Wahrscheinlich würde am Morgen jemand kommen, um nach Yerlan zu sehen; Tulan würde seine Geschichte preisgeben, sobald er erführe, daß der Häuptling tot war. Die Gruppe würde nicht zur Ruhe kommen, bevor sie uns eingeholt hätte. Im besten Fall würden wir noch ein paar wenige Tage gewinnen.

Arvil verließ den Pfad und versteckte sich zwischen den Bäumen, während ich auf die Felsen zuging. Jenseits der Bucht, drüben im Lager, flackerten Fackeln auf dem freien Platz, wo die Männer auf mich warteten. Der Wind heulte ein wenig, dann erstarb er.

Aklan stand auf. »Es wird ein Gewitter geben«, sagte ich schnell. »Es ist Mein Wunsch, ebenso wie der des Häuptlings, daß ihr zum Lager zurückkehrt, bevor der Regen einsetzt. Ich werde Mein Ritual mit ihm hier zelebrieren, gemeinsam mit dem Boten, den er vor Schaden bewahrt hat. Auf diese Weise werde Ich diese schlimme Zeit beenden.«

Die beiden Männer schwiegen. »Geht!« befahl ich.

»Warum ist der Häuptling nicht selbst gekommen, um uns Deine Wünsche mitzuteilen?« fragte Aklan.

Ich suchte nach Worten. »Er bereitet sich auf Meine Segnungen vor«, antwortete ich. »Geht!« Aklan und Resilan zögerten. Ich preßte für einen Moment die Lippen zusammen. »Gehorcht Mir, dann kann es sein, daß Ich euch in Kürze zu Mir berufe.«

Sie verneigten sich und schoben ihr Boot ins Wasser. Ich sah ihnen nach, während sie in den See hinausglitten. Die Wasseroberfläche wurde welliger; ihre Arme hoben und senkten sich schnell beim Paddeln. Entferntes Singen drang aus dem Lager herüber, ein Lied über die Gnade, die die Herrin jenen Männern zuteil werden ließ, die Ihrer wert waren. Die Sonne war hinter Wolken verschwunden, die aus westlicher Richtung heranzogen.

Arvil kam heraus und ließ sich neben mir auf einem Felsen nieder. »Mein Leben hier war gut«, sagte er, »bis vor kurzem. Ich habe viel gelernt, und ich habe Freunde gewonnen. Ich hatte deine Liebe.« Er sprach so, als ob er wüßte, daß sein baldiger Tod bevorstünde.

Ich griff nach seiner Hand. Vielleicht war dies der letzte friedliche Augenblick, der uns beschert sein würde. Die Männer im Lager sangen und tanzten. Donner grollte leise und verstummte; ich hörte ein schwaches Dröhnen.

Arvils Haltung straffte sich, als das Dröhnen lauter wurde. »Ein Schiff«, flüsterte ich.

Er packte mich, und wir rollten gemeinsam ins Wasser; dann versteckten wir uns unter den Felsen, die aus dem Ufer der Insel herausragten. Das Leuchten von drei Schiffen erschien im Süden, über dem Hügel oberhalb des Lagers. Wir tauchten noch tiefer unter den Felsen, bis uns das Wasser bis zum Hals reichte. Arvil hielt mich fest umfangen. Die Männer warteten noch immer auf dem freien Platz und beobachteten, wie sich das Schiff näherte. Freudenschreie wurden laut.

Lichtstreifen erhellten die Nacht, als Strahlen ihr Ziel fanden. Flammen loderten von den strohgedeckten Dächern der Hütten auf. Männer stürzten von der Mauer, während andere hilflos zum See rannten. Resilan richtete sich in seinem Boot auf, als ihn ein Strahl traf.

Ich drückte das Gesicht an Arvil, unfähig, dem Schauspiel zuzusehen, doch die Schreie der sterbenden Männer drangen zu uns herüber. Wir kauerten uns unter den Felsen, vor den Augen des Schiffes verborgen. Strahlen schlugen hinter uns ein; ich roch Qualm und brennendes Holz. Das Dröhnen wurde etwas leiser und dann wieder lauter, als die Schiffe einen erneuten Angriff auf das Lager flogen.

Strahlen schossen aus den Schiffen; im Lager zuckte eine helle Explosion auf. Die Behausungen brannten, Männer lagen verstreut am Boden. Der Wind fuhr in die Flammen und riß Fetzen von brennendem Stroh über den flachen Erdwall. Männer flohen von dem freien Platz; sie schrien auf, wenn sie von Strahlen getroffen wurden.

Ich verbarg erneut die Augen. Arvil vergrub das Gesicht in meinen Haaren, sein Körper bebte. Und immer noch setzten die Schiffe ihre Angriffe auf das Lager fort; bei jedem Rückzug wurde ihr Dröhnen leiser, bei jeder Wiederkehr lauter. Ich wußte, daß sie nicht innehalten würden, bevor nicht auch der letzte Mann tot war.

Hinter uns brannte die Insel. Ich hustete und hielt mir die Hand vor Mund und Nase. Qualm brannte mir in den Augen. Funken sprühten zwischen den Bäumen jenseits des Lagers. Der gefleckte Wald stand plötzlich in Flammen.

Über uns dröhnten die Schiffe, flogen über das Lager und verschwanden im Süden. Das Land um die Bucht herum war ein einziges Inferno; ich erhaschte einen Blick auf ein Reh, das versuchte, am Ufer den Flammen zu entkommen. Das einzige Geräusch war jetzt das Brüllen und Krachen des Feuers. Ich hatte Angst, den Schutz des Felsens zu verlassen, selbst als ich überzeugt davon war, daß die Schiffe verschwunden waren. Bald war der Qualm so dicht, daß ich mühsam nach Luft japsen mußte und mein Gesicht dicht am Wasser hielt. Meine Beine waren gefühllos; ich glitt unter Wasser. Arvil zog mich wieder hoch und stützte mich.

Der Himmel polterte, Blitze zuckten über dem Qualm auf. Arvil zog mich schnell ans Ufer hinauf. Donnergrollen drang an meine Ohren, während strömender Regen einsetzte. Die Flammen züngelten noch eine Weile weiter. Der Regen überflutete uns und peitschte auf den See herab, bis das Feuer erstarb.

Das Gewitter hörte vor dem Morgengrauen auf. Wir stiegen schweigend zur Hütte hinauf. Der Weg war gesäumt von verkohlten, verbrannten Bäumen. Ich sah keinerlei Anzeichen von Leben.

Die Hütte war ein Hügel aus Asche und verbrannten Balken. Yerlans Leiche lag unter einem schwarzen Baumstamm.

Ich kniete nieder und durchsuchte das Durcheinander, zu verstört und fassungslos, um mich darum zu scheren, ob ich etwas fand oder nicht. Fast alles war zerstört – die Kleidung, die Felle, die Körbe mit Nahrung. Ich wühlte in der Asche und fand einen Krug mit Wein; dann setzte ich mich nieder und drückte die Handballen gegen die Augen. Ich haßte meinesgleichen, haßte mich selbst.

Arvil stand neben Yerlans Leiche. »Vielleicht hast du ihm eine Gnade erwiesen«, sagte er. »Wenigstens brauchte er das hier nicht mehr zu erleben.«

Nallei hatte mir, ohne es zu wissen, das Leben gerettet. Ihre Stadt, oder irgendeine andere, hatte mich gerettet, weil sie sich vergewissern wollte, daß sie wirklich tot war und daß alle Männer, die ihr Geheimnis kannten, ebenfalls tot waren. Doch jetzt erschien es sinnlos, daß mir das Leben geschenkt worden war. Der Kampf ums Überleben war der Grund für all unser Tun gewesen, einschließlich der grausamsten Handlung. Damit Arvil leben konnte, mußte Yerlan sterben. Damit die

Erde leben konnte, hatten Männer sterben müssen, bevor sie die Erde erneut bedrohen konnten.

Ich hob den Blick. Jetzt, da die Baumwipfel und die Blätter verbrannt waren, konnte ich das Lager vom Hügel aus sehen. Ich sah keine Bewegung, kein Anzeichen, daß irgend jemand überlebt hatte. Die Männer mußten während jenes kurzen Augenblicks, bevor die Strahlen zugeschlagen hatten, die Schiffe für ein gutes Omen gehalten haben; sie hatten leichte Ziele abgegeben.

Arvil setzte sich neben mich. Ich trank aus dem Krug und reichte ihn ihm; er trank nicht. Ich nahm ihm den Krug aus der Hand und kippte noch mehr Wein in mich hinein.

»Das reicht«, sagte er und entriß mir den Krug. »Wir müssen sehen, ob wir noch etwas finden, und dann diesen Ort verlassen.«

»Ich wollte mein Leben nicht um diesen Preis erhalten.«

»Es ist gleichgültig, um welchen Preis du es bekommen hast. Es gehört dir, und mir ebenfalls. Wir müssen ins Lager gehen und mitnehmen, was wir tragen können.«

Er zog mich hoch. Ich war zu schwach, um Einwände zu erheben, also folgte ich ihm zum Boot hinunter. Der Rumpf war angekohlt, aber es war noch stabil genug, um uns über die Bucht zu tragen. Wir kletterten hinein und paddelten zum Lager hinüber.

Die Leichen von Männern lagen überall verstreut am Ufer, auf dem freien Platz, auf dem Kamm des Erdwalls. Die Hütten lagen in Schutt und Asche. Unsere Füße versanken im Schlamm, als wir aus dem Boot sprangen. Neben einer toten Leiche blieb Arvil stehen und bedeckte dessen Gesicht; er weinte. Ich sah hinab und erkannte den verkohlten Leichnam von Tulan.

Arvil wischte sich Tränen aus dem Gesicht. »Wir müssen jetzt mit der Durchsuchung beginnen. Vielleicht finden wir etwas zu essen, einige Speerspitzen oder andere Dinge, die wir gebrauchen können. Möglicherweise finde ich auch noch einige von Wirlans Wurzeln und Kräutern.«

Ich schüttelte den Kopf. »Ich kann nicht...«

Er packte mich am Arm. »Hilf mir jetzt! Wir müssen suchen. Vermeide es eben, die Toten zu berühren.« Er drehte sich um und ging zu den Resten von Wirlans ehemaliger Behausung.

Er hatte natürlich recht. Wir mußten alles Brauchbare zusammensuchen, und zwar schnell. Es war durchaus möglich, daß eins der Schiffe zurückkehren würde, um sich zu überzeugen, daß auch wirklich das gesamte Lager zerstört worden war. In der Nähe war Flügelschlagen zu vernehmen; ich blickte auf. Aasgeier ließen sich bereits auf dem Schutt nieder und pickten auf die Toten ein. Dagelans Leiche lag vor den verbrannten Balken, die einst Yerlans Hütte gewesen waren. Wirlan lag auf einem Jungen, als ob er versucht hätte, ihn gegen die Schiffe zu beschützen. Weitere Leichen von weiteren Männern säumten den Weg, der durch die Gärten führte; sie waren bei dem Versuch, zu fliehen, von den Strahlen getroffen worden.

Ich suchte lustlos und fand nur wenig. Die Vögel stoben vor mir auf, und wenn ich vorbeigegangen war, ließen sie sich wieder nieder. Wir plünderten diesen Ort des Todes und nahmen alles mit, das wir zur Rettung unseres eigenen Lebens gebrauchen konnten.

Nur ein einziges unbeschädigtes Boot war am Ufer verblieben. Wir ließen unser Gepäck in den Kahn fallen und paddelten vom Lager weg. Ich wußte, daß wir uns in östliche Richtung halten mußten; wir paddelten verbissen weiter, wobei wir uns in Ufernähe hielten, und sprachen nicht.

Schließlich sagte Arvil: »Wir müssen jetzt eine Pause einlegen, um uns auszuruhen. Andere Gruppen könnten uns vom Ufer aus sehen. Heute nacht können wir unseren Weg fortsetzen.«

Wir befanden uns in der Nähe eines kleinen Meeresarms. Am Ufer waren einige grüne Bäume und etwas Buschwerk übriggeblieben, ein kleiner unberührter Fleck inmitten verbrannter Bäume. Wir zogen das Boot an Land und versteckten es unter Farnen, dann streckten wir uns am Boden aus.

Ich hatte seit Monaten, seit Jahren einen Traum gehabt. Während der letzten Tage war der Traum plötzlich zu einem Alptraum geworden, und jetzt erwachte ich mit einemmal aus diesem Traum. Alle vergangenen Monate waren von meiner Sehnsucht nach Arvil beherrscht gewesen; mir schien, ich hatte kaum etwas anderes gedacht. Die Männer im Lager waren Phantasieprodukte meines Traums gewesen, die mir nichts hatten anhaben können; ich hatte mich in Sicherheit gewähnt und war leichtsinnig geworden.

Der Traum war vorbei. Ich betrachtete Arvil und fragte mich, wie es kommen konnte, daß meine Sehnsucht nach ihm so groß geworden war. Er erwiderte meinen Blick mit leblosen grauen Augen. Ich begehrte ihn jetzt nicht; vielleicht würde ich ihn nie mehr begehren. Ich dachte an die vielen Male, da wir Yerlans Lager hätten verlassen können, wie wir Nallei hätten überreden können, mit uns zu kommen, solange sie noch bei Kräften war, und wie wir auf diese Weise das Lage vor seinem Schicksal bewahrt hätten. Unsere Körper und unser Traum hatten uns am Handeln gehindert.

Während unseres Aufenthalts bei der Gruppe am See hatten wir erfahren, was am östlichen Ufers des Sees lag. Drei Tage später erreichten wir die Schlucht, wo ein Fluß in den See mündete. Das Wasser hüpfte über Felsen und ergoß sich mit solcher Wucht in den See, daß wir um den Wasserfall herumpaddeln mußten, bevor wir am östlichen Ufer landen konnten. Im Norden, für uns unsichtbar, lag das östlichste Lager der See-Gruppen, und dahinter erstreckte sich unbekanntes Territorium.

Das Feuer hatte sich nicht bis hierher ausgebreitet; das Land erholte sich nach dem kürzlich gefallenen Regen. Blumen sprossen aus dem Boden; winzige grüne Blätter öffneten sich der aufgehenden Sonne.

Ich betrachtete forschend die Schlucht und erkannte sofort, daß wir gegen die starke Strömung des Flusses nicht würden anpaddeln können. Arvil reichte mir einen kleinen getrockneten Fisch. »Wir müssen eine Entscheidung treffen«, sagte er.

»Wir könnten das Boot ein Stück weiter den Fluß hinauf tragen«, sagte ich, »und erkunden, wie es entlang des Ufers aussieht. Auf diese Weise hätten wir Wasser und würden vielleicht an eine Stelle kommen, wo wir das Boot wieder benutzen können.«

»Ebenso wahrscheinlich ist es, daß wir an einen Ort kommen, wo Männer sind.«

»Nicht weit von hier gibt es ein Lager.«

Arvil schüttelte den Kopf. »Es könnte sein, daß man dort keinen Platz für uns hat. Vielleicht haben sie erfahren, was mit Yerlans Männern geschehen ist, und geben uns die Schuld daran.«

Sie hätten recht, wenn sie uns die Schuld daran geben würden, dachte ich. »Jetzt siehst du, was ich dir eingebrockt habe«, sagte ich daraufhin. »Du kannst mich verlassen und dich nach Westen durchschlagen. Irgendeine andere Gruppe wird dich bestimmt aufnehmen, und du könntest alles Vergangene vergessen.«

Seine Mundwinkel zuckten. Seine Bartstoppeln wuchsen allmählich, sein Gesicht war ausgemergelt; es war das Gesicht eines Mannes, der viel durchgemacht hat. Ich erwartete, daß er eins der Gepäckstücke aufnehmen und davongehen würde.

Er legte mir eine Hand auf die Schulter. »Wir werden das Boot zurücklassen. Unser Weg führt uns von nun an nach Osten. Vielleicht finden wir jene Zufluchtsstätte, die du einst gesucht hast.«

»Es gibt keine solche Zufluchtsstätte.«

»Dann werden wir unsere eigene schaffen. Ich werde dich jetzt nicht verlassen. Ich habe zuviel deinetwegen erlitten, so wie du meinetwegen. Es scheint, ich bin an dich gebunden.«

»Du möchtest nicht mehr gebunden sein, nicht wahr?«

Sein Lächeln wirkte verbittert. »Wie auch immer, ich bin es eben.«

Wir schnallten uns die Gepäckstücke auf den Rücken, nahmen die Waffen auf, die wir bei der Plünderung gefunden hatten, und machten uns in Richtung Osten auf den Weg. Ich war der Ansicht, daß wir höchstens die Zuflucht des Todes finden würden, daß dieser oder der nächste Sommer unser letzter sein würde.

Wir fanden Wasser und Fische; ich sammelte Pflanzen und Wurzeln, während Arvil einen Hasen oder einen Vogel erlegte. Wir kamen an einen breiten Fluß, den wir nicht überqueren konnten, und wanderten nach Norden, bis er schmal genug wurde, daß wir auf die andere Seite gelangen konnten. Eines Tages fanden wir Beeren und stopften uns damit so voll, daß uns beinahe übel wurde. Wir ließen den Wald hinter uns und kamen in eine grasbewachsene Ebene, doch nirgends sahen wir ein Anzeichen von Menschen. Und wir setzten unseren Weg immer weiter nach Osten fort.

Ich wurde von Tag zu Tag geschickter im Erjagen von kleinem Wild, und Arvil fand Kräuter und Wurzeln von der Art, wie Wirlan sie gesammelt hatte, doch die Wanderung erschöpfte uns beide. Wir sprachen nicht mehr von der Vergangenheit oder von dem, was vor uns liegen mochte, sondern nur von der Strecke, die wir gehen mußten, und von der Nahrung, die wir vielleicht finden würden. Von Zeit zu Zeit legten wir eine

Pause von zwei oder drei Tagen ein, um unser Lager aufzuschlagen und uns auszuruhen.

Die Nacht kam, in der ich Arvils Hand auf meinem Arm spürte. Wir lagen auf der Kuppe eines Hügels unter einem Schutzdach aus Fell und Holz, das er für uns errichtet hatte. Inzwischen hatte ich mich daran gewöhnt, daß ich neben ihm lag und spürte, wie er sich wegdrehte und für sich selbst blieb, wie er es ganz zu Anfang unserer Wanderschaft gemacht hatte.

Er hielt mich eine Weile fest, dann umarmte er mich, wobei er mir die Lippen auf den Hals drückte. Er liebte mich nicht auf die leidenschaftliche Weise, wie es früher geschehen war, sondern eher so, als ob er Trost suchte; sein Stöhnen war erfüllt von Traurigkeit und Schmerz. Er zog sich von mir zurück, bevor sein Samen sich ergossen hatte, und legte mir den Kopf auf die Brust.

Unsere Liebe war letzten Endes doch nicht gestorben. Wir durften sie nicht sterben lassen. Wir hatten zu teuer dafür bezahlt.

Die Tage wurden kürzer, die Nächte kälter. Die Spuren einer Herde führten uns nach Süden, und wir fanden ein Rehkitz, das von zwei Wölfen gerissen wurde; wir töteten einen der Wölfe und verscheuchten den anderen. Wir mußten uns einen Platz suchen, an dem wir den Winter verbringen konnten, wir mußten uns allmählich Gedanken über einen Unterschlupf und Nahrungsvorräte machen; doch nachdem wir die Überreste des Kadavers getrocknet hatten, setzten wir unseren Weg nach Osten fort. Solange wir uns fortbewegten, bestand die Hoffnung, daß wir einen sicheren Ort finden würden.

Wir gelangten zu Hügeln, die mit einigen Bäumen bewachsen waren, und hier sah ich die Anzeichen der Zerstörung. Dicke Steine und Geröll waren die einzigen Hinweise darauf, daß es hier einst Straßen gegeben hatte; etwas Glas, Klumpen von geschmolzenem Metall und Steinhaufen waren die einzigen Überreste von etwas, das vielleicht einmal eine Siedlung oder eine Stadt gewesen war. Wir durchquerten einen Fluß und stolperten eine Uferböschung hinauf zu einer weiteren Hügelkuppe.

Arvil deutete auf einen Abhang. »Dort könnten wir bleiben«, sagte er. »Wir hätten Wasser. Wir könnten uns einen Unterschlupf bauen und anfangen, Nahrungsvorräte anzulegen. Wir müssen jetzt an solche Dinge denken.«

Ich seufzte. »Wir werden in diesem Landstrich keine Menschenseele finden.«

»Dann werden wir zumindest ungefährdet sein. Vielleicht später, im Frühling...« Seine Stimme erstarb.

Ich durchsuchte das Gestrüpp des Hügels. Ein Stück formloses Metall, ein weiteres Zeichen aus uralten Zeiten, lag unter einem Busch; ich hob es auf und fragte mich, was es wohl gewesen sein mochte, während ich den Hügel umrundete. Am Fuße der Böschung, fast verborgen durch wuchernde Ranken und Zweige, war eine Öffnung. Ich ging näher hin und schob einige Ranken zur Seite; daraufhin blickte ich in die Dunkelheit einer kleinen Höhle.

»Arvil!« rief ich. Er eilte herbei; ich betrat die Höhle und streckte die Hand vor mir aus. Meine Finger berührten eine Metallwand. Ich schob weitere Zweige zur Seite, damit mehr Licht einfiele.

Ich blickte in einen kleinen Raum. In die Decke war ein Lichtschacht eingebaut worden, doch jetzt fiel kein Licht herein. Ich ging weiter hinein und durchquerte den Raum bis zur Wand gegenüber, wo sich Steine und Erde vor einer Tür häuften, dann drückte ich mit der Hand gegen die Wand. Die Tür öffnete sich nicht; ich hatte auch nicht erwartet, daß sie sich bewegen würde. Plötzlich wußte ich, wo ich war.

»Was für ein Ort ist das?« fragte Arvil hinter mir.

»Es ist der Eingang zu einem Schutzbunker.« Meine

Stimme klang hohl. »Diese Schutzbunker waren der Anfang unserer Welt. Männer und Frauen lebten hier unten, zogen ihre Kinder groß, versuchten zu überleben. Die Männer wurden zuerst hinausgeschickt, als der Heilungsprozeß der Erde allmählich einsetzte. Nach einiger Zeit erkannten die Frauen, daß sich das Leben wahrscheinlich besser gestalten ließe, wenn sie von den Männern getrennt lebten.«

»Und jetzt gibt es hier keine Männer und Frauen mehr?«

Ich schüttelte den Kopf. »Sie haben diese Orte vor langer Zeit verlassen.« Ich deutete mit einer Handbewegung auf die Tür. »Wahrscheinlich ist jenseits dieser Tür ein Lift, aber es gibt keine Energie mehr, um den Lift zu betreiben oder auch nur die Tür zu öffnen, damit wir hinunterfahren könnten. Wir würden dort sowieso kaum noch etwas finden.«

Er ließ sich neben mir nieder. Ich dachte an die unterirdischen Gänge, an die Räume, wo einst Männer und Frauen gelebt und sich ans Leben geklammert hatten, bis zu dem nächsten Kampf, jenem, der meinesgleichen für immer von den Männern getrennt hatte. Geister schienen in dem Raum zu hausen, und ich dachte an die Gebeine, die unter dem Boden lagen, an den Staub von Männern und Frauen, der sich im Tod vermischte.

Ich sagte: »Vielleicht könnte uns dieser Ort als Unterschlupf dienen.«

»Irgend etwas hat uns hierher geführt, Birana.« Er stand auf. »Vielleicht ist es ein Zeichen, dieser Ort, wo das Leben seinen neuen Anfang nahm, wo Männer und Frauen einst zusammenlebten.«

Während der nächsten Tage suchten wir die Hügel ab, fanden jedoch keinen weiteren Eingang, der uns in die unterirdischen Gänge geführt hätte. Wir kehrten zu dem Raum zurück, hoben gleich vor dem Eingang einen Feuergraben aus und umgrenzten ihn mit Steinen. Wir hatten in diesem verlassenen Landstrich keine Spur von Menschen entdeckt; es bestand kein Anlaß, unsere Behausung vor den Blicken anderer zu verbergen. Es war unwahrscheinlich, daß ein Schiff über uns hinwegfliegen würde; die Städte hatten dieses Land vor Jahrhunderten aufgegeben.

Wir gingen auf die Jagd und hatten wieder einmal Glück. Eine Herde wilder Rinder war auf dem Weg nach Süden durch die Hügel unterwegs. Wir machten sie ausfindig und hielten Ausschau nach einem schwachen oder langsamen Tier, das mit den übrigen nicht Schritt halten konnte. Wir fanden einen Nachzügler, schleuderten unsere Speere und verfolgten ihn, bis wir ihn vollends erlegt hatten.

Wir zogen das Tier zu unserem Unterschlupf zurück und wußten, daß wir damit für einige Zeit zu essen hatten. Wir kehrten den Raum mit Zweigen aus und legten dann unser geräuchertes Fleisch aus, ebenso wie Kräuter, Beeren, Wurzeln, einige Äpfel, die Arvil in einem Hain nahe des Flusses gefunden hatte, sowie getrockneten Fisch. Unsere Waffen waren ordentlich an die Wand gelehnt, daneben hingen zwei Pelzumhänge und standen zwei Becher, die wir aus dem Lager mitgenommen hatten, sowie Arvils Heilkräuter und -wurzeln. Wir bauten uns aus den Fellen des Rehkitzes und der wilden Kuh ein Lager, und unsere Tragebeutel dienten uns als Kissen.

In dem dunklen Raum, geschützt gegen die Herbststürme, die häufig tobten, und gegen den kalten Regen, der das Land peitschte, konnte ich das Draußen vergessen und mir beinahe vorstellen, ich wäre in die Vergangenheit zurückgekehrt, in eine Zeit, da ein anderer Mann und eine andere Frau sich hier vielleicht aneinandergeklammert hatten.

Wir sammelten weiterhin die Früchte des Waldes und jagten kleines Wild, bis der Winter das Land beherrschte und eine Schneedecke die Hügel bedeckte. Während dieser Monate hielten wir uns in der Nähe unseres Unterschlupfs auf und verließen ihn nur, um Holz zu sammeln oder Schnee zu holen, um ihn zu Wasser schmelzen zu lassen. Arvil fand einen großen Stein, der wie eine Schale geformt war, und bestand darauf, ihn in unseren Raum zu schleppen; in diese Schale konnten wir Wasser gießen, warten, bis es sich erwärmte, und dann baden.

»Du bist mir eine echte Freundin«, sagte Arvil oft zu mir. »Du bedeutest mir mehr als je irgend jemand im Leben.« Zum ersten Mal konnten wir gemeinsam unsere Liebe ohne Verzweiflung, ohne die Angst, entdeckt zu werden, genießen. Ich hatte gedacht, wir wären in allen Möglichkeiten bewandert, wie wir einander Spaß bereiten konnten, doch jetzt fanden wir Wege, unser Vergnügen zu verlängern und zu steigern.

Wir lebten in Frieden, und doch, je weiter der Winter fortschritt, desto mehr schwand ein Teil unserer Zufriedenheit. Arvil schwieg häufig; zu anderen Zeiten sprach er von den Freunden, die er in der Vergangenheit gekannt hatte, als ob er sich nach neuen Kameraden sehnte. Er wurde immer ungestümer, wenn er bei mir lag, als ob seine Lust ihn für alles entschädigen sollte, das er verloren hatte. Manchmal war es mir nicht möglich, darauf einzugehen, und dann zog sich Arvil für einige Tage von mir zurück, weigerte sich, mich zu berühren, bis ich zu ihm kam. Ich war alles, was er hatte, und befürchtete, ich könnte nicht genug für ihn sein. Wann immer das Wetter es erlaubte, erfand ich einen Vorwand, um den Unterschlupf zu verlassen – um Minze zu sammeln, um kleines Wild aufzustöbern –, und ich wollte mir den wahren Grund dafür nicht eingestehen, daß ich nämlich Zeit ohne ihn brauchte.

Der Frühling setzte in diesem Jahr spät ein. Ich wußte, daß er gekommen war, nicht nur weil die Tage wärmer wurden oder weil sich winzige grüne Blättchen zeigten, wo Karotten oder andere Wurzelgemüse zu wachsen begannen, oder weil die Vögel sangen, sondern auch weil Arvil so ruhelos war. Wir unternahmen Streifzüge in weiterer Entfernung von dem Unterschlupf, um nach Nahrung zu suchen; wir kräftigten unsere Körper und übten mit den Speeren, Pfeilen und Schleudern. Arvils Augen suchten oft aufmerksam den Horizont ab; ich wußte, daß er sich nach Kameraden sehnte, nach Männern, mit denen er jagen konnte, und nach Jungen, die er in allerlei Fertigkeiten unterweisen konnte. Oft hatte ich am Abend das Gefühl, daß der Raum sich um uns herum verengte, uns gefangenhielt.

Außerdem beschäftigte Nallei meine Gedanken. Ich vermißte sie jetzt noch mehr denn je, und ich fragte mich, ob ich jemals wieder die Stimme einer Frau hören würde.

Ich hatte erwartet, daß ich mich über die Ankunft des Frühlings freuen, daß ich wie aus einem langen Schlaf erwachen, daß ich munterer werden würde. Doch je wärmer es wurde, desto mehr schmerzte mein Kopf beim Erwachen, und es gab Tage, da mußte ich mich zum Aufstehen zwingen. Speisen, die ich zuvor gern zu mir genommen hatten, erschienen mir jetzt auf einmal ekelhaft; meine Bemühungen um Fröhlichkeit wurden immer unglaubwürdiger. Arvil entging das nicht, doch er sagte nichts; er schien gegen eine noch düsterere Stimmung in sich selbst anzukämpfen.

Ich wachte auf. Die Luft kam mir drückend warm vor; ich hatte das Fell abgeworfen, mit dem ich während der Nacht zugedeckt gewesen war. Ich setzte mich auf und zog die weichen Stiefel an, die mir Arvil für diesen Winter angefertigt hatte.

Er war wach, saß an unserem Steinbecken und platschte sich Wasser ins Gesicht, während er sich mit der scharfen Messerschneide den Bart schnitt, den er sich den Winter über hatte wachsen lassen. »Du hast dich geschnitten«, sagte ich.

Er sah mich an. Er hatte sich den Bart fast bis auf die Haut abrasiert, und kleine Schnitte zeichneten sein Gesicht. »Das wird heilen«, murmelte er.

»Es wäre nicht nötig gewesen, daß du …«

»Ich habe es für dich getan. Ich weiß, daß ich dir ohne Bart besser gefalle, daß dir mein Gesicht so angenehmer ist.« Er zog eine finstere Miene. »Ich tue wenig genug, um dir zu gefallen.«

Ich wollte gerade darauf antworten, als mich Übelkeit überkam. Ich taumelte aus dem Unterschlupf zu dem Graben, den er für unsere Notdurft ausgehoben hatte, und merkte, wie sich mein Magen hob.

Er kam zu mir und hielt mich fest, während ich mich übergab. »Du bist krank!« rief er aus.

Ich schnappte nach Luft und wischte mir den Mund mit dem Ärmel ab. »Jetzt bin ich wieder in Ordnung. Das geht vorbei.«

»Du mußt dich ausruhen.« Er führte mich in den Raum und hieß mich niederlegen. »Ich werde dir einen Heiltrank brauen.«

Als er mir einen Becher reichte, hatte sich mein Magen inzwischen beruhigt, aber ich trank den Kräutersud trotzdem. »Ich habe vorgehabt, während der nächsten Tage das Land im Osten zu erkunden«, sagte er, »aber ich kann dich nicht allein lassen, wenn du krank bist.«

»Ich bin nicht krank.« Ich richtete mich auf. »Ich habe etwas gegessen, das mir nicht bekommen ist, das ist alles. Ich kann gut für mich allein sorgen, solange du weg bist. Ich bin sicher, der Umgang mit mir ist für dich inzwischen recht langweilig geworden. Du brauchst einige Zeit für dich allein, deswegen willst du auf Erkundigung gehen.«

»Das stimmt nicht.« Er wich meinem Blick aus, während er sprach.

»Doch, so ist es. Mir geht es genauso. Mir wäre es ganz recht, wenn ich etwas Zeit für mich allein hätte.«

»Ich verstehe.«

»Es gibt hier genügend zu essen für mich«, sagte ich, »ich brauche lediglich Holz zu sammeln. Es kann mir nichts geschehen, während du weg bist. Ich möchte, daß du gehst. Es ist offensichtlich, daß du gehen möchtest.«

Seine Miene verfinsterte sich. Ich nahm meinen Speer und ging hinaus; dann schleuderte ich die Waffe, zog sie aus dem Boden und schleuderte sie wieder, um erneut zu ihr hinzurennen. Arvil sah mir eine Zeitlang zu, dann fing er an, etwas Proviant und einen Wasserschlauch in einen der Beutel zu packen.

Er schulterte seinen Köcher, nahm Bogen und Speer an sich und trat heraus. »Es scheint dir jetzt wieder einigermaßen gut zu gehen«, sagte er. »Vielleicht werde ich dir fehlen, wenn ich weg bin, und du wirst dich freuen, wenn ich wiederkomme. Du wirst Zeit für dich allein haben. Anscheinend kann ich dich nicht glücklich machen, wenn ich hier bin.«

»Leb wohl«, sagte ich, während ich den Speer aufs neue warf. Er schritt davon und war bald zwischen den Hügeln verschwunden.

Plötzlich war mir schwindelig. Ich schluckte kräftig, packte meinen Speer und stützte mich darauf, während ich mich zurück zum Unterschlupf schleppte. Ich wühlte ihn meinen Habseligkeiten herum, bis ich ein kleines Stück Fell fand. Ich hatte mit einem spitzen Stein die Tage meines Zyklus auf diesem Fell vermerkt. Ich zählte und zählte noch einmal; meine Blutung war ausgeblieben, als sie hätte kommen sollen. Ich hatte mich bisher geweigert, diese Tatsache zur Kenntnis zu nehmen. Das Fell fiel mir aus der Hand.

In mir wuchs ein Kind heran, davon war ich jetzt überzeugt. Vielleicht hatte es in einer jener Nächte angefangen, als Arvil mich genommen hatte, ohne sich um meine Erwiderung zu kümmern; ich hatte passiv dagelegen, zu müde, um Widerstand zu leisten oder mich auf einen weiteren Streit einzulassen. Vielleicht war es in einer anderen Nacht geschehen, als ich rittlings auf ihm gesessen hatte, während er in mich eindrang, und ich eine Wärme und eine Wonne empfunden hatte, wie schon lange nicht mehr. Ich wußte es nicht. Wir waren so oft beieinander gelegen; ich hatte mich sicher gefühlt.

Ich dachte an das, was Nallei getan hatte, was ich vielleicht zu tun hätte. Arvils Behälter mit den Kräutern lagen vor mir. Eine giftige Mischung würde mich vielleicht von dem Kind befreien; das Risiko für mich wäre nicht größer als jenes, dem ich mich gegenübersah, wenn ich nichts unternähme. Man könnte einen Stock anspitzen, ein Betäubungsmittel könnte den Schmerz dämpfen. Arvil brauchte nie etwas davon zu erfahren. Ich könnte eine Krankheit vortäuschen, die ich angeblich während seiner Abwesenheit durchgemacht hatte, und eine Zeitlang darniederliegen. Nallei hatte das gleiche getan und überlebt.

Jetzt mußte ich all meinen Mut zusammennehmen. Meine Hand griff nach einem der Stöcke in unserem Holzstapel; ich nahm einen Stein und begann, ihn anzuspitzen.

Arvil

Wut brannte in mir. Sie wollte mich nicht mehr in ihrer Nähe haben. Während des Frühlings, als ich die Lust mit ihr gesucht hatte, war ich mir nie klar darüber gewesen, ob sie sich über mich freute, ob sie mich ertrug oder ob sie von mir abgestoßen war. Bitterkeit erfüllte mich, wenn ich an die vielen Male dachte, während derer ich mich nach einer Zeit mit ihr allein gesehnt hatte. Jetzt gab es zu viele Tage, an denen ich sie am liebsten geschlagen oder mich auf sie geworfen hätte, um sie zu zwingen, mich wieder zu lieben.

Ich marschierte weiter, kaum wahrnehmend, wohin ich ging, und allmählich ließ meine Wut nach. Auch ich hatte mir eine Zeit von ihr getrennt gewünscht, hatte mich über Momente gefreut, in denen ich nicht ihrem stumpfen Blick ausgesetzt war.

Vielleicht konnte Liebe nur gedeihen, wenn Schranken überwunden werden mußten, um sie zu erlangen. Vielleicht hatte die Gefahr unsere Leidenschaft angefeuert und die wenige, gemeinsam verbrachte Zeit wertvoller gemacht.

Birana hatte mir versichert, daß es ihr gutgehe, doch ich machte mir meine Gedanken. Während des Winters und des Frühlings hatte ich mich an den Ablauf ihres Zyklus gewöhnt, an die Zeiten, an denen sie ihre Blutung hatte und die weichen Felle anlegte, die wir von dem erlegten Kleinwild gewonnen hatten. Mir war aufgefallen, daß sie seit einiger Zeit keine Blutung mehr gehabt hatte. Ich hatte nicht mit ihr darüber gesprochen, da ich wußte, daß sie immer zurückhaltend reagierte, wenn es soweit war, und errötete, wenn ich es erwähnte. Sie hatte keine Blutung gehabt, und das konnte auf eine Krankheit hindeuten.

Ich hielt inne und verfluchte mich im stillen. Meine Wut war so übermächtig gewesen, daß ich überhaupt nicht an sie gedacht hatte. Ich hatte die Heilkunst von Wirlan erlernt und hatte ganz vergessen, daß ich ein Heilkundiger war. Ich hätte bei ihr bleiben und herausfinden sollen, was ihr fehlen könnte. Sie hatte mich ermuntert, wegzugehen. Sie versuchte, ihre Krankheit vor mir zu verbergen, vielleicht weil sie hoffte, sie würde während meiner Abwesenheit vorübergehen. Früher hätte sie mich um Hilfe gebeten, hätte mir vertraut.

Ich mußte umkehren, doch ich zögerte, erstaunt darüber, wie sehr ich ihre Reaktion fürchtete. Ich könnte meinen Weg fortsetzen und immer noch vor Einbruch der Dunkelheit zurückkehren, nachdem ich mehr von diesem Land gesehen hätte. Ich stieg auf eine Hügelkuppe und blickte nach Osten, dann nach Süden.

Südöstlich des Hügels, am Rande meiner Sichtweite, flatterte eine schwarze Gestalt nahe des Bodens. Ich rannte den Hügel hinunter und auf dieses Schauspiel zu. Beim Näherkommen sah ich, daß sich Aasgeier an einem Kadaver gütlich taten.

Die Vögel breiteten die Flügel aus und flogen davon, als ich mich ihnen näherte. Um Luft ringend blickte ich auf den Kadaver hinab. Ein kleines Kalb war zu Tode gekommen. Die Vögel hatten den größten Teil seines Fleischs weggepickt, während Fliegen und winzige Würmer den Rest verzehrten. Dieses Kalb würde mir keine Nahrung bieten, doch ich dachte in diesem Moment auch nicht an Essen.

Ein Pfeil steckte in dem Stück, das von der Schulter des Tieres übrig war. Ich blinzelte, da ich meinen Augen kaum traute, dann beugte ich mir vor und zog den Pfeilschaft heraus. Ein zweiter Pfeil lag zwischen den Rippen des Kalbs.

Ich drehte den Pfeil in den Händen herum, dann steckte ich ihn in meinen Köcher und machte mich an die Untersuchung des Bodens. Der Pfad, der im Gras kaum sichtbar war, führte nach Süden. Jemand hatte dieses Geschöpf erlegt, es dann aber nicht aufgelesen – aus welchem Grund auch immer.

Jemand lebte in diesem Landstrich, vielleicht gar nicht weit entfernt. Ich wollte dieser Spur folgen, solange sie noch frisch war, wollte herausfinden, wohin sie führen mochte, doch dann fiel mir Birana ein. Es mochte sich hierbei um eine sehr lange Spur handeln, die mich weit von ihr entfernen würde. Es wäre besser, zu unserem Unterschlupf zurückzukehren und festzustellen, ob sie wohlauf genug war, um zu reisen, damit wir diese Spur gemeinsam verfolgen könnten.

Ich rannte so schnell ich konnte und wurde erst wieder langsamer, als der Hügel, in dem unser Unterschlupf versteckt war, in Sicht kam. Birana saß am Feuer, den Kopf gesenkt, mit den Händen einen angespitzten Stock umklammernd. Als ich näher kam, bemerkte ich, daß ihre Schultern bebten.

Sie blickte auf. Tränen rannen ihr übers Gesicht. »Birana«, sagte ich. »Ich bin zu dem Schluß gekommen, daß ich dich nicht allein lassen kann, wenn du vielleicht krank bist, und jetzt – habe ich etwas gefunden.«

Ihre Augen blickten mich verzweifelt an. Ich sank neben ihr nieder. »Birana, bist du immer noch krank? Du mußt es mir sagen, damit ich dir helfen kann.«

»Du kannst mir in diesem Zustand nicht helfen. Ich bin schwanger.«

Ich starrte sie fassungslos an, nicht sicher, ob ich sie richtig verstanden hatte.

»Ich bin schwanger!« schrie sie. »Ein Kind wächst in mir heran. Wie kann ich hier draußen ein Kind gebären?«

Ich konnte einen Moment lang nicht sprechen. »Aber du hast mir doch gesagt...« stammelte ich schließlich. »Du hast gesagt, es gibt Zeiten, in denen das nicht passieren kann. Ich habe aufgepaßt. Meistens habe ich meinen Samen zurückgehalten, damit er nicht in dich eindringen konnte. Wie konnte das geschehen?«

»Anscheinend waren wir nicht vorsichtig genug.« Sie ließ den Stock sinken. »Ich wollte es abtreiben, solange du weg warst; wollte mit diesem Stock in mich hineinbohren, um es umzubringen. Ich habe es nicht geschafft.«

Ich streckte die Hand nach ihr aus, sie schob mich weg. »Das hast du mir angetan, und ich habe es zugelassen.«

»Ich wollte nicht, daß dir das widerfährt«, sagte ich. »Wenn ich es ändern kann ... Birana, was können wir tun?«

»Vielleicht sterbe ich, wenn ich dieses Kind bekomme; vielleicht sterbe ich, wenn ich es abtreibe.«

Ich verfluchte mich wegen meiner Hilflosigkeit, wegen meiner Liebe zu ihr. Mein Blick fiel auf ihren Bauch, und da überkam mich ein anderes Gefühl, nämlich jene Ehrfurcht, die ich empfunden hatte, wenn ich ihresgleichen angebetet hatte. »Dieses Kind in dir«, murmelte ich, »hat meinen Samen in sich. Es ist in dir, und es ist ein Teil von dir, aber es birgt auch etwas von mir.«

Ihr Arm holte zum Schlag gegen mich aus; ich nahm den Hieb hin, ohne zu zucken. »Ist das alles, was dir dazu einfällt, daß es von dir ist? Du wirst ja sehen, was du davon hast, wenn ich tot bin, wenn du nicht in der Lage sein wirst, für das Kind zu sorgen, und es ebenfalls sterben wird.«

Ich packte sie an den Armen und schüttelte sie. »Ich würde seinen Tod in Kauf nehmen, wenn du dadurch am Leben bliebest. Doch wenn sein Tod auch deinen Tod bedeutet ...« Meine Hände sackten herunter. »Die Frauen in den Enklaven bringen Kinder zur Welt und sterben nicht daran.«

»Sie haben ärztlichen Beistand – Heilkundige.«

»Ich habe etwas von der Heilkunst erlernt. Kann ich

mein Wissen nicht anwenden, um dir irgendwie zu helfen?« Ich dachte über alles nach, was sie mir gesagt hatte. »Du hast mir erzählt, daß Männer und Frauen in den alten Zeiten, bevor deinesgleichen der damaligen Magie kundig waren, zusammengelebt haben. Sie mußten sich entsprechend ausgekannt haben, um mit einer solchen Lage fertigzuwerden. Du muß mir alles sagen, was du über die Vorgänge in einem Körper weißt, damit ich dir helfen kann.«

»Ich habe dir gesagt, was geschehen wird«, antwortete sie. »Mein Bauch wird sehr dick werden. Am Ende wird mir sogar das Gehen schwerfallen. Ich werde eine ganze Zeitlang danach nicht in der Lage sein zu jagen, und du würdest allein für mich sorgen müssen. Die Geburt wird große Schmerzen bereiten, und es besteht die Möglichkeit, daß ich das Kind gar nicht zur Welt bringen kann. Selbst wenn es mir gelingt und ich die Entbindung überlebe, könnte das Kind sterben. Es wird für lange Zeit ein winziges, hilfloses Wesen sein, das vollkommen auf mich angewiesen ist, und ich werde vollkommen auf dich angewiesen sein. Du kannst nicht allein für uns beide sorgen.«

Ich legte meinen Köcher ab und nahm den Pfeil heraus, den ich gefunden hatte. »Vielleicht brauche ich nicht allein für dich zu sorgen. Ich habe nicht weit von hier ein erlegtes Tier entdeckt. Dieser Pfeil steckte in dem Körper, und ein zweiter lag zwischen dem Gerippe. Verstehst du, was das bedeutet? Es gibt andere Lebewesen in dieser Gegend.«

Ihr Gesicht wurde blasser. »Das kann nicht wahr sein. Eine Gruppe könnte hier nicht lange überleben. Es gibt keine Heiligtümer, keine Orte, wo Männer berufen werden könnten.«

»Hier ist der Pfeil«, entgegnete ich. »Und es ist keiner von uns. Jemand hat auf dieses Kalb gezielt, es aber nicht bis hierher verfolgt. Vielleicht fürchten sich jene Männer vor dem Norden, oder sie haben näher bei ihrem Lager anderes Fleisch gefunden. Vielleicht sind sie nur vorübergehend in diese Gegend gekommen und dann in ihr eigenes Gebiet zurückgekehrt. Wir könnten den Spuren dieses Tieres folgen. Wenn wir wieder bei einer Gruppe wären, könnten alle Männer für dich und das Kind sorgen.«

Sie schüttelte den Kopf. »Wie könnten wir ihnen das alles erklären?« Sie stand auf und schritt vor dem Feuer auf und ab. »Du weißt doch, wie es war, als wir mit einer Gruppe zusammengelebt haben. Jene Männer wollen wahrscheinlich dasselbe, was ich dir gegeben habe, wenn sie erfahren, was ich bin. Ich könnte es nicht ertragen.«

»Es besteht noch eine andere Möglichkeit. Du hast früher auf eine Zufluchtsstätte gehofft. Du sagtest, wenn es eine gäbe, dann müßte sie hier sein, weit entfernt von den Enklaven, an einem Ort, zu dem keine Männer kommen. Vielleicht stammt der Pfeil von einem solchen Ort.« Ich wollte selbst an diese Möglichkeit glauben, wollte ihr Hoffnung machen, wie klein diese auch immer sein mochte.

»Es gibt keinen solchen Ort, Arvil. Davon bin ich jetzt überzeugt. Das ist eine Geschichte, die sich eine der Verdammnis preisgegebene Frau selbst vormacht, wenn es keine andere Hoffnung mehr gibt.«

»Wir haben doch bis jetzt überlebt, oder nicht?« sagte ich sanft. »Könnte es nicht mehr von unserer Sorte geben?« Sie schlug die Hände zusammen, und ihre Augen weiteten sich. Ich hatte etwas Hoffnung in ihr erweckt. »Wir haben einen ganzen Sommer lang Zeit, um nach jenen zu suchen, die diesen Pfeil angefertigt haben. Wäre es nicht besser zu suchen, als hier untätig zu verweilen? Wenn wir niemanden finden, kann es uns auch nicht schlechter ergehen, als wir jetzt dran sind. Wenn es sich um Männer handelt, bei denen wir nicht gefahrlos leben können, können wir immer noch hierher zurückkehren und uns auf den Winter vorbereiten. Sie werden zu sehr von Ehrfurcht zu dir erfüllt sein, um sich dir in den Weg zu stellen, wenn du sie verlassen willst.«

Sie verschränkte die Arme und starrte ins Feuer.

»Wir müssen bald aufbrechen, solange ich die Spur noch erkenne«, sagte ich. »Mehr kann ich zu diesem Zeitpunkt nicht für dich tun. Dieser Pfeil ist ein Zeichen, das wir nicht unbeachtet lassen dürfen.« Ich konnte sie nicht sterben lassen und weigerte mich zu glauben, daß es so kommen könnte.

»Na gut«, flüsterte sie. »Alles ist besser, als länger an diesem verfluchten Ort zu verweilen. Wir werden gehen. Laß uns gleich aufbrechen.«

Wir verteilten die Steine und die Asche unserer Feuerstelle. Wuchernde Ranken und Blätter würden den Eingang zu unserem Unterschlupf bald verbergen. Wir schnallten uns das Gepäck und die Köcher auf, nahmen unsere Speere und Bogen an uns und begaben uns auf eine weitere Wanderschaft.

Ich führte sie zum Kadaver des Kalbs. Blutstropfen kennzeichneten den Weg des Tieres; wir folgten der Spur durch die grasbewachsene Landschaft, bis es zu dunkel wurde, um noch etwas zu erkennen. Ich errichtete aus unseren Speeren und Umhängen ein Schutzdach; Birana streckte sich am Boden aus. Ich drückte mich an sie und legte ihr die Hand auf den Arm.

»Du kannst mit mir machen, was du willst«, sagte sie. »Du kannst mir unmöglich mehr antun, als du bereits getan hast.«

Ein Gefühl der Scham und der Schuld erfüllte mich. »Glaubst du, daß mir jetzt danach der Sinn steht? Meinst du, ich könnte bei dir liegen, während du mich deswegen haßt, was ich getan habe?«

»Es wäre besser gewesen, wenn du mich gleich zu Anfang mit Gewalt genommen hättest. Dann hätte ich gelernt, dich zu hassen, ich wäre dir so wenig wie möglich entgegengekommen, und dann wäre das hier vielleicht nicht passiert.«

»Sag so etwas nicht. Du wirst überleben, und diese schlimme Zeit wird vorübergehen.« Ich sehnte mich danach, sie in den Armen zu halten, ihr irgendwie Trost zu spenden. »Wenn du es wünscht, werde ich nie wieder bei dir liegen.«

Sie zog meine Hand auf ihren Bauch. »Ich habe mir das selbst zuzuschreiben. Ich kann dich nicht für alles verantwortlich machen. Selbst wenn ich gewußt hätte, daß es passieren könnte, hätte ich wahrscheinlich bei dir gelegen.« Sie seufzte. »Vor meiner Verbannung habe ich mich mein ganzes Leben lang auf die Zeit gefreut, da ich ein Kind haben würde. Ich wollte ihm eine bessere Mutter sein, als meine Mutter mir war. Ich wollte eine Tochter, die ich lieben konnte, die wußte, daß ihre Mutter sie liebte. Selbst jetzt, da ich hoffe, daß dieses Kind niemals geboren werden wird, denke ich an die Zeit, in der ich mich nach einem gesehnt habe.«

»Ich werde dir helfen, Birana. Ich werde für dieses Kind alles in meiner Macht Stehende tun.«

»Selbst wenn es lebend zur Welt kommt, welche Art von Leben erwartet es?«

»Es wird alles bekommen, was wir ihm geben können.« Ich hielt sie in den Armen und strich ihr übers Haar, bis sie einschlief.

Die Spur führte uns nach Süden und dann nach Osten. Wir kamen nur langsam voran, da ich ständig den Boden nach Zeichen absuchte. Das Kalb hatte auf einer kleinen Grasfläche gegrast, war bei einem Teich gestürzt. Wir folgten der Spur drei Tage lang: Birana sprach selten, und wenn sie es tat, dann hatte ihre Stimme den flachen Tonfall eines Menschen ohne jede Hoffnung.

Am vierten Tag verlor ich die Spur, fand jedoch ein anderes Anzeichen von Menschen. Eine Stelle am felsigen Boden war von verkohltem Holz gezeichnet. Jemand hatte hier gelagert, war so weit gekommen, bevor er umkehrte. Ich blickte zu dem felsigeren, noch unwirtlicheren Land im Osten. »Dort«, sagte ich und deutete auf einen Busch. »Diese Zweige wurden von jemandem abgebrochen, der hier vorbeigekommen ist. Vielleicht haben wir jetzt eine neue Spur gefunden, der wir folgen können.«

Wir marschierten weiter. Obwohl viele Steine herumlagen, auf die man hätte treten können, waren die Menschen durch den matschigeren Boden darum herum gegangen, ohne sich die Mühe zu machen, ihre Fußspuren zu verbergen. Wir gelangten zu einem anderen Teich, doch ein brackiger Gestank hing über dem Wasser, und wir tranken nichts davon.

Birana griff sich an den Bauch; ich fragte mich, ob ihr wohl wieder schlecht werden würde, wie es während der vergangenen Tage häufig geschehen war. Sie hatte mir erklärt, daß das vorübergehen würde, daß es nur ein anfängliches Zeichen dafür sei, daß ein Kind in ihr heranwuchs, aber ich machte mir Sorgen, daß ihr Körper das Kind nicht ernähren könnte, wenn sie selbst das Essen nicht bei sich behielt. »Wir müssen bald Wasser finden«, sagte sie.

»Die Menschen, die diese Spuren hinterlassen haben, haben bestimmt auch Wasser gebraucht. Vielleicht führen sie uns zu welchem.« Ich hörte über mir einen Schrei und sah hinauf. Große weiße Vögel flogen über unseren Köpfen, Vögel, wie ich sie noch nie gesehen hatte. Dies hier war eine neuartige Landschaft, die keiner glich, die ich je erblickt hatte, und ich fragte mich, was sie bergen mochte.

Wir setzten unseren Weg nach Osten fort, während mir weitere Anzeichen auffielen – ein winziges, zerfetztes Stück Leder, ein Loch im Boden, wo sich ein Mann auf seinen Speer gestützt haben könnte, Kot, wo sich ein anderer erleichtert hatte. Sie hatten sich auf eine Art und Weise durch diese Landschaft bewegt, als befürchteten sie keinerlei Verfolgung durch Feinde.

Am Nachmittag vernahm ich ein Geräusch, das ich noch nie gehört hatte. Ein fernes Dröhnen drang an meine Ohren, ein Dröhnen, das abwechselnd an- und abschwoll, ein Heulen wie von einem gewaltigen Wind, und doch wieder ganz anders.

»Was ist das?« fragte ich.

»Ich weiß nicht, was du meinst.«

»Dieses Geräusch.«

Birana straffte sich. »Ich glaube... ich bin nicht sicher...«

Ich hastete über die Grasfläche zwischen den Felsen, angezogen von dem Dröhnen, das während meines Laufens lauter wurde. Birana eilte hinter mir her. Wir kletterten weitere Felsen hinauf, und dann erstreckte sich vor mir eine Wasserfläche scheinbar bis zum Ende der Welt, und sie wogte gegen ein Ufer aus Sand und Felsen.

Ich stieß einen Schrei aus. Das Dröhnen erstickte meine Stimme. Das blaugrüne Wasser stieg und sank, während weiße Gischt gegen das Ufer klatschte.

Ich rannte auf das Wasser zu, angezogen von dem Geräusch und dem salzigen Geruch, und tanzte, während die Wellen meine Füße umspülten. Ich hatte den See für groß behalten, doch im Vergleich mit diesem Wasser war er zwergenhaft. Es war endlos.

Leuchtende Gegenstände lagen verstreut im Sand. Ich hob einen hoch und berührte die Spiralen, bewunderte die Streifen. »Welche Magie hat das bewirkt?« überbrüllte ich das Tosen, während ich mich zu Birana umwandte.

»Keine Magie«, rief sie zurück. »Das hat das Meer gemacht. Das hier ist der Ozean, Arvil. Weiter nach Osten können wir nicht mehr gehen.« Sie sank auf den Sand nieder.

Ich atmete die Meeresluft tief ein. Biranas Artgenossinnen hatten sich von dieser Küste zurückgezogen. Mir kam zu Bewußtsein, daß nur die stärksten Gemüter hier leben konnten, die angesichts der See ihren eigenen Mut dieser ungeheuren Kraft gegenüberstellen konnten, denn diese See zog sich vom Ufer zurück und überspülte es wieder, sie klatschte gegen den Sand und zermalmte die Schätze, die dort eingebettet waren, während sie neue ablagerte.

Ich legte meine Habseligkeiten ab, zog mir das Hemd aus und legte mich auf den warmen Sand. Die Geräusche des Ozeans umgaben mich. Ich hatte das Meer nie zuvor gesehen, und dennoch erschien mir sein rhythmischer Klang vertraut.

»Ein Mensch könnte ein großes Boot bauen«, sagte ich schließlich, »und über diese See fahren.«

»Das haben die Menschen früher getan.«

»Vielleicht werden sie es irgendwann wieder tun. Ich würde es machen, wenn ich könnte.« Ich setzte mich auf und blickte nach Süden. Ich hatte die Spur im Sand verloren, doch ein schwarzer Fleck war auf einem weißen Stück Strand sichtbar. Birana stand ebenfalls auf, als ich mich erhob. »Dort«, sagte ich, »noch einmal Reste eines Feuers. Die Fremden sind nach Süden gewandert.«

Sie schob ihre Hand in meine. »Wir können umkehren«, sagte sie. »Wir haben noch für drei weitere Tage Wasser, vielleicht für vier, und das Meerwasser können wir nicht trinken. Wenn wir weitergehen und kein Wasser finden, haben wir vielleicht keine Möglichkeit zur Umkehr mehr. Wir kennen die Strecke jetzt – wir könnten es später mit mehr Vorräten noch einmal versuchen.«

»Ist das der wahre Grund, warum du von Umkehr sprichst?« fragte ich. »Oder hast du Angst vor dem, was wir finden könnten?«

Sie antwortete nicht. »Birana, sie könnten ihr Lager in dieser Jahreszeit an einen anderen Ort verlegen. Wenn wir jetzt weggehen und später wiederkehren, wird es schwieriger sein, Spuren zu finden. Vielleicht müssen wir dann in einem weiten Umkreis herumstreifen, um herauszufinden, wohin sie gezogen sind.« Ich ließ ihre Hand los. »Aber ich muß mich deinen Wünschen fügen. Ich habe dir genügend Schaden zugefügt. Ich möchte dich nicht zu einer Reise zwingen, die du nicht unternehmen möchtest.«

Sie preßte die Lippen aufeinander und sagte dann: »Ich nehme an, wir müssen weiterwandern.« Sie senkte den Blick auf ihren Bauch. »Vielleicht werden die Strapazen dazu führen, daß ich das Kind verliere.«

»Sag so etwas nicht.« Irgendwie hatte ich das Gefühl, daß ihr Leben jetzt fest mit dem in ihr heranwachsenden Leben verbunden war, daß ich, falls sie das Kind verlieren würde, meinerseits sie verlieren würde.

Das Meer veränderte sich ständig. Gewitterwolken tauchten im Osten auf, und ich vermochte nicht zu beurteilen, ob das Unwetter das Ufer erreichen und uns der Wind peitschen, oder ob es abziehen würde. Das grünliche Wasser des Ozeans färbte sich grau, während sich der Himmel bewölkte, dann verdunkelte es sich, und die Wellen bäumten sich zu weißen Gipfeln auf. Ich kauerte mich mit Birana dicht an einen Felsen, während der Sturm uns umtobte.

In der Nähe einer anderen Stelle, wo ein Feuer entfacht worden war, lagen Fischgräten. Die Wellen spülten weitere Fische an Land, doch wir aßen keine davon. Wir hatten noch ein wenig Proviant übrig, und ich kannte mich nicht gut genug mit solchen Fischen aus, um sicher zu sein, welche gefahrlos eßbar waren. Ich sammelte einige der hübschesten Gegenstände ein, die uns das Meer schenkte. Der Ozean hatte mich meiner Willenskraft beraubt. Ich stellte mir vor, daß ich endlos an dieser Küste entlangwandern und jeder Tag mir neue Schätze bescheren würde und daß sich immer wieder andere der vielen Aspekte des Meeres enthüllen würden.

Birana hatte ihr Hemd abgelegt. Ihre Haut wurde von der Sonne gebräunt, und obwohl sie abgenommen hatte, wurden ihre Brüste praller. Ich dachte daran, wie ich sie zum erstenmal gesehen und wie sie versucht hatte, sich zu bedecken. Ich kannte ihren Körper inzwischen sehr gut, und doch würde ihre Gestalt in der nächsten Zeit für mich etwas Neues sein.

Wir tranken so wenig Wasser wie möglich, doch am vierten Tag unserer Wanderung entlang der Küste wußte ich, daß wir unbedingt weiteres finden mußten. Ich entfernte mich vom Ufer und begab mich zu den steileren Hängen hinter dem Strand, wo ich wartete, bis Birana mich eingeholt hatte.

»Wir müssen die Küste verlassen und nach Wasser suchen«, sagte ich zu ihr. »Das Meer wird mir die Seele stehlen, wenn wir dort bleiben.«

Sie nickte. Wir stiegen unter einigen Mühe die Böschung hinauf und spürten, wie der Sand unter unseren Füßen wegrutschte, bis wir schließlich den Kamm erreicht hatten.

Von hier aus sah ich mehr von dem Land im Süden und wußte, daß wir Wasser gefunden hatten, das wir wahrscheinlich trinken konnten. In einiger Entfernung vor uns hatte der Ozean eine Bucht gebildet. Durch die Felsen am Ufer mündete ein breiter Fluß ins Meer; er floß unter Weiden mit hängenden Zweigen her und durch das Marschland, das das Ufer säumte.

»Wir werden Wasser haben«, sagte Birana.

»Jene Männer haben ihr Lager möglicherweise irgendwo am Fluß aufgeschlagen.« Ich drehte mich zu ihr um. »Vielleicht solltest du dir etwas anziehen.«

Sie schüttelte den Kopf. »Es ist besser, wenn sie gleich sehen, was ich bin.«

Wir beschleunigten unsere Schritte und waren bald zwischen den Bäumen. Ich rannte zum Flußufer, kostete das Wasser und trank aus gewölbten Händen. Als ich mich erhob, fiel mein Blick auf einen kleinen Gegenstand am Boden. Ich bückte mich und hob ihn auf.

»Schau dir diesen Stein an«, sagte ich. »Er war Teil eines Werkzeugs. Menschenhand hat ihn geformt und die Kante geschärft.« Ich berührte einen Farn. »Jemand hat etwas von dieser Pflanze abgeschnitten, hat vor kurzem hier etwas gesammelt.«

Sie füllte einen Wasserschlauch, trank daraus und sah mich dann an. »Vielleicht sind sie ein Stück flußaufwärts«, sagte sie. Angst flackerte in ihren Augen. »Wir täten gut daran herauszufinden, um welche Art Menschen es sich handelt.«

»Warte hier. Ich kann allein gehen und sehen, ob keine Gefahr besteht.«

»Nein, Arvil. Ich kann auf keinen Fall umkehren, was auch vor uns liegen mag. Ich werde mit dir kommen.«

Ich umklammerte meinen Speer, während wir unseren Weg flußaufwärts fortsetzten. Die Ufer rückten näher zusammen, bis die andere Seite deutlich sichtbar war. Während wir uns einen Weg durch niedriges Gebüsch bahnten, drang plötzlich eine Stimme an mein Ohr, eine hohe, helle Stimme.

In der Nähe des Ufers bückten sich zwei Gestalten, nur mit Lendentüchern bekleidet, zu Boden und sammelten etwas. Eine Hand zog eine Wurzel heraus und warf sie in einen Lederbeutel. Die Pflanzensammler erhoben sich, wandten sich zu uns um, ließen ihre Beutel fallen und stießen wilde Schreie aus.

Birana rang nach Luft. Ich hätte beinahe ebenfalls aufgeschrien, doch die Stimme blieb mir in der Kehle stecken. Ich starrte in die bartlosen Gesichter der beiden und dann auf ihre Brüste, wobei ich meinen Augen kaum traute.

Bevor ich sprechen konnte, sprang ein Mann mit erhobenem Speer aus den Bäumen dahinter hervor. Er gaffte Birana an. Sein Arm sank herunter.

»Wir kommen in friedlicher Absicht«, sagte ich langsam. Der Mann blickte von Birana zu mir. Eine der Frauen hob die Hand zum Gesicht. »Wir führen nichts Böses im Schilde.« Ich holte tief Luft und ließ Speer und Bogen fallen. Einen Augenblick später warf auch der Mann seinen Speer zu Boden.

»Wir haben deinen Zufluchtsort gefunden«, murmelte ich, während wir auf sie zugingen.

Die drei waren älter, als sie von weitem ausgesehen hatten. Der braune Bart des Mannes war von grauen Strähnen durchzogen, während Furchen und Falten die Gesichter der Frauen zeichneten. Ihr nackten Brüste hingen, und ihre Bäuche waren schlaff.

Der Mann begann zu sprechen, während wir auf sie zu schritten. Die beiden Frauen standen hinter ihm und hielten sich die Hände vor den Mund, wobei sie uns verstohlen begafften. Ich hatte meine Waffen aufgehoben, legte sie jedoch wieder ab, als der Mann zu sprechen anhob. Ich konnte seine Sprache nicht verstehen, und obwohl sein Blick weiterhin auf Birana haftete, waren seine Worte offenbar an mich gerichtet.

»Wir kommen in friedlicher Absicht«, wiederholte ich, nachdem er verstummt war.

Er strich sich über den Bart und sprach langsamer. Seine verzerrten und genuschelten Worte klangen mir jetzt einigermaßen wie die heilige Sprache, und ich konnte einige verstehen. Er begrüßte uns und bot uns an, uns zu seinem Lager zu führen.

»Jetzt begreife ich deine Worte«, sagte ich, »aber du mußt langsam sprechen.« Er nickte und gab damit zu erkennen, daß er mich verstanden hatte.

»Wir kommen gern mit in euer Lager«, sagte Birana. »Wir haben nicht mehr viel Proviant übrig, doch wenn du uns hinführst, werden wir das bißchen, das wir noch haben, mit euch teilen.«

Der Mann zog die Augenbrauen zusammen. Er bewegte sich nicht. Eine der Frauen schüttelte den Kopf.

»Meine Begleiterin und ich folgen euch gern«, sagte ich. Wieder nickte er; ich fragte mich, warum er meine Worte verstand und Biranas nicht. »Seid ihr mehrere?«

»Wir sind mehrere«, antwortete er.

»Dann werde ich mein Hemd anziehen«, flüsterte Birana mir zu und griff in ihren Beutel. Die Frauen kicherten, als sie sich das Kleidungsstück überzog; vielleicht war ihnen unerklärlich, warum Birana daran lag, ihre Blöße zu bedecken.

Der Mann führte uns am Ufer entlang. Die Frauen folgten uns in einigem Abstand und blieben von Zeit zu Zeit stehen, um weitere Pflanzen zu sammeln. »Heute ist ein freudenreicher Tag.« Der Mann sprach behutsam und betonte jedes Wort deutlich. »Wir haben immer gehofft, einmal anderen zu begegnen, und jetzt ist es eingetreten.« Birana und ich verlangsamten unsere Schritte, damit die Frauen uns einholen konnten. Er machte eine ungeduldige Handbewegung. »Kommt! Sie kennen den Weg. Laßt sie ihre Arbeit verrichten.«

Der Boden war dicht bedeckt mit Gebüsch und Blumen. Wir bahnten uns einen Weg durch herabhängende Weidenzweige und gelangten zu einem Pfad, der durch den Bewuchs führte. Wir marschierten über eine kleine Erhebung und sahen an ihrem Fuße das Lager am Ufer.

Zwei Behausungen aus Holz mit grasbedeckten Dächern standen zu beiden Seiten eines freien Platzes, auf dem Fleisch auf einem Feuer briet. Eine kleinere Hütte war am äußersten Rand der Lichtung errichtet worden. Ich betrachtete die Hütten nur mit einem kurzen Blick. Zwei Männer saßen am Feuer, und zwei weitere Frauen legten Scheite auf die Flammen nach.

»Freuet euch!« rief der Mann neben mir aus. »Ein Mann und eine Frau sind in unser Gebiet gekommen.«

Den Rest seiner Worte konnte ich nicht verstehen. Der Mann unten am Hang sprang auf, und die Frauen ließen ihr Holz fallen. Zwei nackte Knaben kamen aus einer der Hütten gerannt. Während wir uns dem Lager näherten, kam ein drittes Kind aus der anderen Behausung. Ich sah, daß es hinkte, und dann entdeckte ich den unbehaarten Schlitz zwischen seinen Beinen.

»Ein kleines Mädchen«, flüsterte Birana mir zu. Ich holte tief Luft. Hier gab es Kinder, und diese Frauen mußten sie zur Welt gebracht haben. Sie hatten es überlebt. Birana konnte geholfen werden.

Die Männer und Frauen vollführten verschiedene Gesten, verneigten sich und umringten uns dann, lachend und in ihrer nuschelnden Sprache plappernd, während sie uns vorsichtig betasteten. Wir legten unser Gepäck ab und ließen uns am Feuer nieder. Eine der Frauen rannte in eine Hütte und kam mit einem Korb voller Speisen zurück.

Sie scharten sich um das Feuer; die beiden Frauen und das Mädchen setzten sich zu unserer Rechten, die drei Männer und die beiden Knaben zu unserer Linken. Inzwischen waren die anderen beiden Frauen im Lager angekommen. Sie legten ihre Beutel ab und ließen sich neben dem Mädchen nieder.

Der Mann, der uns zum Lager geführt hatte, schlug sich vor die Brust. »Meine Gruppe heißt euch willkommen«, verkündete er. »Ich bin Meerschwalbe, der Anführer hier. Neben mir, das ist Möwe, und der Mann daneben heißt Seetaucher.« Die Knaben und die Frauen stellte er nicht vor..

»Mein Name ist Arvil«, erwiderte ich, »und meine Begleiterin heißt Birana.«

Meerschwalbe murmelte noch einiges, das ich nicht verstand, dann sagte er: »Wir wollen ein Festmahl zu uns nehmen, während wir uns unterhalten.« Die Frauen schnitten mit Steinmessern Scheiben von dem Fleisch ab und reichten sie den Männern und mir, bevor sie Birana etwas gaben und sich selbst nahmen. Ich holte den Rest meines Trockenfleisches hervor und reichte es Meerschwalbe.

Ich betrachtete die Frauen, die den Kopf gesenkt hielten und meinem Blick auswichen. Diese Frauen lebten mit Männern zusammen, doch schienen sie mir gegenüber scheu zu sein. Ich hatte bereits einiges über dieses Lager und seine Bewohner erfahren. Der Standort der Behausungen auf dem flachen Land und der Pfad, der so deutlich sichtbar zum Lager führte, zeigten, daß diese Männer und Frauen keinen Angriff fürchteten und offenbar keine Feinde hatten.

»Seid ihr allein?« fragte der Anführer, »oder folgen euch noch weitere?«

Ich überlegte, wie offen ich sein sollte, doch diese Männer und Frauen hatten uns friedlich empfangen, hatten uns gegenüber keine Spur von Angst oder Argwohn an den Tag gelegt. »Wir sind allein«, sagte ich.

Meerschwalbe runzelte die Stirn. »Ich hatte gehofft, es würden mehrere kommen, aber wir sind auch für zwei dankbar.«

Ich griff in meinen Köcher und holte den Pfeil heraus, den ich gefunden hatte. »Ich nehme an, der stammt von euch. Dieser Pfeil war der Wegweiser hierher.«

Meerschwalbe nahm mir den Pfeil aus der Hand. »Er gehört mir. Wir hatten uns zu weit von unserem Gebiet entfernt und waren zur Umkehr gezwungen. Hoffentlich hat unsere Beute euch mit einigem Fleisch versorgt.«

»Sie hat lediglich Vögel und Würmer mit Fleisch versorgt, doch dieser Pfeil war mir mehr wert als das Fleisch.«

Der Mann lachte. »Wir würden uns freuen, wenn ihr eine Weile bei uns bleiben würdet; ihr könnt bei uns leben, wenn ihr wollt.«

»Das ist sehr freundlich«, sagte ich, erstaunt über sein Angebot.

»Ihr werdet gebraucht.« Er erklärte nicht, was er damit meinte.

Birana musterte die Frauen. Eine von ihnen hatte einen so dicken Bauch, daß ich mich fragte, wie sie wohl aufstehen mochte, und dann kam mir der Gedanke, daß sie wahrscheinlich, wie Birana, ein Kind in sich trug. Birana hatte gesagt, daß ihr Bauch anschwellen würde; der Anblick des Bauches dieser Frau erschreckte mich. Wie groß würde das Kind bei der Geburt sein; so groß wie Hasin, als ich ihn das erstemal sah? Das konnte doch nicht sein! War es möglich, daß eine Frau ein solches Martyrium überleben konnte? Schuldgefühl durchflutete mich; für einen kurzen Augenblick griff ich nach Biranas Hand, da ich um sie Angst hatte.

Ich betrachtete die Frauen erneut und stellte fest, daß alle dieselbe hellbraune Haarfarbe hatten, obwohl das der älteren beiden bereits silbern wurde. Sie alle hielten sich auf dieselbe Weise die Hand vor den Mund, und ihre hageren, verkniffenen Gesichter und die schmalen Nasen ähnelten sich. Eine blickte mit ihren gelblichbraunen Augen in meine Richtung und zog sich das Haar vors Gesicht. Ich wandte mich wieder den Männern zu. Auch sie ähnelten einander auffallend und hatten das gleiche magere Gesicht.

Birana sagte: »Wir wüßten gern, wie ihr an diesen Ort gekommen seid.«

Meerschwalbe bedachte sie mit einer ungehaltenen Handbewegung. »Wir haben dich nicht aufgefordert zu sprechen.«

Birana wurde rot. »Ich pflege zu sprechen, ohne dazu aufgefordert worden zu sein.«

Meerschwalbes Miene verfinsterte sich. »Es steht dir nicht zu, zu sprechen. Er wird die Fragen stellen.«

Ich runzelte die Stirn und bedeutete Birana, die im Begriff war, etwas zu erwidern, daß sie besser schweigen sollte. Wir kannten die Bräuche dieser Gruppe nicht. Vielleicht fürchteten sie ihresgleichen immer noch, obwohl sie mit ihnen zusammenlebten. »Wie seid ihr hierher gekommen?« fragte ich.

Meerschwalbe aß sein Stück Fleisch auf, dann stützte er die Hände auf die Knie. »Es trug sich folgendermaßen zu: Im Westen lebte eine Gruppe von Männern, und aus dem Westen ereilte sie der Tod. Männer starben durch die Hände einer anderen, größeren Gruppe, und nur zwei überlebten. Sie verfluchten die Geister, die solches Unheil über sie gebracht hatten, und dann begaben sie sich zu einer der Zitadellen, wo die Gefolgschaft jener als Herrin bezeichneten Wesenheit herrschte. Dort verfluchten sie in Sichtweite der Mauer die Herrin und all jene Männer, die ihr sklavisch ergeben waren, denn sie glaubten, daß sie die Gruppe gegen sie aufgehetzt hatte.«

Meerschwalbe schien diesen Zorn zu teilen, während er von der Herrin sprach, und ich staunte über die verächtlichen Worte, mit denen er von Ihr sprach. »Dann erschien ihnen von dieser Mauer aus eine Vision, und eine Verkörperung der Herrin kam zu ihnen heraus.«

Diese Frau, so erzählte Meerschwalbe, hatte den beiden Männern viele Wahrheiten enthüllt; sie erfuhren von ihr, daß die Herrin in dem Gebiet im Osten wenig Macht besaß. Von dieser Frau hatten sie auch erfahren, welche Wonnen sie mit ihr teilen konnten und wie neues Leben daraus erwachsen konnte. Ihrem Leib entsprossen zwei männliche und zwei weibliche Kinder, und die beiden Töchter gebaren wiederum zwei männliche und drei weibliche Kinder, und diesen entstammten sechs weitere. Diese sechs waren an den Fluß gekommen, an dem jetzt Meerschwalbes Gruppe lebte; allerdings waren jene sechs schon vor langer Zeit gestorben. Meerschwalbe leierte die Namen all dieser Männer und Frauen in einem Singsang herunter, bis er mit seinem eigenen und den Namen seiner Männer endete.

»Jetzt leben wir hier«, sagte Meerschwalbe, »und

obwohl wir in der Vergangenheit gesegnet waren, haben wir seit einiger Zeit große Sorgen. Diese Kinder hier sowie das eine, das Hyazinthe im Leib trägt, sind unsere einzigen Nachkommen. Vor kurzem wurde eins geboren, aber es blieb nicht am Leben. Ein weiteres kam vor zwei Sommern auf die Welt, doch es war derart mißgestaltet, daß wir es nicht am Leben lassen konnten.« Er deutete mit einer Handbewegung auf das kleine Mädchen. »Dieses Kind namens Lilie hat einen Hinkefuß und ein Gebrechen, aufgrund dessen es zittert wie ein Blatt im Wind – von Geburt an leidet es daran.« Das Kind senkte den Blick. »Ich dachte, daß die Herrin irgendeinen Fluch auf uns herabbeschworen haben könnte, aber jetzt, da ihr hier seid, ist das vielleicht ein Zeichen, daß frisches Blut zu uns kommt.«

Seine Worte erfüllten mich mit Entsetzen. Ich hatte noch nie gehört, daß ein Junge eine Enklave nicht in bestem geistigen und körperlichen Zustand verlassen hatte – seine einzigen körperlichen Gebrechen wären auf Krankheit, Verletzung oder Alter zurückzuführen. Birana hatte mir erzählt, daß ihre Artgenossinnen dafür sorgten, daß nur gesunde und kräftige Kinder auf die Welt kamen. Was würde hier mit ihrem Kind geschehen, weit entfernt von der Magie ihrer Enklave? Würde es ebenfalls eine Mißgeburt werden? Ich versuchte, mich zu beruhigen. Die beiden Knaben machten einen ziemlich gesunden Eindruck, und das Mädchen war zumindest am Leben.

Biranas Gesicht war weiß geworden. »Ich danke dir, daß du mir diese Geschichte erzählt hast«, sagte ich. »Auch ich habe einiges zu erzählen, aber ich würde mich zuvor gern mit meiner Begleiterin besprechen.«

Meerschwalbe nickte. »Vielleicht wollt ihr unsere Last nicht mit uns teilen. Ich kann euch nicht zwingen zu bleiben, aber eines will ich euch sagen – in meinem ganzen Leben habe ich kein anderes menschliches

Wesen gesehen als diese hier und diejenigen, denen wir es verdanken, daß wir auf der Welt sind. Ihr werdet in dieser Gegend niemanden außer uns finden.«

Ich nahm Birana am Arm und führte sie zum Flußufer hinunter. Wir befanden uns immer noch in der Sichtweite der Gruppe, doch wir konnten uns leise in der See-Sprache unterhalten. »Diese Gebrechen, von denen Meerschwalbe gesprochen hat«, murmelte ich. »Könnte das Kind in dir ebenfalls davon befallen sein?«

Sie zog die Brauen zusammen. »Ich weiß es nicht. Ich rede mir immer wieder ein, daß mein und dein Erbgut gesund ist, aber ich kann nicht mit Sicherheit sagen, welche Anlagen mein Kind in sich bergen mag. Ich verfüge hier draußen über keinen Gen-Scanner und kann somit Gen-Defekte nicht ausschließen.« Sie fuhr auf diese Weise fort, wobei sie weitere Ausdrücke aus ihrer Sprache benutzte, die ich nicht kannte. »Ich weiß nicht einmal, ob ich einen Jungen oder ein Mädchen zur Welt bringen werde, und es besteht die Möglichkeit, daß während der Geburt selbst Schäden entstehen.«

»Ist so etwas hier geschehen? Sind ihre Kinder deswegen mit solchen Gebrechen behaftet?«

Sie schüttelte den Kopf. »Ich bin nicht sicher, aber sie alle stammen von derselben Mutter ab, und es hat seither nur Inzucht gegeben. Dadurch ist die Wahrscheinlichkeit, daß ihre Kinder Defekte aufweisen, sehr groß, und es gibt hier draußen keine Mittel, dem vorzubeugen. Sie alle sind miteinander verwandt. Deshalb sehen sie sich so ähnlich. Sie schöpfen aus einem sehr kleinen Genpool.« Sie benutzte noch andere Begriffe, sowohl in der See- als auch in ihrer eigenen Sprache, und schließlich begriff ich, daß dem Erbgut dieser Männer und Frauen irgendeine Krankheit anhaftete, die ihre Kinder schwächte.

»Gibt es eine Möglichkeit, sie zu heilen?« fragte ich.

»Nein, hier draußen nicht. Kein Wunder, daß sie sich

über unsere Ankunft so sehr freuen, wenn sie auch nicht wissen warum. Wir bringen neue Gene ein.« Sie seufzte. »Was für eine Zuflucht ist das hier? Es wäre vielleicht besser, mir mein Kind jetzt gewaltsam zu nehmen.«

»Nein, Birana. Diese Frauen haben ihre Kinder zur Welt gebracht und die Entbindung überlebt. Sie wissen also bestimmt, wie sie dir helfen können, und diese Gruppe hat uns friedlich empfangen. Wir sind hier in Sicherheit.« Ich blickte zu Meerschwalbes Gruppe hinauf. Die Männer strichen sich über den Bart und beobachteten uns. Die Frauen lächelten.

»Und was für ein Leben werden wir haben? Welches Dasein erwartet das Kind, wenn es am Leben bleibt?«

»Du hast eine Zufluchtsstätte gesucht. Du hast sie gefunden – du hast einen Ort gefunden, wo Männer und Frauen zusammenleben. Wir können nirgends anders mehr hingehen. Wir müssen zumindest eine Zeitlang hierbleiben, bis ...« Ich griff nach ihrer Hand. »Ich verfluche mich wegen des Unheils, das ich über dich gebracht habe. Vielleicht kommt irgendwann einmal die Zeit, da ich mich auf die Suche nach einem anderen Land machen kann, doch im Moment müssen wir in diesem Lager bleiben.«

»Du hast recht. Ich sollte vermutlich dankbar sein, daß ich immerhin das hier gefunden habe.«

Ich hätte sie gern in die Arme genommen, ihr irgendwie Trost gespendet. Wir gingen zum Feuer zurück; Meerschwalbe sah hoffnungsvoll zu mir auf. »Birana und ich haben uns entschieden«, sagte ich, »aber es gibt noch eine Frage, die mir am Herzen liegt. Ihr habt Kinder bekommen. Können diese Frauen einer anderen bei der Geburt eines Kindes helfen?«

Die Frauen kicherten. »Wir helfen einander immer«, antwortete eine der älteren Frauen. »Wir kennen uns mit dem Kinderkriegen aus.«

Meerschwalbe warf ihr einen strafenden Blick zu,

und die Frau senkte den Kopf. »Das ist Angelegenheit der Frauen«, sagte er. »Warum fragst du das, Arvil?«

»Ich frage das, weil Birana zur Zeit ein Kind in sich trägt.« Ich hielt kurz inne. »Wenn man ihr hier helfen kann, werden wir bleiben.«

Meerschwalbe sprang auf. Freude strahlte aus den Gesichtern der anderen. »Wir sind wahrlich gesegnet«, rief er und packte mich an den Schultern. »Willkommen, mein Freund!«

Am Nachmittag feierten wir mit der Gruppe ein Fest. Obwohl Meerschwalbe mich über meine Reisen ausfragte, erzählte ich ihm lediglich, daß Birana mir in einem Heiligtum erschienen sei und daß wir gemeinsam weitergezogen und bei verschiedenen Gruppen von Männern Unterschlupf gefunden hatten, bevor uns unser Weg ans Meer geführt hatte. Meerschwalbe und seine Männer schienen mit dieser Darstellung zufrieden und zeigten wenig Neugier für die Dinge, die im Westen lagen. Ihr Gebiet war hier, und andere Landstriche waren lediglich Orte, an denen Gefahr drohte, wo Männer die Hände gegen andere Männer erhoben und wo die Gefolgschaft der Herrin herrschte. In den Seelen dieser Männer war keine Ehrfurcht vor der Herrin, vielmehr begleiteten sie ihre Rede mit wütenden Gesten, wenn sie von Ihr sprachen.

Am Abend räumten die Frauen die Reste des Festmahls weg. Ich erhob mich, um ihnen zu helfen, doch Meerschwalbe bedeutete mir mit einer Handbewegung, daß ich sitzen bleiben solle. Eine der Frauen trat zu Birana und sagte: »Du kommst mit mir in unsere Hütte.«

Birana entfernte sich in Richtung der Behausung. Ich war im Begriff, ihr zu folgen, als Meerschwalbe meinen Arm berührte. »Sie wird bei den Frauen wohnen. Du wirst in unserer Hütte untergebracht.«

»Wir haben bisher unsere Nächte gemeinsam an derselben Feuerstelle verbracht.«

»Wenn du eine Nacht mit ihr verbringen willst, kannst du dich dort zu ihr gesellen.« Der Anführer deutete auf die kleine Hütte unter den Bäumen. »Wenn du eine der anderen begehrst...«

Die anderen Männer grinsten. Ich war auf der Hut, da ich ihre Sitten nicht kannte. Birana verschwand in der Behausung der Frauen. »Ich bin mit Birana ganz zufrieden«, sagte ich.

Seetaucher schmunzelte, während sich die beiden Jungen mit den Ellbogen anstießen. »Dein Samen wächst jetzt in ihr«, sagte Seetaucher. »Sollte er außerdem in einer der anderen Frau wurzeln, kann das nur neues Leben für unsere Gruppe bedeuten.«

Ich fragte mich, was die Frauen wohl dazu sagen würden, doch ich hielt den Mund. »Es gibt noch etwas, das ich dir bis jetzt noch nicht erzählt habe«, raunte Meerschwalbe mit gedämpfter Stimme. Inzwischen hatte ich mich an seine Sprache einigermaßen gewöhnt, auch wenn er schneller redete. Er warf einen Blick zur Hütte der Frauen, dann rutschte er näher zu mir heran. »Du bist nicht der erste Fremde, der hierhergekommen ist. Vor einiger Zeit, als ich noch ein Junge war, nicht älter als Pelikan hier, wurde ein Mann nicht weit von diesem Lager entfernt gefunden. Er war verletzt, doch jene, die ihn gefunden hatten, trugen ihn hierher, in der Hoffnung, daß er überleben und seinen Samen beisteuern würde. Er erlag kurz darauf seinen Verletzungen, und obwohl die Gruppe darüber traurig war, war es vielleicht so das beste. Verstehst du, er stand noch immer unter der Macht der Herrin. Als er die Frauen in diesem Lager sah, richtete er seltsame Worte an sie, bezeichnete sie als Wesen, die ausgesandt worden waren, um über ihn zu herrschen. Es ist nicht gut, wenn Frauen solche Sachen hören.«

Ich verspürte ein Kribbeln im Nacken. »So wird es den Männern anderenorts beigebracht«, sagte ich. »Die Herrin verfügt über große Macht.«

»Aber wir kennen die Wahrheit. Wir haben sie vor langer Zeit erfahren. Die Gefolgschaft der Herrin verbirgt ihre Schwäche unter einem Umhang von List und Magie, doch dessen entledigt sind sie nicht mehr als wir. Du hast doch von deiner Begleiterin bestimmt auch die Wahrheit erfahren.«

»Birana hat mir einiges verraten«, gab ich zu.

»Und du hast ihr beigelegen und weißt, daß ein Kind in ihr heranwächst, also kennst du ihre wahre Natur. Du mußt von einem Ort kommen, wo die Herrin über die Männer herrscht, sonst hätte sie sich dir nicht offenbaren können, aber jetzt hast du die Wahrheit durchschaut. Du weißt, daß das, was du einst geglaubt hast, eine Lüge ist, und trotzdem – wenn du die Frau, die du hierhergebracht hast, auch nicht mehr wie eine Göttin anbetest, so hegst du doch noch eine gewisse Ehrfurcht ihr gegenüber. Du gestattest ihr zu sprechen, wenn sie schweigen müßte.«

Ich konnte meine Wut kaum noch bezähmen. »Ich bin ihr Freund«, sagte ich mit fester Stimme»› so wie sie meine Freundin ist. Sie beherrscht mich nicht, und ich beherrsche sie nicht. Es steht mir nicht zu, ihr Befehle zu erteilen.«

»Es steht dir sehr wohl zu«, murmelte Möwe. »Das ist der Rest der Wahrheit, die wir erfahren haben, die Wahrheit, die die Gefolgschaft der Herrin verheimlicht – daß es nämlich die Männer waren, die einst über sie geherrscht haben.«

Ich konnte nicht mehr an mich halten. »Das ist tatsächlich so«, antwortete ich, »und bestimmt wißt ihr auch, was dabei herausgekommen ist – eine Zeit des Unheils und der Verheerung. Es ist mir gleichgültig, wer damals herrschte oder wer heute herrscht. Birana ist meine Freundin, und ich werde sie wie meine Freundin behandeln.«

Meerschwalbes Miene verfinsterte sich. »Du sagst, daß du bei uns leben möchtest. Du wirst dich an unsere

Regeln halten. Was werden unsere Frauen denken, wenn sie sehen, daß deine Begleiterin Macht über dich hat? Du würdest uns nur Scherereien bereiten.«

Ich holte tief Luft. Am liebsten wäre ich aufgestanden und hätte mit Birana dieses Lager verlassen, aber selbst wenn die Leute uns gehen ließen, würde ich Birana nur von jenen wegführen, die ihr helfen konnten.

»Ich werde mein Bestes tun, mich an eure Bräuche zu halten«, sagte ich, »und das gleiche gilt für Birana, doch was sich zwischen uns beiden abspielt, wenn wir allein sind, geht nur uns etwas an. Ich werde sie liebevoll behandeln. Sie trägt ein Kind in sich. Du sagst, deine Gruppe braucht neue Kinder. Dann müßt ihr uns nach unserem Belieben leben lassen.«

Meerschwalbe sah die anderen an, doch er konnte dagegen wenig einwenden. Schließlich stand er auf und führte mich zu seiner Hütte.

Am nächsten Tag hätte ich gern mit Birana allein gesprochen, doch die drei Männer hatten beschlossen, auf die Jagd zu gehen, und ich sollte sie dabei begleiten. Ich fragte, ob von den Frauen jemand mit uns kommen würde.

Möwe schüttelte den Kopf. »Frauen gehen nicht auf die Jagd.«

»Birana ist mit mir auf die Jagd gegangen.«

»Frauen gehen nicht auf die Jagd«, wiederholte er beharrlich. »Sie trägt ein Kind in sich – sie sollte sowieso auf keinen Fall jagen. Solange die Kinder klein sind, müssen die Frauen sie tragen oder sie nahe bei sich halten, deshalb besteht ihre Arbeit im Pflanzensammeln und den Haushaltspflichten im Lager. Sie räuchern oder kochen das erlegte Wild, das wir mit nach Hause bringen.«

Anscheinend hatten die Frauen Birana über ihre Regeln aufgeklärt, denn als wir uns zur morgendlichen Mahlzeit um das Feuer versammelten, hielt sie den

Blick gesenkt, während sie den Frauen beim Heranholen der Speisen half. Ich nahm das Essen entgegen, das sie mir reichte, und sah dabei ihren zusammengekniffenen Mund und die Wut in ihren Augen. »Wenn wir allein sind«, flüsterte ich ihr schnell in der See-Sprache zu, wird alles wieder so sein wie bisher. Ich möchte nicht, daß du dich vor den Männer hier erniedrigst.» Ihr Mund entspannte sich ein wenig.

Während der folgenden Tage machte ich die Erfahrung, daß die Männer miteinander recht kameradschaftlich umgingen, im Lager jedoch, in Anwesenheit der Frauen, setzten sie strenge Gesichter auf, während sie die Frauen herumkommandierten oder darauf warteten, von ihnen bedient zu werden. Hyazinthe trug Möwes Kind in sich, trotzdem zwang er sie häufig, neben ihm stehenzubleiben, während er aß, obwohl sie von der Arbeit erschöpft war und das Gewicht ihres Bauches ihr zu schaffen machte. Von Weide, einer anderen jungen Frau, wurde erwartet, daß sie Seetauchers Haar und Bart mit der Mittelgräte eines Fischs kämmte, obwohl er sich sehr gut selbst hätte pflegen können. Kresse und Veilchen, die älteren Frauen, schleppten schwere Bündel Holz ins Lager, wobei ihnen manchmal die beiden Knaben, Silberreiher und Pelikan, halfen, niemals jedoch die Männer.

Die Frauen sammelten Pflanzen, angelten im Fluß, gingen an den Strand, um Muscheln oder anderes Seegetier zu suchen, horteten Nahrung für den Winter und hielten das Lager sauber. Die Männer gingen auf die Jagd, fertigten Werkzeuge, Kleidung und Waffen und flickten die Hütten, wenn nötig. Jeder war ausreichend mit Arbeit versorgt, doch die Männer nahmen das Schuften der Frauen als naturgegeben hin, während sie von den Frauen Dankbarkeit erwarteten, weil sie sie versorgten.

Wann immer einer der Männer in der Nacht bei einer Frau liegen wollte, brauchte er nur mit einer raschen

Handbewegung in seine Leistengegend zu deuten, dann folgte ihm die Frau in die kleine Hütte. Die Frauen ließen durch keinerlei Anzeichen erkennen, daß sie die Vereinigung mit ihm wollten oder daß sie ihnen Spaß machte, und ich konnte nie beobachten, daß eine Frau einem Mann eine entsprechende Andeutung gemacht hätte. Ich merkte bald, daß Möwe immer mit Hyazinthe zusammenlag, trotz ihres dicken Bauchs, während Seetaucher sich mit Weide zusammentat und Meerschwalbe entweder Kresse oder Veilchen zu sich rief.

Es war Meerschwalbe, der mir erklärte, daß jede Frau nur mit einem Mann zusammenliegen durfte, doch wenn eine geraume Zeit vergangen war, ohne daß sein Samen in ihr gewurzelt hätte, konnte sie ein anderer Mann für eine Weile zu sich rufen. Das war deshalb so geregelt, so wurde mir erklärt, damit jeder Mann wußte, wo sein Samen gefruchtet hatte. Auf diese Weise wußte Meerschwalbe, daß Pelikan, den Kresse geboren hatte, sein leiblicher Sprößling war, während Silberreiher, den Veilchen zur Welt gebracht hatte, Seetauchers Kind war.

»Seetaucher hatte eine Zeitlang Weide beigelegen«, erzählte Meerschwalbe mir, »doch ohne Folgen.« Er schüttelte den Kopf. »Es wird Zeit, daß es bald ein anderer Mann mit ihr versucht. Silberreiher wird demnächst alt genug dafür sein.«

»Du könntest dein Glück versuchen.« Ich fand diese Bemerkung geschmacklos, doch ich bemühte mich, mit ihm genauso locker zu plaudern, wie es die anderen Männer taten.

Meerschwalbe war entsetzt. »Das geht auf keinen Fall. Aus meinem Samen ist ihr Leben in Kresses Leib entstanden.« Ein Mann, so stellte sich heraus, durfte sich nicht mit einer Frau vereinigen, die seinem eigenen Samen entstammte, genausowenig wie mit einer Frau, die ihn selbst geboren hatte. Ein Mann durfte sich hingegen mit einer Frau vereinigen, die dieselbe Mutter hatte wie er, oder mit anderen, die ihr Leben demselben Vater verdankten, aber erst, nachdem beide jeweils einem anderen beigelegen hatten.

»Jetzt verstehst du, warum ihr gebraucht werdet«, sagte er. »Wir wollen hoffen, daß aus deinem und Biranas Zusammensein weiteres Leben entsteht.«

Ich antwortete nicht. Daß sie einmal diese Qual durchstehen mußte, war schlimm genug. Ich würde ihr niemals zumuten, das ein zweites Mal zu erleiden. Ich hatte sie in Sicherheit bringen wollen; jetzt war ich besorgt, was diese Gruppe ihrer Seele antun mochte.

Einige Tage nach unserer Ankunft im Lager ging ich zur Hütte der Frauen und machte mich durch Rufen bemerkbar. Kresse kam zum Eingang und sah zu mir heraus.

»Ich möchte die kleine Lilie sehen«, sagte ich.

»Verzeih mir die Frage, aber was möchtest du von ihr?«

»Ich habe etwas Heilkunde von einem anderen Mann erlernt. Vielleicht kann ich ihr irgendwie helfen.«

Kresse warf das ergrauende Haar zurück. »Du kannst nichts tun«, sagte sie, ließ mich jedoch in die Hütte eintreten. Lilie saß an der Feuerstelle und flocht einen Korb aus Schilfhalmen. Ein Zittern erschütterte sie; der Korb fiel ihr aus den zuckenden Händen.

»Der Mann Arvil möchte dich sehen.« Kresse musterte mich argwöhnisch. »Ich bitte dich in aller Bescheidenheit, schnell zu erledigen, was immer du zu tun beabsichtigst. Ich muß vor Einbruch der Dunkelheit noch Holz sammeln, und ich werde sie nicht mit dir allein lassen.«

Ich seufzte. »Ich führe nichts Böses im Schilde.«

»Vergib mir, wenn ich das sage, aber ich habe Männer gekannt, die sich von kleinen Mädchen, die kaum älter waren, erregt fühlten, auch wenn sie wußten, daß man sich mit diesen nicht vereinigen kann und daß sie zu jung sind, um Kinder zu haben. Ich möchte dich bitten, daß ich solange hier warten darf.«

»Du kannst von mir aus warten«, antwortete ich.

Sie gab dem Kind ein Zeichen, dann setzte sie sich neben mich. Ihre goldbraunen Augen sahen mir direkt ins Gesicht, während ich mit den Händen über Lilies schmächtigen Körper strich. Abgesehen von der Spalte zwischen ihren Beinen war ihr Körper wie der eines Knaben.

»Es ist schwer für sie, das einzige Mädchen hier zu sein«, sagte Kresse. »Silberreiher und Pelikan fangen jetzt schon an, an ihr herumzuspielen.«

»Wenn ihr Kleidung für sie anfertigen würdet, die ihre Blöße bedeckt, dann würden sie vielleicht nicht von ihr erregt.«

Die Frau hob die Schultern. »Bei warmem Wetter ist es angenehmer für die Kinder, wenn sie nackt herumrennen können. Wir alle werden uns früh genug in Kleidung hüllen müssen. Die Männer fühlen sich bei Kälte unwohl.« Sie zupfte an ihrem Lendentuch. »Am liebsten sehen sie unsere Körper unverhüllt und stellen die ihren zur Schau. Du solltest Birana sagen, daß sie in dieser Jahreszeit nicht so viel anzuhaben braucht.«

»Ihr solltet ab und zu an eure eigenen Wünsche denken und nicht nur an die der Männer.«

Kresse kräuselte die Lippen. »Birana hat gesagt, daß du kein Mann wie die anderen bist. Du unterscheidest dich mehr von ihnen, als ich dachte.«

Lilie zuckte erneut. Der Anfall ging vorüber. »Wie lange hat sie dieses Zittern schon?« fragte ich.

»Ich habe es kurz nach ihrer Geburt zum ersten Mal beobachtet. Sie war immer so. Hyazinthe hat einiges Schlimme durchgemacht – zuerst Lilie und dann ein Kind, das sterben mußte.« Sie machte eine flehentliche Handbewegung. »Ich bete darum, daß ihr nächstes Kind keinen Schaden haben wird.«

Ich befühlte Lilies Hüfte. »Diese Hüfte ist nicht wie

die andere gestaltet«, sagte ich. »Deswegen hinkt sie. Es ist, als ob der Schenkelhals aus der Pfanne gerissen worden wäre.«

»Sie hatte anfangs große Schwierigkeiten mit dem Laufen. Sie fiel ständig hin.«

»Jemand hat sie verletzt. Wie ist das passiert?«

Kresse schwieg.

»Weißt du es? Kannst du es mir sagen?«

Kresse senkte den Blick. »Du mußt es mir sagen«, forderte ich sie in dem Befehlston auf, den die Männer hier anwandten.

»Bei ihrer Geburt kam ihr Fuß zuerst heraus. Ich mußte sie herausziehen, es gab keine andere Möglichkeit.«

»Erzähl mir mehr darüber, Kresse.«

Sie warf die Hände hoch. »Das kann ich nicht! Du bist ein Mann. Ich kann mit dir nicht über solche Dinge reden.«

Ich tätschelte Lilies Arm und ließ sie dann los. Sie hinkte zur Feuerstelle zurück und ließ sich mit gesenktem Kopf nieder. »Dann sieh in mir doch den Heilkundigen, nicht den Mann«, sagte ich. »Birana wird ein Kind bekommen. Ich muß wissen, daß sie Hilfe bekommt und daß ihr kein Schaden zugefügt wird.«

Kresse zog sich die Haare vors Gesicht. »Als erstes muß der Kopf des Kindes aus der Öffnung kommen, doch bei Hyazinthe war es nicht so. Ich habe getan, was ich konnte. Ich wollte das Kind nicht verletzen, doch ich hatte keine andere Möglichkeit. Ich schwöre, daß ich mein Bestes tun werde, um Biranas Kind keinen Schaden zuzufügen.«

»Tu dein Bestes für Birana«, flüsterte ich. »Wenn ihr ein Leid geschieht, wird mir das Kind gleichgültig sein.«

Kresse räusperte sich. »Du hegst ein starkes Gefühl für sie. Das kann nicht nur dein männliches Bedürfnis sein.« Sie stand auf. »Du bist ein seltsamer Mann, Arvil.

Dir wohnt die Kraft eines Mannes inne, und doch bist du nicht wie die anderen. Du hörst mir zu, auch wenn ich nicht einmal um Erlaubnis gebeten habe zu sprechen. Du schabst dir die Haare aus dem Gesicht, obwohl nur Frauen und Kinder unbehaarte Gesichter haben.« Sie schüttelte den Kopf. »Und Lilie? Kannst du irgend etwas für ihre Heilung tun?«

»Ich kann nichts tun«, antwortete ich verbittert. »Ich kann ihr Bein nicht in die richtige Stellung zwingen, ohne Gefahr zu laufen, sie noch mehr zu verletzen. Ich weiß nicht, was ihr Zittern verursacht. Der Mann, der mich in der Heilkunde unterwiesen hat, war sehr weise, doch selbst er hätte in diesem Fall nichts erreicht. Es tut mir leid.«

»Darf ich jetzt gehen? Ich muß Holz sammeln.«

Ich nickte. Sie nahm eine lange Trageschlinge aus Leder und verließ die Hütte.

»Es tut mir leid«, sagte ich zu Lilie. »Ich hätte dir gern Kräuter oder Wurzeln verabreicht, um zu sehen, ob dadurch dein Zittern aufhören würde, doch vielleicht würde es durch solche Mittel nur noch schlimmer. Oft tut ein Heilkundiger besser daran, gar nichts zu unternehmen, wenn er die Ursache eines Gebrechens nicht kennt. Vielleicht ist es eine Krankheit, die von selbst im Laufe der Zeit ausheilt. Du bist sehr tapfer, daß du dich damit abfindest, ohne zu jammern.«

Sie sah mich aus den Augenwinkeln an, dann nahm sie ihre Schilfhalme wieder auf. Ich ging hinaus. Birana kam mit einem kleinen Beutel voller Pflanzen, die sie gesammelt hatte, auf die Lichtung. All die Angst, die ich um sie empfand, stieg plötzlich in mir auf.

Ich winkte ihr zu. »Ich muß mir dir allein sein«, sagte ich in der See-Sprache. »Wirst du heute nacht mit mir in die kleine Hütte gehen? Ich werde vor den anderen Männern das entsprechende Zeichen machen, aber wir brauchen uns nicht der Lust hinzugeben – deine Anwesenheit wird mir genügen.«

Sie setzte den Beutel ab. »Du brauchst nicht zu fragen.« Ihre Mundwinkel zuckten. »Die anderen Männer brauchen nur das gewisse Zeichen zu machen, so scheint es.«

»Ich werde dich immer fragen. Ich werde das Zeichen nur dann machen, wenn du mit mir kommen möchtest.«

Sie lächelte, doch ihre Augen waren unverändert traurig. »Dann gehe ich also mit dir in die Hütte.«

Am Abend war meine Sehnsucht nach ihr größer geworden, doch der Anblick der grinsenden und zwinkernden Männer, während ich das Zeichen machte, hätte mir fast die Lust geraubt. Wir gingen gemeinsam zur Hütte. Meerschwalbe raunte Seetaucher etwas zu, woraufhin dieser lachte.

Wir traten ein. Ich hob ein Fell hoch und breitete es über die Matte am Boden. »Möchtest du ein Feuer?« fragte ich.

Birana schüttelte den Kopf. »Es ist warm genug ohne eines. Außerdem würden die Männer von mir erwarten, daß ich das Holz dafür hole.«

»Birana, wenn du bei mir bist, sollst du dich so verhalten, wie du möchtest.«

Sie streckte sich auf dem Fell aus. Ich hatte die Absicht gehabt, sie nur in den Armen zu halten, doch meine Hände fuhren unter ihr Hemd, während meine Lippen die ihren trafen. Ich begehrte sie, doch dann fiel mir ein, welche Folgen sie aufgrund meines Vergnügens zu ertragen hatte.

Ich ließ sie los. »Ich kann nicht«, flüsterte ich. »Ich habe Angst vor dem, was dir geschehen könnte. Ich habe heute Lilie untersucht. Kresse hat mir erzählt, wie sie auf die Welt gekommen ist, und jetzt ist meine Furcht deinetwegen noch größer.« Ich machte eine Pause. »Ich kann nichts für das Mädchen tun.«

»Sie leidet unter einer Art von Schüttellähmung. Ich

hatte gedacht, so was gäbe es seit langem nicht mehr, aber hier...« Sie wandte den Kopf zu mir um. »Die Frauen werden mir helfen, Arvil, und ich war schon immer kräftig. Du brauchst dir keine Sorgen zu machen. Vielleicht ist es für mich leichter, als es für jede einzelne von ihnen war.« Ich hatte das Gefühl, daß sie das nur sagte, um mich zu beruhigen.»

»Es ist nicht richtig von den Männern, die Frauen so zu behandeln, wie sie es tun.«

Sie seufzte. »Sie wissen es nicht anders.« Sie erzählte mir Dinge, über die die Frauen untereinander sprachen, nicht jedoch mit den Männern.»

Die Frauen lebten in der Hoffnung, daß eines Tages weitere ihrer Artgenossinnen im Lager auftauchen und ihnen ihre Magie wiederbringen würden. Sie deuteten Biranas Anwesenheit als Zeichen, daß dies bald geschehen könnte. Sie fanden sich mit der Schufterei ab, die ihre Pflicht war, beugten sich den Forderungen der Männer und redeten sich ein, daß ihre Fähigkeit, Kinder zu gebären, ihre großartige Macht bewies. Sie wußten nichts über die Städte, außer daß andere ihresgleichen dort lebten und daß deren Göttin gefürchtet werden mußte. Die Männer mochten böse Worte über die Gebiete äußern, in denen die Herrin herrschte, doch die Frauen beteten gelegentlich heimlich zu Ihr.

»Was hast du ihnen über dich selbst erzählt?« fragte ich.

»Nur daß ich aus einer Stadt weggeschickt wurde. Sie wissen nicht warum. Sie halten verzweifelt an dem Glauben fest, daß ich zu ihnen gesandt worden sei, um ihnen zu helfen, und daß noch andere kommen werden. Ich weiß nicht, wie ich ihnen beibringen soll, daß das nicht so ist. Sie haben so wenig, das sie hoffen können.« Sie griff nach meiner Hand. »Das darfst du den Männern jedoch nicht sagen.«

»Ich verstehe.« Ich fragte mich, welche Geheimnisse die Frauen sonst noch vor den Männern bewahren mochten. »Würde eine Enklave diesen Frauen nicht helfen, wenn ...«

»Frauen, die mit Männern zusammenleben, so wie sie es tun? Ich weiß nicht. Solche Frauen darf es eigentlich gar nicht geben. Jetzt umhegen sie mich. Wahrscheinlich würden sie schon allein dafür ihr Leben lassen müssen.«

Ihre Stimme klang so verzweifelt, daß ich nach einer Möglichkeit suchte, sie aufzuheitern. »Morgen«, sagte ich, »werde ich das Lager mit meinem Speer und deinem Bogen samt Pfeilen verlassen. Wir wollen uns treffen und wieder einmal zusammen jagen. Wir brauchen es niemandem aus der Gruppe zu sagen.«

»Die Frauen würden es sowieso nicht verraten, obwohl sie mich deswegen wahrscheinlich verachten würden. Ich kann nicht kommen. Sie erwarten von mir, daß ich meine Pflichten erfülle.«

»Du wirst mit mir jagen, und ich werde mit dir Pflanzen sammeln.« Ich hielt sie in den Armen, bis wir einschliefen.

Während des Sommers gingen wir nur ein paarmal gemeinsam auf die Jagd. Birana machte einen kräftigen Eindruck, doch je dicker ihr Bauch wurde, desto weniger Lust schien sie dazu zu haben. Anfangs forderte sie den Ärger der Männer heraus, indem sie ihnen unbeirrt ins Gesicht sah, wenn sie sie herumscheuchten, oder indem sie ohne Erlaubnis sprach. Doch bald verrichtete sie ihre Arbeit ohne Widerrede. Ich dachte daran, wie stolz und tapfer sie gewesen war, und Verzweiflung überkam mich.

Wir mußten hart arbeiten, um genügend Vorräte für den bevorstehenden Winter anzulegen. Die Männer hatten mir beschrieben, wie die Winter in dieser Gegend waren. Es würde nicht ganz so schlimm werden wie manche Zeiten, die ich früher durchgemacht hatte, doch als sich der Sommer dem Ende zuneigte, blies häufig vom Meer her ein grimmiger Wind durchs Lager.

Nachts, wenn im Lager alles still war, vernahm ich manchmal das ferne Brüllen des Meeres. Ich freute mich über das Geräusch, das meine Seele ansprach. Manchmal verließ ich das Lager und setzte mich ans Ufer, allein mit meinen Gedanken, wobei ich die Bewegung des Wassers verfolgte, das den Sand überspülte.

Eines Tages, gegen Ende des Sommers, begaben sich die Frauen zum Strand, um im nassen Sand nach Venusmuscheln zu graben. Ich hatte ihnen schon zuvor mehrmals bei dieser Arbeit zugesehen, doch sie wollten sich nicht von mir helfen lassen und schienen diese Zeit, die sie von den Männern entfernt verbringen konnten, als angenehm zu empfinden. Ich folgte ihnen, setzte mich jedoch auf einen Hügel über dem Strand und beobachtete sie. Die Gruppe war schon oft an den Strand gekommen, hatte ein Feuer entzündet und eine Feuergrube ausgehoben, um die Muscheln zu garen, zusammen mit salzigem, nassem Seetang, doch bald würde die Witterung zu kalt sein für derlei Arbeiten. Alle Frauen trugen jetzt Hemden und enganliegende Beinkleider. Hyazinthes Hemd spannte sich straff über dem Bauch, und Birana würde das ihre bald zu klein sein.

Sie lachten und plauderten, während sie nach Nahrung buddelten. Ich hatte ein Fell mitgebracht und bearbeitete das Leder mit einem Stein, glücklich darüber, die Frauen in so ausgelassener Stimmung zu sehen; ich erinnerte mich an einen Traum, in dem mir Frauen von einem anderen Ufer aus zugewunken hatten. Sie nahmen ihre Beutel mit Muscheln auf und stiegen in meine Richtung herauf, alle außer Weide, die noch dabei war, Muscheln in ihren Beutel zu füllen. Sie lächelten, als sie an mir vorübergingen; Birana machte Anstalten, etwas zu sagen, doch dann wurden ihre Augen abweisend und kalt.

Ich drehte mich um. Seetaucher war hinter mir aufgetaucht und näherte sich dem Ufer. Die Frauen gingen schweigend an ihm vorbei. Er kam neben mich, blickte eine Zeitlang zu Weide hinunter und stolperte dann die sandige Böschung zu ihr hinab.

Er ging auf sie zu. Ich erwartete, daß er ihr beim Tragen des Beutels helfen würde, so unwahrscheinlich das auch war. Er sagte etwas, doch ich konnte seine Worte nicht verstehen. Sie wich zurück und schüttelte den Kopf. Seetaucher packte sie am Arm. Sie riß sich von ihm los. Er machte einen Satz hinter ihr her und warf sie mit dem Gesicht nach unten in den Sand; dann zerrte er an ihren Beinkleidern und ihrem Lendentuch. Sie richtete sich zappelnd auf die Knie auf, während er an seinem eigenen Lendentuch zerrte. Er zog sie an den Hüften zu sich, drang in sie ein und fuhr mit heftigen Stößen fort, während sie die Hände im Sand verkrallte.

Ich sprang auf. Die Frau hatte durch kein Anzeichen erkennen lassen, daß sie das wollte, indessen schien es ziemlich deutlich, daß es ihr unangenehm war. Ich eilte zu ihnen, doch obwohl ich Mitleid mit Weide empfand, konnte ich den Blick nicht von diesem Akt abwenden. Irgendwie erregte mich dieser Anblick, so sehr ich auch dagegen ankämpfte.

Seetaucher war fertig; er stand auf, richtete sein Lendentuch und nahm mich wahr. Ich dachte, er würde wütend sein, doch statt dessen winkte er mir zu. Weide kauerte zusammengekrümmt und weinend im Sand; die Spuren seiner Finger waren auf ihren Hüften zu sehen.

»Du hast ihr weh getan«, sagte ich. Ich streckte die Hand aus, doch Weide schüttelte den Kopf und bedeckte ihr Gesicht mit den Haaren. Ich hatte ihr Trost spenden wollen, doch statt dessen hatte ich sie nur beschämt, indem ich Zeuge des Vorgangs geworden war.

Seetaucher zuckte die Achseln. »Sie benimmt sich oft so. Vielleicht kommt diesmal ein Kind dabei heraus.« Er kniff die Augen zusammen. »Wenn sie nicht bald ein Kind in sich trägt, und wenn deines ohne Schaden zur Welt kommt, könntest du es ja mal mit ihr probieren.«

Ich zuckte bei seinen Worten zusammen, die er von sich gab, als ob Weide gar nicht da wäre. »Ich werde mich nach Weides Wünschen richten«, erwiderte ich.

»Sie hat dabei nichts zu sagen.«

»Ich empfinde kein Vergnügen mit einer Frau, die es nicht selbst will.«

»Du tätest gut daran zu begreifen, was eine Frau ist und was du bist.« Seetaucher senkte den Blick. »Du gibst es nicht zu, aber ich sehe, daß sie dich erregt hat.«

Er hatte entdeckt, was ich verheimlichen wollte, denn mein Glied war steif geworden. Der Klang seines Lachens verfolgte mich, während ich davontaumelte.

Etwas Böses hatte sich in mir breitgemacht. Ich konnte das Gesehene nicht aus meinem Gedächtnis verbannen; ich hatte zu lange die Wonnen der Liebe entbehrt. Ich setzte meinen Weg in Richtung Lager fort, während ich gegen meine Gedanken ankämpfte und mich schmerzlich danach sehnte, eine Frau um mich herum zu spüren.

An diesem Abend rief ich im Lager mit dem den Männern gebräuchlichen Zeichen Birana zu mir. Bis dahin hatte ich das niemals gemacht, ohne mich zuvor zu vergewissern, daß sie mit mir zusammen sein wollte. Ihre Lippen strafften sich bei meiner Geste. Die Männer hatten beobachtet, wie ich das Zeichen gemacht hatte, und sie konnte mir keine Abfuhr erteilen.

Sie drehte sich ruckartig um und ging auf die kleine Hütte zu. Seetauchers Lippen zuckten, als ich aufstand. Ich dachte an seine Hände auf Weides Hinterbacken, hatte das Bild vor Augen, wie er in sie eingetaucht war, wie ihre hilflosen und widerspenstigen Bewegungen ihn womöglich erst recht erregt hatten. Mein Verlangen war stärker als jemals zuvor.

Im Inneren der Hütte war es fast dunkel. Nur geringes Mondlicht fiel durch die Öffnungen im Dach. Als Birana sich setzte, kniete ich mich hinter sie und zerrte an ihrem Hemd.

»Was ist denn mit dir los?« flüsterte sie in der See-Sprache.

»Ich muß ... ich brauche ...« Ich zwang sie auf den Bauch.

»Du tust mir weh.«

»Ich muß ... «

Sie entwand sich mir und schlug mir ins Gesicht. »Oh, ich verstehe! Wie schnell du dich angepaßt hast. Nun, du bist immer noch stärker als ich, besonders jetzt. Nur zu, tu, was du willst. Wenn mein Widerstand zu groß ist, kannst du die anderen herbeirufen. Sie kommen bestimmt herein und halten mich fest, damit du es erledigen kannst, und dann werden sie dir sagen, was für ein großartiger Kerl du bist, weil du dir genommen hast, was du brauchst.«

Sie streckte sich auf der Matte aus. Der Gedanke, daß sie dalag und mich ertrug, während sie mich haßte, stieß mich plötzlich ab. »Mein Verlangen ist zu groß«, flüsterte ich. »Heute habe ich Seetaucher mit Weide am Strand beobachtet. Ich wußte, daß sie ihn nicht wollte, und doch ...«

»Ich kann mir vorstellen, was du gesehen hast. Ich habe zugehört, als sich die Frauen darüber unterhielten, wie es die Männer machen.«

»Trotzdem bleiben sie hier«, entgegnete ich. »Sie müssen doch auch ein gewisses Vergnügen dabei empfinden.«

»Wohin könnten sie sonst gehen, Arvil? Wie könnten sie leben? Sie bleiben hier bei den Männern, weil es ihr Ende bedeuten würde, wenn sie es nicht täten. Manchmal empfinden sie Spaß, oft empfinden sie keinen, aber es ist schlimmer, wenn sie dagegen ankämpfen. Die Männer machen sich nur etwas vor, wenn sie glauben, die Frauen wollen es so. Ist es das, was du von mir willst?«

»Dieser Ort hat mich vergiftet«, sagte ich. »Ich habe schon früher gesehen, wie Männer sich schwächere gefügig machten, doch der Anblick hat mich niemals erregt – ich erinnere mich, was es bedeutete, ein Junge zu sein, der von der Gnade der erwachsenen Männer abhing.

Doch ein Junge wächst heran und wird stark genug, um sich an jenen zu rächen, die ihn allzusehr gepeinigt haben. Weide wird niemals stärker als Seetaucher werden. Er kann sie immer zu dem zwingen, was er von ihr will.« Ich seufzte. »Diese Männer betrachten die Frauen nur als Erdreich für ihren Samen. Ich hasse mich selbst, wenn ich daran denke, was sie tun, und doch steckt dieses Böse auch in meiner Seele.«

»Du brauchst nicht...«

»Vielleicht habt ihr richtig gehandelt, als ihr euch von uns abgesetzt und uns beigebracht habt, euch anzubeten.«

»Nein, Arvil. Was für diese Männer und Frauen zutrifft, trifft für uns nicht zu.«

Ich legte mich neben sie. Sie schwieg eine geraume Zeit, dann beruhrte ihre Hand mein Haar und strich sie mir aus dem Gesicht. »Was immer in dir vorgegangen sein mag, du hast es nicht in die Tat umgesetzt. Ich hätte mich nicht gegen dich wehren können, doch du hast dich zurückgehalten. In uns allen steckt genügend Böses – entscheidend ist, ob wir danach handeln oder nicht.« Sie machte eine Pause. »Du bist doch noch mein Freund, oder nicht?«

»Du beschämst mich mit dieser Frage. Du bist mehr als meine Freundin.«

»Ich bin hier auf deine Freundschaft angewiesen. Mein Kind wird dich brauchen. Ich habe Angst vor dem, was geschehen wird, auch wenn ich die Entbindung überleben werde. Ich werde ein weiteres Kind bekommen müssen, und dann noch eins – die anderen werden es von mir erwarten.«

»Nein«, sagte ich. »Ich kann nicht zulassen, daß du das alles noch einmal erleidest.«

»Wenn wir kein weiteres Kind bekommen, werden sich die anderen nach dem Grund fragen. Sie werden auf den Gedanken kommen, daß vielleicht einer von ihnen ein gesundes Kind mit mir zeugen könnte. Womöglich werde ich gezwungen, bei einem von ihnen zu liegen.«

»Niemals!« murmelte ich. »Wir müssen diesen Ort verlassen.«

»Wie denn? Mit einem Baby? Glaubst du, sie würden uns jetzt ziehen lassen?« Sie kuschelte sich an mich. »Arvil, ich habe Angst hierzubleiben, obwohl die Frauen trotz allem bis jetzt gut zu mir waren. Sie hegen eine bestimmte Hoffnung, auch wenn es eine Illusion ist. Es wäre hart, wenn ich sie einfach im Stich lassen würde, obwohl ich nicht viel für sie tun kann.«

Ihre Lippen berührten meine Wange. Ihre Hände liebkosten mich; sie suchte die Berührung mit mir. Mein Verlangen schwoll an.

»Ist es so nicht besser«, flüsterte sie, »wenn ich dich ebenfalls begehre?«

Ihr Körper war verändert, ihre Brüste prall, ihr Bauch groß. Ich legte mich auf die Seite und zog sie an mich.

Ein paar Tage später war es bei Hyazinthe soweit.

Sie stand neben Möwe und hielt das Essen, das sie im Begriff war ihm zu reichen, als sie plötzlich nach vorn zusammensackte. Das Fleisch und der Steinteller fielen ihr aus den Händen. Möwe holte zu einem Schlag gegen sie aus, doch dann ließ er den Arm wieder sinken.

»Ihre Zeit ist gekommen«, sagte Kresse, ohne zuvor um Erlaubnis zum Sprechen zu bitten. Die anderen Frauen standen auf und führten Hyazinthe zu ihrer

Hütte. Kresse wandte sich an Birana. »Es ist besser, wenn du auch mitkommst. Vielleicht brauchen wir dich.«

Biranas Hände zitterten, als sie aufstand. Ich wollte ihr folgen, doch Meerschwalbe hielt mich mit einer Handbewegung zurück. »Das geht uns nichts an«, murmelte er.

»Ich bin der Heilkunst kundig. Ich sollte auch über diese Vorgänge Bescheid wissen.«

Er schüttelte den Kopf. »Das sind Dinge, die nicht für die Augen von Männern bestimmt sind.«

Wir beendeten unsere Mahlzeit und räumten den Platz um das Feuer herum ausnahmsweise selbst auf. Von Zeit zu Zeit stöhnte Hyazinthe oder stieß einen Schrei aus. Die Männer ließen sich nicht anmerken, ob sie es hörten, doch ich spannte mich bei jedem ihrer Schreie vor Angst.

Als ich in dieser Nacht in der Hütte der Männer lag, wurden ihre Schreie immer lauter, bis sie durch das ganze Lager schallten, und ich erschauerte bei der Vorstellung der Schmerzen, die sie erleiden mußte. Meerschwalbe und Pelikan lagen auf ihren Matten in gesundem Schlaf und atmeten gleichmäßig. Selbst Möwe, der für Hyazinthes Zustand verantwortlich war, schlief tief und fest. Ich konnte nicht schlafen, und es war mir unbegreiflich, wie die anderen Männer es konnten.

Birana würde auf die gleiche Weise leiden.

Ich schlich lautlos aus der Hütte. Der Schein eines Feuers flackerte im Eingang zur Behausung der Frauen. Hyazinthe schrie nun fast ohne Unterbrechung. Ich huschte auf das Licht zu und spähte hinein.

Die Schreie erstarben plötzlich. Hyazinthe keuchte rhythmisch, was mich an das Stöhnen erinnerte, das Birana manchmal von sich gab, wenn ich in ihr war. Die Frauen kauerten um Hyazinthe herum, und dann hielten Kresse und Veilchen ihre Arme fest, während sie sich krümmte. Ihr Körper glänzte schweißnaß. Ein winziger Kopf, glänzend von Blut, tauchte zwischen ihren Beinen auf.

Ich rang entsetzt nach Luft. Weide drehte sich um. »Verschwinde!« Sie sprang auf und schob mich von dem Eingang weg. »Das ist kein Anblick für dich.«

Ich zog mich auf den freien Platz zurück und setzte mich an die mit Asche bedeckte Feuerstelle. Ich war von Entsetzen erfüllt, doch vermischt mit dem Entsetzen war Ehrfurcht vor dem, was ich gesehen hatte.

Bisher hatte ich in Frauen die Beherrscherinnen der Erde gesehen, und in den Männern Wesen, die aufgrund einer uralten Strafe vom Dasein anderer Geschöpfe getrennt waren. Doch in den Enklaven brachten die Frauen ihre Kinder immer noch auf dieselbe Weise zur Welt wie Hyazinthe, welche Magie sie auch immer einsetzen mochten, um den Vorgang zu erleichtern, und die Männer gaben noch immer ihren Samen, ohne es zu wissen. Jetzte erkannte ich, wie sehr wir alle mit der Erde verbunden waren, wie wir nach wie vor den Regeln der Erde unterlagen.

Ich hatte etwas gefunden, das ich anstelle des Glaubens, den ich verloren hatte, anbeten konnte – das Leben an sich, die Fähigkeit der Frauen, Kinder zu gebären, das Vermögen der Männer, mit ihrem Samen Kinder zu zeugen. Ich dachte daran, daß das Erbe eines anderen Mannes und einer Frau in mir lebte, und wie ein Teil von mir in dem Kind leben würde, das Birana in sich trug. Tal lebte in mir fort. Das war die Bestimmung unserer Seelen – in jenen weiterzuleben, die uns auf der Erde nachfolgten, nicht im Reich der Herrin in der nächsten Welt.

Jemand trat neben mich. Ich blickte in Biranas überschattetes Gesicht hinauf. »Es ist vorbei«, sagte sie. »Hyazinthe geht es gut.«

»Was ist mit ihrem Kind?«

Sie senkte den Blick. »Es ist ein Mädchen. Das Baby

lebt, aber es ist sehr schwach. Kresse sagte, daß es zu früh gekommen ist.«

Ich nahm ihre Hand. »Und wenn es bei dir soweit ist?«

»Mach dir keine allzu großen Sorgen. Die Frauen kennen sich in diesen Dingen besser aus, als ich dachte – sie wissen darüber Bescheid, wie sie beim Atmen behilflich sein können, daß ihre Hände und das Messer, das sie benutzen, um die Nabelschnur zu durchtrennen, sauber sein müssen, und noch vieles andere. Vielleicht konnte die Urmutter, die vor langer Zeit in die Verbannung geschickt worden war, ihnen einiges Wisses übermitteln.

»Sie hat so schecklich geschrien...«

»Die Geburt war nicht einfach, aber es war schnell vorbei. Vielleicht wird es bei mir nicht so schlimm.«

Ich stand auf. »Ich muß den Männern Bescheid sagen. Möwe ist bestimmt begierig, es zu erfahren.«

»Laß sie schlafen. Es wird bald Morgen sein. Sie werden feiern, und ausnahmsweise wird Möwe einen Tag lang Hyanzinthe schonen. Du solltest dich jetzt etwas ausruhen.«

Ich hielt sie einen Augenblick lang in den Armen, bevor ich zur Hütte zurückkehrte.

Am nächsten Tag wurde gefeiert. Die Männer marschierten an der Behausung der Frauen vorbei und spähten singend zu Hyazinthe und ihrem Kind hinein. Ich verspürte ein starkes Bedürfnis, Mutter und Kind immer wieder zu betrachten und zuzusehen, wie das Kleine an Hyazinthes Brust nuckelte. Das war die Art, so erfuhr ich, wie ein Baby gefüttert wurde, und ich staunte, daß eine Frau nicht nur Leben schenken, sondern auch Nahrung spenden konnte.

Ich hatte nicht erwartet, daß das Kind so klein wäre. Einst hatte auch mich eine Frau so gehalten, hatte mich gestillt. Alle derartigen Erinnerungen waren mir genommen worden, und selbst die Träume, die ich einst von jenen Zeiten hatte, waren verblaßt. Jetzt kehrten sie im Schlaf zu mir zurück, und ich hörte wieder den Gesang der Frau, die mich geboren hatte.

Die Männer waren fröhlich, die Frauen waren ernst. Die Blicke, die die Frauen wechselten, verrieten mir, daß sie um das Kind bangten. Die fröhliche Stimmung im Lager war von kurzer Dauer. Drei Tage nach der Geburt tat das Kind seinen letzten Atemzug.

Hyanzinte taumelte aus der Hütte und jammerte laut; Möwe erwiderte ihren Kummer seinerseits mit Wehklagen. Sie standen beisammen; die Frau weinte, während sich Möwe die Haare und den Bart raufte. »Mein Samen ist verflucht«, rief er. »Zuerst Lilie, und jetzt das. Was habe ich nur getan?« Er warf sich zu Boden und trommelte mit den Fäusten, bis Meerschwalbe und Pelikan ihn wegführten.

Kresse, die von den anderen Frauen umringt war, trug den kleinen Leichnam aus dem Lager. Ich folgte mit den Männern. Wir gingen, bis wir den Hügel über dem Meer erreichten, dann setzten wir unseren Weg zum Strand hinunter fort. Dort legten die weinenenden Frauen das Kind auf den Sand. Möwen, die darüber ihre Kreise drehten, kreischten und fügten ihre klagenden Schreie den unseren hinzu.

Wir warteten, bis die Wellen nach dem toten Körper griffen. Als das Kind in den Fluten verschwand, gab Hyazinthe lautes Geheul von sich, während Veilchen sie festhielt. Biranas Hand lag auf ihrem Bauch, und sie sah mich an. Die Männer wandten die Blicke ab, doch die Todesangst in ihren Augen war mir nicht entgangen – nicht die Angst vor dem Tod eines einzelnen, sondern die Angst, daß die gesamte Gruppe bald aussterben könnte.

Meerschwalbe kam zu mir heran, während die Frauen den Strand verließen. »Mir scheint«, murmelte er, »daß sich unsere ganze Hoffnung auf dein Kind richtet.«

Ich dachte oft an meine Mutter und daran, wie groß ihre Hoffnung auf eine Zufluchtsstätte gewesen war. Sie hatte sich, so vermutete ich, einen Ort vorgestellt, wo Frauen in einer Ansiedlung lebten, die einer primitiven Stadt ähnelte, wo sie all jenes Wissen praktisch ausübten, das ihnen zur Verfügung stand, und über eine männliche Dienerschaft herrschten, die sie zum Überleben brauchten. Meine Zeit mit Arvil hatte in meiner Vorstellung ein anderes Bild von einer möglichen Zufluchtsstätte entstehen lassen, nämlich als Ort, wo Männer und Frauen vielleicht gelernt hatten, einander zu lieben, als Kameraden zusammenzuleben.

Jetzt erkannte ich, wie töricht derartige Hoffnungen gewesen waren. Eine Ansiedlung, die groß genug wäre, um Voraussetzungen für ein Überleben zu bieten, um Inzucht zu vermeiden, um von der Versorgung durch Jagen und Sammeln zur Landwirtschaft überzugehen, müßte so ausgedehnt sein, daß sie der Aufmerksamkeit streunender Gruppen von Männern und schließlich der der Städte nicht verborgen bleiben konnte. Nur kleine Gruppen waren möglich, Vereinigungen, die ein paar Generationen lang ein fragwürdiges Dasein fristen konnten, bis sie zu schwach und zu wenige geworden waren, um zu überleben.

Ich hatte gehofft, Freundinnen zu finden, Frauen, die sich einiges von dem Wissen der Städte und ihren Errungenschaften bewahrt hatten, mit denen ich über das, was ich gelesen und gelernt hatte, hätte reden können; ich hatte mir Männer vorgestellt, die ihren Geist diesem Wissen öffnen würden. Doch solche Gedanken waren sinnlos in dieser Welt, in der das einzige Wissen, das von Bedeutung war, sich damit beschäftigte, welche Pflanzen zu sammenln und welche Tiere zu erjagen und wie Werkzeuge und Hütten zu bauen waren.

Diese Frauen hatten das Wissen ihrer Vorfahrinnen verloren, und die Städte waren nur noch sagenumwobene Stätten der Magie für sie. Die Bedürfnisse ihrer Kinder, die Tatsache, daß die Frauen sie gebären und stillen und sich um sie kümmern mußten, solange sie klein waren, zwang sie zur Abhängigkeit von den Männern. Die Männer ihrerseits forderten einen hohen Preis für diese Abhängigkeit.

Veilchen, die älteste unter den Frauen, sah die Dinge nicht so. Sie war stolz auf die Duldsamkeit der Frauen, auf die Kinder, die sie hatten zur Welt bringen können, auf ihre Fähigkeit, ihre Arbeit zu verrichten und die Bedürfnisse der Männer zu befriedigen. Obwohl die Männer sich in der Herrlichkeit ihrer körperlichen Überlegenheit sonnten, machten sich die Frauen unter sich lustig über diese Kraftmeierei, während sie von dem Tag träumten, an dem die Städte zu ihnen kommen und sie erheben würden. Sie lebten mit den Männern zusammen, und doch war ihr Leben in gewisser Weise so getrennt von dem der Männer, wie es in den Städten der Fall war, denn sie verheimlichten einen Großteil ihrer Gedanken und erlaubten den Männern, zu glauben, was sie wollten.

Anfangs, kurz nachdem ich ins Lager gekommen war, warteten sie, bis die Männer schliefen, und dann bedrängten sie mich mit Fragen. Wenn ich aus einer Stadt geschickt worden war, bedeutete das, daß mir andere folgen würden? War es ein Zeichen? Ich hatte ihnen ausweichende Antworten gegeben und behauptet, die Herrin hätte mich nicht in Ihre Absichten eingeweiht, denn obwohl ich sie nicht zu falschen Hoffnungen ermuntern wollte, brachte ich es auch nicht über mich, all ihre bisherigen zunichte zu machen. Sie glaubten fest daran, daß die Herrin ihnen andere Frauen schicken würde – wenn nicht in diesem Jahr, dann im nächsten; wenn nicht während ihrer eigenen Lebensspanne, dann während der ihrer Nachkommen. Sie glaubten, daß ihre Seele im Tod mit der Herrin wiedervereinigt würden, daß die Männer jedoch womöglich bestraft würden, weil sie der Herrin nicht gebührende Ehrfurcht gezollt hatten.

Andere Fragen, die mir heimlich beim Wurzelnsammeln oder beim abendlichen Beisammensein um das Feuer gestellt wurden, betrafen meistens das Leben in den Städten. Die Frauen trachteten nicht nach einer Erweiterung ihres Wissens, ihnen ging es vielmehr um Geschichten von einem Ort, wo Speisen erschienen, wann immer es einen danach gelüstete oder wo Frauen in Schiffen durch die Luft reisten oder wo es immer warm war und niemals Schnee fiel. Sie bewunderten meinen Kompaß, ein Symbol der Magie der Stadt, doch es langweilte sie, als ich versuchte, ihnen den Magnetismus zu erklären. Die Technologie, die die Städte möglich gemacht hatte – die Energie, mit der sie betrieben wurden, die physikalischen Entdeckungen, die unseren Schutzschilden zugrunde lagen, die Chips und Schaltkreise, mit denen die künstlichen Gehirne zur Nachahmung menschlichen Denkens gebracht werden konnten –, all das interessierte sie nicht. Die Tatsache, daß die Städte einst davon geträumt hatten, ihre wissenschaftlichen Kenntnisse zu erweitern oder den Kosmos zu erforschen, daß sie statt dessen jetzt an dem festhielten, was sie schon immer hatten, waren Dinge, die die Frauen nicht begriffen. Nur Lilie hörte offenbar interessiert zu, wenn ich von den Sternen sprach oder von dem, was außerhalb der Erde lag, doch ihre Lebensumstände, das wußte ich, würden ihre Neugier bald dämpfen.

Die Frauen lauschten mir geduldig, wenn ich sie ermutigte, ihr Verhalten den Männern gegenüber zu ändern, doch sie hielten nichts von solchen Ideen. »Laß sie doch an ihre Kraft glauben«, sagte Veilchen. »Das macht sie zufrieden und besänftigt ihre Wut, und wir kennen doch sowieso die Wahrheit.«

»Du solltest dich in Arvils Gegenwart nicht so selbstbewußt geben«, riet mir Hyazinthe. »Damit machst du ihn nur wütend, und dann wird er irgendwann nicht mehr hinter dir her sein und dir keine Kinder mehr machen. Vielleicht hört er auf, dich zu sich zu rufen, und sucht sich lieber eine, die gefügiger ist.«

»Es ist besser, wenn wir uns so verhalten, wie es ihren Vorstellungen von uns entspricht«, murmelte Weide. »Es wird eine Zeit kommen, da wir uns über sie erheben und über eine Magie verfügen werden, mit der wir sie unserem Willen unterwerfen können.«

Nur Kresse erteilte mir keine derartigen Ratschläge. »Arvil ist nicht wie die anderen Männern«, erklärte sie, »und Birana trägt noch immer einiges von der Magie der Herrin in sich. Laßt sie doch leben, wie sie wollen, solange sie die anderen Männer nicht beleidigen. Wenn ihr Kind gesund zur Welt kommt, werden sich unsere Männer vielleicht darüber Gedanken machen und uns genauso behandeln, wie es mit Birana geschieht.«

Die Tage waren oft feucht und düster, so daß sie kälter erschienen, als sie in Wirklichkeit waren. Der Wind, der vom Meer her wehte und der im Sommer so erfrischend und angenehm war, war jetzt kalt und blies oft sehr stark. Die Gruppe gab die Feuerstelle auf dem freien Platz auf und zog sich zu Feuern im Inneren der Hütten zurück, wie sie es zuvor schon bei Regen getan hatte. Anstatt die Männer zu bedienen und dann mit ihnen gemeinsam zu essen, trugen wir die Speisen in ihre Hütte und aßen dann allein in unserer Behausung. Wir hatten einen beträchtlichen Nahrungsvorrat angelegt, konnten uns jedoch keine Ruhe gönnen; Holz mußte ins Lager getragen werden, Minze, Nüsse und sonstige Pflanzen wurden gesammelt, am Fluß wurden Fische gefangen. Die Männer gingen auf die Jagd, wann immer das Wetter es zuließ.

Bald dachte ich kaum noch an etwas anderes als mein

Kind. Ich schritt durch das Lager, als ob meine Umgebung nur Teil eines Traums wäre, und verrichtete meine Arbeit automatisch, bis ich mich ausruhen konnte. Ich erzählte nur noch selten Geschichten von der Stadt und folgte den Befehlen der Männer träge, anstatt bei ihren Worten aufzuspringen. Nur das Kind war Wirklichkeit; selbst mein Körper und mein Gehirn waren nur dazu da, ihm als Herberge zu dienen. Ich wollte nicht daran denken, was nach seiner Geburt geschehen könnte, wie es leben würde, wie wir diesem Ort vielleicht entfliehen könnten.

Kresse brachte mir Grünzeug und Fisch zum Essen und verabreichte mir Heiltränke aus fein zermahlenen Muscheln und Knochen, von denen sie mir versicherte, sie würden meinem Kind nutzen und auch mich kräftigen. Arvil praktizierte seine Heilkunst bei den Männern, indem er eine Wunde an Seetauchers Bein verband, damit sie nicht eiterte, sowie einen Abzeß in Meerschwalbes Mund austrocknete und einen faulen Zahn entfernte. Es hatte den Anschein, daß wir den Winter ohne Krankheit oder Unheil überstehen würden.

Der erste leichte Schneefall setzte ein, und mit ihm ein kalter Wind. Veilchen begann zu husten und danach beim Atmen zu röcheln. Am zweiten Morgen nach dem Schneefall war sie nicht in der Lage, sich von ihrer Matte zu erheben. Ich berührte ihr fiebriges Gesicht, dann rannte ich los, um Arvil zu holen. Er bedeckte sie mit Fellen, braute ihr Heiltränke, wischte ihr die Stirn ab. Veilchen plapperte sinnloses Zeug, während das Fieber in ihr tobte; sie wand sich auf ihrem Lager und warf sich herum, wobei sie versuchte, die Felle abzuwerfen. Arvil saß während des Tages bei ihr, und Kresse sorgte während der Nacht für sie.

Veilchen kämpfte drei Tage lang gegen ihre Krankheit an, dann wurde ihr Körper ruhiger und ihr Atmen mühevoller. Lilie saß in einer Ecke und zitterte, während Hyazinthe sie in den Armen hielt. Arvil wandte den Kopf zu mir um.

»Wird sie es schaffen?« fragte ich in der See-Sprache.

»Nein«, antwortete er. »Ihre Brust füllt sich. Sie bekommt keine Luft mehr. Das Fieber hat ihre Lebenskraft dahingerafft.«

Veilchen öffnete die gelblichen Augen. »Hab keine Angst«, sagte ich. »Du wirst bei der Herrin sein. Deine Seele braucht nicht mehr zu kämpfen.« Es war gleichgültig, was ich sagte, solange es ihr Trost spendete.

»Mein Sohn«, flüsterte sie.

»Ich hole ihn.« Ich eilte aus der Hütte. Seetaucher, der Veilchen einen Sohn gezeugt hatte, stand vor der Behausung der Männer. Er war nicht gekommen, um nach ihr zu sehen; er hatte sich geweigert zu glauben, daß sie sterben könnte.

»Seetaucher!« schrie ich und ließ die Anrede außer acht, die Frauen Männern gegenüber zu benutzen hatten. »Hol Silberreiher. Veilchen möchte ihren Sohn sehen, bevor ...«

Der Junge kam aus der Hütte, während Seetaucher sich aufplusterte. »Was fällt dir ein, in diesem Ton mir mir zu reden, Birana?«

»Ich bitte dich und den Jungen, sofort zu kommen.«

Er trat auf mich zu, dicht gefolgt von dem Jungen. »Geh sanft mir ihr um«, sagte ich leiser.

»Sage mir nicht, was ich zu tun habe.«

»Vergib mir, tapferer Geist«, sagte ich schroff. »Dies sind vielleicht Veilchens letzte Augenblicke, und wenn du und Silberreichen ihr diese nicht erleichtern wollt, dann laßt uns in Ruhe, damit wir es tun können!«

»Sie wird nicht sterben. Arvil heilt sie.«

»Arvil hat alles in seiner Macht Stehende getan.«

Seetaucher murrte, schob mich beiseite und betrat die Hütte. Ich wartete draußen, bis Silberreihers Wehklagen verkündete, daß seine Mutter dahingegangen war.

Wir trugen Veilchens Leichnam zum Strand und warteten zitternd auf dem zugeschneiten Sand, bis der Körper ins Meer hinausgespült wurde. Die Gruppe trauerte, doch nach ihren Maßstäben war Veilchen eine alte Frau gewesen. Sie hatte seit einiger Zeit keinen Kindern mehr das Leben geschenkt und war im vergangenen Jahr immer schwächer geworden; wenn sie noch länger gelebt hätte, wäre sie vielleicht nur zu einer Belastung geworden. Die Gruppe, die zwar bekümmert war, fand sich mit ihrem Tod ab.

Ein paar Tage später brach eine weitere Krankheit im Lager aus, von der alle drei Kinder befallen wurden. Sie glühten vor Fieber, erbrachen sich und hatten Durchfall. Die Frauen weigerten sich, mich in ihre Nähe zu lassen, da sie um mich und mein Kind bangten.

Arvil trug die Kinder zu der kleinen Hütte. Dort versorgten er und Kresse die Kleinen und taten für sie, was sie konnten. Silberreiher und Pelikan überlebten, Lilie erholte sich nicht mehr und starb.

Die Männer hatten dem Mädchen wenig Beachtung geschenkt. Selbst Weide und Veilchen hatten sich manchmal über das Zittern und die lispelnde Sprache lustig gemacht. Und doch machte Lilies Tod die Gruppe betroffener und löste mehr Schluchzen aus, als es bei Veilchen der Fall gewesen war. Lilie, mit welchen Gebrechen sie auch immer behaftet gewesen sein mochte, wäre zu einer Frau herangereift und hätte der Gruppe vielleicht neues Leben beschert.

Wieder einmal trugen wir einen Leichnam zum Strand und legten ihn am Rand der grauen, winterlichen See ab. Die Frauen rauften sich die Haare und weinten laut, während die Männer still trauerten. Als die Wellen Lilie mit sich trugen, fühlte ich, daß die Augen der Gruppe auf mich gerichtet waren. Veilchen war nicht mehr, Weide hatte noch immer kein Kind geboren, Kresse würde wahrscheinlich keine Kinder mehr empfangen, und es schien Hyazinthes Schicksal zu sein,

Kinder zu bekommen, die nicht lebensfähig waren. Ich spürte, wie sie alle durch mich am Leben hingen.

Ich verließ das Lager, um Holz zu sammeln. Zwei Tage zuvor war ein Schneesturm durchs Lager geweht und hatte uns gezwungen, in unseren Behausungen zu bleiben; von der Frauenhütte aus war die Männerunterkunft durch die wirbelnden Flocken kaum zu sehen.

Jetzt türmten sich Schneeverwehungen entlang dem Flußufer, in Vertiefungen unter den Bäumen und entlang des Weges, der vom Lager aus hangaufwärts führte, so daß alles am Boden liegende Holz bedeckt war. Ich suchte nach Zweigen, die ins Gebüsch geweht worden waren, und nach toten Ästen, die unten an den Bäumen hingen. Mein Bauch machte es mir unmöglich, mich tief zu bücken. Ich konnte mich kaum noch erinnern, wie es gewesen war, als ich mich frei bewegen, ohne die Last meines Kindes sitzen, stehen und mich beugen hatte können.

In der Stadt hätte ich mich auf die Geburt des Kindes gefreut. Ich hätte die Zeit zusammen mit anderen schwangeren Frauen verbracht, hätte ein Zimmer für das Kind vorbereitet, hätte mir aufbauende Bemerkungen anderer Frauen über ihre eigenen Schwangerschaften und Entbindungen angehört. Eine Ärztin hätte sich meiner angenommen; ich hätte gewußt, wie mein Kind sein würde. Jetzt fragte ich mich, ob ich einen Jungen oder Mädchen in mir trug, ob das Baby sterben, ob ich überleben würde. Ich wollte die Geburt möglichst bald hinter mich bringen, und gleichzeitig hatte ich Angst davor.

Als ich die Hand nach einem abgestorbenen Stück Holz ausstreckte, durchfuhr mich ein stechender Schmerz; ich stöhnte auf, während sich mein Bauch zusammenkrampfte. Meine Zeit war gekommen. Irgendwie dachte ich noch daran, das Holz aufzuheben, bevor ich in Richtung Lager stolperte.

Ich legte das Holz ab und machte mich durch Rufen bemerkbar; Kresse kam vom Flußufer herbeigeeilt. »Es ist soweit«, stieß ich hervor und wäre beim nächsten Anfall von Schmerz beinah zu Boden gesackt.

»Kommen die Wehen häufig?«

Ich straffte mich. »Diese geht gerade vorüber.«

»Du mußt hineingehen, bevor die nächste kommt.«

Ich klammerte mich an ihrem Umhang fest. Sie führte mich in unsere Hütte, wo sie Holz aufs Feuer nachlegte, während ich mich auf meine Matte kniete. »Ich bleibe bei dir«, sagte sie. »Die anderen werden bald hier sein.«

Kresse half mir dabei, mich mit dem Rücken an die Wand zu lehnen. All meine Ängste waren plötzlich vielfach verstärkt. Das Kind wurde vielleicht mit einem Defekt geboren, vielleicht kam es überhaupt nicht von selbst. Vielleicht ging die Entbindung glatt vonstatten, und dann konnte ich es nicht stillen. Der Schmerz überfiel mich erneut, und ich konnte nichts anderes mehr denken.

Zwischen den Wehen zwang Kresse mich zum Aufstehen; sie stützte mich mit dem Arm, während wir um die Feuerstelle herumgingen. Die Wehen wurden bald stärker, die Kontraktionen folgten rascher aufeinander. Ich stöhnte, während Kresse mich auf die Matte bettete. »Ich kann nicht ...« hob ich an zu sagen.

»Du bist stark, Birana. Du brauchst keine Angst zu haben.«

Verschwommen hörte ich die Stimmen der Männer, die ins Lager zurückkehrten. »Kresse«, ächzte ich, »hol Arvil.«

»Das geht nicht. Das ist kein Anblick für ihn.«

Ich fletschte die Zähne. »Bitte! Ich möchte, daß er bei mir ist!«

Sie schüttelte den Kopf, erhob sich jedoch und verließ die Hütte. Ein erneuter Schmerz durchfuhr mich; ich zwang mich, nicht zu schreien. Als die Wehe vorüber war, stand Arvil neben mir.

»Birana, tut es weh?«

»Es geht schon. Bleib bei mir.«

»Das werde ich. Ich muß etwas für dich herstellen.« Er ging zum Feuer, kauerte sich nieder und holte einen Beutel mit Kräutern hervor. Kresse und Hyazinthe traten ein; ich schloß die Augen.

»Birana.« Kresse reichte mir Arvils Becher. »Du solltest das hier trinken. Es wird deine Schmerzen dämpfen und dem Kind nicht schaden.« Sie warf Arvil einen Blick zu. »Wir kennen dieses Kraut auch.« Sie hielt mir den Becher an die Lippen, und ich trank.

Hyazinthe sagte: »Der Mann muß jetzt gehen.«

Arvil erhob sich. »Ich werde nicht zulassen, daß Birana das ohne mich durchmachen muß.«

»Es geht nicht, daß du ...«

»Ich bin derjenige, der für ihren Zustand verantwortlich ist«, sagte er mit fester Stimme. »Ich bleibe.«

»Wenn auf dem Kind ein Fluch lastet«, murmelte Hyazinthe, »dann wird es deine Schuld sein.«

»Hört auf!« rief ich angstvoll. »Ich will jetzt nichts von Flüchen hören! Ich möchte, daß er bleibt.«

Kresse sprach leise auf mich ein, um mich daran zu erinnern, wie ich zu atmen hatte. Ich atmete ein, atmete aus, heftig keuchend. Kresse reichte mir ein Stück weiches Leder, als ich wieder von einer Wehe ergriffen wurde; ich schob es zwischen die Zähne und biß darauf. Hände zogen mir die Kleidung aus, dann legten sie ein Fell über mich. Weide war ganz nah bei mir und massierte mir die Schenkel, während die beiden anderen Frauen sich die Hände in heißem Wassser wuschen. Meine Finger gruben sich in Arvils Arm. Sein Gesicht war aschfahl; jedesmal, wenn ich stöhnte, entrang sich ihm ein Wimmern. Ich erwartete, daß er davonlaufen, daß er sich bei den anderen Männern verstecken würde.

Während der ganzen Nacht mühte ich mich ab. Der Schmerz vertrieb alles andere aus meinem Gehirn; mein

Körper kämpfte gegen sich selbst, versuchte, das, was ich in mir trug, gewaltsam hinauszubefördern, und doch erschien es mir, als würde das Kind niemals geboren werden. Ich gelobte mir selbst, daß ich in Arvils Anwesenheit nicht schreien würde, und brach dieses Gelöbnis viele Male. Das Kind war mir gleichgültig, ich wollte nur, daß die Schmerzen endlich aufhörten.

Ich schrie und rang japsend nach Luft, warf das Fell ab. Der Kampf meines Körpers und die Hitze des Feuers machten mich fiebrig. Hände kneteten meinen Bauch und meine Schenkel und spreizten mir gewaltsam die Beine.

»Ich sehe den Kopf«, sagte Weide. Kresse beugte sich über mich. »Jetzt kommt es.«

»Birana, du mußt drücken, du mußt das Kind hinausschieben. Du bist ausreichend geöffnet, aber du mußt nachhelfen.« Kresse hielt mich mit festem Griff, während eine Hand in mich hineinfuhr. »Drück!«

Ich keuchte und drückte. Arvil war immer noch bei mir; ich erhaschte einen Blick auf sein von Entsetzen erfülltes Gesicht, bevor er eine Hand zum Mund hob. »Arvil!« sagte Kresse streng. »Wenn dein Mut dich jetzt verläßt, dann verschwinde. Wir können uns jetzt nicht um dich kümmern.«

»Ich werde bleiben.« Seine Stimme klang schwach. Er nahm meine Hand. Ich schrie auf, da ich fühlte, wie das Kind mich verließ; dann drückte ich erneut, während Flüssigkeit aus mir herausfloß.

»Soviel Blut!« schrie Arvil. Er ließ meine Hand sinken. Hyanzinthe schalt ihn. Ich fiel auf die Matte zurück.

Der Schmerz war vorüber. Ich öffnete die Augen. Kresse tauchte ein Stück weiches Leder in warmes Wasser und machte sich daran, mich zu waschen. Etwas lag auf meiner Brust, wand sich in meinen Armen. Ich hörte einen weiteren Schrei, den Schrei eines Babys.

»Ist es ...« flüsterte ich.

»Sieh doch selbst nach«, antwortete Kresse; sie lächelte.

Hyazinthe schwenkte ihr Steinmesser in heißem Wasser, dann schnitt sie die Nabelschnur durch. Ich zog mein Kind an die Brust, berührte den kleinen Körper, zählte die Finger.

»Ein Mädchen«, sagte Kresse. »Du bist gesegnet. Unsere Gruppe wurde gesegnet.«

»Arvil.« Ich wandte den Kopf um. Er war neben mir; er war nicht aus der Hütte gerannt. Zu erschöpft, um noch irgend etwas zu sagen, sank ich in Schlaf.

Als ich erwachte, hielt Kresse meine Tochter, die in einen winzigen Pelz gehüllt war. Jemand hatte mich mit einem Fell zugedeckt.

»Birana.« Das war Arvil, der sprach. »Die Frauen sagen, daß es dir bald besser geht und daß das Kind lebensfähig ist.«

»Sie hat Hunger«, sagte Kresse und reichte mir das Bündel. Arvil stützte mich, als ich mich aufrichtete. Ich zog an meiner Brustwarze, bis Milch floß; das Baby nuckelte an meiner Brust.

»Sie ist so klein«, sagte er. »Es war mir unbegreiflich, wie sie aus dir herauskommen, wie sie durch die Öffnung passen konnte, aber jetzt kommt sie mir so klein vor.«

»Sie wird wachsen.« Ihre Augen waren blau; der zarte Haarflaum auf ihrem fast kahlen Kopf war so hell wie Arvils.

»Sie wird kräftig werden. Dafür werde ich sorgen. Ich werde ihr beibringen, wie man jagt.«

Hyazinthe schüttelte den Kopf. »Du hättest nicht dabei sein und Zeuge dieses Vorgangs werden dürfen, und jetzt sprichst du davon, daß du ihr die Erfüllung einer Männerpflicht beibringen willst.«

»Sei still!« murmelte Kresse. »Er hat kein Unheil über

das Mädchen gebracht. Vielleicht werden die anderen Männer daran denken, wenn wieder einmal ein Kind geboren wird, und dann werden sie sich vielleicht nicht in ihrer Hütte verkriechen, anstatt bei uns zu sein.«

Mein Geist klärte sich; plötzlich wurde mir meine heikle Situation bewußt. Die Gruppe wollte jetzt bestimmt weitere Kinder von mir, erwartete, daß ich so viele wie möglich gebären würde. Mein Kind war ein Mädchen; ich stellte mir vor, wie sie unter diesen Menschen hier aufwachsen würde. Die Frauen, so lieb sie auch waren, würden sie mit ihren Geschichten verdummen und ihr beibringen, sich den Männer zu unterwerfen. Arvil konnte sie vielleicht eine Zeitlang beschützen, doch wenn sie alt genug wäre, um Kinder zu empfangen, würden die Männer sie zu sich rufen, ohne sich um ihre Wünsche zu scheren. Wie viele Kinder sie und ich auch zur Welt bringen mochten, durch sie würde das jämmerliche Festhalten der Gruppe am Leben nur verlängert, ohne daß sich an ihrem letzendlichen Schicksal etwas änderte.

Ich hatte meine Tochter dadurch mit einem Fluch beladen, daß ich ihr das Leben geschenkt hatte. Ich sah hinunter auf ihr rundes Gesichtchen, auf die gespitzten Lippen, die an meiner Brustwarze saugten, und dachte daran, ihr ein Fell auf Mund und Nase zu drücken, sobald wir allein waren. Niemand würde erraten, was ich getan hatte, es wäre nicht das erste Kind, das hier starb. Ich betrachtete meine Tochter, drückte sie an mich und wußte, daß ich eine solche Tat niemals würde ausführen können.

»Dieses Kind wird leben.« Kresse klang so stolz, als ob sie das Baby persönlich geboren hätte. »Sie müßte einen Namen bekommen.«

»Nallei«, antwortete ich, beinahe ohne nachzudenken.

Weide zog die Brauen hoch. »Nallei?«

»Das war eine Frau, die wie eine Mutter für mich

war. Sie hätte vielleicht selbst gern eine Tochter gehabt, aber ...« ich schluckte – »in gewisser Weise hat sie das Leben meiner Tochter ermöglicht. Nallei ist tot. Ich möchte, daß mein Kind ihren Namen trägt.«

»Nallei«, flüsterte Arvil und sah zu seiner Tochter hinunter.

Der Winter ging vorüber; trotz der Kälte gedieh Nallei prächtig. Ich hatte genügend Milch für sie. Arvil entfernte sich weit vom Lager, um Fleisch für mich aufzutreiben, aber er half mir auch beim Versorgen von Nallei, wann immer er konnte. Die anderen Männer raunten insgeheim darüber, da sie sich fragten, warum ein Mann ein Kind badete oder es in den Armen hielt, während es schlief; laut sagten sie jedoch nichts. Wenn sie Arvil neckten, dann taten sie es freundlich; schließlich war unser Kind unbeschadet und gesund. Man konnte Arvils Verhalten also entschuldigen.

Wenn ich mir Nallei in einer Trageschlinge auf den Rücken oder vor die Brust band, war ich in der Lage, Pflanzen zu sammeln. Es kam die Zeit, da der Wind vom Meer her wärmer wehte und sich grüne Sprößlinge durch die dünne Schneedecke schoben. Ich war wieder zu Kräften gekommen; Arvil war entzückt über sein Kind und staunte noch immer über das offensichtliche Wunder ihrer Geburt. Das Schuldgefühl, das ihn geplagt hatte, war vergangen; die Gruppe war zufrieden; Nallei und ich waren in Sicherheit.

Ich fragte mich, ob ich imstande wäre, diesen Ort zu verlassen. Ich könnte Nallei dieses Leben ersparen, doch wenn ich an den Weg dachte, der womöglich vor uns lag, wurde ich in meiner Entscheidung schwankend. Ich wußte, wohin ich mit ihr gehen konnte, doch ich erwog auch die Schwierigkeiten, denen wir unterwegs begegnen mochten. Es war leichter, nicht über ein Weggehen zu grübeln und mir einzureden, daß ich später immer noch Pläne schmieden könnte.

Ich war gerade dabei, am Ufer Grünzeug zu sammeln, als Arvil nach geraumer Zeit anfing, mit mir über seine eigenen Gedanken zu sprechen. Er löste die Riemen, mit denen Nallei an meinen Rücken gebunden war, und wiegte sie in den Armen, während ich Farne und Wasserkresse ausgrub.

Ich lächelte ihn an, als er dem Kind eine komische Grimasse schnitt. »Die Männer werden sich wieder einmal über dich lustig machen«, sagte ich.

»Pelikan vielleicht, aber er ist noch ein dummer Junge. Selbst Meerschwalbe sagt inzwischen, daß ein Mann mit so gutem Samen machen kann, was er will, obwohl er mit seinem eigenen Kind nicht so umgehen würde.« Nallei wimmerte und stieß ein kurzes Heulen aus; er schaukelte sie, bis sie verstummte. »Bevor sie auf die Welt gekommen ist«, fuhr er fort, »haben wir beide, du und ich, darüber gesprochen, daß wir diesen Ort verlassen wollten.«

»Ja.« Ich würde ihm jetzt meine Gedanken offenbaren müssen. Ich sah mich um, um mich zu vergewissern, daß niemand in unserer Nähe war. »Ich hatte bis jetzt immer Angst, daran zu denken, aber wir können nicht mehr lange warten.«

»Genau dasselbe denke ich auch, Birana. Sie ist immer noch so klein. Wenn einem von uns beiden etwas zustößt, kann der andere sie nicht allein versorgen. Wenn uns beiden ... «

Ich stand auf und rückte den Umhängebeutel, der meine Pflanzen enthielt, zurecht. »Was willst du damit sagen?«

»Es gibt hier andere, die sich zusammen mit uns um sie kümmern können. Wir können warten, bis sie größer ist, bis sie mit uns zu Fuß unterwegs sein kann, und dann ... «

»Du weißt, was geschieht, wenn wir bleiben. Wir haben ein Kind bekommen, und die anderen wollen, daß wir weitere bekommen. Und wir müssen auch an

Nallei denken. Du weißt, wie sich ihr Leben hier gestalten würde, und wenn sie älter ist, ist sie vielleicht nicht mehr in der Lage wegzugehen, vielleicht hat sie dann zuviel Angst davor.«

Er reichte mir das Baby. »Ich habe daran gedacht wegzugehen. Ich habe über all das nachgedacht, was du gesagt hast. Ich vermute, wenn mein Samen in dir nicht mehr fruchten wird, dann werden dich die anderen zu sich rufen, aber das werde ich nicht zulassen. Ich werde eine Möglichkeit finden, das zu verhindern. Du sagst, wir müssen an Nallei denken. Ich denke an sie. Selbst wenn wir dieses Lager jetzt verlassen, wohin könnten wir sie bringen? Willst du sie allein, ohne Freunde, in dieser Welt zurücklassen, wenn wir einmal nicht mehr sind?« Er holte tief Luft. »Verglichen damit wäre selbst dieses Leben hier noch besser.«

Ich blickte in seine grauen Augen und stählte mich innerlich. »Es gibt einen Ort, an den wir sie bringen können, wo sie ein angenehmes Leben führen kann.«

»Wo?«

»In meiner Stadt.«

Sein Mund klaffte auf. »Aber man hat dich verbannt. Du hast gesagt...«

»Man hat *mich* verbannt. Nallei ist ein Baby, sie hat nichts verbrochen. Man kann sie nicht für das bestrafen, was ich getan habe – selbst die Grausamsten dort würden einem winzigen Mädchen nichts zuleide tun. Sie werden sie bei sich aufnehmen müssen.«

Er betrachtete Nallei, dann hob er den Kopf. »Deine Enklave wollte deinen Tod. Wenn sie merken, daß du noch am Leben bist...«

»Dann sollen sie es eben merken!« Ich trat näher an ihn heran. »Du brauchst nicht mit mir zur Mauer zu kommen. Sie brauchen von dir überhaupt nichts zu erfahren. Ich kann dich beschützen, wenn du willst.«

Sein Gesichtsausdruck verhärtete sich. »Damit bezeichnest du mich als Feigling.«

»Ich sage, du kannst tun und lassen, was du willst.« Ich seufzte. »Ich möchte diese Reise nicht unternehmen. Ich könnte weiterhin hierbleiben und wie die anderen werden. Aber wie könnte ich es mir jemals verzeihen, wenn ich sähe, wie Nallei ohne Hoffnung und mit dem einzigen Lebenszweck heranwüchse, diese jämmerliche Gruppe noch für einige Generationen am Leben zu halten? Möchtest du zusehen, wie wir beide wie die anderen Frauen hier werden?«

Arvil antwortete nicht.

»Sie könnte in der Stadt leben. Es ist den Versuch wert. Ich kann hinnehmen, was mir widerfahren ist, wenn ich weiß, daß sie dort in Sicherheit ist.«

»Wenn sie älter ist ...« setzte Arvil an.

»Wenn sie älter ist, wird es zu spät sein. Die Stadt nimmt vielleicht ein Baby auf, einen Winzling, der sich nicht an diese Welt erinnern kann. Ein älteres Kind würden sie nicht aufnehmen, da sie mit ihm mehr Schwierigkeiten bei der Umerziehung hätten und es sich wahrscheinlich nicht so einfach anpassen könnte.«

»In der Stadt wird man ihr beibringen«, sagte er, »uns zu hassen, sofern sie überhaupt etwas über uns erfährt. Sie wird mich verachten, weil ich ein Mann bin, und schlecht von dir denken wegen der Dinge, die du getan hast.«

»Vielleicht lernt sie irgendwann einmal, uns zu verstehen.« Ich legte mehr Zuversicht in meine Stimme, als in mir war. Ich konnte mir nicht vorstellen, daß die Stadt meine Tochter bewußt verdammen würde, ein unschuldiges Wesen ihresgleichen, doch sie würden wissen, wie sie auf die Welt gekommen war, und sie deswegen verachten. Nallei würde vielleicht als eine Geächtete aufwachsen, doch bestimmt würde ihr Leben besser sein als das, was sie hier zu ertragen hätte; vielleicht wäre sie dankbar dafür. »Vielleicht wird sie, wenn sie erwachsen ist, versuchen, die bestehenden Verhältnisse zu verändern.«

»Du würdest selbst in die Enklave zurückkehren, wenn du könntest. Du würdest mich verlassen und vergessen, was ich für dich war.«

»Es ist sinnlos, über solche Dinge zu sprechen. Ich kann nicht in die Stadt zurückkehren.«

Er sah mir ins Gesicht. »Diese Reise… sie wäre noch mühsamer als diejenige, die uns hierhergeführt hat. Vielleicht überleben wir sie nicht. Wir müßten uns zu Fuß voranbewegen, mit Nallei. Wer wird uns helfen?«

»Wir müssen es versuchen, um Nalleis willen.«

Er bedachte unser Kind mit einem grimmigen Blick; ich drückte sie fest an mich. »Jetzt geschieht alles nur noch wegen Nallei – alles, was du tust.«

»Das mag stimmen.« Ich berührte sein Gesicht. »Die Bande einer Mutter zu ihrem Kind sind sehr stark. Ich dachte, die eines Vaters könnten vielleicht ebenso stark sein, wenn er genau weiß, daß das Kind seins ist.« Er wich von mir zurück. »Arvil, wenn du nicht mit mir kommen willst, dann muß ich allein gehen.«

»Du kannst die Reise nicht allein unternehmen.«

»Irgendwie werde ich es schaffen. Von mir aus soll die Stadt mich umbringen, sobald ich die Mauer erreiche. Ein Teil von mir wird in ihr weiterleben.«

Er schritt am Ufer auf und ab, während ich auf seine Antwort wartete. Was ich auch behauptet haben mochte, er wußte, daß ich die Reise nicht allein unternehmen konnte, daß ich die Mauer niemals erreichen würde. Er könnte sich jetzt an Meerschwalbe wenden und dafür sorgen, daß ich das Lager niemals verlassen könnte; er könnte sein Gewissen damit beruhigen, daß er sich einredete, er beschütze mich.

Er blieb stehen und verschränkte die Arme. »Du weißt doch bestimmt, wie man den Reif der Herrin benutzt.«

»Natürlich«, murmelte ich und fragte mich, warum er das erwähnte.

»Vielleicht besteht gar nicht die Notwendigkeit, zur Mauer zu gehen. Vielleicht wäre es besser, Nallei in ein Heiligtum zu bringen, ein paar von deiner Sorte dorthin zu berufen und ihnen das Kind zurückzulassen; wir müßten fliehen, bevor sie uns schnappen. Wir sollten darüber nachdenken.«

Mein Herz machte einen Sprung; er willigte ein, mit mir zu reisen. »Arvil, ich ... «

»Danke mir nicht. Du wirst dich vielleicht veranlaßt sehen, es zu bereuen. Womöglich werde ich mich verfluchen, weil ich dich in die Gefahr geführt habe.« Er nahm meinen Arm, und wir gingen zum Lager zurück.

Während der folgenden Tage trug ich die Dinge zusammen, die ich für die Reise brauchen würde. Jeden Tag schaffte ich ein Stück Trockenfisch oder Fleisch oder ein Werkzeug zu dem Loch, das ich an einer Baumwurzel gegraben hatte, dann bedeckte ich es mit einem Stein, nachdem ich mich vergewissert hatte, daß mir niemand gefolgt war. Ich glaubte, meine Vorbereitungen vor den Frauen verheimlichen zu können, wenn ich jeden Tag nur ein kleines bißchen entwendete.

Ich war nicht darauf gefaßt, Kresse an dem Baum stehen zu sehen, als ich mich eines Morgens dorthin schlich. Ich wäre am liebsten weggelaufen, zwang mich jedoch, auf sie zuzugehen. »Ich dachte, du wärst zum Sammeln gegangen«, sagte ich. »Hier wirst du nicht viel finden.«

Ihre Augen verengten sich. »Was hast du diesmal hergebracht?«

Ich schluckte und schüttelte den Kopf.

»Ich weiß, was du treibst, Birana. Ich hab gesehen, was unter dem Stein versteckt ist. Hast du gemeint, du könntest ungesehen Dinge aus unserer Hütte fortschleppen?«

»Wer hat mich sonst noch gesehen?« fragte ich.

»Bis jetzt niemand, aber sie werden bald dahinterkommen. Warum stiehlst du und versteckst die Dinge, die du genommen hast?«

Ich griff in Nalleis Trageschlinge und holte das Trockenobst heraus, das ich unter der äußeren Hülle versteckt hatte; sie rührte sich, und ihre kleine Hand verkrallte sich in meinen Haaren. »Ich habe nicht gestohlen. Ich habe nur das genommen, was ich benutze oder was ich nicht gegessen habe. Ich werde nichts wegnehmen, das euch gehört.«

»Warum?« Die Furchen um ihren Mund wurden tiefer. »Es erübrigt sich, daß ich frage, nicht wahr? Du brauchst Wegzehrung für eine Reise. Du hast die Absicht, uns zu verlassen.«

Ich konnte es nicht leugnen. »Es stimmt«, flüsterte ich. »Arvil und ich, wir werden mit unserem Kind weggehen.« Ich schwieg in der Erwartung, daß sie tobend über mich herfallen, zum Lager zurückrennen und Meerschwalbe holen würde.

»Warum, Birana? Waren wir so schlecht zu dir?«

Ihre Frage schmerzte mich. »Nein, Kresse. Ihr seid sehr lieb gewesen; ihr seid meine Freundinnen. Wenn ich allein wäre, würde ich vielleicht bei euch bleiben, aber ich muß an meine Tochter denken. Bitte versuche, mich zu verstehen. In den Zitadellen der Herrin kann ihr eine Heimat und ein besseres Leben geboten werden, als sie es hier hat. Dorthin werde ich sie bringen.«

»Hat dich die Herrin zu diesem Zweck ausgesandt? Damit du dieses Kind zu Ihr zurückbringen kannst?«

Ich schüttelte den Kopf. »Aber Sie wird das Kind aufnehmen.«

»Wir können uns nicht in das Reich der Herrin begeben, Birana. Das wurde uns immer wieder eingeschärft – meine Mutter hat es mir gesagt, und sie wiederum hat es von ihrer Mutter gehört. Wir müssen warten, bis die Herrin zu uns kommt. Ich dachte, daß du Sie vielleicht bringen würdest…«

»Ich bin aus einer Zitadelle gekommen. Jetzt muß ich mein Kind dorthin bringen.«

»Und wird die Herrin dich wieder bei sich aufnehmen?«

»Nein«, antwortete ich. »Vielleicht findet mein Kind dort eine Heimat. Mich werden sie jedoch nicht wieder aufnehmen.«

Sie senkte den Kopf, Tränen rannen ihr über das zerfurchte Gesicht. »Du nimmst unsere letzte Hoffnung mit dir. Hyazinthes Kinder sterben, und Weide vereinigt sich mit Seetaucher und empfängt kein Kind. Unsere Knaben werden keine Partnerinnen haben. Wir könnten uns ebensogut ins Meer stürzen.«

Ich legte den Arm um sie. »Das darfst du nicht sagen. Ihr könntet immer noch ...«

»Sei jetzt nicht unehrlich zu mir. Für uns gibt es keine Zukunft mehr.«

»Es würde auch dann keine Zukunft für euch geben, wenn ich bliebe.«

»Dann hätten wir Kinder.«

»Ja«, sagte ich, »und irgendwann hätten diese wiederum Kinder, doch nach einiger Zeit wäre wieder derselbe Zustand erreicht, den ihr jetzt habt – es würden nur noch schwache oder kranke Kinder zur Welt kommen. Wenn ich annehmen könnte, daß es noch irgendeine andere Möglichkeit gäbe, würde ich bleiben, aber es gibt keine. Ihr braucht viele weitere Männer und Frauen, damit eure Kinder gedeihen – der Samen eines Mannes und einer Frau reicht nicht aus.

Kresse wischte sich mit einem Ärmel durchs Gesicht. »Jetzt wird mir klar, daß die Herrin uns vergessen hat. Ich habe dir bei der Geburt deiner Tochter geholfen, und jetzt nimmst du sie uns weg.«

»Ich habe euch doch erzählt, wie das Leben in einer Stadt aussieht. Nallei wird in der Magie der Herrin kundig werden, sie wird in Ihren Schiffen reisen, in Ihren Türmen wohnen. Wenn du die Möglichkeit hättest, all das deiner Tochter zu bieten, würdest du sie dann hier lassen? Kresse, hör mir zu. Vielleicht gibt es eine einzige Chance für dich und die anderen Frauen, eine ganz winzige. Ich kann euch sagen, wie ihr zu einer Stadt gelangt – vielleicht könntet ihr mir sogar folgen. Eine Stadt nimmt euch vielleicht auf, findet vielleicht einen Platz für euch, hat vielleicht...« Ich hielt inne.

»Das sagst du nicht, weil es wahr ist, sondern um mich zu trösten. Die Herrin bestraft mich. Ich habe keine Kinder mehr geboren, als ich vielleicht noch dazu in der Lage war, und jetzt nimmt Sie uns das deine weg.«

»Nein, Kresse«, sagte ich so entschieden, wie ich konnte. »Die Herrin würde dich dafür niemals bestrafen. Die Frauen, die in Ihren Städten wohnen, bestimmen selbst, wann sie Kinder bekommen, und sie bringen sie nicht gegen ihren Willen auf die Welt. Wenn sie keine mehr haben können, leiten sie die jüngeren an. Die Herrin würde niemals von dir wollen, daß du...« Ich trat zurück und zog Nalleis Kopf an meine Schulter. »Du kannst zu Meerschwalbe gehen und ihm sagen, was ich treibe. Dann wäre mir die Flucht sehr erschwert. Ich kann es nicht mit euch allen aufnehmen.«

Sie lehnte sich an den Baum. »Es würde unserer Gruppe nicht helfen, wenn wir dich gegen deinen Willen hier festhielten. Zerreiß deine Bande zu uns, wenn du nicht anders kannst, aber zerreiß nicht die zwischen uns beiden.« Ihre Worte rührten mich. »Vielleicht verdiene ich es, miterleben zu müssen, daß dein Kind von uns genommen wird.«

»Warum sprichst du andauernd so, als hättest du etwas Unrechtes getan?«

Ihre blaßbraunen Augen starrten mich eindringlich an. »Jetzt kann ich es dir ja sagen. Ich sammle eine bestimmte Pflanze, eine, die winzige Beeren trägt. Ich habe es von meiner Mutter gelernt. Ich kann daraus einen Trank brauen, der verhindert, daß der Samen eines Mannes in mir fruchtet. Ich hätte den Männern niemals etwas davon erzählen können, und ich war besorgt, daß ich etwas Unrechtes tat, doch andererseits dachte ich, daß ein solcher Trank doch nichts Unrechtes sein kann. Ich habe ihn nur benutzt, damit sich mein Körper erholen konnte, bevor ich weitere Kinder empfing. Meine letzte Entbindung war sehr schwer – das Kind starb, und ich wäre beinahe auch gestorben. Ich redete mir ein, daß ich nur zu Kräften kommen wollte, bis ich wieder stark genug wäre, um der Welt neues Leben zu schenken, und daß die Herrin mich verstehen würde. Dann kamst du zu uns, und ich war der Ansicht, daß es besser wäre, wenn ich am Leben bliebe und dir beim Aufziehen deiner Kinder helfen könnte, anstatt den Tod eines meiner eigenen zu riskieren. Jetzt willst du weggehen, und mein Körper ist wahrscheinlich zu alt, um noch weitere Kinder hervorzubringen.«

Ich hätte sie gern über diese Pflanze ausgefragt, doch in diesem Augenblick brauchte sie meinen Trost. »Du hast nichts Unrechtes getan«, sagte ich. »Das mußt du mir glauben. Du warst hier, um mir zu helfen. Ich werde dich niemals vergessen. Nallei wird eines Tages von dir erfahren, und vielleicht wird die Herrin ... «

Für einen kurzen Augenblick strahlte Hoffnung in ihren Augen auf. Ich fragte mich, ob diese zweifellos falsche Hoffnung, mein letztes Geschenk an sie, ausreichen würde, um ihr Halt zu geben. »Die Herrin wird bestimmt nicht wollen, daß du Kinder in die Welt setzt, wenn so wenig Hoffnung für sie besteht«, fuhr ich fort. »Sie wird dich verstehen, wenn du wieder bei Ihr bist. Für eure Knaben sieht es nicht ganz so trostlos aus. Im Westen leben andere Männer, denen sie sich anschließen können, und vielleicht wird sie die Herrin eines Tages zu sich berufen.«

»Und wenn du selbst keine Zitadelle betreten kannst ... «

»Ich werde mit Arvil zusammen sein. Gemeinsam

werden wir einen neuen Ort für uns finden. Vielleicht kehren wir eines Tages sogar hierher zurück, wenn es eine Möglichkeit gibt...«

Ihre Lippen verzogen sich zu einem flüchtigen Lächeln. »Arvil ist mehr, als ich je bei einem Mann für möglich gehalten hatte. Selbst Meerschwalbe ist von seinem Geist ein klein wenig angesteckt. Seine Seele ist sanfter geworden, als sie früher war. Er wird meinen Trost brauchen, wenn er erfährt, daß ihr gegangen seid.« Sie griff in ihren Umhang und zog einen Beutel heraus. »Ich möchte dir gern etwas schenken, Birana. Nimm das hier. Die Beeren, von denen ich sprach, befinden sich in diesem Beutel; es sind jene, die verhindern, daß ein zweites Kind in dir heranwächst. Ich werde dir erklären, wie man den Trank zubereitet. Zeige Arvil diese Beeren. Er kennt sich mit Pflanzen und in der Heilkunde aus – er wird wissen, wo man diese Pflanze findet.«

Ich streckte die Hand zu ihr aus. »Das tust du für mich?«

»Für dich und für Arvil. Mir ist nicht entgangen, wie sehr er dich begehrt, wann immer er dich ansieht, auch wenn er dich nicht zu sich ruft, und ich habe das Gefühl, daß du ihn ebenso begehrst. Du kannst kein Kind in dir tragen, solange du über die Erde wanderst, sondern du mußt warten, bis ihr an irgendeinem Ort zur Ruhe gekommen seid.«

Ich brachte einen Moment lang keinen Ton heraus. »Kresse, ich...«

»Weine jetzt nicht in meiner Gegenwart.« Sie tätschelte meine Hand, dann legte sie die ihre auf Nalleis Kopf. »Ihr müßt bald aufbrechen, bevor die anderen hinter euren Plan kommen. Macht euch morgens auf den Weg. Die Männer werden annehmen, ihr seid zum Sammeln gegangen. Wenn man euch schließlich vermißt, wird es bereits zu dunkel sein, als daß sie euch noch suchen könnten, aber vielleicht werden sie versuchen, euch zu verfolgen. Wohin wollt ihr gehen?«

»Nach Norden, von wo wir anfangs gekommen sind. Dort gibt es einen Ort, wo wir eine Rast einlegen können, bevor wir uns nach Westen wenden.«

»Dann werde ich ihnen sagen, ich hätte euch zur Flußbiegung im Südwesten gehen sehen. Dort werden sie zuerst suchen. Sie werden sich nicht weit von diesem Gebiet entfernen, wie du ja weißt. Sie fürchten sich vor dem Land jenseits davon.«

Ich blinzelte, um die Tränen zurückzuhalten. »Ich werde niemals vergessen, was du getan hast.« Ich drückte meine Schulter an ihre und weinte.

Kresse war wach, als ich aufstand; Weide und Hyazinthe schliefen noch. Ich stillte Nallei, band sie in ihre winzige Trage und redete beruhigend auf sie ein, bis sie wieder eingeschlafen war. Kresse befestigte die Lederriemen der Trage über meiner Brust, während ich jene über den Schultern anbrachte. Sie sagte nichts, als ich meinen leeren Rucksack nahm und ihn unter meinen Umhang schob. Sie reichte mir meine Schleuder; ich wollte mich von ihr verabschieden, doch sie warf einen Blick zu den anderen Frauen und legte einen Finger auf die Lippen.

Ich schlich aus der Hütte; Kresse folgte mir. Arvil hatte den Männern angekündigt, daß er heute auf die Jagd zu gehen beabsichtigte; er müßte schon aufgebrochen sein und auf mich warten. In der anderen Hütte war alles ruhig, die Männer schliefen. Kresse sah mir nach, als ich über die Lichtung schritt und mich auf den Weg den Hügel hinauf begab. Als ich zurückblickte, hob sie eine Hand, bevor sie sich umdrehte.

Die Sonne war inzwischen aufgegangen, als ich meine Sachen aus dem Versteck geholt und sie in meinem Rucksack verstaut hatte. Arvil hatte gesagt, daß er hier auf mich warten und mich zu seinem geheimen

Proviantlager führen wolle. Ich war nicht weit vom Meer entfernt und hörte, wie die Wellen ans Ufer klatschten.

Ein Zweig krachte; Arvil trat zwischen den Bäumen hervor. Er hatte nur seine Waffen und einen kleinen Rucksack dabei. »Ich habe eine irreführende Spur hinterlassen«, sagte er, während er mir meinen Rucksack abnahm. »Meerschwalbe wird denken, ich wäre an den Strand gegangen, um Muscheln zu sammeln, anstatt zu jagen. Er wird mich dort suchen, wenn ich nicht zurückkomme.«

Wir setzten uns in Richtung Norden in Bewegung, sorgsam darauf bedacht, keine Spuren zu hinterlassen. Nallei rührte sich und wimmerte; ein Lächeln huschte über Arvils Gesicht, bevor er wieder ernst wurde.

»Ich weiß nicht, ob wir diese Reise überleben werden«, murmelte er. »Vielleicht sehen wir deine Enklave niemals wieder. Ich komme nur mit, weil ich ohne dich nicht bleiben kann.«

»Wir werden überleben«, erwiderte ich.

Drittes Buch

DAS HEILIGTUM

Laissa

Ich wartete auf Eilaan. Sie hatte keine Nachricht übermittelt, aber ich wußte, daß sie kommen würde; ihre Neugier, wenn schon nichts anderes, würde sie zu meiner Wohnung führen. Vielleicht nahm sie an, daß ich unsere gemeinsame Tat bewältigt und ihr die Rolle, die sie dabei gespielt hatte, vergeben hätte.

Ich konnte sie jetzt besser verstehen. Die Jahre ihrer Zugehörigkeit zum Rat hatten sie zu dem gemacht, was sie war. Ich hatte gedacht, sie würde mich als Schutzschild für sich benutzen, doch ich hatte nichts vollbracht, das Eilaan nicht auch allein hätte bewerkstelligen können. Ihr Leben – ihr Handeln, alles, was sie tat – beruhte auf ihrer persönlichen Weltanschauung, einer Weltanschauung, der ich mich nicht hatte anschließen können. Die Städte mußten um jeden Preis erhalten werden, sie in Frage zu stellen oder nach einer Veränderung zu trachten, würde die Welt wieder einmal in Gefahr bringen. Der Tod einiger weniger und die Qualen anderer war durch das Wohlergehen vieler gerechtfertigt. Indem ich zu ihrer Komplizin geworden war, hatte ich mich ihrem Glauben bedingungslos gebeugt und sie darin bestärkt.

Unsere gemeinsame Tat würde Eilaans Vermächtnis an mich und an unsere Stadt sein. Die Tat würde mich an sie binden, würde mich härter und unempfindlicher machen, würde mich veranlassen, ihre Ansichten zu übernehmen, und wenn auch nur, um mir die Schuldgefühle zu ersparen, die ich ansonsten empfunden hätte. Jedenfalls mußte Eilaan etwas in dieser Art angenommen haben.

Ich hatte sie nach unserer Begegnung an der Mauer nur ein einziges Mal wiedergetroffen. Ich berichtete ihr, daß Birana tot sei und mein Zwillingsbruder Arvil vermutlich sein Leben lang darunter leiden würde, daß er die junge Frau hatte töten müssen, die er einst angebetet hatte. Eilaan ging das keineswegs zu Herzen; vielleicht fand sie die Vorstellung, daß ein Mann unter einer solchen Schuld leiden könnte, sogar erheiternd. Arvil war ein Werkzeug, das durch Schrecknisse beigebogen, gebraucht und dann weggeworfen wurde. Ich war ebenfalls nur ein Werkzeug, jedoch eines, dessen man sich nicht so leicht entledigen konnte.

Sie nahm meinen Bericht ungerührt zur Kenntnis, offensichtlich in der Erwartung, daß ich als Bezahlung für meine Kooperationsbereitschaft irgendeine Vergünstigung verlangen würde. Sie lauschte meinen und Arvils aufgezeichneten Worten und entließ mich dann. Ich bat sie damals um nichts. Ich wollte nichts vom Rat bekommen, wollte auch sonst von niemandem etwas haben.

Ich redete mir ein, daß ich meine Mutter schützte, doch sie war anschließend nicht mehr dieselbe wie zuvor. Sie kam nicht lange nach Knopfs Abschiebung wieder zur Vernunft, verrichtete ihre Arbeit jedoch lustlos, traf nur noch wenige ihrer Freundinnen, ließ meine Besuche mit einem traurigen Lächeln und einer geistesabwesenden Miene über sich ergehen. Ihre Patientinnen verlangten nach einiger Zeit eine andere Ärztin, und meine Mutter übernahm bald darauf leichtere Aufgaben im genetischen Labor der Mauer. Sie fragte niemals nach Birana, obwohl sie geahnt haben mußte, was sich zugetragen hatte; Knopf hatte sie anscheinend ganz vergessen.

Eilaan glaubte, meine Mutter sei geheilt, hätte zu einer Art Frieden gefunden. Ich wußte es besser; meine Mutter war ein gebrochener Mensch.

Ich betrieb immer noch mein Studium, und zwar unter der Anleitung meiner Mentorin Fari; ich zog mich von allem anderen zurück und stand bald im Ruf, eine Eigenbrötlerin zu sein. Mit Ausnahme von Zoreen, meiner alten Freundin, wollte keiner mehr etwas mit mir zu tun haben. Die selbstgewählte Einsamkeit, anfänglich eine Strafe, die ich mir selbst auferlegt hatte, wurde zu einer Art Trost. Ich hatte mich von der Stadt abgesondert, meine einzige Realität waren die Gedanken in mir selbst. Ohne die Ablenkung durch andere Bekannte und die Notwendigkeit, in deren Gesellschaft meine Vorstellungen zu formulieren und abzuwandeln, erkannte ich allmählich meinen eigenen Geist und den Sinn, den ich in meiner Arbeit finden mochte.

Ich hatte lange vor Arvils Bestätigung den Verdacht gehabt, daß Birana tot war, denn seine frühere Gruppe war mit einer seltsamen Geschichte zu einem Heiligtum gepilgert. Biranas Mantel war gefunden worden, jedoch keine Spur von ihr oder von Arvil. Aus diesen Tatsachen hatte ein Mann namens Wanderer sich eine Erzählung ersponnen: Arvil hatte Birana entdeckt, und sie hatte ihm mehr Gunst geschenkt als anderen Männern. Sie war zu den Männern gekommen, um ihnen Segnungen zuteil werden zu lassen, und Wanderer vermutete, daß Arvil der erste war, dem sie die Ehre erwiesen hatte. Arvil war allein mit ihr zu einer einsamen Stelle gegangen, um ihre Segnung zu empfangen; Birana hatte so viel Gefallen an ihm gefunden, daß sie ihn mit ins Reich der Herrin genommen hatte, damit er für immer an ihrer Seite lebte. Die Gruppe hielt Arvils Andenken in Ehren, da sie glaubte, daß er und Birana immer noch über sie alle wachten. Die darauffolgenden Jahren schienen den Wahrheitsgehalt der Geschichte zu beweisen. Sie fanden weitere Pferde und glaubten, Biranas Geist hätte dazu beigeholfen, diese zu zähmen. Sie schlossen Friedenspakte mit anderen Gruppen und spürten während dieser Verhandlungen häufig die geistige Anwesenheit Arvils. In Wanderers Erzählung verkörperten Arvil und Birana die Hoffnung und den Geist der Gruppe; der junge Mann, der sich zweifellos zu sehr vor den Männern fürchtete, um zu ihnen zurückzukehren, war zu einer Art Gottheit geworden.

Ich hatte keinen Grund, dieser Darstellung zu widersprechen; es war gleichgültig, was die Männer glaubten, solange sie die Göttin ehrten. Ich machte mir keine großen Gedanken über die Geschichte, als ich sie zum erstenmal hörte, doch Wanderer und seine Männer reisten häufig zu Heiligtümern, und bald kamen mir andere Versionen zu Ohren.

Ich erfuhr, daß Wanderer viele Begebenheiten zu Geschichten verarbeitete. Als mein Erzeuger, Tal, verschwand – vielleicht als Opfer eines räuberischen Gesellen aus einer anderen Gruppe von Männern -, erinnerte sich Wanderer an seine Heldentaten als Jäger, und er gab zum besten, wie Tal jetzt an der Seite der Herrin jagte. Ein stürmischer Regenguß wurden als Tränen der Herrin gedeutet, vergossen über die Sünden der Männer; der feuchte, grüne Boden war ein Zeichen dafür, daß die Göttin vergeben hatte. Wanderer kannte auch noch andere Geschichten, Erzählungen von weit entfernt lebenden Männern und deren Legenden.

Gelegentlich zapfte ich Wanderers Gedanken mit Hilfe des Gedankenübermittlers an. Zum Teil aus meinem Schuldgefühl heraus, zum Teil aus Neugier hinsichtlich Knopfs Wohlergehen hatte ich es mir zur Gewohnheit gemacht, mich um diese Gruppe zu kümmern und ihre Gebete zu beantworten. Bald interessierten mich die eigentlichen Geschichten mehr als alles andere. Bren hatte mir vorausgesagt, daß ich eine Chronistin werden würde; die Städte wußten wenig von den Geschichten, die die Männer untereinander erzählten, Erzählungen, die viel über ihre Hoffnungen, Ängste, Gefühle und Glaubensinhalte enthüllten. Ich stellte mir vor, daß ich anhand ihrer vielleicht eine ganz neue Chronik erstellen könnte, eine, die die Welt draußen womöglich erhellen könnte. Ich war begierig, noch mehr solcher Geschichten zu hören. Ich nahm an, daß auch der Rat sie zur gegebenen Zeit nützlich und aufschlußreich finden würde, was bedeutete, daß man mir vielleicht bei meiner geplanten Arbeit zum angestrebten Zweck behilflich sein würde.

Auch nachdem ich den Sinn meines Tuns nachvollziehbar darlegen konnte, vergingen einige Jahre, bevor ich mich überwinden konnte, meinen Vorschlag dem Rat zu unterbreiten. Ich hatte keine Angst vor der Reaktion; ich hatte das Gefühl, daß mich nichts mehr, das von seiner Seite kam, erschüttern konnte. Ich machte mir keine Sorgen darüber, daß ich einen ablehnenden Bescheid bekommen könnte; Eilaan würde jetzt zu meinem Werkzeug werden. Doch ich fragte mich, ob ich wohl den Mut aufbringen würde, mein Vorhaben wirklich in die Tat umzusetzen.

Mein Schuldgefühl trieb mich schließlich zum Handeln; welcher Kummer auch über mich kommen würde, er wäre verdient. Ich hatte meinen Vorschlag unterbreitet und wartete, daß Eilaan zu mir kommen würde.

Eilaan stand vor meiner Tür. Ich stand auf und ging ihr entgegen, um sie zu begrüßen. Sie war allein gekommen, wie es meiner Bitte entsprach. Ich führte sie zu einem Stuhl und nahm ihr gegenüber Platz.

Ihr Blick schweifte durch den Raum, und sie runzelte mißbilligend die Stirn, als sie die Stapel von Büchern und Unterlagen am Boden und auf der Couch sah. »Was für ein Durcheinander!« sagte sie. »Ich möchte mal wissen, wie du dich in deinem Material noch zurechtfinden kannst.«

»Das geht ganz gut. Das meiste davon gehört Zoreen. Die Dokumente und Abschriften, die ich benutzt habe, befinden sich in der Ecke dort, das übrige bewahre ich in meinem Schlafzimmer auf.«

»Deinen Gästen kommt das alles bestimmt ziemlich unordentlich vor.«

»Du weißt sehr wohl, daß wir kaum Gäste haben.« Ich verschränkte die Arme.

»Laissa, dieser Vorschlag, den du uns unterbreitet hast – er steht völlig außer Frage, das siehst du doch sicher ein.«

»Ich habe mit Fari darüber gesprochen«, entgegnete ich. »Sie ist der Ansicht, es könnte etwas Verwertbares dabei herauskommen. Wenn ich den Mut habe, die Sache zu verfolgen, will sie mir nicht im Weg stehen.«

»Fari.« Sie verzog das Gesicht in sichtlicher Geringschätzung meiner Mentorin. »Ihre Ansicht zählt nicht.«

»Vielleicht zählt die Ansicht meiner alten Beraterin, Bren, nachdem sie jetzt im Rat sitzt. Sie hat mich in der Vergangenheit ermutigt. Sie wird auch diesmal zu mir halten.«

»Der Rat wird diesem Vorhaben niemals zustimmen.«

»Du tätest gut daran, sie zur Zustimmung zu überreden.« Ich beugte mich vor. »Ich habe vor einigen Jahren deinem Wunsch entsprochen. Ich habe geschwiegen. Dein guter Ruf ist fürs erste nicht in Gefahr. Wenn du dich jedoch nicht für meinen Vorschlag verwendest, könnte ich es für angebracht halten, einige Gerüchte zu verbreiten.«

»Damit kannst du mir keine Angst einjagen. Jeder würde mir darin recht geben, daß ich nur getan habe, was getan werden mußte.«

»Einige ja«, erwiderte ich, »einige nein. Wenn solche Gerüchte im Umlauf wären, würde das bestimmt Zweifel an deinen Fähigkeiten aufkommen lassen, da du nicht einmal bereit warst, persönlich die Verantwortung zu übernehmen. Ich mußte die Unannehmlichkeiten für dich erledigen, als ich fast noch ein Mädchen war. Viele würden sich fragen, ob das in Ordnung war. Selbst wenn sie von der Richtigkeit deines Unternehmens überzeugt wären, würden sie sich überlegen, warum du es nicht selbst ausgeführt hast.«

»Der Rat weiß über die Vorgänge Bescheid.«

»Aber vielleicht nicht über die Rolle, die ich dabei gespielt habe.« Eilaan wich meinem Blick aus; ich hatte richtig vermutet. »Und ich brauche mir um meinen eigenen Ruf keine Sorgen zu machen, da dieser ohnehin nicht allzu gut ist.«

Ihre Mundwinkel zuckten. »Du zerrst etwas hervor, das längst Vergangenheit ist.«

»Ich bin Chronistin. Die Überlieferung von Biranas Ende könnte sowohl als Legende wie auch als geschichtliche Fußnote von Interesse sein.«

»Dorlei spielte bei den Ereignissen ihre Rolle aus Gründen, die manchen fragwürdig erscheinen mögen. Du weißt, in welchem Zustand sie sich damals befand. Denkst du denn gar nicht an sie? Ist dir ganz egal, wie sie reagieren könnte, wenn du ...?

»Wage es nicht, zu mir über meine Mutter zu sprechen.« Ich sah Eilaan starr an, bis sie den Blick wieder abwandte. »Ich glaube, sie kann jetzt kaum noch durch irgend etwas schlimmer erschüttert werden.«

»Man könnte fast meinen«, sagte die alte Frau, »daß du den Wunsch verspürst, dich von einer Last zu befreien, indem du deine Schuld öffentlich kundtust.«

»Es gibt viel, dessen ich mich schuldig fühlen muß. Es ist nicht nur Biranas Tod, der auf mir lastet – ich konnte nicht viel dagegen tun, nachdem sie in die Verbannung geschickt worden war. Aber ich hätte mich in der Zeit davor als Freundin zu ihr bekennen können. Ich hätte zu ihren Gunsten aussagen können, bevor der Urteilsspruch gefällt wurde. Vielleicht hätte der Rat sie nicht so streng bestraft, wenn jemand um Gnade für sie plädiert hätte. Sie hätte die Verbannung nicht verdient.«

»Sie war Yvaras Tochter und die Komplizin ihrer Mutter. Du hast gesehen, was für ein Wesen Yvara war.« Eilaan schüttelte den Kopf. »Wir sind diese Plage zum Glück los. Das alles ist Vergangenheit, und es hat keinen Sinn, jetzt noch darüber zu sprechen. Es ist vielmehr dein Vorschlag, der mich in diesem Moment beschäftigt. Du mußt den Plan aufgeben.«

»Ich werde meine Chronik anhand der Überlieferungen der Männer erstellen«, sagte ich. »Und wenn ich ihre Geschichten hören will, dann muß ich hinausgehen. Es wird kaum Gefahr bestehen. Ich werde mich in einem Heiligtum aufhalten; die Männer, die dorthin kommen, werden mir nichts zuleide tun, und meine Anwesenheit wird sie lediglich in ihrem Glauben bestärken. Ich werde nichts tun, das sie ihrer Illusionen berauben wird.«

Sie umklammerte die Armlehne des Stuhls. »Es ist wahnsinnig, nach draußen zu gehen. Du wirst von den Männern nicht mehr erfahren, als wenn du sie über den Gedankenübermittler belauschen würdest.«

»Das stimmt nicht. Wir erfahren nur wenig. Oft verstellen sie sich im Gebet, in dem Wunsch, der Herrin zu gefallen, vor Verlangen nach erotischen Begegnungen.« Sie verzog das Gesicht bei diesen Worten. »Ich erfahre mehr, wenn ich sie direkt befrage, indem ich mir ihre Geschichten von ihnen erzählen lasse. Die Geschichten ergeben bestimmt eine neue und interessante Chronik, und einige Gelehrte werden sie vielleicht aufschlußreich finden. Wir wissen einfach zu wenig von draußen.«

»Wir wissen genug.«

Ich klopfte ungeduldig mit den Fingern auf meinen Schenkel. »Eilaan, wenn wir mehr gewußt hätten, hätte Devva vor einigen Jahren jene Ansiedlung vielleicht nicht zu zerstören brauchen. Vielleicht hätte die Stadt Lasan später eine weitere Ansiedlung ebenfalls nicht zu vernichten brauchen, nur weil man dort glaubte, eine verbannte Frau lebte bei jenen Männern. Diese Art von Unternehmungen stürzen empfindsame Seelen doch nur in Zweifel über die Notwendigkeit solcher Grausamkeiten. Es veranlaßt einige, Dinge in Frage zu stellen, die sie hinnehmen würden, wenn wir uns gnädiger erweisen würden.«

»Diese Männer stellen eine Gefahr für uns dar«, sagte sie mit dem Brustton der Überzeugung. »So fängt es an, mit dem Zusammenschluß zu größeren Gruppen und der Notwendigkeit, diese straffer zu organisieren, und es führt zum Anbau von Pflanzen und zur Aufzucht von Tieren und dann zu Fragen darüber, warum die Zustände so sind, wie sie sind, und worin die wahre Rolle der Männer eigentlich besteht. Du behauptest, es gäbe keine Gefahr. Willst du vielleicht warten, bis sie die Metallverarbeitung entdecken, bis sie einige der Fähigkeiten, die sie verloren haben, wieder beherrschen? Bis sie die Städte direkt bedrohen?«

»Dann verwende dich als Fürsprecherin für meine Sache, Eilaan. Erreiche die Zustimmung zu meinem Vorschlag. Je mehr wir über draußen erfahren, desto eher sind wir in der Lage, zwischen einer echten Gefahr und etwas, das wir außer acht lassen können, zu unterscheiden. Wir verstecken uns schon zu lange in unseren Städten. Wenn ich auf etwas Interessantes stoße, verlassen vielleicht noch weitere Frauen die Städte, um mehr zu erfahren. Vielleicht finden wir sogar neue Wege, um die Männer zu beherrschen, feinere und weniger drastische Methoden. Ihre Geschichten können uns sehr viel über sie verraten.«

Sie schwieg.

»Verstehst du«, fuhr ich fort. »Ich kann mein Schuldgefühl ertragen, ich kann es aber auch verdrängen. Was immer ich getan habe, es geschah, um unsere Stadt und unser Leben in der bestehenden Form zu erhalten. Jetzt würde ich gern mehr tun. Ich habe dich damals um keine Gefälligkeit gebeten, aber jetzt bin ich klüger und brauche deine Hilfe. Wir beide streben dasselbe Ziel an, und ich werde mit Sicherheit deinen Beitrag zu würdigen wissen, falls etwas Bedeutendes bei meiner Arbeit herauskommt.«

Bei diesen Worten lächelte sie ein wenig, als kommuniziere sie im stillen mit einer gleichgesinnten Seele.

»Wir sollten unseren Töchtern ein umfassenderes Wissen über die Dinge draußen hinterlassen«, sagte ich.

»Wir sollten ihnen nicht die Last aufbürden, unsere Unterlassungen und Fehler wiedergutzumachen.«

»Du solltest bald einmal daran denken, selbst eine Tochter zu haben«, murmelte sie.

»Für derlei Überlegungen wird nach meiner Rückkehr ausreichend Zeit sein.«

»Du gibst vor, unsere Städte erhalten zu wollen, Laissa. Doch ich kenne deine wahren Gedanken, und auch die Faris. Ihr denkt darüber nach, ob nicht etwa die Zeit für eine Veränderung gekommen ist.« Sie vollführte mit einer Hand eine müde Bewegung. »Ich werde mich für dich verwenden, aber ich kann dir nichts versprechen.«

»Vergiß nicht, was ich den anderen gegenüber zur Sprache bringen könnte, wenn du keinen Erfolg hast; ich bin sicher, daß du dann überzeugend wirken wirst.« Ich stand auf und führte sie zur Tür.

»Ich habe Angst um dich»› sagte Zoreen.

»Das brauchst du nicht. Mir wird nichts passieren.«

»Seit einer halben Ewigkeit sind Frauen nicht mehr freiwillig nach draußen gegangen.«

»Dann wird es Zeit, daß jemand damit anfängt.«

»Das ist kein kleiner Schiffsausflug nach Devva. Du wirst ganz allein sein. Vielleicht gelingt es dir nicht einmal, Hilfe herbeizurufen, wenn du in Gefahr bist.«

»Ich werde auf mich aufpassen.« Ich wandte mich ihr zu. Sie lag neben mir auf meinem Bett.

Zoreen hatte sich im Lauf der vergangenen Jahre in mich verliebt, und ich mochte sie auf eine sanfte, anspruchslose Weise, wie es mit Shayl unmöglich gewesen wäre. Den Gerüchten zufolge hielt meine frühere Geliebte ihre Partnerinnen in ständiger Unsicherheit und Unklarheit darüber, ob sie sie auch in Zukunft akzeptieren würde oder nicht. Mit Zoreen hatte ich einen gewissen Frieden gefunden. Ich hatte mich so sehr an ihren Körper gewöhnt, daß unser Liebesspiel, das einst von dem Abenteuer des Entdeckens ihrer Wünsche und des Vermittelns meiner eigenen Vorlieben geprägt gewesen war, inzwischen zu einem reinen Befriedigen von Bedürfnissen geworden war; die Berührung ihres Körpers unterschied sich kaum von der meines eigenen. Meine Lust spiegelte sich in ihrer wider und umgekehrt.

»Du hast früher auch einmal von draußen geträumt«, sagte ich.

»Ich weiß jetzt, daß ich niemals hätte hinausgehen können.« Sie zog meinen Kopf an ihre Brust. »Du wirst allein sein. Schon das wird beängstigend genug sein.«

»Ich bin daran gewöhnt, allein zu sein.«

»Das brauchst du mir nicht zu sagen. Vielleicht verweigern sie dir die Genehmigung zu gehen. Das würde dich zwar enttäuschen, ich wäre jedoch erleichtert.«

»Sie werden mich gehen lassen.« Ich liebkoste sie mit einer Hand, da ich wollte, daß sie ihre Sorgen für eine kurze Weile vergaß. Ihr Bauch bewegte sich gegen die Innenfläche meiner Hand. Ich dachte plötzlich an Birana; sie wäre als Geliebte nicht mit dem Üblichen zufrieden gewesen; ihr ungestümer Geist hätte für andauernde Überraschungen gesorgt. Warum dachte ich jetzt an sie?

»Was ist los?« fragte Zoreen; sie hatte den Wandel meiner Stimmung bemerkt. Ich schüttelte den Kopf, unfähig zu antworten. »Du hast Angst. Denk jetzt nicht daran.« Sie schob mich sanft aufs Bett zurück; ich hatte das Gefühl, die Berührung meiner eigenen Hände zu spüren.

Ich bekam die Genehmigung, die ich haben wollte. Eilaan kam persönlich mit der Nachricht zu mir, obwohl sie offensichtlich nicht davon angetan war.

Ich hatte mich vorbereitet, indem ich von einer Pilotin gelernt hatte, wie ich mein kleines Schiff steuern mußte, falls es nötig werden sollte, die Kontrolle zu übernehmen. Mein Immunsystem wurde gestärkt, und ich bekam einen kleinen Arztkoffer für eine erste medizinische Versorgung, obwohl ich beim leisesten Anzeichen von Krankheit in die Stadt zurückkehren würde. Ich war mit Aufnahmegeräten ausgerüstet, um meine Begegnungen aufzuzeichnen.

Nachdem ich mich in unserer Wohnung von Zoreen verabschiedet hatte, machte ich mich auf den Weg, um mein Schiff zu besteigen. Niemand, nicht einmal meine Mentorin Fari, war gekommen, um bei meinem Aufbruch dabeizusein. Ich hatte zumindest eine kleine Schar von Neugierigen erwartet, vielleicht ein paar, die versuchen würden, mich von meinem Vorhaben abzubringen. Ich bestieg mein Schiff; es hob sich von der Mauer, während ich den Kurs festlegte und mich in südwestlicher Richtung davonbewegte.

Mein Ziel war ein der Weisheit gewidmetes Heiligtum in der Nähe eines kleinen Sees. Von Wanderers Gruppe hatte ich erfahren, daß im Frühjahr und im Sommer andere Gruppen zum Jagen an diesen See kamen; ich wollte die Geschichten verschiedener Gruppen hören, ohne daß ich mich gern zu einem Heiligtum begeben hätte, wo sich allzu viele Männer einfinden würden.

Ich spähte durch mein Fenster auf das Grün des Sommers. Zwei Männer duckten sich auf einer Lichtung, als das Schiff über sie hinwegflog. Bald kam der See in mein Blickfeld, doch ich sah kein Anzeichen von Männern in der Nähe des Heiligtums. Als das Schiff sein Signal aussandte, öffnete sich die Kuppel des Heiligtums langsam, um mich aufzunehmen. Das Schiff sank hinab und landete auf dem Altar, während sich die Kuppel schloß.

Früher hatten Frauen die Heiligtümer instandgehalten, indem sie sie von Zeit zu Zeit besucht hatten, um die nötigen Reparaturen auszuführen; die künstlichen Gehirne hatten uns diese Aufgabe abgenommen. Ich blieb im Innern des Schiffs, da ich plötzlich Angst hatte, es zu verlassen. Birana war in diesem Heiligtum entdeckt worden, soviel hatte ich von Wanderers Männern erfahren. In der Sicherheit meiner Wohnung war es mir passend erschienen, hierherzukommen und mich der letzten Zufluchtsstätte gegenüberzusehen, die Birana gekannt hatte, um mich während meiner Arbeit an sie zu erinnern. Jetzt bedauerte ich meine Entscheidung.

Schließlich stieg ich aus und baute mein Aufnahmegerät neben der Schiffstür auf. Der Rat hatte einige Einschränkungen über mein Projekt verhängt; ich durfte den Männern so wenig wie möglich verraten, sollte keine Hilfe und keine Ratschläge anbieten und nicht auf sie eingehen, während ich mir anhörte, was sie zu sagen hatten. Ich konnte sie jedoch nicht erforschen und mich mit ihnen unterhalten, ohne in gewisser Weise auf sie einzugehen.

Ich ließ mich nieder, um zu warten, wobei ich den Strahlenstab, der mir als Waffe diente, neben mich legte und allen Mut, der mir noch geblieben war, zusammenraffte.

Ich verließ das Heiligtum nicht, hatte sogar Angst, mich auch nur einen Schritt von seiner Tür zu entfernen. Ich wartete zwei Tage lang und verbrachte zwei Nächte im Schiff, bevor meine ersten Besucher auftauchten.

Zwei Männer und ein Junge betraten das Heiligtum; sie warfen sich zu Boden, als sie mich auf dem Altar sitzen sahen. Ich trug ein eng anliegendes Hemd, das meine Brüste deutlich zur Geltung brachte, meine Haare umwallten lose die Schultern, und ich hatte die zur Weisheitsgöttin gehörenden Gegenstände vor mir aufgebaut. Ich wollte, daß die Männer auf den ersten Blick sahen, was ich war – eine Frau, die ein Schiff aus dem Reich der Herrin hierhergetragen hatte.

»Heiligkeit!« rief einer der Männer aus, als er zu mir heraufsah.

»Ich bin gekommen, um eine Zeitlang mit euch zu

leben«, sagte ich. Die drei bedeckten sich den Kopf mit den Armen. »Die Herrin möchte euch Ehre erweisen, indem Sie in der Form dieser Verkörperung zu euch spricht. Sie möchte eure Geschichten hören.«

»Oh!« stöhnte einer der Männer. »Gnade, Herrin!«

»Ich werde euch nichts zuleide tun.«

Ich konnte nichts aus ihnen herausbekommen; sie waren zu verschreckt, um über sich selbst zu sprechen. Einer leierte einen Singsang von Gebeten herunter, während sich die anderen mit den Fäusten vor die Stirn schlugen. Schließlich schickte ich sie weg. Sie rannten aus dem Heiligtum, ohne innezuhalten, um die üblichen Ehrbezeugungen zu vollführen.

Ich zitterte, erschöpft nach dieser kurzen Begegnung. Ich war enttäuscht, aber nicht entmutigt. Ganz bestimmt würden diese Männer anderen davon erzählen, was sie gesehen hatten; weitere würden kommen.

Am nächsten Tag erschien eine Gruppe von Männern; ich glaubte, unter ihnen die drei zu erkennen, die ich bereits am Vortag gesehen hatte. Die drei Knaben bei der Gruppe waren stämmige, breitschultrige Kerle mit braunen oder dunkelblonden Haaren; die Männer trugen allesamt braune Bärte, die schon leicht ergraut waren. Sie ließen sich zu Boden fallen und bedeckten sich den Kopf.

»Ihr dürft euch erheben.« Meine Stimme bebte, und ich schluckte. »Euch wird kein Leid geschehen.« Sie ließen sich auf die Fersen zurücksinken; keiner hob den Blick zu mir. »Ich bin für eine Zeit zu euch gekommen, um mit euch zu leben und eure Worte zu hören. Die Herrin möchte euch über euer Leben sprechen hören.«

Einer der Männer erhob sich ungeschickt. »Du erweist uns eine große Ehre, Herrin.«

»Ich möchte jetzt gern eure Geschichten hören. Setzt euch und erzählt Mir etwas über euch.«

Die Männer setzten sich mit verschränkten Beinen

und gesenktem Kopf auf den Boden. »Wir sind Deine Diener«, sagte der Mann, der zuvor schon gesprochen hatte. »Wir beten. Einige von uns sind bereits berufen worden.« In diesem Stil machte er eine Weile weiter und betonte dabei die Ehrerbietung, die er der Göttin stets gezollt hatte. Als er fertig war, ergriff ein anderer Mann das Wort und gab fast das gleiche von sich.

Ich erfuhr wenig. Nachdem mir ein weiterer Mann über sein emsiges Beten berichtet hatte, sagte ich: »Ich möchte etwas über euer Leben hören – wie ihr jagt, welche Bräuche bei euch herrschen, welche Geschichten ihr euch untereinander erzählt.«

»Sicher weißt Du doch all das, Herrin«, sagte der kühnste der Jungen. »Siehst Du denn nicht alles?« Der Mann neben dem Jungen versetzte ihm einen harten Schlag mit dem Handrücken; ich bemühte mich, keinen Schrei auszustoßen.

»Die Herrin sieht alles«, antwortete ich, »aber Ich möchte von euch selbst etwas über euer Leben erfahren, um zu sehen, ob ihr die Wahrheit sprecht.«

»Könnten wir etwas anderes als die Wahrheit vor Dir sprechen?« fragte einer der Männer schlau.

Ich unterdrückte ein Seufzen. »Sprecht über euch selbst.«

Weiteres nichtssagendes Gerede über die Gruppe folgte. Sie lebten nicht weit von diesem See entfernt; dort fischten sie und jagten Vögel; sie hatten mit einer anderen Gruppe einen Friedenspakt geschlossen – den Grund dafür erfuhr ich nicht.

Schließlich sagte ich: »Ich werde hier verweilen und hoffe, euch wiederzusehen.« Sie schienen mir nicht ausreichend beeindruckt, also fügte ich hinzu: »Ihr sollt Mich gebührend achten.«

»Unsere Gruppe ist wahrhaftig gesegnet.«

»Ich gewähre Meinen Segen nicht nur eurer Gruppe, sonderen werde jeden mit Freuden begrüßen, der dieses Heiligtum aufsucht.«

»Ja, Herrin.«

Ich entließ sie und fragte mich, ob ich wohl jemals etwas aus ihnen herausbekommen würde.

Bald darauf kamen weitere Männer zu dem Heiligtum. Anfangs kamen sie einzeln oder zu zweit, aber gegen Mitte des Sommers erschienen größere Gruppen, viele davon von weit entfernten Orten. Nicht selten wetteiferten vier oder fünf Gruppen miteinander, um mir ihre Geschichten zu erzählen.

Je mehr sie sich an meine Anwesenheit gewöhnten, desto entspannter wurden sie; sie streckten sich auf den Liegen aus oder ließen sich vor und neben dem Altar nieder. Sie hielten sich jedoch stets in achtungsvoller Entfernung, und ein strenger Blick oder ein schroffer Ton von mir ließ sie immer noch zusammenzucken. Ich hielt meine Waffe bei mir, bereit, jeden, der mich dem Anschein nach bedrohte, mit einem Strahl meines Stabs zu lähmen. Ich saß direkt vor der Tür des Schiffes, jederzeit auf den Rückzug gefaßt.

Einige der Männer waren bessere Geschichtenerzähler als andere; sie besaßen die Fähigkeit, ihr Tun in allen Einzelheiten zu beschreiben oder allgemeine Spannung zu erzeugen, während sie Geschichten von Kämpfen und der Jagd auf große und wilde Tiere zum besten gaben. Ich belohnte jene, die die besten Geschichten erzählten, mit Obst oder Süßigkeiten und stellte fest, daß das die anderen anstachelte, sie noch zu übertreffen. Obwohl die Angst vor mir sie zweifellos davon abhielt, mich regelrecht anzulügen, hatte ich den Verdacht, daß einige ihre Erzählungen aufbauschten, indem sie die Feinde furchterregender und zahlreicher oder die Tiere gefährlicher und blutrünstiger darstellten. Das war jedoch gleichgültig; entscheidend war, wie sie sich selbst sahen, und ihr Leben war auch ohne dazugedichtete Übertreibung brutal genug.

Ich hatte gehofft, Verständnis aufbringen zu können,

hatte mir sogar vorgestellt, vielleicht ein wenig Mitgefühl für diese Männer zu empfinden. Statt dessen wuchsen mein Widerwillen und meine Abscheu, und ich mußte mich oft in mein Schiff zurückziehen, um mich zu sammeln. Sie waren schmutzig; ich roch ihren Schweiß und ihre Körperausdünstungen, selbst wenn sie unterhalb des Altars blieben. Miteinander gingen sie bestenfalls grob um; jüngere Knaben wurden aus den geringsten Anlässen geschlagen oder gar verprügelt. Gewalttaten und Mord waren in ihrem Leben an der Tagesordnung; die meisten ihrer Geschichten drehten sich ums Jagen und Kämpfen, und sie legten mehr Achtung gegenüber dem Wild an den Tag als füreinander.

Sie waren nicht viel besser als Tiere, und ich staunte, daß ich jemals geglaubt hatte, sie könnten mehr sein. Doch hin und wieder sah ich Männer, die liebevoll Knaben betrachteten, die ihre Söhne hätten sein können, oder hörte eine Geschichte über die Freundschaft und die Treue zwischen den Mitgliedern einer Gruppe, oder eine Erzählung von Tapferkeit und Aufopferung oder von der großen Liebe zwischen zwei Männern, und diese spärlichen Anzeichen von Menschlichkeit pflegten meine Stimmung für eine Weile zu heben.

Immer wieder gab es über Jahre hinweg überlieferte Geschichten darüber, wie die Herrin in verschiedenen Verkleidungen erschienen war, um einer Gruppe eine Weisung zu erteilen oder sie in ein neues Gebiet zu geleiten. Ich hörte aus diesen Erzählungen nichts heraus, das auf Zweifel in ihrem Glauben hindeutete oder auf ihren Wunsch nach einer Veränderung. Die Männer waren vor langer Zeit bestraft worden, doch die Göttin ließ sie immerhin leben; sie belohnte sie für eine ihr gefällige Lebensführung in den Enklaven und im nächsten Leben.

Ich ließ sie berichten und stellte nur wenige Fragen. Wann immer einer von ihnen mich um eine Anweisung bat oder mir ein Problem zur Lösung vortrug, antwortete ich vieldeutig oder geheimnisvoll, so daß meine Antworten immer zutreffend erscheinen würden, was dem Mann auch später widerfahren mochte. Ich gab keinen meiner eigenen Gedanken preis. Dennoch ging meine Gegenwart ihnen nahe.

Einige der Stämme, die zum Heiligtum kamen, waren Reiter; obwohl sie im Innern eines Heiligtums nicht kämpfen durften, bestanden offensichtliche Feindseligkeiten zwischen den Berittenen und den zu Fuß Gehenden. Doch als die Männer immer mehr Zeit in dem Heiligtum oder in seiner Nähe verbrachten und oft genug so lange von zu Hause wegblieben, daß sie nach Nahrung jagen mußten, fingen sie an, sich miteinander zu unterhalten. Bald schlossen etliche Gruppen Friedenspakte mit jenen, die sie einst gehaßt hatten.

Ich nahm das zur Kenntnis und plante, diesem Tun Einhalt zu gebieten, handelte jedoch nicht. Wenn die Männer zersplittert waren, dann überlebten nur die stärksten; ich wußte, daß es unseren Zwecken diente, wenn sie zersplittert waren. Doch einige schienen bereit, sich auf ein friedlicheres Leben einzulassen. Vermutlich hegte ich die unbestimmte Hoffnung, daß die Männer eines Tages unter Beweis stellen würden, daß sie einer besseren Behandlung würdig waren.

Ich zeichnete ihre Geschichten auf und machte Notizen über meine Beobachtungen und Reaktionen; dabei fragte ich mich, welche Ausbeute mir diese Menge von Material wohl letztendlich liefern würde, wenn ich irgendwann die Möglichkeit hätte, darüber nachzudenken. Manchmal fürchtete ich, das ganze Projekt könnte völlig sinnlos sein. Was konnte damit gewonnen werden? Anscheinend doch nur die Erkenntnis, daß die Männer im großen und ganzen nicht anders waren, als wir sie einschätzten. Vielleicht würde meine Arbeit, anstatt zu unserem Verständnis beizutragen, nur unsere Ängste steigern.

Wie auch immer, ich konnte nichts dagegen tun. Ich würde die Geschichten aufzeichnen, Abschriften für alle Interessierten anfertigen und eine Chronik zusammenstellen. Wahrscheinlich würden nur wenige die Geschichten lesen, die meisten würden sie allzu unerfreulich finden. Als Chronistin konnte ich die Geschichten und meine Kommentare dazu auf jede mir genehme Weise gestalten; wie die Chronik letztendlich ausgelegt wurde, ging mich nichts an.

Im Spätsommer ließ ich durch einige Hinweise erkennen, daß ich das Heiligtum in Kürze zu verlassen beabsichtigte. Ich erwartete, daß die Männer sich auf den Heimweg zu ihren Lagern begeben würden. Statt dessen wurde das Heiligtum immer mehr bevölkert, und zwar von Stämmen aus weit entfernten Gebieten, die von dem Wunder gehört hatten und herangereist waren, um mich zu sehen, während einige der bereits Anwesenden ihren Abzug hinauszögerten.

Ich wurde mit Geschichten überhäuft; jeder Mann sprach schnell und voller Leidenschaft, als ob er befürchtete, ich würde sonst niemals etwas über sein Leben erfahren. Jene, die mir ihre Geschichten erzählt hatten, gaben sie an Männer weiter, die sie bisher noch nicht gehört hatten.

Ich hatte bei den Männern eine Flut von Worten und eine Orgie der Selbstbewertung ausgelöst. Sie gaben ihre Geschichten zum besten, lauschten anderen und dachten über ihr Leben nach; das war für die meisten von ihnen etwas vollkommen Neues. Sie nahmen immer dichter am Altar Platz und schienen während des Sprechens meine Anwesenheit zu vergessen. Viele der Erzählungen waren Variationen dessen, was ich zuvor schon gehört hatte, doch ich zeichnete ausnahmslos alle auf.

Ich hatte mich ins Innere des Schiffs zurückgezogen,

wo ich die Stille genoß. Nachdem ich mich eine Weile ausgeruht hatte, überprüfte ich meine Vorräte. Ich hatte während meines Aufenthaltes hier nur wenig gegessen. Die Vorräte reichten noch für eine geraume Zeit, und das Schiff konnte Wasser endlos wiederaufbereiten. Aber ich war schon zu lange aus der Stadt weg. Eilaan würde bald eine Nachricht schicken und mich fragen, warum ich nicht längst zurückgekehrt sei; Zoreen würde sich meinetwegen Sorgen machen.

Ich konnte mich nicht zum Aufbruch überwinden. Manchmal pflegte Wanderers Gruppe zu diesem Heiligtum zu pilgern; mir wurde bewußt, daß ich insgeheim hoffte, daß sie kommen würde. Bestimmt hatte ihnen irgendein Mann von meinem Erscheinen berichtet; jene, die schon einmal eine Verkörperung der Herrin gesehen hatten und die sich für gesegnet hielten, waren doch bestimmt neugierig auf diese neue Erscheinung. Vielleicht würde ich Knopf sehen, der von der Gruppe jetzt Hasin genannt wurde; er würde sich nicht an mich erinnern können, aber ich könnte meiner Mutter etwas über ihn sagen. Vielleicht könnte ich von der Gruppe mehr über die kurze Zeit erfahren, die Birana bei ihr verbracht hatte.

Birana war zu diesem Heiligtum gekommen. Ich wurde am stärksten von der Erinnerung an sie heimgesucht, wenn ich mich allein in dem Schiff befand. Ich fragte mich, ob sie dem Tod, der sie letztlich befreit hatte, mit Freuden entgegengesehen hatte. Schließlich stand ich auf, ließ eine neue Spule in den Recorder fallen und verließ das Schiff.

Als ich auf den Altar hinaustrat, stellte ich fest, daß einige der Männer davongezogen waren, daß jedoch eine neue Gruppe angekommen war. Nachdem ich den Recorder aufgestellt hatte, setzte ich mich, wobei ich nach wie vor den Strahlenstab in der Hand hielt, zu dessen Einsatz ich noch nie gezwungen gewesen war.

Die Männer, die im Heiligtum geblieben waren, knieten, und dann trat ein Mitglied der neuen Gruppe vor. Es war ein bartloser junger Mann, angetan mit einem Lederwams und engen Beinkleidern; eine Halskrause aus Federn bedeckte einen Teil seiner Brust.

»Ich möchte eure Geschichten hören«, sagte ich, während ich auf den Knopf des Recorders drückte.

»Wir sind geehrt, Heiligkeit«, antwortete er. »Ein Reisender berichtete uns, daß eine göttliche Erscheinung in diesem Heiligtum weilt und mit den Männern spricht. Obwohl wir noch nie zuvor in diesem Land gewesen sind, sind wir so weit gereist, um diese heilige Erscheinung zu sehen.« Er deutete mit einer umfassenden Handbewegung auf eine kleine Gruppe von Männern, die ebenso gekleidet waren wie er. »Ich bin nicht unser Häuptling, doch die Mitglieder meiner Gruppe haben mich gebten, Dir unsere Geschichte zu erzählen. Ich bete, daß Dir meine Worte gefallen werden.«

»Du darfst dich setzen und Mir deine Geschichte erzählen.« Ich wartete und rechnete damit, weitere Versionen von Geschichten zu hören, die ich bereits aufgezeichnet hatte.

Er setzte sich nahe des Altars nieder und warf das lange schwarze Haar zurück, wobei er zu mir aufblickte. »Wir sind durch Deine heilige Gegenwart gesegnet«, sagte er. »Unsere Segnung ist besonders groß, denn ich hatte nicht geglaubt, daß uns in diesem Leben noch einmal eine göttliche Erscheinung beschieden werden würde.«

Ich unterdrückte einen Schrei der Überraschung, konnte jedoch im ersten Augenblick nicht sprechen. »Seid ihr schon einmal einer Erscheinung ansichtig geworden?«

»Ich muß in einem Heiligtum die Wahrheit sagen, und Du, Heilige Herrin, kennst den Wahrheitsgehalt aller meiner Worte. Vor vielen Jahren begegnete ich einer Deiner Verkörperungen, doch mir blieb Ihre wahre Natur verborgen, da Sie als einer unseresgleichen verkleidet war. Nur Ihr Bote hat mit mir gesprochen, und dann verließen sie unser Gebiet. Später kehrten sie zu uns zurück, und ich erfuhr, was Sie war.«

»Sprich weiter!« brachte ich mit Mühe heraus.

»Die Herrin war in Begleitung Ihres Boten und eines Kindes. Dieses Kind war nicht wie die kleinen Knaben, die Deine Mauern verlassen, sondern noch schmächtiger und hilfloser. Das Kind aß nicht, sondern nahm Nahrung direkt von der Herrin selbst auf. Das Kind besaß kein männliches Glied, sondern war von derselben Art wie die Göttin. Da wußten wir, daß wir einer der heiligsten Visionen ansichtig geworden waren. Die Herrin lebte eine Zeitlang in unserem Lager, doch obwohl wir Sie und Ihren Boten inständig baten, bei uns zu bleiben, erklärte Sie uns, daß sie in Ihr Reich zurückkehren müsse.«

»Das kann doch nicht sein!« rief einer der Männer aus.

»Es ist so«, entgegnete der junge Mann. »Soll die Heiligkeit mich niederstrecken, falls ich lüge.« Er wandte sich wieder an mich. »Die Erscheinung berichtete uns folgendes: Die Magie der Herrin sei zwar groß, doch ihre Macht reiche nicht über die ganze Erde. Sie sagte, daß Sie mit Ihrem Boten zusammengelebt und seine Seele kennengelernt habe und daß das Kind in Ihren Armen sowohl seinen als auch Ihren Geist in sich vereine. Dann bat Sie uns, mit den anderen Männern in Frieden zu leben, und verabschiedete sich von uns.«

Ein Mann von einer anderen Gruppe sprang auf und rief: »Gotteslästerliches Gerede! Du solltest tot umfallen, weil du so etwas an diesem Ort äußerst!«

»Wir sind hierhergekommen, um die Herrin zu ehren«, sagte der junge Mann. »Wir sind dieser Vision ansichtig geworden, und als uns ein Reisender berichtete, daß eine Verkörperung der Göttin in diesem Heiligtum erschienen sei, eilten wir hierher, obwohl es weit von unserem Gebiet entfernt ist, denn wir wußten, daß etwas Neues in die Welt gekommen war.« Er streckte eine Hand aus. »Ist es nicht so, Heiligkeit? Könnte es sein, daß uns die Herrin endlich vergeben hat?«

»Hüte deine Zunge«, schrie ein großer bärtiger Mann, »oder ich werde ...«

»Ruhe!« rief ich. Das wütende Gemurmel der Männer erstarb. »Ich bin hier, um euch zuzuhören, und Ich entscheide, was Mich beleidigt.« Ich beugte mich zu dem dunkelhaarigen jungen Mann hinab. »Wann hattest du jene Vision?«

»Vor nicht allzu langer Zeit, zu Beginn des Sommers.«

Die stickige Luft und der Schock über diese Geschichte ließen mich befürchten, ich könnte ohmächtig werden. Ich umklammerte krampfhaft meinen Strahlenstab.

»Was bedeutet diese Vision, Heiligkeit?« fragte der junge Mann. »Warum bist Du erschienen? Befindet sich die Welt ...«

»Die Zeit ist noch nicht reif, daß ihr die Bedeutung erfahrt.« Ich atmete schwer. »Die Wege der Herrin sind für euch unergründlich.« Ich erhob mich. »Ich danke dir für deine Geschichte. Ich muß mich jetzt in die Abgeschiedenheit meines Allerheiligsten zurückziehen.« Ich ging ins Schiff; die Tür glitt hinter mir zu.

Ich sank auf einen Sitz; mir war die Bedeutung dieser erstaunlichen Erzählung klar. Eine Verbannte hatte es geschafft, hier draußen zu überleben, und sie hatte ein Kind geboren. Ein Mann muß sie gegen ihren Willen genommen, sie sich mit Gewalt gefügig gemacht haben; irgendwie hatte sie auch die Geburt überlebt. Diese Vorstellung bereitete mir Übelkeit; ich krümmte mich zusammen und befürchtete, mich übergeben zu müssen.

Doch warum hatte sie mit dem jungen Mann und seiner Gruppe in einer Art und Weise gesprochen, als hegte sie keinerlei Groll gegen sie, da eine solche Erfahrung sie doch nur verängstigt und ihren Haß auf die Männer nur gesteigert haben konnte? Warum hatte sie das Kind am Leben gelassen, wenn für sie kein Leben möglich war?

Der Mann, der sie mit Gewalt genommen hatte, hatte offenbar ihre Schwäche durchschaut und sie nach seinen Wünschen benutzt. Vielleicht hatte er sie durch Prügel unterworfen, sie zu einem armseligen, geschlagenen Geschöpf gemacht, das seinen Bedürfnissen dienen mußte. Wahrscheinlich kannte er jetzt die Wahrheit und betete nicht mehr die Gottheit an, die zu verehren ihm beigebracht worden war; er wußte jetzt bestimmt, daß diese Welt auf einer großen Täuschung aufgebaut war. Die Geburt des Kindes hatte ihm gezeigt, was bei seinesgleichen in Vergessenheit geraten war. Ich konnte mir vorstellen, wieviel Haß und Wut er empfinden mußte und wie er das an der Frau, die er benutzt hatte, auslassen würde.

Das war nun bei meiner Arbeit herausgekommen – eine Geschichte, die bewies, wie notwendig unsere Methoden waren. Die Männer konnten nicht mit uns zusammenleben, wenn sie unsere wahre Natur kannten, ohne uns zu ihren Opfern zu machen. Gelegentlich hatte ich in phantasiereichen Diskussionen mit Fari den Gedanken vertreten, man könnte die Männer unter behutsamer Anleitung stufenweise zu einem zivilisierteren Dasein führen, vielleicht sogar so weit, daß sie eines Tages ihre eigenen Städte haben könnten. Fari hatte es für möglich gehalten. Man könnte den Männern die Mittel geben, damit sie sich fortpflanzen könnten, oder wir könnten ihnen weiterhin unsere Knaben schicken. Wir könnten ihre Entwicklung steuern, vielleicht irgendwann sogar einmal ihre Freunde werden.

Es würde niemals geschehen. Wir beherrschten sie aufgrund unseres größeren Wissens, so wie sie uns einst aufgrund ihrer groben Kraft beherrscht hatten. Wir durften niemals zulassen, daß sie zu einer Bedrohung wurden. Eilaan würde eine Bestätigung für ihre Ansichten erhalten.

Mir fiel noch etwas anderes ein, das Fari gesagt hatte. Vielleicht war es Zeit, daß wir die Welt draußen von jenen Wesen säuberten, die noch immer an uns hingen. Wir könnten uns weigern, sie zu unseren Mauern zu berufen, wir könnten sie aussterben lassen, indem wir ihnen keine Knaben mehr schickten. Dann endlich würde die Welt uns allein gehören.

Ich stand auf und verließ das Schiff. Der junge dunkelhaarige Mann war gegangen, zusammen mit dem Rest seiner Männer; ich hatte vergessen, ihnen den Befehl zum Bleiben zu erteilen, hatte die Gelegenheit vertan, sie weiter auszufragen, obwohl ich die Antworten vielleicht nicht gern gehört hätte. Drei Gruppen waren noch geblieben.

Ein stämmiger Mann mit nackter Brust erhob sich. »Vergib uns, Heiligkeit. Wir haben in Deiner Gegenwart Frieden gelobt, aber die Erzählung dieses jungen Mannes hat uns zutiefst erzürnt. Seine Gruppe erkannte das und verließ diesen Ort. Ich weiß nicht, wie ein Mann vor Dir Lügen aussprechen kann, und doch ... «

»Er hat nicht gelogen«, sagte ich schwach. »Er hat etwas gesehen und es anders gedeutet, als es tatsächlich war. Es ist keine Lüge, wenn er selbst es für die Wahrheit hält. Ein böser Geist hat ihn mit einer Sinnestäuschung getrogen, doch die Herrin besitzt die Macht über solche Geister, die allein zu dem Zweck ausgesandt werden, euren Glauben auf die Probe zu stellen.« Plötzlich wollte ich keinen von ihnen mehr sehen. »Der Sommer neigt sich dem Ende zu. Ihr müßt dieses Heiligtum jetzt verlassen und in eure Heimatgebiete zurückkehren. Ich werde euch nicht vergessen, und die Herrin wird über euch wachen.«

Einige marschierten hintereinander an mir vorbei und sprachen Abschiedsworte, während andere ihre Waffen und Bündel aufnahmen. Als sie sich zur Tür wandten, drehte sich ein Junge um. »Wirst du zu uns zurückkehren, Herrin?«

»Das kann ich noch nicht sagen. Die Herrin erscheint, wann immer sie beschließt zu erscheinen, und ihre Beschlüsse können euch nicht offenbart werden.«

»Leb wohl. Gelobt sei die Göttin!«

Andere wiederholten den Ruf. »Gelobt sie die Göttin.«

Das Heiligtum war leer. Ich saß auf dem Altar und grübelte über das Gehörte nach; dann stand ich auf und ging zur Tür. Ich holte tief Luft, als die Tür aufglitt, dann trat ich hinaus. Bis jetzt hatte ich nicht gewagt, das Heiligtum zu verlassen. Ein paar Enten saßen träge am Ufer, die Schnäbel auf die Brust gedrückt. Die Sonne ging allmählich unter. Ich roch die saubere Luft des Sees.

Direkt vor der Tür waren einige Steine um eine kleine Erhebung herum angeordnet. Yvara war hier gestorben; das hatte ich beinahe vergessen. Zwei Männer in Arvils Begleitung hatten sie begraben, das hatte ich von einem Mann aus Wanderers Gruppe erfahren. Ein Schauder durchfuhr mich; hier draußen war nichts als der Tod. Ich trat wieder ins Innere und ließ die Tür zugleiten, atmete tief durch, bis sich mein Herzschlag beruhigte, und dann ging ich wieder zum Altar.

Ich sammelte den größten Teil meiner Gerätschaften ein. Ich hörte mir mehrere Aufzeichnungen an und betrachtete verschiedene Bilder auf meinem Bildschirm; ich sortierte die Aufzeichnungen und katalogisierte sie. Die Bilder der Männer würden weiterbestehen; ihre Stimmen würden ihre Geschichten wiederholen.

Während meines Aufenthalts hier draußen hatten mich nur wenige Nachrichten aus der Stadt erreicht; ich schickte jede Woche kurze Mitteilungen an Fari, Eilaan und Zoreen, damit sie wußten, daß bei mir alles in Ordnung war. In letzter Zeit waren ihre Botschaften an mich häufiger und dringlicher geworden: Warum wartest du noch? Warum kommst du nicht zurück? Hast du noch nicht genug gehört?

Es gab nichts, das mich in diesem Heiligtum gehalten hätte, und doch wartete ich. Vielleicht spürte ich, daß noch nicht alle Geschichten erzählt waren.

Ein paar Tage nachdem die Gruppen gegangen waren zeigten mir die Sensoren des Schiffes an, daß jemand das Heiligtum betreten hatte. Ich stand auf und ging hinaus zum Altar. Mein Recorder lag zu meinen Füßen; ich kniete nieder und schaltete ihn ein. Zwei Männer standen mit gesenkten Köpfen an der Tür. Der kleinere war mit einem lose fallenden Hemd und einer weiten Hose bekleidet und trug trotz der Hitze eine Kapuze auf dem Kopf.

»Ich bin gekommen, um eine Zeitlang bei euch zu leben«, sagte ich automatisch. »Ich möchte hören, welche Geschichten ihr zu erzählen habt.«

»Es gibt ein bestimmte Geschichte, die Du vielleicht gerne hören möchtest.« Der größere Mann hob den Kopf. »Ich kenne Dich, Herrin. Ich habe Dich gesehen, als ich die Krone der Göttin trug.«

Verdutzt sah ich in sein dunkles Gesicht. »Wanderer«, flüsterte ich.

Er schritt auf den Altar zu; sein Begleiter, der sein Gesicht noch immer in der Kapuze verbarg, folgte ihm. »Wir haben die Kunde von dem Wunder hier vernommen«, sagte Wanderer. »Anfangs glaubte ich, es handle sich um ein wildes Phantasiegespinst. Als ich merkte, daß es stimmte, hielten mich zunächst andere Bedenken davon ab, hierherzukommen. Doch ich hätte niemals gedacht, daß Du es bist, die sich unter die Männer begeben hat.« Er sah mit festem Blick zu mir auf, ohne das geringste Anzeichen von Furcht.

Bevor ich etwas sagen konnte, sprang sein Begleiter plötzlich mit einem Satz auf den Altar. Ich hob meinen Strahlenstab; gleichzeitig bekam ich einen Schlag gegen das Handgelenk. Der Stab fiel zu Boden und rollte ein Stück weit. Ich versuchte, ins Schiff zu flüchten, wurde jedoch gepackt, und die Arme wurden mir gegen die Seiten gedrückt.

Die Kapuze von Wanderers Begleiter fiel herunter. Ich blickte in die blauen Augen eines Gespenstes.

»Das kann nicht wahr sein!« keuchte ich.

»Laissa!« zischte Birana. »Du warst es, die sich Arvils Geschichte von meinem Tod angehört hat, nicht wahr?« Ihre Finger gruben sich in meine Arme. »Bist du deswegen hier herausgekommen? Um dich zu überzeugen, daß ich wirklich tot bin?«

Ich versuchte, mich loszureißen, doch ihr Griff war zu fest. »Laß mich los!« Ich sah Wanderer an, doch er machte keine Anstalten, mir zu helfen.

»Warum mußtest ausgerechnet du es sein?« schrie sie. »Von allen Frauen in der Stadt – ausgerechnet du!«

Wanderer trat zu ihr. »Birana, Sie hat oft zu unserer Gruppe gesprochen. Sie ist nicht ...«

»Sie wollte meinen Tod.« Birana verdrehte mir einen Arm. »Bilde dir nicht ein, Wanderer würde dir zur Hilfe kommen. Er weiß jetzt mehr über unsere wahre Natur.« Sie zerrte mich vom Altar und schob mich zu einer Liege. »Du tätest gut daran zuzugeben, was du getan hast, Laissa. Wenn Arvil dich sieht, wird er Bescheid wissen.«

»Ist er ...«

Sie versetzte mir einen Stoß und zwang mich zum Sitzen. Ihr Gesicht war brauner als früher, ihr Körper magerer; ihre Hand umfaßte den Griff eines Messers, das in ihrem Gürtel steckte. »Warum bist du hier draußen? Warum hat man dich geschickt?«

»Um Geschichten zu sammeln«, antwortete ich. »Ich schwöre, das ist die Wahrheit. Es geht um ein Forschungsprojekt von mir, für das ich die Erzählungen und Legenden der Männer sammle. Es hat nichts mit dir zu tun.«

Sie drehte sich zum Altar um und entdeckte den Recorder; sie deutete darauf. »Vernichte dieses Ding da!« Wanderer betrat den Altar und hob seinen Speer.

»Nein!« Ich umklammerte Biranas Ärmel. »Ich schalte es aus, wenn du willst, aber du darfst nicht…« Sie schüttelte meine Hand ab. »Bitte!«

Wanderer zögerte. Birana runzelte die Stirn, dann ging sie zu dem Aufnahmegerät, beugte sich darüber und schlug mit der flachen Hand darauf. »Nun gut. Jetzt ist es ausgeschaltet.« Sie ließ sich am Rand des Altars nieder, und Wanderer setzte sich neben sie.

Der Weg zum Schiff war mir versperrt; draußen gab es keine Sicherheit für mich, selbst wenn ich es bis zur Tür geschafft hätte. Birana klopfte sich mit den Fingern aufs Knie. »Du behauptest, du bist hierhergekommen, um Geschichten zu sammeln. Was für ein Projekt soll das sein?«

»Es war höchste Zeit, daß wir mehr über die Welt draußen erfahren. Ich bin jetzt Chronistin. Ich habe Wanderer und seine Männer durch den Gedankenübermittler befragt, und Wanderers Geschichten interessierten mich. Ich dachte, ich würde vielleicht noch mehr hören, wenn ich mich nach draußen begäbe; ich wollte Geschichten ausfindig machen, die wir noch nicht gehört hatten. Ich unterbreitete dem Rat einen entsprechenden Vorschlag. Sie waren nicht sehr angetan davon, wußten jedoch, daß meine Arbeit für sie von Nutzen sein könnte, und eine von ihnen hatte andere Gründe, mein Anliegen zu befürworten. Sie erteilten mir die Genehmigung, hierherzukommen.«

»Du bist Chronistin?« Ihr Mund verzog sich spöttisch. »Und was halten deine alten Freundinnen davon?«

»Sie sind nicht mehr meine Freundinnen. Es ist mir inzwischen gleichgültig, was sie denken.«

»Früher warst du ganz versessen darauf, daß sie eine gute Meinung von dir hatten.« Sie beugte sich näher zu mir. »Warum hast du es getan, Laissa? Wieso ist der Rat ausgerechnet auf dich gekommen, um sich zu vergewissern, daß ich wirklich tot bin?«

»Ich hatte keine Wahl. Sie haben meine Mutter gegen mich benutzt.« Ich fuhr fort und erzählte ihr vom Zusammenbruch meiner Mutter, erläuterte die Gründe dafür und schilderte, wie Eilaan mich bedrängt hatte. »Entweder ich tat es«, endete ich, »oder die ganze Gruppe dieses Mannes sollte vernichtet werden, um sicherzugehen, daß auch du tot bist. Ich konnte nichts ändern, aber zumindest das konnte ich verhindern. Es hätte meiner Mutter in ihrem damaligen Zustand den letzten Stoß versetzt, wenn sie erfahren hätte, daß Knopf – Hasin – umgekommen wäre – sie liebte ihn zu sehr. Auch so ist sie niemals mehr die alte geworden.«

»Ich nehme an«, murmelte Birana, »daß du außerdem dachtest, es sei sowieso egal, was mit mir geschähe.«

»Mich hat das unablässig gequält. In all den Jahren dachte ich an die Zeit, in der ich dir vielleicht ein wenig hätte helfen können, als ich hätte versuchen können, deine Freundin zu sein, als ich ein gutes Wort für dich hätte einlegen können. Damals erschien mir die Meinung meiner Freundinnen, die Anerkennung durch andere so ungeheuer wichtig. Im Hinterkopf glaubte ich vermutlich, daß ich irgendwann meine Verfehlung dir gegenüber wiedergutmachen könnte, daß wir uns beide im Laufe der Jahre ändern würden, daß wir viel Zeit vor uns hätten – und dann wurdest du in die Verbannung geschickt. Ich mußte diese Gedanken aufgeben, doch ich konnte es nicht.«

»Wie herzerweichend«, sagte sie verbittert. »Die Tatsache, daß dein Leben jetzt von mir abhängt, hat dich zweifellos zu dieser kleinen Rede inspiriert. Du bist verzweifelt, was?«

»Ich habe jedes Wort so gemeint, wie ich es gesagt habe.« Ich zwang mich, ihr direkt in die Augen zu sehen. »Wir leben so lange, daß wir glauben, für jede Verletzung stünde uns ein Heilmittel zur Verfügung. Doch dann warst du weg, und diese Möglichkeit bestand nicht mehr.« Ich neigte den Kopf. »Du hast mich in der Hand, Birana. Du kannst dich durch mich an der Stadt rächen. Ich bin dir hier draußen wehrlos ausgeliefert, und du kannst deine Lage nicht verschlimmern, was immer du mir antust.«

Ich wartete gespannt, was sie tun würde. Trotz meiner Worte war ich von Angst erfüllt. Wenn sie hier draußen so lange hatte überleben können, dann hatte sie sich bestimmt an den Umgang mit dem Tod gewöhnt und war diesen Dingen gegenüber abgehärtet.

»Ist das wahr?« fragte sie. »Du hast alles bedauert und über eine Wiedergutmachung nachgedacht?«

»Du kannst mich einem Verhör unterziehen, wenn du willst. Es ist wahr.«

»Und wenn du jetzt etwas für mich tun könntest, würdest du es tun?«

Ich hob den Kopf. »Ja. Aber was kann ich tun? Ich kann dich nicht in die Stadt mit zurücknehmen. Ich würde es tun, wenn du es möchtest, doch du hättest dadurch nichts gewonnen. Sie würden dich erneut in die Verbannung schicken oder sich eine andere Strafe ausdenken. Nachdem du bewiesen hast, daß eine Frau hier draußen überleben kann, wird man in der Stadt vermutlich eine andere Bestrafung ersinnen.« Ich holte tief Luft. »Immerhin kann ich soviel für dich tun, daß ich diese Aufnahmespule vernichte, bevor du diesen Ort verläßt – es wird keine Aufzeichnung darüber geben, daß du hiergewesen bist. Ich werde nichts verraten. Die Stadt wird niemals etwas von dir erfahren.«

Ihre Augen verengten sich. »Sobald ich durch diese Tür hinaustrete, wirst du in dein Schiff eilen und die anderen herbeirufen.«

»Dann binde mich an diese Liege. Bis ich mich befreit habe, kannst du weit weg sein, und mir kann nicht daran gelegen sein, daß die Stadt von meiner Unachtsamkeit erfährt. Ich werde über den Vorfall schweigen müssen.« Noch während ich das sagte, focht ich einen inneren Kampf aus; ich trug mich mit der Absicht, ein Verbrechen gegen die Stadt zu begehen, wofür ich in den Köpfen der Ratsmitglieder verdammt werden würde, wenn sie jemals davon Kenntnis bekämen.

Birana sah mich einen Moment lang eindringlich an. »Darum möchte ich dich nicht bitten. Es gibt jedoch etwas anderes, das du für mich tun kannst, und die Stadt, was immer sie davon halten mag, wird dich dafür nicht bestrafen. Du kannst dein Schuldgefühl lindern, ohne viel zu riskieren.« Sie machte eine Handbewegung zu Wanderer. »Du kannst Arvil jetzt holen.«

Er erhob sich und ging zur Tür. »Du solltest auf allerlei gefaßt sein«, fuhr sie fort. Die Tür glitt hinter mir zischend auf; ich hörte den Klang von Schritten und dann ein schwaches Weinen.

Ich drehte mich um. Arvil war hereingekommen; bei ihm war ein junger Mann, der Wanderers Sohn Schatten sein mußte, doch mein Blick blieb nicht lange auf ihm haften. Arvil hielt ein Bündel in den Armen; ich sah ein kleines Gesichtchen und winzige Fäuste. Er trug ein Kind.

»Meine Tochter«, sagte Birana. »Meine und Arvils.«

Der Schock wäre beinahe zuviel für mich gewesen. Die Liege schien unter mir zu schwanken, mir war schwindelig, ich konnte nicht aufstehen und hatte Angst, die Beine würden unter mir wegsacken, wenn ich es versuchte. Arvil ging zum Altar und reichte Birana das Kind. Sie wich vor meinem Zwillingsbruder nicht zurück, sondern lächelte ihn flüchtig an, als sie ihm das Kind abnahm.

Das Entsetzliche dieser Szene, die sich da vor mir abspielte, brachte mich schließlich wieder zu Sinnen. »Was habt ihr gemacht?« rief ich. »Was hat er dir angetan?«

»Er hat nichts gegen meinen Willen getan. Er war die ganze Zeit über mein Beschützer und mein Freund. Er hat mich von Anfang an geliebt, und ich habe ihn im Laufe der Zeit ebenfalls lieben gelernt.«

Ich konnte es nicht ertragen zuzuhören. Ich stand taumelnd auf. Wanderer und Schatten saßen an der Tür; Wanderer hob seinen Speer, als ich einige Schritte in seine Richtung machte. Ich ging hilflos zum Altar zurück. »Was sagst du da?«

»Er hatte den Auftrag, mich zu töten. Er brachte es nicht über sich. Ich unterwies ihn darin, sich in einen Trancezustand zu versetzen und so auf den Gedankenübermittler zu reagieren, daß ihr annehmen mußtet, er hätte mich getötet. Danach waren wir aneinander gebunden; wir waren beide Exilanten, er konnte nicht zu seiner Gruppe, ich nicht in die Stadt zurückkehren. Wir hatten nur noch einander. Anfangs war er nur ein Freund für mich. Später wurde er mehr.«

»Wir werden draußen warten«, sagte Wanderer. Er blickte mich an, während er und Schatten aufstanden. »Sei nicht zu streng mit Ihr, Birana. Ich höre Wahrheit in Ihrer Stimme, und Sie hat, so glaube ich, viele Jahre über uns gewacht. Sie wird dir jetzt helfen.« Die beiden traten durch die Tür hinaus. Wanderers Geschichte, die er erfunden hatte, um das Verschwinden von Birana und Arvil zu erklären, hatte mehr Wahrheit enthalten, als er zu jener Zeit wissen konnte.

»Ich liebe Arvil«, sagte Birana. »Zuerst war es so, daß ich dich in ihm sah und daran dachte, was hätte sein können. Du hättest mich lieben sollen, Laissa. Ich hätte dich geliebt, ich habe dich begehrt.« Arvils Lippen spannten sich, während sie sprach. »Auch jetzt könnte ich dich noch begehren, aber nur deshalb, weil ich Arvil in dir sehe.«

Ich sank wieder auf die Liege zurück, von Schuldgefühlen gepeinigt. »Warum sitzt du so da?« fragte sie. »Komm und sieh dir meine Tochter Nallei an.«

Ich stand auf und ging zögernd zu ihr; sie legte mir das Kind in die Arme. Das Mädchen hatte weiches blondes Haar und Biranas blaue Augen. Meiner Schätzung nach war es sieben Monate alt, vielleicht mehr; das Gesichtchen war ein wenig spitz, als ob es ihm an Nahrung mangelte. »Wie kann sie hier draußen leben?« murmelte ich.

»Sie kann es nicht.«

»Was hast du vor?«

»Ich bin hierhergekommen, um dich zu bitten, sie in die Stadt mitzunehmen.«

»Aber wie …«

»Was können sie tun? Einem unschuldigen kleinen Mädchen die Aufnahme verweigern? Sie hat kein Verbrechen begangen. Selbst der Rat würde ein Baby nicht zur Verbannung und zum Tode verurteilen.«

Das Kind bewegte sich in meinen Armen und fing an zu weinen. Birana nahm es mir ab und richtete die Windel und das Wickeltuch aus weichem Leder; dann hob sie das Hemd und hielt sich Nallei an die Brust. »Ich bin weit gereist, um sie herzubringen«, sagte Birana. »Ich wußte, daß in der Stadt für sie eine Chance besteht. Ich wollte mich in ein Heiligtum begeben und dann jemanden über den Gedankenübermittler herausrufen. Wir schafften es bis zum Lager von Arvils ehemaliger Gruppe. Ich wußte, daß die Männer ihm nichts antun würden, solange ich bei ihm war. Doch inzwischen hatte die Gruppe erfahren, daß sich eine göttliche Erscheinung hier in diesem Heiligtum aufhält. Ich wäre am liebsten auf der Stelle hergekommen, aber zu viele Gruppen bevölkerten diesen Ort. Wir mußten unser Lager in der Nähe des Heiligtums aufschlagen und warten, in der Hoffnung, daß wir irgendwann mit der Frau allein würden reden können. Ich wollte nicht, daß die Männer mich begleiteten, aber Arvil wollte mich nicht allein lassen, und Schatten und Wanderer waren bereit, jeder möglichen Gefahr gegenüberzutreten. Die anderen willigten ein zu warten.«

»Du wußtest, daß die Waffen der Stadt gegen dich hätten eingesetzt werden können.«

»Das wußte ich. Die Männer wußten es auch. Deswegen wollte ich allein kommen. Mir war es gleichgültig, was mir geschah, wenn nur Nallei in Sicherheit wäre. Das kannst du nicht verstehen, was?« Sie hob das Baby auf die Höhe ihrer Schultern und rieb ihm den Rücken. »Selbst das rauhe Leben hier draußen hat mich nicht aller Gefühle beraubt. Ich kenne meine Verpflichtung meinem Kind gegenüber. Ich frage mich, wie viele Frauen in der Stadt so viel für ihre Tochter getan hätten. Laissa, nimmst du sie mit?«

Ich sah abwechselnd sie und Arvil an. Man konnte dem Kind nicht vorwerfen, was die beiden getan hatten. Ich mußte sie mit in die Stadt nehmen, durfte mein Gewissen nicht mit der kleinen Nallei belasten; die Bürde, die ich trug, war bereits groß genug. Selbst Eilaan konnte nichts gegen mich unternehmen.

»Wenn ich sie mitnehme«, sagte ich, »dann muß ich den anderen erklären, wie ich sie gefunden habe. Sie werden zwangsweise von dir erfahren.«

»Ich kann hier warten, während du eine Nachricht losschickst. Gib Arvil und den anderen nur genügend Zeit, daß sie sich in Sicherheit bringen können. Du kannst sagen, ich sei allein gekommen. Ich weiß, daß ich hier sterben muß. Du hast deine Pflicht erfüllt, und ich werde dich um nichts mehr bitten.«

»Nein!« schrie Arvil auf; er legte beschützend den Arm um Biranas Schulter. »Wenn du hier wartest, dann werde ich mit dir warten. Ich werde dich nicht allein lassen.«

»Du weißt, was dann geschehen würde«, sagte ich. Er nickte. »Und trotzdem würdest du es tun? Bedeutet sie dir so viel? Würdest du hier mit ihr sterben?«

»Wie kannst du daran zweifeln?«

Ich setzte mich neben ihn; die gleichen Augen wie meine eigenen blickten mich aus seinem Gesicht an.

»Weißt du, was ich bin?«

Er runzelte die Stirn, offensichtlich verwirrt.

»Zwischen uns besteht eine gewisse Bindung«, fuhr ich fort. »Du bist mein Bruder, Arvil, sogar mein Zwillingsbruder. Wir wuchsen gemeinsam im Bauch unserer Mutter heran, bevor sie uns zur Welt brachte, dasselbe Blut floß durch unsere Adern. Wir beide entstammen dem Leib derselben Frau und dem Samen desselben Mannes. Das heißt, daß auch zwischen mir und diesem Kind eine Bindung besteht. Begreifst du das?«

»Ich verstehe.«

»Ich nehme dieses Kind mit und werde alles für es tun, was ich kann. Die Kleine wird ein Zuhause haben.« Ich stand auf und streckte die Arme aus. »Laß mich sie ins Schiff bringen. Ich habe dort etwas zu essen für sie – Milch, weiches Obst.« Birana wich zurück. »Ich werde jetzt niemanden anrufen, ich möchte nur für ihr Wohlbefinden sorgen.«

»Ich komme mit dir.«

Sie folgte mir ins Schiff, während Arvil auf dem Altar wartete. Nachdem sich die Tür geschlossen hatte, ließ sie sich im vorderen Teil des Schiffes nieder. Ich holte meinen kleinen Arztkoffer hervor, nahm den Scanner heraus und fuhr mit dem Zylinder über Nalleis Körper. »Wann wurde sie geboren?« fragte ich.

»Im Winter.«

Ich warf einen Blick auf die kleine Meßskala des Scanners. »Sie hat Untergewicht, aber sie macht einen einigermaßen kräftigen Eindruck. Ich bin jedoch keine Ärztin. Sie muß gründlich untersucht werden, sobald wir in der Stadt ankommen, aber die Ärzte werden mit jedem Problem fertig.«

Ich fütterte sie mit weichen Kornflocken und kleinen, weichen Obststücken; Nallei wand sich, schluckte ein bißchen und fing dann an zu weinen. Ich wiegte sie, um sie zu beruhigen, bevor ich sie an ihre Mutter zurückreichte. »Durchschauen die Männer, die mit dir hierhergekommen sind, wie sie ... wie du ... «

»Wanderer und Schatten wissen Bescheid«, sagte sie. »Weise Seele begreift etwas weniger. Die anderen betrachten Nallei anscheinend als eine Art Mysterium oder Wunder.«

»Du hast sie mit deiner Handlungsweise in Gefahr gebracht.«

»Sie sind nicht die einzigen, die sie gesehen haben. Es gibt noch weitere Gruppen, die uns während unserer Reise hierher bei sich aufgenommen haben. Was wird die Stadt tun – sie alle vernichten? Ihr werdet nicht einmal wissen, um welche Gruppen es sich handelt. Laßt sie in Ruhe, dann wird ihr Wissen nur zu einer weiteren Legende, die die anderen Männer nicht glauben.«

»Einige Geschichten können zur richtigen Zeit einiges bewirken«, sagte ich.

»Ist das der Grund, warum du hier herausgekommen bist, Laissa? Glaubst du, die Geschichten, die du mit nach Hause nimmst, könnten irgend etwas verändern?«

»Ich weiß nicht. Ich bin mir auch nicht sicher, ob ich eine Veränderung möchte.«

»Vielleicht hast du genug erfahren, um die Macht der Städte über die Männer zu stärken.«

»Vielleicht. Vielleicht bewahre ich die Aufzeichnungen von Wesen, denen bald das Aussterben droht. Ich weiß nicht, was bei dieser Arbeit herauskommen wird. Einige werden die Schlußfolgerung ziehen, daß die draußen Lebenden ein hoffnungsloser Fall sind, daß es keine Möglichkeit gibt, sie jemals zu einem friedlichen und zivilisierten Dasein zu bringen.«

»Würdest du das über Arvil sagen?« fragte sie. »Glaubst du das von Wanderer und Schatten? Sie wußten, daß sie sich in Gefahr begaben, indem sie hierherkamen, doch sie waren bereit, die Gefahr mit uns zu teilen. Wanderer sagte mir, er glaube, daß das Kind die Herzen der Frauen gegenüber den Männern allmählich erweichen werde. Er möchte dich wissen lassen, daß einige seinesgleichen sich noch mehr erhoffen.«

»Wir sind jetzt allein«, sagte ich. »Du kannst ehrlich mit mir reden. Hat Arvil dich mit Gewalt gezwungen, sich ihm hinzugeben? Hat er dich so sehr mißbraucht, daß du jetzt Angst hast…«

»Du verstehst immer noch nicht. Erkennst du nicht die Liebe, die aus ihm spricht, hörst du sie nicht aus meinen Worten heraus? Er hat mir mein Leben zurückgegeben, jedenfalls das, was noch davon übrig war, und jetzt bin ich sein Leben.«

»Das sagst du, doch wenn die Stadt dich wieder aufnehmen würde, würdest du hingehen?«

Sie schloß für einen Moment die Augen. »Ja. Es würde Arvil großen Schmerz bereiten, aber er würde wollen, daß ich gehe, wenn ich dadurch leben könnte. Meinst du, das bedeutet, daß mir nichts an ihm liegt? Ich würde ihn niemals vergessen. Ich würde wollen, daß die Stadt erfährt, was er mir bedeutet hat.«

Ich beugte mich zu ihr. »Ich bin hier herausgekommen, um Geschichten zu sammeln. Ich sollte mir deine und seine anhören.«

»Was wäre damit erreicht?«

»Vielleicht nicht viel, aber zumindest könnte deine Tochter sie sich anhören, wenn sie älter ist, und so die Wahrheit über dich erfahren. Es werden genügend Versuche unternommen werden, ihr etwas anderes einzureden.« Ich erhob mich. »Ich bin bereit, zuzuhören und deine Worte aufzuzeichnen.«

»Das hast du dir gut für dich ausgedacht, Laissa. Du wirst eine Geschichte haben, die noch keine Chronistin je verbreitet hat, und du kannst dafür sorgen, daß ich endlich tot bin. Eines Tages bekommst du dafür vielleicht einen Sitz im Rat der Stadt.«

»Darauf lege ich keinen Wert.«

Sie stand auf. »Einige Abschnitte dieser Geschichte wirst du nur schwerlich ertragen können… du solltest dich gut wappnen. Du wirst meine letzten Worte zu hören bekommen. Ich nehme an, sie müssen gesprochen werden, bevor du …

« Sie wandte sich ab und verließ das Schiff; ich folgte ihr hinaus. Arvil stand an der Tür und unterhielt sich mit Wanderer und Schatten; er drehte sich um. »Wirst du jetzt deine Enklave anrufen?« fragte er. »Soll ich meinen Freunden sagen, sie sollen diesen Ort verlassen?«

Ich schüttelte den Kopf. »Sie können draußen warten. Ich möchte zuerst eure Geschichte hören, deine und Biranas, jedenfalls soviel, wie ihr willens seid zu erzählen. Bitte laßt sie mich hören. Ich möchte etwas haben, das ich dem Kind später weitergeben kann.«

Wanderer legte eine Hand auf Arvils Schulter, flüsterte ihm etwas zu und zog sich zurück, woraufhin sich die Tür schloß. »Sie werden warten und solange auf die Pferde aufpassen«, sagte Arvil. »Es ist eine lange Geschichte, Herrin – es wird vielleicht einige Zeit in Anspruch nehmen, sie zu erzählen.«

»Ich höre.« Ich ließ mich neben dem Recorder nieder.

Arvil sprach als erster, und als seine Stimme mühsam klang, fuhr Birana mit ihrer Erzählung fort. Ihre Geschichte war nicht leicht anzuhören, und mehrmals mußte ich sie bitten zu schweigen, damit ich meine Fassung wiedererlangen konnte. Ein Großteil der Geschichte – die Brutalität, die sie zu ertragen gehabt hatten, die Gewalt, die sie gesehen hatten – verursachten bei mir Übelkeit; ich hätte mich am liebsten hinter die Mauer zurückgezogen, um nicht mehr an das Draußen zu denken. Ihre schamlose Darstellung ihrer Begierden und der Art und Weise, wie sie jeweils die Bedürfnisse des anderen befriedigt hatten, stieß mich ab, doch ich zwang mich zum Zuhören.

Ich hatte Mitleid mit Birana und bedauerte sie, wie ich es erwartet hatte. Doch während ihres Leidensweges hatte sie auch ihrerseits einige Wonnen erlebt; sie hatte auf Arvil in einer Weise eingewirkt, wie ich es niemals für möglich gehalten hätte, während Arvil viel geopfert hatte, um sie zu lieben. Sie sprachen ohne Pause, und als sie sich dem Ende ihrer Erzählung näherten, stellte ich ihnen Fragen, da mich Auslassungen in ihrem Bericht neugierig gemacht hatten. Sie gaben bereitwillig Auskunft über ihre Reise nach Osten und ihre Jahre am großen See, doch sie sagten wenig darüber, wie sie zu Arvils ehemaligem Lager zurückgekehrt waren, als ob sie jene schützen wollten, die ihnen geholfen hatten. Ich bedrängte sie nicht weiter.

Ich schaltete den Recorder aus und rieb mir die Augen. Nallei war schon Stunden zuvor in Arvils Armen eingeschlafen; ich fragte mich, ob draußen wohl schon der Tag angebrochen war.

»Ich kann mir vorstellen, was du denkst«, sagte Birana, »was du von meiner Handlungsweise hältst.«

»Ich weiß selbst nicht, was ich denke.«

»Ich möchte, daß meine Tochter erfährt, was Arvil mir bedeutet hat. Sie soll nicht denken, daß sie ihr Leben einem mit Gewalt erzwungenen Akt verdankt, und sie soll keinen Haß und keine Verachtung für ihren Vater empfinden. Sie soll erfahren, daß ihr Leben aus Liebe entstanden ist.«

»Ich werde es ihr sagen«, versprach ich, »obwohl es für sie vielleicht einfacher wäre, wenn sie etwas anderes glauben würde. In der Stadt würde man die Geschichte von einer Vergewaltigung nachvollziehen können und mehr Mitleid mit ihr haben.«

»Sie muß so viel wie möglich über Birana erfahren«, sagte Arvil. »Wenn sie vom Mut ihrer Mutter hört, wird das vielleicht ihren eigenen wachsen lassen.«

Nallei rührte sich und fing an zu weinen. Ich ging ins Schiff, nahm ein Hemd und riß es in Streifen. »Nimm das«, sagte ich, als ich wieder hinaustrat und Birana den Stoff reichte. »Ich glaube, ihre Windeln müssen gewechselt werden. Wenn du willst, kannst du sie im Innern des Schiffes säubern und wickeln.«

Sie nahm Arvil das Kind aus den Armen und ließ uns allein. »Wirst du jetzt deine Artgenossinnen herbeirufen?« fragte er.

»Ich muß mich ausruhen, bevor ich irgend etwas unternehme. Bestimmt seid ihr auch müde.«

»Ich werde mich bald genug ausruhen können. Für immer.«

»Du brauchst nicht zu bleiben. Geh mit deinen Freunden. Ich kann sagen, du habest mich bedroht und seist abgehauen, ohne daß ich dich hätte aufhalten können.«

»Glaubst du, ich könnte sie jetzt im Stich lassen?«

Ich stand auf und griff nach dem Recorder. »Ich nehme an, das könntest du nicht.« Ich schüttelte den Kopf. »Du bist nur ein einzelner Mann, Arvil, ein Mann, dem es irgendwie gelungen ist, besser als die anderen zu sein, aber du wirst überhaupt nichts verändern. Die anderen deinesgleichen werden immer so bleiben, wie sie jetzt sind.«

»Wir sind mit Hilfe von deinesgleichen so geworden, wie wir sind. Ihr möchtet gar nicht, daß wir anders werden.« Er sah mich ernst an. »Wenn ihr in unsere Seelen blicken würdet, müßtet ihr eure eigenen sehen.«

Ich ging ins Schiff; Birana nahm bei meinem Eintreten das Kind auf. »Ich muß schlafen«, sagte ich.

»Wirst du ...«

»Ich muß schlafen.« Ich warf mich in einen der Sitze und schloß die Augen.

Als ich aufwachte, war ich allein. Ich verließ taumelnd das Schiff. Arvil lag auf einer Couch, während Birana Nallei stillte; ich hatte erwartet, daß sie fliehen und Nallei auf dem Altar zurücklassen würden, um mir die Entscheidung aus der Hand zu nehmen.

Wanderer und Schatten betraten das Heiligtum. »Es wird bald dunkel werden«, sagte Schatten, »und die

Männer werden sich fragen, was sich hier abgespielt hat.« Arvil setzte sich auf. »Geh!« schrie Birana.

»Warte!« Ich hielt eine Hand hoch, dann schwankte ich innerlich und spürte, wie sich unter mir eine Leere auftat, in die ich hineinzustürzen drohte. »Ich werde dieses Kind in die Stadt mitnehmen, und ich werde nichts dazu tun, daß die Stadt gegen euch vorgeht. Ihr alle könnt dieses Heiligtum gemeinsam verlassen. Ich werde warten, bis ihr in sicherer Entfernung seid, bevor ich eine Nachricht losschicke. Ihr haltet euch schon so lange versteckt – ihr werdet ein neues Versteck finden.« Birana setzte Nallei neben Arvil. »Laissa, du setzt zuviel aufs Spiel.«

»Ich gehe das Risiko ein. Auf diese Weise kann ich einigermaßen wiedergutmachen, daß ich dir damals nicht geholfen habe, als es eine Kleinigkeit für mich gewesen wäre. Ich kann sagen, ihr hättet mich überfallen und wäret verschwunden gewesen, bevor ich etwas hätte unternehmen können. Man wird mir glauben.«

»Möglicherweise wird man dich bestrafen.«

»Man wird mich nicht bestrafen.« Ich glaubte selbst nicht daran. Der Rat verfügte über Mittel und Wege, die Wahrheit aus mir herauszubekommen.

Ich warf alles über Bord, was man mir beigebracht hatte, nur um eines Mannes, einer Frau und eines Kindes willen. Ich lehnte mich gegen die Stadt auf – wofür? Damit Birana und Arvil noch einige Jahre eines sehr mühseligen Lebens beschieden wären, Jahre voller Schmerz und Plage, während derer sie in ständiger Furcht sowohl vor den Städten als auch vor den Männern leben mußten. Der Tod wäre vielleicht gnädiger.

»Warum tust du das?« fragte Birana.

»Damit ich deiner Tochter nicht eines Tages sagen muß, ich wäre verantwortlich für euren Tod gewesen. Damit ich nicht mit euren Geistern leben muß.«

Arvil stand auf. »Stimmt das? Oder möchtest du nur, daß wir weiter entfernt von diesem Ort sterben?«

»Ihr müßt mir jetzt vertrauen. Entfernt euch so weit wie möglich von dieser Gegend; ich möchte nicht wissen, wohin ihr geht. Wenn sich eure Gruppe in verschiedene Richtungen zerstreut, wird es für die Städte noch schwieriger sein, euch zu finden.« Ich seufzte. »Aber ihr kennt euch in dieser Welt besser aus als ich.«

Arvil nahm Biranas Hand; sie legte den Kopf an seinen Arm. »Das würdest du für uns tun?« sagte sie.

»Ja, aber es kann sein, daß ihr mir später deswegen nicht dankbar sein werdet. Vielleicht wünscht ihr eines Tages, ihr hättet die Gelegenheit für einen schnellen Tod ergriffen.« Birana nahm ihre Tochter auf; ich wandte den Blick ab, als sie weinte.

Ich ging mit ihnen hinaus. Birana stand schweigend am Grab ihrer Mutter, während die Männer ihre Pferde holten. Sie hielt das Kind in ihren Armen so fest umschlungen, als hätte sie plötzlich Angst, es abzugeben.

Ich hatte Proviant aus dem Schiff geholt und in eins meiner Hemden gepackt; ich reichte es ihr. »Hier sind einige Nahrungsmittel für euch«, sagte ich. »Ihr werdet euch darüber hinaus etwas suchen müssen.« Ich nahm ihr das Kind ab, während sie den Proviant entgegennahm. »Es sind auch einige medizinische Vorräte dabei – antiseptische Mittel und ähnliches. Der kleine Scanner ist auch drin – ich brauche ihn jetzt nicht mehr.«

Sie riß die Augen weit auf. »Aber wie wirst du erklären ... «

»Ich werde mir etwas einfallen lassen.« Ich schluckte. »Ich bin sicher, dir ist klar, wie nützlich der Scanner sein wird«, sagte ich mit gedämpfter Stimme. »Damit kannst du deinen Zyklus ganz genau berechnen; das ist verläßlicher als die Beeren, die du bekommen hast. Du brauchst dich zumindest kaum noch vor Arvils Annäherungen zu fürchten.«

»Laissa ... «

»Ich habe einer Verbannten geholfen. Wenn ich dir

ein Hilfsmittel gebe, damit ihr eure abartigen Praktiken sicher betreiben könnt, dann ist das, verglichen damit, ein kleines Vergehen.«

Ihre Augen füllten sich mit Tränen. Sie berührte kurz Nalleis Blondschopf, dann umarmte sie mich.

»Leb wohl«, flüsterte ich. »Ich kann euch ein paar Tage Vorsprung geben, mehr nicht. Bis dahin werden meine Freundinnen eine Nachricht von mir erwarten.«

Birana berührte meine Wange. »Ich wünsche ...«

»Ich weiß. Ich hätte... denke hin und wieder an mich.« Ich konnte nicht mehr sagen. »Geht!«

Schatten brachte ihr ein weißes Pferd; sie stieg auf, und Arvil schwang sich hinter sie. »Leb wohl«, sagte Arvil. Die Sonne ging unter, als sie davonritten und sich immer mehr vom See entfernten. Ich stand neben der Asche ihres Feuers und fragte mich, wohin sie wohl ziehen mochten.

»Ich habe für deine Mutter ein Verbrechen begangen«, murmelte ich Nallei zu. »Dein Vater hat ihretwegen alles aufgegeben, was er einst geglaubt hat, und jetzt habe ich dasselbe getan. Ich möchte wissen, was aus dir einmal werden wird.«

Ich wartete fünf Tage lang im Schiff, wohl wissend, daß mein Verbrechen mit jeder vergehenden Stunde schwerwiegender wurde. Ich lauschte noch einmal Biranas Geschichte, bevor ich sie in meine anderen Spulen einsortierte. Eilaan würde vielleicht auf der Vernichtung der Aufzeichnung bestehen; ich durfte nicht zulassen, daß das geschah. Ich schrieb eine Mitteilung an Fari nieder, bevor ich mich vor den kleinen Bildschirm des Schiffs setzte, da ich sichergehen wollte, daß sie ihre Bedeutung begriff. Meine Mentorin war nicht in ihrem Zimmer; ich sprach die Mitteilung auf ihr Gerät und rief anschließend Zoreen an.

»Hör zu«, sagte ich, bevor sie etwas sagen konnte. »Ich habe meine Arbeit zu Ende geführt. Ich mache mich auf den Heimweg. Fari hat eine Nachricht von mir bekommen, und ich habe sie gebeten, mit Bren zu sprechen. Ich hoffe, daß Bren meine Aufzeichnungen vor den Rat bringen wird – ich möchte nicht, daß Eilaan sie als erste hört.«

»Laissa, was ...?«

Ich machte vor dem kleinen Gesicht auf dem Bildschirm eine Handbewegung. »Ich bringe noch etwas mit zurück.« Ich hielt Nallei vor den Bildschirm; Zoreen schnappte nach Luft. »Dieses kleine Mädchen ist vor einigen Monaten hier draußen geboren worden. Ich bringe sie mit in die Stadt.«

»Aber wie ...?«

»Birana hat das Kind auf die Welt gebracht.«

Sie rang nach Luft.

»Zoreen, du mußt so vielen Frauen wie möglich, von diesem Kind erzählen und die Tatsache verbreiten, daß ich mit wichtigen Aufzeichnungen zurückkehren werde. Der Rat wird sie nicht vernichten und dann behaupten, sie hätten nie existiert. Die Historikerinnen werden auf ihrer Erhaltung bestehen und dafür kämpfen.« Ich hielt kurz inne. »Das könnte einige Scherereien für dich bedeuten, aber das meiste wird man mir anlasten.«

»Ich werde dir den Gefallen tun«, antwortete Zoreen. »Aber das Kind ...«

»Mein Zwillingsbruder Arvil ist der Vater. Die Stadt kann die Aufnahme eines unschuldigen Kindes nicht ablehnen, besonders wenn allgemein bekannt ist, daß ich es mitbringe. Die Mütter der Stadt werden Mitleid mit der Kleinen haben, und jene, denen wir dienen, sind sowieso sentimental veranlagt. Ich komme morgen zurück.« Ich schaltete den Bildschirm ab.

Mein Schiff landete auf der Mauer. Der Wind peitschte meine Haare, als ich mit Nallei in den Armen ausstieg. Wie ich erwartet hatte, hatten sich mehrere Frauen eingefunden, um mich zu begrüßen. Bren stand mit Fari und zwei weiteren Historikerinnen beisammen; Zoreen stand neben zwei Patrouillenfrauen. Eilaan war nicht dabei, obwohl sie bestimmt von meiner Ankunft gewußt hatte. Alle Frauen trugen Masken über Mund und Nase. Als Zoreen auf mich zugehen wollte, sah ich, daß meine Mutter hinter ihr war; sie griff nach Zoreens Arm, um sie zurückzuhalten.

»Sie müssen mit dem Scanner untersucht werden«, sagte meine Mutter. »Ich glaube nicht, daß es ernste Probleme gibt, aber wir müssen vorsichtig sein.« Ihre Stimme klang entschlossen, als ob sie etwas von ihrer früheren Energie wiedergewonnen hätte. Ich sah Fari an. »Meine Aufzeichnungen sind im Schiff«, sagte ich. »Ich kann mir vorstellen, daß der Rat sie unverzüglich hören und sehen will. Ihr werdet begreifen, wie wichtig sie sind, wenn ihr sie alle gehört habt. Das dauert vielleicht eine geraume Zeit – ich habe viel aufgenommen. Die wichtigsten befinden sich in dem Container obenauf – die solltet ihr euch als erste anhören.«

Fari nickte, dann ging sie zum Schiff. »Ich hatte nicht damit gerechnet, dich hier zu sehen«, sagte ich zu meiner Mutter. »Zoreen hat mir deine Nachricht übermittelt. Sie sagte, das Kind sei ... daß dein Zwillingsbruder sein Vater sei. Wie hat er ...?«

»Es war nicht so, wie du denkst. Er hat sie nicht gewaltsam gezwungen.« Eine der Patrouillenfrauen stieß sie an. »Sie müssen sich der Scanner-Untersuchung unterziehen.« Mutter hob den Kopf. »Komm mit!«

Zoreen blieb bei den Historikerinnen und Bren, während Mutter und ich ins Innere der Mauer geführt wurden. Die Patrouillenfrau brachte uns zu einem Raum in dem Bereich, wo die Männer untergebracht wurden, dann ließ sie uns mit Nallei allein. Ich setzte mich auf eines der Betten und legte das Kind neben mich. »Wie lange wird das hier dauern?« fragte ich.

»Du mußt heute nacht hier schlafen. Ich glaube nicht,

daß wir etwas bei dir finden, also kannst du bestimmt in ein bis zwei Tagen wieder gehen. Das Mädchen müssen wir vielleicht länger hierbehalten.« Ihre Stimme klang wegen der Maske dumpf. »Sie wird nicht nur mit dem Scanner untersucht werden, wir müssen auch ihr Genmuster abtasten und festhalten.« Ein Schauder ließ sie zittern. »Ich kann es kaum ertragen daran zu denken, wie ihre Geburt vor sich gegangen sein muß. Das arme Kind.«

»Birana hat viel riskiert, um dafür zu sorgen, daß sie hierhergebracht wird«, sagte ich. »Sowohl sie als auch Arvil wollten, daß ich sie mitnehme.«

»Laissa, wie …?«

Ich warf einen Blick zu dem Wandbildschirm hinauf und fragte mich, ob wir abgehört wurden. »Ich werde dir die Geschichte ein andermal erzählen. Das einzige, was du wissen mußt, ist, daß Nallei aus Liebe entstanden ist, so seltsam das klingen mag. Ich glaube, Birana bedeutet Arvil ebenso viel wie er ihr.«

»Du hast sie beide in jenem Heiligtum gesehen?«

Ich nickte.

»Und sie sind immer noch am Leben?«

»Ja. Ich muß dir viel erklären, Mutter, aber nicht hier.«

»Vielleicht ist es besser, wenn ich es nicht weiß.« Sie ging zum Bildschirm, um eine zweite Ärztin zu rufen.

Nallei wurde in einen anderen Raum gebracht; Mutter hatte versprochen, sich um sie zu kümmern. Keine Nachricht ging für mich ein; nach einem Tag setzte ich mich an den Bildschirm und versuchte, eine an Zoreen auszusenden. Buchstaben flackerten auf dem Bildschirm auf; es ging keine Mitteilung hinaus. Ich versuchte, die Tür zu öffnen; sie blieb geschlossen.

Ich war eine Gefangene. Von Zeit zu Zeit betrat eine mir unbekannte Ärztin den Raum, untersuchte mich und ging ohne ein Wort wieder hinaus. Mir fiel auf, daß sie keine Maske trug, und ich fragte mich besorgt, warum ich immer noch festgehalten wurde.

Ich war offenbar auf Veranlassung des Rats in diesem Raum eingesperrt, während man dort vielleicht darüber diskutierte, was mit mir geschehen sollte. Draußen, in meinem Schiff, hatte ich angenommen, daß der Wert meiner Aufzeichnungen, die ich mitgebracht hatte, meine Strafe etwas milder ausfallen lassen würde. Jetzt wußte ich, daß ich verloren war. Ich verbrachte die Tage damit, die Tür anzustarren und darauf zu warten, daß sie sich öffnete. Ich würde dem Rat vorgeführt werden, um in der Verhandlung über meinen Fall auszusagen, dann würde man mich wieder in die Isolationshaft stecken und vielleicht in die Verbannung schicken.

Ich verlor den Überblick über die vergangene Zeit. Ich schlief, wenn ich müde war, und schritt im Raum auf und ab, wenn ich wach war. Patrouillenfrauen brachten mir etwas zu essen; ich nahm nur wenig zu mir. Ich lag auf dem Bett und fragte mich, wann die Qual des Wartens ein Ende haben würde, als die Tür aufging. Ich blickte auf und erwartete, die Ärztin oder eine Patrouillenfrau zu sehen.

Eilaan trat ein und setzte sich auf das Bett neben dem meinen. »Wir sind deine Aufzeichnungen durchgegangen«, sagte sie. »Ich finde sie äußerst abstoßend. Ich würde sie gerne vernichten lassen, aber das wollen die Historikerinnen natürlich nicht zulassen, und mehrere Ratsmitglieder sind auf ihrer Seite. Sie sind nicht mehr willens, sich meine Ansichten anzuhören – ich werde wohl nicht mehr lange dem Rat angehören.«

»Das ist ein gewisser Trost«, sagte ich und richtete mich auf. »Was geschieht mit Nallei?«

»Sie befindet sich noch immer im Innern der Mauer. Dorlei kümmert sich um sie. Dieses jämmerliche Balg ist in Sicherheit.« Ihre Augen verengten sich. »Du hast mit einer verbannten Frau gesprochen. Du hast uns nicht Bericht erstattet. Einige Gerätschaften, die zur Ausstattung des Schiffes gehören, fehlen.«

»Birana hat genommen, was sie gebrauchen konnte. Sie wurde von mehreren Männern begleitet. Ich konnte nichts tun.«

»Erwartest du, daß der Rat dir das glaubt? Du hättest um Hilfe rufen können, sobald sie weg waren, doch statt dessen hast du nichts anderes getan, als deiner Mentorin und deiner Freundin Botschaften zukommen zu lassen, um dafür zu sorgen, daß deine ekelerregenden Aufzeichnungen gerettet wurden.«

»Ich konnte nichts tun.«

»Verschlimmere deine Verbrechen nicht auch noch durch Lügen!«

»Ich vermute, du bist wütend, weil ich das Kind mitgebracht habe«, sagte ich. »Dir wäre es wahrscheinlich lieber gewesen, die Kleine zusammen mit ihrer Mutter und ihrem Vater sterben zu sehen.«

»Erwähne diese niederträchtigen Geschöpfe nicht in meiner Gegenwart. Das Kind wird genug zu leiden haben, wenn es erfährt, wie es geboren wurde. Du hättest etwas gnädiger mit ihm verfahren können.«

»Zumindest ist die Kleine am Leben. Ist das nicht der Sinn, der all unserem Tun und Trachten zugrunde liegt, Eilaan – das Leben?« Ich schweig eine Weile, bevor ich fortfuhr. »Wirst du Schiffe aussenden und eine Suchaktion nach Birana starten?«

»Das ist bereits geschehen. Sie haben nichts gefunden. Was sollen wir tun – vielleicht alle Städte veranlassen, den gesamten Kontinent nach einer einzigen Frau abzusuchen? Jede Gruppe von Männern auslöschen, die sie vielleicht einmal zu sehen bekommen hat? Bren ist inzwischen der Meinung, wir sollten Birana einfach ziehen lassen, da sie wahrscheinlich in ein Gebiet weit entfernt von den Männern fliehen und eines Tages nur noch Bestandteil einer weiteren Geschichte sein wird, die sich die Männer erzählen, woraus uns kein Schaden entstehen kann. Sie möchte Gnade walten lassen, und der Rat schenkt ihren Worten Beachtung. Wie klug von dir, diese Aufzeichnungen zu machen, Laissa. Einige Ratsmitglieder waren durch die Bilder von Birana mit ihrem Kind zutiefst gerührt, wie auch durch ihre herzerweichende Erzählung. Du hast es dieser schändlichen Frau ermöglicht, auf direktem Weg ein Plädoyer für sich selbst vorzutragen.«

»Wir könnten aus ihrer Geschichte lernen«, sagte ich.

»Wir haben genügend gelernt. Glaubst du, das, was sich zwischen ihr und diesem Mann abgespielt hat, hätte auch nur die geringste Bedeutung? Du kennst den übrigen Teil ihrer Geschichte; du weißt, wie es den anderen Frauen ergangen ist, die unter Männern gelebt haben. Auf Dauer ist kein Zusammenleben mit Männern möglich – selbst Birana wird diese Erfahrung machen. Dieser Mann, mit dem sie zusammen ist, wird irgendwann zu seinem eigentlichen Wesen zurückkehren und ihre Schwäche ausnützen.«

»Du irrst dich«, entgegnete ich. »Ich habe ihn kennengelernt.«

»Wir haben von jeher alle Frauen, die Verbrechen begangen haben, in die Verbannung geschickt. Jetzt überlegen einige, ob es noch Sinn hat, diese Art der Bestrafung beizubehalten, denn wenn Birana überleben konnte, dann ist es auch anderen gelungen. Andere wiederum sagen, daß ein Leben dort draußen Strafe genug sei, daß die abschreckende Wirkung noch größer ist, wenn sie Biranas Geschichte hören.« Eilaan schloß die Augen. »Ich habe diese Stadt geliebt; mein ganzes Leben lang habe ich für sie gearbeitet. Du hältst mich für herzlos – du kannst nicht in meine Seele blicken und meinen inneren Kampf sehen. Auch ich habe Augenblicke des Zweifels erlebt, diesen jedoch zum Besten der Stadt verdrängt. Jetzt sehe ich das Ende all dessen herannahen, was wir versucht haben zu erreichen.«

»Glaubst du, daß wir so schwach sind?«

»So fängt es an«, antwortete sie. »Mit einem irrigen Gnadenakt, mit dem Höherbewerten des Lebens über die Pflichterfüllung. Das wird zu weiteren solchen Handlungen führen. Vielleicht werden andere Missetäterinnen verbannt, die dann überleben, und wieder wird es einige geben, die ihnen Gnade zuteil werden lassen möchten. Unser Leben wird sich verändern – wenn auch vielleicht sehr langsam. Wir brauchen uns nicht mehr darüber Sorgen zu machen, daß die Männer unsere Unzulänglichkeiten entdecken werden. Wir werden uns selbst schwächen.«

»Hältst du Gnade für ein Zeichen von Schwäche? Wenn wir vielleicht mehr auf unsere Stärke vertraut hätten, hätten wir in der Vergangenheit womöglich mehr Gnade zeigen können. Wir bilden uns ein, wir hätten den Frieden auf Erden wieder hergestellt. In Wirklichkeit haben wir nur Verstecke errichtet.«

Eilaan betrachtete mich mit starrem Blick, dann sank ihr Oberkörper nach vorn. »Ich kann jetzt nichts mehr tun. Der Rat hat meine Kompetenz angezweifelt. Ich habe keine Wahl.«

»Was geschieht mit den Aufzeichnungen?«fragte ich.

»Die Historikerinnen mögen darüber verfügen. Sie sind an derart schmutziges Material gewöhnt. Außer ihnen wird sich niemand dafür interessieren. Historikerinnen beschäftigen sich mit so vielen Unterlagen, die andere verachten – selbst sie werden diese Geschichte vielleicht irgendwann vergessen.«

Ich holte tief Luft. »Und was wird mit mir geschehen? Soll ich verbannt werden?«

Eilaan schob sich eine Locke ihres grauen Haars aus dem Gesicht. »O nein. Du wirst nicht verbannt werden, Laissa. Man wird dir gestatten, vor dem Rat auszusagen und eine Erklärung für dein Tun zu liefern, aber ich weiß jetzt schon, wie sein Urteilsspruch lauten wird. Ich habe die Genugtuung, ihn dir in diesem Moment zu eröffnen.« Ich wartete.

»Du wirst niemals eine Mutter der Stadt sein. Du mußt aus dem Turmbereich ausziehen und bei jenen leben, denen wir dienen, und selbst die werden wahrscheinlich wenig mit dir zu tun haben wollen. Du wirst jede Arbeit verrichten, die man dir anträgt.«

»Damit kann ich leben. Eines Tages werde ich eine Tochter haben. Meine Tochter oder die ihre wird wieder den Müttern der Stadt angehören.«

Sie schüttelte den Kopf. »Du wirst keine Kinder haben. Das ist der übrige Teil deiner Strafe. Du wirst niemals zur Mauer gehen; es gibt für dich kein Kind. Du wirst vergehen und keine direkten Nachfahren hinterlassen.«

»Nein«, flüsterte ich. Meine Kehle zog sich zusammen; ich klammerte mich an die Bettkante, aus Angst, ich könnte zu Boden rutschen.

Eilaan erhob sich. »Du bekommst die Erlaubnis, das Kind Nallei aufzuziehen. Schließlich hast du sie hergebracht. Du kannst über die Töchter nachdenken, die du niemals haben wirst, während du sie großziehst. Sie kann über das Leben in den Türmen nachdenken, in dessen Genuß sie vielleicht gekommen wäre, wenn du deine Pflicht erfüllt hättest.« Sie ging zur Tür. »Der Rat wird dich in Kürze rufen lassen. Erwarte nichts von ihm. Es hat nicht viel an deiner Verbannung gefehlt. Bren hat sich dagegen ausgesprochen, aber selbst sie weiß, daß ein Exempel statuiert werden muß.«

Ich durchlebte meinen Tag vor dem Rat in einer Art Dämmerzustand und war kaum in der Lage, mich auf die Verhandlung zu konzentrieren. Ich antwortete auf ihre Fragen einsilbig, bot keinen Ansatz zu Diskussionen, weigerte mich, für meine Sache zu kämpfen. Der Urteilspruch erging, wie Eilaan es vorausgesagt hatte.

Man fand für mich ein Haus am nördlichen Rand der Stadt, ein Gebäude aus Stein und Glas am Ende eines schmalen Weges. Im Norden erhob sich die Mauer; im Süden erinnerten mich die fernen Turmspitzen an das, was ich verloren hatte. Eine Patrouillenfrau brachte mir Nallei, legte sie mir in die Arme und führte mich zu meiner Wohnstätte. Meine persönlichen Habseligkeiten waren bereits hertransportiert worden, doch meine Bücher und Papiere befanden sich nicht darunter.

Wenn ich Nallei vorsorgte oder auf dem Weg in der Nähe meines Hauses spazierenging, dachte ich an die Zeiten, als ich die Einsamkeit gesucht hatte. Meine Nachbarinnen sprachen nur das Nötigste mit mir, und sie drängten mich nicht zum Tauschhandel mit ihren selbstgefertigten kunsthandwerklichen Gegenständen. Frauen mit kleinen Töchtern brachten diese nicht in mein Haus. Meine Arbeit, soweit mir noch etwas davon geblieben war, bestand im Überwachen der künstlichen Gehirne, die diesen Teil der Stadt verwalteten, und festzustellen, wo eventuell eine Fehlfunktion auftrat; es war eine Arbeit, die ich zu Hause am Bildschirm erledigen konnte.

Den Frauen, die um mich herum wohnten, war offenbar nicht genau bekannt, was ich getan hatte. Ich war nach draußen gegangen, ich hatte mit Männern gesprochen, doch sie begriffen nicht so recht, was ein Mann eigentlich war, so abgeschieden, wie sie von der Gedankenwelt der Frauen in den Türmen lebten. Ich hatte einer verbannten Frau geholfen, hatte ihr Kind in die Stadt gebracht; für sie hätte Nallei genausogut der Sprößling einer Frau und eines Fabelwesens sein können. Sie flüsterten, verstummten, wenn ich vorbeiging, und setzten ihr Gemurmel gleich darauf wieder fort, anscheinend ohne sich darum zu scheren, ob ich es hörte. Sie brauchten nicht mehr zu wissen, als daß ich geächtet war, daß mir das Recht und die Pflicht versagt waren, selbst Kinder zu bekommen, daß ich vom Leben der Stadt in gleichem Maße ausgeschlossen war, wie wenn ich in die Verbannung geschickt worden wäre.

Ich hätte mich der Verzweiflung hingegeben, wenn

Nallei nicht von mir abhängig gewesen wäre. Anfangs versorgte ich sie automatisch; ich kümmerte mich darum, daß sie zu essen bekam, daß ihre Windeln gewechselt wurden, daß ihr vorgesungen wurde und daß sie Spielzeug hatte; doch je mehr ich mich an ihre Gegenwart gewöhnte, desto wärmer wurden meine Gefühle zu ihr. Ich sah Birana in ihren Augen, Arvil in ihrem Gesicht. Sie war ein Kind meines Zwillingsbruders und das einzige Kind, das ich jemals haben würde. Vielleicht war es nicht Teil meiner Strafe gewesen, daß man sie mir gegeben hatte, sondern eine tröstende Entschädigung für das, was ich verloren hatte.

Ich saß vor meiner Tür und beobachtete Nallei, die im Gras herumkroch, als ich Zoreen auf dem Weg herankommen sah. Sie bleib vor mir stehen und verschränkte die Arme. »Jetzt bist du seit fast zwei Monaten hier«, sagte sie, »und ich habe kein Wort von dir gehört. Findest du es richtig, mich so zu behandeln?«

»Ich wollte dir nicht noch mehr Scherereien bereiten.« Ich rutschte näher zu Nallei hin, während sich Zoreen setzte. »Du hättest wahrscheinlich besser nicht herkommen sollen. Du kannst mir jederzeit eine Nachricht über den Bildschirm übermitteln.«

»Ich möchte dir keine Nachrichten übermitteln.« Ihr Blick schweifte hinter mich zu dem Haus. »Mir scheint, du hast Platz genug, daß noch eine oder zwei Freundinnen bei dir wohnen könnten.«

»Ich habe keine Freundinnen.«

»Ich möchte dich fragen, ob ich bei dir wohnen kann.«

Ich starrte sie verdutzt an. »Aber das ist unmöglich.«

»Du mußt hier leben«, sagte sie, »aber der Rat hat nichts davon gesagt, daß niemand mit dir hier zusammenleben darf.«

»Das brauchten sie nicht ausdrücklich zu sagen. Zoreen, dein Platz ist im Zentrum der Stadt. Du brauchst dich nicht aus Mitleid zu mir zu einer solchen Geste hinreißen zu lassen.« Sie nahm meine Hand. »Es ist kein Mitleid. Begreifst du denn nicht?«

»Aber du ... «

»Ich genieße ohnehin kein besonders hohes Ansehen. Ich würde lieber hier leben als allein in meiner Wohnung. Ich kann hier ebensogut arbeiten wie irgendwo sonst. Ich habe die Absicht, demnächst ein Kind zu haben, und ich habe das Gefühl, Nallei könnte Gesellschaft gebrauchen. Ich möchte nicht ohne dich leben, Laissa.« Ich wandte den Blick ab.

»Ich habe mir deine Aufzeichnungen angehört«, sagte sie, »zusammen mit Fari und Bren, bevor Bren sie zum Rat brachte. Ich glaube zu wissen, warum du so gehandelt hast, wie du es tatest. Ich glaube, du hast Birana auf eine bestimmte Weise lieben gelernt. Zunächst war ich eifersüchtig, aber sie ist weg, und ich bin hier, und ich würde nicht weniger für dich tun, als du für sie getan hast. Sag mir, daß ich bleiben kann.«

»Vielleicht habe ich sie geliebt. Doch das ist jetzt Vergangenheit.« Ich lehnte mich an sie und spürte eine ungebändigte Locke ihres braunen Haars unter meiner Wange. »Ich möchte, daß du bleibst.«

»Dann werde ich meine Sachen herbringen lassen, schätze ich. Ich muß allerdings ordentlicher werden. Es würde mir nicht passen, wenn Nallei meine Bücher und Papiere durcheinanderbringen würde.« Nallei kroch zu uns her und ließ sich neben Zoreen nieder. »Ich nehme an, du hast noch nicht gehört, daß die Schiffe keine Spur von Birana gefunden haben. Der Rat hat beschlossen, die Bemühungen nicht aufzugeben, doch ich glaube nicht, daß die Suche allzu gründlich durchgeführt wird. Vielleicht hat sie inzwischen ein Versteck gefunden.«

»Vielleicht ist sie tot«, flüsterte ich.

»Diese Siedlung, von der sie gesprochen hat, wo diese armen Frauen mit den Männern zusammenleben – sie haben auch dagegen nichts unternommen. Diese Frauen könnten sich höchstwahrscheinlich nicht an unser Leben anpassen, und die Gruppe wird ohnehin nicht überleben. Fari hat deine Aufzeichnungen ins System eingegeben. Die meisten Historikerinnen haben sie inzwischen gesichtet und sie angehört, und wir sind von Städten, die sonst kaum Kontakt zu uns pflegen, angesprochen und um Kopien gebeten worden. Du hast eine bedeutende Arbeit geleistet, siehst du. Die Historikerinnen haben jetzt mehr über die Welt draußen erfahren als je zuvor.«

»Sie sind die einzigen, die sich dafür interessieren«, sagte ich. »Im Laufe der Zeit wird die Geschichte auch für sie nichts anderes sein als eine seltsame Episode. Das Leben in den Städten wird weitergehen wie bisher. Ich lebe seit einiger Zeit mitten unter jenen, denen wir dienen – geh mal die Straße entlang und hör zu, was sie so reden. Sie wollen nicht darüber nachdenken, was ihr friedliches Leben möglich macht. Wenn du ihnen ein Mitspracherecht hinsichtlich irgendeiner Veränderung anbietest, werden die meisten von ihnen es ablehnen und sagen, wir sollen die Dinge so lassen, wie sie sind. Kann man ihnen deswegen Vorwürfe machen? Sie führen ein Leben ohne Kampf. Ihnen zu erklären, ein Leben ohne jeden Kampf und Schmerz führe nur zu Schwäche und zum Niedergang, würde ihnen recht abwegig vorkommen – sie würden die fröhlichen, ruhigen Gesichter ihrer Töchter betrachten und sich fragen, wovon ich eigentlich rede.« Ich seufzte. »Wie auch immer, mich geht das nichts an. Ich habe andere Aufgaben.«

»Du hörst dich ziemlich genauso an wie eine von denen, denen wir dienen«, sagte sie leise.

»Ich bin jetzt eine von ihnen.«

Innerhalb weniger Wochen war Zoreens Zimmer vollgestopft mit dem Durcheinander ihrer Bücher und Unterlagen. Sie diskutierte mit anderen über ihre Arbeit, indem sie den Bildschirm benutzte oder sie in deren Räumlichkeiten besuchte. Ich fragte sie niemals, was sie tat; nach einigen versuchsweisen Ansätzen ließ sie davon ab, mit mir über ihre Arbeit zu sprechen. Ich rechnete damit, daß sie meiner überdrüssig werden und bald einen Vorwand finden würde, mich zu verlassen; ich sah Sorge und Enttäuschung in ihren grünen Augen, wenn sie mich ansah. Doch sie blieb, als ob sie hoffte, daß ich irgendwann einmal wieder die werden würde, die ich einst war – eine Kameradin, mit der sie offen sprechen konnte, eine Geliebte, die ihre Gedanken kannte. Meine Mutter fing an, mir Mitteilungen über den Bildschirm zu schicken, doch ich reagierte nicht darauf. Ich war der Grund, daß sie in Ungnade gefallen war, ich hatte ihre Lage noch verschlimmert; wahrscheinlich wollte sie mir nur etwas vorjammern oder mich mit wütenden Beschuldigungen überschütten. Vielleicht erwartete sie von mir, daß ich mich mit ihr gemeinsam im Schuldgefühl suhlte, während sie darüber sprach, was sie mir angetan hatte. Ich weigerte mich, mit ihr Kontakt aufzunehmen; ein Gespräch mit ihr zum jetzigen Zeitpunkt würde rein gar nichts bringen.

Ich war auf ihren Besuch in meinem Haus nicht vorbereitet. Ihr Blick war fest; sie wirkte nicht wie eine gequälte Frau. Sie umarmte mich, ohne etwas zu sagen, und hielt mich so, wie sie mich als Kind gehalten hatte.

Ich führte sie ins Wohnzimmer. Zoreen blickte von ihrem Buch auf. »Wo ist Nallei?« fragte meine Mutter.

»Sie schläft.«

»Dann störe sie nicht. Ich werde sie ein andermal sehen.«

»Du hättest nicht kommen sollen«, sagte ich. »Es wäre besser, wenn du mich vergessen würdest.«

»Eine Mutter vergißt ihre Tochter nicht.« Sie setzte sich neben Zoreen auf die Couch. »Ich bin bekommen, weil deine Mentorin – deine ehemalige Mentorin, Fari – mich gebeten hat, dir das hier zu bringen.« Sie griff in die Tasche ihrer blauen Tunika, holte zwei Aufzeichnungsspulen heraus und reichte sie mir. »Sie hätte sie auch selbst gebracht, aber – ich nehme an, sie wußte, daß ich dich gern sehen würde.«

»Was ist das?« fragte ich, während ich mich in dem Sessel, der am nächsten bei ihr stand, niederließ.

»Das sind Kopien der Aufzeichnungen, die du draußen gemacht hast. Es ist die Geschichte, die Birana und Arvil dir erzählt haben.«

»Du hättest sie nicht bringen sollen«, sagte ich schroff. »Diese Arbeit ist beendet. Man hat mir meine Unterlagen weggenommen.«

»Vielleicht kann Zoreen die Aufnahmen aufbewahren. Es könnte sein, daß Nallei sie eines Tages haben möchte.«

»Welchen Vorteil könnte sie davon haben? Sie werden ihr nur zu Bewußtsein bringen, daß es besser gewesen wäre, wenn sie niemals geboren worden wäre.« Ich sah auf die Spulen hinab. »Warum wollte Fari, daß ich sie bekomme?«

»Das weiß ich nicht genau«, antwortete Mutter.

»Vielleicht meint sie, ich brauche eine Erinnerung an mein Verbrechen.«

»O nein, ich bin sicher, daß sie das nicht gedacht hat.« Sie legte die Hand auf die Armlehne meines Sessels. »Ich habe sie angehört. Bis dahin hatte ich nicht die ganze Geschichte gekannt. Es war nicht leicht, diese Dinge zu hören, und ich bin sicher, die meisten Frauen würden ihnen nicht freiwillig lauschen – aber Arvil ist schließlich mein Sohn. Das hatte einst wenig Bedeutung für mich. Jetzt ertappe ich mich dabei, daß ich mir ins Gedächtnis rufe, wie er als Kind war, und mir wünsche, ich hätte ihm mehr Liebe gegeben.«

»Du hast Knopf viel zuviel geliebt.« Ich lehnte mich in meinem Sessel zurück. »In gewisser Weise ist das der Grund, warum ich heute hier bin, nehme ich an. Damit fing alles an.«

»Das weiß ich«, sagte meine Mutter leise.

»Danke, daß du mir die Aufzeichnungen gebracht hast, aber sie sind nutzlos für mich.«

Zoreen legte ihr Buch aus der Hand. »Du bist Chronistin, Laissa«, sagte sie. »Auf diesen Spulen ist eine Geschichte, wie sie die Städte noch nie gehört haben.«

»Ich bin keine Chronistin mehr.«

»Ist es für dich nötig, daß der Rat dich als eine solche bezeichnet, um eine zu sein?« fragte sie. »Muß dir eine Berufsberaterin sagen, daß du eine bist?«

»Niemand will diese Geschichte hören.«

»Du meinst, sie wollen diese Aufzeichnungen nicht auswerten. Was würden sie sehen und hören? Eine verbannte Frau, die über eine Welt spricht, die wir kaum erfassen können, und einen Mann, der die meisten vermutlich erschrecken würde. Ich glaube, nur Historikerinnen und ein paar wenige andere haben die Nerven dafür. Aber du könnest eine Chronik verfassen. Du könntest diese Welt für andere zum Leben erwecken, Laissa. Du könntest dazu beitragen, daß sie sie verstehen. Du kannst dir etwas einfallen lassen, um die anderen dazu zu bringen, daß sie diese Geschichte lesen wollen, und vielleicht werden einige eine Art Zuneigung zu den Leuten fassen, die darin vorkommen.«

Ich schwieg.

»Ich könnte mir denken, daß das der Grund war, warum Fari wollte, daß du diese Spulen bekommst«, fuhr Zoreen fort, »obwohl sie zu vorsichtig ist, um das auszusprechen. Du hast jetzt deine Arbeit, wenn du sie möchtest.«

Mutter erhob sich. »Ich werde meine Enkelin ein andermal besuchen.« Sie strich mir übers Haar. »Denke darüber nach, was deine Freundin gesagt hat. Ich habe selbst einmal beinahe den Lebenswillen verloren – ich möchte nicht, daß es dir genauso ergeht. Laß Nallei eines Tages glauben, daß ihr Leben und das der Menschen, die sie uns gegeben haben, einen Sinn hat.«

Nachbemerkung

Ich wollte diese Chronik nicht verfassen. Vielleicht hätte ich nicht angefangen zu schreiben, wenn ich es nicht für Nallei getan hätte; ich glaubte in ihr Birana und Arvil zu erkennen, die flehentlich darum baten, daß ihre Geschichte erzählt werden möge.

Einige werden diese Zeilen lesen und annehmen, ich hätte mich gegen die Städte aufgelehnt. Ich möchte nicht zerstören, was wir aufgebaut haben. Wir haben die Erde gerettet und unsere wahre Macht kennengelernt. Unser Töchter wachsen unversehrt heran, ohne die Wunden, die das Leben der Frauen in früheren Zeiten kennzeichneten; wir dürfen nicht zurückkehren zu den damaligen Verhältnissen. Doch wir haben uns dieses Leben auf Kosten derjenigen eingerichtet, die draußen leben. Um frei zu sein, haben wir sie zu Sklaven gemacht.

Die dort draußen leben, sind unsere Brüder. Ich meine das nicht in dem Sinn, in dem wir dieses Wort im allgemeinen gebrauchen, also nur mit der Bedeutung eines männlichen Wesens, das von derselben Mutter abstammt, sondern mit dem Inhalt, den es einst gehabt hat. Sie sind unsere Väter und unsere Söhne. Etwas von uns ist in ihnen, und etwas von ihnen ist in uns.

Wir waren einst gezwungen, uns für dieses Daseinsmuster zu entscheiden, da unser Überleben auf dem Spiel stand. Ich glaube, daß es wieder einmal auf dem Spiel steht. Unser Leben stagniert, wie es immer geschieht, wenn ein Muster beibehalten wird, das nicht mehr nötig ist und den Fortschritt und die Entwicklung verhindert. Vielleicht ist die Zeit gekommen, daß wir und jene dort draußen beginnen, uns zu verändern und zu einer neuen Daseinsform zu kommen.

Während der Zeit, da ich diese Chronik niedergeschrieben habe, sind mir in der Stadt kursierende

Gerüchte zu Ohren gekommen, wonach Männer sich in Heiligtümer begeben und in ihren Gebeten den Wunsch geäußert haben, die Herrin möge doch wieder mit ihnen zusammenleben. Ich habe von Gruppen gehört, die versuchen, einen anfälligen Frieden mit anderen zu wahren, die von der Frau berichten, die in einem Heiligtum ihren Erzählungen gelauscht hat. Es gibt weitere Geschichten von der Frau und dem winzigen Mädchen, die sich einst den Männern offenbart haben. In der Nähe eines Heiligtums im Osten gibt es als grobe Holzschnitzerei die Darstellung eines Mannes und einer Frau, die ein Kind in den Armen halten; eine Schiffspilotin hat beobachtet, daß Männer diese Statue anbeteten. Und es gibt Nallei, die ihr Leben der Tatsache verdankt, daß eine Frau und ein Mann irgendwie in Liebe zueinander gefunden hatten.

Wir haben die Chance bekommen, die Hände zu unseren anderen Ichs auszustrecken. Wie wir uns verhalten, wird zeigen, was wir sind, und wird entscheiden, was wir sein werden.

Es gibt keinerlei Kunde von Biranas oder Arvils Schicksal, kein Anzeichen dafür, daß sie noch am Leben sind, keine Gerüchte, daß sie irgendwo draußen gesehen worden seien. Dennoch kann ich mich nicht mit dem Gedanken abfinden, daß sie tot sein könnten. In meinem Geist sind sie lebendig, durch ihre Liebe von ihrer und seiner Welt befreit. Ich stelle mir vor, sie weilen an einem fernen Ufer, an einem Ort der Zuflucht, den sie sich selbst geschaffen haben, und sie träumen von Ozeanen, die wir eines Tages wieder befahren, und von den Sternen, die wir erforschen werden. Vielleicht werden wir schließlich mit ihnen zusammen an diesem Ufer leben.